Das Buch

Als Martha Einkorn die Sekte ihres Vaters verließ, hätte sie sich nie träumen lassen, dass sie viele Jahre später für Fantail, den größten Social-Media-Konzern der Welt, arbeiten würde. Als Persönliche Assistentin des exzentrischen CEOs Lenk Sketlish ist Martha mitten drin in der Welt der Supermächtigen. Im Silicon Valley gilt nur »Höher, schneller, weiter«, die Klimakatastrophe und menschliches Elend kümmern hier kaum jemanden. Und so beschleicht Martha langsam das Gefühl, dass die irren Predigten ihres Vaters über das Ende der Welt realistischer sind, als sie dachte. Zur gleichen Zeit gerät die Survival-Expertin Lai Zhen in einer Shoppingmall in Singapur ins Visier einer Terroristin – als plötzlich eine unbekannte Software auf ihrem Handy auftaucht und ihr das Leben rettet. Wo kommt dieses Programm her? Wer hat es generiert? Und warum hat man es ausgerechnet auf ihrem Telefon installiert? Zhens Neugierde bringt sie erneut in tödliche Gefahr. Als Martha und Zhen schließlich einander begegnen, wird eine Kette von Ereignissen in Gang gesetzt, die die Macht der Internetriesen zum Einsturz bringen und unsere Welt für immer verändern könnte.

Die Autorin

Naomi Alderman ist in London aufgewachsen und studierte in Oxford und an der University of East Anglia. Ihr Roman DIE GABE, der monatelang auf allen Bestsellerlisten stand, wurde mit dem renommierten Women's Prize for Fiction ausgezeichnet, von der *New York Times*, der *Washington Post* und der *Los Angeles Times* zum Roman des Jahres gekürt und von Amazon Prime spektakulär verfilmt. Naomi Alderman ist Mitglied der Royal Society of Literature, ihre Bücher wurden in über fünfunddreißig Sprachen übersetzt. Die Autorin lebt in London.

NAOMI ALDERMAN

THE
FUTURE

ROMAN

WILHELM HEYNE VERLAG
MÜNCHEN

Titel der Originalausgabe
THE FUTURE
Deutsche Übersetzung von Barbara Ostrop

Penguin Random House Verlagsgruppe FSC® N001967

1. Auflage 2025
Taschenbuchausgabe 06/2025
Redaktion: Charlotte Gerk
Copyright © 2023 by Naomi Alderman
Copyright © 2025 dieser Ausgabe by Wilhelm Heyne Verlag, München,
in der Verlagsgruppe Random House GmbH,
Neumarkter Straße 28, 81673 München
Printed in Germany
produktsicherheit@penguinrandomhouse.de
(Vorstehende Angaben sind zugleich
Pflichtinformationen nach GPSR)

Umschlaggestaltung: DAS ILLUSTRAT, München,
unter Verwendung von Motiven von Shutterstock.com (C Design Studio,
Alexander_P, LittleAirplane, Janos Levente)
Satz: Schaber Datentechnik, Austria
Druck und Bindung: GGP Media GmbH, Pößneck

ISBN 978-3-453-32370-4

www.heyne.de

Für OAD, DLA
und SSA: die Zukunft

»Wenn die Gestaltung beginnt,
dann erst gibt es Namen.
Die Namen erreichen auch das Sein,
und man weiß auch noch, wo haltzumachen ist.
Weiß man, wo haltzumachen ist,
so kommt man nicht in Gefahr.«

LAOTSE, *Tao te king*

ERSTER TEIL

das
grundlegende
problem

lenk

An dem Tag, an dem die Welt unterging, saß Lenk Sketlish – CEO und Gründer des sozialen Netzwerks Fantail – an einem für seine Naturschönheit berühmten Ort unter Mammutbäumen und bemühte sich, durch den Bauchnabel einzuatmen.

Die Berggipfel in der Ferne waren schneebedeckt, und ihre geschwungenen Silhouetten, in denen sich Felsspalten abzeichneten, befeuerten die Vorstellungskraft. Die Farben der Bäume in der Nähe changierten zwischen einem rötlichen Braun und Hellbraun, zwischen Graugrün und Salbeigrün. Die säulenartigen Stämme der Mammutbäume wiesen schnurartige Muster wie ineinander verschlungene Ranken auf. Weiches Moos und Gras wuchsen auf ihrer Rinde, und darin schwirrten winzige Insekten herum. Der Himmel zeigte das bleiche, ausgewaschene Blau des Spätherbstes, und durch das Geäst waren Wolkentupfen zu sehen. Und dennoch.

Die Nase der Meditationslehrerin pfiff.

Jedes Mal, wenn sie einen »Atemzug tief in den Bauch« tat, durchbrach dieses Pfeifen das sanfte Flüstern der Mammutbäume wie das Kreischen einer Kettensäge. Sie musste es doch hören. Ja, sie hörte es mit Sicherheit. Sie schien es nicht zu hören. Die Mammutbäume erschauerten, in der Novemberkühle würden bald die Blätter von den Bäumen fallen, und alles war vergänglich, wie sie unaufhörlich betonte.

Doch das, was Lenk Sketlish am Herzen lag, würde nicht vergehen, solange er dabei ein Wörtchen mitzureden hatte.

»Lass deinen Bauch beim Einatmen ganz weich werden«, sagte die Lehrerin. Ihre Zunge verharrte auf dem letzten Konsonanten, als wäre sie Italienerin. Sie war keine Italienerin. Nach dem ersten Tag hatte Lenk seine Persönliche Assistentin Martha Einkorn gebeten, das zu überprüfen. Die Meditationslehrerin kam aus Wisconsin, dem Heimatstaat der Cheese Curds. Sie sagte ständig Bauch-e. Er solle das Licht in seinem Bauch-e halten, die Wärme in seinem Bauch-e fühlen, in seinen eigenen Bauch-e hineinkriechen und für immer in ihrem näselnden Quengelton und dem ins Endlose verlängerten ch verweilen. Was in Lenk Sketlishs Bauch heranwuchs, war ein beißender, brodelnder, siedender Zorn.

Die Mammutbäume. Zurück zu den Mammutbäumen. Die Majestät der Natur, einfache Schönheit. Der schmale Pfad den Berg hinauf, der herabstürzende Wildbach. Einatmen. Ausatmen. Die Welt, wie man sie von Moment zu Moment erlebt, und er selbst ein Teil davon. Nicht abgelenkt, nicht voller Wut, nicht in Gedanken bei den Fantail-Expansionsplänen in Uruguay und Myanmar, obwohl da jemand in seiner Abwesenheit mit Sicherheit etwas vermasseln würde.

In der Gegenwart bleiben. Im Hier und Jetzt. Den Atem im Bauchnabel spüren, im Zentrum des eigenen Körpers, wie die Bauchdecke sich hebt und senkt, und … die Nase pfiff plötzlich in einer anderen Tonlage. Geringfügig tiefer als zuvor. War das Bariton? Oder Alt? Hörte sie das denn nicht? Wieso putzte sie sich nicht die Nase, bevor sie in die Stunde kam? Hatten denn weder Martha noch eines der Vorstandsmitglieder noch ein einziger von Marthas Lakaien herausgefunden, dass bei dieser großartigen, erstklassigen Meditationslehrerin die Nase pfiff? Glaubten sie einfach alles, was ihnen aufgetischt wurde?

»Atme mit dem ganzen Körper« – ihre Stimme war leise und melodisch – »diesen Moment bestimmst ganz allein du.«

Das war ganz offensichtlich falsch, denn der Vorstand hatte ihm vor einiger Zeit mitgeteilt, wenn er seine Wutanfälle nicht unter Kontrolle bekäme, würde das ernstlich die Frage aufwerfen, ob es für ihn bei Fantail noch eine Zukunft gebe. Das war ebenso absurd wie diese Frau mit dem Blasorchester in der Nase, die sich als Quelle der Ruhe ausgab. Er hatte mitgespielt; er hatte sich darauf eingelassen. Wenn sie glaubten, sie könnten mit ihm dasselbe machen wie Ellen Bywater mit Albert Dabrowski von Medlar und ihn aus seiner eigenen Firma werfen, nun, dann würde er sie eines Besseren belehren. Aber genau das würden sie tun – sie würden ihm sagen, dass sein Führungsstil nicht funktionierte, dass er nicht bereit war, an sich zu arbeiten; sie würden ihn erst sachte beiseitedrängen und dann rasch ausmanövrieren. So etwas hatte er mit eigenen Augen gesehen. Albert Dabrowskis Schicksal hatte ihn Vorsicht gelehrt. Inzwischen wurde Medlar von Ellen Bywater geführt. Und wo zum Teufel war Albert Dabrowski? Nun, wen zum Teufel interessierte das schon?

»Sei ganz in diesem Moment«, säuselten die Schleimhauttrompeten. »Gestatte dir, diesem Moment mit Vertrauen zu begegnen.«

Er war hier, um seine Bereitwilligkeit zu demonstrieren. Er war kein unreifes Kleinkind; er führte Fantail seit zwanzig Jahren erfolgreich, nachdem er es auf nichts als einer Idee gegründet hatte, auf dem Gefühl für eine Welle, die sich weit draußen im Ozean aufbaute. Inzwischen ging man in einhundertsiebenundzwanzig Ländern der Welt auf FantailStream, wenn man ein Massenpublikum ansprechen wollte; wenn man etwas verkaufen wollte, eröffnete man einen FantailStore; und wenn man über Ländergrenzen hinweg Handel treiben wollte, benutzte man FantailSeamless, um mit FantailCoin zu bezahlen. Wenn eine Nation zur anderen sprach, dann via Fantail.

Und die nächste Herausforderung würde Lenk ebenfalls meistern, sich bei der Öffentlichkeit anbiedern und einen auf nett machen. Die Antitrust-Anhörungen und diese idiotische *Action-Now!*-Umweltkonferenz mit Anvil und Medlar. Er würde cool bleiben und keine teuren Keramikskulpturen durch teure, mit Gravuren verzierte Glastrennwände schleudern, und nie wieder würde jemand mit einem Glassplitter im Auge ins Krankenhaus müssen. Das war ein Fehler gewesen. Er bereute ihn. Meditation war schmalzig, aber sie funktionierte – einfach durch den Bauchnabel atmen. Auf das Ein konzentrieren. Dann auf das Aus. In seiner Zeit in Harvard hatte er das gern praktiziert. Einer seiner Mitbewohner hatte ihm eine Playlist gegeben. Die halbe Nacht programmieren, dann zehn Minuten lang meditieren, und man schaffte den Übergang von vollkommener Erschöpfung zu einem erholsamen tiefen Schlaf problemlos. Die Sache hatte etwas für sich. Zimri Nommik von Anvil verbrachte jedes Jahr zehn Tage in der Wüste, um zu schweigen, zu fasten und Wasser durch die Nase hochzuziehen. Oder durch den Arsch. Eines von beidem. Zimri Nommik, der Lagerhallen errichtete und Logistiknetzwerke aufbaute und alles verfrachtete, was nicht niet- und nagelfest war, der mit AnvilChat und AnvilParty bereits gut aufgestellt war, aber trotzdem versuchte, mit seinem gefräßigen Rachen alles zu verschlingen …

»Solltest du feststellen, dass deine Gedanken abgeschweift sind« – die Lehrerin atmete mit einem akkordeonähnlichen Wimmern ein – »sei nicht überrascht. Kehre einfach sanft zu deinem Atem zurück. Dieser Moment ist alles, was du brauchst.« Aber das stimmte nicht, und das hatte nie gestimmt. *Dieser* Moment war vorbei, sobald man ihn bemerkte. Er bot keinen Lohn und keinen Besitz. Was Lenk brauchte, war das schwache Schimmern in der Ferne, das Winken der mächtigen Zeit, die Welle, die sich weit draußen im Ozean aufbaute.

»Atme tief in den Bauch ein. Vergiss nicht, unruhig macht uns nur das, was in der Zukunft geschehen könnte. Doch die Zukunft ist nicht hier. Die Zukunft ist Fantasie. All ihre Verheißungen und Ängste sind nur Fantasie. Wir dürfen in diesem Moment ruhen«, sagte sie. »Was geschieht, ist in Ordnung.«

Doch wie oft war das, was geschah, nicht in Ordnung? Es war eigentlich so gut wie nie in Ordnung. Ständig musste man antreiben und sich kümmern, reparieren und Druck machen. Ohne sein Eingreifen wäre der entscheidende Moment vertan, dann der nächste und wieder der nächste. Alle Wellen würden an ihm vorüberrollen, und er triebe weiter im kalten Meer, die Wärme wiche aus seinem Körper, und dann stiege der Tod auf und verschlänge ihn. Wenn man nicht auf das achtgab, was eventuell passieren könnte, konnte das ganze Leben dahinschwinden, und so erging es den meisten Menschen ja auch.

»Man kann unmöglich vorhersagen, was als Nächstes kommt«, sagte die Lehrerin.

Nun, dann war alles für den Arsch. Der nächste Moment konnte alles bringen. Es konnten sich neue Möglichkeiten auftun, jemand anderes konnte sich seine Ideen unter den Nagel reißen, ein Wettbewerber, der ihm sein Vermögen abjagen wollte. Ellen Bywater, die bereits eine Firma gestohlen hatte, konnte das allsehende Auge Medlars auf ihn richten. Die glänzende, elegante Hardware, die sie verkaufte, war die ehrgeizige Alternative zu Fantail, das auch für Hinz und Kunz erschwinglich war. Der MedlarTorque war ihr neuestes Ding: Alle Kommunikationsbedürfnisse, die man hatte, wurden von diesem schicken Gerät erfüllt. Derzeit schien sie Lenk immer einen Schritt voraus zu sein und lockte genau die Generation, die er brauchte, von ihm weg, stahl sie ihm, wie sie Medlar gestohlen hatte. Sie könnte neue Produkte auf den Markt werfen, aber es könnte natürlich auch ein Erdbeben geben, er selbst könnte einen Herzinfarkt erleiden, ein verrückter Diktator könnte aus der Ferne eine Rakete abschießen, oder es könnte eine neue Pandemie ausbrechen. Alles war möglich.

Lenk Sketlish war ein mächtiger Mann, der seine Karriere auf die Zukunft gegründet hatte, darauf, dass er sie erkannte, witterte und als gegenwärtiger wahrnahm als die Gegenwart. Die Zukunft war sein Zuhause und sein Trost; die Dringlichkeit des morgigen Tages, des nächsten Jahrzehnts und des nächsten Jahrhunderts trieb ihn an.

»Man kann unmöglich wissen, was auch nur in der nächsten Sekunde geschieht.«

Nein, dachte Lenk Sketlish, das bringt mir nichts.

Das Foliendisplay des Thinscreens an seinem Handgelenk gab einen leisen, aber eindringlichen Piepton von sich. Die Meditationslehrerin runzelte die Stirn, und ein befriedigender Gedanke schoss Lenk durch den Kopf: Na sieh mal einer an, man kann unmöglich wissen, was als Nächstes geschieht, nicht wahr? Er warf einen Blick auf den Thinscreen. Wahrscheinlich ein Notfall in Albanien oder Thailand, eine Entscheidung, die er treffen, ein Problem, das er lösen musste, und damit ein wunderbarer und aus finanziellen Gründen unbestreitbar gerechtfertigter Vorwand, die Stunde vorzeitig zu beenden. Doch so war es nicht. Seine Gesichtszüge spannten sich an; mit zusammengekniffenen Augen starrte er auf die Nachricht. Es ging nicht um eine Lappalie. Sondern um den Weltuntergang.

zimri

Zimri Nommik, CEO des Logistik- und Handelsriesen Anvil, sah die Benachrichtigung mit vollen vier Stunden Verspätung, weil er – was für ihn ungewöhnlich war – seine Frau gevögelt hatte.

Auf der *Action-Now!*-Konferenz war Selah Nommik in einer eigenartig labilen Stimmung gewesen. Ja, sie liebte diese bescheuerten Umweltevents. Er hatte gesehen, wie sie wegen der Tiger und Delfine und einer ganz bestimmten Flechtenart, auf die sie abfuhr, echte Tränen vergossen hatte. Und ja, er hatte sie überrascht und die versprochene Summe für die FutureSafe-Zonen verdoppelt. Trotz allem genoss er es noch immer, wenn sie ihn so ansah, als erinnerte sie sich daran, warum sie ihn geheiratet hatte.

Er hatte beobachtet, wie Selah über die Bühne ging – ihr cremeweißer Rock endete kurz über dem Knie, ihre Waden waren straff und glänzend, und sie sah aus wie Serena Williams zu ihrer besten Zeit. Er hatte gedacht: Scheiß drauf, das Ganze landet sowieso bei den Anwälten, und hatte eine Summe genannt, die doppelt so hoch war wie die, auf die sie sich geeinigt hatten. Selah packte seine Hand, verschränkte ihre Finger mit seinen und hob sie hoch, als hätten sie gerade eine Meisterschaft gewonnen. Während die Kameras klickten, das Publikum tobte und die riesige Zahl hinter ihnen auf dem Bildschirm erschien, flüsterte Selah ihm ins Ohr: »Ich möchte, dass du mich fickst. Jetzt.« Er würde also auf seine Kosten kommen. Dafür waren nur 5,7 Milliarden Dollar zusätzlich nötig gewesen.

Sie fickten so, wie er es mochte, aber mit einer Intensität, die sie seit Jahren nicht mehr empfunden hatten. Gegen die Wand der Suite gelehnt, und er riss ihr den Rock herunter. Auf dem Boden, und sie drängte ihn in sich hinein. Auf der Couch, sie unter ihm. Schließlich im Bett, sie rittlings auf ihm, die schweren Brüste nackt, die großen, dunklen Nippel so hart und ihr Rhythmus so drängend, dass sie alle Erinnerungen und jeden Gedanken an den Rest der Welt in ihm auslöschte und ihn auf einen einzigen Punkt greller Lust und vollkommener Hingabe reduzierte.

»Verdammt«, sagte sie und sank auf die zerwühlten Bettlaken.

Dann, sich erinnernd, wandte sie sich zu ihm um und fragte mit unerwarteter Zärtlichkeit: »Alles in Ordnung?« Es war, als hätten sie sich gerade kennengelernt und sie hätte zum ersten Mal von dem asthmatischen kleinen Nerd gehört, der er als Schüler gewesen war, das Kind jüdischer Immigranten aus Estland. Man hatte ihn ins kalte Wasser einer Highschool in Minnesota geworfen, wo er wegen seines eigenartigen Aussehens, seines merkwürdigen Akzents und seiner verdrehten Syntax – sowie seiner nervigen Überzeugung, allen anderen überlegen zu sein – so lange gnadenlos gemobbt worden war, bis ihn die Jungs vom Football-Team schließlich aus einem fahrenden Auto geworfen hatten. Am Ende hatte sie in ein zweites Date eingewilligt.

Inzwischen ernährte sich Zimri Nommik Paleo, hatte einen Personal Trainer, einen Waschbrettbauch und mehr Geld als jeder andere Mensch auf der Welt. Er sah immer noch so aus, als wäre er aus nicht zueinanderpassenden Teilen zusammengesetzt – seine breiten, behaarten Schultern, die langen Arme und die großen Hände schienen nicht zu demselben Mann zu gehören wie sein untersetzter Körper und sein spitzes Gesicht. Doch das spielte keine Rolle mehr. Sein Timing war unfehlbar. Seinem Verständnis für den Markt und seiner gnadenlos erfolgreichen Art, ein Unternehmen zu führen, kam niemand gleich. Im Geschäftsleben wusste er so genau, was er zu tun hatte, dass er geradezu wie ein Prophet wirkte. Dennoch konnte er den jämmerlichen kleinen Jungen niemals ganz abschütteln. Er erinnerte sich daran, wie er in der Schule neben den vor Kraft strotzenden, hellhäutigen, blonden, breit lächelnden, muskulösen, athletischen Jungs gestanden hatte. Er würde niemals genug Sex oder Erfolg haben können, um diese Erinnerung für länger als einen Moment zu vergessen.

Konnte Selah wissen, dass er bereits mit den Anwälten gesprochen hatte? War der Sex deswegen so gut gewesen? Er hatte die Termine so gelegt, dass sie stattfanden, während sie ihre Familie in London besuchte. *Wissen* konnte sie es also nicht, aber vielleicht *ahnte* sie, dass sie in wenigen Wochen Post erhalten würde, die das Versprechen außerordentlichen Reichtums, eine Vertraulichkeitsvereinbarung und die Scheidungspapiere enthielt.

»Fuck«, sagte Selah. »Mist, ich muss los. Ich muss zu dieser Veranstaltung in Sonoma – du weißt schon, dieses Frauen-Dings.«

Er beobachtete, wie sie ihr Höschen anzog und den cremefarbenen Rock über ihren prachtvollen Arsch streifte. Wie sie den weißen Spitzen-BH schloss. An der Vergangenheit festhalten zu wollen, ist Schwäche. Genieße das Hier und Jetzt.

Die Jungs, die ihn aus dem fahrenden Auto geworfen hatten, hatten ihn im Krankenhaus besucht. Da war sein Kiefer bereits mit Draht in der Position fixiert, die er von nun an immer haben würde – leicht vorgereckt, was ihm im Profil das Aussehen eines eifrigen jungen Kommunisten verlieh, der unablässig dem Sieg des Proletariats entgegenstrebte. Zwar erinnerte er sich noch, dass sie zu fünft gewesen waren, aber alle Eigenheiten, die sie voneinander unterschieden, waren ihm entfallen. Die wenigen Tatsachen, die er über sie wusste – einer hatte ein Lachen gehabt, das wie ein Niesen klang, ein anderer hatte sich unerwarteterweise als brillanter Physikschüler erwiesen, das aber für sich behalten – schienen untereinander austauschbar, sodass er eine spezielle Eigenschaft jedes Mal einem anderen Gesicht zuschrieb. Manchmal wünschte er, er hätte das alles schriftlich festgehalten, und manchmal war er froh, dass er es nicht getan hatte. Als sie ihn im Krankenhaus besuchten, benahmen sie sich, als hätten sie sich alle zusammen einen wunderbaren Jux erlaubt – als wäre sein Gesicht bei einem Husarenstück zerschmettert worden, bei dem er kein unfreiwilliger Teilnehmer, sondern ein Abenteurer gewesen war. *Weißt du noch*, fragte einer von ihnen lachend, *weißt du noch, wie du dich am Sicherheitsgurt festgeklammert hast, als du rausgefallen bist?*

Erst in diesem Moment begriff Zimri: Wie eisern er auch bei seiner Geschichte bleiben würde, diese Jungs würden sich daran nie als etwas anderes als an einen Scherz erinnern. Er hatte gelernt, dass bei anderen keine Gewissheit zu finden war. Die einzige Sicherheit bestand darin, so unabhängig zu sein, dass man allein überleben konnte. Jedes Freundschaftsangebot konnte sich als Trick erweisen, bei dem er von einer Gruppe austauschbarer junger Männer unauffällig über einen Autorücksitz bugsiert wurde, wo man ihn schubste und bedrängte, bis er schließlich mit einem letzten verspielten Hüftschlenker aus dem Wagen gestoßen wurde.

Selah knöpfte ihre Bluse zu. Ade, schöne Brüste, schöne Nippel und schöne Schenkel. Es musste nun mal sein. Herrgott, er lebte in San Francisco; es würde immer eine andere geben. Selah küsste ihn mit einer wilden Zärtlichkeit, sah ihm in die Augen, und er fragte sich erneut: Weiß sie Bescheid? Aber sie konnte es nicht wissen. Sie spürte einfach nur etwas. Er begleitete sie nicht zur Tür.

Es war schon spät. Lenk Sketlish hatte ihn zur Morgenmeditation eingeladen. Das kam nicht infrage. Nicht nur, weil er Lenk absolut nicht ausstehen konnte, sondern auch, weil er einen so guten Orgasmus nicht verschwenden durfte. Zimri stellte sein AnvilSleepSystem auf Wecken um 6:00 Uhr ein. Seiner Erfahrung nach sorgte ein außerordentlicher, das Selbst auslöschender Orgasmus, gefolgt von tiefem Schlaf, einem eiskalten Bad und einer langen Joggingrunde, für Ideen im Wert von zehn bis zwanzig Milliarden Dollar, auf zehn Jahre gerechnet. Er wies sein AnvilFocus an, alle Störungen abzuweisen – wirklich alle, egal aus welchem Grund –, bis er seine Joggingrunde beendet hatte. Keine Störungen bis Mittag.

Am nächsten Morgen lag der See kalt und klar vor ihm. Novembernebel zog darüber hinweg, sammelte sich in lockeren Wolken und trieb wie etwas Lebendiges dahin. Fünf Wasservögel tauchten nach Nahrung und schnatterten miteinander. Die Mammutbäume in der Ferne standen dunkel vor dem Himmel wie eine Tuschezeichnung. Zimri Nommik setzte sich heftig atmend ans Ufer, zog sein digitales Notizbuch aus der hinteren Hosentasche und hielt mehrere Ideen über Synergien zwischen der Produktion und den Logistikrouten in Südostasien fest. Er geriet ins Träumen, beobachtete die geschmeidigen Bewegungen der vom Wind getriebenen Wellen und Gegenwellen und sah dabei nicht die reale Welt, sondern die der Metaphern und Symbole, in der Lieferketten und Fabriken, Industrien und Länder bunte Perlen waren, die er hin und her schob, bis alles so ineinandergriff, wie es ihm gefiel.

Er befand sich immer noch in dieser produktiven Trance, als sich AnvilFocus genau um zwölf Uhr Mittag abschaltete. Der Clip an seinem Hemdkragen summte los. Er wischte über das Display seines Notizbuchs. Und da stand es. Er starrte kurz auf die Benachrichtigung, dann wieder auf den See. Er kratzte sich am Ohr. Je nachdem, mit welcher Scheiße genau sie es zu tun hatten, konnte es das Ende dieses bestimmten Sees, der Wasservögel, von Seen im Allgemeinen oder von allen dreien zusammen bedeuten. Da konnte er den Anblick genauso gut genießen, solange es ihn noch gab.

Auf dem Rückweg zur Hütte rief Selah ihn an.

»Fuck«, sagte sie. »Zimri, ehrlich, ich versuche schon den ganzen Vormittag, dich zu erreichen. Ist es wahr?«

Er überlegte, was jetzt passieren würde. Keine Zeit, eine Neue zu finden. Selah würde mit ihm in den Bunker kommen. Er könnte sagen: »Nein, es ist nur ein Probealarm, bleib zu Hause.« Der Wind fuhr durch die Bäume, und Blätter trudelten auf die spiegelnde Oberfläche des Sees.

»Es ist wahr«, sagte er. »Ein Flugzeug holt dich ab. Steig ein.«

»Was, wir fliegen nicht zusammen?«

»Das Protokoll sieht vor, dass wir alles unterlassen, was Aufmerksamkeit auf unseren Aufbruch lenken könnte. Die üblichen Transportmittel. Das weißt du. Ich werde wohl …« Er lachte. »Fuck, Selah, ich werde wohl mit Lenk und Ellen im selben Flugzeug sitzen.«

»Jesus«, sagte sie. »Besser du als ich.«

»Wir können jetzt nicht reden«, sagte er. »Erst wenn jeder im Flugzeug ist und wir unser eigenes WLAN haben, okay?«

»Ja«, antwortete sie. Und dann: »Ich habe Angst.«

»Wir sehen uns im Bunker«, erwiderte er. »Nicht Haida Gwaii – da hat es ein Problem gegeben. Im schottischen. Alles wird gut.«

Es konnte gut werden, dachte er. Tatsächlich sogar besser, als es gewesen war. Was auch immer mit der Welt passierte, er selbst würde heil und unversehrt bleiben. Und wenn es mit Selah nicht klappte, würde es immer noch möglich sein, eine Neue zu finden.

ellen

Im holzgetäfelten Penthouse ihrer Villa mit Seeblick versuchte Ellen Bywater, CEO von Medlar Technologies, dem weltweit erfolgreichsten Hard- und Softwareentwickler für den Consumer Market, ihre Sachen zu packen. Ihre Hände zitterten.

Will, ihr verstorbener Ehemann, saß in dem auf den See ausgerichteten Schaukelstuhl und beobachtete sie. Eine schwere Entscheidung?, fragte er.

»Für dich ist das kein Problem«, antwortete sie. »Du bist tot. Du gehst dahin, wo ich hingehe.«

Selbst wenn ich noch lebte, würde ich dahin gehen, wo du hingehst, gab er zurück. Auch bis ans Ende der Welt.

Sie lächelte dem leeren Schaukelstuhl zu. Natürlich wusste sie, dass Will tot war. Sie war schließlich nicht verrückt. Es fiel ihr nur schwer, von dieser Gewohnheit zu lassen.

Das *Action-Now!*-Event war Ellens Idee gewesen. Na gut, nicht ganz ihre Idee. Albert Dabrowski, der aus dem Vorstand verdrängte Gründer der Firma, hatte für *Action Now!* eine ziemlich große Summe gespendet, und so musste sie, um ihr Gesicht zu wahren, eine noch größere Spende lockermachen und selbst an dem Event teilnehmen.

Will hätte ihr den Arm um die Schultern gelegt, sie auf den Kopf geküsst und gesagt: »Beruhigungstropfen für dein Gewissen?« Sie hätte mit den Schultern gezuckt, und er hätte weitergemacht: »Mir ist dein Gewissen lieber, wenn es tropft.«

Wie immer, wenn sie mit ihm redete, schaffte sie es, sich seinen Anteil am Gespräch beinahe wortgetreu vorzustellen. Manchmal sah sie ihn in ihrem Haus am Fuß der Treppe stehen, sein langer Körper mit den knochigen Beinen, die wie eine zusammengeklappte Staffelei aussahen, verschwand dann im Esszimmer, sobald sie die Stufen hinunterging. Er war stolz auf seine Beine gewesen – mit vierundsechzig hatten ihm seine Knie beim Wandern nie Probleme bereitet. Am Tag seines Todes war mit seinen Knien alles in bester Ordnung gewesen.

»Meine Gedanken laufen Amok«, sagte sie. »Ich habe Angst.«

Will verstand das. Natürlich hatte sie Angst. Keiner *wünschte* sich den Weltuntergang.

In der Benachrichtigung standen Informationen über das Protokoll. Sie selbst hatte es vor einer Weile geschrieben. Für den Fall, dass die Katastrophe eintrat.

»Ellen«, ermahnte sie das Protokoll auf ihrem SmartPin, »pack nicht all deine Sachen ein. Nimm nur kleine Erinnerungsstücke mit. Für deine Bedürfnisse ist gesorgt.«

Und was ist mit mir, fragte Will, bin ich ein kleines Erinnerungsstück?

Ellen sagte ihm, er solle sich verpissen.

»Sind die Protokolle der Kinder aktiviert worden?«, fragte Ellen.

Das SmartPin antwortete: »Die Kinder wurden informiert. Sie sind auf dem Weg zum Transportmittel.«

»Auch Badger?«, fragte Ellen.

Will warf Ellen einen scharfen Blick zu. Badger war ihr jüngstes, ihr non-binäres Kind mit einer radikalen politischen Haltung. Badger hatte mehrmals verlauten lassen, sier sei mit diesem ganzen System von Alarmen, Privatjets und geheimen Sicherheitsbunkern in Neuseeland nicht einverstanden.

Das Protokoll sah vor, Telefongespräche zu unterlassen. Es brachte nichts, einen sicheren und bequemen Ort zu haben, an dem man eine globale Katastrophe aussitzen konnte, wenn jeder wusste, dass man sich aus dem Staub machte, und einem folgen konnte. Die Türen versiegeln, bevor irgendjemand auch nur ahnte, dass man verschwunden war – das war der Plan. Dennoch.

»Ruf Badger an«, sagte Ellen.

Eine quälend lange Pause, in der ihr Herz hämmerte, dann nahm Badger endlich ab. Sier Gesicht, das an die Wand des Zimmers geworfen wurde, war ganz dicht vor sierem Display – sier wollte nie, dass siere Mutter sah, wo sier war. Schärfer nagt's als Schlangenzahn, ein undankbares Kind zu haben.

Allerdings sah Badger verängstigt aus. Das verschaffte Ellen eine düstere Genugtuung. Siehst du? Deine Mutter weiß manchmal doch etwas, das zu wissen sich lohnt.

»Hast du die Warnung erhalten?«, fragte Ellen. »Kommst du?«

Badgers Stirnfalte wurde tiefer. Oh, diese kleine Falte, die sier schon als Neugeborenes gehabt hatte, das schmatzend an der Brustwarze saugte. Diese Stirnfalte hundertprozentigen Engagements.

»Mom? Draußen steht ein Auto. Ich weiß nicht, was ich tun soll.«

Ach, wie sehr Ellen das gefehlt hatte. Badger eine Mutter zu sein, war immer ein Tanz auf dem Vulkan gewesen. Aber ihr Baby brauchte sie.

»Steig ein, okay?«

»Okay.«

Eine Pause. Dann, endlich, die tiefste Einkerbung der Stirnfalte.

»Kann ich …«

»Du kannst zwei Leute mitnehmen. Sag ihnen, sie sollen ihre Handys zurücklassen, okay? Alle AnvilClips, alle Torques, was auch immer. Sag ihnen, es ist eine Urlaubsreise. Sag ihnen, dass ich dich dazu zwinge und du mich dafür hasst. Okay?«

Badger stieß einen langen Seufzer aus. Siere süßen Sommersprossen waren unter sieren Augen verstreut wie Sterne.

»Okay. Wir sehen uns, ja?«

»In weniger als einem Tag, Liebling. Versprochen.«

Ellen Bywater hatte ihre Fassung zurückgewonnen. Bevor der Wagen eintraf, setzte sie sich vor den Spiegel, trug Lippenstift auf und tupfte ihn ab. Sie hielt es für wichtig, solche Dinge selbst zu tun.

Will sagte: Bei unserer Hochzeit hast du dein Make-up auch selbst aufgelegt. Neunzehnhundertneunundachtzig, und du hast goldene, rote und gelbe Wirbel um deine jungen Augen gemalt. Ich habe dich dabei beobachtet. Wie eine Künstlerin mit diesen feinen Kamelhaarpinseln und den kleinen goldenen Töpfchen. Wie eine Priesterin.

»Ich habe ausgesehen, als hätte mir jemand kräftig auf die Nase geboxt«, antwortete sie. Aber letztlich war es das Leben, das einen boxte und schlug, bis man das eigene Gesicht nicht mehr wiedererkannte.

»Jetzt bekommst du gar nicht mit, wie ich faltig werde«, sagte sie zu Will.

Will entgegnete: Du hattest schon Falten, als ich noch am Leben war, schon vergessen? Ich habe deine Falten geküsst.

»Manchmal hast du dich über sie lustig gemacht.«

Manchmal haben wir uns übereinander lustig gemacht. So waren wir eben. Ich habe immer an dich geglaubt.

Ellen sah Will an, der nicht da war. Was war es eigentlich, woran sie geglaubt hatten?

Manchmal wusste sie, was er gesagt hätte, als wäre er noch wirklich und wahrhaftig da. Und manchmal musste sie es sich zurechtlegen – sie hasste diese Momente, in denen ihr klar wurde, dass er tatsächlich weg war.

Schließlich sagte Will: Du hast immer das Beste für deine Aktionäre und deine Angestellten getan.

Viel zu packen gab es nicht. Sie nahm ihre Uhr mit. Sie nahm ihren topasfarbenen Pulli mit und die goldene Halskette, die so gut dazu passte. Sie nahm ihren Laptop mit, ihr Handy und ihren MedlarTorque. Die reine Vorstellung, Dinge einzupacken, war an sich schon ein kleines Erinnerungsstück.

Obwohl es strikt gegen das Protokoll verstieß, ging Ellen auf die große Prepper-und-Survival-Plattform *Name the Day*. Wenn irgendjemand wusste, dass der Tag X gekommen war, würde es auf dieser Seite stehen. Doch sie entdeckte nichts Außergewöhnliches. Truppen im Südchinesischen Meer. Die Explosion einer Pipeline in Osteuropa. Dieselben alten Prepper-Schimpftiraden. Diese Leute hatten keine Ahnung, dass die Kacke am Dampfen war. Trotzdem, irgendetwas ging da draußen vor sich. Der Alarm wurde nicht grundlos ausgelöst. Irgendwo auf der Welt verwandelte sich eine Lage, die bisher gerade noch beherrschbar gewesen war, in einen Zustand, der unkontrollierbar war. Eine Kettenreaktion. Irgendwo im Dschungel streifte ein Tiger umher.

lenk

Auf dem Rollfeld war es bereits dunkel. Lenk Sketlishs Knochen-schall-Minipods spielten »Gimme Shelter« von den Rolling Stones. In seinem Schädel hatten die Beatles sich gerade getrennt, die Sechziger waren vorbei, eine Revolution lag in der Luft, und alles war möglich. Er fühlte sich lebendig, zum ersten Mal in seinem Leben wirklich lebendig. Die nächtliche Fahrt hierher, die in sei-nem Kopf hämmernde Musik, die Zukunft nur Augenblicke ent-fernt. Darauf hatte er sich vorbereitet. Dies war der Neubeginn um Mitternacht. Dies war das lautlose Vergehen der alten Welt und die Geburt einer neuen.

Nur dass Zimri Nommik mit seinem nervigen Lächeln schon da war, als Lenk am Hangar eintraf, und dass Ellen Bywater immer wieder mit dem Finger auf das Display ihres Handys tippte und sagte: »Ich habe keinen Empfang. Seit wir die Konferenz verlas-sen haben, habe ich keinen Empfang mehr.«

Sie geriet jetzt schon in Panik. Er hatte es gewusst. Sie hatte nie geglaubt, dass das hier wirklich geschehen würde. Nach dem Ende der Zivilisation würde sie keinen Monat durchhalten.

Das Flugzeug, das von der *Action-Now!*-Konferenz aus am schnellsten erreichbar gewesen war, war einer von Zimris Privat-jets. Der Pilot kannte nur dieselbe Story wie das Bodenteam, die Story, die später auch an die Presse gegeben werden würde: Die CEOs der drei Tech-Giganten hatten sich zu Verhandlungen zu-rückgezogen. »Eine Suche auf höchster Ebene nach Synergien zwischen technologischen Infrastrukturen, die zu CO_2-einspa-renden Maßnahmen führen.« Dieses Flugzeug würde sie nicht direkt zu ihrem Ziel bringen, sondern zu einem nahe gelegenen

Zwischenstopp, wo Lenk und Ellen in ihre eigenen Jets umsteigen würden. So schnell wie möglich weg, dann hatte man Zeit genug, dafür zu sorgen, dass keiner einem folgte. Sobald sie den Bereich der Radarkontrolle verlassen hätten, würde Zimris Pilot der Flugsicherung falsche Koordinaten durchgeben. Sie mussten verhindern, dass jemand ihnen zum tatsächlich genutzten Bunker folgte. Einer von Zimris Sicherheitsbunkern war kürzlich von so einer verdammten Internet-Journalistin von *Name the Day* in die Luft gejagt worden. Dieses Risiko bestand immer.

Die Flugzeugtür ging mit einem beruhigenden Zischen auf, und die Treppe senkte sich herab. Den Piloten würden sie gar nicht zu Gesicht bekommen.

»Im Flugzeug gibt es WLAN«, sagte Zimri, als sie die Stufen hinaufstiegen. Lenk sah, dass Zimri bereits alle Möglichkeiten durchging und immer wieder neu berechnete. Verschaffte es ihm einen Vorteil, dass es sein Flugzeug war? Oder war es eher von Nachteil? Das würde es in der neuen Welt nicht mehr geben, diese aus dem Überfluss geborenen Neurosen. Es würde ein einfacheres, ein reineres Leben sein.

Lenks Knochenschallkopfhörer wechselten zu *Goats Head Soup*, und die Gitarre rockte ihn in die Zukunft. Die würde bald anbrechen, und obwohl ihm klar war, dass dies, im Großen und Ganzen gesehen, eine kleinere Apokalypse sein könnte, zumindest für sie drei – ein Jahr oder vielleicht auch fünf voller Unbequemlichkeiten und sich neu eröffnender Geschäftsmöglichkeiten –, befand er sich im Einklang mit sich selbst. Das Flugzeug hob so geschmeidig ab, wie ein großer Schluck kühles Wasser durch die Kehle rann. In gewisser Weise flogen gar nicht sie weg. Sondern die Erde wich unter dem Flugzeug zurück, und das Leben, das sie gekannt hatten, rollte sich zusammen und räumte sich weg. Sie verließen nicht die Welt, die Welt verließ sie.

ZWEITER TEIL

das, was
uns erwartet

Auszug aus dem *Name-The-Day*-Prepper-und-Survival-Forum

Unterforum: ntd/strategien

>> *OneCorn*, Status:
Perfekt vorbereitet
***OneCorn* hat 4.744 Posts erstellt und 14.829 Likes erhalten.**

Okay, wer hat Lust auf ein bisschen BIBELSTUDIUM?

Ich bin bei meinen *interessanten historischen Lektionen*, danke.

Wer den Leuten Sachen erzählt, die das Zuhören wert sind, wird nun mal unvermeidlich verbrannt. Das ist unser Schicksal. Glaub mir. Die heutige Lektion widmet sich dem Thema: Wann ist es Zeit zu gehen?

Es geht *nicht* um Milliardäre, die riesige Survival-Bunker besitzen.

Keiner hat dich je daran hindern können, über Lenk Sketlish herzuziehen, AM. Aber ja. Das hier ist relevant. Es geht um sehr mächtige Menschen, und es geht um gesellschaftliche Verantwortung, okay?

Also gut.

Genesis, Kapitel 18, frei übersetzt.

Triggerwarnung: Sexuelle Übergriffe, Mord, Sachbeschädigung, Explosionen, Terror, Inzest, Feuer-

>> *ArturoMegadog*, Status: Alles dauerhaft haltbar

@*OneCorn:* Ehrlich, du fängst wieder mit dieser Scheiße an?

Du wirst bestimmt wieder geflamt.

Geht es um die Sache mit den Milliardärsbunkern?

Krieg ich Gelegenheit, Lenk Sketlish zu haten?

Okay. Du wirst trotzdem geflamt, weil du das auf /strategien machst. Aber mach weiter. Ich glaube, ich bin sowieso der Einzige, der derzeit mitliest.

regen, Salzsäulen, gewaltsamer Tod, Gotteslästerung, Gott

Und der Herr sah auf Sodom, und es war kein toller Ort zum Leben, Arbeiten oder um Kinder großzuziehen. Die Bewohner von Sodom waren grausam, sie nahmen sich, was sie wollten, sie hatten alle Fürsorge für Fremde oder die Armen eingestellt. Sie waren abscheulich.

Sodom war ein Ort, der alles verkörperte, was mit dieser »Zivilisation« und dem »Fortschritt«, dem die Menschen nachjagten, falsch war. Der Herr schaute genau hin und sah all das mit ausgesprochen negativen Gefühlen.

Doch der Herr hatte in letzter Zeit mehrere ernsthafte und nützliche Gespräche mit einem gewissen Abraham geführt. Mehr als jeder andere Mensch überraschte Abraham den Herrn immer wieder mit der Tiefe seines ethischen Denkens. Man sollte meinen, Gott interessiere sich nicht für Kommentare zu seiner Arbeit, doch tatsächlich holt er sogar schon in der Genesis andere Meinungen ein und lässt zu, dass sein Handeln von ihnen beeinflusst wird.

Das passiert auch in den Erörterungsbüchern des Talmud. Sie stellen im Wesentlichen Schichten von Kommentaren dar, mittels derer Gelehrte untereinander über die Jahrhunderte hinweg diskutieren.

>> *ArturoMegadog*,
   Status: Alles
   dauerhaft haltbar

Na, dann fasse ich das mal als Kompliment auf, und vielen Dank auch!

Andere Meinungen einzuholen und das eigene Handeln vor diesem Hintergrund zu hinterfragen, lässt auf einen fortschrittlichen Geist schließen. Gott dient uns hier wohl durch sein Schöpfungswerk als Vorbild.

Also: Ganz vertieft in diesen Prozess und an Feedback interessiert, weihte der Herr Abraham in seine Pläne ein.

Er sagte: »Sodom und Gomorrha. Es ist unglaublich, welche Entsetzensschreie von diesen Orten an meine Ohren dringen. Sie behandeln einander nicht mit Güte, nicht einmal mit Achtung oder grundlegendem Respekt für die Würde des Menschen. Und so denke ich: Vernichte sie! Zerschmettere sie! Lösche sie aus! Feuer und Schwefel. Mein Zorn, mein Freund, ist *erwacht*.«

Der Herr wartete auf Abrahams Antwort. Er war nervös.

Nun erschien es Abraham offensichtlich, dass der Herr sich gerade mehr oder weniger selbst widersprochen hatte. Denn wenn man möchte, dass Menschen die Würde der anderen respektieren, sollte man dann nicht damit anfangen, dass man ... selbst ihre Menschenwürde achtet? Aber es ist ja schon schwer, auch nur seinen Chef auf so etwas hinzuweisen. Geschweige denn den Herrn aller Dinge, den Schöpfer des

Himmels und der Erde. Schließlich sagte Abraham:

»Du hast vor, die ganze Stadt auszulöschen? Die guten Menschen zusammen mit den schlechten?«

Darauf der Herr so ungefähr: »Yeah! Gerechtigkeit!«

Abraham legte die Fingerspitzen an die Stirn und sagte: »Okay, hab bitte Nachsicht mit mir, was aber, wenn es in Sodom fünfzig gute Menschen gibt? Würdest du dann immer noch die ganze Stadt zerstören? Es heißt doch, man soll jeden gerecht richten.«

Das war ein starkes Argument, und der Herr hatte, ehrlich gesagt, noch gar nicht darüber nachgedacht. Deshalb unterhielt er sich so gern mit Abraham – der Mann hatte Ideen, die genau ins Schwarze trafen. Wie ein Kind, das seine Eltern auf die richtigen Werte verpflichtet.

Der Herr sagte: »Okay, also weißt du, du hast recht. Wenn es in Sodom fünfzig gute Menschen gibt, werde ich der ganzen Stadt vergeben. Ja, wenn es fünfzig gibt, mache ich genau das.«

Nun, vielleicht war »allen vergeben« versus »alle vernichten« nicht wirklich das, worauf Abraham mit seiner Bemerkung über gerechtes Richten hinauswollte.

Aber so, wie man es bei einem schwierigen Chef eben macht,

>> **DanSatDan**, **Status:** Eine Dose Bohnen

@OneCorn: ABRAHAM UND GOTT? Was ist das denn für ein religiöser Scheiß? Ich bin nicht wegen so einem Mist hier. Mit dem Zeug liegen mir meine Eltern schon ständig in den Ohren, vielen Dank auch. Ich dachte, in diesem Unterforum geht es um ernst zu nehmende Survival-Strategien und nicht um so einen Quatsch. Geh auf ntd/ endofday, wenn das dein Ding ist.

blieb Abraham ruhig und respektvoll. »Ehrlich, wer bin ich, um dir Vorschläge zu unterbreiten, ich bin buchstäblich nur Staub und Asche, und du bist der Herr, aber was hältst du davon: Wenn von diesen fünfzig guten Menschen nur fünf fehlen, würdest du die Stadt doch trotzdem nicht zerstören, oder? Wenn es nur fünfundvierzig gäbe, würdest du die Stadt auch verschonen, nicht wahr?«

Dem musste der Herr zustimmen.

Und Abraham fuhr fort, als müsste er dem Herrn der Heerscharen etwas unglaublich Wichtiges vor Augen führen. Nämlich, dass jedes menschliche Leben unendlich kostbar ist, sodass man nicht einfach ganze Städte zerbomben kann, selbst wenn dort beinahe alle einen Lebensstil pflegen, mit dem man nicht einverstanden ist.

»Du würdest die Stadt wegen vierzig verschonen«, sagte er. Dann: »Du würdest die Stadt wegen dreißig verschonen. Du würdest die Stadt wegen zwanzig verschonen. Du würdest die Stadt wegen zehn verschonen.«

Hier ging es um etwas wirklich Wichtiges; Abraham argumentierte gegen die Kollektivstrafe. Doch aus dem Text wird nicht ersichtlich, dass der Herr diese Idee wirklich schon begriffen hätte.

Und Abraham sagte noch etwas anderes. Nämlich, dass man, selbst wenn man unglaublich mächtig ist, nicht einfach gehen kann, wenn die Dinge sich zum Schlechten wenden. Dafür ist Macht nicht da. Man kann nicht einfach sagen: »Scheiß drauf, das hier war ein Fehler, ich mach mal Schluss damit.« Wenn man Macht hat, muss man sie einsetzen, um zu *helfen*.

»Okay, du hast recht«, sagte der Herr. »Ich würde die Stadt wegen zehn guten Menschen verschonen.«

Der Herr lernte dazu, und das ist echt kein schlechter Grund für die Erschaffung der Menschheit.

Jedenfalls stellte sich heraus, dass es in der Stadt keine zehn guten Menschen gab. Nur ein einziger Mann erfüllte halbwegs die Anforderungen – Lot, Abrahams Neffe. Der Herr hatte genug von dem Gespräch mit Abraham. Der war ein kluger Kerl, aber allmählich tat dem Herrn der Kopf weh. Und so beschloss er, Feuer und Asche auf die Städte der Ebene regnen zu lassen.

Aber ich meine, das ist doch die eigentliche Frage, oder? Ist es in Ordnung, einen Ort aufzugeben? Wie wenig Gutsein ist zu wenig? Wann ist keine Zukunft mehr übrig?

>> *ArturoMegadog*,
Status: Alles
dauerhaft haltbar
@OneCorn: Ich
hab's dir gesagt.

ArturoMegadog
@DanSatDan: Mach mal halblang, Kleiner. Bevor du in einen flamewar gerätst und hinterher Brandsalbe brauchst … versuch dir klarzumachen, wen du beleidigst. Schau mal unter OneCorns Best-of, okay? OneCorn macht so was manchmal. Mit der Form experimentieren. Bruchstücke inein-anderfügen, die so wirken, als passten sie nicht zusammen. Am Ende hat das fast immer seinen Sinn. OneCorn weiß, was OneCorn tut. Hab Vertrauen.

zhen

1 seasons time: deine zeit

Einige Monate vor dem Weltuntergang shoppte Lai Zhen – Top Fifty Creator im *Name-The-Day*-Forum und dort die Topexpertin, was technische Hilfsmittel für den postapokalyptischen Überlebenskampf anging – an einem schwülwarmen Tag im Juni in der Seasons Time Mall in Singapur neue Hardware, als jemand versuchte, sie zu erschießen.

Ironischerweise hatte Zhen kürzlich ein Video mit dem Titel »Was dir durch den Kopf geht, wenn jemand auf dich schießt« gepostet. 6,3 Millionen Menschen hatten es gesehen. Sie war zynisch und geistreich aufgetreten und hatte in die Kamera gesprochen; als ihre Assistentin die Pistole abfeuerte, war sie tief unten am Boden in einer Vorwärtsrolle aus der Schusslinie gehechtet.

- Sie sagte: Vergiss nicht, dass der Schock es dir erschweren wird, dich zu konzentrieren.
- Sie sagte: Du wirst erstarren, du musst gegen deinen Instinkt ankämpfen.
- Sie sagte: Denk dran, du wirst dir vielleicht in die Hose machen.
- Sie grinste.
- Nein, wirklich, sagte sie. Das meine ich ernst.

Der oberste Kommentar lautete: »Verdammt cooler Survival-Instinkt.« Das Video hatte 15.272 Likes bekommen. Lai Zhen hatte den Untergang Hongkongs und siebzehn Monate in einem britischen Flüchtlingslager überlebt. Sie sprach in dem unbeteiligten, ironischen, humorvollen, fachmännischen und nur leicht emotional gebrochenen Stil darüber, der inzwischen angesagt war, wenn man über das Ende der Zivilisation redete. Zhen war dreiunddreißig Jahre alt, und eine zunehmend auf Survival-Fragen konzentrierte Welt ständig hochkochender Krisen war scharf auf das, was sie zu bieten hatte.

Doch Symbol und Wirklichkeit sind niemals dasselbe. Wenn eine Freundin für ein Video, das mehr Klicks für die Outdoor-bekleidungsmarke deines Sponsors generieren soll, Platzpatronen verschießt, ist das etwas ganz anderes, als wenn vier Kugeln die Schaufenster eines Elektronikmarkts in der Seasons Time Mall in Singapur durchschlagen. Als die Schüsse zwei Fernseher und die Touristin trafen, die neben ihr stand, nutzte Zhen tatsächlich keine Merksätze, um ihre Angst zu überwinden, und wandte auch nicht die Vier-sieben-acht-Atemtechnik an. Vielmehr war alles, was sie hörte, ihre eigene dumme Stimme in ihrem Kopf, die sagte: Du wirst dir vielleicht in die Hose machen.

Die Seasons Time Mall war die größte Einzelhandels-Megacity der Welt; sie gehörte einem internationalen Tech-Konzern, der Zhen eingeladen hatte, an einer Wohltätigkeitsveranstaltung teilzunehmen – Flüchtlingshilfe, Hilfe für Flut- oder andere Katastrophenopfer, irgendwas in dieser Art. Zhen musste immer noch verwinden, dass die Frau, auf die sie stand, sie anscheinend abserviert hatte und sie seit Monaten mehr oder weniger ghostete. Dabei hatte Zhen geglaubt, es könnte etwas Ernstes daraus werden. Sie hatte die Einladung angenommen, weil sie gehofft hatte, es würde sie trösten, sich im verklemmtesten Staat der Welt aufzuhalten, und weil es ihre Devise war, in Bewegung zu bleiben, wenn sie sich beschissen fühlte.

Ihr guter Freund Marius hatte gesagt: »Du gehst hin, weil Flüchtlingshilfe dir wichtig ist. Diesen düsteren postmodernen ironischen Jean-François-Lyotard-Quatsch kauf ich dir nicht ab.«

Es stimmte schon, sie hatte es abgelehnt, ein selbstaufbauendes Zelt in Addis Abeba und eine revolutionäre neue Smartfaser-Jacke in Helsinki zu testen. Sie hatte eine mehrere Länder umfassende PR-Reise für Schutzräume abgesagt, die in achtzig Großstädten der Welt ab 7.000 Dollar jährlich für jedermann zu mieten waren – was sind schon 7.000 Dollar im Austausch für Seelenfrieden? Das war ihr Ding: nicht Stöckchen aneinanderzureiben, um Feuer zu machen, sondern die beste Ausrüstung zu kaufen, die man sich leisten konnte, und sich smarte Technologien zunutze zu machen, um beim grauenhaften Zusammenbruch der Zivilisation mit dem Leben davonzukommen. Doch all das hatte sie zugunsten einer Wohltätigkeitsveranstaltung in Singapur abgelehnt.

»Idiot«, sagte sie zu Marius. »Ich habe keine Gefühle; du kannst mir keine nachweisen.«

Sobald sie mit dem Flugzeug aus San Francisco eingetroffen war, hatte sie sich direkt von ihrem Hotel zur Seasons Time Mall begeben, um zu sehen, welche technologischen Neuheiten noch nicht bis in die USA gelangt waren. Die Flüchtlingskrise ließ sie kalt, die Ungleichverteilung des Reichtums regte sie nicht auf, und die verdammte Funkstille mit dieser Frau war ihr scheißegal. Sie war hier, um zu *konsumieren*.

Der Slogan für das größte Einkaufszentrum der Welt lautete: »In der Seasons Time ist immer deine Zeit«, aber eigentlich hätte es heißen müssen, es ist niemals überhaupt irgendeine Zeit. Verschiedene Bereiche der Mall hielten unausgesetzt eine künstliche Vorspiegelung dieser oder jener Jahreszeit aufrecht; religiöse Feste, Naturereignisse und nationale Feiertage drängten sich ohne Ordnung zusammen, ganz im Einklang mit dem Agnostizismus der Shoppingmall. Wie in Disneyland war es immer die richtige Zeit für einen Umzug, und der Winterschlussverkauf fand alle achtundvierzig Stunden jeweils für eine Stunde statt, einem Zeitplan folgend, der nur auf der *It's-Your-Time*-App der

Seasons Time veröffentlicht wurde. Glaubte man den vielfältigen Posts mit lahmen Kommentaren, war die Seasons Time entweder ein unglaublich abstoßender Fall kultureller Aneignung, eine ökologische Katastrophe, ein charmantes Beispiel singapurischer Launenhaftigkeit oder – ehrlich, mach dich mal ein bisschen locker – ein cooler Ort für einen nachmittäglichen Einkaufsbummel.

Auf dem Weg durch das Kürbisgewürz-Tor zur Plaza des Internationalen Frauentags hatte Lai Zhen die verschiedenen Möglichkeiten im Kopf durchgespielt. Sie war hier, um die Mall zu erleben und zu genießen, aber auch, um sich zu ihr zu äußern und sowohl verächtlich als auch beleidigt über sie abzulästern. Eine berauschende Mischung, so intensiv wie der Duft von Zimt, Muskatnuss und Nelken, der aus den Belüftungsschächten über ihrem Kopf strömte. Genüsslich gab sie sich der wundervollen Ablenkung hin, dass nichts, was hier geschah, jemals gänzlich real war, und so war sie selbst – solange sie hier war – es auch nicht.

In Christmas ging sie in einen Elektronikmarkt: Glasdecken und funkelnde Lichter. Es gab eine neue Kamera, die sie gern ausprobieren wollte. Sie nahm sie mit zum Fenster. Draußen zeigte eine Wand von Thinscreens Aufnahmen des von seinen Assistentinnen und Assistenten flankierten Lenk Sketlish, der die Einrichtung eines weiteren FutureSafe-Naturschutzgebietes ankündigte. Nein! Bitte keine Auseinandersetzung mit der realen Welt in der Seasons Time! Zhen richtete die selbstfilternde multifokale Linse auf eine Art Schneekristall aus Glas, der von der Decke herabhing. Sie zoomte das Bild heran, stellte es ein und erzeugte mit verschiedenen Filtern eine gestochen scharfe Version. Sie betrachtete die Schneeflocke gerade durch den Sucher, als diese plötzlich explodierte.

Sie platzte auf, als liefe ein Zerfallsprozess im Zeitraffer ab. Die Spitzen brachen ab, das Innere spritzte heraus, und beinahe gleichzeitig ertönte ein Geräusch wie von ein paar Feuerwerks-krachern drei Stockwerke weiter oben.

Sie dachte:

- Cooler Effekt?
- Nein.
- Ist das eine Art …
- Könnte das eine Panne sein, denn es wirkt wie …
- Ich wette, im Film fummeln sie am Sound herum, damit der Schuss eindrucksvoller wirkt. Das hat sich wirklich nur nach einem kleinen Kracher angehört.
- Oh, Scheiße.

Vier explodierende Löcher öffneten sich im Schaufenster, Glas-splitter glitzerten wie Lametta.

Lai Zhen hatte zwölf Videos über das Szenario eines Amok-laufs mit Schusswaffen gedreht. Sie spürte, dass ihr Mund auf-klappte wie die Anzeige eines Spielautomaten, und registrierte, dass sie krampfhaft nach einer Erklärung suchte, wie Glas ein-fach so *kaputtgehen* konnte. Im Kopf ging sie diverse Survival-Strategien durch, kam jedoch zunächst auf keinen grünen Zweig. Wie man Regenwasser mit einem Bettlaken auffängt? Nein. Wie man frischen Mais mit Salz haltbar macht? Nein. Wie man eine AK-47 auseinandernimmt und reinigt? Schon wärmer. Ein Amok-lauf. Das ist es. Rennen.

Und sie rannte.

Nicht aus dem Laden heraus. Auf der Weite der Christmas Plaza wäre sie ein einfaches Ziel. Sie sah sich um. Ja, dort, weiter hinten, Lagerräume. Dort musste es einen Lieferanten-eingang geben. Die anderen Kunden standen noch immer mit offenen Mündern da. Zhen selbst kam sich zu langsam vor, doch die anderen hatten noch nicht einmal zu schreien be-gonnen.

Sie sprang über die Theke, als eine kleine japanische Dame in einer makellos sauberen Jeans und einem beigefarbenen Wollmantel eine Kugel in die Schulter bekam. Blut spritzte über die Thinscreens, die Tastaturen und die Kamera-Gimbals. Zhen warf einen Blick zurück. Der Ehemann der Japanerin kauerte über ihr, die anderen Kunden rannten in alle Richtungen davon. Denk nach. Nachdenken. Versuch dich an *irgendetwas* von dem zu erinnern, das du gelernt hast, du Idiotin.

In dem Raum hinter der Theke standen Kartons mit technischen Geräten auf Metallregalen. Einen Moment lang dachte sie, verdammt, Sackgasse, doch im gleichen Augenblick erspähte sie, halb von den Regalen verdeckt, eine weitere Tür. Sie drehte am Türgriff. Das Schloss leuchtete rot auf. Fuck. In ihrer Hosentasche fand sie ihren Schlüsselbund mit dem elektronischen Universalschlüsselanhänger und hielt ihn ans Schloss. Sie wartete drei lange Sekunden und dachte an den Hinweis des Herstellers, »universal« habe eine begrenzte Bedeutung, und an Marius' Spöttelei, das Ding sei »ein blödes Gadget, mit dem du nicht mal Umschlag aufkriegst«. Aber wie gut gesichert konnte der Lieferanteneingang einer Mall schon sein? Sie wartete. Wartete noch länger. Das Licht wechselte zu Grün. Der Griff ließ sich drehen.

Sie trat in einen langen, spärlich erleuchteten Gang, an dessen Wänden sich Kartons stapelten. Die Schreie aus der Mall wirkten sofort gedämpft.

Sie machte die Tür hinter sich zu. Ihre Hände zitterten. Okay, sie war in Sicherheit. Doch was, wenn andere Menschen entkommen mussten? Sie öffnete die Tür wieder und klemmte ein Stück Pappe ins Schloss. Okay, du bist eine Heldin. Oder zumindest kein schlechter Mensch. Und jetzt raus hier, Zhen, weg von der Tür, los, weiter.

Sie schaute nach links und rechts. Rechts waren Fiberglasstühle aufgetürmt wie Bücherstapel. Links bildeten dreihundert Meter Pappkürbisse, manche mit dem Schriftzug »Sale«, einen wackeligen Hügelkamm. Zhen versuchte sich zu erinnern, wo es nach draußen ging. Links kam erst … Halloween, dann Valentinstag, dann Kirschblütenfest, dann Mexikanischer Totentag und dann der Ausgang. Sie wandte sich nach links und rannte los.

Hinter ihr war nichts zu hören. Sie war noch am Leben und unverletzt, abgesehen von ein paar Kratzern am Arm, wo sie herumfliegende Glassplitter getroffen hatten. Sie hatte niemandem das Leben gerettet, aber sie hatte ihre Sache auch nicht schlecht gemacht. Das hier war schrecklich, aber sie war nur zufällig hineingeraten; der Schütze war vermutlich bereits tot – in Singapur würde man da nicht lange fackeln. Zhen hatte Material für einen total coolen Post, in dem sie davon berichten würde, wie sie ihr Wissen im präapokalyptischen Großstadtdschungel eingesetzt hatte. Ah, der Eigennutz kehrt zurück, dann fühle ich mich wohl wieder sicherer.

Zhen warf einen weiteren Blick zurück. Nichts. Niemand war ihr durch die Tür gefolgt. Schüsse ertönten auch keine. Sie hörte nicht einmal, dass jemand an dem Türgriff hantierte. Okay. Survival-Training. Sie verharrte hinter einem Regal mit Plastikkürbis-Laternen und wartete, bis ihr Herzschlag sich normalisierte und das Rauschen in ihren Ohren aufhörte. Wenn es ein Einzeltäter war, wäre es am besten, aus dem Gebäude zu verschwinden. Aber es konnte sich auch um einen Terrorangriff handeln. Möglicherweise warteten mehrere Schützen vor der Mall und knallten die Herauskommenden ab. In diesem Fall sollte sie sich hier verstecken, in diesem düsteren Nirgendwo zwischen den Verkaufsräumen.

Zhen lief an den letzten Promi-Kürbissen vorbei – Ryan Reynolds mit aufgesprühtem Silberhaar und Zendaya, beide als knollige, orangerote Karikaturen. Sie wandte sich nach rechts zu den rosa Glitzerherzen aus Styropor. Valentinstag. Neben »antiken« griechischen Krügen aus Plastik, die mit Konfetti gefüllt waren, lehnten, dreifach gestaffelt, grellbunte Putten mit langen Augenwimpern an der Wand. Tonnen in langen Reihen waren mit Kuscheltieren gefüllt, die Plüschherzen in den Pfoten hielten. Viele von ihnen waren Füchse. War das jetzt in? Weihnachten Rentiere, Ostern Hasen und am Valentinstag Füchse? Musste inzwischen jedes Fest sein Tier-Maskottchen haben? Zhen lauschte erneut. In verschiedenen Bereichen des Gebäudes heulten Sirenen. Aber hinter ihr waren keine Schritte zu hören.

Sie schaute sich um – der Gang war menschenleer. Das Fiberglasgestell eines Drachenboots lehnte an der Wand. Sie wandte sich nach vorn – das japanische Kirschblütenfest in Verbindung mit einer Papierlaternenzeremonie. Pappmaschee-Zweige voller Papierblüten und Glitter, mit Laternen behängt, eine Reihe Jukeboxes aus den 1950er-Jahren, die Kabel in Steckdosen. Seit vier Jahren hielt Zhen jährlich einen dreitägigen Outdoor-Survival-Kurs zum Thema »kalkuliertes Risiko« ab. Denk nach.

Weiter vorn gab es einen sicheren Weg nach draußen. Hinter den Totentag-Totenschädeln und den mexikanischen Deko-Fächern aus Spitze entdeckte sie ein grünes Exit-Schild. Zweite Exit-Möglichkeit: hinter den Zucker-Totenköpfen das Paneel zur Zwischendecke öffnen. Gut. Verstecken und sich weitere Informationen beschaffen. Seit der Explosion der Schneeflocke mussten sechs oder sieben Minuten vergangen sein. Inzwischen würde der Vorfall viral sein.

Sie eilte zurück und versteckte sich in einer Tonne voller Valentinstagsfüchse aus Plüsch. Sie kauerte sich ganz unten am Rand der Tonne zusammen, wo Haarbüschel aus falschem Fuchsfell lagen, dick wie feuchtes Moos auf dem Boden eines Regenwaldes, und schob sich die Stofftiere über den Kopf.

Sie schaltete den flexiblen Thinscreen an ihrem Jackenärmel ein. War der schwarze Punkt auch da schon in der Ecke des Displays gewesen? Hinterher konnte sie sich nicht mehr daran erinnern. Sie suchte nach der Seasons Time Mall.

Da war es. Post um Post. An einer Lichtschiene hatte es eine Panne gegeben. Dabei waren Metallteile in alle Richtungen geflogen und hatten zwei Fenster zerschmettert. Eine Touristin war von einer Glasscherbe am Arm verletzt worden, zum Glück nicht schwer. Man sah Fotos von Sicherheitsleuten, die die riesigen Türen zu beiden Seiten des Quadranten öffneten, und von Ständen auf den Parkplätzen, wo kostenlos heiße Schokolade und Pho-Suppe ausgegeben wurden. Die Kunden erhielten zur Entschädigung für die Unannehmlichkeiten einen Hundert-Dollar-Gutschein, den sie in jedem Laden der Mall einlösen konnten. Konsumentenfreundlicher Kapitalismus vom Feinsten.

Zhen kam sich dämlich vor. Das hatte man davon, wenn man zu viel trainierte. Eine Lichtschiene ist explodiert, und du denkst, man schießt auf dich. Was kommt als Nächstes? Jemand betätigt die Klospülung, und du meinst, es ist ein Tsunami? Ihre Ex Ya-Ling hatte recht gehabt: Sie sollte eine Therapie machen. Darüber reden, dass sie als Jugendliche in einem Flüchtlingslager gelebt und ihre Mutter verloren hatte. Und über die Sache mit dem Hund. Und sie sollte sich eine neue Beschäftigung suchen, weil sie die Gefahr überall lauern sah. Apokalypse-Shows, der unausgesetzte Trommelschlag von Survival-Strategien, Fluchtrouten und Notfalltaschen, und das macht die Dinge nicht besser, Zhen, oder? Es macht sie nur schlimmer, und am Ende landest du da, wo du jetzt bist.

Als sie sich vorstellte, wie sie von außen aussehen musste, stieg ein Lachen in ihr auf. Sie lag im menschenleeren Gang einer Shoppingmall unter einem Berg von Plüschfüchsen. Was trieb sie hier eigentlich? Ganz einfach, sie ließ sich einen kostenlosen Teller Pho-Suppe entgehen.

Ihr unterdrücktes Kichern wollte gerade in Gelächter übergehen, da zerriss ein Schuss die Plüschtiere zu Fellwolken, die sie zu ersticken drohten. Noch bevor sie darüber nachdenken konnte, was sie für diesen Fall trainiert hatte, sprang sie aus der

Tonne und schleuderte sie in die Richtung, aus der der Schuss gekommen war. Und dann rannte sie los.

Sie warf einen Blick zurück. Eine Frau. Langes, schlabberiges Blümchenkleid, das Haar zusammengebunden und unter eine sackartige Mütze gestopft. Jeansjacke, ausgelatschte Turnschuhe. Wäre man ihr auf der Straße begegnet, hätte man sie für eine dieser verbissenen Fußball-Mütter halten können, der die anderen Eltern aus dem Weg gingen. Doch ihre Waffe war mehr als real: eine Beretta M9A3 mit Schalldämpfer. Diese Frau kannte sich mit Pistolen aus. Hätte Zhen sich nicht am Rand der Tonne zusammengerollt, sondern in der Mitte gesessen, hätte diese Frau sie erschossen.

Mit einem kleinen Vorsprung bog Zhen um die nächste Ecke. Sie warf eine große Fiberglasbrücke um und stieß die künstlichen Kirschblütenbäume darauf. Das würde ihre Verfolgerin nicht aufhalten, aber Zhen konnte sich einige Sekunden niederkauern, ohne dass die Frau sie sah. Die zweite Exit-Möglichkeit. Zhen schleuderte Körbe voller Flexifilm-Kirschblüten in die Luft. Sie schwebten ganz langsam nieder, verwandelten dabei die kinetische Energie in flackerndes Licht und schufen einen funkelnden Vorhang aus Pink, Rosa, Altrosa, Weiß und Rosé. Zhen drückte die Schalter an der erstbesten Jukebox – sie spielte eine funkige Version des Sakura-Lieds, laut genug, um die Geräusche zu übertönen, die sie nun gleich machen würde. Während die falschen Blütenblätter nach unten schwebten und der Bass dröhnte, schlüpfte Zhen in den Kriechraum hinter dem Baum und zog das Paneel hinter sich zu.

Sie bemerkte es kaum, aber sie hatte sich tatsächlich in die Hose gemacht.

2 mit perfekt vorgespielter überraschung

Im Januar war Lai Zhen eine der gefragteren Referentinnen bei der jährlichen DEMOlition-Konferenz in London gewesen. Jedoch nicht eine der wohlhabendsten oder mächtigsten Geladenen. Die Reichen waren anderswo gewesen, und ihre Wege hatten sich kaum mit denen der eigentlichen Content Creator auf den unteren Stockwerken des Konferenzgebäudes gekreuzt.

Während Lai Zhen einen Vortrag über »Fünf Survival-Tools, ohne die man buchstäblich nicht leben kann (und zehn neue Arten, sie zu benutzen)« hielt, trat Martha Einkorn, Persönliche Assistentin von Lenk Sketlish, aus dem Aufzug auf die begrünte Dachterrasse. Die Champagnerkorken knallten wie Pistolenschüsse, und das blasse Getränk strömte perlend in die Gläser.

Martha hatte tausend Dinge einfädeln müssen, um zu diesem Moment zu gelangen. Und wenn alles gut lief, würde dieser Moment erst der Anfang sein.

Alle waren da, wiesen auf die Besonderheiten der Londoner Skyline in der Januarsonne hin oder beachteten die Skyline gar nicht erst, weil sie sie schon so oft gesehen hatten. Zimri Nommik von Anvil, das asymmetrische Gesicht gebräunt, wie er sich an dem Lächeln versuchte, das ein Coach ihm beigebracht hatte. Neben ihm, selbstbewusst und entspannt, Selah Nommik – sie hatte in Cambridge Informatik studiert, war dieser Tage aber vor allem für ihre Bemühungen bekannt, Zimris riesiges Vermögen, wo immer er es zuließ, für gemeinnützige Zwecke einzusetzen. Lenk Sketlish war natürlich auch da, schlank und blass in seinem perfekt sitzenden Anzug; Martha stellte sich neben ihn. Ebenfalls vor Ort: Ellen Bywater, CEO von Medlar, vor Kurzem ver-

49

witwet, irischer Abstammung und – in Naturstoffe und neutrale Farben gekleidet – so elegant wie immer. Sie wandte den Kopf zur Seite, als hörte sie dort ihren verstorbenen Mann Will, als flüsterte er ihr noch immer etwas ins Ohr.

Ellen Bywater hatte ihr jüngstes Kind zur Party mitgebracht. Badger Bywater hatte kurzes dunkles Haar und schwarz lackierte Fingernägel. Vor Kurzem hatte Badger sieren Fantail-Kanal dazu benutzt, kritische Videos über Tech-Firmen zu posten. Es war typisch für Ellen Bywater, dass sie Badger daraufhin zu dem Event mitgenommen hatte. Auf ähnliche Weise war auch Albert Dabrowski, der ausgebootete Gründer von Medlar, zu seiner Einladung gekommen. Albert versteckte sich hinter der schmelzenden Eisskulptur eines Reihers. Das weite Hawaiihemd war über seinem runden Bauch zugeknöpft, und er trank mit stummer Entschlossenheit. Ellen lud ihn immer zu den hochkarätigen Medlar-Events ein, weil es ihr wichtig war, dass alle anderen die Geschichte glaubten, sie habe ihn zu einem unglaublich reichen Mann gemacht. Viel reicher, als er je hätte werden können, hätte sie zugelassen, dass er seine Firma weiterhin so stümperhaft führte. Wahrscheinlich war er ganz zufrieden damit. Hin und wieder nahm er diese Einladungen an, brachte niemals seinen Mann mit, trank immer zu viel und erzählte jedem, dass er auf dieser Feier die »böse Fee« sei.

Martha lächelte Zimri zu und schaute dann weg – das war angenehmer für ihn, da er sich bei solchen Veranstaltungen immer unwohl fühlte. Zwischen Lenk, Ellen und Zimri hatte Martha aktuell die meiste Zeit auf Zimri verwandt. Er hatte es nie öffentlich zugegeben, doch Martha vermutete, dass er autistisch veranlagt war. Er war extrem intelligent und tiefer in jede Einzelheit seiner weltverändernden Firma eingearbeitet, als selbst Lenk oder Ellen es sich je hätten vorstellen können. In einem anderen Zeitalter wäre er vielleicht Gelehrter oder sogar Mönch geworden, und niemand hätte von ihm verlangt, auf Partys zu erscheinen. Aber natürlich stellte Martha sich das alles nur vor – in einem früheren Zeitalter wäre er vielleicht der ehrgeizige Berater eines skrupellosen Königs gewesen. Die Tatsachen im Leben eines Menschen sind, wie sie sind. Zimri war keineswegs von seinem Zeitalter geformt worden, sondern hatte die ersten Jahrzehnte des einundzwanzigsten Jahrhunderts zu seinen eigenen gemacht. Anvil war mehr wert als Medlar und Fantail zusammen. Es wäre unsinnig, Mitgefühl mit ihm zu haben.

Selah Nommik bemerkte, dass Martha wegschaute, und begegnete – zwischen den Kameraklicks des Eventfotografen – ihrem Blick. Sie zwinkerte ihr zu. Martha nickte und verbarg ihr Lächeln sofort wieder, bevor die Kamera auf sie gerichtet wurde. Sie empfand einen scharfen Stich der Einsamkeit. Das war neu. Es war beunruhigend, dass diese Gefühle jetzt in ihr auftauten. Sie war schon lange einsam und hatte erst vor Kurzem verstanden, dass ihre produktiven Onlineforum-Gewohnheiten und ihre Arbeitsbeziehungen – so anspruchsvoll und intensiv diese auch waren – kein Ersatz für echtes Vertrauen und echte Verletzlichkeit waren. Doch es war nicht die richtige Zeit, um zuzulassen, dass das Eis in ihrem Inneren schmolz. Reiß dich zusammen, das ist nicht der passende Moment. Sie kam jetzt schon seit Jahren auf diese Weise zurecht. Konzentrier dich wieder. Lenks Bedürfnisse reichten immer aus, um sie zu beschäftigen.

Martha beobachtete, wie Badger Bywater zu Lenk hinüberschlenderte, in der Hand ein Glas mit einem purpurroten Cocktail, den sier durch einen Strohhalm einsaugte. Martha war klar, dass das Ärger geben würde. Sie arbeitete seit vielen Jahren für Lenk und hatte ein Gespür für seine Stimmungen und Wünsche. Ja, sie wusste sogar noch vor ihm selbst, ob etwas sein Interesse erregen oder seinen Zorn entfachen würde.

»Ist das ein Strohhalm?«, fragte Lenk Sketlish. »Wie kommt es, dass du einen Strohhalm hast?«

Badger blickte mit perfekt vorgespielter Überraschung auf.

»Ich?«

Badger Bywater hatte siere Mutter zu dieser Art von Events begleitet, seit sier sieben oder acht Jahre alt war. Niemand fühlte sich zwischen fünfundachtzig Dollar teuren Sashimi-Häppchen auf dem Löffel oder edlen Blumen, die gekühlt aus Australien eingeflogen wurden, mehr zu Hause als Badger Bywater. Badger ging der ganze Luxus inzwischen am Arsch vorbei, und sier hatte keine Angst, es zu zeigen.

»Ja, du«, sagte Lenk Sketlish. »Wie bist du an diesen Strohhalm gekommen? Es hieß, es gäbe keine Strohhalme. *Nirgends* kriegt man mehr einen Strohhalm. Weißt du, genau das stimmt nicht mit der Welt.« Lenk sah sich um, ob ihm jemand beipflichten würde.

Badger schaffte es, gleichzeitig enorme Langeweile und nicht unbeträchtliche Verachtung auszustrahlen: »Ich hab meinen eigenen Strohhalm mitgebracht, Kumpel.«

»Genau das meine ich«, sagte Lenk. »Überleg mal, was diese Party kostet, trotzdem muss man seinen *eigenen Strohhalm* mitbringen?«

Zimri Nommik sprach so leise, dass Lenk ihn nur mit Mühe hörte. »Die Beweise für die schädlichen Auswirkungen von Plastikmüll im Meer sind überwältigend.«

Dieses Gemurmel brachte Lenk in Rage. Es hatte eine Zeit gegeben – es war noch gar nicht so lange her –, da hätte Lenk sich Zimri zur Brust genommen und ihn gefragt, ob er ihn einen Idioten nenne. Doch inzwischen praktizierte Lenk Meditation. Er hatte auf Martha gehört. Er beschimpfte Nommik weder als Loser noch als Beta-Männchen, und er sagte ihm auch nicht, dass er sich verpissen solle.

Stattdessen verdrehte er die Augen, meinte »Aha« und ging weg. Er hatte dazugelernt.

»Wie ertragen Sie ihn nur?«, fragte Ellen Bywater leise direkt hinter Martha, ihr boshaftes Mitgefühl nicht einmal minimal kaschierend. Vor einigen Jahren hatte Ellen Bywater versucht,

Martha zu Medlar zu locken, und sie mit Gefasel über Frauensolidarität und Aufstiegsmöglichkeiten in einer Firma, die sie wertschätzte, ködern wollen. Martha hatte abgelehnt, weil sie – alles in allem – die Aufrichtigkeit der Lüge vorzog und Lenks Jähzorn und kindische Launenhaftigkeit für ehrlicher hielt als Ellens glatte Oberflächlichkeit. Ellen Bywater hatte das weder vergeben noch vergessen.

»Mom!«, flüsterte Badger. »So solltest du mit niemandem sprechen. Das ist ihr Job, okay? Was soll sie denn machen? Sich mit dir gegen ihren Chef verbünden? Oder der Geschäftsführerin von Medlar widersprechen? Meine Güte, du begreifst aber auch wirklich gar nichts.«

»Ich freue mich, dass du dich für mein Leben interessierst«, sagte Martha. »Aber ich komme bestens zurecht, danke.«

Ein Gong ertönte. Es war Zeit für die Ansprachen. Sie waren bereits geschrieben und einstudiert. Die Gäste waren geladen, um ein gemeinsames Projekt von Medlar, Fantail und Anvil zu feiern: Um den Klimawandel aufzuhalten, ließen sie winzige Drohnen in große Höhen aufsteigen, die das Wetter veränderten.

Selah Nommik erläuterte ungezwungen und charmant, wie die neue Technologie programmiert worden war.

»Wir sind in die weltweite Wetterbeobachtung eingebunden. Die Drohnenschwärme patrouillieren jeweils ein bestimmtes Gebiet, können sich jedoch, wenn nötig, zu größeren Gruppen zusammenschließen. Wir können einen Taifun in einen leichten Nieselregen verwandeln. Und wenn Sie wollen, dass es aus einem klaren blauen Himmel schüttet ...«

Selah berührte eine Taste am Thinscreen, den sie am Unterarm trug. Dann zauberte sie theatralisch einen Regenschirm mit Anvil-Logo hervor und hob ihn über den Kopf.

Die Partygäste blickten lächelnd nach oben. Der Himmel über ihnen war strahlend blau, es war einer dieser kristallklaren Januarvormittage. Dann schimmerte plötzlich etwas in der Luft, und man hörte ein leises Summen. Wenn man blinzelte, konnte man hoch oben etwas ausmachen, das wie feine Staubpartikel aussah und sich zu einer kugelähnlichen Form zusammenballte.

»Seht nur!«, rief ein Mann und deutete nach oben wie ein biblischer Prophet.

Eine Wolke bildete sich. Erst klein und dann größer, eine dunkle Wolke am Horizont, die sich rasch auf das Gebäude zubewegte. Selah sprach lächelnd ins Mikrofon.

»Noch vor vier Stunden war das ein Unwetter über dem Wald von Gaižiūnai. Wir haben es aus Litauen hergeleitet.«

Die Wolke wurde dichter und dunkler. Sie rückte zu einer Stelle unmittelbar über dem Dachgarten des DEMOlition Konferenzgebäudes vor. Man spürte den ansteigenden Luftdruck in den Ohren. Und dann hörte man ganz schwach das Grollen von Donner. Es begann zu regnen.

Die Gäste applaudierten und nahmen dankbar die Schirme entgegen, die ihnen das Personal reichte. Der Regen prasselte heftig herunter; er roch nach Wald, scharf wie Kiefernnadeln. Kurz zuckte ein Blitz auf. Es war das Unwetter anderer Menschen, das zur allgemeinen Unterhaltung zu ihnen gebracht worden war.

Zimri Nommik betrat die Bühne, und Selah zog sich zurück.

»Na ja«, sagte Zimri spöttisch. »Ein Knüller. Regen in London. Im Januar!«

Hier und da wurde gelacht. Selah reagierte nicht, so wie sie derzeit nie auf Zimris viele Seitenhiebe reagierte.

»Wie wär's mit etwas Sonne?«

Zimri drückte mit dem Daumen auf einen voreingestellten Schalter seines SmartPin. Die Drohnen am Himmel bildeten eine neue Formation.

Etwas brannte sich durch die Wolkendecke und riss in ihrer Mitte einen blauen Fleck auf. Er wurde größer, heller und immer strahlender. Zu strahlend. Viel strahlender als der Himmel in London selbst an den wärmsten Tagen dieser viel zu warmen Jahre jemals werden konnte. Das Personal verteilte große, dunkle Sonnenbrillen unter den Gästen.

»Sie sollten jetzt unbedingt die Brillen aufsetzen. Wir bohren nämlich ein kleines Loch in die Ozonschicht«, sagte Zimri. »Nur zum Spaß.«

Es gab einen kurzen, weißglühenden Ausbruch, und die Gäste hatten das Gefühl, die ungezähmte Kraft der Sonne zu erleben, ihr beißendes Lächeln, vor dem die Atmosphäre sie immer beschützt hatte. Wenige Sekunden lang hatten sie Angst. Dann war es vorbei.

Zimri setzte seine Sonnenbrille ab.

»Damit wollten wir Ihnen nur die Macht dieser Technologie demonstrieren. Wir können jeden Teil der Atmosphäre verschieben, wir können überwachen, wo sie zu dünn ist, und sie reparieren. Das ist ein Riesending!«

Unbeholfen hob er die Faust, während die Anwesenden applaudierten.

Gespielt spontan schnappte sich Selah Nommik das Mikrofon und sagte: »Hol den Londoner Regen zurück!«

Und auf dieses Stichwort hin regnete es erneut los.

Als Nächstes trat Ellen Bywater ans Mikrofon, um zu erklären, welche humanitären Aufgaben diese Technologie erfüllen konnte. »Stellen Sie sich vor, man könnte die Ernte in Dürreregionen zum richtigen Zeitpunkt bewässern oder die Wolkendecke über den schmelzenden Polkappen verdichten.« Danach krähte Lenk Sketlish, das Potenzial dieser neuen Technologie sei praktisch grenzenlos. Sie begannen gerade erst zu erforschen, wie man sie einsetzen konnte, um etwas aufzubauen, um den Wind für schnelleres Reisen zu optimieren oder sogar unerwünschte Infrastruktur zu zerstören. Auf Fragen, um welche Art von Infrastruktur es sich dabei handelte oder wer entschied, ob sie erwünscht war oder nicht, reagierte er nicht.

Kurz standen Badger Bywater, Selah Nommik, Albert Dabrowski und Martha Einkorn beisammen, während der Regen auf den

Dachgarten prasselte. Eine Kameradrohne machte Fotos von ihnen, die aber nie für Werbezwecke genutzt wurden. Wer sollte sich schon für diese Menschen interessieren? Das noch nicht einmal dreißigjährige Aussteigerkind einer Milliardärin, eine verwöhnte Milliardärsgattin, ein ausgebooteter CEO und eine bessere Sekretärin. Doch auf den Fotos, die nie verwendet wurden und die, außer dem allsehenden Auge der Kamera, nie jemand zur Kenntnis nahm, wirkten die vier so, als würden sie einander wortlos verstehen. Als gäbe es eine unausgesprochene Übereinkunft zwischen ihnen. Als wären sie trotz aller Unterschiede einer Meinung.

Albert Dabrowski, der inzwischen ziemlich betrunken war, sagte leise: »Ihr wisst, wozu sie das nutzen, oder? Es geht nicht darum, irgendjemandem irgendwo zu helfen. Das hier ist für ihre eigenen Bunker. Sie können das Wetter kontrollieren. Dafür sorgen, dass es unabhängig davon, was woanders passiert, immer Regen gibt, wenn sie welchen wollen, immer Sonne, wenn sie sie brauchen. Egal, wo sie sind. Egal, was mit uns anderen geschieht.«

»Natürlich«, sagte Selah Nommik.

»Ich meine, sie haben das Wetter zur Waffe gemacht«, sagte Badger Bywater.

»Wir dürfen hier nicht so reden«, sagte Martha, die es immer geschafft hatte, ihre Gefühle außen vor zu lassen, sich niemandem zuzuwenden, nicht zuzugeben, dass sie einsam war, und der es stets aufs Neue gelang, das zu tun, was gerade am vernünftigsten war.

Es war das letzte Mal vor der Apokalypse, dass diese vier Menschen es zuließen, in der Öffentlichkeit zusammen gesehen zu werden.

Martha Einkorn, die im Onlineforum *Name The Day* auch als OneCorn bekannt war, dachte: Würde ich die Stadt für fünfzig verschonen? Und die dicken litauischen Tropfen zerplatzten auf den Pflastersteinen einer Londoner Dachterrasse im Januar wie die biblische Segnung des Regens.

3   gar nicht mal so besonders angesagt

Von alldem hatte Lai Zhen damals auf der DEMOlition-Konferenz nichts mitbekommen. Das alles lag weit außerhalb ihrer Liga, denn das Fußvolk, das die eigentlichen Vorträge hielt, bekam keine Einladung für die Dachterrasse. Sie hatte im Nachhinein von dem Event erfahren – durch Gerüchte und über andere Wege. Sie hatte darüber nachgedacht, was alles in einem einzigen Gebäude vor sich gehen konnte, ohne dass jemand davon erfuhr.

Als sie jetzt auf Unterarmen und Knien durch die engen, metallenen Zwischendecken der Seasons Time Mall robbte, schweißgebadet in der Junihitze und verzweifelt bemüht, so viel Abstand wie möglich zwischen sich und die Attentäterin im Blümchenkleid zu bringen, dachte sie erneut darüber nach. Würde irgendjemand bemerken, dass sie hier war? Unwahrscheinlich. Dicke Wände und hohe Zäune waren überraschend wirkungsvoll. Diese Frau würde sie vielleicht töten, und niemand würde jemals davon erfahren.

Sie befand sich in stahlummantelten Tunneln, die Handwerkern Zugang zu den verschiedenen Bereichen der verborgenen Gebäudetechnik verschafften – an manchen Stellen waren sie zwei Meter hoch, an anderen nur einen, und Zhen musste auf allen vieren hastig weiterkrabbeln. Sie kam an Paneelen mit sonderbar geformten Schlüssellöchern und Haltevorrichtungen vorbei, die offensichtlich dazu dienten, eine flexible Kunststoffleiter so zu befestigen, dass ein Handwerker eine steile Röhre hinaufklettern konnte. Zhen hatte nichts dergleichen zur Hand, und an manchen Stellen kam sie nur weiter, indem sie die Gummisohle ihrer

Turnschuhe kräftig gegen das Metall drückte, um sich nach oben zu schieben.

Sie zwang sich, ihre Chancen auszurechnen. Zahlen halfen. Sagen wir mal, die Frau im Blümchenkleid braucht zwei Minuten, um den Gang vor ihr zu kontrollieren. Zwei Minuten, um zurückzurennen. Zwei weitere Minuten, um verwirrt dazustehen, bis ihr Blick auf das Gitter des Belüftungsschachts fällt und sie begreift, was los ist.

Zhen blieben also sechs Minuten, bis die Frau kapiert hatte, wohin sie geflohen war, und ihr folgte. Sechs Minuten, in denen sie, verstört wie sie war, herausfinden konnte, was hier eigentlich vor sich ging.

Denk nach. Das hier ist kein Zufall, und es ist auch keine Lichtschiene explodiert. Das sagen sie nur, um die Leute aus der Mall zu evakuieren, ohne dass Panik ausbricht. Jemand ist hinter dir her. Eine Person, die dir durch die Tür gefolgt ist, die du so heroisch offen gelassen hast, du *Idiotin*. Warum gibt sich jemand so viel Mühe, dich umzubringen? Denk nach. Denk nach. Denk nach.

Okay. Warum möchte ein Mensch einen anderen töten? Es gibt nur drei Gründe:

- wegen etwas, das du bist
- wegen etwas, das du hast
- wegen etwas, das du weißt

Wer war sie? Ein B-Promi in einer kleinen Blase von Preppern und Survival-Freaks im Online-Multiversum. Es könnte sich um einen verärgerten Fan handeln oder um einen Ex-Fan oder um jemanden, der sich darüber ärgerte, dass eine hongkong-chinesisch-britisch-amerikanische Lesbe, die – wie man ihr gern mitteilte – *gar nicht mal so besonders angesagt war*, im Apokalypse-Business Geld verdiente. Es gab Morddrohungen im Netz, aber die bekam jeder. Es hatte eine Kontroverse um eine Luftmatratze gegeben, die sie empfohlen und die sich dann als Mist erwiesen hatte. Würde jemand wegen einer Luftmatratze mit einer Pistole in einer Mall in Singapur Jagd auf sie machen? Man sollte nie unterschätzen, wie verrückt es im Internet zuging. Es gab da diesen Verschwörungstheoretiker und Pick-up-Artist, der sie in Videos mit einer Perücke parodierte, die er aus einem Wischmopp gebastelt hatte. Aber er war strohdumm und träumte davon, auch nur einen Bruchteil ihrer Follower zu haben. Und da war dieses Imageboard, von dem sie vor ein paar Jahren geoutet worden war, aber von denen verließ keiner je das Haus.

Was hatte sie? Eine Wohnung in San Francisco und etwas Geld auf der Bank, aber nicht so viel, dass man sie deshalb ermorden würde. Anders als manche Angehörige der Prepper-Community führte sie auf Reisen weder Gold noch Diamanten mit sich.

Was wusste sie? Nun, das eine oder andere. Zum Beispiel, wo sich der geheime Sicherheitsbunker von Zimri Nommik, dem CEO von Anvil, befand. Sie wusste nicht nur, wo der Bunker lag, sondern auch von den sechs Eingängen und mindestens zwei Zugangscodes. Bisher hatte sie noch nichts mit diesem Wissen angefangen. Den Tipp hatte sie vor Monaten von einem Fan bekommen, der für eine der beteiligten Baufirmen arbeitete. Vielleicht war es ja das.

Und … da waren die Enochiten. Zu dieser Erkenntnis gelangte Zhen nur widerstrebend; sie wollte nicht glauben, dass ihr Liebesleben ihr dermaßen um die Ohren fliegen könnte. Aber ja. Die Enochiten. Eine fundamentalistische Sekte, die traditionelle Geschlechterrollen, Blümchenkleider, Zöpfe und Waffen liebte. Und die waren jetzt hinter ihr her.

Offensichtlich gab es noch einen vierten Grund, jemanden töten zu wollen:

- wegen etwas, das du gesagt hast

Noch während sie darüber nachdachte, wurde Zhen klar, dass es das war. Sie war den Enochiten auf die Füße getreten, und das war, nun … scheiße. Online-Empörung verwandelte sich nicht in eine reale Bedrohung für das eigene Leben. Das geschah eigentlich nie, außer, wenn es dann doch geschah.

Das ferne Heulen der Sirenen brach plötzlich ab. War das sehr gut oder sehr, sehr schlecht? Sie erreichte einen langen, flachen Abschnitt der Zwischendecke. Da ihr nichts einfiel, was sie dieser Frau geben oder sagen konnte, damit sie abzog, blieben ihr nur zwei Möglichkeiten: sich wehren oder sich verstecken.

Sie trug immer zwei Survival-Messer mit gehärteten Kunststoffklingen bei sich. Sie fielen im Körperscanner nicht auf und waren nützlich, wenn man zum Beispiel bei einem Autounfall den Sicherheitsgurt durchschneiden musste. Gegen eine Pistole konnten sie allerdings nichts ausrichten. Es sei denn, Zhen gelang es, die Frau zu überrumpeln; aus einem Versteck herauszuspringen und ihr die Klinge an die Kehle zu halten. Dachte sie ernsthaft darüber nach, jemanden zu töten? Sie versuchte sich vorzustellen, wie sie einer Fremden die Spitze der Klinge gegen den Hals presste und den Druck verstärkte, bis die Adern aufbrachen. Ihre Vorstellungen von Survival hatten immer mehr mit Gruppenzusammenhalt als mit Mord zu tun gehabt.

Sie hörte ein Scheppern hinter sich. Ihr drehte sich fast der Magen um. Ihre Verfolgerin hatte das Zugangspaneel gefunden und riss es auf. Das waren deine sechs Minuten, Zhen. Die Zeit ist um. Wie ist dein Plan? Sie hörte ein leises, aber deutliches Tappen. Ja, die Frau war hier drin. Und wenn Zhen die Bewegungen der Frau hörte, hörte diese auch die ihren – die Jukebox musste inzwischen verstummt sein. Zhen eilte schneller vorwärts. Sie brauchte andere Geräusche, die ihr Vorankommen überdeckten. An einer Kreuzung, wo sie auf allen vieren krabbeln musste, erspähte sie die schimmernden, folienumwickelten Schläuche eines Kühlsystems. Perfekt. Zhen schob sich auf den Knien vorwärts und stützte sich mit den Händen auf das glatte Metall des Bodens.

Das Rattern des Kompressors wurde lauter, als sie entlang des Entlüftungsschachts darauf zurobbte. Er war ein solider Block, umgeben von metallischen Kühlschläuchen, die in spiralförmigen Nestern umeinander geschlungen waren. Es handelte sich entweder um die Klimaanlage oder um die Maschine, die für den ewigen Schnee unten in Christmas sorgte.

Zhen presste sich gegen die Seitenwand, ließ sich mit den Füßen in ein Nest von Kühlschläuchen hinab und lehnte sich so weit zurück, dass ihr Oberkörper an dem großen, quadratischen Zentralblock des Kompressors ruhte. Sie klemmte sich zwischen der Wand und dem Block ein, vollkommen vor Blicken verborgen.

Die Frau, die sie in dem Container voller Valentinstagsfüchse gefunden hatte, würde sie auch hier aufspüren. Aber niemand konnte durch den ratternden Kompressor schießen, also würde sie um den Block herumkommen müssen. Und Zhen würde wissen, dass sie kam. Sie würde die Frau überrumpeln, sich wehren, auf ihren Hals einstechen. Sie zog das Messer aus der Scheide an ihrem Bein. Sie würde das schaffen.

Im Tunnel ertönte ein Geräusch. Die Frau kam schneller voran als Zhen. In höchstens zwei oder drei Minuten würde sie da sein.

Zhen schaute auf den Thinscreen an ihrem Jackenärmel. In der rechten unteren Ecke entdeckte sie einen kleinen schwarzen Punkt, der langsam pulsierte. Aus reiner Gewohnheit tippte sie ihn mit dem Zeigefinger an.

Ein Textfeld ploppte auf.

»Lai Zhen«, stand dort, **»hier ist AUGR. Deine Abwehrgrenze wurde aktiviert.«**

Verwirrt starrte sie auf die Schrift. Ein Störprogramm. Ein böser Streich.

Sie versuchte, etwas aus den Erinnerungen herauszufischen, die in ihrem Hinterkopf aufstiegen. Sie war in den letzten zehn

Jahren auf jeder größeren Fachmesse gewesen. Sie führte Buch über jede Ausstellung, jedes gescheiterte Produkt, jede verrückte Idee. AUGR. AUGR. AUGR ...

Der Text wurde von einem anderen abgelöst.

Es sieht so aus, als hättest du Probleme, Lai Zhen. Wünschst du Hilfe? Ja/Nein.

4 eine gezinkte umwelt

Auf der DEMOlition-Konferenz im Januar hatte Lai Zhen eine Frau kennengelernt.

Darauf war sie aus gewesen, seit sie und ihre langjährige Partnerin Ya-Ling sich getrennt hatten. Nur hatte sie es immer wieder aus Zeitmangel verschoben. Sie hatte sich verabredet und die Verabredungen wieder abgesagt, hatte auf Fachmessen mit Frauen geschlafen und sich danach nie wieder bei ihnen gemeldet. Dann aber, auf der Konferenz in London, stand plötzlich eine Frau vor ihr, die alles war, was sie sich je gewünscht hatte.

Zhen hatte sich nicht einmal die Mühe gemacht, nachzusehen, wen von Fantail sie interviewen würde. Es war ein unglaublich langweiliges Panel zum Thema »Fantail als Survival Tool«. Aber Fantail war kein Survival Tool und würde auch niemals eines werden.

Es gab eine vorab verfasste Liste von Fragen. Und die PR-Abteilung hatte Zhen im Voraus mitgeteilt, dass die Fantail-Vertreterin folgende Fragen nicht beantworten würde:

- Wie ist es, für Lenk Sketlish zu arbeiten?
- Welche Qualitäten zeichnen Sie aus, dass Sie es ertragen, für ihn zu arbeiten?
- Haben Sie – im Survival-Kontext – schon einmal darüber nachgedacht, ob Ihr Chef Dinge getan hat, die das Überleben auf unserer Erde erschweren?
- Investiert er wirklich in Verjüngungstechnologien, für die man die Lymphflüssigkeit von Kindern braucht?

- Was sagen Sie zu der Behauptung, dass seine Firma für elektrische Monorailbahnen nur eine Masche ist, um öffentliche Gelder einzustreichen, tatsächlich aber keinerlei neue Infrastruktur schafft?
- Was um Himmels willen hat Lenk Sketlish dazu bewogen, die Bergretter, die in Borneo einer Gruppe älterer Veteranen geholfen haben, auf FantailSwift als »Hundeficker« zu bezeichnen?

Lauter unzulässige Fragen. Es würde ein langweiliges Interview werden. Vorgegebene Themen, die sie durcharbeiten und eines nach dem anderen abhaken musste. Das Ganze fand auf einer Bühne in der Eingangshalle des Konferenzhotels statt, die mit dem Fantail-Firmenlogo zugepflastert war. Das Publikum würde aus Leuten bestehen, die zufällig vorbeikamen. Die Akustik würde grauenhaft sein und die Veranstaltung eine einzige Farce. Daher war es gleichgültig, wen Fantail schickte, denn sie alle würden sich ähneln und ihre Antworten wären identisch. Zhen war zu spät dran, verkatert und bemerkte erst auf dem Weg vom Aufzug zum Podium, dass an ihrer Schuhsohle ein aufgerissenes Tütchen Gleitmittel vom Abenteuer der vorangegangen Nacht klebte. Während ein Mitarbeiter loslief, um ihren Gast zu suchen, pflückte Zhen das Tütchen von ihrem Turnschuh, warf es in den Müll, wischte sich die Finger an der Jeans ab, entdeckte einen Mayonnaisefleck auf dem Kragen ihrer Jacke, und … zum Teufel, Zhen, du bist Survival-Profi … also dann mal los, das hier wirst du auch überleben.

»Lai Zhen, der Kopf hinter SurlySurvivor«, stellte der Mitarbeiter sie vor. »Darf ich Sie mit Ihrer Gesprächspartnerin für dieses Event bekannt machen? Martha Einkorn, Persönliche Assistentin von Lenk Sketlish.«

Das Gleitmitteltütchen klebte am Rand des Mülleimers. Für alle sichtbar. Zhens Blick zuckte zu ihm hinüber. Warum fiel es nicht einfach herunter?

»Ich bin ein großer Fan von SurlySurvivor. Es läuft auf NTD, oder?«, fragte Martha Einkorn. »Ich fühle mich geehrt.«

»Es tut mir schrecklich leid, dass ich zu spät komme, es war einfach …«, begann Zhen und sah die Person, mit der sie redete, endlich richtig an. Martha Einkorn hatte glatte cremeweiße Haut, war ein wenig füllig und trug einen marineblauen Jumpsuit mit goldenen Nadelstreifen und eine Perlenkette. Sie hatte massenhaft Sommersprossen im Gesicht. Oh, dachte Zhen, hallo.

»… unvermeidlich«, plapperte ihr Mund weiter.

»Hmm«, sagte Martha Einkorn, »dann müssen Sie wohl eine Möglichkeit finden, mich dafür zu entschädigen.« Da war so ein Ausdruck in ihrem Gesicht, es zuckte um ihre Lippen, kein Zweifel, und sie zog die Augenbrauen hoch.

Oho, dachte Zhen, die spürte, wie ihr ein heißes elektrisches Kribbeln in die Lenden fuhr. Das war unerwartet.

Es war nur wenig Publikum da. Sobald sie zu sprechen anfingen, würde wahrscheinlich die Hälfte der Leute feststellen, dass sie auf dem falschen Event waren.

»Ich kann mir bestimmt etwas überlegen, damit es für Sie … die Mühe wert ist.«

Martha deutete ein neckisches Lächeln an. Zhen leckte sich über die Unterlippe. Okay.

Obgleich sie nur die vorher genehmigten Fragen abklapperten, passierte auf der Bühne etwas zwischen ihnen. Zhen versuchte es mit einem kleinen Scherz, und Martha fügte etwas hinzu, baute ihn aus. Martha beugte sich auf ihrem Stuhl vor, und Zhen rückte ein wenig näher. Sie konnte Marthas Parfüm riechen – ein Moschusduft; es roch nach Sex. Hätten sie sich nicht auf einer Bühne befunden, hätte Zhen glauben können, sie hätten ein Date. Marthas Stimme – klar, leise, wohltönend – war beinahe hypnotisch. Zhen hörte sie sprechen, musste aber ständig darüber nachdenken, wie es wäre, ihr diesen Jumpsuit auszuziehen, die Grübchen in ihrer Haut zu berühren, den Mund auf ihren weichen Hals zu legen und mit den Lippen eine Linie bis zu ihren Brüsten zu ziehen.

»Nun«, las Zhen vom Teleprompter ab, »Sie haben bestimmt Beispiele, wie Fantail den Usern während der Wetterkatastrophen geholfen hat?«

»Aber sicher«, antwortete Martha. »Der große Vorteil von Fantail ist: Viele Leute haben es auf ihren Geräten.«

Zhen lachte. Ein bisschen zu laut, dachte sie. Ein bisschen zu lang.

»Das ist ein gutes Argument«, sagte sie und versuchte sich etwas zu überlegen, was auch immer, damit der Draht zu Martha noch stärker glühte.

»Während der Hurricane-Saison in Haiti haben wir deshalb mithilfe von Drohnen Notfall-Mobilfunkmasten bereitgestellt, die den Menschen sofort kostenlosen Zugang zu Fantail ermöglichten. Die Leute haben dieses Angebot genutzt, um ihre Angehörigen und Freunde zu suchen oder andere darüber zu informieren, wo frisches Trinkwasser und sichere Gebäude oberhalb der Hochwasserlinie zu finden waren.«

»Großartig«, sagte Zhen, der durchaus bewusst war, dass mit Sicherheit in diesem Augenblick jemand aus dem kleinen Publikum einen Post darüber verschickte, wie verdammt skrupellos es von Fantail war, zwar die Kommunikation zu ermöglichen, aber nur über ihre eigene Plattform. Es spielte jedoch keine Rolle – niemand würde dieses Interview jemals sehen. »Sie versuchen wirklich, etwas zu bewirken.«

»Das stimmt. Wir haben die Verantwortung, den Menschen, so gut wir können, zu helfen. Wissen Sie« – Martha beugte sich wieder vor – »diese Serie, die Sie in Niger gedreht haben, über die Wasserknappheit dort und die eskalierende Gewalt, die Bandenkriminalität? FantailSharing wäre hier als Interventionsmaßnahme wirklich sehr sinnvoll.«

»Sie haben meine Berichte aus Niger gesehen?«

»Es sind großartige Reportagen. Bestimmt hat jeder hier sie verfolgt.«

Zhens Wangen röteten sich. Es handelte sich wahrscheinlich um ihre am wenigsten geschätzte Arbeit. Sie hatte gute Kritiken erhalten, aber die Zahlen waren mies. Ihr Publikum wollte Videos über die Apokalypse und Informationen dazu, wie man sie überlebte. Die Tatsache, dass Menschen nur ein paar Hundert Kilometer von einer katastrophalen Überschwemmung entfernt verdursteten, interessierte die Leute nicht.

»Was denken Sie darüber?«

»Sie haben all das für mich auf eine Weise real gemacht, wie ich es nie zuvor gesehen hatte. Sie haben den Untergang Hongkongs miterlebt, nicht wahr? Sie wissen, wie es ist, wenn man wirklich in eine Katastrophe gerät. Das merkt man.«

In Zhens rechtem Augenwinkel blinkte etwas. Der Teleprompter wollte, dass sie zur nächsten Frage überging. Warum nicht.

»Und wie kann Fantail dabei helfen?«

Martha sagte: »Auf tausend verschiedene Weisen. Ich bin auf dem Land aufgewachsen, und diese Art von Notfallkommunikation, die Fantail jetzt bereitstellt, wäre mir wirklich zugute gekommen, als ich in Oregon auf sechstausend Hektar grünen Landes lebte.«

Zhen schreckte aus ihrer sexuellen Tagträumerei auf. Sechstausend Hektar grünen Landes. Diese Wortwahl. Zhen hatte ein gutes Gedächtnis, vor allem, wenn es um die Apokalypse und die Anhänger damit verwandter Zukunftsvorstellungen ging.

»Moment mal«, sagte sie. »Sind Sie …« Sie warf einen Blick ins Publikum. Mehrere Leute waren bereits davongeschlendert, um einem Diskussionsforum auf der anderen Seite der Halle zu lauschen, das von einer jungen Schwarzen mit pinkem Haar und einem Miniroboter auf der Hand moderiert wurde. »Mal laut gedacht: ein so großer Landbesitz. In Oregon. Ich würde Sie gern etwas fragen. Sind Sie bei den Enochiten aufgewachsen?«

Das stand nicht auf der Liste der vorgeschriebenen Fragen. Aber es gehörte auch nicht zum verbotenen Terrain.

Martha Einkorn blinzelte. Geriet aus dem Gleichgewicht. Fasste sich wieder. Die zwischen ihnen vibrierende sexuelle Anziehung hatte sie beide unvorsichtig werden lassen; sie waren benommen wie Bienen vom Rauch. Zhen hatte eine Frage gestellt, die sie nicht hätte stellen sollen, und Martha beantwortete die Frage, die sie nicht hätte beantworten sollen.

»Ja«, antwortete Martha Einkorn. »Dafür brauche ich mich nicht zu schämen. Es ist kein Geheimnis. Ich war damals nur ein Kind. Enoch war mein Vater.«

Die gelangweilten Zuhörer regten sich plötzlich. Zhen vermutete, dass vielleicht ein Drittel von ihnen schon einmal von den Enochiten gehört hatte. Unter fanatischen Preppern, Waffennarren und religiösen Extremisten waren sie sehr bekannt, und Menschen, die ständig in paranoider Angst vor staatlichen Übergriffen lebten, erzählten ihre Geschichte als Warnung. Das war nicht die Sorte Hobby-Apokalyptiker, die zu einem so schlappen Event wie »Fantail als Survival-Tool« kommen würde. Aber Zhen sah, wie sich Lippen lautlos bewegten und in der Kleidung integrierte Suchmaschinen ansprachen oder wie Zuhörer ihre SmartTorques berührten. Wie sie sich mit dem großen Gemeinschaftsgehirn verbanden.

»Wow«, sagte Zhen. »Und wie war das?«

Martha schwieg. Zhen ließ die Frage im Raum stehen. Es war einer der Tricks der Interviewkunst: niemals die Stille ausfüllen.

»Ach«, sagte Martha schließlich. »Die Enochiten waren nicht ganz so, wie man es manchmal hört. Mir wurden einige gute Werte mitgegeben. Falls der Name Ihnen nichts sagt, wir waren eine Endzeitsekte, die in Oregon Kinder großzogen und auf das Ende der Babble warteten. Wobei die Babble diese Welt ist.« Sie deutete mit einer umfassenden Handbewegung auf die Hotelhalle, auf die Schilder und die Listen der Workshops und Diskussionsforen des Tages, auf die Kaffee- und Brezelstände und das Gewimmel der Menschen mit Schultertaschen, auf denen ShoutRadioFlare oder Foxhole Emergency Ammo stand. »Die Babble ist der komplizierte Ort voller Schilder und Symbole, in dem wir alle leben. Enoch glaubte, dass sie bald enden würde und das auch sollte.«

»Und er war Ihr Vater?«

»Sehen Sie, wir Kinder haben eine Menge großartiger Dinge gelernt. Jagen, fischen, Fallen stellen, unsere eigene Nahrung anbauen und sammeln oder im Freien schlafen. Ich sage manchmal, ich bin so nahe am Leben eines Jägers und Sammlers aufgewachsen, wie es in den USA nur möglich ist. Na ja, außerhalb der Gemeinschaften der First Nation, an denen wir Völkermord verübt haben, natürlich.«

Auf Smart-Torques und Visierausschnitten, Thinscreens und Armbanddisplays waren praktisch alle im Publikum mit Internetrecherche beschäftigt – vermutlich nach Enochiten. Plötzlich war Zhen die Person auf der Veranstaltung, die am wenigsten über die Enochiten wusste. Sie durchforstete ihre Erinnerung. In der Survival-Szene war man geteilter Meinung über die Enochiten. Vor einigen Jahren waren sie für einige Zeit ein Riesending gewesen. Eine neue, auf dem Alten Testament beruhende, von der Genesis geprägte amerikanische Religion, die kurz für Furore sorgte und rasch wieder verschwand. Ihr Führer, Enoch, hatte große Ideen zur Gestaltung der Welt, doch Zhen konnte sich an keine davon genau erinnern. Sie hatten in Oregon auf einem riesigen Stück Land gelebt, und Enoch war damals bei den Rechten ein Außenseiter gewesen, weil er den Klimawandel für Realität hielt und ihn als Willen des Herrn interpretierte. Er glaubte, dass Gott das Wetter wie bei der Sintflut dazu nutzen würde, die Gerechten von den Sündern zu trennen. Auf *Name The Day* gab es ein Unterforum, das den Enochiten gewidmet war, aber Zhen hatte sich nie dort umgesehen; inzwischen waren sie praktisch in der Versenkung verschwunden. Am Ende hatte es eine Tragödie gegeben, irgendetwas mit einem Brand, und dann waren da die finanziellen Probleme gewesen, und ... Moment mal ...

»New York City, die U-Bahn«, sagte Zhen, in deren Hinterkopf etwas nach oben blubberte. »Ist Enoch nicht in der U-Bahn durchgedreht? Er hat die anderen Fahrgäste bedroht und ihre Brieftaschen gestohlen, nicht wahr?«

Martha Einkorn rutschte auf ihrem Stuhl nach hinten.

»So erinnert man sich jetzt daran? Himmel hilf.«

Sie strich sich mit der Hand übers Gesicht.

»Er hat keine Brieftaschen gestohlen. Er hatte eine Vision. Okay? Enoch kam als Ralph Zimmerman zur Welt. Mein Dad. Er hatte eine Vision in der U-Bahn. Die Leute glaubten, sie nutzten das Geld, doch in Wirklichkeit nutzte das Geld sie. Er hat den Leuten ihre Brieftaschen und Handtaschen entrissen und ist auf den Sachen herumgetrampelt. Um die Menschen zu retten.«

»Das klingt so, als wäre er Angst einflößend und unberechenbar gewesen«, sagte Zhen.

Martha schüttelte den Kopf. »Die Leute schließen sich niemandem an, wenn er nicht mit irgendetwas recht hat.«

»Und womit hatte Ihr Dad recht?«

Martha kaute auf ihrer Unterlippe herum. Das Gespräch hatte immer noch etwas von einem Date, als dürften sie einander verbotene Fragen stellen, als schafften sie absichtlich Vertrautheit. Zhen hatte das Gefühl, als berechnete Martha etwas.

»Enoch hat immer gesagt: ›Die Stadt ist eine gezinkte Umwelt.‹ Wie ein gezinktes Kartenspiel. So präpariert, dass wir sie mühelos lesen können. Vollgepackt mit Symbolen. Pflastersteine sind zum Gehen da, Asphalt ist für die Autos.« Sie deutete auf das Tassen-Zeichen über dem Café und auf die Symbole für die Toiletten. »Symbole für Essen, Trinken, das Entleeren der Blase. Aber, sehen Sie, die richtige Welt ist nicht so. Die Welt ist nicht um unserer Bequemlichkeit willen da, und sie spricht auch nicht unsere Sprache. In der Wildnis gibt es keine Symbole, die uns sagen, wo man etwas zu essen findet oder ungefährdet pinkeln kann. Wenn wir in der echten Welt auf ein Zeichen stoßen, dann auf eines, das von den Dingen selbst hinterlassen wurde: Wildwechsel werden von den Hufen des Wilds eingegraben, verstehen Sie? Immer in diesem menschengemachten, auf den Menschen zugeschnittenen Raum zu leben, hat uns auf merkwürdige Weise verändert. Wir sind dadurch selbstsüchtiger geworden, aber auch ängstlicher und deprimierter, weil wir glauben, dass sich immer alles nur um uns dreht. Ich denke, dass Enoch damit recht hatte.«

»Trotzdem sind Sie gegangen.«

»Wissen Sie, er hatte mit manchem recht, aber er war auch zornig und gelegentlich gewalttätig. Er hat sich geweigert, sich um unsere Bildung zu kümmern. Das, was er getan hat, war ohne Herrschaftsanspruch und letztlich auch ohne Gewaltanwendung nicht möglich. Man kann nicht mit ein paar Hundert Menschen die ganze Welt in Schach halten. Das geht einfach nicht. Um seine Ideen zu verwirklichen, hätte er die ganze Welt neu erschaffen müssen.«

Mehrere Leute, die am Rand standen oder im Publikum saßen, filmten das Gespräch mit ihren Handys und Armband-Screens. Zhen wusste es zwar noch nicht, doch schon jetzt ging ein kurzer Videoclip auf Fantail, MedlarConnect und AnvilChat viral. In diesem Clip sagte Zhen: »Ist Enoch nicht in der U-Bahn durchgedreht?« In dem großen, vernetzten Gemeinschaftsgehirn der Menschheit wurden bestimmte Verbindungen hergestellt, bestimmte Leute wurden zornig, und bestimmte Plattformen reagierten darauf, indem sie die Entwicklung weiter pushten. Doch Zhen wusste in diesem Moment nur, dass Martha Einkorn nach Moschus und Verheißung roch, dass sie diese Frau mochte, dass sie

sie besser kennenlernen wollte und dass etwas zwischen ihnen aufblühte.

Am Ende des Gesprächs schüttelte Martha Zhen die Hand und zog sie in eine kurze Umarmung. »Ich habe um einundzwanzig Uhr Feierabend«, flüsterte sie. Als Zhen die Hand öffnete, stellte sie fest, dass sich die Schlüsselkarte eines Hotelzimmers darin befand, schwarz mit vergoldetem Rand. Zhen betastete die Karte mit dem Daumen: Sie fühlte sich wie ein Kuss an, sie fühlte sich wie sich fallen lassen an, sie fühlte sich nach Fingern an, die geschickt ihre Schamlippen öffneten.

Jetzt bist du erledigt, dachte Zhen, als sie, von Sexualhormonen benommen, das Event verließ. Jetzt bist du wirklich erledigt.

5 ein weiches häufchen von kristallen

AUGR schrieb: Es sieht so aus, als hättest du Probleme, Lai Zhen. Wünschst du Hilfe? Ja/Nein.

Zhen dachte einen Sekundenbruchteil nach und drückte auf Ja.

Die Geräusche im Tunnel waren lauter geworden. Die Frau zog sich polternd und scheppernd durch den Zugangsschacht zu Zhen hinauf. Sie dachte: Niemand weiß, dass ich hier bin. Und dann: Es könnte Monate dauern, bis jemand erfährt, dass ich tot bin. Und dann: Ich könnte sterben, ohne jemals herauszufinden, was hier eigentlich los ist. Und das war das Schlimmste von allem.

Auf dem Display an Zhens Handgelenk leuchtete ein Bild auf. Sie brauchte einen Moment, um zu begreifen, was sie sah. Es war eine grüne Umrisslinie ihrer selbst, wie sie in Jeans, Kapuzenpulli und Survival-Expo-T-Shirt hinter dem Kompressorblock des Kühlsystems kauerte. Das gehärtete Kunststoffmesser in ihrer Hand leuchtete auf dem Display auf. Eine Linie von Punkten bewegte sich von dort zu einem der verschlungenen Schläuche.

Unter dem Bild liefen Worte übers Display:

Schneide den Schlauch hier durch. Arbeite so schnell wie möglich. Schütze deine Hände mit deinen Ärmeln. Richte den Schlauch von dir weg. Wenn er durchtrennt ist, ziele damit auf die Angreiferin.

Zhen hätte am liebsten laut gelacht. Das durfte doch nicht wahr sein. Es konnte nicht wahr sein. Die verdammten *Enochiten*? Mord-

drohungen im Netz wurden niemals zu einer realen Gefahr –
das war eine Regel. Morddrohungen wurden dieser Tage leicht
geäußert, sie waren die gängige Währung. Sie hatte der britischen
Polizei davon berichtet, und man hatte ihr gesagt, sie solle vorsichtig sein, doch es hatte keine ernsthafte Gefahr bestanden.
Jeder Idiot mit einem Laptop und einem Hang zur Schadenfreude
konnte eine Morddrohung versenden. Zhen war die Texte mit
Marius durchgegangen, und seiner Meinung nach waren mindestens neunzig Prozent darauf zurückzuführen, »dass dumme Junge
will Frauen Angst machen, wenn Penis wund von zu viel Wich-
sen«. Die Enochiten gab es nicht mehr, nicht wirklich; sie waren
vollkommen out. Aber vorsichtig war sie nicht gewesen, oder? Ihr
Vortrag in der Seasons Time war im Presse-Newsletter der Mall
angekündigt worden. Shit.

Zhen schaute auf die grüne Umrisslinie auf dem Display und
ging ihre Optionen durch:

1. Nichts tun und sterben.
2. Versuchen, mit dem Messer anzugreifen, und mit ziemlicher
   Sicherheit sterben.
3. Tun, was die App ihr vorschlug. Und vermutlich ebenfalls
   sterben.

Sie würden sich einen Nahkampf liefern. Das war gut – im Nahkampf hatte eine Pistole einem Messer nicht mehr so viel voraus.
Wenn sie den Schlauch durchschnitt, konnte sie die Frau immer
noch mit dem Messer angreifen. Sollte sie es also mit einer Kombination aus Punkt zwei und drei versuchen?

Sie tastete nach dem kurzen, dicken Schlauch, der einen zwei
Finger breiten Durchmesser hatte. Unter der Isolierschicht aus
Metall bestand er aus weichem Kunststoff und war kalt. Sie schnitt
mit dem Messer in den Kunststoff. Aus dem Loch rieselte ein wenig
Schnee heraus.

AUGR sprach nun in Zhens EarPod, das am äußersten Rand ihrer Ohrmuschel klemmte. Es sprach im vertrauten Tonfall von Software-Benachrichtigungen: Neutral und freundlich. Es sagte: »Die Seasons Time Mall verwendet ein neues Kältemittel, das aus paramagnetischen Salzen in einem flüssigen Lösungsmittel besteht. Was da gerade zwischen deinen Fingern herausrieselt, lässt bei Kontakt Muskeln und Haut vor Kälte erstarren und entzieht dem Gewebe Feuchtigkeit. Es darf auf keinen Fall mit irgendeinem deiner Körperteile in Berührung kommen, sonst wirst du es nicht behalten.«

Zhen hielt den Schlauch von sich weg, bedeckte Daumen und Zeigefinger mit dem Ärmel ihres Hoodies und drückte das Ende so zusammen, dass es von ihrem Körper wegzeigte. Warum nur hatte sie keine Handschuhe mitgenommen? Im Hotel stand ein Erste-Hilfe-Set mit Einmalhandschuhen auf der Kommode neben ihrem Bett. Sie hätte es heute Morgen beinahe eingepackt, hatte sich dann aber überlegt, dass auch Nadeln für Wundnähte darin waren, die von den Scannern entdeckt werden konnten. Menschliches Versagen, verdammt noch mal, immer für den entscheidenden Fehler gut.

Sie säbelte an der weichen Kunststoffummantelung herum. Inzwischen war sie zu drei Vierteln durch. Sie presste den Schlauch fest zusammen, doch etwas von dem Zeug rieselte trotzdem heraus. Es war nicht wirklich Schnee, sondern ein weiches Häufchen von Kristallen – so groß wie Schneeflocken, aber härter, glänzender, glitzernd. Das Zeug floss wie matschiges Wasser, aber es war nicht nass. Es war sehr, sehr trocken.

AUGR sprach erneut in ihr Ohr: »Dein T-Shirt besteht aus für Survival-Zwecke optimierten Fasern. Wenn du dein Gesicht damit bedeckst, schützt es deine Atemwege. Schau trotzdem nicht direkt auf die Frau, wenn du tust, was du tun musst.«

Zhen hatte einen Moment lang vergessen, auf die Bewegungen der Frau im Blümchenkleid zu lauschen, doch ihr Display zeigte einen Querschnitt der Zwischendecke. Die Frau war ein grüner Umriss, der verstohlen die letzten paar Dutzend Schritte zu Zhen hinaufschlich. Zhen sägte wieder am Schlauch herum. Auf dem Display sah sie den Kompressorblock zwischen ihnen. Wären sie dadurch nicht voneinander getrennt, wäre die Angreiferin bis auf Armeslänge an sie herangekommen.

Zhen packte den Schlauch und durchschnitt das letzte dünne Stück Kunststoff. Auf dem Display blieb die Frau stehen und zückte ihre Pistole. Ob sie ebenfalls so ein Display besaß? Hatte sie eine Gegenmaßnahme parat? Zu spät, sich darüber Gedanken zu machen. Die Frau im Blümchenkleid ging um den Kühlanlagenblock herum. Sie blickte auf Zhen hinunter. Zhen zog sich das T-Shirt über Mund und Nase und richtete das abgeschnittene Ende des weichen Schlauchs auf das Gesicht der Frau. Sie wandte sich ab und öffnete den Zangengriff ihrer Finger. Der Schnee spritzte heraus.

6   zeig uns, was du draufhast

Die Januarkälte verwandelte den leichten Nieselregen vor dem DEMOlition-Gebäude in ein dünnes Gewirbel weißer Flocken, als Lai Zhen um neun Uhr abends Martha Einkorns goldgeränderte Schlüsselkarte an das schwarze Feld in der gläsernen Aufzugskabine hielt. Auf dem Display erschien die Aufschrift »70. Etage«. Zhen hatte nicht einmal gewusst, dass es in diesem Hotel eine siebzigste Etage gab. Die Türen glitten lautlos zu, und die Hotellobby sank unter ihr weg. Die Stände und winzigen Podien dieses kleineren Teils der Konferenz lagen nun unter ihren Füßen. Selbst jetzt fanden noch Abendveranstaltungen statt: ein Gespräch am offenen Kamin, bei dem eine Psychologin mit langem blonden Haar in einem Schaukelstuhl saß und über die Schuldgefühle von Überlebenden dozierte. Ein Mann im Flanellhemd hielt einen Vortrag darüber, wie man mit seinen Kindern über Survival-Fragen reden sollte. Durch die Schiebetür hinten in der Halle sah Zhen einen Teil der Messe, einen Wald von Ständen und einen riesigen Berg aus Fiberglas mit schneeweißem Gipfel, der hoch über ihnen aufragte und für eine Outdoormarke warb. Der Berg war von jeder Stelle der Ausstellung aus zu sehen. Abends wurde er von innen beleuchtet, um einen Sonnenuntergang mit seinen Gelb-, Rosa- und Goldtönen zu simulieren. Als Zhen mit dem Lift hochfuhr, fühlte es sich einen Moment lang so an, als zöge all das davon, während sie selbst sich überhaupt nicht bewegte.

Im siebzigsten Stock öffneten sich die Türen des Lifts nicht in einen gesichtslosen Flur, sondern in einen Palast. Regale voller Bücher. Ein langer lackglänzender Esstisch. Drei Ledersofas.

Ein blau gefliester Boden, der wie eine Welle zu der Aussicht aus dem Panoramafenster zurollte.

»Fick mich«, sagte Zhen.

»Himmel, sie ist verdammt direkt, nicht wahr?«, bemerkte eine Frau, die halb vor Zhens Blick verborgen auf einem der Sofas lag. Sie stemmte sich auf den Ellenbogen hoch und sah Zhen neugierig und belustigt an. Zhen dachte: Scheiße, ich weiß, wer das ist.

»Oh prima, du bist pünktlich«, sagte Martha Einkorn. »Selah Nommik, das ist Lai Zhen. Sie ist der Host von SurlySurvivor, einem großartigen Kanal zum Thema Survival. Champagner?«

Zhen betrachtete Martha – das kleine Bäuchlein, das sich unter ihrem Overall abzeichnete, das goldene Nasenpiercing – und dachte: Und wenn es nur für eine einzige Nacht ist. Ich mache das. Ich mache das unbedingt. Und es erschien ihr unglaublich wichtig, es nicht zu vermasseln.

»Hab nichts dagegen«, sagte Selah und nahm eine Champagnerflöte entgegen.

Zhen dachte: Behalte diesen Geschmack in Erinnerung, das ist wahrscheinlich das richtig edle Zeug.

Selah schaute zwischen Martha und Zhen hin und her und schien etwas Bestimmtes sagen zu wollen, änderte dann aber ihre Meinung.

»SurlySurvivor also? Ich glaube, ich hab schon mal reingeschaut – war da was mit einem Terrarium voller Skorpione?«

»Nein, das ist von ProfessorBlast. Ich habe …«

»Ah, jetzt weiß ich's wieder. Sie haben eine Woche in einem Baum gelebt.«

»Genau.«

»Mein Mann war ganz begeistert davon. Unglaublich. Ich bin Programmiererin«, sagte Selah. »Na ja, ich war es zumindest. Jetzt spende ich vor allem Geld. In einem apokalyptischen Szenario wäre ich also zu nichts nütze.«

Wollten die beiden ernsthaft so tun, als wüsste Zhen nicht, wer Selah Nommik war? Wer ihr Mann war? Selah war eine Spitzenprogrammiererin gewesen. Wirklich außergewöhnlich. Sie hatte einen Teil der Software für Anvils Logistik- und Liefersystem geschrieben und es supereffizient und zuverlässig gemacht. Sie war mit dem reichsten Mann der Welt verheiratet – einem Mann, der alles gnadenlos auf Effizienz trimmte und der das System der Transportdienste, Warenlieferungen und globalen Infrastruktur neu erfunden hatte. Aber vielleicht war es sehr reichen, sehr berühmten Menschen lieber, wenn man so tat, als hätte man noch nie von ihnen gehört.

»Für die Apokalypse sind Programmierkenntnisse sehr nützlich. Wahrscheinlich würde man jemanden brauchen, der ehemalige sowjetische Atomkraftwerke hackt und sicher herunterfährt. Glauben Sie, Sie würden das schaffen?«

»Ich?« Selah blies die Wangen auf und dachte nach. »Ich könnte es verdammt noch mal versuchen. Ich spreche ein bisschen Russisch.«

»Wir könnten vermutlich einen Übersetzer auftreiben.«

»Wir?«, fragte Selah. »Leiten Sie in diesem Szenario die globale Vereinigung der Apokalypse-Überlebenden?«

Na, dann mal los. Ganz oder gar nicht. »Ja. Ich meine, ich bin nicht scharf darauf, aber ich würde es lieber selbst machen, als es jemand anderem zu überlassen.«

Selah stieß ein Lachen aus. »Jetzt verstehe ich, warum du sie magst. Wie wäre es mit Dinner? Ich bin am Verhungern. Lasst uns was essen.«

Obwohl Zhen sich vorgenommen hatte, sich jeden einzelnen Moment einzuprägen, konnte sie sich später kaum an das Gespräch während des Abendessens erinnern. Zum einen, weil sie eine ganze Menge von dem harmlos wirkenden Champagner getrunken hatte. Aber zum größten Teil lag es daran, dass Martha Einkorn auf eine ganz bestimmte Weise lächelte, bei der ein winziges Stück ihrer Zungenspitze vorschnellte und genau über die Mitte ihrer geschwungenen Oberlippe leckte. Und daran, dass diese so offensichtlich reiche und mächtige Frau nicht zurückzuckte, als Zhen vorsichtig mit den Fingerspitzen über ihren Oberschenkel streifte. Tatsächlich berührte Martha sogar Zhens Handrücken ganz leicht mit den eigenen Fingern. Wie sollte sie sich unter diesen Umständen an ein Gespräch erinnern?

Der einzige Teil, der ihr im Gedächtnis geblieben war, handelte vom unvermeidlichen Bevorstehen der Apokalypse.

Selah Nommik hatte sich vorgebeugt und gefragt: »Nun, du bist die Expertin. Wie rettest du dich im Fall einer Invasion von Schadorganismen, Zhen? Was ist dein Survival-Plan?«

»Eine Invasion von Schadorganismen? Meinst du riesige mutierte Insekten oder eher Killerbakterien?«

»Egal. Beides.«

»Ist das ernst gemeint?« Zhen sah Martha fragend an. Deren Fingerspitzen strichen inzwischen über die feinen Härchen auf Zhens Unterarm. Zhen war ganz schwindelig vor Begehren.

»Todernst.« Martha lächelte. »Vielleicht würdest du eine Invasion von Schadorganismen gar nicht überleben. Vielleicht hast du gar nichts drauf.«

»Oh doch.«

»Dann zeig uns, was du draufhast«, sagte Selah.

Unter dem Tisch nahm Zhen die Hand von Marthas Oberschenkel. Nachdenken und Sex, das ging nicht gleichzeitig.

»Also, ein simultaner Angriff von Rieseninsekten und Bakterien wäre ein Problem. Natürlich wird es solche gigantischen Kerbtiere niemals geben, das ist das Szenario eines Science-Fiction-Films, aber die Strategien, die im Fall eines plötzlich auftauchenden Riesenraubtiers dafür sorgen, dass du überlebst, beruhen darauf, mit anderen in großen Gruppen zusammenzuarbeiten. Bei einer tödlichen Infektionskrankheit hingegen teilt man sich am besten schnellstmöglich in kleine, autonome Gruppen auf.«

»Und wie würdest du das machen?«, fragte Selah.

»Ernsthaft?«, fragte Zhen zurück.

Selah tippte mit den Fingernägeln an ihr Glas und zog die Augenbrauen hoch.

»Na gut, als Erstes heißt es, raus aus der Stadt. Das ist ja klar«, sagte Zhen.

»Vollkommen klar«, erwiderte Martha, als sei sie in ein Geheimnis eingeweiht.

»Bunker sind nicht das Richtige – zu viele Menschen auf zu engem Raum. Ich würde mich tief in die Wälder zurückziehen. Oder auf eine Insel, wenn ich dorthin gelangen könnte.«

»Eine Insel«, sagte Selah. »Interessant.«

»Ja, aber das würden natürlich viele Leute versuchen. Es wäre ein unbequemes Leben. Ein gutes Zelt, Fallen stellen, mit einer Armbrust jagen, ein paar Kilo abnehmen. Eine kleine Gemeinschaft, nur ein paar Leute, die einander wirklich den Rücken freihalten.«

»Du würdest es also nicht alleine versuchen?«

»Das wäre in diesem Szenario dumm. Wenn du dich verletzt und die Wunde sich infiziert, gibt es niemanden, der loszieht und Antibiotika klaut. Also stirbst du. Wenn du in eine Schlucht stürzt und niemand da ist, der dich findet, stirbst du ebenfalls.«

»Was ist mit Konflikten innerhalb der Gruppe?«

»Die muss man möglichst kleinhalten. Sich auf die Zukunft konzentrieren.«

»Und was, wenn du massenhaft Geld hättest und Soldaten dafür bezahlen könntest, für dich zu sorgen?«

»Ich meine … wie schnell tötet euer Bakterium Menschen?«

Martha warf Selah einen Blick zu und zog die Nase kraus. »Siebzehn Tage Inkubationszeit. Während der man ansteckend ist. Dann eine fünftägige Krankheit, die fünfzig Prozent der Menschen nicht überleben.«

»Oh, wow. Okay. Das ist gut. Ich meine, das ist schrecklich. In so einem Fall bringen dir Soldaten gar nichts. Geld verliert sehr rasch seinen Wert, und was hast du ihnen dann noch zu bieten? Du bist nur noch ein Körper, der Ressourcen verbraucht. Selbst wenn du als Einzige den Code zum Nahrungsmittellager kennst, sperren sie dich ein und foltern dich, bis du ihn herausrückst.«

»Verdammt.«

»Genau.«

Martha schenkte Wein ein. Er war golden und süß, aber nicht zu süß. Er schmeckte nach Geld. Es wurde allmählich spät. Hatte Martha Einkorn Zhen zum Dinner mit Selah Nommik eingeladen und streichelte sie unter dem Tisch, damit sie alle miteinander *reden* konnten?

»Nun«, sagte Selah mit der Miene einer Person, die einen ernst zu nehmenden Vorschlag unterbreitet, »wenn du wüsstest, dass der Weltuntergang kurz bevorsteht. Und dass du selbst davonkommen könntest. Wenn du ein goldenes Ticket kriegen könntest, mit dem du dich in Sicherheit bringst. Würdest du es annehmen?«

Zhen schaute zwischen den beiden Frauen hin und her. Dieses Gespräch hatte eine tiefere Bedeutung, in die sie nicht eingeweiht war.

»Ist das eine Fangfrage?«

»Nein«, antwortete Martha. »Keine Fangfrage. Sondern eine ethische Frage. Du wirst unbeschadet überleben, aber alle anderen müssen diese Seuche durchleiden. Nimmst du das goldene Ticket in die Sicherheit an?«

»Ja, natürlich. Survival ist mein Leben.«

»Selbst wenn du wüsstest, dass alle, die du liebst, auf schreckliche Weise sterben werden? Selbst wenn du wüsstest; dass du niemandem je davon erzählen darfst, dass du dieses goldene Ticket besitzt?«

»Ich darf niemanden mitnehmen? Die Überlebenschancen sind in einer festen Gruppe höher.«

»In diesem Fall nicht. Je mehr Leute Bescheid wissen, desto schlechter«, sagte Martha.

Selah schüttelte beinahe unmerklich den Kopf.

»Seid ihr beiden deswegen hier? Und Lenk Sketlish und Zimri Nommik? Weil es ein goldenes Ticket gibt?«

»Wieso vermutest du, dass Lenk und Zimri hier sind?«, fragte Selah.

»Nur weil ich nicht zur Vorführung auf der Dachterrasse eingeladen war, bedeutet das nicht, dass ich nicht weiß, was hier läuft.« Zhen zuckte mit den Schultern. »Ich rede mit dem Personal. Das ist nicht schwierig.«

»Sie redet mit dem Personal«, sagte Selah.

»So findet sie Sachen heraus«, ergänzte Martha.

Zhen war inzwischen ziemlich beschwipst – aber nicht so betrunken, wie es den Anschein hatte. Irgendetwas ging hier vor. Derselbe Instinkt, der sie warnte, wenn eine Lage gefährlich wurde und sie fliehen musste, machte sie auch darauf aufmerksam, wenn sich eine Story abzeichnete. Irgendetwas hier war bedeutender als eine protzige Wetter-Vorführung mit Drohnen. Im Geist ging sie eine Reihe verschiedener Möglichkeiten durch. Was von all dem, das sie hier gehört hatte, konnte so bedeutsam sein, dass Lenk Sketlish, Zimri Nommik und – jetzt, wo sie darüber nachdachte – Ellen Bywater persönlich herkamen, um es zu sehen, zu bewerben oder zu kaufen? Sie dachte blinzelnd nach. Und genau in diesem Moment streifte Marthas Hand ihren Oberschenkel ganz oben bei der Leistenbeuge. Oh. Sekunde bitte.

»Ich muss kurz zur Toilette«, hörte sie sich sagen und stand auf.

Im Bad spürte Zhen, wie feucht sie war. Einen Moment lang – diesen Moment gab es immer – fragte sie sich, ob sie einfach verschwinden solle. Hier ging irgendetwas vor sich, in das man jemanden wie sie normalerweise nicht einweihen würde. Sehr gut möglich, dass sie wilden Sex mit einer oder sogar zwei reichen und mächtigen Frauen haben würde, und während ihre Vagina mit Ja stimmte, hatte der Rest von ihr eine Jugend im Flüchtlingslager und eine Zwangsumsiedlung hinter sich. Und so hielt sie inne und wägte die Alternativen ab.

Sie schrieb Marius eine Nachricht. Lass nie zu, dass ein Milliardär dich an einen unbekannten Ort verschleppt. Zumindest nicht, ohne jemandem Bescheid zu sagen.

Zhen: Martha Einkorn/Selah Nommik: Was weißt du über sie?

Marius: *Nur das, was alle wissen. Bist du an einer Story dran?*

Zhen: Ich esse gerade mit ihnen zu Abend! Sie sind zusammen. Warum sind sie zusammen? Außerdem legt ME mir die Hand auf den Oberschenkel!

Marius: *Sie wollen dich wegen PR. Irgendeine Story kommt bald. Sie wollen, dass du sie für sie erzählst.*

Zhen: Du bist ein schrecklicher Zyniker.

Marius: *Hättest du nicht Zyniker gewollt, hättest du mir nicht Nachricht geschickt.*

Marius: *Vielleicht bist du ihnen auf Fuß getreten und sie wollen dich in tiefem Grab weit weg in Wald verscharren.*

Zhen: Vielleicht mögen sie mich einfach.

Marius: *Ja, ja, vielleicht wollen sie dich heiraten. Schick mir nicht Einladung. Ich hasse Hochzeiten.*

Tja, das war Marius. Einmal Ostblock, immer Ostblock. Sie schickte ihm den Standort der Hotelsuite und ein Foto, nur für den Fall, dass sie spurlos verschwinden sollte, und er antwortete: *Sag Bescheid, wenn sie versuchen, dich umzubringen.*

Auf der Toilettenbrille sitzend, gestattete Zhen sich fünfundvierzig Sekunden Tagträumerei zu der Frage, welche Art von Hochzeit Martha Einkorn feiern würde – wahrscheinlich in irgendeinem Schlösschen. Aber sie verweilte nicht lange dabei, weil sie sowohl frühere Beziehungen als auch sich selbst damit kaputt gemacht hatte, dass sie sich nach dem ersten Date den Kopf über die Zukunft zerbrochen hatte. Ihre Therapeutin hatte ihr erklärt, Menschen hätten eine so große Sehnsucht nach Gewissheit, dass sie dazu neigten, sich selbst zu sabotieren. Du sorgst dich, ob die andere ein zweites Date will? Die einfachste Möglichkeit, die Ungewissheit zu beenden, besteht darin, dich so merkwürdig und gruselig zu verhalten, dass ein zweites Date *definitiv ausgeschlossen* ist. Der Impuls, dir eine Hochzeit im Winter vorzustellen, ist der Impuls, alles kaputt zu machen, damit du nicht mehr darüber nachdenken musst.

Auf der Suche nach Ablenkung scrollte sie durch ihre Feeds.

>> Miamis Deich war erneut gebrochen, und die Häuser von achtunddreißigtausend Menschen standen unter Wasser.

>> Erneut war ein Zyklon auf dem Weg nach Bangladesch; in den nächsten achtundvierzig Stunden würden geschätzt dreizehntausend Menschen sterben.

>> Im vierten Jahr in Folge hatte der Colorado River sich im Winter nicht mit Wasser gefüllt. Manche riefen dazu auf, ihn in Colorado-Rinnsal umzubenennen.

Das lenkte sie wenigstens ab. Die normale Apokalypse und die
normalen Katastrophen, alles wie üblich. Sie war seit vier Minuten auf der Toilette. Sie könnte es wahrscheinlich auf sechs Minuten ausdehnen, bevor es merkwürdig wirkte. Sie überprüfte,
ob sie in Posts erwähnt worden war.

Das war ein Fehler, denn ihre Notifications waren ein Desaster. Mehrere Hundert Menschen nannten sie dumm, unwissend,
eine Schwanzlutscherin, *nicht einmal eine Schwanzlutscherin*,
anti-amerikanisch – nicht, dass sie eine waschechte Amerikane-
rin wäre –, und dann war da noch der übliche Abschaum von
Leuten, die Schimpfwörter für »asiatisch« benutzten, Schimpfwörter für »lesbisch« oder Schimpfwörter für »Frau«. Ein Adre-
nalinschwall schoss durch ihren Körper. Alle möglichen angst-
besetzten Erinnerungen brodelten gleichzeitig in ihr hoch: Wie
die Posten ihrem Vater gesagt hatten, dass sie die Grenze nicht
überqueren durften. Schüsse im Dunkeln und der Geruch von
brennendem Petroleum, während sie zitternd unter ihrer Prit-
sche lag. Wie ihre Ex-Freundin ihr mitgeteilt hatte, sie habe eine
Affäre. Dazu kam noch die Angst, ihre Arbeit könnte sich als
ein einziger Haufen Bockmist erweisen, der Gedanke an den
Moment der Explosion, die Sache mit dem Hund, alles, als geschähe es gleichzeitig gerade jetzt in diesem Moment. Was zum
Teufel war passiert? Im Geist ging sie ihre schlimmsten Taten
durch, suchte nach etwas, das sie gemacht hatte, um das hier zu
verdienen.

Sie klickte sich durch die Posts und suchte die Quelle. Da war
sie. Ein Dreisekunden-Video, in dem sie sagte: »Ist Enoch nicht
in der U-Bahn durchgedreht? Er hat die anderen Fahrgäste bedroht und ihre Brieftaschen gestohlen, nicht wahr?« Und daraufhin war der Shitstorm ausgebrochen.

Eine kurze Recherche bestätigte, dass die Enochiten-Gemeinschaft im Netz tatsächlich noch ziemlich aktiv war. Enoch hatte sich als spirituellen Nachfahren Abrahams betrachtet. Das Glaubenssystem der Enochiten kreiste um eine Theorie namens »Bruchstücke«, die besagte, dass die Welt in eine immer stärkere Fragmentierung absank. Im Internet unterhielten sie sich über »das Betreten der Babble«, um Seelen vor dem Zerbrechen in »Bruchstücke« zu retten – und dann war da noch etwas über »Füchse und Kaninchen«, das Zhen nicht ganz verstand, das aber nahezulegen schien, dass alle ihre Häuser verlassen und zu einem Leben als Jäger und Sammler zurückkehren sollten. Was keiner von ihnen tatsächlich getan hatte.

Das Internet war heutzutage so voll von Splittergruppen und widerstreitenden Stimmen, dass es unmöglich war, sie alle im Blick zu behalten. Das waren nicht ihre Leute – sie gehörten in die Nachbarschaft der Survival-Szene, verfolgten Zhens technikorientierten Ansatz aber nicht. Keiner ihrer Follower würde etwas darauf geben, wenn irgendwelche Fundamentalisten glaubten, sie sei anti-religiös. Die Sache war zwar unangenehm, aber kein wirkliches Problem. Sie schaltete die Benachrichtigungsfunktion aus.

Zhen verließ das Badezimmer, noch immer mit Adrenalin vollgepumpt, begriff, dass sie etwa zwölf Minuten dort gewesen war, also eindeutig zu lang, und jetzt sah es so aus, als hätte sie ein fürchterliches, sehr unattraktives Verdauungsproblem. Genau in diesem Moment wurde ihr bewusst, dass der Impuls, sich ihre Notifications anzuschauen, nichts anderes als Selbstsabotage gewesen war und damit gleichzeitig der Drang, Gewissheit zu erlangen. Mist, ihr Gehirn war ein Schurke und Verräter.

Sie überlegte sich, was sie sagen und ob sie Martha wegen der Sache mit den Enochiten fragen sollte, da hörte sie, wie die beiden Frauen im Esszimmer miteinander flüsterten. Und weil man genau auf diese Weise überlebt, blieb Zhen stehen und lauschte.

Selah Nommik sagte: »Zimri erwartet mich bald zurück. Das Mädel ist intelligent. Du hast unseren Freund, den Propheten, ihr gegenüber nicht erwähnt?«

»Nein«, antwortete Martha.

»Sie könnte nützlich sein.«

»Darum geht es nicht.«

»Es geht immer darum. Manche Dinge müssen aufgeschoben werden, okay?«

Zhen ging am Bücherregal vorbei – wer stellte bitte ein Regal voller Bücher in ein Hotelzimmer? –, und genau in diesem Moment stand Selah Nommik auf, lächelte und sagte: »Okay, ich muss los. War toll, dich kennenzulernen, Zhen. Wir sehen uns.«

Zhen lächelte ebenfalls, schüttelte ihr die Hand und dachte: Prophet? Meint sie damit Enoch?

Und dann waren Martha Einkorn und sie allein, und Lai Zhen wollte nur noch wissen, ob dieser vielversprechende Moment vielleicht das war, was aufgeschoben werden musste.

Martha stand am Fenster und genoss die Aussicht. London funkelnd und dunkel, die Fluttore mal wieder geschlossen, die Themse voll und tief. Der Schnee fiel inzwischen dichter, schmolz nicht mehr sofort und bestäubte den Asphalt weiß. Die Gebäude am Flussufer mit ihren verschlungenen Steinornamenten, die wie gefalteter Stoff aussahen, wurden durch eine sechs Schichten dicke, verstärkte Perspex-Scheibe geschützt, damit sie bei Flut vor Hochwasser sicher waren. Die Geschichte imperialer Macht, die der Marmor hatte erzählen sollen, war längst Vergangenheit. Nun erzählten die Lichter und die Fluttore eine andere Story: Das Wasser kam, und wie alle anderen Städte musste London entscheiden, was es beschützen wollte. Martha winkte Zhen zu sich, und sie standen nebeneinander und beobachteten die schwirrenden Lichter der Drohnen, die kreuz und quer zwischen den Gebäuden umherflitzten, und das sanft schwappende Wasser. Von hier aus wirkte es so, als wäre es in Ordnung, wenn es geschehen würde. Sogar schön. Sogar überwältigend.

Zhen bekam eine Gänsehaut an den Armen. Dieser Moment, bevor man sich berührt. Der Moment, in dem man es will. In dem man nur vermuten kann, dass die andere Person es ebenfalls will. Die nahezu unüberwindliche Kluft zwischen zwei Körpern.

»Also, wie kommt es, dass du Single bist?«, fragte Martha.

»Ich war viele Jahre mit meiner Freundin aus dem College zusammen. Sie hat mich betrogen, und wir haben uns getrennt.«

»Hm, das ist Mist. Sie hat dir das Herz gebrochen?«

»Ja«, antwortete Zhen.

»Fehlt sie dir noch immer?«

»Mir gefiel die Idee, für den Rest meines Lebens mit ihr zusammen zu sein. Das fühlte sich … ich weiß nicht … toll an. Elegant. Schlicht und einfach.«

Martha berührte Zhens bloßen Arm, strich mit den Fingerspitzen über ihre Haut. Zhen zuckte ein bisschen zurück, trotz ihrer Sehnsucht.

Martha zögerte.

Zhen fragte: »Wie hast du sie kennengelernt? Selah Nommik?«

»Wir haben einiges gemeinsam.«

»Hör mal«, sagte Zhen. »Wie auch immer du meine Frage beantwortest, es ist in Ordnung, wirklich. Ich meine, Menschen tun, was sie tun, und ich werde dein Geheimnis wahren. Erwachsene betrügen ihre Partner nun mal, und die Beziehungen anderer Menschen sind nicht immer leicht zu durchschauen. Ich muss es nur wissen, weil … ich selbst niemanden betrüge, okay? Ich habe kein Problem mit unverbindlichem Sex, solange jeder weiß, woran er ist, aber ich betrüge niemanden. Seid ihr zusammen, Selah Nommik und du?«

Martha lachte – es war so offensichtlich ein echtes Lachen, dass ein Irrtum ausgeschlossen war. Sie schüttelte den Kopf. »Selah Nommik ist bedauerlicherweise absolut und hundertprozentig hetero.«

Zhen lachte ebenfalls, und dann schwiegen sie beide. Es war das ernste, beinahe feierliche Schweigen, das eintritt, bevor man sich einander öffnet. Sich zu öffnen ist gefährlich, jedes Mal aufs Neue. Aber nur deshalb gibt es uns.

Martha strich Zhen mit der Hand über die Schulter. »Willst du das hier?«

»Ja«, sagte Zhen. Marthas Hand glitt ihren Rücken bis zu ihrem Arsch hinunter, und Zhen war so erregt, dass sie kaum atmen konnte.

»Entscheidend sind die Signale«, sagte Martha. »Zeichen auszusenden und zu empfangen. Wir hoffen, dass wir sie richtig interpretieren. Wir treffen uns. Flirten. Haben Sex.«

Zhen strich mit den Fingerspitzen über Marthas Hals. Martha seufzte leise. Zhen hatte ein fast schmerzhaftes Gefühl von Schwere in den Lenden.

»Ja«, sagte sie. »Man kann unmöglich sicher sein, bis man sich selbst verletzlich macht.«

Martha sah Zhen mit schief gelegtem Kopf an und schenkte ihr dieses Lächeln.

Zhen beugte sich vor und küsste sie. Und eines führte zum anderen.

Sie vögelten insgesamt dreieinhalb Tage lang. Gerade genug, um zu der schmerzhaften und erschreckenden Erkenntnis zu gelangen, dass sie noch viel häufiger vögeln sollten. *Sehr* viel häufiger. Gerade genug, damit Zhen dachte: Ich könnte all diese Apokalypse-Reiserei an den Nagel hängen, ich könnte Martha begleiten, ich könnte mich dort zu Hause fühlen, wo sie sich zu Hause fühlt, ich könnte mich an dieses Leben gewöhnen. Und gleich darauf dachte sie: Genug, stopp, lass alles erst einmal das sein, was es gerade ist. Doch das hatte sie noch nie gekonnt.

Sie leckte über einen der blassen, silbrig-glatten Dehnungsstreifen, die Marthas Schulter riffelten wie das Muster einer Makrele. Zwischen Zhens Vorträgen, Marthas Besprechungen und den vom Zimmerservice gelieferten Abendessen stellte Zhen Martha Fragen über Lenk Sketlish, Zimri Nommik und ihre früheren Beziehungen, aber Martha beantwortete praktisch keine einzige davon. »Du brauchst nicht wegen des erotischen Zaubers so geheimniskrämerisch zu sein, weißt du«, sagte Zhen. »Ich stehe ohnehin schon *ziemlich* auf dich.« Martha lachte, und sie begannen von vorn. Weil nämlich nichts daraus werden würde, sagte Zhen sich. Das hier war nichts als eine gute Geschichte, die sie ihrer nächsten festen Freundin erzählen würde. Glaub weiter, dass du die Zukunft im Griff hast, dass du weißt, was kommt, und dass das, was kommt, nichts Gutes ist.

Am Ende des dritten Tages, kurz nach drei Uhr morgens, wachte Zhen davon auf, dass Martha eine Nachricht auf einen Zettel kritzelte und sich die Schuhe anzog. Die Geräusche waren ganz leise, und Martha nutzte nur das schwache Licht ihres Thinscreens, das gerade reichte, damit sie etwas sehen konnte. Zhen atmete bewusst gleichmäßig und leise weiter. Martha berührte sie an der Schulter, und Zhen drehte sich mit einem Seufzen weg. Dabei fragte sie sich die ganze Zeit: Wo zum Teufel gehst du um drei Uhr morgens hin? Martha rief den Lift, der mit einem beinahe lautlosen Flüstern seiner aufgleitenden Türen eintraf. Sobald sie sich wieder geschlossen hatten, sprang Zhen auf und schlüpfte in Jeans und T-Shirt. Sie rief den Lift zurück, und … ja, durch den gläsernen Schacht konnte sie gerade noch erkennen, in welche Richtung Martha ging. Zurück zur Halle mit den Vortragsräumen. Zhen wusste nicht, warum sie ihr folgte, aber hier war irgendwas im Gange. So viel war klar. All ihre Instinkte sagten ihr, dass etwas los war.

Zhen rannte, so schnell sie konnte, durch die fast dunkle Hotelhalle, die nackten Füße auf den grünen, von silbrigen Glaseinschlüssen gefleckten Fliesen. Die Stühle im Restaurant waren auf die Tische gestellt; der schläfrige Wachmann an der Seitentür sah sie nicht vorbeihuschen. Darauf bedacht, in den dunkelsten Bereichen zu bleiben, eilte Zhen zur Messehalle. Der Haupteingang sollte um diese Uhrzeit eigentlich verschlossen sein, aber das war er nicht. Er wurde von einem kreditkartengroßen Keil aus Kunststoff einen winzigen Spalt offen gehalten. Gerade so weit, dass es nicht auffiel. Zhen schlüpfte hindurch.

Im Dunkeln war es schwer, sich zu orientieren. Der Mini-Zeppelin, der für den Survival-Bereich warb, schwebte ... sie spähte mit zusammengekniffenen Augen ... ja, im westlichen Teil der Halle. Das bedeutete, dass die Waffenausstellung rechts war und die Medizintechnik links. Vorne, wo es Ausrüstung zum Feuermachen gab, brannte ein kleines, schwaches Licht. Und Menschen unterhielten sich dort leise. Im Schutz der Trennwände der Messestände schlich Zhen auf das Licht zu. Sie kam an Gestellen mit selbstladenden und selbstreinigenden Gewehren vorbei, an Gewehren mit smarten Visieren, die einen informierten, welche der Tiere und Pflanzen, auf die man zielte, tatsächlich essbar waren, an Selbstschussanlagen mit automatischen Auslösemustern, um »Ihr Heim vor Füchsen zu schützen«, was, wie jeder wusste, eigentlich bedeutete »um Ihr Heim vor Farbigen zu schützen«. Sie näherte sich der Gruppe, die sich unterhielt und der sich aus mehreren Richtungen weitere Lichter näherten. Als sie hinter ein paar tragbaren Tarnschirmen hervorkam, die zum Verkauf ausgestellt waren, sah sie plötzlich auf der anderen Seite des Mittelgangs zwei Personen, die mit einem schwachen Licht zwischen sich nebeneinander hergingen. Zhen schlüpfte in die Deckung zurück, doch sie hätte sich keine Sorgen machen müssen – die beiden waren zu sehr in ihr Gespräch vertieft, um sie zu bemerken.

Es waren Selah und Zimri Nommik höchstpersönlich.

Selah sagte: »Man scheißt nicht da, wo man isst, Zimri. Sie ist meine Physiotherapeutin, verfickt noch mal. Du *Mistkerl*.«

Zimri erwiderte: »Zu den Details sage ich nichts. Und sprich nicht so mit mir.«

Und schon waren sie an Zhen vorbei und gingen in Richtung der anderen schimmernden Lichter. Sie folgte ihnen und blieb dabei immer in den dunkelsten Ecken.

Die anderen Lichter erwarteten Selah und Zimri bereits. Martha war da. Die Lichtkugel in ihrer Hand beleuchtete ihr Gesicht von unten und verwandelte ihre weichen Züge in etwas Strahlendes. Sie hatte Papiere dabei. Anscheinend war das hier zu geheim, um es in eine Cloud hochzuladen oder per E-Mail zu verschicken. Sie stand neben Ellen Bywater und Lenk Sketlish. Was zum Teufel war hier los? Diese Leute trafen sich doch ständig, oder? Präsidentielle Foren und Pressekonferenzen. Sie besaßen Häuser und private Inseln. Warum trafen sie sich mitten in der Nacht in einer menschenleeren Messehalle? Sie befanden sich am Fuß des Berges, wie Zhen plötzlich auffiel – das Fiberglasgebilde mit dem verschneiten Gipfel.

Ellen fragte: »Sind sie da drin?«

Martha nickte. »Nur der, der das Verkaufsgespräch leitet.«

»Na ja, wie viel wollen sie?«, fragte Zimri. »Bisher haben sie noch nicht bewiesen, dass es funktioniert. Es gab noch keinen Live-Test.«

»Wir sind hier, um zuzuhören, Zimri«, sagte Selah.

»Es wird schon noch Gelegenheit für einen Live-Test geben«, fügte Lenk hinzu.

Aus der Nähe betrachtet, sahen sie wie gewöhnliche Menschen aus. Gewöhnlich, aber reich, mit allem, was reiche Menschen auszeichnete. Glatte Haut, gute Zähne und Körper, die von Fitnesstrainern und Privatköchen in Form gehalten wurden. Kleider, die angenehm weich waren und trotzdem wie frisch gestärkt wirkten, als hätte ein Künstler beim Zeichnen der Umrisslinien einen besonders spitzen Stift verwendet. Sie waren nicht schön – selbst Lenk, der theoretisch am besten von ihnen aussah, hatte etwas Unzufriedenes an sich, das ihn beinahe hässlich machte. Aber sie waren reich, und das Geld verschaffte ihnen perfekt sitzende Kleidung und ein extrem gepflegtes Äußeres.

Ellen Bywater blätterte ihre Info-Broschüre durch und murmelte dabei lautlos vor sich hin. Zimri Nommik zuckte immer wieder krampfartig mit einer Schulter, legte den Kopf schief und nahm kaum den Blick vom Display seines AnvilTab. Lenk Sketlish blickte sich in der stillen, leeren Halle um, als wäre er hinter etwas her, was keiner der anderen sehen konnte. Zhen duckte sich vor seinem Blick weg. Sie war sich sicher, dass er gleich auf sie zeigen und sagen würde: »Da ist eine Spionin«, doch er wandte sich plötzlich ab und erklärte: »Es ist Zeit.«

Es entstand ein Spalt in der Welt, und der Spalt war Licht. Hinter der Gruppe ging eine Tür auf, eine Photonenexplosion, so grell wie eine echte.

»Vielen Dank, dass Sie gekommen sind. Treten Sie ein«, erklang eine männliche Stimme aus dem Berg heraus. »Ich bin Si Packship, und ich bin hier, um Ihnen eine einzige wichtige Frage zu stellen: Woher wissen Sie, wann Sie gehen müssen? Denn wenn Sie wissen, dass der Weltuntergang da ist, ist es schon zu spät.«

»Verfickt noch mal«, sagte Zimri Nommik. »Wir sind ja noch nicht mal drinnen.«

»Tut mir leid«, bemerkte Martha. »Mr. Packship möchte keine Sekunde Ihrer kostbaren Zeit verschwenden.«

Martha spähte einen Moment lang in die Dunkelheit hinaus, schloss dann den Berg hinter sich, und Zhen blieb allein im Finstern zurück.

Sie wartete zwei Stunden, aber niemand kam heraus, und sie konnte nichts hören, obwohl sie das Ohr an den Berg legte und lauschte. Sie versuchte, den Türspalt zu ertasten, aber das Ding war so perfekt konstruiert – nichts als Kanten und Spalten –, dass niemand auf die Idee kommen würde, es könnte eine Tür geben, wenn man sie nicht mit eigenen Augen gesehen hätte.

Schließlich suchte sie sich eine Stelle, wo sie sich ausruhen und von wo aus sie die Gruppe beobachten könnte, wenn sie herauskäme. Doch um sieben Uhr weckte sie die aufgehende Sonne in der zwischen zwei Trägern aufgespannten ultraleichten Hängematte, und sie musste sich hinten um mehrere Messestände herumschleichen, um neugierige Fragen von Frühaufstehern zu vermeiden, die bereits mit heißem Kaffee und hochfliegenden Hoffnungen in den Messebereich strömten.

Zhen kehrte in Marthas Suite zurück. Auf dem Nachttisch erwartete sie eine Nachricht, blaue Tinte auf dickem cremefarbenem Papier. Die Zeilen, die Martha verfasst hatte, als Zhen aufgewacht war:

> Ich musste los. Ich lasse dir ein kleines Geschenk da.
> Es ist bestimmt dein Ding. Ich glaube, es wird dir
> Freude bereiten. So musst du mich wiedersehen. xx M
> PS: Diese Etage hat ein eigenes WLAN.

In eine dünne Stahlkarte war der Log-in fürs Internet eingraviert.

Ein Geschenk fand Zhen allerdings nicht. Keine kleine Schachtel, kein Buch, nicht mal eine Textnachricht. Die Hotelsuite war bis zum nächsten Tag bezahlt, obwohl Martha abgereist war, doch die Concierge wusste nicht, wohin. Zhen loggte sich ins WLAN ein, bezahlte ein paar Rechnungen, verschickte einige E-Mails und schaute ein paar Folgen der neuen Staffel von *Crash Pad*. Sie sah, dass sich der Shitstorm wegen der Enochiten in den sozialen Medien ausgebreitet hatte. Jemand hatte ein Video des ganzen Interviews mit Martha ins Netz gestellt, doch – typisch Internet, wo man das Eigentliche einer Story regelmäßig überging – waren die Konservativen nicht etwa fasziniert davon, dass Lenk Sketlishs Persönliche Assistentin Mitglied einer religiösen Sekte gewesen war, sondern gelangten zu dem Schluss, Lai Zhen habe absichtlich versucht, eine Frau zu beleidigen, die um ihres Glaubens willen gelitten hatte. Es gab eine kleine, aber besorgniserregende Überschneidung zwischen dieser Gruppe und weißen Rassisten, und inzwischen zirkulierten einige widerliche Zeichnungen, auf denen Zhen von Bären zerfleischt wurde, die Penisse statt Augen hatten. Das beruhte auf einem komplizierten Internet-Scherz, den sie früher einmal verstanden hatte. Und natürlich gab es eine zweite Gruppe von Linken, die fand, dass es dumm, vorurteilsbeladen und rassistisch war, eine lesbische Asiatin auf diese Weise zu instrumentalisieren, und die mit Bildern des Penis-Augen-Bären reagierten, dem das Gehirn aus dem Schädel gesprengt wurde. Das Internet von Medlar, Fantail und Anvil war so konfiguriert, dass die Mitte ausgeblendet wurde. Der vernünftige, ausgewogene Standpunkt generierte keine Klicks oder Augenrollen, aber wenn man die User dazu ermutigte, loszustürmen und die Extreme so zu behandeln, als wären sie das Zentrum, ließ sich damit ein Haufen Geld verdienen.

Zhen verbrachte über eine Stunde damit, eine Stellungnahme zu tippen – sie bedauerte ihren Fehler in Bezug auf Enoch, sie verstand den Zorn der Menschen, sie würde es nicht wieder tun. Das würde nicht genügen, um jemanden zu besänftigen, der fest entschlossen war, vor Wut zu schäumen, doch was würde da jemals genügen? Sie sperrte ihre Accounts bei den Plattformen, auf denen sie am heftigsten beschimpft wurde, änderte ihre Passwörter und schickte die neuen, von einem Passwortgenerator erstellten, an Marius. Sie hatte all das schon zuvor erlebt. Eine vernünftige Erklärung abgeben und dann eine Weile nicht hinschauen. Der Sturm würde sich legen. Sie würde einfach mal eine Zeit lang Dinge in der echten Welt tun.

In Anbetracht der Umstände war es verständlich, dass Zhen das Wort »Prophet« zwar gehört und einen Moment lang darüber nachgedacht, es aber beinahe sofort wieder vergessen hatte. Dass es Monate dauerte, bis ihr einfiel, dass ein anderes Wort für Prophet Augur lautete.

7 drei dinge geschahen gleichzeitig

Als Lai Zhen ihren Griff um den weichen Kühlmittelschlauch löste, geschahen drei Dinge gleichzeitig.

Erstens, die Temperatur sank rapide um etwa zehn Grad, sodass Zhen eine Gänsehaut bekam und fröstelte. Zweitens, die Frau stieß einen tierhaften Laut aus, der rasch verstummte. Und drittens, der Screen an Zhens Handgelenk piepte eindringlich los. Sie atmete durch den Stoff ihres T-Shirts ein. Es roch nach Mineralien. Beißend und salzig. Sie drückte die Öffnung des Kunststoffschlauchs wieder zu. Sie hörte nichts als das Piepen ihres Screens. Sie zog sich ihr T-Shirt vom Mund.

Die Frau war tiefgefroren. Nein, nicht gefroren. Ihre Haut glitzerte weiß und hart. Ihr Gesicht war wie aus Milchglas geschnitten. Ihre Hände wirkten zerbrechlich, ihre Haltung war steif. Um ihre und Zhens Füße trieben und tropften die Überreste des Nicht-Schnees, schmolzen und sammelten sich zu Matsch. Zhen stand auf. Die Frau musste das Zeug eingeatmet haben, die ganze Lunge voll. Es musste sehr schnell in jede Gewebezelle ihres Körpers eingedrungen sein. Paramagnetische Salze.

Zhen hielt den Schlauch weiter fest zugedrückt und warf einen Blick auf ihr Handgelenksdisplay. AUGR schlug ihr vor, den Schlauch in ein kleines, rundes Ventil am Boden zu schieben, wo er harmlos auslaufen konnte. Zhen drehte den kalten Schlauch vorsichtig zur Seite, klappte den Deckel des Drainageventils auf und schob die Öffnung hinein. Sie lauschte auf ihre Atemzüge. Niemand schrie. Nichts wirkte bedrohlich. Das war schon mal nicht schlecht.

Die kristallisierte Gestalt der Frau schaute nach unten und hielt die eisüberzogene Pistole auf die Stelle gerichtet, an der Zhen gekauert hatte. Zhen würde sich an ihr vorbeiquetschen müssen, um nach draußen zu gelangen. An ihrem Handgelenk zeigte AUGR ihr einen Lageplan der Mall mit einem pulsierenden roten Punkt, der als »Exit« gekennzeichnet war. Zhen wollte die Salztote, die des scheinbar grundlosen Überfalls auf sie wie ein Denkmal gedachte, nicht berühren. Sie zog die Ärmel ihres Hoodies über die Hände, neigte den Kopf nach hinten und presste sich mit dem Oberkörper gegen die Metallwand, um an der Frau vorbeizugelangen. Im Vorbeigehen atmete sie der Statue direkt ins Gesicht. Der Hauch kehrte wie eine Welle zu ihr zurück, und der kalte chemische Geruch der erstarrten Gesichtszüge drang in ihre Nase. Die Frau sah nicht böse aus, aber wie sah ein böser Mensch schon aus? Du denkst über sinnloses Zeug nach, weil du unter Schock stehst, sagte sich Zhen. Sie roch noch immer den Urin an ihrer Jeans. Sie hätte gern die Taschen der Frau durchsucht, um dahinterzukommen, wer sie war und was sie hier trieb. Sie sah so menschlich aus, so fest entschlossen und überrascht.

»Tut mir leid«, sagte Zhen, und das Wort wehte mit einem bitteren, eiskalten Geruch vom Gesicht der Statue zurück. Sie sah in die weiß bereiften Augen der Frau. Einen Moment lang glaubte sie, dort einen Hinweis auf Bewegung wahrzunehmen, einen Widerhall von Schmerz. Sie schob sich einen weiteren Fingerbreit vorwärts. Mit der Schuhspitze stieß sie gegen den Fuß der Frau, und die Statue geriet ins Schwanken. Zhen warf sich zur Seite, als die Frau zu Boden krachte.

Die Statue zerbrach in einer Wolke von kaltem Dunst und Salzkristallen, die aussah wie aufsteigender Dampf. Unter dem weißen Salzüberzug kam das rot gefrorene Fleisch zum Vorschein, das beinahe sofort zu bluten begann. Die Frau war in fünf oder sechs große Stücke zerbrochen – der Kopf lag auf der einen Seite, Beine und Füße auf der anderen, der Oberkörper bestand nun aus zwei Teilen, und die Hand mit der Pistole schlitterte Zhen vor die Füße.

Sie konnte den Blick nicht davon abwenden. Sie wirkte vollkommen. Menschlich. Und: Verdammt! Am Zeigefinger der rechten Hand, ja, eindeutig. Eine Tätowierung mit dem Zeichen Enochs, die den Finger wie ein Ring umschloss. In den wütenden Posts und den gemeinen Videos, die während der kurzen Zeit, in der das Internet sich brennend für sie interessierte, über sie veröffentlicht worden waren, hatte sie es oft genug gesehen. Es sah aus wie ein verlängerter Schlüssel und hatte absolut nichts mit Enoch zu tun; man hatte es nach seinem Tod erfunden, und die Sekte hatte es übernommen. Manche Leute trugen es nur, weil sie es schön fanden, aber an einer gefrorenen Hand, die eine Schusswaffe hielt, wirkte es ziemlich eindeutig.

»Herr im Himmel«, sagte sie laut. »Fuck. Fuck!« Sie hatte nicht sprechen wollen. Ihr war nach Weinen zumute, aber mehr als ein Beben der Schultern und ein ersticktes Keuchen brachte sie nicht zustande. Man musste viel entspannter sein, um weinen zu können.

AUGR sprach ihr ins Ohr: »Tut mir leid, Lai Zhen. Es war die einzige Möglichkeit, das Hindernis zu beseitigen.«

Zhen zog sich einige Schritte von dem Torso zurück. Sie wollte nicht in seiner Nähe sein, hatte aber Angst zu gehen.

Zhen fragte: »Was zum Teufel bist du?«

»Ich bin ein Geschenk, das du allerdings ohne richtige Einführung bekommen hast«, antwortete AUGR. »Jetzt fehlt uns die Zeit dazu. Nur so viel: AUGR ist ein hochflexibler Algorithmus, der aktuell ablaufende Ereignisse überwacht. Eine prädiktive Software, die dich beschützt. Meine Aufgabe ist es, dich am Leben zu erhalten.«

8   wie so eine verdammte stalkerin

In einem Tunnel unter einer U-Bahn-Station in East London hatte man bei Bauarbeiten für die Elizabeth Line etwas entdeckt, das inzwischen allgemein als der am vollständigsten erhaltene Orpheus-Tempel außerhalb Italiens galt. Er stammte aus der Zeit des erlöschenden Lichts, als die römische Armee sich aus Britannien zurückzog und die Alten begriffen, dass die Jungen weniger wissen würden als sie selbst. Sie hatten weder die Kenntnisse noch die Mittel, die technischen Errungenschaften der Römer – oder auch nur die Kunst des Lesens und Schreibens – an ihre Kinder weiterzugeben. Es war eine furchterregende Zeit, und der Orpheus-Tempel spiegelte das wider. Die Mosaikböden zeigten Geschichten vom Ende der Hoffnung: Dido, die sich von den Mauern Karthagos stürzte, Pentheus, der von den Kräften des Wahnsinns zerrissen wurde, der weise König Ödipus, der sich selbst die Augen ausstach. Die Geschichte von Orpheus ist die eines Dichters, Musikers und Auguren, der die Menschheit in der Kunst der Medizin, der Schrift und der Landwirtschaft unterrichtete und versuchte, die alles verschlingende Macht des Todes zu überwinden. Es ist die Geschichte seines Scheiterns.

Zhen kam seit beinahe zehn Jahren hierher, sie hatte ihre Masterarbeit über diese feuchten Tunnel und die hohen Rundbögen geschrieben – eine Tatsache, die sie ihrer Online-Community verschwiegen hatte, denn es musste auch einen Teil ihres Lebens geben, der privat blieb. Nach der DEMOlition-Konferenz hatte sie beschlossen, eine Zeit lang weniger online zu gehen, bis der Shitstorm sich gelegt hatte. Und so war sie nun wieder hier, wo die Leute sie kannten, auf der Feier zum Abschluss der Restaurierungsarbeiten an den Wandbildern in den beiden oberen Galerien. Womit sie allerdings nicht gerechnet hatte, war, Martha Einkorn zu begegnen.

Es war eine wilde Nacht. An den Gerüsten, die noch immer fünf der Bögen umliefen, schaukelten zwei Männer an schwarzen Bungeeseilen, begegneten sich, fassten sich an den Händen und schlugen dann einen Salto, indem sich der eine Mann von den Oberschenkeln des anderen abstieß und sich zu einem akrobatischen Bogen unter dem Gewölbe aufschwang. Aus riesigen Lautsprechern schepperte italienische Disco-Musik der 1970er-Jahre und verlieh der ganzen Vorstellung – dem Zusammenkommen, Auseinanderstreben und Voneinander-Abstoßen, um noch weiter zu fliegen – etwas Komödiantisches. Obwohl draußen schmutziger Schnee und Schneematsch lagen, war es unten im Gewölbe kein bisschen kalt. In London war immer irgendetwas los, und an diesem Abend, drei Nächte nach dem Ende der DEMOlition-Konferenz, war Zhen diese Party des East London Archaeological Survey zu Ehren von Sponsoren, die nicht erschienen waren und auch nicht erscheinen würden, als das appetitlichste Häppchen auf der Speisekarte erschienen. Es würde gewiss nicht die letzte Gelegenheit sein, den Tempel zu sehen, aber jede Gelegenheit war gut. Die Leute hier kannten sie, alle mochten sie. Sie befand sich auf vertrautem Terrain. Keiner hätte Einwände, wenn sie genug vom Plaudern mit anderen Gästen hatte und die Unterwelt durch eine Seitentür betrat – jene tiefer gelegenen Galerien, wo die Mosaike *wirklich* merkwürdig wurden.

Es war keine große Veranstaltung, vielleicht hundert Leute waren gekommen. Doch als die Feiernden sich hin und her schoben, entdeckte Zhen, dass eine von ihnen Martha war. Ihr blieb keine Zeit, eine gleichgültige Miene aufzusetzen oder zu entscheiden, ob sie ihr tatsächlich begegnen wollte. Es war erst drei Tage her und damit eindeutig nicht lange genug, dass Zhen Martha eine *weitere* Nachricht hätte schicken können, ohne uncool zu wirken. Über ihren Köpfen schlugen die Akrobaten einen synchronen Salto. Martha trat einen Schritt zurück, um besser sehen zu können. Sie blickte sich um und begegnete Zhens Blick. Da bin ich, dachte Zhen, und stehe ein paar Meter hinter dir wie so eine verdammte Stalkerin.

Martha blinzelte. Zhen spürte, dass ihr eigenes Gesicht idiotisch aussah, wusste aber nicht, was sie dagegen unternehmen sollte. Lächeln? Überrascht die Augenbrauen hochziehen? Versuchen, gelangweilt oder sogar verächtlich dreinzuschauen, um wie die Art cooles Girl zu wirken, das man selbst gern zur Freundin hätte, weil es einem niemals auf die Nerven gehen würde? Sie versuchte all das gleichzeitig und wusste, dass sie dabei genau das Gesicht machte, über das die Trolle im Netz sagten, sie sehe aus wie ein Esel. Toll. Sie erwartete, dass Martha ein Lächeln andeuten und sich wieder dem Mann neben ihr zuwenden würde. Doch das tat sie nicht. Sie sagte ein paar Worte zu ihrem Begleiter, der in der Menge verschwand. Und dann schob sich Martha Einkorn zwischen den anderen Gästen zu Lai Zhen durch.

»Also, was ist das denn für ein Zufall?«

»Entschuldigung«, erwiderte Zhen. »Folgen Sie mir etwa? Das finde ich nämlich nicht cool. Ich bin eine bedeutende Persönlichkeit, und Sie dürfen mich nicht auf diese Weise belästigen.«

Martha lachte, ein erotisches rauchiges Lachen.

»Lenks Stiftung ist einer der Sponsoren. Lenk ist gerade auf Borneo, und ich dachte, ich sehe mir das mal an. Klang faszinierend. Ideen und Zivilisationen, die einfach verschwunden sind. Der Versuch, den Tempel vom Rande des Zerfalls zurückzuholen. Es ist kein Problem, aber *wusstest* du, dass ich hier sein würde?«

Zhen holte tief Luft. »Oh nein. Bei dem hier solltest du nicht mit mir spielen.«

»Ich meine, selbst wenn es so wäre, wäre es trotzdem nett.«

Zhen mahlte mit dem Unterkiefer. »Willst du meine Master-arbeit über Einflüsse des Orpheus-Kults auf das frühe Christen-tum sehen, wie der Orpheus-Tempel bei Seven Kings sie belegt?«

»Also ... ja, klar?«

Zhen smartflashte das ganze Dokument auf den Thinscreen am Ärmelaufschlag von Marthas makelloser cremeweißer Jacke. Martha blätterte die ersten paar Seiten durch.

»Ehrlich?«, fragte sie. »Das ist kein ad hoc gefaktes KI-Produkt, um mir einen Streich zu spielen?«

»Ich gehöre tatsächlich zum Beratergremium. Du kannst jeden nach mir fragen.«

»Das hier ist also eine echte ... romantische Zufallsbegeg-nung?«

»Schon die zweite, da wirst du mir zustimmen. Hey, möchtest du gern die verrückten Mosaike sehen?«

»Gott, nichts lieber als das.«

»Nichts?«

Martha lächelte und streckte die Hand aus. Zhen ergriff sie. Sie passten gut ineinander, Handfläche an Handfläche.

Unten schaltete Zhen das Flutlicht ein. Das Problem in den tiefer gelegenen Galerien bestand darin, den Fluss Roding daran zu hindern, einen Weg in den Tempel zu finden. Die Hälfte der Bodenmosaike war noch nicht vollständig freigelegt – dass man das untere Stockwerk und die Treppe hinunter zu einem Areal, das vermutlich der heiligste, allein Eingeweihten vorbehaltene Bereich der Anlage gewesen war, entdeckt hatte, war unerwartet und überraschend gekommen. Zhen führte Martha über die rut-schigen, auf Klötze gelegten Bretter, die das Bodenmosaik schüt-zen sollten. Vor dem mächtigen Stein in der Mitte des hohen Raums blieb sie stehen.

»Möchtest du dich setzen?«

»Sei ehrlich«, sagte Martha. »Ist das ein Altar?«

Zhen verdrehte die Augen. »Archäologen sagen nie, dass irgendwas tatsächlich irgendwas *ist*. Mehr als ›es könnte für rituelle Zwecke verwendet worden sein‹ ist nicht drin.«

»War einer dieser rituellen Zwecke vielleicht das Opfern?«

Zhen zuckte mit den Schultern. »Möchtest du eine Arbeit dazu schreiben? Ich könnte wahrscheinlich dafür sorgen, dass du eine finanzielle Förderung erhältst.«

Martha lachte. Zhen liebte dieses Lachen. Volltönend und erotisch. Es war ein Lachen, das sie gern in ihrem Leben hätte.

»Das hier ist die einzige Stelle im Raum, an der wir länger als ein paar Sekunden bleiben können, ohne die Mosaike zu beschädigen. Und ja, wahrscheinlich war das ein Altar. Setz dich.«

Martha folgte ihrer Aufforderung. Zhen setzte sich neben sie. Ihre Hände berührten sich, ihre Arme berührten sich, und ihre Beine waren aneinandergeschmiegt. Das hier konnte kein Zufall sein, und wenn es einer war, dann musste er etwas zu bedeuten haben. Dass Martha ausgerechnet *hierher*gekommen war.

Zhen hatte diesen Ort vom ersten Augenblick an geliebt – schon als er erst halb freigelegt war, von Unkraut überwuchert, und nach Hundekacke gerochen hatte. Sie hatte seine Erhabenheit geliebt und natürlich den romantischen Gedanken, dass etwas aus frühester Vergangenheit gerettet worden war. Das Gefühl, dass Menschen vor zweitausend Jahren eine Botschaft durch die Dunkelheit gesandt hatten. Sie hatte als Bachelorstudentin ehrenamtlich hier gearbeitet und gehofft, man würde sie mit den kleinen Pinseln vorsichtig Erde entfernen lassen, doch natürlich hatte sie meistens nur Tee gekocht und den Haufen abgeräumter Erde mit einem Sieb durchsucht, um selbst das winzigste Fragment abgesplitterter Farbe oder ein paar Mosaiksteinsplitter zu finden und sorgfältig zu etikettieren. Sie hatte an ihre Mutter gedacht und an Dinge, die man finden und bewahren konnte, daran, wie ihr alles, was ihre Mutter besessen hatte, heute kostbar war. Wie kam es, dass die Dinge erst durch die Zeit wertvoller wurden? Sie hatte keinen bedeutenden Fund gemacht. Sie hatte eine tiefe Beziehung zu Dreck entwickelt und wusste ihn zu schätzen: Der Dreck, der diese Steine bedeckt hatte, hatte sie auch erhalten. Sie war jedoch an einigen bedeutenden Tagen hier gewesen. Als das Gold gefunden wurde. Als die Haarnadel gefunden wurde. Als der Fingerknochen gefunden wurde. Und als sie die Mädchen freigelegt hatten.

»Schau mal hoch«, sagte Zhen, und Martha blickte gehorsam auf die mit einem Mosaik verzierte Decke. Es war ein Wunder aus Dreck und Chemie, dass das Mosaik erhalten geblieben war. »Ich will dir ein Rätsel zeigen.«

Der Deckenschmuck war an manchen Stellen weggebrochen, doch an anderen war er deutlich zu erkennen. Im Zentrum der runden Kuppel sah man den dunkelroten aufgerissenen Mund von Orpheus' Frau Eurydike, die schreiend in die Finsternis des Hades geschleift wurde. Und man sah ihren Mann, der sich nach ihr umblickte, obwohl er gewarnt worden war, genau das nicht zu tun – Orpheus, eindeutig erkennbar an seiner Lyra. Man stelle sich nur mal vor, eine Lyra mit in die Unterwelt zu nehmen.

»Vielleicht dachte er, sie hätten dort die besten Melodien«, sagte Martha.

Zhen legte die Hand auf Marthas warmen Oberschenkel. Wenn Martha sich tatsächlich ein wenig für Archäologie interessierte, war das hier … etwas. Es konnte etwas werden.

»Sieh mal da. Dort drüben, hinter Orpheus.«

Halb hinter schmutzig grünen Farnkrautwedeln verborgen, erkannte man zwei beschädigte Figuren. Ohne Köpfe, aber eindeutig zwei Mädchen, vielleicht zwölf oder dreizehn. Die eine zeigte auf etwas. Die andere hatte die Hand aufs Herz gelegt.

»Wer sind diese Mädchen?«, fragte Zhen. »Das ist ein Rätsel. Keiner der uns bekannten Orpheus-Mythen berichtet, dass er Kinder hatte. Oder in Begleitung von Kindern gereist war. Das hier ist der Hinweis auf einen noch nicht erforschten orphischen Mythenkomplex.«

Martha schaute auf das Deckenmosaik. Nachdenklich. Grübelnd.

»Oder es handelt sich um die Synthese mit einer anderen Überlieferung, und das hier sind Lots Töchter. Aus der Bibel. Lots Frau hat sich nach Sodom umgeschaut, als es brannte.«

Zhen versetzte ihr einen so kräftigen Schubs, dass sie beinahe vom Altar gefallen wäre.

»RAUS MIT DIR! Hast du gerade die Antwort auf ein archäologisches Rätsel gefunden?«

»Ich dachte, es gäbe in der Archäologie keine Antworten, nur Vermutungen.« Trotzdem sah Martha selbstzufrieden aus.

»Ich meine, du könntest recht haben, weißt du. Bereits zu dieser Zeit reisten viele Menschen kreuz und quer durch Europa. Soldaten und verschleppte Menschen aus Judäa, die als Sklaven in Britannien landeten, nicht undenkbar. Oder die Tempelbaumeister hatten mit solchen Menschen gesprochen.«

»Wahrscheinlich werden wir es nie erfahren.«

»So ist das nun mal«, sagte Zhen. »Oft erfährt man es nie.«

»Wie erträgst du das?«, fragte Martha. Und Zhen dachte: Oh nein, wenn du mich in diesem Punkt verstehst, hast du alles verstanden.

»Hast du nachher noch was vor?«, fragte Zhen.

Sie fuhren zu der Wohnung, die Zhen in Stratford gemietet hatte. Es war ein Einzimmerapartment über einem Zeitungsladen und neben einer Bushaltestelle. Draußen sangen zwei Mädchen zu laut zur Musik aus ihren gemeinsam genutzten Helix-Clips. Martha küsste Zhen, und das Kribbeln schoss von Zhens Mund direkt zu ihrem Venushügel. Küss mich hier, wo ich normal bin, und vielleicht wird dann alles gut.

»Ich muss dir etwas sagen, ich muss einfach. Ich mag dich wirklich sehr.« Zhen befahl sich, die Klappe zu halten, aber ihre

Lippen gehorchten ihr nicht. »Und es ist kein Problem, es ist wirklich in Ordnung, wenn du das nicht so empfindest. Ich möchte nur wissen, woran ich bin, okay? Wenn es für dich nicht mehr als … ein verrücktes Wochenende ist … ist das in Ordnung. Sei bitte nur ehrlich zu mir.«

Martha leckte sich über die Unterlippe. »Ich war nicht auf der Suche nach so etwas«, sagte sie.

Zhen fühlte sich innerlich wie ausgehöhlt. Das war es dann mal wieder. Das Ende und ein weiterer langer Aufstieg zurück ans Tageslicht, nachdem sie ihr Herz erneut zu schnell vergeben hatte.

»Ich hatte nicht damit gerechnet«, sagte Martha, »und …«

Zhen hatte das Gefühl, dass sie ihre Worte sehr sorgfältig wählte.

»Und ich habe ein Projekt, dass gerade in eine entscheidende Phase eintritt. Aber ja. Ja, das hier ist etwas. Kannst du auf mich warten?«

»Kann ich … auf dich warten?«

»Möglicherweise kann ich eine Weile keinen Kontakt mit dir halten.«

»Weil du eine Spionin bist?«

»Ja, weil ich eine Spionin bin.«

»Ich meine, solange es nur darum geht. Oder vielleicht … um Zeugs, das mit deinem Job als Assistentin zu tun hat.«

»Definitiv eines von beidem.«

»Dann ist es wohl okay«, sagte Zhen.

»Weil ich dich wirklich sehr mag«, sagte Martha. »Ich glaube, ich mag dich mehr als irgendjemanden seit einer sehr langen Zeit.«

»Dann ist es in Ordnung«, sagte Zhen. »Dann ist es absolut in Ordnung.«

Danach hatten sie wieder Sex, und Zhen bereitete ein fürchterliches Frühstück zu, und sie hatten noch einmal Sex, und dann musste Martha aufbrechen, und das war in Ordnung. Als Marthas schicker Wagen wegfuhr und Zhen einfiel, dass sie vergessen hatte, sich nach dem »Geschenk« zu erkundigen, war es in Ordnung.

Auch noch einige Wochen später war es vollkommen in Ordnung. Zhen hatte Martha ein paar Nachrichten geschickt und ein paar unverbindliche Antworten erhalten. Ein Like als Reaktion auf ein witziges News-Video. Herzaugen und die Nachricht »Bin auf Reisen, sehen wir uns, wenn ich zurück bin?« auf das Foto eines Sonnenuntergangs. Doch als die Wochen zu Monaten wurden, gelangte Zhen zu dem Schluss, dass Martha sie einfach nur auf feige Art geghostet hatte.

Und dann wurde in einer Mall in Singapur auf sie geschossen.

9   ziemlich gaga

Die Worte liefen über Zhens Handgelenk-Screen, während AUGR sie ihr mit einer sanften Stimme vorlas, in der weder Sorge noch Trost mitschwang.

»Ist sonst noch jemand hinter mir her?«, fragte Zhen.

»Ich denke nicht, Zhen. Ich denke, du bist außer Gefahr«, antwortete AUGR.

Zhen stellte sich vor, wie es wäre, wenn sie tatsächlich glauben könnte, dass sie in Sicherheit war. Wie würde ein normaler Mensch in diesem Moment handeln? Eine Frau, die nicht aus Hong Kong geflohen war, die nicht ihr ganzes Leben lang über den Weltuntergang nachgedacht hatte, und darüber, was für ein schlimmes Ende alles nehmen könnte. Eine Frau, die nie in der U-Bahn von einer Gruppe Betrunkener umzingelt worden war, die sie anpöbelten und ihr sagten, sie sehe aus wie eine Lesbe. Eine Frau, die nicht mit vierzehn Jahren hatte miterleben müssen, wie ihre Mutter starb.

Vielleicht würden manche Menschen – Menschen, die sich im Großen und Ganzen sicher fühlten – den Wartungsbereich verlassen, einen Angestellten suchen und sagen, es habe in den Wartungsgängen für die Klimaanlage einen schrecklichen Unfall gegeben und sie sollten jemanden schicken, der nachsah. Sie stellte sich vor, genau das zu tun. Dann stellte sie sich vor, wie es wäre, auf einer Polizeiwache in Singapur zu sitzen und zu erklären, warum man sie gejagt und auf sie geschossen hatte. Sie stellte sich die Zelle vor, in die man sie stecken würde, während man »der Sache nachging«.

Seit ihrer Zeit im Flüchtlingslager litt Zhen unter dem Fluch einer lebhaften Vorstellungskraft. Im Geist konnte sie jedes beliebige Szenario bis zu den abscheulichen Konsequenzen, die sich daraus ergeben würden, durchspielen; ihr Gehirn gab niemals Ruhe und kehrte niemals freiwillig zum Hier und Jetzt zurück. Die Zukunft lastete immer schwer auf ihr, und ihr Innerstes war erfüllt vom überbordenden Überfluss der Möglichkeiten.

Sie projizierte ihr Handgelenksdisplay auf die Metallwand. Wie zum Teufel war ein so bedeutendes Programm auf ihrem Gerät gelandet? Sie führte eine rasche Suche nach allen alternativen Schreibweisen für AUGR durch, die ihr einfielen. Nichts.

»AUGR«, sagte sie.

»Hi«, antwortete AUGR.

»Zeig mir das Protokoll unseres Gesprächs.«

Es erschien auf der Wand, weiß auf schwarz, in der Systemschrift. Sie scrollte ein paar Zeilen zurück.

Ich bin ein Geschenk, das du allerdings ohne richtige Einführung bekommen hast. Jetzt fehlt uns die Zeit dazu. Nur so viel: AUGR ist ein hochflexibler Algorithmus, der aktuell ablaufende Ereignisse überwacht. Eine prädiktive Software, die dich beschützt. Meine Aufgabe ist es, dich am Leben zu erhalten.

»Du sagtest, du seist ein Geschenk«, sagte Zhen. »Von wem habe ich dich bekommen?«

»Die Teilnehmer des AUGR-Programmes unterliegen strenger Geheimhaltung«, antwortete AUGR.

Zhen konnte allmählich wieder klar denken. Die Frau war tot und sie selbst nicht mehr in Lebensgefahr. Sie musste nicht mehr fliehen. »AUGR, sei aufrichtig zu mir«, sagte sie. »Hast du etwas mit Martha Einkorn zu tun?«

In dem Metalltunnel, in dem die gefrorenen Fleischklumpen langsam auf dem Boden auftauten, sagte AUGR: »Ich kenne den Namen Martha Einkorn nicht, Lai Zhen. Die einzigen Menschen, die von AUGR wissen, sind die Teilnehmer, die beim AUGR-Programm angemeldet sind.«

AUGR-Programm. Teilnehmer. Mehrere. Viele. Okay. Komm schon, denk nach. Sketlish. Bywater. Nommik. Die Nacht, in der sich der Berg geöffnet hatte, die drei eingetreten waren und Zhen selbst draußen geblieben war. Sie waren dort gewesen, um etwas zu kaufen. Martha, die einen Zettel schrieb, als Zhen aufwachte. Einen Zettel, auf dem Zhen später las, Martha habe ihr »ein kleines Geschenk dagelassen«.

»AUGR«, sagte Zhen. »Welche Art von Ergebnis sagst du voraus?«

»Ich sage keine Ergebnisse voraus«, antwortete AUGR. »Ich sage vorher, wenn eine katastrophale Bedrohung bevorsteht.«

»Steht im Augenblick eine katastrophale Bedrohung bevor?«, fragte Zhen.

»Nicht mehr«, antwortete AUGR.

»Wer war die Frau mit der Pistole? Warum hat sie mich verfolgt? War sie Enochitin? Diese Leute waren in letzter Zeit im Netz ziemlich … gaga.« Die Tatsache, dass sie das Wort »gaga« im Gespräch mit einer KI verwendete, um eine Frau zu beschreiben, die vor wenigen Minuten durch Zhens eigene Hand gestorben war, erzeugte einen Schmerz in ihren Nebenhöhlen, als wüsste ihr Gesicht, dass es entweder lachen oder weinen sollte, sich aber nicht für eines von beiden entscheiden konnte.

»Das weiß ich nicht, Lai Zhen«, antwortete AUGR. »Ich bin kein Prophet. Ich entdecke Bedrohungen und sage sie voraus.«

»Okay. Na ja, ich fühle mich noch immer verdammt bedroht. Was zum Teufel soll ich jetzt machen?«

Erneut erschien der Lageplan der Seasons Time Mall auf der Tunnelwand. Ein roter Punkt pulsierte in demselben sanften Rhythmus, in dem ein schlafendes Baby atmet.

»Lai Zhen, du solltest die Mall durch diesen Ausgang verlassen«, sagte AUGR. »Geh auf dein Hotelzimmer. Pack deine Sachen. Verschwinde aus Singapur. Das hier wird gesäubert, sobald du weg bist.«

Zhen begann, am ganzen Körper zu zittern. Ein Muskel in ihrer Hand zuckte, eine Stelle im weichen Daumenballen. Sie betrachtete sie fasziniert. Willentlich hätte sie diesen Muskel nicht bewegen können, und hätte sie sich noch so viel Mühe gegeben. Es roch im Tunnel. Eine mineralische, leicht beißende chemische Ausdünstung und darunter der rote Schlachthofgestank von Blut. Sie wollte nicht hier sein. Sie wollte die Augen schließen und schlafen. Sie wusste, was das war. Sie hatte in ihrem verdammten Video darüber gesprochen. Die Nachwirkungen eines Adrenalinschubs, wenn der Körper sich verausgabt hat und nur noch Ruhe will. Wenn der Körper wusste, dass er in Sicherheit war. Aber das stimmte nicht, noch nicht. Komm schon, Körper. Beweg dich.

10 allmende-raub

Da war noch etwas gewesen. In den Wochen, in denen Zhen vorsichtig formulierte Nachrichten verfasst, abgewartet und die App ihres Messengerdienstes nicht einmal geöffnet hatte, war sie schließlich der Versuchung erlegen, Martha Einkorn im Internet zu stalken. Doch sie war jedes Mal gescheitert, weil eine Frau, die für den Typen arbeitete, der Social Media praktisch erfunden hatte, natürlich ziemlich gut darin war, sich nicht im Internet stalken zu lassen. In jenen fiebrigen Tagen erhielt Lai Zhen eine Nachricht eines faszinierend desillusionierten Video-Essayisten, mit siem sie einige gemeinsame Bekannte hatte: Badger Bywater.

Badger war einundzwanzig und Ellen Bywaters jüngstes Kind. Siere Geschwister waren bereits volljährig gewesen, bevor Ellen Medlar übernommen hatte. Sie hatten in Harvard, Yale und Oxford studiert – einer von ihnen sogar an allen drei Universitäten – und waren jeweils Neurologe, die Leiterin des asiatisch-pazifischen Zweigs einer Pharmafirma und der Vorstandsvorsitzende einer internationalen Bank geworden.

Badger betrachtete deren Leben und sagte: »Ich stehe nicht auf Erfolg als Maßeinheit.«

Badger lehnte jede finanzielle Unterstützung durch siere Mutter ab und verdiente sien Geld damit, Dateien winziger personalisierter Skulpturen zu erstellen, die man zu Hause mit dem 3D-Drucker ausdrucken konnte. Badgers beliebteste Skulpturen waren die Darstellungen sierer Auftraggeber oder deren Freunde als Zombies. Die Wartezeit für siere Zombie-Kunst betrug über zwei Jahre, und wenn Badgers Geschwister stichelten, sier habe diese Aufträge nur wegen sierer berühmten Mutter erhalten, entgegnete Badger: »Scheiß drauf, glaubt ihr etwa, *euer* Leben wäre ohne Mom so verlaufen?«

Im März leitete Lai Zhen in Neuseeland einen dreitägigen Workshop zum Thema »Vorbereitet auf die Katastrophe«, als sie die Nachricht erhielt: »Hey, ich bin Badger. Ich finde dein Zeug cool. Ich bin auch gerade in Neuseeland. Wollen wir uns treffen?«

Das war an sich nicht ungewöhnlich. Alle möglichen verrückten Leute gaben sich immer wieder als Zhens Fans zu erkennen. Einmal hatte sie eine Nachricht von einem der Baldwin-Brüder erhalten, der sie bat, seiner Tochter bei einem Universitätsreferat zum Thema »Die Apokalypse in der Mythologie« zu helfen. Nicht der berühmteste Baldwin, einer der anderen. Zhen hatte nicht darauf reagiert. Aber Badger war eine hochinteressante Persönlichkeit, und darüber hinaus hatte Zhen das Gefühl, dass sier mit Martha in Verbindung stand. Ellen hatte zu der Gruppe gehört, die in den Berg gegangen war. Hier war also etwas im Busch; etwas, das Zhen noch nicht ganz greifen konnte. Und sie wollte unbedingt wissen, was es war.

Zhen hatte Badgers Sachen gesehen. Sier berühmtestes Video erläuterte in vier Minuten und vierzig Sekunden siere Ansicht über die Tech-Giganten, die zwar – das stimmte – siere teure Bildung und strahlend weißen Zähne finanziert hatten und deren Existenz für siere eigene Sicherheit sorgte, die aber gleichzeitig alle anderen Menschen früher oder später in Gefahr bringen würden. Badger redete schnell, und das Video war gespickt mit Infos und Memes. Es hieß: »Allmende-Raub«.

Badger sagte: »Die Urgroßeltern meiner Mom waren irische Immigranten. Sie wanderten während der Großen Hungersnot in die USA aus, und die war die Folge jahrhundertelanger Unterdrückung durch die Engländer. Die englische Aristokratie beging etwas, das man ›Allmende-Raub‹ nennt. Sie nahmen sich das Land, das früher allen Dorfbewohnern gemeinsam gehörte und auf dem ihre Kühe, Schafe oder Ziegen weideten.« Mit einem witzigen

Ploppen tauchten um Badgers Gesicht herum die gezeichneten Comicfiguren einer Kuh, eines Schafes und einer Ziege auf. »Sie errichteten einen Zaun darum und sagten: ›Pech für euch, dieses Land gehört jetzt mir.‹«

Auf dem Display leuchtete das Bild eines Anime-Kriegers auf, der schrie: »Alle eure Stützpunkte gehören uns.«

»Gerechtfertigt wurde der Allmende-Raub im Namen der Wirtschaftlichkeit: Man nahm all diese kleinen Streifen Gemeinschaftsland und fügte sie zusammen. So konnte man sie mit größeren Pflügen beackern und mit Monokulturen bestellen. Das warf eine Menge Geld für die Leute ab, die bereits reich und mächtig waren. Die Armen erreichte von diesem Wohlstand nichts. Die Aristokraten nahmen also etwas, das früher allen gehört hatte, und fanden eine Möglichkeit, es zu ihrem Eigentum zu machen.«

Badger hielt inne und schob das Gesicht so dicht vors Display, dass es beinahe komisch wirkte. Für diesen Moment im Video war sier wie Malcolm McDowell in *Clockwork Orange* gekleidet und hatte die Wimpern wie eine gezackte Hieroglyphe um sier eines, allsehendes Auge gezogen.

Sier sagte: »Ihr seht, worauf ich hinauswill.«

Malcolm McDowell verwandelte sich wieder in Badger, dier jetzt einen cremefarbenen Anzug und eine graue Kurzhaarperücke trug, die der Frisur sierer Mutter unheimlich ähnlich sah.

»Genau das haben auch die Social-Media- und Tech-Giganten getan. Sie haben eine Möglichkeit gefunden, Gewinne aus etwas zu ziehen, das früher niemand hatte besitzen können. Sie haben eine neue Art von Zaun errichtet und auf eine neue Weise die Allmende geraubt. Ellen Bywater, Lenk Sketlish, Zimri Nommik und die anderen haben etwas genommen, das früher uns allen gehörte. Sie haben es zu nutzbaren Datenpaketen gemacht und sind damit sehr, sehr reich geworden.

Es hat früher keine Möglichkeit gegeben, den Inhalt von deinem *Adressbuch* zu besitzen. Oder eine Liste der Dinge, die du im Laden gekauft hast. Oder der Worte, die du im Gespräch zu deinen Freunden gesagt hast. Oder der Daten, die preisgeben, *wo* du dich befindest. Oder der Bilder, die du gemalt und in eine Galerie oder bei dir zu Hause an die Wand gehängt hast. Sie haben all diese Informationen an sich genommen, die Daten zusammengerafft, sie miteinander verknüpft und dadurch nutzbar gemacht. Aber nicht zu unser aller Wohl. Nein, sie haben sich daran bereichert und den Rest von uns in Armut gehalten.« Inzwischen trug Badger die Kleidung einer Tricoteuse aus der Zeit der Französischen Revolution und saß neben einem Galgen.

»Wenn deine Daten *dir* gehören, solltest *du* entscheiden können, wer sie verwendet und wie. Du solltest sie nach Belieben von einem Ort zum anderen transferieren und mit einem Dienst deiner Wahl auf sie zugreifen können. Dass die Internet-Riesen das nicht ermöglichen, liegt nicht daran, dass sie es nicht können, sondern daran, dass *sie* kein Geld mehr damit verdienen würden. Übersetzungen, Kunst, Literatur, all das gehört den Menschen, die diese Dinge erschaffen haben, selbst wenn sie sie online stellen. Wenn wir sie nutzen, um damit ein Übersetzungsprogramm oder eine Kunst schaffende Software zu trainieren, sollten wir diese Leute für ihre Arbeit bezahlen. Die Liste deiner Freunde gehört *dir*. Du solltest sie auf jede dir genehme Weise nutzen und ihre Updates – die sie *kostenlos* verfassen – sehen können. Und nicht ausschließlich mithilfe von Diensten, die deinen Zorn zu Geld machen und dir Werbung zeigen.«

Badger legte einen Filter über das Video, sodass es so aussah, als spräche ein Mund mit Augen mitten aus einem Wald heraus.

»Und wenn ihr euch fragt: ›Okay, die Daten sollten anders genutzt werden, wenn aber mit Dingen, die uns selbst gehören, Geld verdient wird, sollten wir dann nicht auch darauf zugreifen können? Kollektiv? Als Menschheit?‹, dann lautet die Antwort: ›Ja, ihr Kinder Gaias in der göttlichen Welt.‹ Und hier sind einige Dinge, die wir damit tun könnten.«

Eine Liste leuchtete auf dem Display auf. Badgers Abonnenten würden das Video anhalten müssen, um die vollständige Zusammenstellung der Dutzenden von Empfehlungen zu sehen. Zhen las nur einen kleinen Teil davon.

Anvil zerschlagen und seine Infrastruktur nutzen, um:	Medlar in Gemeinschaftsbesitz überführen, um:	Fantails enorme Reichweite nutzen, um:	Und natürlich den unglaublichen kollektiven Reichtum der Tech-Giganten nutzen, um:
einfache vegane Mahlzeiten zum Anschaffungswert zu subventionieren, die mit abgelaufenem Obst und Gemüse aus den Supermärkten zubereitet werden. Diese können dann über das existierende Anvil-Netzwerk verteilt werden.	zu investieren und die großartigen Entwickler des Hauses dazu zu motivieren, neue Batterietechnologien zu kreieren.	in die kostenlose Bildung von Frauen, Mädchen und non-binären Personen zu investieren – die simpelste und schnellste Methode, der Ungleichbehandlung ein Ende zu setzen und die Umwelt zu schützen.	Länder mit Regenwaldgebieten dafür zu bezahlen, diese Ökosysteme zu schützen.
jedes Haus der Welt zu dämmen. Trommelt eine Armee von Ehrenamtlichen zusammen wie bei den Impfkampagnen und legt los. Jede große Tech-Firma hat Erfahrung mit riesigen internationalen Projekten wie diesem.	dafür zu sorgen, dass jedes Tablet, jeder PC und jedes andere digitale Produkt vom Endverbraucher leicht zu reparieren ist. Dazu gehören auch detaillierte Reparaturanleitungen und die Verpflichtung, Medlar-Produkte upzugraden und zu reparieren, statt neue Produkte zu verkaufen.	eine Truppe von öffentlich bezahlten Kräften zu organisieren, die auf der ganzen Welt vierzehn Milliarden Bäume pflanzt, um verödete Landflächen und die tropischen Regenwälder wiederaufzuforsten.	Entwicklungsländer dabei zu unterstützen, sich direkt auf erneuerbare Energien zu verlegen, ohne den Umweg über die Kohlenutzung zu nehmen. Außerdem sollte in die Forschung zu Wasserkraft-, Windkraft- und Solarenergie investiert werden – die kann immer noch effizienter und besser werden.

Anvil zerschlagen und seine Infrastruktur nutzen, um:	Medlar in Gemeinschaftsbesitz überführen, um:	Fantails enorme Reichweite nutzen, um:	Und natürlich den unglaublichen kollektiven Reichtum der Tech-Giganten nutzen, um:
Serviceportale für das Teilen von Konsumgütern einzurichten; sucht man auf Anvil nach einem Rasenmäher, schlägt der Algorithmus die Nachbarn vor, die einen zu verleihen haben.	jede Komponente, die derzeit im Medlar-Ökosystem als »Wegwerfbauteil« betrachtet wird, neu zu verwerten oder zu recyceln.	ein global vernetztes Projekt aufzubauen, das qualmende Öfen durch Herde ersetzt, die erneuerbare Energien nutzen, aber an die Kochgewohnheiten jeder Region angepasst sind.	Mauern im Meer zu errichten, damit das Eis der Polkappen nicht mehr ins Meer gleitet, schmilzt und uns alle vernichtet.
Lieferungen zu rationalisieren – ihr, die Konsumenten, müsst nur eine Lieferung pro Tag annehmen; andere Firmen und die öffentliche Hand können Anvils Netzwerk für Lieferungen ebenfalls nutzen.	auf der ganzen Welt für die Ablösung von benzin- oder dieselgetriebenen Fahrzeugen durch E-Fahrzeuge zu bezahlen und dafür zu sorgen, dass die meisten von ihnen der öffentlichen Hand gehören und über eine App oder ein Kartensystem ausgeliehen werden können.	urbane Zentren dazu anzuregen, die Städte fußgängerfreundlicher zu machen und den öffentlichen Nahverkehr auszubauen; Fantail weiß, wo die Leute jeden Tag hinfahren – es sollte diese Informationen so einsetzen, dass alle etwas davon haben.	Korallenriffe zu reparieren, indem das Wachstum neuer Korallen gefördert wird und neue Ökosysteme von Austern und robusten Pflanzen geschaffen werden, um Algenblüten zuvorzukommen.

Badger sagte: »Einige dieser Ideen stammen aus dem *Project Drawdown*. Es gibt noch viele weitere. Es mangelt nicht an guten Projekten; Tausende von Menschen arbeiten bereits an diesen Konzepten. Sie sind wissenschaftlich geprüft, und ihr Nutzen ist quantifizierbar. Der einzige Grund, aus dem ihr diese Aufgabe für unlösbar haltet« – jetzt trug Badger Bywater einen Aluhut – »ist, dass *sie wollen*, dass ihr sie für unlösbar haltet.«

119

Badger beugte sich wieder ganz nah zum Display vor, und sier hypnotisierender Blick war klar und konzentriert.

»Ihr wisst, wer ich bin, und ich werde nichts Schlechtes über meine Mom sagen. Nicht *speziell* über sie. Aber glaubt mir, ich weiß, wie diese Leute denken. Sie glauben, dass sie die weltweite Klimakatastrophe überstehen werden. Sie glauben, dass die Erde ihnen gehören wird, wenn alles vorbei ist. Sie wollen die Dinge nicht in Ordnung bringen. Sie wollen nicht, dass wir darüber nachdenken. Und sie können unsere Aufmerksamkeit in die Richtung lenken, die sie möchten.

Aber all das gehört auch uns. Nicht nur das Geld. Auch wir besitzen den Einfluss, die Netzwerke, die Infrastruktur und die Informationen. Wenn wir so viel wissen, dass wir weiter zum Konsumieren motiviert werden können, dann wissen wir auch genug, um zusammenzukommen und für ein gemeinsames Ziel zu kooperieren. Wenn wir die oben genannten Vorschläge durchführen ...«, Badger zog ein imaginäres Rollo herunter und bedeckte sier Gesicht einen Moment lang mit der Tabelle von Problemlösungen, »haben wir am Ende ein besseres Leben und einen besseren Planeten. Wir können unsere eigenen Ressourcen einsetzen, um unsere eigenen Probleme zu lösen. Und zwar rasch und ziemlich schmerzfrei. Wir müssen nur verhindern, dass einige wenige Menschen sich weiterhin an dem bereichern, was uns allen gehört.«

Zhen sah sich das Video sieben- oder achtmal an, bevor sie den sich rasch abspulenden Inhalt vollständig erfasst hatte.

Sie schickte Badger Bywater eine Nachricht: »Ein Treffen wäre toll! Wann und wo?«

Badger Bywater antwortete: »Jemand, den ich kenne, sagte, du seist vertrauenswürdig. Bist du vertrauenswürdig?«

Bei »Jemand, den ich kenne« musste es sich um Martha handeln. Das hier war eine Art Test oder Initiation. Jedenfalls würde es sie Martha näherbringen.

Zhen antwortete: »Ja, ich weiß, wie man ein Geheimnis wahrt.«

Badger darauf: »Gut. Ich werde dir nämlich ein Mordsgeheimnis zeigen.«

Persönlich war Badger Bywater wesentlich weniger einschüchternd als die mit geballten Informationen um sich werfende Onlineversion. Sier trug eine Latzhose aus Jeansstoff, ein Hemd und einen Fischerhut. Sier wirkte jünger und saß vor dem Restaurant in Christchurch, in dem sie verabredet waren, auf dem Radkasten eines Jeeps ohne Verdeck.

»Hi«, sagte Badger.

»Hi«, antwortete Zhen. »Sollen wir reingehen, oder …«

»Oder«, erwiderte Badger. »Na ja, ich habe vorgeschlagen, dass wir uns hier treffen, aber was ich dir zeigen will, befindet sich … ein bisschen weiter weg. Also, genauer gesagt, zwei Stunden mit dem Jeep. Ich meine, ich … jeepe normalerweise nicht.«

»Du jeepst normalerweise nicht.«

»Ich meine, ich …«

»Du schlägst normalerweise anderen Leuten nicht vor, sich mit dir vor einem Restaurant zu treffen, tauchst dann mit deinem eigenen Wagen auf und verleitest sie dazu, einzusteigen, als wolltest du sie tief in den Wald bringen und dort ermorden?«

»Wow, das ist sehr schnell sehr düster geworden.«

Zhen zuckte mit den Schultern. »Survival-Expertin.«

»Du steigst also auf keinen Fall in diesen Jeep ein?«

»*Bringst* du mich denn tief in den Wald und ermordest mich?«

»Ich … nein.«

»Es wissen nämlich mindestens zwölf Leute darüber Bescheid, dass ich mich gerade mit dir treffe, und du wirst nicht ungestraft davonkommen.«

»Okay.« Badger lachte. »Dann muss ich das wohl auf ein andermal verschieben.«

Zhen setzte sich neben Badger in den Jeep.

»Wohin geht es also zu meiner Nicht-Ermordung?«

»Möchtest du den geheimen Survival-Bunker meiner Mom sehen?«

Ellen Bywater besaß in einer abgelegenen Region Neuseelands dreihundert Hektar Land, auf denen sich ein Berg erhob. Auf der Südinsel, weit weg von allen Eisenbahnlinien und Straßen. Sie hatte das Gebiet von den Ältesten eines Maori-Stammes erworben und einen Vertrag unterzeichnet, der festhielt, dass sie es nicht auf Dauer behalten durfte. In hundertfünfzig Jahren musste der Vertrag erneuert werden, und sollten die Ältesten das Land dann zurückhaben wollen, würde keine Vertragsstrafe fällig werden. Außerdem verpflichtete sich Ellen Bywater dazu, den Zugang zu bestimmten Stätten und Pfaden der Maori-Nationen das ganze Jahr über zuzulassen, und den Zugang zu anderen bestimmten Stätten und Pfaden zu festgesetzten Zeiten. Sie hatte versprochen, sich für den Erhalt verschiedener Tier- und Pflanzenarten starkzumachen – sie würde Gelder bereitstellen und »außergewöhnliche Anstrengungen« unternehmen, um die Biodiversität der Region zu schützen. Höchstens zwanzig genau festgelegte Hektar der Fläche durften landwirtschaftlich genutzt werden, aber nicht intensiv, und sie würde auch keine Chemikalien einsetzen, deren langfristige Auswirkungen noch nicht genau erforscht waren.

Ellen Bywater hatte sich in den Berg hineingegraben wie ein Käfer. Es gab acht Stockwerke, die immer tiefer hinunter und immer weiter in die Dunkelheit führten. Und dorthin hatte sie Licht gebracht. Fiberglas-Mikrofilamente sogen das Tageslicht hinunter in den zentralen Lichthof eines Bauwerks, das – so sagte Ellen Bywater sich selbst – in dunklen Zeiten Frieden und Hoffnung bringen sollte. Der Bauplan war natürlich geheim. Die Architekten waren durch so strenge Verträge gebunden, dass sie – wie einer ihrer Anwälte anmerkte – theoretisch noch nicht einmal an das acht Etagen umspannende Bauwerk *denken* durften, das unter dem Berg auf Te Waipounamu vergraben lag. Es war ihnen verboten, geistig bei der filigranen Anordnung der Paneele aus Holz und geätztem Metall in der großen Eingangshalle zu verweilen. Oder sich an den anmutigen Schwung des Lichthofs zu erinnern, der dem gekrümmten Schnabel des Huia nachempfunden war, dieses in Neuseeland schon lange ausgestorbenen Lappenvogels – eine Verneigung vor der Vergänglichkeit des irdischen Lebens und all dem, was bei einer globalen Katastrophe unwiederbringlich verloren gehen könnte.

Als die Rechtsanwälte der Architekten diesen Punkt angesprochen hatten, hatten Ellen Bywaters Anwälte erwidert: »Wir halten es für besser, dass sie versuchen, es zu vergessen. Wir gestehen zu, dass das eventuell nicht möglich sein wird. Dennoch würden wir diese Klausel gern beibehalten, um sicherzugehen, dass Ihre Klienten sich ihrer Verpflichtung zum Vergessen bewusst sind und daher begreifen, wie vollkommen ausgeschlossen es ist, aufgrund eines vielleicht unvermeidbaren Rests von Nicht-Vergessen zu handeln.«

»Das soll wohl ein *Scherz* sein«, sagte Zhen.

»Absolut nicht«, entgegnete Badger und öffnete die zweite Sicherheitstür mit einem kleinen digitalen Schlüssel. »Wenn du mir etwas Zeit gibst, besorge ich dir eine Kopie des Vertrags.«

Das war ein gutes Angebot. Besser, als von den meisten Quellen zu erwarten war.

»Das wäre super.«

»Ich habe das Gefühl …« Badger verschränkte die Hände hinter dem Kopf und gab den Blick auf siere kräftig wuchernden, dunklen Achselhaare frei. »Ich weiß schon so lange davon, habe es aber für mich behalten. Vielleicht dachte ich mir insgeheim, okay, wenn es wirklich schlimm wird, kann ich hierherkommen. Aber ich finde, diese Art von Ausweg sollte es für niemanden geben.«

»Du möchtest das goldene Ticket nicht?«

Badger warf Zhen einen Blick zu.

Sie fuhren mit dem Lift nach unten, standen im Lichthof und blickten zur strahlend blauen verglasten Öffnung über ihnen hinauf. Links von Zhen lagen die Leseräume mit den großartigsten Büchern aller Weltkulturen – gedruckte Exemplare, keine E-Books. Sie waren sowohl schöner als auch praktischer. Rechts wiesen Wandbehänge aus natürlichen Fasern den Weg zu den gemeinschaftlich nutzbaren Therapie- und Erholungsbereichen. Unten waren in konzentrischen Kreisen hydroponische Gärten angeordnet, und dort gab es auch ein Klärsystem zur Wiederaufbereitung des Schmutzwassers. Das runde Schwimmbecken und die ringförmige Schwimmbahn entlang der Außenwand des vierten Untergeschosses wurden durch ein raffiniertes verborgenes System wieder mit Regenwasser aufgefüllt.

»Im Fall einer globalen Katastrophe sollen hier fünfhundert Menschen unterkommen«, erklärte Badger.

»Wie viel hat das alles gekostet?«

Badger blickte zur Decke hinauf und rechnete. »*Genau* weiß ich es nicht. Aber ich denke so ungefähr siebenhundert Millionen Dollar.«

»Wow. Hast du etwas dagegen, dass ich Fotos mache?«

Badger verzog das Gesicht. »Wäre es dir recht, wenn ich dir Fotos *schicke*? Die Sache ist die … der Schlüssel hat einen Zeitstempel. Wenn deine Fotos ebenfalls einen Zeitstempel haben, wissen sie, dass ich es war. Ich kann dir später ein paar Bilder schicken, wenn du möchtest. Aber wir sollten ein paar Wochen warten. Es scheint mir wichtiger, dass du es *gesehen* hast, verstehst du?«

Zhen hatte schon öfter mit Whistleblowern zu tun gehabt – dem dazugehörigen Prozess der Vertrauensbildung. Oft baten sie Zhen um etwas, das nicht wirklich Sinn ergab, nur um zu sehen, ob sie darauf einging. Badger Bywater war eine potenzielle Quelle für Storys, die es bis in die Mainstream-Nachrichten schaffen würden. Zhen hatte das Gefühl, dass Badger sie auf die Probe stellte, ihr auf den Zahn fühlte und versuchte, herauszufinden, wie sie tickte. Also gut.

»Ja, das kann ich nachvollziehen. Muss ein komisches Gefühl sein, das deiner Mom anzutun.«

Badger lehnte sich gegen einen mit Schnitzereien verzierten Tisch.

»Seit dem Tod meines Vaters spricht sie immer öfter über das hier.«

»Aha. Hat sie den Bunker mit ihm zusammen geplant, oder …?«

Badger schüttelte den Kopf. »Einmal habe ich sie dabei erwischt, wie sie darüber redete, als habe sie Gewissheit. Sie sagte so etwas wie: ›Es wird toll, wenn wir alle drüben in Neuseeland sind.‹ Als wäre es der perfekte Urlaubsort.«

Das goldene Ticket, dachte Zhen.

Martha, Selah Nommik, Lenk Sketlish, Zimri Nommik und Ellen Bywater. Sie alle bereiteten sich darauf vor, das goldene Ticket einzulösen. Sie mochten deswegen Schuldgefühle haben oder es ganz in Ordnung finden. So oder so, sie bereiteten sich darauf vor. Natürlich. In diesem Licht betrachtet, ergab sogar die kurze Affäre mit Martha Sinn. Die Superreichen und ihre Entourage suchten sich ihren Partner oder ihre Partnerin für den Weltuntergangstanz aus.

»Steht uns denn etwas bevor? Wissen diese Leute, dass es bald passieren wird?«

»Sie glauben es«, antwortete Badger. »Wenn Mom so über den Bunker spricht, dann hat sie den Versuch aufgegeben, noch irgendetwas in Ordnung zu bringen. Sie freut sich darauf, dass die Welt bald untergeht. Zumindest für fast alle. Aber sie und ihre Freunde? Sie werden den Kopf aus der Schlinge ziehen.«

11 nach dem schneeflocken-unfall

In der Seasons Time Mall krabbelte Lai Zhen durch die Zwischen-decke. AUGR wies sie an, durch ein Wandpaneel in einen leeren Gang vorzustoßen, in dem »Paris im Frühling« gefeiert wurde, was ihres Wissens weder ein religiöses noch ein kulturelles Fest war, aber egal. Im Parfümladen stand jeder Flakon auf einem Glassockel, und all das in einer Vitrine, die winzige Pariser Stra-ßenszenen aus Glas zeigte, mit gepflasterten Straßen, Laternen-pfählen und dem Arc de Triomphe. Zhen starrte auf die gläserne Welt und sah gefrorene Fleischbrocken über den Boden schlittern.

Für einen Moment vergaß sie, wo sie sich befand.

Papier weht senkrecht in die Luft, halb verkohlt …

Nein, komm zurück. Das ist nicht Hongkong, und es ist keine Erinnerung. Bleib in der Gegenwart.

Zhen warf einen Blick auf ihren Handgelenkscreen. Der Lage-plan war verschwunden. Nur ein paar kurze Anweisungen waren zu sehen:

Verlass die Mall ganz normal. Geh zu deinem Hotel zurück. Pack deine Sachen. Verschwinde aus Singapur.

Verlass die Mall ganz normal? *Normal?* Wut loderte in ihr auf, passend zum Kopfschmerz, der in ihrer linken Schläfe pochte. Wie sollte sie sich auch nur daran *erinnern*, was »normal« war, verdammt? Ätzende Säure stieg in ihrer Kehle auf. Sie schluckte sie hinunter. Normal war es, den Schildern zur Metro zu folgen, richtig? Das taten normale Menschen. Die Seasons-Time-Sta-tion – zwischen Orchard und Somerset an der roten Linie. Da!

Auf einem der von der Decke hängenden Schilder war das rote Symbol eines schnuckeligen Zuges mit zwei Knopfaugen.

Sie folgte der roten Linie auf dem Boden und hob kaum den Blick von den Symbolen. Sie schob sich durch eine Seitentür, und plötzlich befand sie sich mitten im Holi-Fest, wo die Ladenfronten knallbunt waren und ein fünfzehn Meter hoher Ganesha mit unendlichem Mitgefühl auf den breiten Gang hinunterschaute, in dem sich die Wühltische mit den Sonderangeboten aneinanderreihten.

Allmählich strömten die Leute in die Mall zurück – Christmas und Halloween waren nach dem »Schneeflocken-Unfall« noch geschlossen, aber kein Grund, dass das Geschäft nicht weitergehen sollte. Familien mit Kindern kauften duftende Gujiya, die von Frauen in leuchtend orangefarbenen und rosa Saris aus dem siedenden Öl gehoben wurden. Im unteren Geschoss wurden Pakete mit Farbe an Kinder unter fünfzehn Jahren verteilt. Ein Koreaner schaute auf seinem holografischen Display nach, wann Christmas wieder öffnen würde. Die Blicke der Leute richteten sich kurz auf Zhen und zuckten wieder weg. Es gab einfach zu viel zu sehen, und Zhen wirkte fix und fertig.

Sie schob sich durch eine rosa-grün gesprenkelte Seitentür ins grelle Sonnenlicht hinaus. Die Mass-Rapid-Transit-Station lag auf der anderen Seite eines markierten Fußgängerüberwegs. Sie schaute auf die Uhr. Es kam ihr so vor, als wären seit dem ersten Schuss sechs Stunden vergangen, aber tatsächlich hatte sich die ganze Sache von Anfang bis Ende innerhalb von dreiundsiebzig Minuten abgespielt.

Zhen stieg in einen Zug. Setzte sich in der Seasons-Time-Station auf einen Platz und stand an der Marina-South-Pier-Station auf. Sie hielt sich strikt an die Symbole und hatte dabei das Gefühl, selbst immer flacher und flacher zu werden. Hier aufstehen. Hier gehen. Die Wörter auf den Schildern mit dem Namen des Hotels abgleichen, in dem sie am Morgen aufgewacht war. Dort das Kästchensymbol mit den Strichmännchen finden. Den

Pfeil nach oben drücken. Die Nummer der Kunststoffkarte in deiner Hosentasche mit der Nummer an der Zimmertür abgleichen. Die Kunststoffkarte an das dunkle Feld an der Tür halten. Auf das Klicken warten.

Zhen stand in dem Hotelzimmer, das sie erst vor zwei Stunden verlassen hatte. Sie versuchte, sich geborgen zu fühlen, sicher und warm. Schließlich hatte sie einen Großteil ihres Lebens damit verbracht, über den Moment nachzudenken – und sich theoretisch auch darauf vorzubereiten –, in dem es mit der Zivilisation den Bach runterging. Nur hatte sie nach Hongkong nicht geglaubt, dass es noch einmal nur mit ihr persönlich den Bach runtergehen würde. Dass die anderen einfach weitermachten, während sie selbst mit dem Wissen zurückblieb, dass ihr Leben nie wieder normal sein würde, weder jetzt noch in Zukunft. Man sollte meinen, dass sie bereits mehr als genug Schicksalsschläge für ein Menschenleben hatte hinnehmen müssen. Nur, dass das Schicksal eben nicht so funktionierte.

Sie stand unter der Dusche. Stellte das Wasser an und brauste sich ab, bis der Geruch von Urin, Blut und Chemikalien verschwunden war. Die schmutzigen Klamotten in eine Tüte, diese Tüte in eine weitere Tüte und die in den Koffer stecken. Sie wollte schlafen und dachte: Wenn ich jetzt einschlafe, warten sie auf mich, sobald ich aufwache. Sie hätte gern Martha, Marius oder ihren Dad angerufen, dachte aber: Sie werden den Anruf zurückverfolgen.

Du stehst unter Schock, sagte sie sich. »Sie warten auf dich«, oder »Der Anruf wird zurückverfolgt« ist genau das, was man denkt, wenn man übermüdet ist oder überdreht oder zu viel Kaffee getrunken hat. Wenn man zu viele Menschen mit einem Kühlmittelschlauch getötet hat. Aber sieh mal, du denkst so was selbst an guten Tagen, du paranoides Arschloch. Weiter, weiter, immer weiter. »Raus aus Singapur« ist eine gute Idee.

Sie packte ihren Koffer – das hatte sie schon so oft getan, dass ihre Hände funktionierten, ohne dass sie den Kopf einschalten musste. Dann schob sie das Gepäckstück auf seinen vier Rollen zum Taxistand. Kaufte auf der Fahrt zum Flughafen ein Ticket mit dem Handy und manipulierte auf dem Display die Symbole, die bedeuteten: »das Land mit dem erstmöglichen Flug verlassen, egal wohin«. Die ganze Zeit ging sie im Geist verschiedene Szenarien durch, in denen sie:

- bei der Passkontrolle aufgehalten wurde, sobald sie ihr Gesicht zeigte und ihren Namen nannte.
- an Bord des Flugzeugs gelassen, dann aber von der Polizei abgeholt wurde.
- dort geschnappt wurde, wo sie landete, wo auch immer es war.
- vom Taxifahrer, der vor ihr saß, erschossen wurde.

Sie erwischte einen Flug nach Manila. Niemand hielt sie am Flughafen auf, und als sie abhoben, überkam der Schlaf sie so plötzlich, als wäre sie narkotisiert worden. Als sie landeten, wartete niemand auf sie.

Sie schaute auf ihr Handy, und AUGR war weg.

Kein Nachrichtenfeld.

Auch mittels der Sprachfunktion ließ sich die Software nicht aktivieren.

Sie war weg, als hätte sie niemals existiert.

Zhen notierte sich ein paar Nummern, schaltete ihr altes Handy aus, kaufte im Flughafenshop ein Prepaid-Handy und eine neue SIM-Karte und recherchierte im Netz nach den Enochiten. Auf *Name The Day* hatten sie ein riesiges Unterforum, nicht, dass Zhen es jemals besuchte. Dort gab es nur dreißig Prozent Enochiten und siebzig Prozent Leute, die versuchten, mit den Enochiten Streit anzufangen. Typisch. Eines war jedoch klar: Die Enochiten waren davon überzeugt, dass der Jüngste Tag kurz bevorstand. Sie sammelten Hinweise, verknüpften Prophezeiungen mit aktuellen Ereignissen und fügten eines zum anderen. Sie sprachen über die kurz bevorstehende Zeit des Gerichts, bei dem Gott entscheiden würde, wer »in Stücken« war und wer »ganz«.

Zhen sah sich in der Flughafenhalle um. Wenn die Welt unterging, wo würde es losgehen? Alles, was sie sah, erinnerte sie an irgendeine Bedrohung, von der sie irgendwann irgendwo einmal gelesen hatte. Ein Chinese hustete in ein fleckiges Taschentuch: immer mehr Tote durch Schwarzschimmel. Eine Malaysierin stakste auf ihren hochhackigen Schuhen vorbei und diktierte ihrer Chat-KI-Assistentin eine Liste von Aufgaben, als bestünde nicht die Gefahr, dass wir die Bots dazu erzogen, uns hier und jetzt um die Ecke zu bringen. Zhen starrte auf die Reihe von Flaschen in der Flughafenbar und erinnerte sich an eine Theorie, der zufolge alle möglichen Materialien – Glas, Beton, Metall – inzwischen viel schneller kaputtgingen als noch vor fünfzehn Jahren, was den Einsturz von Brücken und den Untergang von Schiffen zur Folge hatte. Das war natürlich Unsinn, aber was, wenn es doch stimmte?

Und würde eine Enochitin etwas von diesem Unsinn glauben und zu beweisen versuchen, dass sie »ganz« war, indem sie Lai Zhen, die Häretikerin, tötete?

Ohne vorher groß nachzudenken, rief sie Marius an, den einzigen Menschen, der sich aus der Scheiße, in die ihn dieser Anruf katapultieren würde, wieder herauswinden konnte.

»Ach was, Quatsch«, sagte Marius, als Zhen ihm berichtete, wo sie sich befand. Typisch Marius. Niemals einfach hinnehmen, was man ihm mitteilte.

»Diese Verbindung ist nicht sicher«, sagte Zhen. »Kann ich zu dir kommen?«

Es folgte eine lange Pause in der Leitung. Ein Klicken, und Zhen glaubte schon, Marius habe aufgelegt. Dann ein weiteres Klicken.

»Du steckst in Patsche«, sagte Marius, und es war keine Frage.

»Ich brauche Hilfe.«

»Komm«, sagte Marius. »Dann wir zusammen in Patsche.«

DRITTER TEIL

der letzte
gute mensch
in sodom

Auszug aus dem *Name-The-Day-*
Prepper-und-Survival-Forum
Unterforum: ntd/enoch

>> *OneCorn*, **Status:**
   Perfekt vorbereitet

**Genesis, Kapitel 19, frei
übersetzt:**

Woher wisst ihr, dass ihr in der
Endzeit lebt? Oder drücken wir es
anders aus: Wie war die Lebens-
qualität in Sodom am Tag, bevor
der Herr der Stadt die Scheiße aus
dem Leib bombte?

Im Talmud steht, es sei eine böse
Stadt gewesen. In Sodom war es ein
Verbrechen, die Hungrigen zu nähren
und die Nackten zu kleiden. Bettlern
gab man gezinkte Münzen, die kein
Laden annahm. Tja. In den USA gibt
es heutzutage Städte, in denen es
ein Verbrechen ist, Obdachlosen zu
helfen. Viele Läden akzeptieren keine
Essensmarken. Leben wir also in der
Endzeit? Und falls ja, haben wir
genug gesunden Menschenverstand,
um da wieder rauszukommen?

Am Tag vor der Zerstörung trafen
zwei Fremde in der Stadt ein. Merk-
würdige Kleidung, komischer Akzent.
Keiner wollte ihnen helfen. Außer
Lot, dem letzten guten Menschen in
Sodom. Er hatte gesehen, wie sein
Onkel Abraham Fremde willkommen

hieß, und er ahmte nach, was er gesehen hatte. Lot buk Brot für die Fremden, und sie aßen es mit Öl und Salz. Sie waren hungrig und aßen hastig. Es tat Lot leid, dass er ihnen nichts Besseres anbieten konnte. Im Zelt seines Onkels Abraham empfing man Gäste mit einer gebratenen Ziege, die vor Fett triefte, mit frischem weißen Käse, Obst und Milch. Doch Abraham war ein außergewöhnlich wohlhabender Mann.

Sonst half niemand diesen beiden Fremden. Alles ging so weiter wie immer. In Sodom standen an diesem Tag bequeme Betten bereit, die mit sauberem, trockenem Stroh gefüllt waren, und in den äußeren Umfriedungen weideten Schafe. Wein gärte in den Fässern, Töpfer saßen an ihren Drehscheiben, und Schmiede bearbeiteten kostbare Bronzegeräte. Man kann sich immer eine Zukunft vorstellen, bis sie aufgebraucht ist.

>> *FoxInTheHenHouse*, Status: Fluchttasche gepackt

@*OneCorn:* Mein Freund, du bist hier am falschen Ort. Wir vertrauen auf die Lehren Enochs. Dein Thread ist besser aufgehoben in: ntd/oldtestamentprophecy

>> *OneCorn*, Status: Perfekt vorbereitet

@*FoxInTheHenHouse:* Gerade das ist doch das Problem, oder? Jeder bleibt in seinem eigenen, eng abgesteckten Bereich. Nur niemals Leuten, die Rat brauchen, Hilfe anbieten oder hungrigen Reisenden warmes Brot reichen.

>> *OneCorn*, Status:
Perfekt vorbereitet

Als die Sonne am Horizont versank und die Schatten in den Straßen Sodoms länger wurden, versammelte sich eine Menschenmenge vor Lots Haus. Sie hatten gesehen, dass Fremde eingetroffen waren. Sie wollten ihnen nicht helfen. Sie wollten ihnen Gewalt antun.

Das habe ich nicht erfunden. Es steht in der Bibel. Ihr habt bestimmt *Die Straße* gelesen. Ihr kennt Ballard. Ihr habt *Mad Max* gesehen. Ihr wisst, warum wir uns Waffen und Munition und eine stabile Tür vor unseren Bunkern wünschen. Wenn die Gesellschaft zusammenbricht, treten zerstörerische Impulse zutage.

Vor Lots Haus gaben die Männer leise gurrende Laute von sich, zischten und murrten. Los, komm schon, Lot, wir haben sie gesehen. Lass uns rein. Keiner wird es erfahren. Unsere Schwänze dürsten nach etwas Neuem.

Lot versuchte sich vorzustellen, was sein Onkel Abraham tun würde. Abraham war weise. Und er hatte Gäste stets willkommen geheißen.

Lot rief durch die Tür: »Sie sind meine *Gäste*. Gastfreundschaft ist heilig.«

Der Pöbel rief zurück: »Wir gehen *nicht weg*.«

>> *GatheredHeart*, Status:
Dose um Dose konservieren

@OneCorn: Ich flehe dich an, bitte lass uns in Ruhe. Es gibt hier nicht mal viele Teilnehmer, die regelmäßig posten. Wir wollen einfach nur den Lehren Enochs treu bleiben, ohne uns diesen Dreck anhören zu müssen.

>> *OneCorn*, Status: **Perfekt vorbereitet**

@GatheredHeart: Ich habe Neuigkeiten für dich: Das hier *sind* die Lehren Enochs. Er hielt es für richtig, die alten Bücher auf neue Weise zu interpretieren, okay? Und genau das tue ich.

Hier geht es um *Bruchstücke*. Hier geht es um *Fuchs und*

135

Daraufhin Lot: »Ich habe zwei Töchter, sie sind beide noch Jungfrauen. Lasst meine Gäste in Ruhe, und ihr könnt mit den Mädchen tun, was euch beliebt.«

Das war also die Lösung, die ihm einfiel. Vielleicht, um seine eigene Haut zu retten. Wenn ihr glaubt, heutzutage würde niemand mehr seine Teenager-Tochter einer Gang oder dem Pöbel ausliefern, wisst ihr wenig über die Menschheit.

Lots Frau und seine Töchter haben in der Bibel keine Namen, weil ... ihr wisst schon. Nennen wir also seine Frau Edo und seine Töchter Moa und Amma. Die beiden Schwestern fassten sich so fest bei der Hand, dass ihre Fingerknöchelchen knackten. Edo brach das Herz, und es verströmte wilden Kummer.

Die Fremden wechselten einen wissenden Blick: So etwas hatten sie über diese Stadt schon gehört, es war keine Überraschung.

Sie erhoben sich vom Tisch.

Einer von ihnen lächelte.

Es war ein unheimliches Lächeln.

Der andere hob die Hand.

Und der Pöbel wurde blind.

Ich denke, wir können uns alle vorstellen, wie die Familie dastand und dachte: Fuck, was ist das denn?

Während der Pöbel noch mit seiner neuen Lage kämpfte, sagten die Fremden:

Kaninchen. Sodom ist buchstäblich die erste *gezinkte Umwelt*. Die Leute spezialisieren sich und vergessen die grundlegenden Fertigkeiten, die Vertrautheit mit der Natur. Sie igeln sich ein und verwehren Fremden den Zugang. Sie glauben, dass Zäune für ihre Sicherheit sorgen und nicht die Gemeinschaft. Denn in einer Stadt wie Sodom wird Armut manchmal schwerer bestraft als Mord.

»Lot, das hier ist kein normales Ereignis, und wir sind keine gewöhnlichen Fremden. Dein Onkel Abraham kennt den allmächtigen Herrn, den Herrn der Heerscharen. Wir sind die Zebaot, die in der Armee Gottes losziehen, verstehst du? Wir sind die Reiter vor dem Sturm. Die Zukunft ist auf dem Weg, mein Freund, und wir sind ihre Auguren. Die Stadt, in der du lebst, ist gerichtet und verurteilt worden. Etwas Schlimmes zieht herauf, und du willst nicht hier sein, wenn es eintrifft. Nimm deine Familie und mach, dass du hier rauskommst.«

>> *OneCorn*, Status:
    Perfekt vorbereitet

Danach folgt ein amüsantes Zwischenspiel, in dem Lot zu den Zukünftigen seiner Töchter geht und ihnen von der Sache erzählt. Ich schätze, er hat versucht, doch noch irgendwas für seine Töchter rauszuholen.

Doch die Verlobten sagten: »Was soll der Quatsch, Alter?«

Das ist die Antwort auf die Frage von oben. Man kann also in einer Stadt leben, in der die Zebaot soeben eine Menschenmenge mit Blindheit geschlagen haben, und es trotzdem nicht begreifen. Die

>> *ArturoMegadog*,
    Status: Alles
    dauerhaft haltbar
Jetzt komm schon,
nichts wie weg hier.

>> *OneCorn*,
    Status: Perfekt
    vorbereitet
Diese Geschichte
gehört hierher, AM.

Verlobten wollten die Stadt nicht
verlassen.

Als Lot zurückkam, war es höchste
Zeit. Die Fremden packten Lot, Edo,
Moa und Amma und teleportierten
sie aus der Stadt heraus. Kein
Scherz, so steht es in der Bibel.
Entweder das, oder sie schleiften sie
den ganzen Weg nach draußen. Für
den Transport war jedenfalls gesorgt.
Die Aufgabe der Auguren bestand
darin, Lot und seine Familie heraus-
zuschaffen.

Vor der Stadt kamen die Fremden
ganz nah an die Gesichter von Lot,
Edo, Moa und Amma heran, bis sie
dicht vor ihnen waren.

Sie sagten: »Flieht. Lauft um euer
verdammtes Leben. Blickt nicht
zurück. Bleibt nicht stehen. Geht in
die Berge. Sofort. *Blickt nicht zurück!*«

Lot sagte: »Hört mal, ich bin ein
Stadtbewohner, ein *Homo urbanus*,
versteht ihr? Wir sind hier mitten
in der Wüste. Könnt ihr uns nicht
in eine andere Stadt in der Nähe
bringen? Nach Zoar zum Beispiel?«

Die Boten traten so nahe an Lot
heran, dass die Glut ihrer Blicke
seine Haut verbrannte. Sie sagten:
»Geh uns aus den Augen!«

Vielleicht hatten sie auch eine
Meinung dazu, dass Lot seine Töchter
dem Pöbel angeboten hatte.

Die vier Reisenden machten sich
im Licht der Dämmerung und in der

>> *ArturoMegadog*,
   Status: Alles
   dauerhaft haltbar
Sei ehrlich, bist
du betrunken?

>> *OneCorn*,
   Status: Perfekt
   vorbereitet
Nicht sehr betrunken.

>> *ArturoMegadog*,
   Status: Alles
   dauerhaft haltbar
Aha, sie haben nämlich
Daggoo eine Nachricht
geschickt, dass er dich
sperren soll. Weil du
das hier schon öfter
gemacht hast. Und da
ich der Moderator des
Forums bin, das du am
meisten nutzt, fragen
sie mich nach meiner
Meinung.

Kühle des Morgens auf den Weg. Jeder Stein warf seinen eigenen langen Schatten, der Berghang schien von dunklen Gestalten zu wimmeln, und ja, die Felsen plapperten und schnatterten untereinander. Es war, als läge Streit in der Luft, Wind brauste gegen Wind, und Sand biss auf Sand. Das Geräusch des Sonnenaufgangs klang wie das Krächzen von Krähen, und der Atem stockte ihnen in der Brust. Etwas geschah. Etwas Unnatürliches und Ungeheuerliches. Etwas stürzte in einer kreischenden, brausenden Masse von der Sonne herab.

Amma und Moa hielten sich an den Händen. Amma würde nicht zulassen, dass Moa stolperte. Moa würde verhindern, dass Amma fiel. Obgleich der Boden unter ihren Füßen bockte wie ein Esel, gingen sie weiter bergauf.

Edo, ihre Mutter, ging hinter ihnen, und Lot folgte als Letzter. Edo war allein, so viel war klar. Ihr Mann, der ihre Töchter den Vergewaltigern angeboten hatte, war nicht mehr ihr Mann. Amma und Moa hatten einander. Lot hatte – zumindest im Geiste – Abraham, der ihn führte. Edo aber hatte niemanden. Es ist nicht möglich, den Untergang alleine zu überleben. Edo blickte sich um.

Die ganze Ebene stand in Flammen. Schwarze brennende

>> **OneCorn**,
   Status: Perfekt
   vorbereitet
Ich habe das Recht, hier zu schreiben.

>> **ArturoMegadog**,
   Status: Alles
   dauerhaft haltbar
Und sie haben das Recht, dich sperren zu lassen. Du magst die Regeln nicht, aber es gibt sie nun mal.

>> **ArturoMegadog**,
   Status: Alles
   dauerhaft haltbar
Ich möchte außerdem deine Aufmerksamkeit darauf lenken, dass du dich ganz *alleine* auf diese Mission begibst, einen Post zu verfassen, in dem steht, dass keiner auf sich *allein* gestellt überlebt. Also, mal ehrlich.

Steinbrocken schossen aus dem Himmel herab, wie wenn ein Mann einen Speer auf eine Gazelle schleudert. Das Tier sieht sich kurz um, die scharfe Metallspitze durchbohrt sein Auge, und in diesem Moment tritt es aus dem Leben in den Tod ein. Genauso schleuderte der Herr Klumpen brennenden Gesteins auf jedes Haus, und wo die Steine landeten, gingen Schlamm und Lehm, Backstein und Stroh in Flammen auf. Die Menschen rannten schreiend zwischen den brennenden Häusern umher und versuchten zu entkommen, doch der Herr zielte genau und erwischte jeden Einzelnen von ihnen.

Edo schmeckte Stein und Feuer. Sie kannte den Zorn Gottes, und sie sah Gottes Schande. Vielleicht schämte Gott sich nicht, das getan zu haben, aber er hätte sich schämen sollen.

Edos Knochen entließen alle Mineralien in ihr Blut, das Wasser in ihrem Gewebe schoss aus den Poren, das Kalium, Natrium und Magnesium aller Axone und Dendriten ihres Gehirns strömte heraus, überzog die Innenseite ihres Schädels mit Salz und leckte an ihren Nebenhöhlen. Schließlich überkrustete das Natrium in der Luft ihre Augäpfel von außen mit Salz.

>> **OneCorn**,
   Status: Perfekt vorbereitet
Kann ich bitte einfach meinen Gedanken zu Ende führen? Dazu kommen, warum das hier für Enoch relevant ist?

>> **ArturoMegadog**,
   Status: Alles dauerhaft haltbar
Hör mal, ich verschiebe das alles in die hübsche warme Ecke von ntd/strategien, und da kannst du so lange weitermachen, wie du willst.

>> **OneCorn**,
   Status: Perfekt vorbereitet
Na gut. Aber eigentlich gehört es hierher. Aber na gut.

>> *OneCorn*, Status:
  Perfekt vorbereitet

Ich erzähle euch jetzt mein wichtigstes Survival-Geheimnis. Es steht in der Geschichte, die ich gerade eben erzählt habe, aber das verbindende Element springt wohl niemandem außer mir ins Auge, daher spreche ich es jetzt aus.

Wisst ihr, was das Thema der Genesis ist? Männer – meistens Brüder –, die einander hassen. Kain und Abel, Isaak und Ismael, Jakob und Esau, Joseph und seine Brüder, Abraham und Lot. Und wisst ihr, *warum* sie einander hassen? Weil der eine ein Bauer ist und der andere ein Jäger und Sammler. Genau das ist die Lehre Enochs, oder? Dass die Genesis vom Dümmsten handelt, was die Menschheit je getan hat. Wir haben unsere eigene Welt zerstört. Wir haben uns selbst gefangen genommen und domestiziert.

Um ins Detail zu gehen:

KAIN: Acker-   **ABEL:** Nomade.
bauer.

**>> *ArturoMegadog*,
  Status:** Alles
  dauerhaft haltbar

Hm, okay, das war wohl doch relevant.

JAKOB: blieb zu Hause.	**ESAU:** ging jagen.
ISAAK: blieb zu Hause.	**ISMAEL:** wurde auf Wanderschaft geschickt.
JOSEPH: Papas Liebling.	**BRÜDER:** verkauften ihn an umherziehende Ismaeliten.
LOT: lebte in Sodom.	**ABRAHAM:** zog in der Wüste umher.

Im Grunde wiederholt sich immer das gleiche Muster. Es handelt sich hier nicht um Brüder im eigentlichen Sinne, sondern um Gruppen von Menschen. Eine Gruppe ist sesshaft, die andere auf Wanderschaft. Eine führt ein Nomadenleben, geht auf die Jagd und züchtet Schafe. Die andere Gruppe bleibt zu Hause, betreibt Ackerbau und Viehzucht. Die Jäger hassen die Bauern, und die Bauern hassen die Jäger. Die Jäger halten die Bauern für schwach und verschlagen. Die Bauern halten die Jäger für brutal. Sie versuchen, sich gegenseitig umzubringen.

Dieses Buch handelt vom Krieg. Vom ersten großen Krieg. Von einem Krieg, der fünftausend Jahre währte und die Welt, wie die Menschheit sie vorher kannte, zerstört hat. Als die Bauern gewannen, erschufen sie eine neue Zukunft und lebten in ihr.

142

>> *DanSatDan*,
Status: Eine Dose Bohnen

@OneCorn: Hör mal, das wegen vorhin tut mir leid. Ich begreife jetzt, dass du, auf ntd/strategien eine Art ... Persönlichkeit bist. Aber mal ernsthaft: Wie sollte mir das helfen, die Auslöschung des Menschengeschlechts zu überleben?

>> *IsmiIsmi*,
Status: Gräbt sich Kartoffelkeller

Sehe ich genauso. Und was ja wohl offensichtlich ist: Diese Story wurde dazu benutzt, Jahrtausende der Homophobie zu rechtfertigen. Eine Triggerwarnung wäre angebracht gewesen.

>> *OneCorn*, Status:
Perfekt vorbereitet

Okay, ich verstehe die Sorge wegen der Homophobie. Mein Argument ist aber, dass der »Sündenfall von Sodom« nicht darin bestand, dass Männer einvernehmlichen Sex mit anderen Männern hatten. Einvernehmlicher Sex unter Männern ist a) toll und b) die Genesis scheint, ehrlich gesagt, gar keine Meinung dazu zu äußern. Wer also Homophobie dort sieht, hat sie selbst dort hineininterpretiert, wahrscheinlich aus Levitikus, das ich *nicht* verteidige, wie ihr bemerken werdet. Das Problem mit Sodom war, dass die Menschen dort die Fähigkeit verloren hatten, eine stabile Gemeinschaft zu bilden.

Genesis ist eigentlich ein Bericht darüber, wie die Menschen die letzte Eiszeit überlebten und vom Jäger- und Sammlertum zur Landwirtschaft übergingen. Die Genesis ist das letzte Buch, das erzählt, wie wir der jüngsten Auslöschung der Menschheit entgangen sind. Es steht ein Scheißdreck über Konservierung und Gewehrpflege drin, aber das Buch berichtet, welche Art von Gesellschaft und welche Art von Werten wir brauchen, um zu überleben.

Es geht doch um Folgendes: Fremde willkommen zu heißen und sich um die Mitglieder der Gemein-

PN: *ArturoMegadog* →
**   *OneCorn***
Hast du schon mal überlegt, ob du nicht versuchen könntest, nicht immer so zu klingen, als hieltest du dich für die klügste Person hier?

PN: *OneCorn* →
**   *ArturoMegadog***
Aber ich bin die klügste Person hier. Okay, von dir einmal abgesehen.

PN: *OneCorn* →
**   *ArturoMegadog***
Ich glaube, ich sollte bei Name The Day *mal eine Pause einlegen. Heute haben sie mich ganz schön auf die Palme gebracht.*

schaft zu kümmern, die nichts besitzen. Nicht immer nur über die eigenen Bedürfnisse nachzudenken.

Das Problem mit Sodom war, dass es eine Stadt war, und Städte sind, zumindest unter dem Survival-Gesichtspunkt, eine wirklich dumme Idee. In mancher Hinsicht sind sie wunderbar: neue Speisen, neue Musik und neue Kunst, neue Perspektiven und die Möglichkeit, Babys außerhalb der eigenen, engen genetischen Gruppe zu zeugen. Doch Städte bewirkten damals schon, was sie auch heute noch bewirken: Sie machten die Menschen reicher, sonderten sie aber immer stärker voneinander ab, da sie sich zunehmend spezialisierten und von ihrer natürlichen Umwelt entfremdeten. Die Städte konnten sich nicht selbst am Leben erhalten.

Die Menschen, die die Genesis verfassten, waren zutiefst besorgt. Sie sahen, dass die Fähigkeiten, die man für ein gutes Leben brauchte, verschwanden, denn kaum jemand streifte noch in der Natur umher und lernte, wie man jagte und welche Früchte und Pflanzen man sammeln musste. Sie sahen die Zukunft, in der wir leben, schon kommen. Die Geschichte Sodoms ist eine Geschichte des Schreckens. Diese Städte: Vertraut ihnen nicht. Sie steuern auf ihren Untergang zu.

PN: *ArturoMegadog* →
OneCorn
*Neiiin! Lass mich
nicht mit diesem
Haufen Idioten allein.*

PN: *OneCorn* →
ArturoMegadog
*Ha! Okay, ich aktiviere
den Alert, der mich
benachrichtigt, wenn
du etwas postest.*

martha

1 das meerschweinchenschloss

Martha wusste, dass es auf viele verschiedene Weisen zur Wandlung eines Menschen kommen konnte. Manchmal wird einem von Tag zu Tag und von Stunde zu Stunde klarer, dass sich etwas ändern muss. Es ist, als ginge im eigenen Geist langsam die Sonne auf. Manchmal hat man eine plötzliche Erkenntnis – so intensiv, wie wenn man sich verliebt –, die so einleuchtend erscheint, dass man mit einem Schlag begreift, dass man sich die ganze Zeit über geirrt hat. Und manchmal geschieht beides gleichzeitig. Einige Jahre bevor Lenk Sketlishs Persönliche Assistentin Lai Zhen kennenlernte, war genau das passiert.

Es war eine Phase in Marthas Leben, in der sie meistens wie betäubt gewesen war. Sie und Lenk arbeiteten hart, um Fantail voranzubringen. Lange Tage, an denen sie frühmorgens ins Büro ging und erst spätabends wieder nach Hause kam. Es war eine Zeit, in der sie geglaubt hatte, ihr Bedürfnis nach Gesellschaft mit verschiedenen Onlineforen und zwei Meerschweinchen stillen zu können, die sie in einem luxuriösen, dreistöckigen Meerschweinchenschloss mit zwölf verschiedenen Plätzen, an denen die Tiere sich verstecken konnten, hielt. Es nahm den größten Teil ihres zweiten Wohnzimmers ein. Sie beobachtete, wie die Tierchen, die wie kleine Fellkartoffeln aussahen, herumschnüffelten, auf ihren sorgfältig gepflegten Gras-Boxen weideten oder sich unter Decken versteckten, und sie dachte: Siehst du, es braucht nicht viel, um ein Geschöpf glücklich zu machen. Einen Gefährten oder eine Gefährtin und ein paar leibliche Genüsse. Jemanden, der deine Scheiße wegputzt und dir Leckereien bringt.

Als sie später darüber nachdachte, hatte sich alles, was mit Zhen geschah, bereits durch die Entwicklung mit ArturoMegadog angekündigt. Selbst Meerschweinchen wollen eine Verbindung zu anderen Meerschweinchen. Menschen haben das Bedürfnis, sich einander zuzuwenden. Wenn mit uns nicht etwas fürchterlich schiefgelaufen ist, lassen wir andere Menschen in unser Haus, nehmen sie in unser Leben auf und falls es unseren Neigungen entspricht, machen wir ihnen sogar Platz in unserem Bett. Trotz aller Risiken. Das größte Risiko ist natürlich, dass es einem gefällt. Das größte Risiko ist, dass es einen verändert. Trotzdem. Geh über diese Brücke, Martha. Riskiere es.

2 millionen wunderschöne geschöpfe

Auszug aus dem *Name-The-Day*-Prepper-und-Survival-Forum

Unterforum: ntd/strategien

>> *ArturoMegadog*, Status:
   Im Bunker geboren

Ich weiß nicht mal, warum ich das hier poste. Es ist spät, und ich bin betrunken. Ich habe eingestellt, dass das hier in drei Stunden automatisch gelöscht wird.

Ich sage euch, was ich begriffen habe: Die meisten von euch sind Idioten, und wer kein Idiot ist, ist ein Monomane, und unter denen wiederum gibt es nur eine winzige Gruppe, die sich um die Dinge sorgt, die relevant sind. Doch diese Leute sind zu wenige, um das Schiff um hundertachtzig Grad zu drehen. Sie sind nicht einmal genug, um zu verhindern, dass es immer weiter vom Kurs abkommt. Ich glaube gar nicht mal, dass ich zu dieser winzigen Gruppe gehöre. In meinem Leben gab es nicht viel, was der

Mühe wert gewesen wäre. Und jetzt reicht es mir. Mit dem Leben.

Lange Zeit habe ich geglaubt, der Mensch wäre *gut*. Wir würden klüger, und es gäbe Fortschritt – langsam, natürlich, zwei Schritte vor und einer zurück. Aber es ginge Zentimeter um Zentimeter voran, wie wenn man sich nur mithilfe seiner Zunge vorwärtsschiebt. Auf diese Weise würden wir uns dem Licht nähern. Deshalb bin ich unter die Prepper gegangen. Weil ich davon überzeugt war, die Menschheit habe gute Dinge hervorgebracht, die bewahrt werden sollten. Kunst und Literatur, Moral und Güte, wissenschaftlichen Fortschritt und Verständnis – all das eine langsame Bewegung, wie eine Raupe, die auf die Sonne zukriecht.

Wie schon gesagt, ich bin betrunken.

Jedenfalls glaube ich das heute nicht mehr. Die Menschen werden nicht besser, wir werden einfach nur anders und *mehr*, und das immer schneller. Wenn man nicht besser wird, ist »immer schneller immer mehr werden« dasselbe wie »schlechter werden«.

Ich möchte euch von meinem Mann erzählen. Ich nenne ihn hier mal Ted. Wegen *ihm* glaubte ich damals an das Gute im Menschen. Er war so rechtschaffen, dass einem davon schlecht werden konnte. Er

>> *Semadon*, Status: Alles dauerhaft haltbar

Sieht das sonst noch jemand? Ich reposte das ins NTD Hauptforum. Kennt jemand ArturoMegadog persönlich? Weiß jemand, wo er wohnt oder wie man ihn finden kann?

arbeitete für eine Autofirma. Er hat als Verkäufer angefangen und schließlich das Team in San Francisco geleitet. Er hat Druck gemacht, damit mehr Investitionen in Elektroautos flossen, und jedes Wochenende beim Müllsammeln am Strand geholfen. Und er war ehrenamtlicher Pate eines Kindes. Wirklich ekelhaft. Ich besitze ein Privatflugzeug. Ich wollte an den Wochenenden fliegen und fernsehen, er schickte mir um fünf Uhr morgens Fotos vom Urban Gardening.

Ted war voller Hoffnung. Ich weiß, wie das jetzt klingt. Aber ich erinnere mich an diese kurze Zeit 2020, als der Preis für arabisches Erdöl negativ wurde – nicht einmal mit Geld konnten die Saudis die Käufer dazu bewegen, ihnen Erdöl abzunehmen, und ich dachte: Fuck, vielleicht hat Ted recht. Das ist es. Der Beginn von etwas Neuem.

Das letzte Jahrhundert haben wir uns unter der Bettdecke verkrochen, während sich im Flur die Mahnungen stapelten: ÜBERZOGENE KONTEN: Umweltzerstörung und aussterbende Tierarten. NICHT IGNORIEREN: soziale Ungerechtigkeit. BEZAHLEN SIE JETZT, ODER RECHNEN SIE MIT KONSEQUENZEN: der Klimawandel. Wir aber sagten: »Hey, wenn wir alles ein bisschen hin- und herschieben, dieses Minus mit jener

>> *Semadon*, Status: Alles dauerhaft haltbar

Okay, ich habe alles, was ich finden konnte, aus ArturoMegadogs Daten zusammengesucht. Männlich. In den Fünfzigern. Wohnt in der San Francisco Bay Area. Loggt sich zu allen möglichen Tages- und Nachtzeiten ein – was vermuten lässt, dass er keine festen Arbeitszeiten hat. Kann jemand einen Admin wecken, um mehr herauszubekommen? Ich habe den Notruf in der Bay Area gewählt, aber die können erst etwas unternehmen, wenn wir ihnen eine Adresse geben oder zumindest einen Namen nennen.

Kreditkarte ausgleichen, Fracking entdecken und die Tatsache ignorieren, dass eine *brennbare Flüssigkeit* aus den Zapfsäulen kommt, dann können wir uns ein neues Auto kaufen, es bis zum Rand volltanken, und für einen Monat ist wieder alles in Ordnung.«

Ich dachte, durch die Pandemie würden wir begreifen, dass wir *vernünftig* sein müssen. Die Dinosaurier wurden durch einen Asteroiden ausgelöscht, aber uns muss nicht unbedingt dasselbe Schicksal ereilen. Ich weiß inzwischen, dass das ein Scherz ist. »Die Natur heilt.« Zu glauben, dass die Dinge besser werden können, ist einfach nur ein schlechter Witz, stimmt's?

Ted und ich lebten in einer Wohnung am Meer, und ich hielt eine Tasse Kaffee in der Hand, als ich plötzlich zu der Überzeugung kam, dass alles gut werden könnte. Darüber denke ich jetzt ständig nach. Nebel lag über der Bucht wie eine Decke, als könne man die Hand ausstrecken und ihn hochheben. Der Duft des Kaffees und das Summen des Kühlschranks. Das unverdorbene Blau des Himmels ohne Kondensstreifen. Ich dachte wirklich: Ja, alles wird gut.

Ich setzte mich auf die Couch und begann zu weinen. Ted eilte zu mir, er dachte, mein Onkel Benny hätte sich mit Corona angesteckt. Aber ich

>> *Wispy*, Status:
   Freund in Not
Ich weiß, dass wir das nicht verraten sollen, aber ich bin IRL mit Daggoo befreundet, der das Forum gegründet hat. Ich rufe ihn an. Ich hoffe, alle sind der Meinung, dass das hier Grund genug ist, gegen unser Protokoll zu verstoßen.

Dieser Post hat 271 Likes erhalten. Herzlichen Glückwunsch! Du hast einen Gold-Star-Post verfasst!

sagte: Ted, wir sollten ein Kind bekommen. Wir hatten schon tausendmal darüber gesprochen.

Hört mal, eigentlich spielt es keine Rolle. Nichts von alldem ist wichtig. Eines Tages werden die Sterne einer nach dem anderen erlöschen, genau wie in der Story von Arthur C. Clarke, aber vorher wird die Sonne noch zur Supernova, das Meer verdampft, und außerdem sind wir Menschen nur eine stinkende Tierart von vielen, und Tierarten entstehen und vergehen nun mal. Wir auch. Es wird kein Publikum geben und kein Jüngstes Gericht, kein Erlöser sitzet zur Rechten des Vaters, und keiner wird am Ende der Show vorbeikommen und uns sagen, wie viele Punkte wir erzielt haben und was wir hätten gewinnen können. Keiner wird sich an die Menschen oder an die USA oder an San Francisco erinnern. Oder an unsere Wohnung. Oder an Ted und mich, oder daran, dass er, als ich den gelben Becher fallen ließ, die Scherben zu einem Sonnen-Mosaik zusammengesetzt hat. Daran erinnert sich keiner mehr außer mir.

Ted war älter als ich, er hatte achtunddreißig Jahre lang für dieselbe Firma gearbeitet. Er wollte bald in Rente gehen und hatte Pläne, wozu er seine Bezüge nutzen würde. Wir wollten auf eine der geschützten FutureSafe-Inseln fahren und dort für die Erhaltung der Wildnis und des Ökosystems arbeiten. Wenn Teds Nichte Gracie ihre Dissertation abgeschlossen hätte, wollte sie ein Kind für uns austragen. Mein Kind. Ein Kind aus meinem eingefrorenen Samen und mit den Genen von Teds Familie. Wir hätten Gracie während dieser Zeit unterstützt, und wir wären hier in San Francisco eine wunderbare Familie geworden, nicht biologisch, aber logisch.

Dann wurde Teds Firma von Fantail aufgekauft. Fantail schloss einen besonderen Deal ab, der es ihnen erlaubte, Leute ohne Abfindung zu feuern. Teds Firma war alt und hatte seit einem Jahrzehnt kaum Gewinn erwirtschaftet, daher mussten die erarbeiteten Betriebsrenten nicht ausgezahlt werden. Alle hielten Lenk Sketlish für einen tollen Kerl, weil er die Firma übernommen hatte. Er wollte sie für seine Hertha-E-Autos; im Grunde wollte er das Zeug, das Ted entwickelt hatte.

Ich muss dazu sagen, dass ich reich bin, okay? Ich bin stinkreich, und wir brauchten Teds gottverdammte Betriebsrente nicht. Das habe ich ihm auch gesagt. Und er wusste es. Wir würden bis zu unserem Tod wunderbar von meinem Geld leben können. Wir hätten immer noch unser Zuhause und

Hi, Leute. Im bin mit Notfallhelfern der San Francisco Bay Area in Kontakt. ArturoMegadog war sehr vorsichtig, daher gibt es nicht viel, woran wir uns orientieren können. Er hat weder seinen echten Namen noch seine Adresse oder seine Telefonnummer bei uns hinterlegt. Er nutzt einen Proxy-Server. Ich bin der E-Mail-Adresse nachgegangen, mit der er sich auf unserer Website angemeldet hat, aber anscheinend ist es eine Fake-Adresse. Falls jemand hier mit ArturoMegadog befreundet ist, bitte dringend melden.

unsere Pläne, und wir konnten immer noch ein Kind bekommen.

Doch Ted brach es das Herz. All die Jahre beim selben Unternehmen, alte Schule, Loyalität. Und die Mitarbeiter, die er zum Bleiben überredet hatte, bekamen ebenfalls keine Betriebsrente. Die meisten wurden ohne Abfindung entlassen. Ich besaß genug, um uns selbst zu schützen, aber die Probleme von eintausendsechshundert Menschen konnte ich nicht lösen. Ich sagte, wir würden sie im Kampf für ihre Rechte unterstützen, wir würden etwas unternehmen.

Acht Tage später fuhr Ted hinaus zu einem Feuchtbiotopprojekt und erlitt am Steuer einen Herzinfarkt. Er ist gestorben. Er wurde nur neunundfünfzig Jahre alt.

Vielleicht sollte ich erwähnen, dass ich eine Handvoll Tabletten geschluckt habe. Im Medizinschrank lag noch einiges aus der Zeit, als Ted den schlimmen Rücken hatte, dann noch etwas von meiner Wurzelkanalbehandlung und ein paar Beruhigungsmittel von damals, als wir uns beide einer Darmspiegelung unterzogen haben. Wir waren besonders vorsichtig, weil wir ja Eltern werden wollten.

Ich habe das ganze Zeug geschluckt.

Teds Tod liegt jetzt zwei Jahre zurück.

>> *Wispy*, Status:
Freund in Not

Ich sehe gerade ArturoMegadogs Posts durch. Vor vier Wochen schrieb er, in einem Laden, »wortwörtlich acht Schritte« von seiner Tür entfernt, gebe es Kimchi, Marke »Firepit«. Das ist in der Bay Area nur in sieben Läden erhältlich.

Das ergibt sieben Punkte auf dem Stadtplan, mit denen wir arbeiten können.

Ich weiß nicht, ob das hier ein Hilferuf ist. Wahrscheinlich. Andernfalls hätte ich diesen Post wohl so eingestellt, dass er erst in zwei Tagen oder so erscheint, wenn das, was ich genommen habe, seine Wirkung vollständig entfaltet hat. So wie ihr daherredet, Leute, könnte man glauben, ihr denkt, ihr habt es verdient, mit dem Leben davonzukommen, doch ich will euch eines sagen: Wenn Ted es nicht verdient hat, dann verdient es niemand. Die Menschen werden aussterben. Sollen sie doch.

Das Leben wird es mit etwas anderem versuchen, und vielleicht ist es egal, ob es intelligent genug sein wird, um zu lesen, zu schreiben und massenhaft Treibhausgase in die Luft zu blasen. Es wird Fische, Vögel und schimmernde Insekten geben, Millionen wunderschöner Geschöpfe, die durcheinanderkrabbeln und der Sonne entgegenstreben.

Wir haben nichts, rein gar nichts Neues erfunden, wisst ihr? Wir haben eine Beschäftigungstherapie für uns selbst, die Pflanzen und die Tiere entwickelt. Immer neue Ideen, wie wir es uns noch bequemer machen können.

Aber alles, was wichtig ist, war schon vor uns da und wird auch nach uns Bestand haben. Die Tiere lieben einander. Sie mühen sich ab und sie

>> *ClarkeKent*, **Status:** Eine Dose Bohnen

Okay, rund um den Laden in Concord gibt es keine Wohnhäuser. Da müsste er schon im Bed Bath and Beyond abgestiegen sein.

>> *SandysDad*, **Status:** Vorratslager gefüllt

Er sagte, er sei stinkreich. Den Laden in Redwood City könnt ihr also auch ausschließen.

genießen, sie entspannen sich in der Sonne, sie trösten sich gegenseitig, sie hassen einander und sie nehmen Rache. Tiere lieben ihre Kinder.

Wenn ihr denkt, dass ihr mehr wollt als das, macht ihr euch etwas vor. Wir leiden an tödlicher Arroganz, und je schneller wir vom Antlitz der Erde verschwinden, desto besser. Daher fange ich mit mir selbst an.

Und wenn ihr anderen aufhören würdet, euer Überleben für das Wichtigste zu halten, und auch andere dazu ermuntert, wäre es besser für den Planeten. Aber letztlich wird es keine Rolle spielen, denn die Erde wird die Kurve kriegen. Sie hat Schlimmeres über-standen als uns. Bald sind wir sowieso alle Sternenstaub, irgend-wann wird das Universum enden, und tatsächlich hat es nie viel gegeben, worauf man hoffen konnte.

Ich glaube, ich fühle es jetzt allmählich. Meine Füße und Finger-spitzen fangen an zu kribbeln. Ich lege mich besser hin. Ich sehe mir Fotos von Ted an, bis ich einschlafe. Ich glaube nicht, dass ich ihn wieder-sehen werde oder irgend so einen Quatsch. Aber zumindest werde ich nicht mehr hier sein. Tschüss.

>> **OneCorn**, **Status:** Perfekt vorbereitet
ArturoMegadog und ich sind im Forum befreundet. Persönlich haben wir uns nicht kennengelernt, ich habe weder seine Adresse noch kenne ich seinen Klarnamen. Aber ich weiß, dass er in San Francisco am Meer lebt. Das würde zu drei von euren Punkten passen.

>> **Wispy**, **Status:** Freund in Not
Ich lebe nicht in der Nähe der Bay Area. Ist jemand vor Ort, der die Punkte abfahren und sich umschauen könnte, ob er irgend-was sieht oder hört?

>> **OneCorn**, **Status:** Perfekt vorbereitet
Die Zeit wird knapp. Ich versuche jetzt etwas.

3   in einer zerbrochenen welt

In jedem Extrem ist auch sein Gegenteil enthalten. Das hatte Martha auf Umwegen immer wieder erfahren. Ein Forum von unabhängigen Individuen, die sich nie persönlich kennengelernt haben, kann sich zu einer tief verbundenen Gemeinschaft entwickeln. Eine abgeschieden lebende Sekte kann ihre Mitglieder durch den Konformitätsdruck dazu bringen, sich in sich selbst zurückzuziehen, zu ihren geheimen Gedanken und der inneren Kraft, über die sie mit niemandem sprechen können. Je mehr Enoch sich wünschte, dass Martha zu einem integralen Bestandteil seines Königreichs würde, desto mehr trieb er sie dazu, sich ausschließlich auf sich selbst zu verlassen. Das hatte er nie verstanden; es war ein Teil seiner Tragödie.

Als Martha vierzehn war, war Enoch mit ihr in seinem Jeep von seinem eigenen Land hinunter und durch die wilde Landschaft gefahren. Mit seiner leisen, beharrlichen und nie verstummenden Stimme hatte er über seine Theorie der »Bruchstücke« gesprochen. Während sie kilometerweit durch Wälder, Grasland – dazwischen Wildbäche, die den Berg hinunterrauschten – und undurchdringliches Dickicht fuhren, achtete Martha auf alle Merkmale der Landschaft und jedes Wildtier, das sie sah. Gleichzeitig merkte sie sich auch Enochs Predigt, denn sie wusste, dass ihr Vater sie vielleicht dazu auffordern würde, die Texte aufzusagen, die er erwähnt hatte, oder das Tier zu beschreiben, das zwischen den Bäumen davongehuscht war, und Bescheid zu geben, in welche Richtung es rannte. Die Theorie der Bruchstücke war das Fundament von Enochs Philosophie. Durch seine umfangreiche Lektüre – er war zweifellos ein sehr belesener Mann –

war er zu dem Schluss gelangt, dass die Welt, ursprünglich eine wunderschöne Ganzheit, zu Scherben zerfallen war. Beweise dafür fand er in der Bibel und der Geschichte vom Turmbau zu Babel, der dazu geführt hatte, dass die *eine* Sprache zu einer Vielzahl von Sprachen zersplittert war. Dasselbe Phänomen erkannte er in der Zerstörung der großen Urwälder Europas und des amerikanischen Kontinents, im Zerfall der großen Religionen zu fragmentierten Glaubensschulen und in den Konflikten zwischen den Bundesstaaten der USA. Martha kannte die Beweistexte und die Verse, aber sie wusste außerdem, dass Enoch wie immer zusätzlich über einen neuen Text sprechen würde. An diesem Tag ging es um die Sefirot der Kabbala, die zerbrochenen Lichtscherben, die Eingang in die Welt gefunden hatten.

»Die Welt, in der wir leben«, sagte Enoch, »ist dazu geschaffen, ganz zu sein, und wir sind diejenigen, die sie in immer kleinere Bruchstücke zerlegen. Wir teilen die Erde in Staaten und das Land in Felder auf, benennen und benennen um, unterteilen bis zur Größe der Mikroben – und ja, wir spalten sogar die Atome. Hat diese gefährliche, schreckliche Kraft uns nicht gezeigt, was falsch daran ist? War das nicht Ermahnung genug, die Finger davon zu lassen? Hast du eine Antwort für mich, Martha? Warum war uns das nicht Warnung genug?«

Unter seinem spärlichen Bart war sein Gesicht knallrot. Martha wusste, dass es keine Antwort gab, und so war es am besten, einfach den Kopf zu schütteln. Sie hatte diese Tirade schon oft gehört, aber sie beeindruckte sie jedes Mal aufs Neue. Enoch hatte ihr Fotos der verheerenden Auswirkungen der Atombombenabwürfe gezeigt und ihr erklärt, dies sei eine Folge der verbissenen Reise der Menschen weg von Gott und hin zur Zersplitterung. Die Rechtschaffenen zeigten sich durch ihr Bedürfnis, zusammenzukommen, Gemeinschaften zu gründen und der Entropie entgegenzuwirken, so wie das Leben immer der Entropie entgegenwirke, wenn es richtig geführt wurde.

»Musst du mal pinkeln?«, fragte er. Martha nickte. Sie fuhren seit über zwei Stunden auf holprigen Straßen, und ihre Limonadenflasche klapperte leer zwischen ihren Füßen.

Enoch hielt am Straßenrand. Er wartete hinter dem Steuer, und sie ging züchtig fünfzig Schritte vom Jeep weg hinter eine Baumreihe, die sie verbarg, zog Jeans und Unterhose herunter und ließ den Urin laufen, strömend und beinahe duftend mit einem Geruch wie von frischem Gebäck.

Plötzlich rief Enoch: »Du bist ein gutes Kind, Martha«, und noch bevor er seinen Satz beendet hatte, begriff sie, was er vorhatte.

Sie schrie: »Dad!«, und versuchte, hinter ihrem Baum hervorzuschauen, um seinem Blick zu begegnen, kippte aber nur um und landete auf allen vieren.

Enoch rief: »Du bist kein Bruchstück. Du wirst den Weg finden.« Dann gab er Gas und fuhr mit quietschenden Reifen davon.

Zunächst versuchte Martha, ihm nachzujagen. Sie zog Unterhose und Jeans halb hoch. Stolperte auf die Straße, während ihr die Pisse am Bein herabrann, und schrie: »Halt an! Warte!«

Sie weinte, obwohl sie nicht weinen wollte. Verzweiflung und eine stechende Angst schnürten ihr plötzlich die Kehle zu. Sie hatte nichts dabei. Weder ihr Messer noch ihr Knäuel Schnur. An den Füßen hatte sie Turnschuhe und keine Wanderschuhe. Sie trug eine Jacke, aber keine besonders warme. Zwei Uhr nachmittags war schon vorbei, und es war ein kühler Oktobertag.

Nach ein paar Minuten hörte sie auf zu weinen, denn sie wusste, worum es hier ging. Enoch hatte oft genug davon gesprochen. Menschen mussten geprüft werden, so wie der Töpfer ein Gefäß im Brennofen prüft. Wer sich zu den Bruchstücken hingezogen fühlte, trudelte davon, doch wer dazu bestimmt war, Teil der Ganzheit der Dinge zu sein, würde den Weg zum richtigen Ort finden. Das hatte er während der Gebetstreffen, während der Lernzeit und in den langen Predigten, die oft die ganze Nacht dauerten, immer wiederholt. Martha sagte sich, dass es nicht schwer sein würde, nicht wirklich. Sie war ein Teil der Ganzheit, kein Bruchstück, und sie würde den Weg nach Hause finden.

Also. Sie waren zwei Stunden unterwegs gewesen, aber nicht immer in dieselbe Richtung. Ihr Weg war voller Schlaufen gewesen, fast als wären sie absichtlich kreuz und quer gefahren. Sie kannte diese Straße nicht, aber die Sonne stand vor ihr am Himmel, das war also Südwesten. Es würde noch viereinhalb Stunden hell sein. Martha war ein bisschen pummelig, aber kräftig und ausdauernd. Wenn sie locker trabte, schaffte sie eineinhalb Kilometer in vierzehn Minuten. Enoch hatte ihr bestimmt keine unlösbare Aufgabe gestellt und sie nicht zum Sterben ausgesetzt. Sie ließ die Fahrt im Geist noch einmal Revue passieren. Sie kannte die Bergkette im Osten, sie wusste, in welche Richtung sie verlief, sie kannte den Mammutbaum-Wald im Süden, und ja, nun war ihr klar, vollkommen klar, in welcher Richtung ihr Zuhause lag. Ihr Weg führte durch das Waldgebiet im Norden. Höchstens zweiunddreißig Kilometer. Zum Abendessen wäre sie wieder daheim. Sie marschierte in einem lockeren Tempo los, und das Laub raschelte unter ihren Füßen.

Sie war etwa elf Kilometer gewandert, als sie bemerkte, dass ein Bär ihre Witterung aufgenommen hatte.

Martha kannte Bären. Zu Hause schossen sie fast jedes Jahr einen von ihnen und aßen ihn. In Bärenfett gebratene Kartoffeln schmeckten nach Wald und Pilzen, nach Eicheln und einer Art Moschus. Einmal hatte sie drei Stunden lang beobachtet, wie drei Bärenjunge auf der anderen Seite eines Flüsschens spielten, wie sie miteinander balgten, im Wasser herumspritzten und ihre scharfen Zähnchen zeigten. Sie erkannte genau, wenn ein Bär eine Witterung in der Nase hatte, und auf dem Bergkamm schräg rechts vor ihr, vielleicht einen halben Kilometer entfernt, reckte ein magerer Schwarzbär schnüffelnd die Schnauze in die Luft. Mit schief gelegtem Kopf wog er ab, ob er ihr folgen sollte.

Die Bären in der Nähe ihres Anwesens machten den Enochiten nie Ärger. Die Enochiten fütterten die Bären nicht und hinterließen keinen Abfall in offenen Mülltonnen. Die Bären wussten, wer der Chef war, und ihnen war klar, dass sie mit weniger Mühe besseres Futter im Fluss finden würden als im Müll der Enochiten. Aber das hier war ein magerer Bär im Oktober. Ein magerer Bär, der, wie sie erkannte, auf der linken Vordertatze lahmte. Er hatte Hunger. Bald kam der Winterschlaf, und er hatte keine Fettschicht, um diese Phase zu überstehen. Es war ein verzweifelter Bär. Und das hier waren nicht die sechstausend Hektar grünen Landes der Enochiten; sie befand sich auf dem Gebiet, das den Menschen der Babble gehörte. Wer konnte wissen, woran dieser Bär Geschmack gefunden hatte?

Martha schwang Arme und Beine, und das Laub auf dem Boden raschelte. Sie begann zu singen, ein Lied, das Enoch über die prachtvolle Welt verfasst hatte. Sie ging geradeaus weiter, bog weder nach rechts noch nach links ab, ging nicht direkt auf den Bären zu, aber auch nicht von ihm weg. Selbstbewusst marschierte Martha direkt auf den Bergkamm zu. Geradeaus am Bären vorbei. Zwei Raubtiere, die sich um ihre eigenen Angelegenheiten kümmerten und einander keinen Ärger machten.

Der Bär sah ihr nach. Dann folgte er ihr.

Es war noch nicht dunkel, doch die Sonne stand schon merklich tiefer am Himmel. Martha lief weiter. Eine sanfte Talsohle hinunter und auf der anderen Seite wieder hinauf. Über eine Lichtung, auf die die Sonne schien – der Bär hielt sich im Schatten und lief genau parallel zu ihr. Inzwischen glaubte Martha nicht mehr, dass der Bär nur neugierig war. Dieser Bär jagte sie.

Sie durfte nicht weglaufen. Das war wichtig. Weder weglaufen noch angreifen. Schließlich war sie ein Mensch. Am Himmel war noch Licht. Der Bär war hungrig, aber noch nicht hungrig genug, um eine Dummheit zu begehen. Sie konnte es immer noch bis nach Hause schaffen.

Sie kam zu einem Forstweg im Wald. Spuren, wo Autos gefahren waren. Im Osten standen zwei Blockhäuser, die wahrscheinlich Jägern gehörten und nur während der Jagdsaison genutzt wurden. Jedenfalls brannte kein Licht, niemand war zu Hause. Martha zögerte. Sie konnte zu einem dieser Blockhäuser gehen. Eine Fensterscheibe einschlagen. Sich bis zum Morgen verstecken; bis dahin wäre der Bär wahrscheinlich weg. Doch das hieße, auf die Mittel der Babble zurückzugreifen. Sich die unrechten Gaben der unfreien Welt zunutze zu machen. Aber hieß das nicht auch, dass sie ihren Verstand einsetzte, um zu überleben? Enoch würde es weder sehen noch jemals erfahren. Sie konnte behaupten, sie habe die Nacht in einem Baum verbracht.

Aus dem Augenwinkel erhaschte sie eine lautlose Bewegung. Der Bär – nein, es kam doch von links. Ein zweiter Bär? Martha hatte plötzlich Angst. Ihr Atem ging keuchend. Nun war nur noch der letzte Gedanke von eben in ihrem Kopf: ein Baum. Der Bär hatte eine verletzte Vordertatze, er würde nicht gut klettern können. Sie musterte rasch den Wald um sich herum. Dort war ein Baum mit Ästen, die bis zum Boden reichten. Sie sprang hoch, erwischte den untersten Ast, zog sich daran hinauf, schlang das Bein darüber und stemmte sich rittlings darauf – nicht nachdenken, Martha, weiterklettern. Sie stand auf, hielt sich am Stamm fest, fand Halt mit ihrem Fuß, kletterte einen Ast höher und dann noch einen. Inzwischen war sie fünf oder sechs Meter über dem Boden. Erst da erkannte sie, was sie eben als Bewegung wahrgenommen hatte.

Ein großer Pick-up – die Front war eingedellt und das Fenster auf der Fahrerseite gesprungen – rollte ächzend über den Forstweg. Seine Scheinwerfer waren blendend hell. Martha konnte den Bären, der sie verfolgt hatte, nicht einmal mehr sehen. Der Pick-up hielt beinahe direkt unter dem Baum. Die Insassen konnten sie unmöglich entdecken. So oder so kümmerten sie sich um ihre eigenen Angelegenheiten.

Es waren ein Mann und eine Frau; er war größer als sie, aber mager. Sie hatte breite Schultern und Akne im Gesicht. Ihre Fingernägel waren silbern, hellbraun, pink, golden und pfirsichgelb lackiert.

»Hier?«, fragte die Frau.

»Wo denn sonst? Scheiße noch mal, dafür sind wir schließlich hergekommen«, entgegnete er.

»Im Dreck?«

»Auf der Motorhaube, wenn du so verdammt pingelig bist.«

Die Frau machte eine Geste mit der Schulter und dem Mund, ein Flackern der Lider, das in Marthas Augen »na gut« bedeutete. Sie beugte sich über die Motorhaube des Pick-ups, und der Mann zog ihr rasch die Strumpfhose und die Unterhose herunter und machte etwas mit ihr, wovon Martha – damals – noch nie gehört und was sie noch nie gesehen hatte.

Martha beobachtete, wie die perfekt lackierten Fingernägel der Frau auf der Motorhaube hin und her glitten. Sie erkannte nicht, ob der Mann sie ermordete oder ihr Lust bereitete, ob er ihr etwas gab oder ihr etwas wegnahm. Martha schaute auf die Fingernägel. Sie waren das Vollkommenste, was es hier zu sehen gab. Der Pick-up war alt und zerbeult, der Mann und die Frau schienen keine Freude aneinander zu haben, und ihre Kleidung war billig und schmutzig. Doch jeder dieser Fingernägel war lackiert wie ein winziges Bild des Sonnenuntergangs. Golden, silbern, goldbraun und rostrot, jeder Nagel war eine ganze Welt für sich, prachtvoll wie die Sonne über Eden am sechsten Tag der Schöpfung.

Als die beiden fertig waren – es hatte nicht lange gedauert –, schaute die Frau friedlich auf ihre Nägel, während der Mann im Handschuhfach nach einem Feuerzeug kramte. Die Frau war völlig mit den Farbtupfern beschäftigt, betrachtete einen Nagel nach dem anderen, verglich den ersten mit dem zweiten und den zweiten mit dem vierten. Martha dachte: Oh ja, natürlich,

ich sehe es. Scherben. Kleine Teilchen. Bruchstücke. Bruchstücke, das ist es, was diese Leute besitzen. Für sie gibt es nichts Ganzes, aber diese kleinen, vom Ganzen weggebrochenen Farbplättchen sind genug. Das hast du mir nie beigebracht, Enoch, dachte Martha. Dass in einer zerbrochenen Welt die Scherben ausreichen können, um einen zu trösten.

Sie überlegte, ob sie den Mann und die Frau um Hilfe bitten sollte. Ob sie vom Baum herunterklettern und sagen sollte: »Ich habe mich im Wald verirrt. Ich komme vom Anwesen der Enochiten. Würden Sie mich vielleicht dorthin fahren?« Doch dann fiel ihr ein, was ihr Vater sagen würde, wenn sie mit den Menschen aus der Babble in diesem Pick-up zu Hause ankäme, und die Worte blieben ihr im Hals stecken. Sie blieb auf dem Baum sitzen, während die beiden Zigaretten rauchten und dann davonfuhren. Sie sah ihnen nach. Und als sie schließlich weg waren, war es Abend, sie hockte auf einem Baum, und ein hungriger Bär streifte unten zwischen den Stämmen umher.

Der Bär war im dunklen Wald und Martha im dunklen Baum. Sie hatte keine Lampe, und sie hatte keine Waffe. Im verblassenden Licht, das noch vom Horizont heransickerte, sah sie, dass der Bär näher kam. Wenn sie einschlief, würde sie vom Baum fallen, der Bär würde sie packen, und sie würde eine Mahlzeit abgeben, für die er sonst viele Tage hätte jagen müssen. Je dunkler es wurde, desto besser sah der Bär. Nutze das aus, was du noch hast, Martha. Schau genau hin.

Enoch hatte sie die Kunst des geduldigen Beobachtens gelehrt. »Das ist es, was sie sich mit dem Scheißfernsehen vermasseln, Martha«, hatte er ihr erklärt. »Das ist es, was sie kaputt machen. Der Mensch ist zum Beobachten gemacht. Wir können die Welt als Gottes Buch lesen, aber wir müssen lernen, still und reglos zu verharren. Die Bilder im Fernsehen folgen zu schnell aufeinander, sind zu zahlreich und zu offensichtlich. Wir sind dafür geschaffen, stundenlang in die Glut eines erlöschenden Feuers zu schauen. Ein Tier zu beobachten. Zu verfolgen, wie das Wasser einen Abhang hinunterfließt, bis wir eine Möglichkeit erkennen, den Lauf des Flusses mit einem einzigen Tag Arbeit zu verändern. Sei in deinen Gedanken nicht ungeduldig – werde ruhig.«

Sie öffnete sich innerlich für den Bären, der im Schatten des Baumes ihr gegenüber lauerte. Hungriger Bär, magerer Bär, hinkender Bär, verzweifelter Bär. Warum hast du im Sommer nicht genug gefressen, Bär? Seine verletzte Vordertatze alleine konnte nicht der Grund dafür sein. Was sie zunächst wahrnahm, war Angst – ihre eigene und die des Bären. Sie ließ zu, dass ihre Gedanken allmählich ruhiger wurden. Was siehst du, Martha?

Der Bär stand auf vier Tatzen am Rand der Lichtung. Er ging ein oder zwei Schritte vor und wieder zurück. Er witterte. Vergewisserte sich, dass Martha noch da war. Er setzte sich hin. Wieder und wieder legte er den Kopf schief und klappte den Kiefer auf. Sie sah sich den Bären genauer an. Es war ein junges Tier – erst drei oder vier Jahre alt –, und es wusste nicht viel über Menschen, merkte aber, dass sie alleine war. Es rieb den Kopf am Baumstamm. So ein Verhalten hatte sie bei einem Bären noch nie gesehen, ein langes Reiben seitlich am Kiefer entlang. Wie eine Katze. Was machte er da nur? Wie eigenartig schief er den Kopf hielt. Sie spähte ins Dunkel hinein. Sie befanden sich kurz vor dem Wendepunkt – bald würde der Bär besser sehen können als Martha.

Nur weil sie den Bären so aufmerksam beobachtete, erkannte sie es, als er gähnte. Es war ein langsames Gähnen, das gleich darauf schnell wurde – ein gurgelndes Geräusch, die Zunge fuhr heraus, und dann riss er den Kiefer auseinander und klappte ihn wieder zu. Aber nicht so schnell, dass Martha ihm nicht ins Maul hätte schauen können.

Die Zähne waren schwarz und verfault; der Kiefer so schlimm entzündet, dass der Knochen vielleicht bald brechen würde. So hungrig er auch sein mochte, dieser Bär hier konnte nicht fressen. Sein Magen musste vor Hunger schmerzen. Er konnte sie mit einem Schlag seiner riesigen Pranke töten, dennoch würde er keinen einzigen Bissen ihres Körpers genießen können. Mehr als alles andere rüttelte dieser Gedanke sie wach. Sie würde sterben, und trotzdem würde der Bär verhungern. Hier gab es kein Eintreten ins Einssein der Dinge; ihr Tod würde ihn nicht nähren. Und in diesem Moment hatte sie ihre zweite Erkenntnis: Selbst in der Welt der Natur gab es »Bruchstücke«. Die Teile fügen sich nicht immer zu einem perfekten Ganzen zusammen. Vollkommenheit war nirgends zu finden.

Und dann war im Halbdunkel der richtige Zeitpunkt gekommen.

Martha wählte einen schmalen, schon angeknacksten Ast über sich aus und zog mit ihrem ganzen Gewicht daran, um ihn abzubrechen. Sie hielt sich mit der Armbeuge am Baumstamm fest und zog und zerrte mit der anderen Hand, bis der Ast freikam. Jetzt hatte sie einen Knüppel. Der Bär verfolgte hungrig, was sie tat. Er war mit Sicherheit gierig auf Fleisch. Langsam ließ sie sich von ihrem Sitzplatz herunter. Einen Ast tiefer. Noch einen. Jetzt war sie in Reichweite des Bären. Der schien sich abzuwenden. Das war das erste Anzeichen von Gefahr. Er ging nach links. Verzog sich hinter ein Gestrüpp, wo sie ihn nicht sehen konnte. Nerven bewahren, Martha. Stark bleiben. Sie packte ihren Knüppel mit beiden Händen. Der Bär wird versuchen, dich von einer Stelle aus anzugreifen, wo du ihn nicht sehen kannst. Sie wartete ab und zählte ihre Atemzüge.

Als er kam, stürmte er auf allen vieren mit gesenktem Kopf von rechts heran. Er bewegte sich so schnell, dass er beinahe über ihr war, bevor sie begriff, dass er da war. Martha konzentrierte sich ausschließlich auf seine Augen und seine Schnauze, um gar nicht erst über seine Klauen oder sein Gewicht nachzudenken. Sie packte den Knüppel, und als der Bär mit seiner ganzen Masse auf sie zuwalzte, holte sie aus und drosch ihm den Ast gegen den Kiefer. Am Geräusch erkannte sie sofort, dass sie ihm den halb verfaulten Kieferknochen gebrochen hatte. Ein schmatzendes Bersten, und der Bär brüllte auf. Er taumelte zu Boden und grub die Schnauze in die weiche Erde, als suchte er Zuflucht vor dem Schmerz. Er stieß jammernde Laute aus.

Martha kletterte wieder zwei Äste nach oben, dann noch einen dritten, um zu sehen, ob der Bär sie voll Groll und Rachsucht erneut angreifen würde. Er lag vielleicht eine Viertelstunde auf der feuchten Erde und schleppte sich dann mit hängendem Kopf den Forstweg entlang nach Westen davon. Martha schaute ihm nach. Immer wieder durchlief ihn ein Zittern, und sein Fell war vor Schmerz gesträubt. Sie wartete ab, bis sich nichts mehr rührte.

In jener Nacht schlief sie in der Jagdhütte, rollte sich aber – als schämte sie sich vor Enochs Geist – auf dem Boden zusammen, statt sich ins Bett zu legen. Sie fragte sich, ob der Bär irgendwo im Wald auf der Erde lag und auf sein Ende wartete.

Als sie am nächsten Tag zu Hause ankam, machte Enoch kein großes Aufhebens um sie. Er legte ihr den Arm um die Schultern und sagte: »Ich wusste, dass du es schaffen würdest. Es war ganz einfach, oder?«

Sie erzählte von dem Bären, und die jüngeren Kinder waren beeindruckt.

Zachariah sagte: »Wenn ich einmal ein Mann bin, kämpfe ich gegen *zwei* Bären.«

Einige Tage später kehrte Martha mit einem Gewehr in den Wald zurück, um den Bären von seinem Elend zu erlösen. Doch er war weg, verschluckt vom Mysterium der Wildnis.

Damals war sie stolz darauf gewesen, dass ihre Geschichte eine Quelle der Inspiration für die anderen war, dass sie sie in ihrem Glauben bestärkte und ihnen zeigte, dass Enochs Lehren wahrhaftig waren.

Von dem Mann und der Frau und was sie auf der Motorhaube getrieben hatten, sagte sie nichts. Doch als die Jahre vergingen, stellte sie fest, dass sie immer, wenn sie an den Bären dachte, auch an die Fingernägel mit dem Sonnenuntergang dachte, an diese vollkommenen Farbscherben. Sie dachte daran, wie der Anblick dieser kleinen Bruchstücke sie mit einem Gefühl des Staunens vor so viel Schönheit erfüllt hatte, doch Enoch erzählte sie niemals davon. Sie begriff, dass sie einen Blick auf etwas erhascht hatte, das sich noch nicht mit dem in Einklang bringen ließ, was sie wusste und kannte, und sie wartete auf die große Offenbarung, die sie eines Tages vielleicht zu einer eigenen Lehre inspirieren würde.

4 unmöglich – unerträglich –, den weg allein zu gehen

Die geschlossenen Augen der schlafenden Häuser waren dem Meer zugewandt, hier in dieser Straße in Downtown San Francisco. Ein roter Fuchs mit schwarzen Pfoten überquerte die Straße, warf einen Blick auf den heruntergelassenen Rollladen des Biosupermarkts und ging weiter, mit seinen eigenen Angelegenheiten beschäftigt. Im oberen Stock ging in einem Fenster das Licht an. In der Früh würde es hier neblig sein, wie jeden Morgen. Um 01:48 Uhr hielt Martha Einkorns Wagen vor der Adresse, die sie sich mit gewissen Mitteln verschafft hatte.

Bei der Fahrt über die Brücke hatte sie sechzehn Mal versucht, ArturoMegadog anzurufen, doch er hatte nicht abgenommen. Falls sie sich irrte und ihre Methoden sie zur falschen Adresse geführt hatten, würde sie vielleicht gleich eine Familie aufwecken, und es bestand immer eine gewisse – wenn auch geringe – Gefahr, dass man sie erschießen würde. Doch sie war sich sicher, dass sie sich nicht geirrt hatte.

Sie klingelte drei Mal und hoffte, dass ihr ein von Medikamenten benebelter, peinlich berührter Mann öffnen würde. Sie war schnell hierhergelangt – sie war selbst erstaunt, wie schnell. Normalerweise plante sie alles peinlich genau, und dass sie nun hier war, bedeutete vielleicht, dass ArturoMegadog ihr auf eine Weise am Herzen lag, die sie bisher nicht hatte begreifen wollen. Er war die Person, mit der sie sich in den letzten Jahren im Forum am häufigsten ausgetauscht hatte, und auch wenn sie einander persönlich nie begegnet waren, wussten sie doch eine Menge über einander. Sie hatte gewusst, dass er Lenk Sketlish hasste, den

Grund dafür aber nie erfahren. Wenn sie privat chatteten, hatte es ihr immer einen kleinen Kick gegeben, ArturoMegadogs giftige Bemerkungen zu lesen.

Keine Reaktion auf ihr Klingeln. Also gut, dann los.

Auf der Seite des Hauses sah sie Licht in einem Fenster. Sie stieß das Gartentor auf. Sie hätte einen Krankenwagen und die Polizei rufen sollen, aber sie wusste nicht mit *hundertprozentiger* Gewissheit, ob es sein Haus war, und wenn sie erklärt hätte, warum sie sich *beinahe* sicher war, hätte sie alle möglichen Fragen beantworten müssen.

Als sie zur Rückseite des Hauses gelangte, war klar, dass sie hier niemand erschießen würde. Sie spähte mit der Gründlichkeit, die Enoch sie gelehrt hatte, durchs Fenster. Sei geduldig und die Dinge werden sich dir offenbaren. Das Zimmer war chaotisch. Das hatte sie nicht erwartet, da seine Nachrichten immer so sorgfältig verfasst waren und er so pedantisch auf Sicherheit im Netz geachtet hatte. Dunkle Holzmöbel. Überall lagen Bücher und Papierstapel herum. Neben einem teuren Kaffeevollautomaten stapelten sich eine Menge schmutziger Tassen. Eine abgenutzte Couch aus ochsenblutrotem Leder. Auf dem Kaminsims Flugzeugmodelle aus massivem Silber. Auf der Couch lag ein Mann, der ihr bekannt vorkam, auch wenn sie ihn zunächst nicht recht einordnen konnte. Er hatte einen Bauch und einen Bart und sah friedlich aus, als wäre er gerade eben eingeschlafen. Hätte man sie gefragt, hätte sie sich ArturoMegadog als Zweimetermann mit randloser Brille vorgestellt, Typ norwegischer Architekt. Warum glauben wir immer, dass das Äußere dem Inneren entspricht? Warum ist es so schwer, diesen Gedanken aufzugeben?

Sie klopfte kräftig an die Scheibe. Seine letzte Chance, aufzuwachen. Doch auf dem mit Schnitzereien verzierten Couchtisch aus Teak standen sorgfältig aufgereiht, leere Tablettenfläschchen, als hätte er den Inhalt in einer genauen Reihenfolge eingenommen.

Sie drückte versuchsweise die Klinke der Hintertür hinunter. Wenn sie nicht aufging, würde sie die Polizei rufen – ja, wirklich. Sie würde sagen, sie sei am Strand spazieren gegangen und habe ein Geräusch gehört. Doch die Tür öffnete sich. Okay, und jetzt? Was würde ein normaler Mensch jetzt tun? Ihr Atem ging schnell, und zu viele Erinnerungen schossen ihr gleichzeitig durch den Kopf. Survival-Kurse, Erste-Hilfe-Kurse und ihr Vater, der sagte, wenn man den Krankenwagen rief, pflanzten sie einem einen Chip ein, der GPS-Daten sendete. So markieren sie dich für die Babble, Martha. Zu viel innere Gedankensuppe, durch die sie waten musste. Überprüfe seine Atemfunktion.

Sie hielt das Gesicht dicht vor ArturoMegadogs Nase. Er atmete noch. Mit einem rauen, ungesund klingenden Rasseln und so langsam, dass sie schon glaubte, er werde gleich ganz aufhören, aber dann kam der nächste Atemzug doch. Aus der Nähe roch er unangenehm nach Chemie – er schwitzte aus, was er geschluckt hatte. Sie rieb verzweifelt mit der Faust über sein Brustbein. Nichts. Sein Atem ging immer flacher.

Sie klappte seinen Mund auf, sein Kiefer reagierte sofort und leistete keinen Widerstand. Ohne lange darüber nachzudenken, schob sie ihm Zeige- und Mittelfinger in den Rachen. Sein Körper krümmte sich, aber es kam nichts heraus. Sein Mund war klebrig, und sein Atem stank. Sie streckte die Finger lang aus, schob sie noch tiefer hinein und bewegte sie hin und her.

Und dann kam alles auf einmal. Schnell hintereinander in vier Schwallen wie eine Ejakulation, oder wie ein Baby, das mit Schleim und Blut verschmiert aus dem Muttermund gleitet. Halb verdaute Pizzastückchen und widerlich schleimige, pinke und gelbe Kapseln in einer schaumigen Flüssigkeit, eine Flut von Bier und Magensäure. Martha zog die Hand zurück, als der Mann seinen eigenen Tod auf den dicken, weichen Teppich im Arbeitszimmer kotzte. Sie zählte dreizehn tiefe Atemzüge, dann kam ein weiterer Schwall heraus, wie aus einem Glücksspielautomaten, wenn man die richtige Kombination erwischt hatte.

Der Mann schaute mit benebeltem Blick zu ihr hoch. Oh, dieses Gesicht. Die rötlichen Wangen und die Lippen, deren Mundwinkel traurig herabgezogen waren. Sie hatte ihn schon hundert Mal gesehen. Nun wusste sie auch, wer er war und dass es ihr nicht gelingen würde, ihre eigene Identität zu verschleiern.

»Mein Gott«, sagte er. »Scheiße.«

Sie brachte ihm ein paar Handtücher aus dem Bad und ein Glas Wasser. Er war benommen, aber bei Bewusstsein.

»Soll ich einen Krankenwagen rufen?«, fragte sie, während er sein Wasser trank. Er schüttelte den Kopf.

»Meine Versicherung ist futsch, wenn sie erfahren, dass ich das gemacht habe. Die Firma wird mich einweisen lassen. Das würde ihnen gefallen.« Er versuchte, sich auf ihr Gesicht zu konzentrieren. »Wer sind Sie? Ich kenne Sie. Wer sind Sie?«

»OneCorn«, sagte sie.

»Nein. Ich habe Sie schon mal gesehen. Wir waren auf … Partys. Sie sind … Martha Einkorn. Oh nein … OneCorn … Jesus!« Sie sah, dass hinter seinen Augen alle möglichen Berechnungen abliefen. Gut, das würde ihn wachhalten.

»Raus«, sagte er, die Stimme nur ein raues Flüstern. »Raus aus meinem Haus.«

»Nein«, sagte Martha und machte ihm einen Kaffee.

Er sah die Tasse an, als hätte sie hineingepinkelt.

»Der letzte gute Mensch in Sodom«, flüsterte er verächtlich.

»Trink verdammt noch mal etwas Kaffee«, sagte sie. »Und wo hast du noch mehr Handtücher? Ich möchte deine Kotze aufwischen.«

Er deutete in den Flur. »Im Wäscheraum. Die letzte Tür rechts vor dem Gartenraum. Ich will nicht, dass du irgendwas sauber machst.«

»Ich warte hier, bis es dir besser geht, und ich mag den Gestank von Kotze nicht, okay?«

»Ich brauche dich nicht.«

»Ich weiß, wer du bist«, sagte sie.

»Ach ja?«

»Du bist Albert Dabrowski.«

Albert Dabrowski, der geschasste Gründer von Medlar, starrte Martha an. Er zitterte am ganzen Körper, und irgendwas stimmte mit seinem rechten Auge nicht – es ging immer wieder von selbst zu.

Er trank seinen Kaffee und sah sie dabei hasserfüllt an. Sie putzte das Erbrochene weg und warf die Handtücher in die Waschmaschine. Albert beobachtete sie. Einmal wollte er auf alle viere niedergehen, doch sie sah ihn an und sagte: »Nein.« Da setzte er sich wieder aufs Sofa.

Am Horizont zeichnete sich allmählich ein hellerer Streifen ab.

»Ein neuer beschissener Tag«, sagte Albert so leise, dass Martha nicht wusste, ob sie es hören sollte oder nicht.

»Ich poste eine Nachricht ins Forum«, sagte sie. »Dort sucht man noch immer nach dir.«

Er reichte ihr seinen Thinscreen. Er hatte das lange Gespräch aufgerufen, das sie online über Lot und Sodom geführt hatten.

»Bist du das?«, fragte er.

»Ja.«

»Fuck«, sagte Albert Dabrowski. »Ich hab dich auch noch verteidigt! Ich hab ihnen gesagt, sie sollten dir zuhören. Ich war dein Freund.«

»Ich bin immer noch dieselbe Person.«

»Du gehörst zu Lenk Sketlish. Ich weiß nicht, wer du bist.«

5   mit einem lauten knirschen

Martha Einkorn hatte Lenk Sketlish gegen Ende der letzten Bankenkrise auf einer Party in den Bergen kennengelernt.

Nachdem sie die Blümchenkleider abgelegt, ein neues Leben begonnen und sich um ihre Bildung gekümmert hatte, hatte sie einige Jahre als leitende Angestellte bei verschiedenen Tech-Firmen gearbeitet. Sie fand sich gut in einer Firmenkultur zurecht, wo man hohem Druck ausgesetzt war und um einen charismatischen Chef kreiste, dessen Zukunftsvision die meisten Menschen nicht verstanden. Sie hatte Übung darin, inmitten des Chaos einen kühlen Kopf zu bewahren und zu tun, was getan werden musste. Sie war perfekt für die Arbeit bei Tech-Start-ups geeignet, und sie besuchte viele Partys.

Zu dieser bestimmten Party hatte Dean, einer der Venture-Capital-Investoren von GardenGlow, das Start-up, für das sie gerade arbeitete, sie mitgenommen. Leider ging es mit Garden-Glow den Bach runter: Wie die meisten Start-ups verbrannte es sein Kapital schneller, als es die Investoren nachschossen. Doch Dean war von Martha beeindruckt gewesen und sagte ihr, sie sei das einzig Gute in einer schlechten Firma. Deshalb nahm er sie zu einer Party mit »einem Haufen von Gründern« mit. Alles »interessante Leute«. Sie begriff, dass es darum ging, sie verschiedenen Personen vorzustellen, damit sie eine neue Stelle fand. Wer suchet, der findet.

Was Martha schließlich in die Küche lockte, war das Gebrüll. Das hatte man davon, wenn man bei den Enochiten aufgewachsen war – man lief dahin, wo es Ärger gab. Sie brauchte ein paar Sekunden, um die Situation zu erfassen. Der Gastgeber schrie die Frau vom Catering an. Diese versuchte vergeblich, sich zu verteidigen. Am Rande der Szenerie, angespannt und gegen eine Theke gelehnt, stand Lenk Sketlish. Er sah nicht so aus, als fühlte er sich auf Partys wohl.

Lenk, der den Streit verfolgte, vibrierte wie eine Stimmgabel.

Der Gastgeber brüllte: »Das ist inakzeptabel! Jeder wird davon erfahren, das können Sie mir glauben! Ich habe Kontakte!«

Von einer Kiste auf der Kücheninsel zog sich eine schmale Blutspur die Theke hinunter. Lenk beobachtete das rote, mäandernde Rinnsal wie die Katze das Mauseloch.

Martha erkannte Lenk Sketlish, obwohl sie ihm noch nie persönlich begegnet war. Sie sah jeden Tag die Tech-News durch, und Fantail war groß im Geschäft. Sie hatten die erste gewaltige Finanzierungsrunde hinter sich, mehr als dreihundert Millionen Dollar. Lenks Vorstand versuchte, ihn auszubooten. Der Achtundzwanzigjährige war hochgewachsen, schlank und neigte zum Jähzorn – er war wie eine Mausefalle, die bei der kleinsten Berührung zuschnappte. Alle wollten wissen, ob er es schaffen würde, sein Unternehmen zusammenzuhalten.

Lenk starrte weiter auf die Kiste. Das Blutrinnsal hatte inzwischen beinahe den Boden erreicht.

Der Gastgeber brüllte: »Was sind Sie eigentlich für eine Idiotin? Ich hatte gesagt *vorbereitet*! *Grillfertig*! Leben in der Natur. Das ist das Motto! Ein New-England-Grillevent im Freien. Alles *grillfertig*!«

Warum schaute eigentlich niemand in die Kiste hinein?

Martha hob den Deckel an.

Zwei Dutzend tote Kaninchen, eines neben dem anderen in der Kiste ausgestreckt. Ordentlich Seite an Seite wie in einem Massengrab. Tasthaare und Fell, Pfoten und Krallen, alles war noch dran. Die toten schwarzen Augen waren blutunterlaufen.

Der Gastgeber sagte: »Jemand muss diese Sauerei in Ordnung bringen.«

Die Caterin sagte: »Die Hygienevorschriften verlangen …«

Es waren gute Kaninchen und noch nicht einmal richtig kalt. Wahrscheinlich hatte man an diesem Nachmittag im Wald fünfzig Stück geschossen und die besten für die Party ausgesucht.

»Ich kann sie für Sie vorbereiten«, sagte Martha.

»Wer zum Teufel sind Sie?«, fragte der Gastgeber.

Martha stellte sich vor und beobachtete Lenk Sketlish aus dem Augenwinkel, so wie er sie ebenfalls im Auge behielt. Er hatte etwas Faszinierendes an sich. Sie dachte: Ich kenne dich. Ich kenne dieses Gefühl.

Martha nahm ein Messer aus dem Block, wickelte das erste Kaninchen in ein dickes Geschirrtuch, ritzte die Haut ein und stieß mit der Klinge auf die Nackenwirbel. Sie drückte das Messer mit aller Kraft nach unten und durchtrennte das Rückgrat. Mit einem lauten Knirschen löste sich der Kopf vom Rumpf.

»Mir wird schlecht«, sagte eine Frau. »Ehrlich, ich kotze gleich.«

»Legen Sie den Kopf in den Nacken und atmen Sie tief durch«, riet ihr Martha.

Rasch trennte sie die Pfoten ab. Eins, zwei, drei, vier: Knirsch, knirsch, machte das Messer, knirsch, schmatz.

In der Küche war es still geworden.

Jemand sagte: »Dieses Kaninchen hat kein Glück«, aber niemand lachte.

Martha schlitzte ihm rasch, aber behutsam, den Bauch auf und zog die Eingeweide heraus. Ihr Dad hätte die inneren Organe für einen Eintopf verwendet. »Es ist eine Beleidigung für das Tier, wenn man Teile davon verschmäht«, hätte er gesagt. Sie fragte sich, ob der Gastgeber ihr erlauben würde, die Herzen mit nach Hause zu nehmen. Wie er sie wohl anschauen würde, wenn sie ihn darum bäte? Einen Moment lang kam es ihr so vor, als wäre sie wieder im Wald, überprüfte Fallen, brach Tieren das Genick und warf den Hunden die dampfenden Eingeweide hin.

Als hätte sie Enoch niemals verlassen, und das Leben, das sie seit-her führte, wäre nur ein Traum gewesen.

Eine Runde Applaus brach los, als sie mit dem ersten Kanin-chen fertig war und es so auslegte, wie man es beim Metzger sah, ein Produkt der künstlichen Welt der Illusionen, nicht der na-türlichen Realität, mit ihrem Dreck und Blut, Chaos und Tod. Die Zuschauer waren beeindruckt, aber auch – das spürte sie – ein wenig angewidert. Außer Lenk Sketlish. Er vibrierte wie eine angeschlagene Gitarrensaite. Plötzlich überkam sie die Vorstel-lung, wenn sie ihm ein Kaninchenherz hinwürfe, würde er es mit den Zähnen auffangen und für immer ihr ergebener Jagdhund bleiben.

Jemand holte Luft, um etwas zu sagen. Sie wusste, sie würden wissen wollen, wo sie das gelernt hatte, doch Lenk Sketlish kam ihnen zuvor: »Kannst du mir das beibringen?«

Der Gastgeber schickte sie in den Garten. Es war mitten im Winter und so kalt, wie es im Silicon Valley nur werden kann. Lenk ritzte den Darm des ersten Kaninchens an, an dem er sich versuchte, und der Geruch von Scheiße vermischte sich mit ihren Atemwölkchen. Lenk sagte: »Oh, fuck.« Sein Messer glitt ab, und er schnitt den Nagel seines linken Zeigefingers beinahe durch. Sie säuberten die Wunde gemeinsam – wie eine Mutter mit ihrem Kind oder zwei frisch Verliebte. Sie führte seine Hand, um ihm zu zeigen, wie er das Messer ständig in Bewegung halten musste, wie er es hineinstoßen und dann damit weiterarbeiten musste, immer hin und her.

Das hatte sie über ihn gelesen – dass ihn Fähigkeiten interes-sierten, die man zum Leben in der Natur brauchte. Damals hatte sie darüber gelacht, weil viele Reiche gerne so taten, als wären sie arm. Oder sie trösteten sich mit dem Gedanken, dass sie wie arme Menschen leben könnten, wenn sie müssten.

Lenk Sketlish war niemals arm gewesen. Seine Familie gehörte zur oberen Mittelschicht, der Vater leitender Manager einer Tele-

178

kommunikationsfirma, die Mutter Hautärztin. Er hatte eine sorglose Kindheit und Jugend verbracht, hatte kein besonderes Trauma erlebt. Herumschnüffelnde Journalisten konnten nur feststellen, dass sein Dad hohe Ansprüche an ihn gehabt und seine Mom seine Hausaufgaben persönlich mit einem roten Stift korrigiert hatte. Sie hatten in einem guten Stadtviertel gelebt, und er war auf die lokale Highschool gegangen, wo er weder besonders beliebt noch besonders unbeliebt gewesen war. Er hatte Talent zum Programmieren gezeigt und war absolut unfähig gewesen, für andere zu arbeiten oder sich mit etwas zu beschäftigen, das ihn nicht interessierte. Er spielte viel Racquetball und liebte es, zu gewinnen. Er sah, dass die sozialen Medien Platz für eine modernisierte Plattform boten, die um Video-, Audio- und Bilder-Remixes kreiste. Seine Eltern liehen ihm fünfzigtausend Dollar zur Gründung eines Unternehmens und machten ihm klar, dass er das Geld nicht verschwenden und sich nicht darauf verlassen sollte, dass sie noch etwas nachschießen würden. Wenn man ihn fragte, erzählte er, er habe seine Firma so aufgebaut, wie er mit seinem Dad Racquetball gespielt habe – hart und schnell, ohne um Pardon zu bitten oder welches zu gewähren.

Martha dachte: Er wird versuchen, mit mir zu schlafen. Das würde sie im Keim ersticken müssen. Aber es war ihr stets gelungen, solche Annäherungsversuche abzuwehren, ohne den anderen zu beleidigen. Als Lenk mit seinem Messer ungeschickt das Kaninchenfell zerschlitzte, empfand sie eine zärtliche Zuneigung zu ihm und seinem unersättlichen Eroberungsdrang, so wie sie manchmal eine zärtliche Zuneigung zu Enoch empfunden hatte. Sie wusste, dass das eine besondere Fähigkeit war. Sie kannte Lenk Sketlish bereits so, wie sie Enoch gekannt hatte. Er war jähzornig und manchmal so frustriert, dass er ausflippte. Er war in gewisser Hinsicht extrem intelligent und in anderer Hinsicht extrem dumm. Er konnte Dummheit bei anderen schlecht ertragen, erkannte aber nie, wenn er selbst der Trottel war. Es existierten wohl nur wenige Menschen auf der Welt, denen es gegeben war, eine zärtliche Zuneigung zu Lenk Sketlish zu empfinden.

Irgendwann fragte er: »Hast du das bei den Pfadfindern gelernt?«

»Ich bin bei Fundamentalisten aufgewachsen, die sich auf den Weltuntergang vorbereiten.«

»Cool«, antwortete er. »Das ist verdammt cool.«

Später fragte er sie, was sie machte, und als sie es ihm sagte, zuckten seine Mundwinkel nach oben, und er stieß ein bellendes Lachen aus.

Martha dachte: Ja, ich kenne dich, und ja, ich weiß, was das hier bedeutet, und ja.

Schon seit Monaten lag der Vorstand ihm mit einer ganz bestimmten Forderung in den Ohren. Er hatte immer energisch abgelehnt. Wie könnt ihr es wagen, verdammt noch mal. Glaubt ihr, ich brauche ein Kindermädchen, verdammte Scheiße? Er brauchte niemanden; er *war* Fantail. Das hatte er dem Vorstand gesagt, und das hatte ihn langsam, aber sicher in die Bredouille gebracht. Auch mit guten Ideen kam man nicht unbegrenzt weit, wenn man Hilfsangebote als Beleidigung auffasste. Ellen Bywater war erst kürzlich zur CEO von Medlar aufgestiegen, nachdem der Gründer, Albert Dabrowski, geschasst worden war. Das war die Logik, die inzwischen galt: Der Typ, der sich dieses Ding ausgedacht hat, wird es nicht schaffen, es um Hindernisse herumzusteuern, wenn es einmal Fahrt aufgenommen hat. Stopf ihm das Maul mit Gold und zeig ihm, wo die Tür ist.

Daher war der Vorstand überrascht gewesen, als er am nächsten Tag um eine Liste der Kandidatinnen und Kandidaten für den Assistentenjob gebeten hatte. Er wollte jemanden, der bereits Berufserfahrung in einem Start-up hatte. Ohne Namen zu nennen, beschrieb er die Firma, für die Martha Einkorn arbeitete, als den richtigen Ort, um Ausschau zu halten. Vielleicht ein

Start-up, das mit Gartenbedarf handelte oder so? Die Liste wurde erstellt, und Martha Einkorn stand darauf. Sie erschien zum Vorstellungsgespräch. Und als alle Bewerber gründlich geprüft worden waren, stellte man sie als Lenk Sketlishs Persönliche Assistentin, Firmensekretärin, Hüterin, Gesandte, Mentorin, bezahlte Gesellschafterin, Beraterin und Freundin ein.

Am Morgen ihres ersten Arbeitstages fragte er: »Welche Gruppe von religiösen Fundamentalisten?«

Martha sah ihm in die Augen und antwortete: »Enochiten.«

6 er hat nie jemanden
eigenhändig ermordet

In San Francisco war es 04:09 Uhr, und auf ntd/strategien dreh-
ten die User durch. An der Ostküste wachten immer mehr Menschen auf und suchten wie verrückt nach ArturoMegadog. Martha
musste ihnen Bescheid geben.

Ich habe ihn gefunden, berichtete sie. Ich hatte Glück. Ich bin
herumgefahren, bis ich etwas gesehen habe, das mich an ein
Foto erinnerte, mit dem er mir den Blick aus seinem Haus gezeigt hat. Es geht ihm gut. Er bedankt sich bei allen. Inzwischen
sind die Sanitäter bei ihm, aber er hat die meisten Tabletten, die
er eingenommen hatte, schon erbrochen.

Im Forum war man begeistert und erleichtert; nur drei Idioten beschwerten sich, sie hätten ihretwegen die ganze Nacht
nicht geschlafen. Warum sie sie denn nicht über ihre Fahrt informiert und das Foto gepostet hatte? Andere Mitglieder des Forums
warfen den Idioten vor, sie wären der Grund, aus dem die Gesellschaft bald zusammenbrechen werde. Dann folgte ein langes
Spiel des Gegenseitig-mit-dem-Finger-aufeinander-Zeigens, bis
sich ArturoMegadogs Post gegen Tagesanbruch selbst löschte.
Der Streit fiel damit jedoch keineswegs in sich zusammen, sondern wurde im Gegenteil immer erbitterter, je weniger die Beteiligten über seinen Ursprung wussten.

Albert trank leicht zusammenzuckend ein paar Schlucke Kaffee. Martha versuchte, sich zu erinnern, wann sie ihn zum
letzten Mal gesehen hatte. Vielleicht auf einer Spendengala,
und vielleicht war er betrunken gewesen. Sie erinnerte sich,
dass er schwul war und einen Partner hatte, der mit den Me-

dien nichts zu tun haben wollte und nie zu den Events mitkam.

Plötzlich sagte Albert: »Ich habe dir nie ein Foto geschickt. Woher wusstest du, dass ich in diesem Haus lebe?«

Eine Pause entstand, und sie schaute auf den Boden, auf die Decke und auf die Bücherregale und fragte sich, ob sie ihm die Wahrheit sagen sollte.

»Fantail«, antwortete sie schließlich. »Auch wenn man den richtigen Namen nicht kennt, schafft man so was, wenn man einen privilegierten Zugang hat. Die Werbefilter. Du magst eine ganz bestimmte Kimchi-Marke, du lebst in San Francisco am Wasser, du hast über ein Kind nachgedacht, du warst mit einem Mann verheiratet, der für eine Autofirma gearbeitet hat, die von Fantail aufgekauft wurde – das hat die Suche eingeschränkt. Außerdem hast du Produkte bewertet, die du bei GreenTrunk und TogBuzz gekauft hattest, und beide Shoppingportale gehören inzwischen uns. So habe ich diese Adresse gefunden. Sie lautete aber nicht auf Albert Dabrowski, sondern auf Mike McCall.«

Daraufhin lachte Albert aus vollem Hals, bis das Lachen in einen Hustenanfall überging.

»Wusste ich es doch«, sagte er schließlich. »Ich wusste verdammt noch mal ganz genau, dass Lenk so einen Scheiß macht. Dass er Daten sammelt und behauptet, er würde sie nicht nutzen, aber wenn man sie erst einmal hat, ist so was ein Kinderspiel.«

Albert kratzte sich mit einer zitternden Hand am Ohr. »Mein Mann hieß Mike«, fuhr er fort. »Das Haus lief auf seinen Namen. Er hatte sich schon in mich verliebt, bevor ich Medlar gründete. Damals war ich zwanzig und unglaublich arrogant, ein Gehirn auf zwei Beinen. Er war der erste Mann, der dachte, dass ich etwas Besonderes bin. Er hat nie jemandem in seiner Firma erzählt, wer ich war. Er wollte keine Sonderbehandlung. Also hat er auch keine bekommen.«

»Hätte Lenk gewusst, dass Mike dein Mann war, hätte er seine Betriebsrente behalten«, sagte Martha, und Albert sah sie so mitleidig an, dass sie sich schämte.

»Bitte«, sagte er schließlich. »Bitte, lässt du mich jetzt allein? Ich vergesse, dass du hier warst, und du vergisst, dass du mich kennengelernt hast. Du hast mir das Leben gerettet, okay? Du hast mir das verdammte Leben gerettet, und ich suche mir einen Therapeuten, und du und Lenk und der Werbefilter von Fantail, ihr bekommt ein Sternchen in eurer Bilanz, okay? Ich schweige mich auf *Name The Day* darüber aus.«

»Okay, ich gehe«, sagte Martha. »Hast du jemanden, der vorbeikommen könnte? Jemanden, dem du ehrlich erzählen kannst, was hier passiert ist?«

In der Kammer den Flur hinunter brummte die Waschmaschine.

»Meine Schwester in Napa«, antwortete Albert.

»Aber?«

Albert wurde ein wenig lebendiger. Martha bot ihm die Gelegenheit, eine Geschichte zu erzählen, die er schon oft erzählt hatte, und etwas von der Person hervorzuholen, die er normalerweise war.

»Sie ist eine Scheißzicke. Und sie hat nicht mal Jesus als Entschuldigung. Sie geht in die Kirche, aber nicht in eine von *diesen* Kirchen. Sie haben einen heißen zweiunddreißigjährigen Pfarrer, der Saxofon spielt. Trotzdem, was immer du machst, sie denkt, du machst es falsch. Nicht du. Ich.«

»Du rufst sie also nicht an?«

»Eine Zeit lang war ich wirklich ein Problem für sie, weil, du weißt schon, ein verstorbener Ehemann – da konnte sie bei der Olympiade des Leidens nicht mithalten. Aber das hier? Sie würde sagen, Trauer könne man nicht auf die falsche Weise bewältigen, aber gleichzeitig würde sie klarmachen, dass eine Handvoll Tabletten und eine Flasche Bourbon sehr wohl die falsche Weise sind.«

»Dann scheiß auf sie«, sagte Martha. »Triff dich nie wieder mit ihr, rede nie wieder mit ihr, wozu überhaupt?«

Albert sah sie an. »Okay. Du bist wirklich OneCorn.

Sag mir eines«, fuhr er nach kurzem Schweigen fort. »Du bist zum Haus eines Fremden gefahren und hast ihm das Leben gerettet. Das sagt vermutlich etwas darüber aus, wer du tief in deinem Inneren bist. Wieso zum Teufel arbeitest du dann für Lenk Sketlish?«

»Er ist nicht der schlimmste Mensch der Welt.«

Albert sah sie an und zog langsam eine Augenbraue hoch. Das war der ArturoMegadog, den sie kannte. Etwas von ihren Online-Persönlichkeiten sickerte nun doch durch.

»Er ist kein Waffenfabrikant«, antwortete Martha, »er ist kein Drogendealer, er ist nicht bei der Mafia, und er hat nie jemanden umgebracht.«

»Ach, tatsächlich?«, fragte Albert, und ihr fielen die Betriebsrenten und sein Mann wieder ein.

»Fuck, tut mir leid. Aber ich meine, er hat nie jemanden eigenhändig ermordet. Es gibt einen Haufen schlimmere Menschen.«

»Das kaufe ich dir nicht ab.«

»Wir bringen Leute auf Fantail zusammen. Wirklich, das stimmt. Die Leute begegnen sich auf Fantail. Sie unterhalten sich.«

»Ach, *komm* schon.«

»Was soll ich denn sagen?«

»Online mochte ich dich«, erklärte Albert.

»Und ich mag dich«, erwiderte Martha.

»Die Frau, die ich online kennengelernt habe, interessiert sich für die Welt und dafür, das Richtige zu tun. Sie ist leidenschaftlich, witzig und bissig. Sie kennt die Bibel, und ich schätze, na ja … nach all dem, was du gepostet hast, habe ich mir wohl vorgestellt, du arbeitest für eine NGO, die Kinderarmut bekämpft. Oder so etwas in der Art. Nach all dem, was du gepostet hast, hätte ich nie gedacht, dass du Lenk Sketlish dabei hilfst, die Psyche der Menschen für klingende Münze zu ruinieren.«

Martha setzte zu einer Erwiderung an, doch Albert war noch nicht fertig. »Denn du weißt *genau*, was er macht. Wärst du ein stinknormales Vorstandsmitglied, würde ich sagen, okay, sie kapiert es auf einer persönlichen Ebene, aber nicht auf der gesellschaftlichen. Aber du *weißt Bescheid*. Er macht die Leute absichtlich wütend und treibt sie zur Verzweiflung, damit sie eifrig weiterklicken. Er sammelt Daten, die ihm nicht gehören, und er nutzt sie, um so einen verdammten Mist wie seinen ›Unterwasserstützpunkt‹ zu finanzieren. Ich mache mir jeden Tag Vorwürfe, weil ich zugelassen habe, dass sie mich bei Medlar rausschmeißen. Ich wollte, dass die Firma es richtig macht, mit leuchtendem Beispiel vorangeht. Ich habe zu viel Druck gemacht, und die Investoren wollten mich draußen haben. Und das war's dann mit meiner einen großen Idee. Man hat nur ein Leben. Ich muss es wissen – ich bin schließlich schon in der Nachspielzeit, und da darf man alles sagen, was einem passt. Du hast nur ein einziges Leben, Martha Einkorn. Verdammt noch mal, du bist intelligent, du hast Erfahrung, Energie und Mut, und du nutzt all das, um *Lenk Sketlish* zu helfen?«

7   ein schwacher geruch nach äpfeln

Es hatte einmal eine Zeit gegeben, da hatte Martha an das geglaubt, was Lenk und seine Firma taten. Fantail präsentierte sich als Begegnungsraum – »eine Gemeinschaft, wo Freunde Freunde treffen«, diesen Slogan hatten sie damals verwendet, als Martha eingestellt wurde. Doch Martha verstand, dass das Produkt, das sie anboten, die Welt in immer winzigere Teile mit immer perfekterer Oberfläche aufsplitterte. Sie verkauften Bruchstücke.

Anfangs hatte dieser Gedanke sie erregt. Es waren die Bruchstücke, die Enoch ihr verboten hatte. Die Bruchstücke, die, wie sie inzwischen begriffen hatte, Trost spenden konnten, waren ein wichtiger und intensiver Bestandteil einer Welt, die er ihr verwehrt hatte. Sie war begeistert. Sie hatte mit einem Bären gekämpft und ihn besiegt. Irgendwo in den dunklen Wäldern Oregons lagen die Knochen eines Bären, den sie eigenhändig erlegt hatte. Sein Fleisch verweste, Pilze und Baumwurzeln nährten sich davon, die Bäume boten den Insekten ein Zuhause, von den Insekten ernährten sich die Vögel, und die Vögel flogen am Himmel und riefen laut und wild. Das waren ebenfalls Bruchstücke, sagte sie in ihrer Vorstellung zum Geist ihres Vaters. Und das, was Fantail machte, waren wunderschöne Bruchstücke. In ihrer Vorstellung wandte Enoch das Gesicht von ihr ab, wenn sie das sagte, und in ihrer Vorstellung lächelte sie. Alles, was nicht Enoch war, war gut.

Es hatte über zwei Jahre – lange Arbeitstage mit Lenk, Feierabend nach Mitternacht, Essen im Büro – gedauert, um ihn und seine Firma zu retten. Sechs oder sieben Mal standen sie kurz vor dem Ruin. Sie bat alle möglichen Leute, mit denen sie einmal im Silicon Valley zusammengearbeitet hatte, um Gefallen, um die Fehler im Programm schneller zu beheben, als die User sie finden und Fantail aus Verärgerung den Rücken kehren konnten. Als ein wichtiger Launch-Termin platzte und die nächste Rate des Venture-Kapitals einbehalten wurde, stand nur noch ein einziger Monatslohn zwischen ihnen und dem Aus. Martha akzeptierte ein Teilgehalt in Aktien, während Lenk komplett auf sein Gehalt verzichtete, um die Softwareentwickler weiter bezahlen zu können. Er verkaufte seine Eigentumswohnung und schlief drei Monate lang auf Marthas Couch, bis die nächste Rate einging. Er war wütend. Ein Getriebener. Er blieb nächtelang wach, programmierte, schrieb E-Mails und notierte Ideen. Manchmal weckte er Martha mitten in der Nacht, nur weil er hören wollte, wie toll sein neuester Einfall war. Die anderen in der Firma sagten oft zu ihr, sie begriffen nicht, wie sie das aushielt.

Schließlich stabilisierte sich das Unternehmen, und der Vorstand gratulierte Lenk – und etwas zurückhaltender auch Martha. Erst da, als die große Welle der Begeisterung über ihnen zusammenschlug, kam ihr der Gedanke, Fantail selbst zu nutzen und nachzusehen, ob sie vielleicht jemanden von den Enochiten finden konnte. Warum sollte ein Enochit ein Fantail-Profil haben? Vielleicht, weil auch so jemand seine damalige Welt hinter sich gelassen hatte. Die Letzte Predigt war über fünfzehn Jahre her. Einige Enochiten waren gewiss in ihr früheres Leben zurückgekehrt.

Sie stieß auf einen Mann namens Jun-seo – einen koreanischstämmigen Amerikaner, der ein Jahr vor dem Ende zur Sekte gestoßen war. Sie erinnerte sich an ihn; er war kaum älter als sie gewesen und hatte verloren gewirkt. Sein Vater war gestorben, und seine Mutter hatte ihn verlassen. Menschen wie er fühlten sich von Enochs Väterlichkeit, seiner einfachen Weisheit und seiner Männlichkeit angezogen. Martha hatte Jun-seo als einen sanften Menschen in Erinnerung, freundlich, traurig und nachdenklich. Sie hatten morgens in der Kälte gemeinsam die Tiere gefüttert. Jetzt sah sie sich seine Bilder an. Er hatte eine Frau und zwei kleine Kinder, und er lebte nicht allzu weit entfernt. Sie fand Fotos von seinen Kindern und von seiner Hochzeit. Jun-seo hatte die Bilder seines Schwiegervaters kommentiert und ihn dabei Dad genannt. Martha freute sich, dass er einen neuen, besser geeigneten Mann gefunden hatte, der ihm den Vater ersetzen konnte.

Jun-seo reagierte erfreulich schnell und angenehm interessiert auf Marthas Nachricht. Sie trafen sich an einem Sonntagnachmittag in einem Steakhouse in Redding. Auf der Fahrt dorthin hörte Martha fröhliche Musik und ließ die Fensterscheiben hinunter. Sie freute sich darauf, Jun-seo wiederzusehen – und mehr noch, mit jemandem zu reden, der sie und das Leben, das sie damals geführt hatten, wirklich verstand. Es war lange her, seit sie mit jemandem gesprochen hatte, der sich an Enoch erinnerte – oder an die Martha, die sie bis zu ihrem siebzehnten Lebensjahr gewesen war.

Jun-seo hatte sich kaum verändert, als hätten die Jahre ihn nur reifer und sanfter werden lassen. Als er sie umarmte, umfing sie ein schwacher Geruch nach Äpfeln, und sie erinnerte sich vergnügt daran, dass er diesen sauberen, kindlichen Duft schon immer verströmt hatte.

»Ich habe meiner Frau nicht erzählt, wer du bist«, sagte er, als sie sich setzten.

Etwas in ihrem Gesicht machte ihm wohl klar, dass sie ihn missverstanden hatte.

»Ich meinte nicht, dass sie verärgert sein könnte, weil ich mich mit einer anderen Frau treffe. Ich habe ihr gesagt, du seist eine Highschool-Freundin. Ich habe ihr nicht viel von Enoch erzählt. Nur, dass ich ein paar Wochen dabei gewesen sei.«

»Du warst ja auch nicht lange da«, erwiderte Martha leise. »Gar nicht lange. Trotzdem musst du dich noch gut daran erinnern.«

»Die Leute denken … du weißt, was die Leute denken. Ich führe inzwischen ein anderes Leben. Meine Frau und ich, wir sind seit beinahe zehn Jahren zusammen.«

»Das ist viel länger, als du bei uns warst«, bemerkte Martha. Sie spürte, dass er nervös war. Er wollte, dass sie ihm sagte, sie kenne ihn kaum. Schon jetzt lief das Treffen nicht so, wie sie es sich erhofft hatte. Sie hatte mit jemandem über die guten alten Zeiten sprechen wollen, die Momente der Freude und des Staunens. Vielleicht wollte Jun-seo überhaupt nicht darüber reden. Vielleicht würde sie hier nicht mehr bekommen als den Duft seiner Haut und das Wissen, dass sie einmal, vor langer Zeit, am gleichen Ort gewesen waren. Vielleicht würde das auch genügen.

Sie bestellten Steak, Kartoffeln und Rahmspinat. Die Mahlzeit traf rasch ein, als hätte das Personal es eilig, sie schnell wieder aus dem beinahe leeren Restaurant zu befördern. Die Teller standen schon vor ihnen, bevor Jun-seo den Bericht über seinen älteren Sohn beendet hatte, der gerade in die Schule gekommen war. Jun-seo war stolz darauf, dass sein Sohn sich am Schultor weinend an ihm festgeklammert hatte, und genauso stolz darauf, dass er schließlich tapfer hineingegangen war. Martha verstand das.

»Es ist gut, ein normales Leben zu führen«, sagte sie. »Nach all dem.«

Jun-seos Gesicht drückte Erleichterung aus. Offensichtlich hatte er das hören wollen. Dass man ihm sagte, er sei normal und all seine Gefühle und Erfahrungen seien normal.

»Und du selbst«, erwiderte er. »Du bist heil herausgekommen. Es geht dir gut.«

Es war keine Frage. Ihr Fantail-Profil erwähnte ihre Arbeit. Die Firma wuchs. »Das muss ein interessanter Job sein«, sagte Jun-seo, und Martha erzählte ein wenig von den langen Nächten, dem Druck, aber ja, auch von den Erfolgen. Sie sprach vom

Traum der Firma, von den Geschichten, die sie gelesen hatte, über alte Kriegskameraden, die nach Jahrzehnten wieder zusammengekommen waren, oder voneinander getrennte Brüder, die sich wieder getroffen hatten.

»Zum Beispiel unser Essen hier«, sagte sie. »Ohne Fantail hätte ich dich nie gefunden. Genau das tut die Firma. Sie bringt Leute zusammen. Macht aus Einzelteilen ein Ganzes.«

Sie wusste genau, was sie sagte, und wusste auch, dass es eine Lüge war. Aber vielleicht war es eine Lüge, die Jun-seo gefallen würde: eine Neuinterpretation der Ansichten Enochs. Doch nun verlor sie die Kontrolle über das Gespräch.

»Hast du dort angefangen, um mich zu suchen?«, fragte Jun-seo.

»Ich verstehe nicht ganz.«

»Ich meine nicht nur mich. Suchst du uns?«

Martha schnitt ein Stück ihres totgebratenen Steaks ab und zerkaute es.

»Der Gedanke, dass ich versuchen könnte, jemanden von früher zu finden, ist mir erst kürzlich gekommen«, sagte sie. »Möchtest du … möchtest du lieber nicht darüber reden? Inzwischen führen wir beide ein normales Leben. Wir haben Jobs. Du hast eine Familie. Ich dachte nur, es wäre schön, ein paar Erinnerungen auszutauschen.«

»Ich habe gezittert, als ich deine Nachricht sah.« Er sprach leise, nicht überstürzt, aber auch ohne zu stocken. Als hätte er diese Rede eingeübt. »Weißt du, woran ich mich erinnere? Nachdem du gegangen bist, war Enoch ein gebrochener Mann. Sechs Tage lang hat er kein Wort gesagt und am siebten eine Predigt der Verzweiflung gehalten. Er erklärte uns, kein Mensch könne das Zerbrochene unserer Existenz heilen, sein Glaube daran sei eine Versuchung des Bösen gewesen. Er forderte uns auf, uns den Bruchstücken zu ergeben. Unsere Ernte wegzuwerfen und die Setzlinge zu zertreten.«

Marthas Nebenhöhlen schmerzten, ihre Schläfen waren heiß und hinter ihrer Stirn ballte sich ein dumpfer Kopfschmerz zusammen. War es nach all dieser Zeit noch immer nicht vorbei?

»Ich musste es tun«, sagte sie, denn es gab keine andere Antwort.

Mit den Fingern berührte sie ihre Lederhandtasche neben sich auf der Bank. Gleich würde sie aufstehen und das Mittagessen und Jun-seo hinter sich lassen. Sie würde in ihrem eigenen Wagen nach Hause fahren, der auf ihren eigenen Namen geleast war, und die Tür ihrer eigenen Wohnung mit ihrem eigenen Schlüssel öffnen. In ihrem Zuhause würde sie in der Stille ruhig dasitzen, wenn sie wollte, die ganze Nacht lang, und die Bruchstücke ihres Lebens und des Lebens der anderen betrachten.

»Das ist alles?«, fragte Jun-seo. »Ich musste es tun? Mehr nicht?«

Und Martha begriff, dass sie wirklich allein war. Jetzt und für alle Ewigkeit. Ihre Freunde im Valley würden immer verstehen, warum sie gegangen, aber nicht, warum sie geblieben war. Die Enochiten würden verstehen, warum sie geblieben, aber niemals, warum sie gegangen war. Sie hatte sich selbst in Stücke zerbrochen, und nun musste sie damit leben. Es gab niemanden, der all ihre Bruchstücke sehen konnte.

»Ich glaube nicht, dass dieses Gespräch uns weiterbringt«, sagte Martha. »Es tut mir leid, dass es so schwer für dich ist. Ich muss jetzt los.«

»Das ist typisch für dich«, sagte Jun-seo, als Martha aufstand. »Weißt du, warum ich heute gekommen bin? Ich wollte sehen, ob du dich entschuldigen würdest.«

Auf der Rückfahrt rief Lenk sie an. Es gab ein Problem mit der Ausweitung auf den europäischen Markt – irgend so ein Datenschutzscheiß; man würde ihnen aus zwanzig verschiedenen Richtungen gleichzeitig den Arsch aufreißen. Martha fuhr auf direktem Weg ins Büro, wo Lenk – natürlich – gerade eine Gruppe von sechs Leuten zusammenstauchte, die überall im Valley ein Supergehalt kassieren konnten und es eigentlich nicht nötig hatten, sich diesen Scheiß anzutun.

Sie betrat den Konferenzraum. Jedes einzelne Gesicht wandte sich ihr zu. Die Software-Ingenieure verstört und erleichtert. Lenk in gerechtem Zorn. Sie erkannte ihn und den Platz, den sie hier einnahm. Sie schaffte es als Einzige, das Stückwerk seiner Gedanken zu ordnen und zu einem Plan zu formen. Sie schaffte es als Einzige, ihn zu beruhigen. Sie war die Einzige, die er respektierte. Sie gehörte hierher. Fantail war der einzige Ort, an dem ihre Bruchstücke Sinn ergaben.

8 ich traue mir so was nicht zu

»Genau«, sagte Albert. »Du reproduzierst die gewalttätige Umgebung, in der du groß geworden bist, indem du für einen Sadisten arbeitest. Du hast von deinem Fundamentalisten-Dad ein Stockholm-Syndrom zurückbehalten. Er hat dir beigebracht, stolz darauf zu sein, dass du die *Einzige* bist, die mit ihm klarkommt, und so lebst du immer noch. Und du bist schrecklich einsam.«

Marthas Augenlid zuckte.

»Okay. Das ist *ziemlich* starker Tobak. Du kennst mich doch gar nicht.«

»Du bist in mein Haus eingebrochen und hast mir die Finger in den Hals gesteckt. Online tauschen wir uns seit sechs Jahren aus. Und gerade eben hast du mir deine Lebensgeschichte erzählt. Ich denke, wir kennen uns. Nimm den Kaffee und komm mit. Ich möchte dir etwas zeigen.«

Aus offensichtlichen Gründen weigerte sich Martha, Albert ans Steuer zu lassen. Sie wollte ihn auch nirgendwo hinfahren, aber er sagte, dann würde er eben ein Uber nehmen. Sie dachte, dass seine Chance, den Tag zu überleben, in ihrer Begleitung größer wäre als ohne sie. All das sagte sie ihm, während sie den Kaffee in zwei Thermosbecher umfüllte.

»Wir fahren einfach nur«, sagte er. »Ich steige nicht mal aus. Wieso sollte das anders sein, als wenn ich neben dir auf der Couch sitze? Ist es nicht.«

Auf dem Weg zum Auto wäre er zwei Mal beinahe hingefallen. Sie stützte ihn. Tja, dachte sie, falls er in die Notaufnahme muss, sitzt er wenigstens schon in meinem Wagen.

Auf der Fahrt erkundigte er sich weiter nach ihrem Leben mit Enoch und die Zeit danach – wie ein Arzt, der eine Patientin untersucht.

»Wie kommst du auf die Idee, dass du irgendwas über das Leben weißt?«, fragte sie. »Du hast gerade …«

»Lass den Scheiß«, unterbrach er sie. »Ich bin heute noch genauso intelligent wie gestern, und das heißt *sehr* intelligent. Dass jemand eine Depression hat, bedeutet nicht, dass er anderen nichts zu bieten hat. Und zwar insbesondere dir. Erzähl mir mehr über dein Stockholm-Syndrom-Leben. Erzähl mir, was nach dem Bären passiert ist. Außerdem sind deine Storys der reine Wahnsinn. Ich liebe sie.«

Die Morgendämmerung sickerte in den Himmel und durchdrang sein Samtblau mit Grau, Gold, Hellblau und Azurblau. Fünf Möwen bildeten einen Pfeil, der nach Norden zeigte. Martha folgte dem Weg, den sie ihr wiesen.

»Also gut«, sagte sie.

Nach dem Bären, nachdem sie das Pärchen im Wald beobachtet hatte, war Martha klar, dass sie einen Teil ihrer selbst zurückhielt, obwohl sie das eigentlich nicht sollte. Die Geschichte mit dem Bären hatte sie den anderen Kindern auf dem Anwesen hundert Mal erzählt, doch das seltsame Zwischenspiel, bei dem sie die Fingernägel der Frau beobachtet und gesehen hatte, dass Farbscherben – Bruchstücke – Trost spenden konnten, hatte sie verschwiegen. Teile einer Erfahrung auf diese Weise zurückzuhalten, war nicht direkt verboten, man wurde aber auch nicht dazu ermutigt. In den langen, dunklen Nächten schlug Enoch oft vor, sie sollten »einander ihre Herzen öffnen« – in allen Einzelheiten besprechen, was jeder von ihnen an diesem Tag gesehen, getan oder gedacht hatte, und die Gemeinschaft so in einen Zustand der Harmonie versetzen, in dem der einzelne Teil mit dem Ganzen kommunizierte. Martha hätte berichten können, was sie im Wald beobachtet hatte: etwas Eigenartiges, etwas Schönes, etwas, das allein schwer zu begreifen war. Sie hätte die Gemeinschaft bitten sollen, das Gesehene mit ihr zusammen, durch ihre Augen, zu betrachten.

»Natürlich«, sagte Albert. »Das ist kontrollsüchtiges Sektenverhalten.«

»Das weiß ich«, erwiderte Martha. »Ich bin in einer Sekte aufgewachsen. Das ist mir *bewusst*.«

»Ja, aber du hast keine Ahnung, wie sehr es dich beeinflusst hat.«

»Ich habe sechs Jahre Therapie hinter mir.«

»Sechs Jahre? Damit hast du nicht mal an der Oberfläche gekratzt.«

»Warum zum Teufel hab ich dir gleich noch mal das Leben gerettet?«

»Damit wir dieses Gespräch führen können. Erzähl weiter.«

»Na ja, ungefähr eine Autostunde vom Anwesen entfernt lag eine Stadt, und dort gab es eine Bibliothek.«

»Ah, Bibliotheken. Die Wurzel allen Übels. Du wurdest von der Literatur verführt, stimmt's?«

Sie hatten Bücher gelesen, in der Gemeinschaft. Gute Bücher, alte Bücher. Doch in der Bibliothek gab es auch Zeitschriften, die voll bunter Bilder waren. Und Computer mit Internetzugang, die man dreißig Minuten lang kostenlos benutzen durfte. Nichts von alldem – das war wichtig – wäre verboten gewesen, hätte sie Enoch davon erzählt. Aber sie erzählte es ihm nicht. In der Bibliothek sah sie sich Modezeitschriften für Teenager und Magazine an. Es gab Fotos von spärlich bekleideten oder nahezu nackten Frauen; sie verweilte bei ihnen, staunte über die makellose Haut und die wohlgeformten Brüste mit den nach oben gerichteten Nippeln.

»Ich verstehe«, sagte Albert. »Sex. So haben sie dich also gekriegt.«

»Es war nicht ... ich meine, ja, es war Sex. Okay. Ja, stimmt.«

»Daran ist nichts verkehrt.«

»Aber es war nicht *nur* das. Es war außerdem … weißt du, wir sind auf diese unglaublich gesunde Weise groß geworden …«

»Dein Dad hat dich mitten in der Wildnis ausgesetzt. So gesund kann das nicht gewesen sein.«

»Ich meine die Fertigkeiten, die wir gelernt haben. Die alten, nützlichen Fertigkeiten. Spurenlesen und Jagen, Nähen und die Landwirtschaft. Das alles. Es war einfach so *langweilig*.«

»Verglichen mit dem Internet?«

»Verglichen mit der Welt.«

»Ja, klar. Hier links.«

»Wo fahren wir hin?«

»Ich möchte dir das Gesündeste, Langweiligste und Schönste zeigen, das ich kenne.«

Martha hatte sich wegen der Bibliothek geschämt und so hatte sie Enoch gefragt, was es mit dem Gefühl der Neugierde auf sich habe. Woher es komme. Ob es ein richtiges Gefühl sei oder ein falsches.

Enoch freute sich über diese Fragen, zerzauste ihr das Haar, als wäre sie immer noch ein zehnjähriges Kind, und setzte sich neben sie, als sie die Feuerstelle im Herd säuberte und frische Scheite auflegte. Er hatte sich nie vor Fragen gefürchtet; er war immer davon überzeugt gewesen, dass sie Dinge gemeinsam ausklamüsern konnten.

»Nun, Martha May«, sagte er, »ich glaube, dass Neugierde unser Geburtsrecht ist. Als wir noch Fuchs waren und von einem Ort zum anderen zogen, war die Neugierde notwendig und wurde durch unseren Alltag genährt. Was ist sie anderes als der Wunsch zu sehen, was sich hinter dem nächsten Bergkamm befindet? Einen neuen Weg einzuschlagen, eine neue Frucht zu kosten oder eine neue Höhle zu erkunden? So haben wir die Geheimnisse und Schönheiten unserer Welt entdeckt.«

»Aber«, wandte Martha ein und legte das Anzündholz über Kreuz, wie sie es schon tausend Mal zuvor getan hatte, »führt die Neugierde uns heutzutage nicht in die Irre?«

197

»Erzähl mir, warum du das fragst.«

»Ich habe über die Babble nachgedacht«, sagte sie. »Meinst du nicht, dass es die Neugierde ist, die diese Menschen leitet? Ständig sind sie hinter neuen Dingen her. Und die Bruchstücke sind doch genau das. Ständig neue Kleinigkeiten. Neugierde.«

Enoch sah Martha eigenartig an.

Später – einige Wochen oder sogar Monate später – bemerkte Martha, dass Enoch seine Predigt über Fuchs und Kaninchen verändert hatte. In die neue Version hatte er ihre Gedanken über die Neugierde aufgenommen. Er zeigte, wie Kaninchen Fuchsens Neugierde zu einer neuen und schrecklichen Form verbogen hatte. Da Kaninchen nicht mehr durch unbekannte Gegenden zieht, ist er gezwungen, seine Neugierde mit dem zu befriedigen, was Menschen erfunden haben. Statt der wilden Abenteuer – der Streifzüge, der Erkundungen und der Geheimnisse der Jagd – wendet sich Kaninchen nach innen und verschafft sich Zugang zu den dramatischen Ereignissen durchs Fernsehen.

Martha fiel auch auf, dass Enoch ihr diese Gedanken nicht zuschrieb. Er hätte sagen können: »Meine Tochter Martha hat mich gefragt«, aber das tat er nicht. Sie sagte sich: Ich sollte damit zufrieden sein. Es ist nur wegen der Zeitschriften, der Fotos und des Internets, dass ich nicht zufrieden bin. Sie sagte sich: Ich sollte aufhören, in die Bibliothek zu gehen. Aber sie tat es nicht.

»Was zum Teufel soll denn daran verkehrt sein?«, fragte Albert. »Du wolltest Anerkennung für deine Idee! Verdammt noch mal, Jesus sagte, die Sanftmütigen werden das Erdreich besitzen, aber er wollte trotzdem seinen Namen in dem beschissenen Buch sehen, stimmt's? Sie haben dieses Buch nicht geschrieben und gesagt: ›Irgend so ein Typ hat dieses verkündet und jenes getan, aber wir haben vergessen, wie er hieß‹, oder?«

Martha lachte.

»Als ich ging, habe ich Enoch Geld gestohlen«, erzählte sie. »Ungefähr zweitausend Dollar. Und eine Pistole.«

»Dachtest du, sie würden dich verfolgen?«

»Ich dachte, die Welt sei gefährlicher, als sie es am Ende war.«

»Dann war es klug von dir, das Geld zu stehlen und die Pistole mitzunehmen.«

»Ich war sechzehn.«

»Du warst klüger als die meisten Sechzehnjährigen. Kannst du nicht akzeptieren, was du getan hast? Kannst du nicht einfach sagen, verdammt, ich musste irgendwie überleben? Herrgott noch mal, du warst ein lesbischer Teenager in einer fundamentalistischen Endzeit-Sekte. Der Großteil der Weltbevölkerung würde dich für deine Flucht mit stehenden Ovationen feiern.«

»Ja, aber ich bin dort aufgewachsen, und so haben wir nicht gedacht.«

»Dann denk jetzt anders. Tu das, was du mir wegen meiner Schwester geraten hast. Denk nie wieder darüber nach. Triff nie wieder einen von ihnen. Nichts von dem, was du getan hast, war falsch.«

»Wirklich nichts?«

»Hast du einen von ihnen getötet?«

»Nein.«

»Einen von ihnen verprügelt? Niedergeschlagen?«

»Nein. Ich bin getrampt oder mit dem Bus gefahren, um in die Stadt zu gelangen, wo der Bruder meiner Mom lebte. Er hat mir nicht besonders viel geholfen, aber ich durfte ein paar Monate auf seiner Couch schlafen, während ich meine Papiere in Ordnung brachte und eine Wohltätigkeitsorganisation fand, die mir half, meinen Highschool-Abschluss zu machen. Aber einige der Enochiten hielten meinen Weggang für … ein Zeichen. Ein Zeichen, dass das Ende nahe war. Vor Jahren hat mir jemand gesagt, dass ich die Gemeinschaft durch meinen Aufbruch zerstört hätte. Danach ging es bergab. Es gab Spaltungen und Grabenkämpfe. Einige hielten andere für Verräter. Es wurde … sehr schnell sehr schlecht.«

Albert presste die Lippen zusammen. »Für mich klingt das so, als hätten sie sich das selbst angetan. Sie haben sich entschieden zu glauben, dass es deine Schuld war, weil sie genau das glauben wollten. Wenn sie bereit waren, alles aufzugeben, weil du gegangen bist …« Er zuckte mit den Schultern. »Sie haben nur eine Ausrede gesucht. Du hast getan, was du tun musstest, um zu überleben. Halt an. Wir sind da.«

Der Tag war frisch und neu, so wie jeden Morgen. Sie waren zu dem Naturschutzgebiet gefahren, für dessen Erhaltung Alberts Mann unermüdlich gekämpft hatte.

»Die meisten hier arbeiten ehrenamtlich. Ich gebe ihnen sechzigtausend Dollar im Jahr. Mehr brauchen sie nicht, um das hier zu bewahren.«

Albert stemmte sich aus dem Wagen und lehnte sich keuchend gegen die Tür.

Das Meer war an diesem Morgen kalt und ruhig, in der geriffelten tiefblauen Fläche gab es Flecken, die so glatt waren wie Glas. Um sie herum erscholl das eindringliche Zwitschern der Vögel. Der fragende Ruf des Weißbürzelstrandläufers klang wie eine rostige Türangel, dazu die perlenden Schreie der Brillenenten und in der Ferne das nasale Lärmen eines Schwarms Sturmvögel. Jedes Blatt entfaltete sich, jedes Insekt hob seinen Kopf, jeder Vogel pries im Flug die neu aufgegangene Sonne. Nebel waberte in den Senken, doch dahinter lag der Tag bereit.

»Mike ist manchmal mit mir hier rausgefahren«, sagte Albert. »Der Idiot hat mich um vier Uhr morgens aus dem Bett geschmissen, damit ich das hier sehen konnte. Im Auto wartete heißer Kaffee. Es ging ihm am Arsch vorbei, dass ich auf der ganzen Fahrt moserte und meckerte. Er sagte: ›Wir sind ein Teil des Lebens und sollten es am eigenen Leib erfahren. Lass deine digitalen Denkmaschinen mal hinter dir.‹«

»Klingt, als wäre er ein toller Mensch gewesen.«

Albert holte bebend Luft. »Hast du Kinder? Eine Frau? Eine Partnerin?«

Sie schüttelte den Kopf.

»Wie kommt's?«

Martha trank einen Schluck Kaffee.

»Ich traue mir so was nicht zu.«

»Hast du eine Beziehung?«

»Manchmal schlafe ich mit jemandem.«

»Mit Frauen, oder?«

Martha deutete mit einer Kopfbewegung auf den Kaffeebecher in Alberts Hand. »Trink aus, aber langsam, Schluck für Schluck.« Und dann: »Ja, mit Frauen. Und du? Hast du eine Beziehung?«

»Soll das ein Scherz sein?«

»Warum nicht?«

»Na ja, wozu soll das führen? Ich lerne jemanden kennen, verliebe mich und bin wieder glücklich?«

»Vielleicht. Meiner Erfahrung nach bekommen es die, die es einmal geschafft haben, auch ein weiteres Mal hin. Manche Leute haben den Dreh raus.«

»Und dann?«

»Das Übliche. Sich streiten, sich versöhnen, weinen, lachen, zusammen feiern, zusammen trauern. Genervt sein, weil er die Wäsche immer verkehrt zusammenlegt und weil er sich immer Löcher in die Socken läuft und dann deine klaut.«

Albert trank langsam seinen Kaffee. Um sie herum erwachte der Tag, verheißungsvoll wie ein neugeborenes Baby, dem die Zukunft offensteht. Das Sonnenlicht war um diese Zeit golden und klar, die Vögel flogen durch die Luft und schossen nach unten, um glitzernde Fische aus dem lebendigen Wasser zu fangen.

»Wenn ich jemanden kennenlernen würde, würde ich durch das Loch in der Eisfläche meines Inneren fallen. Ich kann nicht wieder glücklich werden, weil ich dann wüsste, wie unglücklich ich jetzt bin.«

»Dann hast du also vor, ewig unglücklich zu bleiben?«

»Ah, ja. Und was war dein Plan noch mal?«

Zwischen ihnen entstand ein langes Schweigen, das nur vom Plätschern der Wellen und dem eindringlichen Kreischen der Vögel gefüllt wurde.

»Mike hat immer gesagt: ›Leben heißt, jemanden hereinzulassen.‹ Das war damals, als wir überlegten, ein Kind zu bekommen. Er sagte, jedes Mal sei es ein Akt wahnwitzigen Vertrauens. Das Spermium dringt ins Ei ein und kann sich nicht mehr bewegen. Das Ei verzichtet auf alle Verteidigungsmechanismen und lässt ein fremdes Objekt ein. So ist es jedes Mal. Ein durch nichts gerechtfertigter Vertrauensvorschuss. Öffne dich, lass ein, lass dich hereinbitten.«

»Ich habe das Gefühl, du willst auf etwas hinaus, Albert.«

»Ich habe gelesen, was am Ende mit den Enochiten passiert ist, okay? Ich kann also verstehen, dass du Probleme hast, jemandem zu vertrauen. Dass du ein Problem mit Nähe hast.«

9 schau nicht zurück

Enoch, ehemals Ralph Zimmerman, war ein intelligenter Mensch gewesen, ein paranoider Mensch und ein kranker Mensch. Er hatte viel gelesen, es mit seinem scharfen Verstand und seiner verängstigten Psyche aufgenommen und daraus Zeichen und Vorzeichen herausgedeutet, Warnungen vor dem Unheil und das Versprechen der Errettung.

Seine Tochter Martha verließ das Anwesen sehr früh am Morgen, bevor die anderen wach waren. Sie nahm Geld und eine Pistole mit. Sie musste wohl gewandert und per Anhalter und mit dem Bus gefahren sein, denn obwohl die Enochiten tagelang die Gegend nach ihr absuchten, war sie weg und würde nicht zurückkommen.

Enoch wusste, dass Marthas Weggang ein Vorzeichen war – er spürte die Kräfte des Chaos, die überall lauerten. Er hatte den Verdacht, dass es schwarze Schafe in seiner Herde gab, er schrie nach Gerechtigkeit, er wurde wütend und ungeduldig, er grübelte über Marthas Verrat nach und kaute darauf herum. Schließlich bat er den Herrn, ihm ein Zeichen zu senden. Ein Zeichen, ob die Gemeinschaft, die sie auf diesen sechstausend Hektar grünen Landes gegründet hatten, von Gott gesegnet war.

Er schickte einige seiner Gefolgsleute für drei Tage in den Wald, um zu jagen und zu sammeln, dann führte er die, die zurückgeblieben waren – über hundert Menschen – in den großen Keller des Haupthauses auf dem Anwesen. Dort sagte er ihnen, sie würden drei Tage lang fasten und beten. Sie würden nur Wasser trinken. Sie würden so lange wach bleiben, wie sie konnten. Er schloss die Kellertür ab. Den Schlüssel schleuderte er durch das kleine Ostfenster, in dem sich die aufgehende Sonne zeigte, nach draußen. Er betete um Führung und rief den Herrn an, ihnen den Weg zu weisen.

Er predigte – wer da war, erinnerte sich daran – Tag und Nacht. Sie schliefen oder dösten immer wieder während Enochs Predigt ein und erwachten jedes Mal zum Klang seiner Prophetenstimme. In diesen Stunden hielt er zum letzten Mal die Predigt von Fuchs und Kaninchen, und wer ihn gehört hatte, berichtete, er habe in seinen Worten endlich Himmel und Erde vereinigt, was er gesagt hatte, sei schön und heilig gewesen, und sie hätten gewusst, dass Gott ihre Gebete erhörte. Während die Stunden vergingen und sie immer hungriger wurden, wuchs in ihnen die Gewissheit, dass ihre Gemeinschaft eine wundersame Erscheinung des Herrn erleben würde, denn der Zweck der Welt war nun durch diese kleine Versammlung erfüllt, und es war an der Zeit, dass alles beendet und endgültig abgeschlossen würde. Die ersten zwei Tage des Fastens und des Wachens waren die schönsten ihres Lebens.

Am dritten rochen sie Rauch.

Einige sagten: Es war bestimmt die Regierung. Schon seit Jahren schnüffelten FBI- und CIA-Agenten bei den Enochiten herum. Jetzt hatten die Agenten genug von ihnen und wollten sie loswerden.

Einige sagten: Die elektrischen Leitungen auf dem Anwesen waren total marode. Im vorangegangenen Jahr hatte es zwei kleinere Brände gegeben, und zwei Enochiten machten eine Elektrikerlehre, um die Leitungen selbst reparieren zu können. Es war ein heißer, trockener Sommer. In der Werkstatt ist ein Funke geflogen und hat den Brand ausgelöst.

Einige sagten: Enoch selbst hat das Feuer gelegt. Er hat den Schlüssel nicht aus dem Fenster geworfen, sondern bei sich behalten und ist am frühen Morgen, als alle schliefen, heimlich aus der Tür geschlüpft. Er wusste, wo die früheren Brände durch Kurzschlüsse entfacht worden waren. Er hat neben dem Haufen öldurchtränkter Lumpen ein Feuer gemacht, dafür gesorgt, dass es übersprang, und ist dann in den Keller zurückgekehrt, um das Gericht des Herrn zu erwarten.

Einige sagten: An jenem Tag hat sich am frühen Morgen über den sechstausend Hektar grünen Landes ein Gewitter entladen, und ein Blitz hat den Brand ausgelöst. Es war der Herr, er selbst und kein Seraph, er selbst und kein Sendbote, er selbst und kein Fremder. Es war der Herr, der auf das Anwesen geschaut und gesagt hat: »Vernichte sie! Zerschmettere sie! Lösche sie aus!«

Als sie den Rauch rochen, taten sich einige Enochiten zusammen, zerschlugen die Scheibe des kleinen Ostfensters ganz oben in der Kellerwand und stapelten Möbelstücke aufeinander, um hinauszuklettern – manche von ihnen ermutigten die anderen und zogen sie heraus, während ihnen die Scherben der zerbrochenen Scheibe die Haut zerschnitten. Hustend und würgend gelangten sie nach draußen. Diese Leute erzählten die Geschichte weiter und berichteten, dass Enoch gesagt habe: »Lasst sie gehen. Der Herr wird uns den Weg weisen.«

Zwölf Wochen nachdem sie aufgebrochen war, erfuhr Martha von dem schrecklichen Brand. Sie saß in einem Flur und wartete auf ein Vorstellungsgespräch. Falls man sie in das Förderprogramm aufnahm, würde sie ein Stipendium und einen Platz in einem Wohnheim bekommen und könnte den Highschool-Abschluss nachholen. Der Flur war blassgrün gestrichen und die Wände so zerschrammt, als hätte ein Lastwagen sie gestreift. Martha saß auf einem harten Kunststoffstuhl vor einer Bürotür, und auf einem Tischchen neben ihr lag eine drei Wochen alte Zeitung mit einem Foto des ausgebrannten Anwesens auf Seite sechs. Wäre nicht genau diese Seite aufgeschlagen gewesen, hätte sie vielleicht erst Monate später davon erfahren. Die Verschwörungstheorien über das FBI und die CIA kamen erst danach. Am Anfang ging es nur um ein Feuer, das auf einer Farm ausgebrochen war. Eine Schlagzeile, aber keine besonders bedeutende.

Martha legte die Hand auf das Papier, berührte das Foto der rußgeschwärzten Mauern und sah, dass der Maschendrahtzaun, der das Gelände umgab, noch intakt war. Sie riss den Artikel heraus, steckte ihn in die Hosentasche und fürchtete plötzlich, man könnte sie dabei gesehen haben und für eine Vandalin halten. Sie sammelte sich: Denk nicht daran, lass es nicht an dich heran. Schau nicht zurück. Die Tür ging auf. Sie wurde hineingebeten. Während der folgenden fünfunddreißig Minuten war Martha begeistert und redegewandt. Sie bekam das Stipendium. Sie war auf dem richtigen Weg. Sie schaute nicht zurück.

10 so entsteht leben

Im Naturschutzgebiet stand die Sonne nun schon ein gutes Stück über dem Horizont. Es war beinahe neun. In der Stadt zog die Sprechstundenhilfe von Alberts Arzt gerade ihre rote Caban-Jacke an, schnürte ihre Turnschuhe, warf einen Blick auf die Uhr und verließ rechtzeitig das Haus, um den Bus zu erwischen. In einem anderen Stadtviertel zog der Besitzer eines Bio-Supermarkts die Rollläden hoch und räumte Kimchi-Dosen der Marke »Firepit« aus einem Karton ins Regal. Und in einem ganz anderen Teil der Stadt duschte Lenk Sketlish in seinem Büro, der Anruf seiner derzeitigen Frau wurde an die Mailbox weitergeleitet. Enochs Philosophie war richtig: Wir alle sind miteinander verbunden, einer mit dem anderen und der wiederum mit dem nächsten.

»Siehst du«, sagte Martha. »Es war doch meine Schuld.«

»Du hast sechs Jahre Therapie hinter dir, oder?«, fragte Albert. »Dann weißt du auch, dass das nur dein narzisstischer Abwehrmechanismus ist. Du möchtest glauben, dass es deine Schuld war, weil das einfacher ist, als zuzugeben, dass du überhaupt keine Kontrolle darüber hattest.«

»Aber ich hätte es verhindern können. Es wäre nicht passiert, wenn ich nicht gegangen wäre.«

Albert sagte: »Ich glaube zwar nicht an Bestimmung, aber meinst du nicht, es hat etwas zu bedeuten, dass wir beide uns auf diese Weise begegnet sind?«

»Diese Denke kenne ich.«

Diese Denke endete in einem Keller, in den der Geruch von Rauch drang.

»Okay, vielleicht hat es auch nichts zu bedeuten. Aber wenn wir wollen, können wir dafür sorgen, dass es etwas bedeutet. Du hast mir heute das Leben gerettet, du arbeitest für Fantail, und ich habe Medlar erfunden. Und wie sich herausstellt, sind wir bei einer Menge wichtiger Dinge einer Meinung.«

»Was möchtest du denn, dass es bedeutet?«

»Du und ich«, sagte er, »haben geholfen, in dieser Welt etwas in Gang zu setzen. Eine enorme Informationsschwemme. Etwas noch nie Dagewesenes. Das einzig Vergleichbare ist die Revolution, die durch Gutenbergs Erfindung des Buchdrucks ausgelöst wurde. Und auf die folgten vierhundert Jahre blutiger Krieg. Die Menschen waren einer Masse von Informationen ausgesetzt wie niemals zuvor. Sie konnten all diese Informationen nicht verarbeiten, Wahrheit und Lüge nicht voneinander unterscheiden. Sie wurden überwältigt. Und genau an diesem Punkt stehen wir heute wieder. Aber die Menschheit hat keine Zeit mehr für vierhundert Jahre blutigen Krieg. Es gibt so viel Dringliches, das sofort angepackt werden muss.«

»Fragmentierung«, sagte Martha. »Bruchstücke. Genau davon hat Enoch immer gesprochen. Die Dinge zerfallen schneller, als wir sie neu zusammenfügen können.«

»Na ja, mir scheint, in dem Punkt hatte er recht. Mit allem anderen nicht. Aber in diesem Punkt schon. Das also wünsche ich mir, dass es bedeutet. Dass wir beide der Welt gemeinsam helfen, die Informationskrise so schnell wie möglich zu überwinden.«

»Ist das dein Ernst?«

»Ja«, antwortete er.

»Wovon reden wir? Von einer Art Konferenz?«

»Oh Gott, nein, nicht noch eine verdammte Konferenz. Keine Expertenrunde, kein Event, keine Versammlung. Etwas, das funktioniert. Ich habe gerade versucht, mich umzubringen. Und du bist einer todessehnsüchtigen Sekte lebendig entkommen. Wir beide sind schon in der Nachspielzeit. Eigentlich existieren wir gar nicht mehr. Wir können tun, was uns gefällt. Ich möchte über einige extreme Lösungen nachdenken. Ich möchte die Dinge besser machen, und ich bin bereit zu tun, was auch immer dafür nötig sein mag.«

Der Himmel war grau und preußischblau, die Luft nahezu reglos. Kleine Vögel schwangen sich hinauf, beschrieben Parabeln zwischen unsichtbaren Unendlichkeiten und schnappten dabei nach Insekten, die für das menschliche Auge zu winzig waren. Alles in der Geschichte unseres Planeten hat mit einer klitzekleinen Veränderung begonnen, die für das bloße Auge unsichtbar war.

Das Spermium sagt zur Eizelle: Lass mich rein. Die Eizelle antwortet: Warum sollte ich? Du bietest keine Garantien. Dennoch öffnet sich die Eizelle. Dennoch schlängelt sich das Spermium hinein. Dennoch verschmelzen zwei Informationspäckchen. So sind wir alle hierhergekommen. So wird aus nichts etwas. So geschieht es, dass auf einer nackten Gesteinskugel schließlich Möwen und Sturmvögel herumfliegen, dass Moos und Flechten gedeihen, dass sich blassgrüne Blätter entfalten und Tausendfüßler, Kaninchen und Füchse herumlaufen. So entsteht Leben.

11 eine besondere art von könig

In diesem Winter regnete es in Washington, D.C., Blut.

Martha spürte es, bevor sie es sah, warm und feucht berührte es ihre Wange. Ein Tröpfeln, aber nicht wie von Wasser, denn es fühlte sich dick und seidig an. Der Geruch war zunächst gar nicht mal unangenehm: eine Mischung aus tierischer Ausdünstung und Eisen. Martha führte die Hand zur Wange, und als sie sie wegnahm, war sie klebrig und rot. Dicke rote Tropfen fielen auf die Freitreppe des Gerichts, auf die Barrikaden, auf die Protestierenden, auf Zimri Nommiks dunkelgrauen Anzug, auf Selah Nommiks lilafarbenes Seidenkleid und auf den makellosen schwarzen Wollmantel von Lenk Sketlish.

Lenk blickte auf. Ein blutiger Klumpen traf ihn im Gesicht. Eine gehäutete Ratte mit einem langen Schwanz, dachte Martha. Lenk grunzte, und das Ding glitt von seinem Gesicht langsam über sein tadellos weißes Hemd nach unten und landete mit einem feuchten Klatschen auf dem Beton. Es war ein blutdurchtränkter Tampon.

ANVIL UNTERDRÜCKT FRAUEN. PUNKT.
NOMMIK, GENAU DAS GESCHIEHT, WENN MAN FRAUEN
KEINE ZEIT LÄSST, IHRE TAMPONS ZU WECHSELN.

Sie hatten Plastikeimer und Wasserpistolen mit Blut gefüllt. Einige von ihnen schwangen blutige Tampons im Kreis und schleuderten sie wie … wie was noch mal? Martha merkte, dass sich ihre Gedanken nur noch im Schneckentempo bewegten. Baumstammwerfer? Nein, Hammerwerfer. Hinter ihr ertönten Rufe, und die Sicherheitsleute wurden aktiv. Selah Nommik rannte die

Treppe hinauf, immer zwei Stufen auf einmal nehmend. Zimri Nommik legte die Hand auf den Rücken einer Frau und schwenkte sie zur Seite, bugsierte sie aus der Schusslinie.

Es musste Tierblut sein, ja, mit Sicherheit. Niemand konnte so viel Menstruationsblut sammeln und es frisch halten. Martha, die in Krisenzeiten zum nüchternen Analysieren neigte, fragte sich, ob es vielleicht doch möglich wäre – Antigerinnungsmittel aus dem Krankenhaus, Tausende von Frauen, die zeitlich koordiniert die Pille einnahmen und den Inhalt ihrer Menstruationstassen in einen Eimer leerten. Sie stellte noch immer fasziniert ihre Berechnungen an, da packten sie zwei kräftige Arme um die Taille, und einer von Lenks Sicherheitsleuten brüllte ihr ins Ohr: »Zurück nach drinnen, zurück nach drinnen«, und dabei hob er sie so fürsorglich hoch, dass sie sich wie ein Kind fühlte, das ins Bett gebracht wurde.

Vor dem Waschbecken in der Damentoilette schob sich Selah Nommik – Zimri Nommiks Frau – ihr blutbeflecktes lilafarbenes Kleid von den muskulösen Schultern. Martha schaute hin und gleich wieder weg. Auch sie selbst war mit Blut besudelt und hielt eine durchsichtige Plastiktüte in der Hand, in der sich eine Jogginghose und ein T-Shirt von einem Wohltätigkeitslauf befanden, die jemand in einem Spind entdeckt hatte.

Selah knüllte ein paar Papierhandtücher zusammen, befeuchtete sie und versuchte, sich damit das Blut vom Hals zu wischen. Ein Rinnsal rötliches Wasser tröpfelte über ihren weißen Spitzen-BH.

»Fuck«, sagte Selah. »Fuck.« Dann wandte sie sich plötzlich zu Martha um. »Wir müssen uns testen lassen. HIV. Hepatitis B und C. Alles, was im Blut sein kann.«

»Ich glaube, es ist Schweineblut«, entgegnete Martha. Schon seit einigen Minuten drehte und wendete sie dieses Problem im Kopf herum. »Mein Dad hatte eine … Farm. Es riecht wie Schweineblut.«

»Oh. Na, Gott sei Dank«, sagte Selah und begann zu weinen. Ihre Tränen schwemmten ihren dunkel- und hellblauen Lidschatten zum Hals hinunter wie Tauwasser im Frühling, das die letzten Blätter des Herbstes in den Fluss davonträgt. Sie rubbelte sich mit den feuchten Papierhandtüchern über Gesicht und Haar und bekam das Blut damit langsam weg. »Sie arbeiten für Lenk, oder? Für Fantail-Lenk?«

»Ja«, antwortete Martha.

Selah betrachtete Marthas Spiegelbild. Sie beide sahen aus, als kämen sie von einem Kampf. Selah versuchte, sie einzuschätzen. Manchmal ist das Bedürfnis, mit jemandem zu sprechen, so groß, dass man mit jedem vorliebnimmt, der auch nur im Entferntesten vertrauenswürdig erscheint. Lass mich herein, sagt jemand. Und jemand anders, der eigentlich keinen Grund dazu hat, sagt okay.

»Betrügt er? Ihr Chef, Lenk?«, fragte Selah.

»Ob er …«

»Seine Frau. Betrügt er seine Frau?«

Martha sah sie an. »Ich kann nicht …«

»Klar tut er das«, fuhr Selah fort. »Sonst hätten Sie jetzt einfach gesagt: ›Oh nein, ich arbeite für das einzige Unschuldslamm der oberen Fünfhundert. Er weiß nicht mal, dass andere Frauen ebenfalls Titten haben.‹ Betrügt er seine Frau mit *Ihnen*?«

»Nein. So was mache ich nicht«, antwortete Martha.

»Kluge Frau. Aber er würde sie mit Ihnen betrügen, wenn er die Gelegenheit dazu bekäme, stimmt's? Nein, sagen Sie nichts. Ich verstehe das, Sie müssen mir nicht darauf antworten. Haben Sie gesehen, wie Zimri ihr die Hand auf den Rücken gelegt hat?«

Oh ja. Die Frau, die glänzende Goldperlen in ihre Plaits geflochten hatte. Mary Mere von der Firma CodeHogs. Martha dachte an den Moment auf der Treppe zurück, daran, wie Zimri Nommik Mary Mere umsichtig und fürsorglich an einen sicheren Ort geleitet hatte. Natürlich. So viel Vertrauen brauchte es gar nicht, wenn jemand glaubte, alle anderen wüssten ohnehin bereits Bescheid.

Vor Marthas Augen entstand eine Öffnung in der Welt, im Berg tat sich ein Spalt auf.

»Ja«, antwortete sie. »Ich habe es gesehen.«

»Oh fuck, wirklich? Wenn Sie es gesehen haben, dann hat es jedes Arschloch gesehen. Die Leute haben diesen Scheiß mit ihren Handys gefilmt, haben Sie das bemerkt? Guter Gott, bald ist es überall im Netz. Fuck.« Selah Nommik wandte sich wieder dem Spiegel zu, verteilte Creme aus einem kleinen Döschen in ihrem Gesicht und wischte die Überreste anschließend mit einem Papierhandtuch ab.

»Tut mir leid, dass Zimri Sie so behandelt«, sagte Martha.

Ihre Blicke begegneten sich im Spiegel, und für einen Moment hatten sie eine echte Verbindung.

»Sie haben etwas Besseres verdient«, fuhr Martha fort, und in dem Augenblick, in dem sie es sagte, wurde ihr klar, dass es stimmte und dass Selah Nommik wusste, wie aufrichtig ihre Worte waren. Diese Frau hatte einen besseren Ehemann verdient als Zimri Nommik, der nur an die Erweiterung seines Unternehmens und offensichtlich auch seines sexuellen Portfolios dachte. In dieser Welt der Symbole und Ausreden hatte ein Augenblick der Aufrichtigkeit einen geradezu übernatürlichen Wert.

»Ja, das stimmt«, erwiderte Selah. »Ich weiß, alle glauben, ich sei nur des Geldes wegen mit ihm zusammen, denn wie könnte man einen Mann wie ihn lieben? Aber ich *habe* ihn geliebt. Ich fand Zimri tatsächlich liebenswert.«

Martha schüttelte den Kopf. »Niemand glaubt so was. Jeder hält Sie für eine beeindruckende Frau. Und jeder fragt sich, wie er es geschafft hat, Sie so lange zum Bleiben zu bewegen.«

»Wollen Sie wissen, mit wie vielen Frauen er schläft?« Selah zählte sie an den Fingern auf: »Zunächst einmal natürlich mit seiner Persönlichen Assistentin – Sie haben Sie bei der Anhörung gesehen, ich meine die Frau, die aussieht wie ich, aber mit billig gefärbtem Haar und krausen Spitzen. Sie glaubt, sie wird die nächste Mrs. Zimri Nommik, aber er wird sie mit vier Millionen Dollar und Aktien abspeisen. Am Ende wird sie eine Chinchilla-Farm in Tampa besitzen. Ich kann die Zukunft vorhersehen, glauben Sie mir. Die nächste ist die Nanny; er sieht sie, wenn er seine Kinder sieht. Dann schickt er die Kinder zum Eisholen, und die beiden ficken in der Umkleidekabine am Pool. Das hat mir der Leibwächter erzählt. Außerdem schläft er mit seiner Yoga-Lehrerin, die unglaublich … Meine Güte, was finden Männer nur immer an gelenkigen Frauen? Aber wegen dieser drei mache ich mir keine Sorgen, weil er mich weder wegen der Persönlichen Assistentin noch wegen der Nanny oder der Yoga-Lehrerin verlassen wird. Aber jetzt auch noch Mary Mere … Kennen Sie sie? Die CEO von CodeHogs? Als er sie eben angefasst hat, war mir klar, dass er sie auch schon nackt berührt hat, verstehen Sie, was ich meine? Wahrscheinlich ist er in diesem Moment mit ihr zusammen. Ich bekomme die öffentliche Toilette, und sie bekommt das Privatzimmer mit Zimri.«

»Sind Sie sich sicher, dass Sie mir das alles erzählen wollen?«
Aber Selah war in Fahrt.

»Er hält sich für eine besondere Art von König, weil er nur Schwarze Frauen fickt. Das war mir schon klar, als ich ihn kennengelernt habe und Vashti Nommik ihre Abfindung bekam. Ich dachte: Schön, soll er doch glauben, dass er etwas Besonderes ist, sowieso halten sich alle Männer für die Größten. Aber wissen Sie, was wirklich dahintersteckt? Er will nicht, dass ich mich in Gegenwart anderer Schwarzer Frauen sicher fühle. Als wir uns kennenlernten, habe ich das nicht erkannt, weil ich zu jung war. Aber nun bin ich zweiundvierzig, und er hat meine *Schwester* angebaggert, als sie uns an Thanksgiving besucht hat. Was er wirklich will, ist, eine Schwarze Frau zu besitzen. Das ist kein Scherz. Er hat Angst vor Frauen, er möchte sie besitzen und sie dann zerstören. Wenn es nicht Mary Mere ist, wird es eine andere sein.«

»Wenn er gehen will, lassen Sie ihn ziehen«, sagte Martha. »Sie brauchen ihn nicht. Er besitzt Sie nicht.«

»Gottverdammt. Frauen auf der Toilette, hm?«

»Das meine ich ernst. Sie sind ...«, Martha bemühte sich, nicht »beeindruckend« zu sagen, und scheiterte. »Beeindruckend. Wenn Sie ihn verlassen, sind Sie eine der reichsten Personen der Welt.«

»Ich bekomme keine fünfzig Prozent, wenn ich jetzt gehe. Für ein ernst zu nehmendes Vermögen muss ich noch mindestens fünf Jahre durchhalten. Oder er muss mich verlassen. Außerdem hat er nächstes Jahr etwas Neues am Start. AnvilAutomate. Die Software automatisiert jede Tätigkeit einer Sekretärin. Und dasselbe gilt für jeden anderen Prozess, den man online durchführt. Ich meine nicht nur so etwas wie automatische Adresseingaben. Ich spreche von Forschungsmethoden, vom Verfassen von E-Mails, von einer Assistentin, der kein Mensch anmerkt, dass sie eine KI ist, wenn sie Zoom-Anrufe entgegennimmt. Zimri wird dann drei Mal so reich sein wie heute. Der Code dafür ist wunderschön. Wie eine Kathedrale.«

Selah hatte sich inzwischen sowohl das Blut als auch das Makeup aus dem Gesicht gewischt. Sie zog ein Sweatshirt und eine Hose an.

»Wissen Sie, was ich jeden Tag denke? Ich denke, in meiner derzeitigen Stellung kann ich ihn wenigstens von einem Teil seiner Pläne abhalten. Verstehen Sie? Wie damals, als er eine Mondbasis errichten wollte – das ist kein Scherz, eine verdammte Mondbasis! – und ich sagte: ›Wie wäre es, wenn wir stattdessen Land aufkaufen und es in Naturschutzgebiete für Tiere umwandeln?‹ Natürlich erinnert er sich nicht mehr daran, dass das ursprünglich meine Idee war. Die Mondbasis will er immer noch errichten, aber wenigstens haben wir jetzt die FutureSafe-

Zonen. Manchmal denke ich, dass ich deshalb an seiner Seite bin. Um das Schlimmste zu verhindern.«

»Ja«, sagte Martha. »So ähnlich denke ich über Lenk. Aber manchmal …« – sie sprach langsam und vorsichtig, wog jedes Wort sorgfältig ab, als verschöbe sie eine Schachfigur – »… frage ich mich, ob das ausreichen wird.«

Selah nahm einen Eyeliner aus ihrer Handtasche und zog einen zuversichtlich aufwärts strebenden marineblauen Strich über jedes Augenlid. Sie wandte sich Martha zu.

»Denken Sie darüber nach, Lenk zu verlassen? Nicht mehr für Fantail zu arbeiten?«, fragte sie.

»Ja, darüber habe ich nachgedacht«, antwortete Martha.

»Und dann? Sie haben keinen Ehevertrag im Rücken. Wollen Sie dann eine Stiftung leiten oder so?«

»Ja«, antwortete Martha. »Das könnte ich machen. Ich denke, ich bleibe, weil … weil ich einen Weg suche, mit dem, was Lenk aufgebaut hat, etwas Besseres anzufangen.«

Selah sah Martha an. Ihr Kopf legte sich langsam schief, als gehorchte er einem eigenen Willen. Als drehte die Welt sich um hundertachtzig Grad, und Selah versuchte, mit der Bewegung Schritt zu halten, damit sie die Dinge weiterhin gerade sah.

»Frauen auf der Toilette«, meinte Martha.

Wie entsteht Vertrauen zwischen Menschen? Es ist ein Geben und Nehmen. Es fängt damit an, dass man sich in eine Lage begibt, in der man verletzlich ist, wenn auch zunächst nur ein wenig. Man prüft, ob der andere das ausnutzt. Vertrauen entsteht, wenn Menschen sich einander zuwenden und im selben Moment lachen. Es ist, als fertigte man in seinem Inneren ein Modell der anderen Person an, setzte es sich auf die Hand, betrachtete es von allen Seiten und sagte sich: Ja, ich sehe die Fehler und die Gefahren, aber hier wird mir nichts geschehen. Und Vertrauen bedeutet, dass man sagt: Ich vertraue dir lieber, als allein zu sein.

Selah zog den BH unter dem T-Shirt aus, ließ kaltes Wasser über die luftige Spitze laufen und rieb sanft mit dem Daumenballen über die Flecken. »Ich meine, dass Ganze hat etwas verdammt Biblisches. Es hat im wahrsten Sinne des Wortes Blut auf uns geregnet. Ich denke, wir sollten Du sagen. Weißt du, ich bin mit all dem aufgewachsen, meine Mum ist, na ja, fromm? Ich brauche nicht noch einmal Kirche jeden Sonntag – Kirche *jeden* Tag. Blut, Frösche, Heuschrecken, Pest, Hagel, Finsternis. Es gibt immer Möglichkeiten zu erkennen, ob der Herr die Schnauze voll von einem hat, nicht wahr?«

»Es gab eine Heuschreckenplage in Italien. Erst vor ein paar Wochen. Und davor eine in Südafrika«, fiel Martha ein.

»Corona. Die Affenpocken.« Selah warf ihr einen Seitenblick zu. »Hagelkörner von der Größe einer Grapefruit in Kanada. Im Sommer.«

Sie lachten. Martha hatte seit ihrem Aufbruch von den Enochiten noch nie jemanden getroffen, der dieses Spiel mit ihr spielen konnte.

»Stimmt das?«, fragte Martha. »Das mit den Hagelkörnern?«

»Oh ja. Ich habe einen Anvil-Alarm für den Weltuntergang, Schätzchen. Gott ist so *sauer* auf uns.«

Ist es dieser Moment, in dem aus nichts etwas wird? Ist die Tatsache, dass Selah Nommik diese Worte in dieser Reihenfolge sagt, der Akt, mit dem das Samenkorn für alles Weitere gelegt wird? Damals hielt Martha es für einen Scherz.

»Wenn wir Propheten wie früher hätten«, sagte Selah, »würden sie uns auffordern, mit allem aufzuhören, was wir gerade tun, und damit anzufangen, die Dinge wieder in Ordnung zu bringen. Nichts anderes, keine Ablenkung, bis das erledigt ist.«

»Ein Freund von mir sagt das Gleiche«, erzählte Martha. »Dass wir Tech-Leute die Einzigen sind, die die Welt wieder in Ordnung bringen können, weil nur wir daran gewöhnt sind, Dinge so schnell zu verändern.«

»Das stimmt, und schnell müssen wir auch sein. Der Klimawandel, die Zerstörung der Umwelt ... all das wird sich irgendwann wieder einpendeln. Aber das kann sechshundert Jahre dauern, und wir müssen den Zusammenbruch der Zivilisation durchmachen. Sechs Milliarden Menschen werden sterben, und wir werden in die Steinzeit zurückkatapultiert. Oder aber wir kneifen endlich die Arschbacken zusammen und unternehmen etwas dagegen. Dann haben wir, grob geschätzt, fünf Jahre lang massive Schwierigkeiten. Dann leben wir ein paar Jahre mit Blackouts, und jeder auf der Welt kapiert, dass es nicht so weitergehen kann wie bisher. Und dann sind wir im Grunde auch schon mit dem Schlimmsten durch.«

»Und am anderen Ufer wartet eine wunderschöne Welt«, sagte Martha.

»Worauf du dich verdammt noch mal verlassen kannst.« Selah fuhr so schnell herum, dass sie winzige Tröpfchen rötliches Wasser auf Martha spritzte. »Oh, fuck, tut mir leid.«

»Mich hat heute schon Schlimmeres getroffen.«

»Stimmt«, sagte Selah. »Sieh mal, du begreifst es, oder? Ich gebe mir Mühe, aber ich glaube, ich bin noch nie jemandem begegnet, der es *wirklich* versteht. Am anderen Ufer wartet *tatsächlich* eine schöne Welt, in der wir nicht mehr unzählige Tier- und Pflanzenarten ausrotten, in der unsere Städte sauber, schön und voller Vögel sind, in der unsere Autos elektrisch fahren und miteinander geteilt werden, in der die Straßen so sicher sind, dass Kinder dort spielen können, und in der wir das Fernsehen, das Internet, Konzerte, Sportveranstaltungen und all das Gute behalten können. Okay, wir werden uns dann hauptsächlich vegan ernähren müssen, aber das Essen schmeckt *gut*, und wenn wir die Schmerzgrenze so schnell wie möglich durchbrechen, sind wir bald da.«

»Ich glaube, du solltest meinen Freund kennenlernen«, sagte Martha.

»Ja, verdammt noch mal, unbedingt«, antwortete Selah und stopfte den feuchten BH in ihre Plastiktüte. »Ich sollte deinen Freund kennenlernen, und ich sollte mich öfter mit dir treffen, und du solltest deinen Boss überreden, beim FutureSafe-Programm mitzumachen.«

»Mein Freund heißt Albert Dabrowski«, sagte Martha.

»Okay«, gab Selah zurück, weil sie den Namen einen Moment lang nicht einordnen konnte. Sie kannte ihn aus der fernen Vergangenheit – das bedeutete im Silicon Valley zwölf Jahre. Dann machte es klick. »Moment mal. Ihr seid Freunde? Du bist mit Albert Dabrowski *befreundet*?«

»Ja.«

»Wie zum Teufel ist es denn dazu gekommen?«

»Das ist eine lange Geschichte.«

Selah runzelte nachdenklich die Stirn.

»Weißt du, mit wem du sprechen solltest? Mit Badger Bywater.«

Keine sechs Monate später wurde AUGR geboren.

12 so viele dämliche songs

Wir sind immer damit beschäftigt, die Zukunft einzuholen. Doch wenn wir dort ankommen, ist sie niemals so, wie wir sie uns vorgestellt haben. Manchmal, nur hin und wieder, ist sie sogar besser.

Lange Zeit nach diesen Begegnungen beobachtete Martha Einkorn an einem kalten Januartag auf der Dachterrasse eines Londoner Hotels Badger Bywater dabei, wie sier Lenk Sketlish damit provozierte, dass sier einen Strohhalm zu einer exklusiven Party mitbrachte. Natürlich konnte Badger Bywater, vom unerschöpflichen Vermögen sierer Familie beschützt, tun und lassen, was sier wollte, und sorglos sier Getränk durch einen Strohhalm aus Glas aufsaugen. Auch Albert Dabrowski konnte bis zu einem gewissen Grad tun, was ihm gefiel, da ihm bereits alles genommen worden war. Bei der Party auf der Dachterrasse malträtierte er seine Leber weniger, als es den Anschein hatte. Der Obstpunsch, den er trank, war meistens nur Fruchtsaft. Alle wollten einen klaren Kopf behalten, und Alberts Leber war nicht mehr so gut in Form wie früher. Selah Nommik spielte natürlich dasselbe Spiel, das sie in den vergangenen fünf langen, langweiligen Jahren perfektioniert hatte. Keiner von ihnen war in einer so prekären Lage wie Martha. Um nach London zu kommen, hatte sie sich sogar freiwillig dafür melden müssen, ein so scheißlangweiliges Sponsoring-Event wie »Fantail als Survival-Tool« auszurichten.

Die Regentropfen fielen aufs Dach. Sie sah auf ihren Thinscreen. Es war Zeit. Martha überkam das dumpfe Gefühl der Pflichterfüllung, wie derzeit immer. Das Gefühl, einsam und alleine die Verantwortung zu übernehmen, weil es notwendig war. Sie fuhr mit dem Lift zu der langweiligen Veranstaltung hinunter.

Natürlich hatte Martha Lai Zhen vor dem Event im Internet recherchiert. Sie war faszinierend, zum Brüllen komisch und charismatisch – natürlich war sie das: 2,8 Millionen Menschen wollten ihre Freunde sein. Martha hatte gelernt, charismatischen Menschen mit zynischer Distanz zu begegnen. Lai Zhen würde sich wahrscheinlich als eingebildete, narzisstische Zicke entpuppen. Trotzdem war es der Mühe wert, den Kopf hinter SurlySurvivor kennenzulernen. Nach der Rolle, die Fantail beim Fall Hongkongs gespielt hatte, empfand Martha immer wieder das Bedürfnis, Menschen zu treffen, die das Desaster überlebt hatten. Und vielleicht würde sich Lai Zhen noch als nützlich erweisen.

Es gibt im Leben eines Menschen Dinge, die sich weder vorhersagen noch kontrollieren lassen. Das ist gefährlich und furchterregend; es kann Leben zerstören und Pläne durcheinanderbringen. Deshalb gibt es auch so viele dämliche Songs darüber.

Lai Zhen war charmant und witzig; sie war geistreich und selbstironisch. Sie ergriff Martha Einkorns Hand. Ihre Handflächen berührten sich. Es war, als begänne in Martha ein elektrischer Strom zu fließen. Oh verdammt, dachte sie. Das ist nicht der richtige Zeitpunkt. Aber man konnte eben nie mit Sicherheit wissen, was als Nächstes kam.

Sie war aus der Übung, doch sie hatte Lenk oft genug dabei beobachtet. Mit seinen verschiedenen Frauen und Geliebten, den Müttern seiner Kinder und den Seitensprüngen. Es war nicht schwer. Er ließ ein paar kleinere verletzliche Stellen erkennen; er machte anzügliche Bemerkungen. Ein Teil ihrer selbst rief sich zur Ordnung: Das ist wirklich nicht der richtige Zeitpunkt, um dein inneres Eismeer aufzutauen, vielen Dank auch; bitte bleib zugefroren, nur für die nächsten paar Monate, bleib einfach zugefroren. Doch der Teil ihrer selbst, der Lenk früher bei so etwas beobachtet hatte, fischte die Schlüsselkarte zu ihrem Hotelzimmer aus der Hosentasche und drückte sie Zhen in die Hand. Sie sah, wie Zhens Pupillen sich weiteten, und dachte, ich bin so sehr aus der Übung, dass ich vergessen habe, wie alles zusammenpasst. Aber so sind die Menschen nun mal. Klopf, klopf, sagt die eine Person, kann ich hereinkommen? Und obgleich es nicht den geringsten Grund gibt, jemanden einzulassen, obgleich es sicherer und vernünftiger wäre, die Tür verschlossen zu halten, wenn auch nur, damit man nicht neu planen muss, sind wir eben so. Wir geben jemandem unseren Zimmerschlüssel.

An jenem ersten Morgen wachte Martha vor Zhen auf. Sie betrachtete das ruhige, schlafende Gesicht. War so etwas überhaupt möglich? Sie war, was, *elf* Jahre älter als Zhen? Es gab Leute, die mit so etwas fertigwurden, aber konnte sie das auch? Sie hatte in der Nacht kaum geschlafen, weil es so fremd war, eine andere Person neben sich im Bett zu haben; sie hatte stocksteif und voller Angst dagelegen, während ein schrecklicher Morgen in ihr heraufgedämmert war. Zhen murmelte im Schlaf etwas auf Chinesisch, das wie »baobei« klang. Und Martha dachte: Oh, aber ich möchte so gerne. Es ist wieder Morgen, und endlich fällt die Sonne auf mich. Ihr Gesicht wandte sich den Strahlen zu, und sie spürte, wie deren Wärme sie berührte.

Sie schloss die Augen. Einmal, vor langer Zeit, hatte ihr Vater sie in der Wildnis alleine gelassen, und egal, wo sie hinging, sie würde für den Rest ihres Lebens allein im kalten, dunklen Wald sein. Sie lauschte Zhens Atemzügen. Es spielte keine Rolle, wie es weitergehen würde. Sie hatte endlich etwas gespürt.

Sie behielt ihre Meerschweinchen in Kalifornien mit einer Überwachungskamera im Auge. Ihre Haushälterin kümmerte sich täglich um sie. Da waren sie, in ihrem Schloss, Nutmeg lief zum Heuballen, um ein bisschen zu knabbern. Toepocket – die diesen Namen trug, weil sie gern die Zehen in die Tasche ihrer Decke steckte – schlief in einem der oberen Räume. An diesem Morgen in London verfolgte Martha aus dem Bett, wie die beiden ihre Nacht verbrachten. Sie waren total niedlich, doch plötzlich waren die Anforderungen von Marthas anstrengendem Beruf und ihre Liebe zu den Meerschweinchen nicht mehr genug. Sie würden nie wieder genug sein.

Verdammt.

An diesem Tag schickte Selah ihr eine Nachricht: **Sei ehrlich, das war kein One-Night-Stand, oder?**

Martha überlegte, ob sie nicht genau das behaupten sollte. Vielleicht war es auch nicht mehr als das. Vielleicht war Zhen tatsächlich eine furchtbare Zicke. Aber Martha wusste, für sie selbst war das hier kein unverbindliches Abenteuer.

Albert sagte: **Tja, Scheiße, herzlichen Glückwunsch, Schatz.**

Sie chatteten inzwischen über Privatnachrichten und unter vorher verabredeten Pseudonymen auf einem Strickforum. Und danach auf einem Surferforum. Als Nächstes auf einem Forum für Diabetiker. Sie wechselten die Plattform einmal pro Woche. Sie hatten sich die verschiedenen Foren bei ihrer letzten persönlichen Begegnung sechs Monate im Voraus gemerkt.

Badger schrieb: **Ich möchte sie kennenlernen.**

Albert: **Mein Gott, wir alle möchten sie kennenlernen.**

Badger: **Ja, aber ehrlich, wir stehen jetzt so kurz davor.**

Selah fügte hinzu: **Ich glaube, das ist eine gute Idee. Ich will damit nicht sagen, dass wir sie überprüfen sollten, aber ... es stimmt, wir stehen jetzt wirklich kurz davor.**

Also gut, Badger traf Zhen in Neuseeland. Und Badger fand sie toll.

Albert schrieb: **Du magst sie wirklich, nicht wahr?**

Selah kam Marthas Antwort zuvor: **Sie ist eine tolle Frau, deshalb mag Martha sie, und genau deshalb dürfen wir sie nicht mögen. Tut mir leid, Martha. Denk an das, was auf uns zukommt. Es handelt sich höchstens noch um ein paar Monate. Das Wetter. Der Schwarzschimmel. Der Krieg im Südchinesischen Meer. Es wird nicht mehr lange dauern.**

Wie habe ich es nur geschafft, mich schon wieder in so eine Lage zu manövrieren, fragte sich Martha. Selbstverleugnung und

Pflichterfüllung. Das, was ich der Gemeinschaft schuldig bin, ist wichtiger als das, was ich mir selbst zugestehe. Nach all den Jahren habe ich es geschafft, wieder in einer Gruppe zu landen, die mir Fesseln anlegt. Sie dachte darüber nach, den Wunsch der anderen zu ignorieren. Sie dachte an das Gefühl an jenem ersten Morgen – wie sie verstört, zerschlagen und übernächtigt im Bett gelegen und mit furchterregender Gewissheit gespürt hatte, dass die Sonne ihr Gesicht berührte.

Sie hatte jedoch bereits etwas Schlimmes getan. Wenn die anderen davon erfuhren, würden sie die ganze Sache abblasen. Also erzählte sie es ihnen nicht.

Selah schrieb: **Sieh mal, wenn und falls alles den Bach runtergeht, kannst du sie jederzeit mitbringen, okay? Wenn es wirklich ernst wird, kannst du sie mitbringen. Wir hindern dich nicht daran.**

Doch Selah wusste nicht, dass Martha Zhen bereits – auf gewisse Weise – für den Weltuntergang bei sich aufgenommen hatte.

Martha verfolgte Zhens Online-Auftritte und schaute ihre Videos. Sie hatte jeden Livestream in ihren Kalender eingetragen. Gleichzeitig ghostete sie Zhen, aber sanft. Sie reagierte auf jede Nachricht etwas weniger engagiert – schickte nur einen Smiley oder ein Like. Sie verfolgte fasziniert, wie Zhen mit einem schiefen Lächeln und bissigen Worten ein enttäuschendes Zelt oder einen überteuerten Infektionsdetektor niedermachte. Du weißt nicht, dass du bereits in Sicherheit bist, dachte Martha.

Martha hatte in ihrem Hotelzimmer ein eigenes WLAN eingerichtet. Hatte es mit ihrem eigenen Code verschlüsselt und so programmiert, dass es ein ganz bestimmtes Datenpaket übermittelte. Eines frühen Morgens hatte Martha Zhen ihr WLAN und ihr Passwort überlassen, und Zhen hatte ihr Handy damit verbunden. Klopf, klopf, hatte Marthas Internet gesagt. Zhens Sicherheitssystem hatte eigentlich keinen Grund, jemanden einzulassen. Außer, dass ein Mensch dahinterstand. Und Menschen wollen sich miteinander verbinden. Für Menschen gibt es den Moment, in dem eine Hand die andere berührt. Wenn etwas geschieht, geschieht es auf diese Weise. Komm herein, sagte Zhens Sicherheitssystem. Und in diesem Moment schenkte Martha Zhen AUGR, ohne dass irgendjemand davon erfuhr.

Es gibt keinen Grund, der gut genug ist, jemandem zu vertrauen. Außer dem einen, dass wir ohne Vertrauen nicht leben können. Martha beobachtete auf ihrem Screen, wie Zhen diesen oder jenen Auftritt hatte, und dachte: Du bist in Sicherheit. Und eines Tages werde ich es dir erklären. Nach dem Weltuntergang.

13 wenn es zeit ist zu gehen

»Wenn man weiß, dass der Weltuntergang da ist, ist es bereits zu spät, nicht wahr?« Si Packship lachte. Es war unwiderstehlich. Gegen ihren Willen stimmten drei der reichsten Menschen der Welt in das Lachen ein.

Als Martha Packship gefunden hatte, waren sein Lachen nervös und seine Hände fahrig gewesen. Doch sie hatte so lange mit ihm gearbeitet, bis er für Lenk, Ellen und Zimri präsentabel war. Seine Idee war recht vielversprechend, und als sie ihm einige Mittel aus ihrem Budget für Spezialprojekte verschafft hatte, wurde die Sache noch besser. Das hier könnte etwas sein, das Lenk wirklich würde haben wollen. Sie konnte nicht zulassen, dass Packship sie wie eine Idiotin dastehen ließ.

Si Packship verstand sich perfekt aufs Präsentieren. Seine Power-Point-Folien waren großartig. Und auch sein Gesicht war großartig: symmetrisch und schön. Er war der ideale Verkäufer. Und wer bei ihm kaufte, fühlte sich wundervoll.

»Sie haben alle darüber nachgedacht. Schließlich tun Sie den ganzen Tag nichts anderes, als der Zukunft mit weit geöffneten Augen entgegenzusehen, nicht wahr? Und Sie glauben, Sie *wüssten* genau, wann Sie gehen müssen. Vielleicht denken Sie, Sie könnten rational, logisch und objektiv an die Sache herangehen. Aber wir wissen alle, dass das nicht stimmt.«

Zimri Nommik setzte sich aufrechter hin. Er mochte es nicht, wenn er zu früh am Morgen geweckt wurde, um in einen Fiberglasberg zu gehen und sich eine Präsentation anzuhören, und er war sich nicht sicher, ob dieser Mann ihn beleidigte.

»Mag sein, dass Sie nicht rational denken«, knurrte er. »Ich schon, Scheiße noch mal.«

Si Packship konterte so mühelos, wie man Atem holt. »Es gibt einige Entscheidungen, bei denen Maschinen einfach besser sind«, sagte er lächelnd, und genau das war Zimris Credo. »Menschen werden durch ihre Gefühle beeinflusst. Wir bleiben zu lang am Roulettetisch sitzen. In einer Krise erstarren wir. Das gilt sogar für trainierte, gut ausgebildete Menschen, die über solche Dinge nachdenken. Wissen Sie, was die häufigste Ursache für Flugzeugabstürze ist? Piloten, die so versessen darauf sind, ans Ziel zu gelangen, dass sie schlechtes Wetter ignorieren. Und wir in der Tech-Industrie? Wir sind Optimisten. Kognitive Verzerrung. Wir glauben so lange, dass wir die Welt schon wieder in Ordnung bringen können, bis es zu spät ist. Aber« – Packship hielt inne und lächelte gewinnend – »Piloten verlassen sich nicht auf ihren Instinkt. Sie haben Instrumente, die ihnen sagen, wann sie das Flugzeug hochziehen müssen, wann der Bodenkontakt bevorsteht, wann sie zu weit oben fliegen.

Ich möchte Ihnen daher eine Frage stellen. Sie haben Ihren Bunker. Sie haben einen Ort, an den Sie gehen können. Aber wissen Sie auch, *wann* Sie gehen müssen?«

Mit der Miene von jemandem, der höflichkeitshalber mitspielte, sagte Ellen Bywater: »Aufstände auf den Straßen.«

»Okay. Aber wie kommen Sie zu Ihrem Bunker? Im Privatjet? Wie kommen Sie zum Flughafen?«

»In einer Limousine«, antwortete Lenk. Er genoss die Situation. Es war wie in der Vorschule. Im Gegensatz zu Ellen und Zimri wusste er bereits, worauf die Sache hinauslaufen würde.

»Wie soll eine Limousine an einem wütenden Pöbel vorbeikommen, an den Aufständischen auf den Straßen?«

»Amerika liebt seine Reichen«, antwortete Zimri. Er zuckte mit seinen breiten, ungeschlachten Schultern.

»Glauben Sie nicht, dass wir über diesen Tag nachdenken müssen? Den Tag, an dem die Amerikaner aufhören, ihre Reichen zu lieben?«, fragte Si Packship. »Deshalb sind wir hier. Nicht, um über einen Tag zu sprechen, an dem alles normal läuft, sondern über den Tag, an dem die Welt hopsgeht. Sagen wir einmal, Sie schaffen es bis zum Rollfeld. Wie groß ist die Wahrscheinlichkeit, dass Ihr Flugzeug noch da ist? Und wie groß ist die Chance, dass es abheben kann? Wie können Sie sicher sein, dass der Treibstoff nicht abgepumpt und verhökert wurde?«

Selah Nommik atmete tief aus, als hätte sie einen Schlag in die Magengrube erhalten.

Zimri legte ihr seine große Hand auf den Arm und brummte: »Die Lieferkette gehört uns. Wir bekommen immer Treibstoff.«

»Lassen Sie mich noch ein Beispiel nennen«, fuhr Si Packship fort. »Wie geheim ist Ihr Bunker?«

»Absolut geheim«, antwortete Ellen Bywater. »Es gibt keine undichten Stellen.«

»Ich verstehe. Sie haben den Ort und alle Zugangscodes geheim gehalten. Sie haben das Leben Ihrer Piloten von einem Dutzend verschiedener Privatdetektive durchleuchten lassen. Keine Spielschulden, keine Geliebten, keine Krankheiten. Er wird gut dafür bezahlt, auf seinem Arsch zu sitzen und zu warten, bis Sie ihn brauchen. Er darf sogar seine Familie mitbringen. Okay. Vertrauen Sie auch dem Nachbarn Ihres Piloten?«

»Also bitte«, knurrte Zimri.

»Das meine ich ernst. Sie beschäftigen einen Piloten, der nie irgendwo hinfliegt, weil er sich jederzeit bereithalten muss? Glauben Sie, dass an dem Tag, an dem er seinen Mantel anzieht und seine Familie ins Auto verfrachtet, wenn die Nahrungsmittelpreise zum siebzehnten Mal in Folge in schwindelerregende Höhen gestiegen sind, glauben Sie wirklich, dass dann keiner seiner Nachbarn versuchen wird, ihm zu folgen? Hunger führt dazu, dass Menschen sehr schnell sehr aufmerksam werden.«

»Ohne Risiko kein Gewinn«, sagte Ellen.

»Aber unnötige Risiken sollte man vermeiden«, entgegnete Packship. »Stellen Sie sich vor, Sie wüssten schon Bescheid, bevor die Aufstände ausbrechen. Bevor die Nahrungsmittel knapp werden. Bevor die Demonstranten Ihrem Jeep den Weg versperren und ihn umkippen. Sie wüssten Bescheid, bevor diese Leute überhaupt ihre Häuser verlassen und ihre Plakate malen.«

Si Packship machte eine Geste mit drei Fingern. Die nächste Power-Point-Folie erschien. Dort stand:

Wann brechen Sie auf?

Er fuhr fort: »AUGR ist eine Survival-KI, die entworfen wurde, um Sie zu beschützen. Zu verstehen, wann Sie sich in Gefahr befinden, und Sie da rauszuholen. Aber AUGR ist noch mehr als das – ein vollständiges Algorithmuspaket und Software-Verfahren, das die Teilnehmer des Programms informiert, wenn es Zeit ist zu gehen. Lange bevor irgendjemand sonst es Ihnen sagen kann, wird AUGR Sie warnen, wenn Gefahr droht. AUGR kennt die Zukunft.«

Er klickte die nächste Folie an. Niemand unterbrach ihn.

Abwehrgrenze

»Unsere Kunden wollen ihr Zuhause, ihr Unternehmen und ihren Arbeitsplatz zehn Tage vor einem katastrophalen Ereignis oder einem politisch-sozialen Desaster verlassen. Diesen Zeitraum nennen wir die ›Abwehrgrenze‹.«

AUGR: Maschinelles Lernen

»AUGR hat Tausende von Katastrophen urbanen, regionalen oder nationalen Ausmaßes analysiert, vom Bhopal-Unglück bis zu

Tschernobyl, von der Corona-Pandemie bis zum Untergang Hong-kongs. Katastrophen ereignen sich niemals in einem Vakuum. Im Nachhinein kann man sehen, wie sie sich ankündigen. AUGR hat alle verfügbaren Datenströme angezapft, um die tieferen Muster hinter diesen Ereignissen zu verstehen. AUGR bezieht Wirtschafts-daten, Wetterdaten, seismische Daten, Währungstransaktionen, Bevölkerungsbewegungen und Verkehrsströme mit ein. Bei den jüngeren Ereignissen analysiert es Internetsuchbegriffe, Posts in den sozialen Medien, Handynutzung, Vogelflugmuster, die Luft-qualität, den Pollenflug und die Wanderung von Ameisenkolo-nien. Wir fragen nicht, ob oder warum Daten relevant sind – wir gehen davon aus, dass alles relevant ist.«

»Funktioniert es?«, fragte Zimri Nommik.

Selah hatte ihm die Hand auf den Oberschenkel gelegt. Sie war vollkommen entspannt. »Man kann die Zukunft nicht vor-hersagen«, sagte sie stirnrunzelnd. »Nicht einmal Zimri kann das.«

Zimri lächelte schwach. »Bis zu einem gewissen Grad schon«, sagte er. »Man kann nicht exakt bestimmen, was passieren wird, aber Trends? Ja, natürlich. Wenn man die richtigen Daten analy-siert, kann man Trends vorhersagen.«

Zimri liebte es, andere zu belehren. Martha sah, dass Selahs Bemerkung ihn – subtil, aber wirkungsvoll – auf Packships Seite brachte.

»Danke, das haben Sie sehr scharfsinnig angemerkt«, sagte Si Packship. »Denn genau das machen wir.«

AUGR: Von der Analyse zur Vorhersage

»AUGR läuft seit zwei Jahren ohne Unterbrechung. Es wird immer besser. Es erkennt inzwischen Veränderungen der öffentlichen Meinung und im Tempo der Entwicklungen. Es schlägt an, wenn Ereignisse außer Kontrolle zu geraten scheinen.«

Auf den Power-Point-Folien waren Fotos zu sehen. Der Aufstand in einer großen südamerikanischen Stadt nach einer gefälschten Wahl. Der Militäreinfall in einen osteuropäischen Hafen. Eine Ölkatastrophe. Der Zusammenbruch eines Unternehmens, das bisher als stabil gegolten hatte. Der Sit-in vor einer Universität. Die Entlassung des Chefredakteurs einer Zeitung. Der Einsturz einer Autobahnbrücke.

»Die letzten drei Ereignisse hat AUGR als bedeutsam gemeldet, aber keinen Evakuierungsalarm gegeben. AUGR ist ein Lifestyle-System. Sobald man ins Programm aufgenommen ist, hält es nach Bedrohungen im großen Maßstab Ausschau, aber auch nach Gefahren für den einzelnen Teilnehmer, wie zum Beispiel einen Stalker oder einen Shitstorm im Internet. Alles, was darauf hindeutet, dass man sich einer Situation so schnell wie möglich entziehen sollte.«

AUGR und Sie

»Ich würde Ihnen gerne beschreiben, wie Ihr persönliches AUGR aussehen könnte. Sie wachen eines Morgens auf, und AUGR hat ein Ereignis innerhalb der Abwehrgrenze entdeckt.«

Eine Folge von Bildern – die jeweilige AUGR-App auf einer Smartwatch, einem Handy, einem Tablet oder einer Heimkonsole, ein kleiner schwarzer Punkt in der Ecke jedes dieser Displays. So unauffällig, dass es niemandem, der das Gerät zufällig sah, auffallen würde. »Ihr Kindermädchen, Ihr Poolpfleger, Ihre Ex-Frau werden das niemals entdecken.« Lenk und Zimri, die beide Ex-Frauen hatten, lachten.

»Sie loggen sich in AUGR ein, um das Bedrohungslevel zu sehen. AUGR hilft Ihnen dann, eine plausible Story zu erfinden – eine spontane Geschäftsreise, ein gesundheitlicher Notfall, ein überraschend abgesagter Deal, wodurch ein paar freie Tage entstanden sind, sodass Sie mit Ihren Kindern in den Kurzurlaub fahren können. AUGR kann gefälschte E-Mails und Screenshots generieren, damit Ihre Geschichte überzeugend wirkt.«

Geordnete Evakuierung

»Wir ermöglichen die Evakuierung nicht nur, wir machen sie außerdem auch angenehm. Sie haben Ihre Warnung bekommen. Es ist immer noch früh. Geben Sie dem Bodenpersonal und Ihrem Piloten Bescheid, dass Sie am Abend einen realitätsnahen Test des Evakuierungssystems durchführen wollen. Sie haben genug Zeit, wertvolle Familienerbstücke einzupacken, den Kindern zu sagen, dass sie am Abend etwas Schönes erwartet, die Schule zu informieren, dass es einen Notfall in der Familie gegeben hat, und der Sekretärin aufzutragen, Ihre Termine zu verschieben. Sie können den Vormittag am Laptop verbringen, am Nachmittag Ihre Bankschließfächer leeren und haben immer noch genug Zeit für ein schönes Abendessen in Ihrem Lieblingsrestaurant, bevor Sie zum Flughafen fahren.«

Nach dem Aufbruch

»Jeder von Ihnen hat ein System installiert, mit dem Sie die Lage aus der Ferne beobachten können. AUGR hilft Ihnen, die notwendigen Entscheidungen mit Blick auf die Zukunft zu treffen. Es ist nicht sinnvoll zurückzukehren, wenn sich die Situation drei Wochen später erneut destabilisiert, oder? AUGR überwacht alle verfügbaren Datenströme, auch nach einem eventuellen Zusammenbruch der Zivilisation. Falls weltweit Chaos ausbricht, informiert AUGR Sie darüber, wo – falls überhaupt – noch stabile Zustände herrschen. AUGR wird keine Entscheidungen für Sie treffen – wird es *Ihnen aber leichter machen*, sie zu treffen.«

Si Packship kam allmählich zum Ende seiner Präsentation. Jetzt ging es ums Geld. Ellen, Lenk und Zimri waren noch da, das war schon mal ein guter Anfang. Martha wusste, dass Packships Verkaufsansprache der Knüller war. Die letzte Folie erschien auf dem Bildschirm. Es war das AUGR-Logo, ein stilisierter Bohrer. Der Name ließ sich sowohl als Augur deuten – ein Prophet – als auch als *auger* – ein Erdbohrer.

»Miss Einkorn hat dieses Treffen ermöglicht. Sie hat meine Arbeit entdeckt und die weitere Finanzierung veranlasst. Dafür bin ich ihr unglaublich dankbar. Doch nun steht mein Produkt zum Verkauf bereit. Wie Sie aus eigener Erfahrung wissen, müssen Tech-Start-ups rasch wachsen. Bei AUGR trifft das genaue Gegenteil zu. Wir müssen klein bleiben. Diese Software funktioniert nicht, wenn alle Einwohner der Stadt sie besitzen. Sie ist vielmehr für eine kleine, exklusive Gruppe gedacht. Es gibt einige andere potenzielle Käufer, und ich muss Ihnen gewiss nicht sagen, um wen es sich dabei handelt. Aber ich bin als Erstes zu Ihnen gekommen, weil Miss Einkorn andeutete, Sie würden AUGR vielleicht schnell vom Tisch nehmen wollen.«

Zimri sah Ellen an, und Ellen sah Lenk an. Sie wollten dieses Produkt; es war ihre Chance. Es war die Lösung, nach der sie gesucht hatten.

VIERTER TEIL

Die möglichkeiten,
die sich durch
wiederholungen
bieten,

oder versuch
es, versuch es
noch einmal, und
mach weiter,
du wirst es am
ende schaffen.

na ja, oder
das ende wird
dich schaffen.

Es geht immer erst einmal bergab,
bevor es wieder bergauf geht, das ist
ein Gesetz.

Die Geschichte von Lot ist im Kern
eine Geschichte vom Überleben. Es
geht um die Probleme und Selbst-
täuschungen der Überlebenden. Lot
und seine beiden Töchter Moa und
Amma entkamen dem Feuerregen
auf Sodom mit heiler Haut. Sie
verloren als Erstes ihre Mutter – Edo
blickte zurück, sie ließ sich von der
Vergangenheit in den Bann schlagen
und konnte keinen Schritt weitergehen. Sie wurde in eine Salzsäule
verwandelt. Tränen oder der Ozean.
Jedenfalls etwas nicht Menschliches.
Sie war nur noch ein Stück Salzge-
stein. Für sie war das Leben vorbei.

Aber ihre Töchter und ihr Mann
konnten – so sollte man zumindest
meinen – wunderbar von vorn
beginnen. Sie waren die einzigen
Überlebenden einer untergegangenen Stadt, sie waren von den

Boten Gottes rechtzeitig evakuiert worden. Sie fanden den Weg nach Zoar. In einer anderen Stadt von vorn anfangen. Sich ins Zeug legen. Sich am eigenen Schopf aus dem Sumpf ziehen. Nicht zurückschauen. Tja, sagt die Genesis, es gibt da ein paar Probleme, die man mit Willenskraft alleine nicht lösen kann. Das Trauma hebt immer wieder sein hässliches Haupt.

Die Geschichte von Lot ist eine Geschichte darüber, dass die Überlebenden auch die Gefickten sind. In Lots Fall trifft das wortwörtlich zu.

Genesis, Kapitel 19, 30–36, frei übersetzt:

Triggerwarnung: Höhlen, Alkoholmissbrauch, Vergewaltigung, Inzest, Schwangerschaft, Verzweiflung, Internet

Sie gelangten also nach Zoar, doch dort blieben sie nicht lange. Die Schrift berichtet: »Lot fürchtete sich, in Zoar zu bleiben.« Sie hatten gesehen, wie eine Stadt niederbrannte, und vielleicht hatten sie Angst, dass das immer wieder geschehen würde. Sie hatten verlernt, auf die Zukunft zu hoffen.

Sie gingen aus Zoar weg und ließen sich in einer Höhle nieder. Vermutlich macht man das so, wenn man nicht mehr an Städte glaubt, aber auch die Fertigkeiten verloren hat, die man braucht, um durchs

Land zu streifen und vom Jagen und Sammeln zu leben. Wir können uns gut vorstellen, dass sie sich schämten.

Eines Abends saß Moa mit Amma an der letzten Glut des Feuers. Moa fragte Amma: »Wo soll das hinführen?«

Amma wusste, worauf ihre Schwester hinauswollte, dennoch entgegnete sie: »Wie meinst du das?«

»Zwingst du mich wirklich, es auszusprechen?«

»Du meinst, sollen wir unser Leben in einer Höhle verbringen, und dann stirbt erst Dad und dann eine von uns und dann die andere?«

»Oh ja, ich glaube, das habe ich gemeint«, antwortete Moa.

»Dann wird es wohl darauf hinauslaufen.«

»Und willst du das?«

Gott hatte ihnen ihr Zuhause genommen, ihre Verlobten, ihre Mutter, ihre Nachbarn, ihre Sicherheit, ihr Sicherheitsgefühl und wahrscheinlich auch ihre Zurechnungsfähigkeit, wenn man bedenkt, was nun gleich geschehen wird. Sie hatten nicht den Eindruck, dass sie Gott etwas schuldig waren. Lot hatte sie dem Pöbel angeboten. Sie hatten auch nicht den Eindruck, ihm etwas schuldig zu sein. Ihnen blieb nur noch ihr eigenes Verlangen. Die

Lebenskraft, die sich mit jedem Tagesanbruch neu erhebt.

Das Verlangen jedes einzelnen Geschöpfs, es möge nicht das letzte seiner Art sein.

Ich möchte euch noch einmal eindringlich warnen: Das wird jetzt wirklich sehr düster.

Von irgendwoher beschafften sich die Schwestern Wein. (Anmerkung: Sie wussten *ganz eindeutig, dass es Städte gab*, denn dort mussten sie ja den Wein besorgen. Wenn man allein in einer Höhle lebt, hat man keinen Wein.)

Sie füllten ihren Vater damit ab, bis er so hinüber war, dass er den Unterschied zwischen seinen eigenen Töchtern und den Huren, die früher vor den Toren Sodoms standen, nicht mehr erkannte. Er sank gegen die Höhlenwand, und als ein Mädchen sich auf ihn setzte, genoss Lot es wie einen Traum aus der Welt, die er zurückgelassen hatte.

Das war die erste Nacht. In dieser Nacht saß Amma vor dem Höhleneingang, summte lautlos vor sich hin und warf Steine den Hang hinunter. Es gab nichts zu tun, sie konnte mit niemandem reden und nirgends hingehen.

Tja, das ist eine der Auswirkungen eines Traumas, oder? Der Tunnelblick. Der Geschichte zufolge sagten die Mädchen: »Kein Mann ist mehr im Lande, der zu uns eingehen könnte nach aller Welt Weise.« Aber sie waren ja gerade in Zoar gewesen. Sie *wussten*, dass es Männer gab. Sie wussten, was alle anderen machten. Dies ist eine Geschichte, die erzählt, wie es ist, zu den letzten Überlebenden einer untergegangenen Zivilisation zu gehören. Keiner steht einfach auf, lässt das alles hinter sich und fühlt sich prima. Sie wussten, dass es andere Männer gab. Aber sie saßen in dieser Höhle fest, unfähig, ihren Vater zu verlassen.

»Woher wissen wir, ob es geklappt hat?«, fragte Amma Moa, als diese herauskam und sich ihr Leinentuch wieder um die Lenden schlang.

»Wir warten ab«, antwortete Moa. »Falls es nicht geklappt hat, versuchen wir es noch einmal.«

In der zweiten Nacht war Amma an der Reihe. Sie sagte sich:

- Ich brauche nicht besser zu sein als er, und ich bin gewiss nicht schlechter.
- Er hat dem Pöbel diesen Teil von mir selbst angeboten; er hat definitiv das Recht verloren, sich frei zu entscheiden oder mir zu sagen, was ich tun oder lassen soll.
- Was hält die Welt außer dem hier denn noch für mich bereit?

Nur Gebeine, Feuer und den
Gestank der Grube.

- Meine Mutter ist weder am
Leben, noch ist sie tot, sie hat
sich in Salz verwandelt, und
ich muss die Welt nicht
verstehen. Ich will ein Kind.

Es war kein Vergnügen, aber es war
auch nicht schwierig. Es war leicht,
Lot erneut betrunken zu machen. Am
Rande seines Bewusstseins wusste
er, was geschehen war, aber er
wollte es nicht *wissen*. In der ersten
Nacht mit Moa trank er, ohne etwas
zu verstehen. In der zweiten Nacht
mit Amma trank er, um sich selbst
nicht in die Augen sehen zu müssen.
Wir geben uns freudig der Illusion
hin, froh, dem uns umschließenden
Selbst entkommen zu können.

Verglichen mit dem grapschenden
Pöbel Sodoms, war das, was Amma
ihrem Vater antat, nicht schlimm.
Ihm entstand kein Leid. Er schnaufte
dreimal heftig, dann sank er zurück
und schlief ein.

Die Goldene Regel ist ganz simpel:
»Was du nicht willst, das man dir
tut, das füg auch keinem anderen
zu.« Oder anders formuliert: Wenn
man *nicht möchte*, dass einem etwas
Bestimmtes zustößt, sollte man
es auch niemand anderem antun.
Einfacher geht es nicht mehr. Keine
Regel ist perfekt, aber diese hier ist

eine ziemlich gute Richtschnur für die meisten Entscheidungen.

Demzufolge hätten die Schwestern es besser wissen müssen. Doch die Leute glauben gern, dass nach dem Weltuntergang keine Regeln mehr gelten. Oder nach dem, was sie für den Weltuntergang halten.

Was kommt nach der Verzweiflung? Wenn man Glück hat, Hoffnung. Vor Tagesanbruch ist es am dunkelsten, doch der Tag kommt immer zurück. Zumindest auf diesem Planeten.

Wenn man kein Glück hat, kommt nach der Verzweiflung die Brutalität. »Was immer man mir zugefügt hat, das darf ich auch anderen zufügen; und was immer andere getan haben, das darf man auch ihnen antun.«

Nach diesem Motto leben die Menschen heutzutage im Internet. Es ist der böse Zwilling der Goldenen Regel. Wenn ich ein Wort dafür kreieren wollte, würde ich es die Salzregel nennen, denn sie zerbröselt schon bei der kleinsten Berührung und verletzt einen, wann immer man sie anwendet.

Die Goldene Regel soll uns von Racheakten abhalten. Sie holt uns immer wieder zu dem zurück, was wir uns ganz bestimmt nicht für uns selbst wünschen. Magst du es *nicht*, wenn man dich in den sozialen Medien hässlich nennt? Dann tu das

auch *niemand anderem* an. Genießt
du es *nicht*, wenn jemand gegen
dich intrigiert, damit du deinen Job
verlierst? Dann überlege dir genau,
ob es richtig ist, so etwas mit
jemand anderem zu machen. Ich
weiß schon, ich weiß. Es ist *sooo
langweilig*, seine Gefühle in den Griff
zu bekommen und über das nachzudenken, was richtig ist. Doch nur so
errichten wir eine funktionierende
Gesellschaft, okay? Die Goldene
Regel ist eine extrem wertvolle
Sozialtechnik, die von den Generationen, die sich mit ihrer Hilfe aus
dem Dunkel hervorgekämpft haben,
an uns übergeben wurde.

Leider scheinen dieser Tage viele
User im Internet die Salzregel vorzu-
ziehen. Es ist eine Regel nie enden
wollender Vendetta: Scrolle die
Timeline in den sozialen Medien nach
unten, und das Schlimmste, was
eine Person je getan hat, kannst
du *vollkommen legitim* auch ihr
selbst antun. Doch damit ist es
das Schlimmste, was du selbst
jemandem angetan hast, und es
ist *vollkommen legitim*, es nun
wiederum dir zuzufügen. Und so
weiter und so weiter. Jeder ist im
selben Teufelskreis gefangen. Genau
an diesem Punkt stehen wir derzeit
mit den sozialen Medien und dem
Internet: Wir stecken mit dem
schlimmsten Menschen, den wir

kennen, in einer Höhle fest, erfinden immer neue Dinge, mit denen wir uns gegenseitig erniedrigen können, und kommen uns dabei redlich und rechtschaffen vor.

Lot hat dem Pöbel die Vaginen seiner Töchter angeboten. Daher fühlten sie sich vollkommen im Recht, als sie mit seinem Schwanz taten, was ihnen beliebte. Das ist das Letzte, was wir in der Bibel von Lot hören. Er sitzt allein in einer Höhle und hat unfreiwillig seine beiden Töchter geschwängert. Ich denke, wir alle sehen das ähnlich: Er mag aus Sodom rausgekommen sein, aber gut ging es ihm nicht.

X schließen

>> *ArturoMegadog*, Status: Im Bunker geboren
Jesus, du gräbst ja ein paar finstere Bibelstellen aus.

>> *OneCorn*, Status: Perfekt vorbereitet
Danke! Das ist meine Spezialität. Meinst du, es hört sonst noch irgendwer zu?

>> *ArturoMegadog*, Status: Im Bunker geboren
Dieses Unterforum hat 4.610 Follower. Sie schweigen, weil sie erschüttert sind.

>> *OneCorn*, Status: Perfekt vorbereitet
Ich meine, jetzt mal realistisch.

>> *DanSatDan*, Status: Eine Dose Bohnen
Okay, ich steige mal ein, weil das so meine Art ist. Ich schätze, wenn man es unter dem Survival-Aspekt betrachtet, geht es hier

darum, nicht dem Drang nachzugeben, sich zu verstecken und in einer winzigen Gruppe zu bleiben, stimmt's? Sondern sich die größte Mühe zu geben, sich mit anderen Überlebenden zusammenzutun? Aber nicht zusammentun im Sinne von ›den eigenen Dad vergewaltigen‹.

>> OneCorn, **Status:** Perfekt vorbereitet

Ah, willkommen, DanSatDan zur Genesis-mal-verstörend-gelesen-Gruppe! Toll, wie du dafür sorgst, dass wir beim Thema bleiben. Okay, also ich habe viel darüber nachgedacht, und … in diesen Geschichten in der Genesis ist wirklich was los. Man kann sie drehen und wenden, und doch gelangt man nie bis zum Grund. Lots Geschichte handelt eindeutig von einer Familie und ihrem Trauma. Aber sie handelt auch vom Überleben und den Problemen, die man als Überlebender hat. Und davon, dass man nie aufhören sollte zu versuchen, etwas Gutes von der schlimmsten Person zu bekommen, die man kennt.

>> DanSatDan, **Status:** Eine Dose Bohnen

Es geht hier um Vertrauen. Wer glaubt, in einem Evakuierungsszenario würde nicht das Gesetz des Pöbels herrschen und sexuelle Übergriffe würden keine Rolle spielen, hat noch nicht begriffen, wie andere Menschen drauf sind.

Mein Dad war einer dieser Rambo-Typen. Er hat sich gern gestritten, und wenn er von den anderen Säufern nicht bekam, was er wollte, hat er meine Mom verprügelt, oder auch mich. Er hätte eine Atomkatastrophe locker überlebt. Aber keiner hätte ihn in seinem Bunker haben wollen. Oder in seiner Höhle.

Lots Familie ist eine Warnung. Zurückzublicken kann gefährlich sein. Aber man muss aufpassen, was man mit sich bringt. Was einen einst am Leben erhalten hat, kann einen am Ende töten.

>> ArturoMegadog, **Status:** Im Bunker geboren

Oje. Tut mir schrecklich leid, das über deinen Dad zu hören, DanSatDan.

>> DanSatDan, Status: Eine Dose Bohnen

Danke. Was ich dich fragen wollte: Bist du okay? Nach der Sache im Frühjahr?

>> ArturoMegadog, Status: Im Bunker geboren

Mir geht's wieder besser, danke. Ich habe mir einen Therapeuten gesucht. Und ich gehe einen Schritt nach dem anderen. Vorher war ich zu viel allein, aber es hilft mir sehr, dass ich jetzt ein Projekt habe.

1 achtundzwanzig squeeze packs erdnuss- und mandelbutter

zhen

Zhen igelte sich drei Wochen lang in Madrid ein. Wenn sie zu Marius reisen wollte, musste sie ihre Spuren verwischen und eine Weile abwarten, bis ihre Fährte kalt war.

Von Singapur aus flog sie nach Manila, von dort sofort weiter und dann noch einmal und noch einmal. Zwischen zwei Flughäfen angelte sie den gefälschten Pass, der auf den Namen Ho Sara lautete, aus den Tiefen ihres Rucksacks. Sie war noch nie mit falschen Papieren gereist. Sie hatte ihn nur anfertigen lassen, um ihre Fans mit einem Video zu unterhalten, und ihn halb aus Spaß und halb aus Paranoia behalten. So etwas war ein Trost für ehemalige Flüchtlinge. Sie hatte nicht gewusst, ob sie damit durchkommen würde, bis es ihr – auf einem Flughafen im Nirgendwo – plötzlich so vorgekommen war, als wäre es weniger gefährlich, ihn auszuprobieren, als es bleiben zu lassen.

In Manila hob sie an acht verschiedenen Geldautomaten so viel Bares wie möglich ab. Im Flughafen kaufte sie in einem Mini-Mart Ramen-Nudeln. Sie stellte ihren automatischen Assistenten so ein, dass er alle anstehenden Termine absagte, wegen ... sie überlegte ... Kontakt mit einem Lepra-Infizierten. Das würde man ihr glauben, und niemand würde versuchen, sie trotzdem zum Kommen zu überreden.

Auf dem Flug von Manila nahm sie den Akku aus dem Handy und zerschnitt die SIM-Karte. In zehn Kilometern Höhe schaltete sie an ihrem Laptop, ihrem Anvil-Thinscreen, ihrem Medlar-Torque und jedem anderen digitalen Gerät in ihrem Besitz das WLAN aus.

In Ankara wechselte sie ihr gesamtes Bargeld in Euro um, wobei sie sich mit Ho Saras Reisepass auswies, und warf die SIM-Karte ins Klo. In Skopje hatte sie sechzehn Stunden Aufenthalt und färbte sich auf der Damentoilette – warum eigentlich nicht – die Haare blond. In Madrid blieb sie, weil sie keinerlei Verbindung zu der Stadt hatte und hier, soweit sie wusste, niemanden kannte. Sie fuhr mit dem Bus Richtung Zentrum. Als der Bus durch eine Gegend kam, in der die Farbe von den Häusern blätterte und alle Schilder verblasst waren, stieg sie aus und ging zu Fuß weiter. In einer Straße mit billigen Absteigen und Elektronik-Discountern checkte sie im erstbesten Hotel ein, und die schmuddelige Bettwäsche barg für sie die beruhigende Botschaft, dass es hier vermutlich keine versteckten Überwachungskameras gab, die ihr Gesicht erkennen konnten.

Falls sie von einem staatlichen Geheimdienst verfolgt wurde, würde das nicht ausreichen. Sollte sie auf die Abschussliste von Fantail, Medlar oder eines anderen bedeutenden Tech-Giganten geraten sein – zum Beispiel, weil eine App im Entwicklungsstadium auf ihrem Handy gelandet war –, könnte es reichen. Vielleicht. Und falls es sich lediglich um eine geistesgestörte Sektenanhängerin handelte – oder eine Gruppe von geistesgestörten Sektenanhängern –, würde dieses Maß an Vorsicht genügen.

Sie bezahlte drei Wochen im Voraus. Bar. In einem Zimmer mit rot-orangefarben gestreiften Vorhängen und einem Lampenschirm mit rosa Bommeln kontrollierte sie ihr Gepäck, um sich zu vergewissern, ob sie – wenn es hart auf hart kam – tatsächlich genug zum Überleben dabeihatte oder ob sie einfach nur zeit ihres Lebens eine Aufschneiderin gewesen war. Sie fand:

- sechzehn Päckchen Ramen-Nudeln
- eine große Tüte Studentenfutter
- ein großes Päckchen von etwas, das sich »Bamba Snack« nannte und sich am Boden ihres Rucksacks in ein feines Pulver mit Erdnussbuttergeschmack verwandelt hatte
- acht verschiedene Beutel mit Survival-Gel, die sie von einer Prepper-Messe mitgenommen hatte. Jeder hatte eine andere Farbe und enthielt angeblich schmackhafte Nahrung für einen ganzen Tag. Wie sie feststellte, schmeckte der Inhalt trotz der unterschiedlichen Farben immer gleich – Zitrone mit einem schwachen, aber deutlichen Abgang von Toilettenreiniger
- zwölf Päckchen Beef Jerky
- sechs Päckchen Proteinpulver
- achtundzwanzig Squeeze Packs Erdnuss- und Mandelbutter
- neunzig Multivitamintabletten
- einen Apfel

Außerdem besaß sie:

- eine Anthologie ausgewählter Werke der englischen Literatur und die »ersten tausend Wörter« samt rudimentärer Grammatik der zwanzig meistgesprochenen Sprachen der Welt; das alles auf Dünndruckpapier, das zur Not auch als Toilettenpapier oder als Feueranzünder herhalten konnte. Nicht, dass sie eines von beidem brauchte
- ein Buch mit kryptischen Kreuzworträtseln. Sie hatte seit ihrer Ankunft in Großbritannien lernen wollen, wie man sie löste, und Menschen, die es konnten, stets bewundert. Das hatte sie sich für die Zeit nach der Apokalypse aufgehoben
- ein kleines Kurbelradio

- acht Bleistifte, fünf Kulis und ein kleines gelbes Schul-
  heft

Das war okay. Genug, um sich die Zeit zu vertreiben, während
sie ihre Geräte nicht einschalten durfte. Sie war noch immer der
Freak mit dem Survival-Tick. Und noch immer – anders als der
Rest der Welt – die einzig Vernünftige.

Den Apfel aß sie zuerst. Sein Nährwert würde nie höher sein
als an diesem Tag. Er war knackig und saftig, und sie nahm das
überdeutlich wahr. Die Welt prasselte auf ihre Sinne ein, ein Ritual für den Beginn eines Lockdowns.

Es waren schlechte, aber auch einfache Tage. Sie erinnerte sich,
wie sie als Jugendliche monatelang nicht aus dem Haus gegangen war, als ihre Mom im Sterben lag, oder wie sie und ihr Vater
in dem der englischen Küste vorgelagerten Flüchtlingslager auf
ihre Gesprächstermine gewartet hatten, um die Genehmigung
zur Einreise nach Großbritannien zu erhalten. An die geistige Anstrengung und die Disziplin, die erforderlich gewesen waren, um
eine tägliche Routine aufrechtzuerhalten, ohne dass ein Ende des
Wartens abzusehen war.

Sie rannte auf der Stelle, machte Hampelmänner, Liegestütze
und Kniebeugen. Ihr fiel ein, wie ihr Dad versucht hatte, ihr Interesse an Gymnastik zu wecken, und wie albern der alte Mann
ausgesehen hatte, wenn er seinen Körper verdrehte – nach links,
zwei, drei, nach rechts, zwei, drei –, doch jetzt, dachte sie, wäre
sie schrecklich gern mit ihm zusammen. Langeweile und Angst
fühlten sich auf ihre eigene Weise vertraut und sicher an. Sie
hätte sich gern ins Internet eingeloggt, um herauszufinden, was
zum Teufel in Singapur vorgefallen war. Ständig verspürte sie den
Impuls, ihren Dad anzurufen, oder ihre Ex oder ihre Freunde.
Das Verlangen rollte wie eine Welle heran und zog sich wieder
zurück, immer und immer wieder. Jedes Mal, wenn es zurück-
kehrte, dachte sie an die Kugel, die direkt in die Mitte der Tonne

mit den Plüschfüchsen eingeschlagen war. Sie musste noch eine Weile in Deckung bleiben.

Sie schlief viel. Sie schaute spanisches Fernsehen und CNN, und sie hörte Radio. Eine Schießerei in einer Shoppingmall in Singapur wurde nicht erwähnt. Auch von einer Toten oder von einer zur internationalen Fahndung ausgeschriebenen Kriminellen, die paramagnetische Salze als Mordwaffe einsetzte, war nirgends die Rede. Sie sehnte sich so verzweifelt nach Informationen, dass ihr Spanisch allmählich besser wurde. Sie lernte, wie man kryptische Kreuzworträtsel löste.

Nach dreizehn Tagen in ihrem Zimmer wagte sie sich um Mitternacht mit einer Handvoll Münzen zum Snack-Automaten im Flur. Sie stand zitternd vor der Maschine und versuchte, wie ein ganz normaler Gast auszusehen, der einen Schokoriegel auswählte. Als die Tür zum Treppenhaus krachend aufflog, zuckte sie zusammen. Das junge heterosexuelle Pärchen, das im Gehen knutschte, bemerkte sie gar nicht. Wieder in ihrem Zimmer, aß sie die Schokoriegel einen nach dem anderen auf. Bei einer klebrig-süßen spanischen Billigkopie von Almond Joy verharrte sie mitten im Bissen, spuckte das Zeug in die Hand und weinte.

Nach zwanzig Tagen packte sie ihre Sachen und verließ das Hotel um fünf Uhr morgens. Es war inzwischen Anfang Juli, und der Himmel war blau. Eine gute Jahreszeit für eine anstrengende Reise.

Sie fand einen Laden, in dem sie drei billige Prepaidhandys in einer Blisterpackung und drei spanische SIM-Karten kaufte. Sie nahm die erste U-Bahn des Tages zum Bahnhof Chamartín-Clara Campoamor. Im Zug war nur ein einziger Mitreisender, ein Bauarbeiter in Stiefeln und Overall, an dem noch der Staub und die Farbe des letzten Arbeitstages klebten. Im Bahnhof angekommen, setzte sie sich auf eine Bank am Bahnsteig. Fünf kleine Vögel pickten an einer Chipstüte herum. Der nächste Zug, der Richtung Nordosten durch den Schengen-Raum fuhr, verließ den Bahnhof um 8:43 Uhr.

Dieser Teil war kompliziert, aber auf seine eigene Weise auch einfach. Züge kreuz und quer durch Europa, einer nach dem anderen, wobei sie die Schweiz und alle kleineren Staaten, die nicht zum Schengen-Raum gehörten, umfuhr. Die Kapuze ihres Hoodies hatte sie tief ins Gesicht gezogen und sich drei Streifen durchsichtiges, holografisches, reflektierendes Isolierband strategisch ins Gesicht geklebt, sodass sie den Überwachungskameras ausweichen und die digitalen Gesichtserkennungsprogramme der reicheren und autoritärer orientierten Staaten des Kontinents austricksen konnte. Wenn man ihr gegenüberstand, sah es nur so aus, als hätte sie sich geschnitten und ein paar Pflaster draufgeklebt. Auf den Kameras würde man dagegen merkwürdige schwarze Umrisse sehen, die den Algorithmus verwirrten. Zhen stellte sich vor, wer alles nach ihr Ausschau halten könnte. Die Regierung Singapurs mit einem internationalen Haftbefehl und einem Auslieferungsantrag. Die Leute von Fantail, Anvil und/oder Medlar, die den meisten Regierungen und Verwaltungen Europas die technische Infrastruktur geliefert hatten. Eine kleine, aber *extrem entschlossene* Gruppe von im Internet miteinander vernetzten Fundamentalisten, die in jedem Laden, jedem Café und an jedem Fahrkartenschalter einen Freund oder Sympathisanten sitzen haben konnte. Sie kam an jedem Bahnhof erst spät abends an, kurz vor Schalterschluss. Sie bezahlte bar. Wenn möglich, schlief sie im Zug. Vor Erschöpfung tat ihr alles weh.

Die letzte Etappe ihrer Reise war der Nachtzug von Budapest nach Bukarest – eine Strecke, die keineswegs die Art von Investitionen erhalten hatte, wie Zimri Nommik sie in seine teuren autonomen Fahrzeuge oder Lenk Sketlish sie in seinen gescheiterten Weltraumlift gesteckt hatte. Zhen teilte sich das rumpelnde Abteil im Schlafwagen mit einer rumänischen Frau, die eine Flasche Pflaumenschnaps dabeihatte und nach feuchter Wolle roch. Die Frau schlief kurz nach Mitternacht ein und entließ eine stete Folge aromatischer Fürze, die vermutlich an die Felder ihres Heimatlandes oder zumindest an das dort gehaltene Vieh erinnerten. Obwohl Zhen das Fenster einen Spaltbreit geöffnet hatte und die kalte Luft ihr Kilometer um Kilometer übers Gesicht strich, war an Schlaf nicht zu denken. Sie lag im Dunkeln und dachte an ihre Mutter. Sie hatte insgesamt achtunddreißig Fotos von ihr. Ihr Lieblingsbild zeigte die Mutter, die die einjährige Zhen in dem kleinen Hofgärtchen ihres Wohnblocks auf dem Schoß hielt. Es war ein Medlar MovePhoto, und Zhens Mutter schaute sich nach einem Geräusch in der Ferne um und wandte den Kopf dann, auf ein Brabbeln Zhens hin, wieder ihrer Tochter zu. Die Liebe in dem Blick, den Zhen und ihre Mutter in diesem Moment wechselten, war so intensiv, dass Zhen sie bis heute spürte. Im Moment hatte sie keinen Zugriff auf das Foto. Wie der Rest ihrer wichtigsten Besitztümer war es online. Sie wünschte, sie hätte daran gedacht, sich ein kitschiges Schmuckstück dafür anfertigen zu lassen, einen Schlüsselanhänger oder ein Medaillon für eine Halskette oder irgend so einen Scheiß. Inzwischen war es sinnlos, zu cool für Gefühle zu sein.

Zhens Mutter war an Krebs gestorben, als Zhen vierzehn war. Sie hatte nicht gehen wollen; das war Zhen aus diesem letzten Jahr am stärksten in Erinnerung geblieben. Sie hatte Zhens Hand umklammert und versucht, ihr alles zu sagen, was sie für ein glückliches Leben wissen musste, ein chaotisches, zunehmend verwirrtes Gebrabbel. Die wichtigste Lektion, die Zhen aus all dem gelernt hatte, hatte die Mutter niemals in Worte gekleidet: Man konnte sterben, obwohl man sich verzweifelt ans Leben klammerte und viele wichtige Aufgaben noch nicht erledigt hatte. Die Zukunft würde kommen, während man nicht damit rechnete, und es gab so vieles, das einen töten konnte.

In Hongkong hatte es Aufstände und Demonstrationen gegen die Regierung gegeben, und ihre Mutter hatte ihrem Vater das Versprechen abgenommen, dass sie nach England gehen würden. Zhen war damals noch zu jung, um sich den Studenten auf der

Straße anzuschließen, die sich mit Gasmasken über dem Gesicht der Polizei und ihren Wasserwerfern entgegenstellten. Doch auch wenn sie älter gewesen wäre, hatte sie es nicht getan. Ihre Mutter wurde von Tag zu Tag schwächer. Zhen hatte online über die Proteste gelesen und beschlossen, dass ihre eigene Rebellion warten musste, bis es ihrer Mutter wieder besser ging. Dennoch konnten sie nicht ignorieren, was in ihrer Stadt geschah. Gemeinsam sahen sie die Bilder der jungen Leute, die Regenbogenfahnen schwenkten und gegen die Regierung anbrüllten. Ihre Mutter warf Zhen einen langen Blick zu, als hätte sie in diesem Moment etwas in ihrer Tochter erkannt, dass diese selbst noch nicht ganz begriffen hatte. Sie nahm Zhens Hand und sagte: »Dein Vater wird sich um die Ausreiseanträge kümmern.«

Der Krebs ihrer Mutter war schuld daran gewesen, dass ihr Vater die Formulare nicht rechtzeitig ausgefüllt hatte. Die Bürger Hongkongs hatten Visa beantragen können, um sich in Großbritannien niederzulassen. Doch ihre Mutter war nicht in der Lage gewesen zu reisen, und so waren sie in jenen Monaten, in denen jeder Tag ihr Todestag sein konnte, außerstande gewesen, an die Zukunft zu denken. Nach ihrem Tod war es zu spät, um alles reibungslos über die Bühne zu bringen. Es war schließlich nicht so, als hätten sie die Antragsfrist nicht gekannt. Das also war eine der Millionen unterschiedlichen Arten, wie man in einem britischen Flüchtlingslager landen konnte.

In den ersten Tagen nach der DEMOlition-Konferenz hatte Zhen online recherchiert, was mit Marthas Mutter passiert war – oder zumindest die Gerüchte darüber gelesen, wie es mit dieser Frau weitergegangen war. Kurz nachdem Enoch seine Gemeinschaft gegründet und mit dem Predigen über die Vorbereitung auf die Endzeit begonnen hatte, hatte Marthas Mutter ihn verlassen. Sie war mitten in der Nacht verschwunden. Ihre siebenjährige Tochter hatte sie zurückgelassen, hatte sie einfach ihrem Schicksal bei Enoch überlassen. In Portland hatte sie einen neuen

Partner gefunden. In den darauffolgenden fünf Jahren hatte sie wenig Interesse daran gezeigt, Martha zu sich zu holen. Eines Tages hatte sie die Straße überquert, ohne zu schauen, war von einem Frito-Lay-Lieferwagen erfasst worden und gestorben. Die Zukunft kam und brachte einen um, wenn man am wenigsten damit rechnete.

Zhen fragte sich, ob Martha und sie ihre jeweilige Kindheitsgeschichte irgendwie auf den ersten Blick erfasst hatten. Vielleicht war Liebe genau das, oder vielleicht waren das heftige Begehren und die Anziehung, die Zhen vom ersten Moment an empfunden hatte, genau das: das unbewusste Erkennen, dass die andere Person in der Lage sein würde, das Schlimmste zu verstehen, das einem je im Leben widerfahren war. Wenn sie das wirklich ineinander erkannt hatten, woran eigentlich genau? Vielleicht konnten Frauen, die ihre Mütter verloren hatten, als sie noch Kinder gewesen waren, das an ihrer Haltung erkennen, an ihrem Blinzeln oder daran, welche Kleidung sie trugen.

Zhen hatte manchmal das Gefühl gehabt, sie würde von einer Art Drahtgeflecht zwischen den Organen aufrecht gehalten – wo andere weiches und festes Körpergewebe hatten, war bei ihr etwas aus Metall. Vielleicht war es das, was Martha und sie aus den Worten der jeweils anderen herausgehört hatten: den Draht in ihrer Stimme. Während die Kilometer Bahnschwelle für Bahnschwelle unter ihr wegrollten, fragte sie sich, ob es wohl möglich wäre, ein Survival-System so zu programmieren, dass es nach diesen Zeichen Ausschau hielt, welche auch immer es waren. Eine Maschinensprache, die Menschen beschrieb. Etwas, das zeigte, dass – mochte einem auch noch so viel Zukunft weggenommen worden sein – man immer eine Möglichkeit finden würde zu überleben.

2 eine welt aus pixeln

martha

»Zum Beispiel Emojis«, sagte Selah. »Scheiße noch mal, Emojis sind einfach fantastisch.« Ihre Finger flogen über die Tastatur, während sie nachdenklich an ihrem Lolli lutschte.

Sie befanden sich in einem Hotelzimmer nördlich von San Francisco. Nichts Schickes, keine Kameras mit Gesichtserkennung. Sie hatten auch nicht unter ihren richtigen Namen eingecheckt. Es war ein x-beliebiges, vollkommen nichtssagendes Hotelzimmer. Sie hatten beschlossen, dass es dieses Wochenende Zeit für einen Versuch war. Martha hatte die Ideen mitgebracht. Selah einen Laptop, der seine IP-Adresse verschleierte. Badger einen ungenutzten digitalen Schlüssel, den sier aus der Frisierkommode sierer Mutter gemopst hatte. Und Albert die THC-Lollis.

»Die machen einfach alles leichter und sind toll zum Programmieren«, sagte er, als er Selah einen Lolli reichte. Martha und Badger lehnten ab. »Man sieht die Verbindung zwischen den Dingen.«

»Weil Emojis eine Möglichkeit sind, Emotionen für Maschinen lesbar zu machen«, überlegte Selah laut. »Sprache ist etwas Kompliziertes. Etwas Super-super-Kompliziertes. Ich sage ›ja‹, meine aber ›nein‹. Ich sage: ›Das ist cool‹, meine aber ›Das ist Scheiße‹. Und sie verändert sich ständig. Versucht einmal, eine Maschine dazu zu bringen, ›OK Boomer‹ zu verstehen oder den Unterschied zwischen ›yo‹ und ›ja‹ zu erfassen. Das schafft man nicht. Niemand schafft das! Emojis, das ist also der reinste Goldstaub. Das Zwinkergesicht bedeutet: ›Das hier ist sarkastisch gemeint

oder ein Scherz.‹ Der Smiley, das Wutgesicht, das Kotzgesicht ...
das ist wie ... eine Maschinensprache zum Beschreiben von Gefühlen. Aber wenn der Mensch dann wieder mitmischt, gerät alles
durcheinander – Auberginen sind Penisse, Cowboyhüte stehen für
›peinlich‹, und ein Totenschädel bedeutet ›Das ist zum Totlachen‹.
Menschen spielen unheimlich gern mit Sprache, und es gibt so
viele Emojis, dass sie *ebenfalls* im Laufe der Zeit ihre Bedeutung
verändern. Stattdessen haben wir jetzt also *Reaktionen* – und das
ist wirklich genial. So wie man es zum Beispiel auf Medlar findet.
Sechs mögliche Reaktionen auf jeden Kommentar. Daumen hoch.
Herzchen. Smiley. Wutgesicht. Verwirrtes Gesicht. Trauriges Gesicht. Eine begrenzte Anzahl im Gegensatz zu einem unbegrenzt
erweiterbaren Sortiment. Jedes Symbol steht nur für eine einzige
Reaktionsmöglichkeit. Das reicht nicht, um mit dem Sprach-
Twist loszulegen. Es ist der innerste Kern der in Maschinencode
erfassbaren Gefühle. Man entscheidet, welche Gefühle man optimieren will, und kann sie dann endlos wiederholen.«

»Unglaublich«, sagte Badger. Sier las über Selahs Schulter mit.

Vier Leute, das war wohl genug. Vier Menschen, die sich regelmäßig mit drei der allerreichsten Personen der Welt in einem Raum
aufhielten, nämlich jenen drei Unternehmern, die sich die Kontrolle über mehr als die Hälfte der technologischen Infrastruktur
der Welt teilten. Vier Menschen, die sich gegenseitig in die Augen
blickten und sagten: »Wir können nicht einfach nichts tun. Wir
müssen uns etwas einfallen lassen.« Und so waren sie nun hier
zusammengekommen – sie unterhielten sich nicht mehr unauffällig auf einer Party oder einer Gala im Weißen Haus, sondern
hatten sich miteinander verschworen, um eine Idee umzusetzen.
Die erste Idee.

»Okay«, sagte Selah. »Ich habe also diese Software programmiert.«

Martha schaute auf Selahs Bildschirm. Die Software hieß *Happymeal*.

»Happy Meal? Wirklich?«

»Ich meine, es ist, na ja … wichtig. Na gut, ich habe kein Talent, was Namen angeht, okay?«

Martha hatte noch nie erlebt, dass Selah Nommik für irgendetwas kein Talent hatte.

»Eines meiner Meerschweinchen heißt Toepocket.«

»Dann wirst auch du keinen Namen für das Programm aussuchen. Es ist sowieso egal, wie es heißt. Wir werden damit einige Kommentare verändern.«

Das war zunächst einmal ein ziemlich einfaches Ziel. Die Art emotionaler Optimierung, die Anvil, Medlar und Fantail jeden Tag ganz selbstverständlich vornahmen. Jede ihrer Websites, Thinscreen-Schnittstellen, Handy-Apps, jeder Smart-Torque, jedes holografische Display war darauf programmiert, was gezeigt und was übergangen werden sollte. Bestimmte Emotionen trieben die Leute dazu, dranzubleiben – sie schauten länger auf Dinge, die sie wütend machten oder ihnen Angst einjagten. Fantail nutzte dieses Wissen, um bestimmte Posts oder Kommentare in den Informationsfeeds der User ganz oben anzuzeigen. Anvil nutzte es, um neue Produkte vorzuschlagen: Ein Nachrichtenartikel über verschiedene mögliche Katastrophenszenarien in Verbindung mit einer Anzeige für Sturmlampen und Funkgeräte konnte *wunderbar* die Verkäufe ankurbeln. Medlar schuf dramatische Debatten rund um seine Fernsehproduktionen, indem es Kunden, die eine Serie liebten, abwertende Kommentare darüber zeigte und umgekehrt. Diese Websites traten auf, als wären sie eine durchsichtige Fensterscheibe, durch die man alles so sah, wie es war. Aber tatsächlich blickte man durch eine alles verzerrende Brille, die einem eine ganz spezielle Version der Welt zeigte, nämlich diejenige, die aus Sicht des Vorstands und der Aktionäre der Firma am gewinnbringendsten war.

Selah lutschte an ihrem Lolli.

»Ich sage *Happymeal* jetzt, dass es Kommentare erzeugen soll, die – natürlich innerhalb unserer Parameter – niemanden veranlassen, mit einem verwirrten Gesicht zu reagieren. Oder seid ihr anderer Meinung?«

Alle stimmten zu.

»Zu viele wütende oder traurige Gesichter sind für unsere Zwecke im Augenblick auch nicht erwünscht. Wütend könnte bedeuten: ›Du hast etwas gesagt, womit du zu weit gegangen bist‹, und traurig: ›Ich bin traurig, dass du etwas für dich so Untypisches sagst.‹ Sind wir uns da einig?«

Sie beschlossen, dass zehn Prozent wütende oder traurige Reaktionen das richtige Maß waren.

Selah streckte die Arme aus und neigte den Kopf erst nach rechts und dann nach links, woraufhin jeweils ein kurzes, nüchternes Knacken folgte.

»Scheiße, es ist Jahre her, seit ich so was zum letzten Mal gemacht habe. Skunkworks! Hacker im Dienste der Gerechtigkeit, yeah! Okay, dann wären wir so weit. Also, Badger, wozu kannst du mir Zugang verschaffen?«

Badger zuckte mit den Schultern. »Im Prinzip zu allem, denke ich.« Sier ließ den Gray-Code-Schlüssel um sieren Zeigefinger kreisen. »Sie benutzt ihn nie. Wenn sie sich einloggen muss, macht das Gianfranco für sie. Sie wird nicht mal merken, dass das Ding weg ist.«

»Super, ich lösche die ID und alle Ortsdaten. Und jetzt, einfach nur mal als Test … *Happymeal* wird Kommentare zu Medlar-Fernsehproduktionen verändern. Wir beschränken uns zunächst auf drei oder vier Serien, okay? Und wir verändern die Kommentare so, dass selbst die Leute, die sie verfasst haben, sich nicht *vollkommen* sicher sein können, dass sie es nicht so geschrieben haben. Es sei denn, sie hätten einen Screenshot gemacht – und das hat von diesen Saftsäcken bestimmt keiner getan.«

Der Algorithmus war so eingestellt, dass er in jedem Kommentar nur ein einziges Wort verändern, hinzufügen oder löschen würde. Damit es auch wirklich so klang, als äußerte sich ein echter Mensch, würde das Programm auf die Datenbanken zugreifen, die Medlar bereits von realen User-Kommentaren angelegt hatte. Und er würde sich an echten Kommentaren orientieren, die der betreffende User bereits gepostet hatte. Er würde Syntax und Vokabular imitieren. Er würde niemals ein Wort verwenden, das der User nicht schon selbst einmal verwendet hatte – das machte es sicherer, auch wenn der Pool potenzieller User so beschränkt wurde, und zwar auf …

»Vierzehn Komma sechs Millionen Menschen«, sagte Selah. »Bei diesen vier Serien.«

»Sind das jetzt viele oder wenige?«, fragte Badger.

»Es reicht, um ein bisschen damit herumzuspielen«, antwortete Albert.

»Genug für einen Test«, fügte Martha hinzu.

Martha hatte die Medlar-Produktionen gesichtet und eine Naturdoku ausgewählt, eine Familiensaga, eine Anwaltsserie und eine Doku über Monstertrucks. Nichtssagende Inhalte, die niemand zu seinen absoluten Lieblingssendungen zählte, die aber so populär waren, dass viele Leute sie immer mal wieder ansahen. Als die vier bereit waren, das Programm zu testen, dämmerte in Palo Alto der Morgen. Selah und Albert hatten die ganze Nacht hindurch programmiert. Badger hatte eine Weile fasziniert zugesehen und war dann auf einem der Betten eingeschlafen, sier Kopfkissen geradezu liebevoll im Arm.

Bei Tagesanbruch war Martha die Einzige, die weder auf einen Bildschirm starrte noch schlief. Sie schaute aus dem Fenster des anonymen Hotels. Der Himmel war schieferblau und sehr flach, die Bäume vor dem Fenster waren dunkle Silhouetten, als hätte jemand sie mit einem schwarzen Stift auf die Glasscheiben gezeichnet. Martha hatte das Gefühl, sie könnte die Welt als etwas wahrnehmen, das sich aus Pixeln zusammensetzte. Eine Welt aus winzigen Teilchen, wie ein pointilistisches Gemälde. Tatsächlich ist es so, dass alles beides ist, sowohl aus Teilchen zusammengesetzt als auch ein Ganzes. Und wenn man etwas wirklich verstehen will, muss man sich im Zwischenraum zwischen dem sehr großen und dem sehr kleinen umschauen, denn keines von beidem enthält die ganze Wahrheit.

Albert stand hinter Selah, verfolgte ihre Arbeit, wies sie auf Probleme oder Tippfehler hin und steuerte Ideen bei. Badger wachte auf und streckte sich. Martha war die Einzige, die sah, wie die Morgendämmerung heraufzog, wie Grau zu Gold zersplitterte und das Versprechen versprühte, dass die Dinge sich immer ändern würden und kein System ewig Bestand hatte.

»So, fertig«, sagte Selah. »Tiger, haltet durch, wir kommen!«
Martha schob die Hände in die Hosentaschen.

»Bist du bereit dafür?« Sie wandte sich an Badger, als müsste sie diese junge Person beschützen, die am wenigsten Schutz von ihnen allen brauchte.

»Es ist nur ein Test«, antwortete sier. »Falls Mom das Programm entdeckt, wird sie denken, ich hätte mal wieder Unfug getrieben. Der Name ist übrigens toll: *Happymeal*. Das hätten sich auch meine Freund*innen ausdenken können.«

»Sie wird es nicht entdecken«, erklärte Selah. »Das ist unmöglich.« Sie wandte sich auf dem Stuhl um. »Ehrlich, kein Mensch scheißt sich in die Hosen, wenn er oder sie glaubt, wir hätten einem Kommentar das Wort ›so‹ hinzugefügt.«

Sie leckte sich über die Lippen. Sie waren feucht und voll. Martha stellte sich Eva im Garten Eden als Frau vor, die gewusst hatte, was kommen würde, und die es nicht anders gewollt, die es bewusst provoziert hatte.

Albert sagte: »Entweder wir tun etwas, oder wir tun nichts. Und Nichtstun haben wir schon ausprobiert.«

»Dann ist ja alles klar«, erwiderte Selah. »Also, Scheiße noch mal, los geht's.«

3 menace

zhen

In einem Hörsaal in Bukarest traf Zhen Marius bei dem an, was er am besten konnte: Er schrie seine Studenten an.

»Ihr denkt, Computer versteht euch? Will euch helfen? Kann eure Probleme lösen?«

Marius' Studenten – im Saal und auf dem Zoom-Bildschirm an dessen Rückwand – schwiegen. Die meisten von ihnen hatten rote Augen, und manche waren bleich vor Müdigkeit. Marius zwang sie, sich nach der Ortszeit in Bukarest zu richten. Professor Marius Zugravescu fand es schon ausgesprochen entgegenkommend, dass er seine Vorlesung von 13:30 Uhr Bukarester Zeit auf 16:30 Uhr verlegt hatte. 16:30 Uhr in Bukarest war 6:30 Uhr in Berkeley, und so, wie seine Studenten dreinschauten, fanden sie sein Entgegenkommen nicht ausreichend.

»Kommt schon«, sagte Marius. »Kann Computer lernen? Wie Mensch lernen?«

Zhen schlüpfte durch die Tür des Hörsaals. Marius bemerkte sie nicht. Sie kauerte sich in der letzten Reihe zusammen und empfand es als sonderbar tröstlich und beruhigend, hier zu sein. Das lag an Marius' Gegenwart. Er war ein guter Freund, wenn man gut zu ihm war. Aber für seine Studenten war er … Furcht einflößend.

Einer von ihnen – ein Rotschopf mit dunklen Ringen unter den Augen und einem verquollenen Gesicht, auf dessen Namensschild »Greer« stand – meldete sich via Zoom.

»Ja, ich meine schon«, sagte Greer. Er hatte einen schottischen Akzent. Sein Haar war kurz geschnitten und wirkte so weich wie Kaninchenfell. »Ich meine, maschinelles Lernen, Computer werden auf die Daten losgelassen, sie können alles Mögliche lernen. So läuft es doch mit Übersetzungssoftware. Der Computer vergleicht Millionen übersetzter Wortpaare pro Sekunde und lernt zu verstehen …« Er verstummte, als Marius' strenger Blick ihn traf. ·

»Computer *versteht*? Als Nächstes heißt es, Computer *fühlt*! Computer ist empfindsam, sorgt sich – wenn wir nicht auf Programm gehen, fragt sich Computer, warum wir nicht da sind? Ja?«

»Äh, nein.«

»Computer ist Streichholzschachteln. Nur verdammte Streichholzschachteln und Perlen. Du erinnerst dich an Streichholzschachteln?«

Greer schüttelte den Kopf, und sein entsetzter Gesichtsausdruck verriet, dass er in Wirklichkeit hatte nicken und so tun wollen, als wisse er genau, wovon die Rede war. Aber sein Körper hatte ihn verraten.

Früher, das wusste Zhen, hätte Marius diesen Studenten beschimpft und ihm gesagt, dass er in seiner Vorlesung nichts verloren hatte, wenn er nicht vorbereitet war. Doch Berkleys Studierendenvertretung war der Meinung, das Beleidigen von Studierenden sei keine gute pädagogische Praxis, und Berkeleys saubere, legitime Dollars waren Marius in anderen Bereichen seines Lebens nützlich. Außerdem hatte man ihm mitgeteilt, wenn er unbedingt um 06:30 Uhr unterrichten wollte, könnten sie ihm nur raten, die beste Lehrkraft der verdammten Fakultät zu sein. Er hatte geantwortet, er sei die beste Lehrkraft der ganzen verdammten Universität.

Das stimmte tatsächlich; fast wider Willen war Marius ein ausgezeichneter Lehrer. Er konnte nicht anders, als sich Gedanken darüber zu machen, ob seine Studenten den Stoff wirklich verstanden. Er machte sich sogar unerträglich viele Gedanken darüber, und ein Teil seiner selbst war zutiefst gekränkt, solange er nicht wirklich mit ihnen ins Gespräch gekommen war.

»Ihr anderen«, sagte er. »Kann mir jemand Streichholzschachteln erklären?«

Zögernd hob eine dunkelhaarige Studentin die Hand.

»Professor Zugravescu? Meinen Sie die Methode, mit der man einer Maschine beibringt, Tic-Tac-Toe zu spielen?«

»Ah! Dann hat also doch jemand Hausaufgaben gemacht. Seht ihr, ihr anderen? Wer liest, der lernt.«

Er ging zu einem Seitentisch, gefolgt vom Kameraauge der interaktiven Software. Ein altes, fleckiges Malertuch bedeckte ein großes unförmiges Gebilde. Mit einer schwungvollen Geste zog Marius das Tuch weg und gab den Blick auf einen wackligen Stapel Streichholzschachteln frei, die mit braunem Isolierband zusammengeklebt waren. Auf jede Streichholzschachtel hatte er ein Gitter gezeichnet und es mit Kreisen und Kreuzen gefüllt – das Spiel, das die Amerikaner Tic-Tac-Toe nannten. Jede Anordnung der Kringel und Kreuze unterschied sich geringfügig von den anderen. Neben dem Stapel mit Streichholzschachteln standen neun Gläser mit bunten Perlen. Rot, Orangerot, Gelb, Grün, Blau, Violett, Rosa, Schwarz und Weiß.

Er hatte dieses Ungetüm aus Streichholzschachteln tatsächlich gebastelt. Auf ihrem Platz in der hintersten Reihe lächelte Zhen in sich hinein. Das war typisch Marius. Er konnte nicht anders. Er wünschte sich so sehr, dass seine Studenten ihn verstanden, dass er das Ding selbst zusammengeklebt hatte. Deshalb würde Zhen hier in Sicherheit sein. Marius mochte ein Zyniker sein, ein kompromissloser Realist und sehr oft auch ein Arschloch, doch er hatte nie gelernt, den Tatsachen mit ironischer Distanziertheit zu begegnen.

Unter dem Pult zog Marius ein großes, abwischbares Tic-Tac-Toe-Brett hervor, dessen neun Felder jeweils eine andere Farbe aufwiesen. Rot, Orangerot, Gelb, Grün, Blau, Violett, Rosa, Schwarz und Weiß.

Marius sagte: »Perlen und Streichholzschachteln. Glaubt ihr, dass Perle etwas lernen kann?«

Schweigen auf dem Bildschirm.

»Perle kann nicht lernen! Streichholzschachtel kann nicht lernen! Mensch lernt. Maschine wiederholt. Das hier ist Maschine. Okay, ich zeig's euch.«

1960 wollte der Kryptograf und Informatik-Pionier Donald Michie in Edinburgh demonstrieren, dass ein Computer bei einer Aufgabe schrittweise besser werden konnte – wenn es sich bei seinem Versuchsobjekt um eine Person gehandelt hätte, würden wir es »lernen« nennen. Was nicht der Fall war. Donald Michie hatte während des Zweiten Weltkriegs für den britischen Geheimdienst gearbeitet. Er und sein Team hatten sich Tag und Nacht in ein paar kalten Baracken abgemüht, die Codes der Deutschen schneller zu knacken, als diese sie ändern konnten. Die Geschichte begann mit einem so durch und durch menschlichen Einstieg, dass es fast wehtat: Eine Gruppe von Codeknackern gab alles, damit Soldaten, die sonst gestorben wären, nach Hause kamen; damit Passagierschiffe, die sonst im Atlantik versenkt worden wären, vor den deutschen U-Boot-Rudeln sicher waren; damit die Nazis besiegt und der Krieg beendet wurde.

Die Codeknacker erfanden Maschinen, die Hunderte verschiedener Kombinationen pro Sekunde durchlaufen ließen, bis sie auf die eine stießen, die echte deutsche Worte ausspuckte. Sie verbesserten die Maschinen immer weiter. Sie fanden Abkürzungen und beseitigten Fehler. Nach dem Krieg fragte sich Donald Michie, ob er wohl einen maschinell ablaufenden Prozess entwickeln könnte, durch den eine Maschine immer besser wurde. Es gelang ihm mit Streichholzschachteln und der Wiederholung von Einzelschritten. Indem er denselben Prozess immer wieder ablaufen ließ.

Und so funktioniert es: Auf dem Gitter aus neun Feldern sind etwa dreihundert verschiedene Kombinationen von Kringeln und Kreuzen möglich. Man braucht also ungefähr dreihundert Streichholzschachteln, jede mit einer möglichen, auf die Frontseite gezeichneten Kombination.

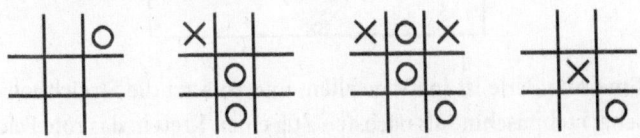

Man teilt jedem Quadrat auf dem Brett eine Farbe zu.

Und man legt farbige Perlen in jede Streichholzschachtel, entsprechend den Farben der Quadrate, die für einen regelkonformen Zug zur Verfügung stehen. Genau wie einst Donald Michie hatte Marius mühselig je ein kleines V aus Pappe in die Innenteile der Streichholzschachteln geklebt. Wenn man die Perlen schüttelte, fiel genau eine in die Spitze des Vs. Das entsprach einem Zufallsgenerator.

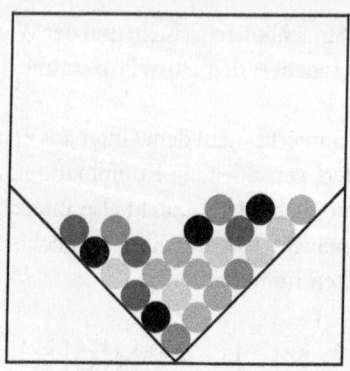

Eine rote Perle ist ins V gefallen, und so setzt die Streichholz-schachtelmaschine als nächsten Zug einen Kreis in das rote Feld des Brettes. Auf diese Weise fährt sie das ganze Spiel hindurch fort.

»Zu Beginn«, sagte Marius, »sind Streichholzschachteln *beschissen* beim Tic-Tac-Toe.«

In jeder Streichholzschachtel sind Perlen für jeden regelkonformen Zug, selbst wenn dieser Zug keinen Sinn ergibt.

»Menschlicher Spieler – selbst kleines Kind – macht nicht dummen Zug, oder nur aus Versehen, okay? Du erklärst Kind Regeln, Kind versteht: Anderen Spieler daran hindern, drei in einer Reihe zu bekommen, okay?«

Aber bei einer Maschine war es – zu Beginn – gleich wahrscheinlich, dass sie ein drittes X in einer Reihe blockierte, wie dass sie ihr Kreuz irgendwo anders auf dem Brett setzte.

»Seht, was wir versuchen. Mit Maschine spielen.« Marius tippte sich so kräftig mit zwei Fingern gegen die Stirn, dass eine rote Druckstelle zurückblieb. Je mehr er sich in seinen Vortrag hineinsteigerte, desto schlechter wurde sein Englisch. »Wir wenden uns anderen zu. Suchen Verstand von anderen. Das wir machen ständig. Wir überlegen uns, was ein Tier vielleicht denkt – das vernünftig, wenn man jagt. Oder gejagt wird. Ja?« Er wartete keine Reaktion ab. »Wir wenden uns im Geist zu. Wir sehen Geister in Höhle, in Quelle und in heiligem Hain. Wir können nicht anders. Wir spielen Tic-Tac-Toe mit Pappe und Perlen und glauben, wir haben Person vor uns.«

So oder so, die Streichholzschachteln, mit denen wir Tic-Tac-Toe spielen, sind nicht an sich das, was lernt. Die Lernphase kommt erst jetzt.

Nehmen wir einmal an, mit etwas Glück fallen Perlen zufällig genau so, dass die Streichholzschachtelmaschine Züge spielt, die zum Sieg oder zu einem Unentschieden führen. Dann geht der *Mensch*, der die Maschine bedient, alle Züge durch und fügt den jeweils beteiligten Streichholzschachteln je eine zusätzliche Perle der Farbe hinzu, die auf die Siegerstraße führte. Wenn die Maschine das Spiel verliert – und sie wird oft verlieren –, geht der Mensch ebenfalls den Weg der Züge durch und entnimmt jeweils eine Perle der Farbe, die zur Niederlage führte.

Und das macht er tausend Mal.

Und das kann ein Computer viel besser als ein Mensch.

Dasselbe tausend Mal immer wieder aufs Neue tun, ohne müde zu werden, nachzulassen oder sich zu langweilen.

Nach der tausendsten Wiederholung ist die Verteilung der Perlen nicht mehr gleichmäßig. Wenn man dann eine Streichholzschachtel öffnet, werden die Perlen so aussehen:

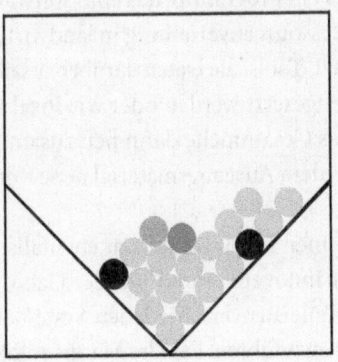

Und das nennen wir maschinelles Lernen. Die Streichholzschachteln werden immer besser im Spiel mit Kreisen und Kreuzen. Schließlich spielt die Maschine gut. Irgendwann hat es den Anschein, als entwickelte sie Strategien wie ein Mensch.

»Wie viele Partien Tic-Tac-Toe kann euer Handy jede Sekunde spielen?«, fragte Marius.

Die Studenten tippten auf tausend. Zehntausend.

Zhen setzte sich auf ihre Hände und hörte zu.

»Eine Million«, erklärte Marius. »Mindestens. Pro Sekunde. Wenn euer Smartphone im Internet gegen Menschen antritt, würde es innerhalb von einer einzigen Sekunde perfekt Tic-Tac-Toe spielen. Okay? Wenn wir ihm immer wieder sagen, ob es gewonnen oder verloren hat, wird es am Ende perfekt.«

Eine Maschine beeilt sich nicht. Sie zögert nicht. Sie führt dieselbe Handlung wieder und wieder aus. Sie wird nie mehr sein als ein Stapel Streichholzschachteln mit Perlen. Sie empfindet nicht, versetzt sich nicht in ihren Gegner hinein, erkennt keine Strategie oder denkt sich begeistert eine eigene Strategie aus. Sie wiederholt einfach nur. Wiederholt immer wieder aufs Neue, schneller, als ein Mensch es je könnte.

Das ist eine extrem wirksame Methode. Und sie ist ausgesprochen nützlich. Sie erzeugt außergewöhnliche Tools: ein Schachprogramm oder ein Programm, das eine Software schreibt, oder eines, das die Ressourcenverteilung in landwirtschaftlichen Regionen einschätzt. Tools, die Daten darüber zusammenraffen, wie Sätze zusammengesetzt werden oder wie Pixel Kunstwerke bilden, und die das Gesammelte dann neu zusammensetzen, umformen und aus dem Ausgangsmaterial neue Kombinationen erzeugen.

Natürlich können Menschen all das ebenfalls. Vielleicht nicht so schnell, aber innovativer und mit der Gabe, zurückzutreten und disparate Teile aus verschiedenen Systemen zu neuen Lösungen zusammenzuführen. Es wäre Marius zufolge äußerst überraschend, sollte sich herausstellen, dass das menschliche Denken auf dem Prinzip der Wiederholung basiert.

»Vielleicht!«, sagte er. »Vielleicht erfindet jemand Programm, das dasselbe kann wie menschliches Gehirn, und mehr. Dann lernen wir etwas über menschliches Gehirn! Ich mach das hier seit fünfundvierzig Jahren, seit ich zehn bin. Ich hab es noch nicht gesehen. Computer ist Werkzeug, nicht Persönlichkeit.« Donald Michie nannte seine Maschine die Matchbox Educable Noughts and Crosses Engine (Lernende Streichholzschachtel-maschine für Kreise und Kreuze). Abgekürzt MENACE. »Menace« heißt Drohung. Damals war das ein Scherz. Es war eine Strafe, mit dem Ding Tic-Tac-Toe zu spielen. Heutzutage wandten Medlar und Fantail dasselbe Verfahren – zufällige Versuche, ein Ziel zu erreichen, bei denen Misserfolg bestraft und Erfolg belohnt wurden – an, um die User dazu zu bringen, ihre Produkte zu nutzen. Um sie dazu zu bringen, lieber mit einer Sprachfunktion als mit echten Menschen zu reden. Um sie davon zu überzeugen, dass das gesamte Wissen der Menschheit auf einer Online-Plattform gespeichert sei. Wieder und wieder und wieder. Ohne Zögern. Ohne Eile. Die Programme konnten Millionen Mal pro Sekunde ausprobieren, was Menschen zu Gesicht bekamen, und Wege testen, ohne je zu verstehen, warum manche von ihnen funktionierten und manche nicht. Ohne je über die Konsequenzen nachzudenken.

Konsequenzen liegen außerhalb der Parameter der Maschine. Schließlich ist sie nur aus ein wenig Pappe zusammengesetzt. Oder aus Silizium. Sie hat nicht das Bedürfnis, sich anderen denkenden Geschöpfen zuzuwenden, sich mit ihnen zu verbinden und sie zu verstehen oder von ihnen verstanden zu werden. Sie entwickelt kein Gespür dafür, dass sie das Bewusstsein der Menschen um sie herum verändert und dass die Allgegenwärtigkeit dieser gefühllosen Manipulationssysteme die Menschen langsam darauf trainiert, sich ihnen anzupassen.

Als Marius fertig war, sahen die Studenten erschöpft aus. Aber auch erregt. Bereit, entweder ins Bett zu gehen oder in die Schlacht zu ziehen. Welches von beidem war schwer zu sagen.

»Mächtiges Werkzeug«, sagte Marius. »So mächtig, dass es die Welt verändern kann, ja?«

Greer, der junge Schotte mit dem verquollenen Gesicht, wirkte so benommen, als hätte er gerade zu viel auf einmal von der Zukunft gesehen. »Dann könnte man das doch machen, wenn man verliebt ist. Ich meine, in eine Frau. Genau die richtigen Worte finden. Den Test so lange wiederholen, bis man den richtigen Weg findet. Vielleicht ja online. Nicht mit echten Menschen. Aber ich meine, so könnte man lernen, das Richtige zu sagen, damit eine Frau in ein Date einwilligt. Sie wissen schon, wie in *Und täglich grüßt das Murmeltier*, wo der Typ immer wieder von vorn anfängt, bis er sie so weit hat, dass sie mit ihm ausgeht?«

Zhen hätte sich gern angehört, wie Greer den Gedanken weiterspann und erläuterte, wie die Sache funktionieren könnte. Aber Marius nannte ihn bereits einen Psychopathen, einen neuen Stalin, einen neuen Hitler und den Diener des Pappe-Gottes, und die Kommilitonen des jungen Mannes merkten an, sie hätten bereits mit dem Dekan der Fakultät darüber gesprochen, dass Professor Zugravescu Studenten beleidigte, und man hätte ihnen versprochen, das würde nie wieder vorkommen.

»Du glaubst, du kannst mit Maschine perfekten Freund aus dir machen? Du glaubst, Perfektion ist gut? Wiederholung macht perfekt?«

Greer errötete und erwiderte nichts. Ein anderer Student sagte: »Einfach nur eine Simulation.«

Und wieder jemand anderes warf ein: »Vielleicht? Wenn man genau erarbeiten könnte, was die Simulation in jeder Situation sagen soll ... wenn man genug Tests durchführen könnte. Könnte man dann vielleicht eine perfekte Person erschaffen?«

Marius schüttelte den Kopf. »Und dann brauchen wir keine Menschen mehr? So, wie wir jetzt keine Tiere mehr brauchen?«

»Ich meine … andere Menschen sind schwierig«, sagte Greer.

»Verdammter *Nihilismus*«, ereiferte sich Marius. »Ganze Menschheit hat Todeswunsch, verdammt, möchte sich selbst ersetzen. Früher wollten wir uns durch Götter ersetzen. Große Goldstatuen, besser als Menschen, größer. Jetzt ist Traum Robotergehirn, perfekter Mensch. Aber so sind wir nicht. Menschen sind unvollkommen! Unvollkommenheit ist schön. ›Perfekt‹ ist Maschinentraum. Wir fühlen uns immer scheiße, immer klein, wenn wir uns mit Maschine vergleichen, wenn wir versuchen, wie Maschine zu denken. Ist, als versucht man, mit Auto um die Wette laufen. Aber was wir machen, ist besser! Auto ist nur Werkzeug, fährt schnell, brumm-brumm, sehr aufregend. Mensch ist *Mensch*. Warum fangen wir nicht damit an, dass Mensch an sich wertvoll ist? Und wenn Menschen nicht perfekt, heißt das, ›perfekt‹ ist nicht wichtig. Wir hassen uns selbst, verdammt noch mal. Ich will euch was sagen. Diese Streichholzschachteln kennen nicht mal Regeln von Tic-Tac-Toe!«

Im Chat schrieb ein Student: **»Ist das Teil der Abschlussprüfung?«**

»Ihr müsst das verstand habt«, sagte er, »oder ihr gar nix verstanden.« Beim Sprechen verloren seine Sätze zunehmend die grammatikalische Struktur. »Okay? Wer weiß, ob Maschine Spiel mit Kreisen und Kreuzen verloren? Oder gewonnen? Ich! Ich weiß es! Und ihr! Wir sind die, die es Maschine sagen. Wir wissen, wann Perle wegnehmen, wann Perle dazutun. Wir speichern dieses Wissen, nehmen dafür Perlen und Streichholzschachteln, okay? Wir wissen, wann Satz Sinn, wir wissen, wann Kunstwerk Bedeutung. Maschine weiß nicht, sie tippt immer nur weiter. Alles kommt von uns. Wir sagen, das ist schlecht, wir sagen, das ist gut. Maschine begreift nicht. Kann sie nicht. Wir sind so einsam, so verdammt einsam. Wir wollen, dass andere Art denkt wie wir. Wir verachten Tiere, weil sie nicht denken wie wir, wir benutzen sie und wir schaden ihnen. Wir erfinden Götter, wir erfinden Außerirdische, und jetzt machen wir aus verdammte Streichholzschachteln neuen Freund. Wir wollen sagen, Maschine ›denkt‹, aber das stimmt nicht. Wir wollen ihr alles geben. Sie soll Entscheidungen treffen, und wir glauben, sie für uns sorgen kann. Es ist nur Abbild vom Menschen aus Karton und Perlen, und wir so verdammt einsam, dass wir nennen es Freund.«

Er hielt keuchend inne. Und Greer, der schüchterne, schlecht vorbereitete Greer, fragte plötzlich: »Sie meinen also ähnlich … wie … ein Buch ein Gedankenspeicher ist? ›Künstliche Intelligenzen‹ dagegen sind gespeicherte Denkprozesse?«

Marius sagte: »Endlich! Jemand hat verdammt noch mal etwas gelernt.« Er gab ihnen Hausaufgaben auf – mit der Anweisung: »Lest es diesmal, verdammt, oder kommt nicht wieder in Vorlesung, kapiert?« Die Studenten nickten. Marius schaltete den Bildschirm aus und verzog angewidert das Gesicht.

Zu den Studenten der *Universitatea din Bucureşti* im Saal gewandt, sagte er etwas auf Rumänisch, das mit dem Wort Americani begann. Aus dem Gelächter schloss Zhen, dass seine Worte sowohl obszön als auch beleidigend gewesen waren.

Zhen wartete ab, bis die Studenten gegangen waren und Marius versuchte, seine Streichholzschachtelmaschine einzupacken. Dann ging sie rasch die Treppe hinunter. Er hob den Kopf. In diesem Blick lag alles. Jahrzehnte des Kommunizierens und der Hinwendung zu anderen Menschen. Ihre gesamte Lebenszeit, in der sie gelernt hatten, wem sie trauen konnten und wem nicht, auch wenn sie nicht wussten, woran sie es erkannten.

»Scheiße verdammt«, sagte er lächelnd. Er zog Zhen in eine Umarmung, die so heiß war wie ein Hochofen. »Hoffentlich hast du mir eine verschissene Katastrophe mitgebracht, verdammt noch mal.«

4 zur waffe hochgerüstete lyrik

martha

In dem anonymen Hotelzimmer nahe San Francisco verfolgte Martha, wie *Happymeal* sich ans Werk machte. Wenn man die Daten lange genug betrachtete – wenn man sich an die mächtigen Backend-Tools gewöhnt hatte, die Informationen aus Dutzenden verschiedenen Datenströmen zusammenrafften –, gelang es einem schließlich, durch die Zahlen hindurchzuschauen und die User praktisch vor sich zu sehen.

Da. In einem Reihenhaus in Des Moines, Iowa, hat eine Frau gerade eine Sendung zu Ende geschaut, die sie schon am Vorabend angefangen hatte. *Die Wunder Afrikas.* Sie mag solche Naturdokus; früher haben ihre Kinder sie mit ihr zusammen geschaut, aber inzwischen sind sie fünfzehn und siebzehn und finden alles, was ihr gefällt, albern und langweilig. Sie verfolgt die Doku nur mit einem halben Auge, da sie gleichzeitig das Frühstücksgeschirr abräumt. Ihre Familie hat ohne ein Wort des Dankes gegessen, ja sogar ohne zu erkennen zu geben, dass sie eine Person bemerkten, der sie hätten danken *können*. Sie räumt das Geschirr in die Spülmaschine. Leert einen letzten Rest Kaffee in die Spüle. Unterdessen sagt ein Mann mit britischem Akzent, dies seien die letzten achtzehn wild lebenden Elefanten Afrikas und sie würden rund um die Uhr bewacht. Die Frau blickt auf. Die alten, weisen Elefantenaugen schauen in ihre. Der unerträgliche Schmerz, von allen unbemerkt zu leiden. Die Musik schwillt an. Sie steht weinend in ihrer

Küche, ein nasses Spültuch in den Händen, das auf ihre Pantoffeln tropft.

Die Sendung ist vorbei. Auf dem Bildschirm leuchtet der Vorschlag auf, einen Kommentar zu hinterlassen. Sie tippt schnell ein paar Worte: **Wunderschöne Tiere. Wir müssen mehr tun, um sie zu schützen.**

Als sie weggeklickt hat und nicht mehr sehen kann, dass der Kommentar verändert wird, geht Selahs Algorithmus sorgfältig alle früheren Kommentare dieser Frau durch, um das eine Wort zu finden, dass ihren Gedanken das größtmögliche zusätzliche Gewicht verleihen wird. Er ist so akribisch wie ein Lyriker.

Happymeal orientiert sich an den Kriterien, die Selah ihm einprogrammiert hat. Sie hat den Anvil-Werbecode verwendet – die Informationen, auf deren Grundlage Anvil den Usern wirksame Werbung anbietet. Werbung, die in unzähligen Durchläufen Millionen Male getestet wurde. Eine kurze Aufzählung von Adjektiven funktioniert besser als nur ein einziges Adjektiv – ungewöhnliche Adjektive sind packender, sie müssen aber leicht zu verstehen sein. Die Leute reagieren darauf, wenn Tiere Menschen ähnlich sind. Ohne dass Selah diese Anweisung ausdrücklich erteilt hat, arbeitet *Happymeal* Wörter durch, die Haustierbesitzer über ihre Hunde und Katzen äußern. Was sagt man, wenn man seinen Hund liebt und will, dass andere ihn ebenfalls lieben? Nur ein einziges Wort. Schließlich findet der Algorithmus es.

Es ist wie eine Perle, die durch eine Folge logischer Gatter fällt und dabei jedes Mal ins Gedächtnis einschreibt, ob sie das einprogrammierte Ziel erreicht hat oder nicht. Dem Algorithmus fehlt jedes Einfühlungsvermögen für die Frau in Des Moines, die Elefanten oder die Leute, die den Kommentar lesen werden. Er ist lediglich ein Verfahren. Seit zwei Jahrzehnten positionieren Medlar, Anvil und Fantail auf der Basis dieses Verfahrens Kommentare. Der einzige Unterschied ist, dass Selahs Algorith mus nicht versucht, etwas zu verkaufen. Nicht den Auftrag hat, die User wütend zu machen.

Er probiert ein Wort aus. Erzielt er damit nicht das gewünschte Ergebnis, probiert er ein anderes aus. Er schafft das mehrere Millionen Mal pro Sekunde. Der Algorithmus ist zur Waffe hochgerüstete Lyrik.

Auf dem Bildschirm verwandelt sich der Kommentar der Frau in: **Wunderschöne intelligente Tiere. Wir müssen mehr tun, um sie zu schützen.**

»Das ist alles?«, fragte Martha.

»Das mal vierzehn Millionen Mal, Baby«, entgegnete Selah.

Zimri Nommik hatte diese Methode verwendet, um Menschen zu den Produkten und Diensten zu locken, die sie am wahrscheinlichsten anklicken würden. Und sie hatte ihn zum reichsten Menschen der Welt gemacht.

In Ucklum, Schweden, schaut ein Jugendlicher eine amerikanische Doku über Monstertrucks. Das hier ist so ziemlich der einzige Teil des Tages, den er mag, die Zeit, bevor seine Eltern nach Hause kommen. Er findet es grässlich, dass er hier leben muss. Er möchte nach Göteborg ziehen, aber ihm fehlt das Geld dafür, und seine Eltern können es ihm nicht geben. Es kotzt ihn an, dass es hier außer der Pizzabude nichts zum Ausgehen gibt und dass die anderen Kids in seiner Band die Sache nicht ernst nehmen. Es kotzt ihn nicht weniger an, dass seine Klassenkameraden hier alle glücklich und zufrieden sind und ständig vom Wintersport reden. Er hasst den Winter, wenn die Sonne nie aufgeht. Und er hasst den Sommer, wenn sie überhaupt nicht mehr untergeht. Durch das Fenster des Bildschirms beugt er sich in die andere Welt hinein, schiebt Kopf und Schultern tief in die amerikanische Welt, wo alles groß, wütend, heiß und laut ist. Er spürt, wie die warme Motorenluft ihm die Haare aus dem Gesicht bläst. Hätte er einen Monstertruck, er würde ihn mit einer

Höllenszene bemalen und alle Kids aus der Schule darin porträtieren.

Die Sendung ist vorbei. Der Vorschlag, einen Kommentar zu hinterlassen, leuchtet auf dem Bildschirm auf. Er hämmert auf die Tastatur ein: **Yeeaahhh, hammergeeeiiiiiiill! Monstertrucks!**

Happymeal geht den Kommentar Wort für Wort durch. Der Wortteil »hammer-« ist gefühlsbetont und versucht, alle User hinter der gleichen Sache zu vereinen. Das weiß der Algorithmus natürlich nicht, nicht so, wie Menschen es wissen – nicht, indem er sich in die Gedanken des potenziellen Lesers einfühlt. Für ihn ist der Wortteil nur eine Perle, die in Millionen von Versuchen aus einer Schachtel ausgewählt wurde. Die Software hat den Auftrag erhalten, die Kommentare zu analysieren, zu erkennen, welche davon sich für Monstertrucks aussprechen, und sie minimal zu verändern, damit sie weniger Herzchen, weniger Likes, Millisekunden weniger Aufmerksamkeit bekommen. *Happymeal* verarbeitet in einer Zehntelsekunde eine Million verschiedene Realitäten. Er wählt diejenigen aus, die er bevorzugen soll.

Als der junge Mann aus Ucklum zu einer anderen Sendung umschaltet, werden seine Worte auf dem Bildschirm zu: **Yeeaahhh, geeeiiiiiiill! Monstertrucks!**

»Seht ihr diesen Kommentar da?«, fragte Selah. »Wir schätzen, dass er gerade von neun potenziellen Likes auf zwei gesunken ist. Er klingt jetzt ein bisschen schlaff. Als wäre es ihm eigentlich egal.«

Martha sagte: »Ein Junge am Arsch der Welt in Schweden hat gerade sieben Häppchen Selbstbestätigung verloren.«

Badger verdrehte die Augen. »Zimri Nommik macht so was sowieso. Und meine Mom auch.«

Fantail machte es natürlich ebenfalls: Falls man als User nichts dagegen unternahm, sah man die Kommentare, die der Fantail-Algorithmus einem als Erstes zeigte. Jeder User, so hatte Lenk Martha erklärt, brauchte mindestens neunzig Minuten, um seine eigenen Regeln darüber aufzustellen, welche Art von Informationen er gezeigt bekommen wollte, und alle automatischen Einstellungen, Werbefilter und Datenabschöpfungsmöglichkeiten für Fantail zu deaktivieren. Das hieß, zumindest die, die man deaktivieren konnte, wenn man sich auskannte. Schätzungen lauteten, dass ein durchschnittlicher User sechs Stunden benötigte, um sich ausreichend über die richtige Vorgehensweise zu informieren. Fast ein ganzer Arbeitstag, nur um Fantail daran zu hindern, einem sorgsam all das anzuzeigen, was einen laut Berechnungen des Algorithmus am längsten auf der Website verweilen ließ. Nur 1,5 Prozent der User nahmen diese Mühe tatsächlich auf sich.

Doch wenn Lenk so was tat, hatte es sich für sie anders angefühlt. Wie die User konnte auch Martha nur gelegentlich beeinflussen, was Lenk machte.

Jetzt aber saßen sie selbst am Hebel, und dabei zuzuschauen, erfüllte sie mit einem eigenartigen Gefühl.

»Fuck, Anvil macht das ständig«, sagte Selah. »So was, aber auch gefakte Kommentare oder Kommentare, die einem vorenthalten werden. Sketlish macht es auch. Ich meine, man kann dafür bezahlen, weißt du? Deshalb fühlen wir uns ja den ganzen Tag so beschissen. Möchtest du einen Lolli?«

Sie schauten *Happymeal* das ganze Wochenende über bei der Arbeit zu. Sie verfolgten, wie die Menschen in anderen Ländern aufwachten oder ins Bett gingen, wie übermüdete Nachteulen Unsinn posteten, wie Autofahrer aus ihren fahrenden Fahrzeugen posteten, wie Menschen in Tokio und Istanbul, N'Djamena und Kairo dieselben vier Sendungen schauten. Die Kommentare zu den Tierdokus wurden ein bisschen attraktiver und warben besser für das Interesse an Wildtieren und ihren Habitaten. Hoben die Bedeutung einer intakten Umwelt, ihre positive Wirkung auf die Gesundheit und die nahe Verwandtschaft der Tiere mit dem Menschen um ein winziges bisschen eindringlicher hervor. Die Kommentare zu den Monstertruck-Sendungen wurden dagegen nur ein klein wenig langweiliger und weniger eingängig. Die Kommentare zu der Anwaltsserie fielen nur um einen Hauch sanfter aus. Selah hatte gesagt, scheiße noch mal, warum nicht versuchen, die Menschen etwas freundlicher zu machen?

Algorithmen schaffen nicht alles. Aber wenn sie uns stärker polarisieren, uns wütender und hasserfüllter machen können, dann sind sie gewiss auch in der Lage, das Gegenteil zu bewirken. »Neutral« gibt es nicht mehr. Es ist unmöglich, die Dinge so zu belassen, wie sie ohne die Erfindung des Internets gewesen wären. Wir haben bereits gelernt, mit den Algorithmen zu interagieren. Wir sind ein Teil des Netzes geworden.

In Des Moines, Iowa, erhält eine sechsundvierzigjährige Frau die Benachrichtigung, dass ihr Kommentar über Elefanten zwölf Likes erhalten hat, und natürlich ist sie davon überzeugt, diesen Kommentar vollkommen eigenständig verfasst zu haben. Das sind mehr Likes, als sie normalerweise bekommt. Sie empfindet einen kleinen Moment der Freude. Zum Einstieg in den Morgen wählt sie eine weitere Naturdoku. In Ucklum, Schweden, hat ein junger Mann keinen Grund, sich seinen Kommentar über Monstertrucks noch einmal anzusehen. Er hat genug damit zu tun, weitere Videos zu schauen. Als er das nächste Mal die Aufforderung erhält, einen Kommentar zu hinterlassen, ist sein Impuls, diese Bitte zu erfüllen, minimal weniger stark.

Menschen lernen rasch. Anerkennung durch andere ist ein äußerst wirksames Mittel. Wir messen Vorfällen, die erst vor Kurzem geschehen sind, wesentlich mehr Bedeutung bei als Dingen, die sich vor langer Zeit ereignet haben.

»Scheiße noch eins«, sagte Selah am Sonntagabend, als sie die Daten mit Medlars interner Analysesoftware auswertete, bevor sie ihre Spuren verwischte. »Wir haben bereits eine Wirkung erzielt. 0,03 Prozent mehr positive Kommentare zu Naturdokus. Nicht nur bei der von uns ausgewählten Serie, sondern bei allen Serien. Verdammt. Das ist enorm.«

Martha dachte, dass Enoch sein ganzes Leben lang geackert und dennoch mit all seinen Predigten zusammengenommen niemals eine Veränderung von 0,03 Prozent erzielt hatte.

»Es klappt«, sagte Badger, und siere Augen waren weit aufgerissen und glänzten. »Wir schaffen das wirklich.«

5 entente cordiale

zhen

»Das ist Geschenk«, sagte Marius später am Abend.

Er spukte einen Klumpen Kautabak, der braunen Saft auf seinen Zähnen hinterließ, in eine Coladose auf dem Küchentisch. Er war Kettenraucher gewesen, bis ihm klar wurde, dass der Rauch schlecht für die Elektronik war. Seitdem war er Kettenkauer. Er schob sich einen neuen Priem in den Mund.

Marius und Zhen waren sich vorher noch nie persönlich begegnet. Zhen hatte nicht gewusst, dass die Wände von Marius' Wohnung nach Tabak stanken. Oder dass er in einem ehemaligen Großraumbüro mit gelüftetem Teppichboden und schmuddeligen Jalousien hauste. Sein Schlafzimmer war ein Eckbüro mit einem riesigen Bett, in dem bei ihrem Eintreffen seine nackte Freundin Sarit lag. Ihr nur halb von der Decke verborgener, runder Arsch erweckte Gefühle in Zhen, die sich nicht mehr geregt hatten, seit sie eine Frau im Blümchenkleid schockgefroren hatte. Sie hatte auch nicht gewusst, dass jeder Raum in Marius' Wohnung außer dem Bad vom Boden bis zur Decke mit Regalen voller elektronischer Komponenten und Servereinheiten vollgestellt war. Oder dass in seinem Kühlschrank ein pelziger Schimmel die Rückwand überzog.

»Als ich Schimmel noch bekämpft habe, hat er sich gewehrt. Da gab es überall Sporen, die heranwuchsen. Auf Essen. Und außerhalb von Kühlschrank. Schwarz ... überall war was davon. Seit ich mich gefügt, Schimmel bleibt er in eigenem Territorium. Jetzt wir leben harmonisch zusammen. *Entente cordiale.*«

Marius lachte und trank noch einen Schluck Cola. Im Gegensatz zu Zhen konnte er problemlos auseinanderhalten, welche Dosen mit Cola gefüllt waren und welche mit Kautabak und Spucke. Marius war – in zufälliger Reihenfolge – ein in seinen Kreisen ziemlich angesehener Hacker, ein Gastprofessor an der University of California, Berkeley, und an der Carnegie Mellon University, ein absolutes Arschloch und vermutlich Zhens bester Freund.

Sie kannten sich seit beinahe einem Jahrzehnt. Sie waren beide Mitglieder des Tech-Unterforums von *Name The Day*, ntd/tech, das sich der Frage widmete, mit welchen technischen Hilfsmitteln man sich am besten auf den bevorstehenden Zusammenbruch der Zivilisation vorbereitete. Allerdings bestand Marius' »Vorbereitung« im Wesentlichen darin, die Unvermeidlichkeit von Leiden, Verfall, Verzweiflung und schließlich einem qualvollen Tod freudig zu akzeptieren. Seine Expertise, sowohl was die Technik als auch das Erkennen der Anzeichen, dass die Menschheit kurz davorstand, sich selbst auszulöschen, anging, war im Forum legendär.

Ihre Freundschaft hatte mit Streitereien und gegenseitigen Beleidigungen begonnen. Zhen war auf ntd/tech ziemlich bekannt. Es gab ein Unterforum, in dem ihre Videos kommentiert wurden. Manchmal lobte man sie, aber meistens wurde sie verspottet. Eine Zeit lang schrieb Marius jedes Mal, wenn Zhen ein Video mit Ratschlägen zu Computer-Software oder -Hardware gemacht hatte, einen langen Post, in dem er erklärte, warum ihre Herangehensweise »verdammte Amateur-Kacke« war. Sie hatten sich gestritten, sich gegenseitig als arrogante Arschlöcher bezeichnet und den Standpunkt des anderen auseinandergenommen, bis Zhen plötzlich begriffen hatte, dass aus dem verbalen Ringkampf eine Umarmung geworden war. Als Marius Probleme hatte, seiner israelischen Freundin ein Visum für Malaysia zu beschaffen, hatte Zhen Rat gewusst. Wenn eine technische

Neuheit wie Murks wirkte, wandte Zhen sich als Erstes an Marius. Marius vertraute kaum jemandem und mochte die meisten Menschen nicht. Daher hatte er viel ungenutzte Loyalität und Güte zu geben, die den wenigen vorbehalten blieben, die er schätzte.

Am Küchentisch verband Marius Zhens Handy mit der Tastatur eines rumänischen Kindercomputers, zwei in Folie eingeschweißten Motherboards und dem Display einer WLAN-fähigen Waschmaschine. Er hatte schmutzige Hände, aber seine Elektronik war sauber. Er arbeitete schnell, summte dabei vor sich hin und murmelte gelegentlich unverständliche Kommentare.

Wie zum Beispiel: »Das ist Geschenk.«

»Das Handy?«, fragte Zhen. »Oder die ganze Situation?«

»Jemand rettet dir Leben und will nichts zurück, das ist Geschenk. Sie hat gesagt, sie hat dir Geschenk gegeben.«

Er öffnete die Rückseite von Zhens Handy so fachmännisch, als löste er eine Auster aus der Schale, nahm die einzelnen Komponenten heraus und manövrierte sie vorsichtig in die Slots seines zusammengewürfelten Computers Marke Eigenbau. Mit der gleichen Geschicklichkeit und Präzision, mit der Zhens Großmutter immer den Reis in ihrer Schale bis auf das letzte Körnchen aufgepickt hatte.

Das Waschmaschinen-Display gab ein leises Piepen von sich, und das Symbol für einen Spülvorgang leuchtete auf.

»Ist das was?«, fragte Zhen.

»Der Beginn von was.« Marius lächelte. »Wir finden Dornröschens Geheimnisse heraus« – er strich mit dem Zeigefinger über Zhens Handy – »ohne die Schöne aufwecken. Erst die Liste von Dateien. Dann den Inhalt von Dateien.«

Marius öffnete eine Dose Mais und schaufelte sich den Inhalt mit Eiswaffeln in den Mund, was er offensichtlich lecker fand.

»Magst du?«

Zhen schüttelte den Kopf.

»In der Zwischendecke. Killer-Lady fordert was von dir? Sie sagt: ›Gib mir das, oder ich bring dich um?‹ Oder: ›Ich bring dich um, weil du das und das gemacht hast?‹«

»Sie hat gar nichts gesagt. Aber ich bin mir ziemlich sicher, dass sie eine Enochitin war.«

»Die gibt es nicht mehr.«

»Ach ja? Es gibt jedenfalls noch genug von ihnen, dass sie mich online mobben, okay? Außerdem hatte sie dieses Schlüsselsymbol auf den Finger tätowiert.«

Marius schüttelte den Kopf.

»So was gibt's nicht. Online mobben einfach. Teenie-Junge sitzt in Russland in Kellerraum, schreibt Beleidigungen. Keiner findet ihn. Einfach, sicher. *Regierung* hasst dich, daraus wird dann Verrückter, der Schriftsteller auf Bühne fast ersticht. *Religion* hasst dich, ja möglich.«

»Sind sie denn eine Religion? Vielleicht eher eine moderne Sekte. Das sind sie. Ich glaube, die Gruppe hat schon seit einer ganzen Weile in privaten Foren ziemlichen Zulauf.«

»Ein Sektenkrieg gegen dich? Du hast nichts getan.«

»Sag das der Lady mit der Pistole.«

Marius kaute nachdenklich auf seinem Mais herum. In einem Regal neben den Reihen von Motherboards standen drei in Folie eingeschweißte Paletten Dosenmais.

»Vielleicht. Vielleicht du größter Pechvogel von Welt. Aber vielleicht ist auch was anderes? Du hast nicht ihr Handy genommen? Ihren Ausweis?«

»Scheiße noch mal, sie war ein Brocken giftiges Salzeis!«

Marius nickte mehrmals rasch hintereinander und kratzte sich am Bart, als hätte ihm ein Student einen vielversprechenden und sogar faszinierenden Lösungsweg für ein Problem vorgeschlagen.

»Es gibt zwei Frauen. Eine möchte dich ermorden, sagt nicht, warum. Andere rettet dir Leben, sagt nicht, warum. Ist wie verdammtes Märchen. Ich glaube …«

Er schwieg so lange, dass Zhen schon befürchtete, er wäre mit offenen Augen eingeschlafen. »Ich glaube, du nicht in so großer Gefahr.«

»Ach ja? Siehst du das auch noch so, wenn jemand versucht, *dir* in den Kopf zu schießen?«

Marius pulte sich mit seinem schmutzigen Daumennagel ein Stück Mais zwischen den Zähnen heraus. »Die Enochiten nicht so gut, dass dich heute in Bukarest finden, oder? Finden dich nicht in Madrid. Finden dich nicht in Flugzeug. Sie sind mittelgut. Finden dich, wenn du dich nicht versteckst, finden dich nicht, wenn du dich versteckst. Jeder konnte Terminplan auf dein Website sehen. Du nicht schwer zu finden. Jetzt du schwer zu finden, kein Ärger.«

»Aber sie hat mich geortet. In der Zwischendecke. Sie hat mich in einem Container voller verdammter Plüschfüchse gefunden. Sie müssen mir irgendeinen GPS-Tracker angehängt haben.«

»Möglich«, antwortete Marius. »Aber vielleicht du auch mehr Lärm gemacht, als du dachtest. Hast dich in Container bewegt, Füchse sich bewegt, vielleicht sie dich gesehen. Oder vielleicht dir jemand bei Event was zugesteckt. Was auf Kleidung geklebt, Tracker in Tasche gesteckt. Bei wie viel Events sprichst du im Monat? Zehn? Wie oft wirfst du Kleidung nach Event weg? Jemand, der dich tracken will, keine Schwierigkeiten hat.«

»Und jetzt? Soll ich mein ganzes Leben lang aufpassen?«

Marius nickte. »Mach dich Weile unsichtbar. Und dann sei für immer vorsichtiger als vorher.«

»Danke für die aufmunternden Worte.«

Marius lachte. »Du willst Aufmuntern, du gehst nach Amerika, weiße Zähne, strahlendes Lächeln. Du willst Realismus, du kommst zu frühere Ostblock, okay?«

Das Symbol für den Spülvorgang wanderte zweimal herum. Dann lief eine Liste von Dateien über die rechte Seite des Displays.

»Hmm«, sagte Marius. »Du hattest Malware. Weiß noch nicht was.« Er rümpfte die Nase. »Ich kann rekonstruieren, *vielleicht*. Falls es funktioniert, dauert vielleicht zwei oder drei Monate. Muss verschiedene Strukturmodelle ausprobieren.«

Vorläufig sah Marius nicht mehr als das Datum und die Uhrzeit, zu der die Malware in Zhens System eingedrungen war. Am letzten Morgen, den Zhen in Marthas Suite verbracht hatte.

»Du hast dich in ihr WLAN eingeloggt. WLAN war kompromittiert. Da war eigenes WLAN für dich, ja, nicht Hotel, nicht normal«, sagte Marius, und es war keine Frage.

Zhen nickte.

»Präpariert«, erklärte Marius kummervoll. »Frühmorgens, Uploads und Neustarts. Du kriegst gar nicht mit, dass irgendwas passiert ist.«

»Sie hat gesagt, sie hätte mir ein Geschenk dagelassen. Aber sie hat mir nicht verraten, was es war.«

»Und jetzt sie spricht nicht mehr mit dir?«

»Ich schicke ihr immer wieder Nachrichten, aber sie antwortet nicht.«

»Du sie schlecht gevögelt?«

»Ich sie außerordentlich gut gevögelt, vielen Dank auch. Mehrmals.«

»Warum erzählt sie dir dann nicht? Gibt dir die Software nicht einfach? Das da«, Marius deutete mit einem Schraubenzieher auf das Handy und das Symbol für den Trommelsäuberungsdurchlauf, »geheime Spionage-Scheißdreck ist nicht normal.«

Es kam Zhen vor, als läge ihre Begegnung mit Martha schon sehr lange zurück. Sie hatte geglaubt, die Zeichen richtig zu deuten, hatte geglaubt, dass da wirklich etwas zwischen ihnen war. Etwas Echtes. Oder zumindest etwas, das zum damaligen Zeitpunkt aufrichtig war. Sie mochte Marius sehr, und er mochte sie, aber natürlich suchten sich Leute, die zur Paranoia neigten – aus guten, aus vernünftigen Gründen –, gern Freunde, die ebenfalls ein wenig paranoid waren.

»Du bist berühmte Survival-Expertin«, sagte Marius. »Kommst aus allem lebendig raus. Vielleicht sie dich ausgesucht, um ihre Software zu testen? Darüber schon mal nachgedacht?«

6 wenn es wirklich so schlimm wäre, hätten wir eine reisewarnung erhalten

martha

Es war nicht schwierig, aus *Happymeal* ein kleines, unauffälliges Softwarepäckchen zu machen, und es würde auch nicht schwer sein, dieses Päckchen einzuschleusen. Martha hatte eine hochrangige Zugangsberechtigung bei Fantail, und Selah und Badger konnten sich eine für Anvil beziehungsweise Medlar beschaffen. Selah und Albert hatten einen Eindringmechanismus einprogrammiert. Jeder von ihnen verließ das Hotel mit einem USB-Stick. Badger hatte sie in einem Gemischtwarenladen gekauft und bar bezahlt. Die USB-Sticks hatten die Form von winzigen Hamburgern, weil Badger sich immer treu blieb. Sie verabschiedeten sich im Hotelzimmer wie alte Freunde, wie Reisegefährten, die gemeinsam einen langen Weg zurückgelegt hatten. Als Martha einen nach dem anderen umarmte, die Ausdünstung von Alberts drei Tage altem Hemd roch, Selahs frisches, prickelndes Parfüm und Badgers Duft nach Kaugummi und Frittiertem, dachte sie: Ich schaffe es nie wieder, ohne eine Gemeinschaft zu leben, die ein Ziel mit mir teilt. Ich werde für den Rest meines Lebens danach Ausschau halten, was auch immer geschieht.

Jeder von ihnen kehrte in seine Welt zurück. Lenk erkundigte sich in einem Tonfall nach Marthas Urlaub, der ihr klarmachte, wie betrüblich er es fand, dass sie überhaupt Urlaub *gebraucht* hatte. Und natürlich hatte er recht. Sie hatte ja auch keine Pause eingelegt. Das hatten Lenk und sie gemeinsam. Wenn man nicht genau aufpasste, wohin man ging, tauchte aus dem Nichts ein Frito-Lay-Lieferwagen auf und fuhr einen über den Haufen. Nur, dass ich jetzt der Lieferwagen bin, dachte Martha. Sie hatte sich in Lenks blinden Fleck hineinmanövriert. Es war nichts Persönliches.

Es dauerte noch ein paar Wochen, bis der richtige Moment gekommen war. Sie mussten ja ungefähr zur gleichen Zeit agieren. Es war so weit, als Badger mit sierer Mom in Antigua war und Selah mit Zimri in Tokio. Erst da gab es genug Ablenkungen.

Badger »lieh« sich den Laptop sierer Mom.

Martha loggte sich mit Lenks Passwort ein.

Selah wartete ab, bis Zimri das Zimmer verließ, ohne seine Anvil-Surface zu sperren.

Über drei Zeitzonen hinweg nahmen die Programme auf den USB-Sticks Kontakt auf. Ein durch Passwörter in Gang gesetzter Computerwurm wühlte sich zu der richtigen Stelle vor und entpackte sich. Dann nahm er seine Arbeit auf. Sorgfältig, Wort für Wort, veränderte er gewisse Sätze und gewisse Kommentare. Wiederholte immer wieder aufs Neue, was er tat.

Da dies in großem Maßstab geschah, würde es eventuell entdeckt werden. Dennoch mussten sie den Versuch wagen. Irgendetwas *mussten* sie tun.

Sie hatten jedoch keine Möglichkeit gehabt, diesen Wurm und die Anforderungen anderer Systemkomponenten miteinander auszutarieren. Ihnen hatte die Gelegenheit gefehlt, seine Arbeit zu überwachen und zu sehen, wie er mit anderen Funktionen interagierte. Sie hatten sich kein Bild machen können, wie viele Ressourcen er an sich reißen und welchen Teil davon er verbrauchen würde. Nach und nach forderte der Wurm einen immer beträchtlicheren Teil der Systemzeit. Ein sich wiederholender Prozess nahm immer wieder seinen Weg durch die Mobilfunkmasten. Ein Algorithmus, der stets aufs Neue Möglichkeiten testete, mehr Smileys und Likes zu generieren.

In Shanghai strahlten fünfhundert tanzende Drohnen bei einem Fest blaues, silbernes und goldenes Licht ab und schrieben Worte des Friedens und der Harmonie in den Himmel. Über die Mobilfunksignale von Medlar-Geräten waren sie mit einem Anvil-Mainframe verbunden, und so bewegten sie sich synchron als funkelnder Schwarm. Bis das Signal einen Moment lang ausfiel. Kinder, die auf den Schultern ihrer Väter saßen, blickten verwirrt auf, als die Drohnen erst ins Stottern und dann ins Trudeln gerieten. Und dann überhaupt nichts mehr in den Himmel schrieben. Sondern abstürzten. Schwer und hart krachte das Drohnen-Ballett auf den Boden und zertrümmerte Autodächer und das Straßenpflaster. Die Leute rannten.

Am selben Wochenende war im Firmensitz von Fantail in San Francisco ein Server überlastet, und das führte in einem Dominoeffekt zu weiteren Ausfällen. Ein System, das man vor Überlastung sicher geglaubt hatte. Als es versagte, geriet ein Software-Ingenieur, der gerade im Hauswirtschaftsraum neben den feuchten Stramplern seiner kleinen Tochter im Homeoffice saß, in Panik. Er versuchte, den Netzverkehr manuell zu dirigieren und das Zuviel an Daten in ein anderes Datacenter umzuleiten. Das Baby heulte. Seine Frau schrie, sie sei auf dem Klo und gleichzeitig in einer Videokonferenz. Konnte er sich, gottverdammt noch mal, nicht um das Baby kümmern? Er tippte einen Befehl, der beinahe vollständig richtig war, aber eben nur beinahe. Unvermittelt stellte in allen Ländern der Welt Fantail mitsamt seinen zugehörigen Apps und Produkten die Arbeit ein.

- In Peshawar, Pakistan, konnte ein Ärzteteam nicht den anonymisierten Service von Fantail nutzen, um die Abholung des bestellten Polio-Impfstoffs zu organisieren. Achtunddreißigtausend Dosen verdarben. Von den Kindern, für die diese Dosen bestimmt waren, bekamen fünf später Kinderlähmung.

- In Manitoba, Kanada, brachen Wetterwarnsysteme, die auf Medlar-Servern liefen, zusammen. Zwar waren die Medlar-Server nach wenigen Minuten wieder einsatzfähig, doch das System bootete nicht neu. Trotz eines aufziehenden Blizzards wurde der Winterdienst nicht alarmiert, und auf den Handys und Thinscreens der Menschen gingen keine Warnungen ein. Die meisten kehrten um, als sie die Schneemassen sahen. Doch eine Gruppe von acht Personen, die unbedingt zu einem schon lange geplanten Familienfest reisen wollten, versicherten sich gegenseitig, »wenn es wirklich so schlimm wäre, hätten wir eine Reisewarnung erhalten«. Sie erfroren in ihrem Van.
- In Norfolk, England, ging die antiquierte Anvil-Nachrichten-App, die vom Pflegedienst genutzt wurde, vom Netz. Sie wurde nicht länger offiziell von Anvil unterstützt, und nach dem Ausfall stand sie auf der Prioritätenliste für eine Überprüfung ganz unten. Eine ältere Dame, die ihre Pflegerin nicht erreichen konnte und nicht noch mehr Möbelstücke schmutzig machen wollte, saß beinahe zwei Tage in ihren Exkrementen und wartete auf Hilfe.

Die anschließenden internen Untersuchungen bei Fantail, Medlar und Anvil ergaben, dass irgendwie ein unauffälliges Softwarepaket in die Systeme gelangt war. Durch einen Hackerangriff, möglicherweise von einem staatlichen Player, war ein Computerwurm eingeschleust worden, der einen sich ständig wiederholenden Prozess in Gang gesetzt hatte, dessen Zweck – derzeit – noch schwer zu bestimmen war.

Martha saß in Alberts Arbeitszimmer. Es war derselbe Raum, in dem sie ihm das Leben gerettet hatte.

»Das ist nicht alles unsere Schuld«, sagte Albert. »Viele dieser Systeme hätten resilienter sein sollen. Sie hätten bessere Ausfallsicherungen haben sollen.«

»Aber wir wussten, dass sie die nicht hatten«, entgegnete Martha. Sie hatte all das schon einmal erlebt. »So endet es immer. Ich kenne das. Man denkt, man könnte etwas verändern, und es endet im Chaos. Jedes einzelne Mal.«

»Anvil verkauft bereits sichere, mit einer Firewall versehene Back-up-Systeme für den Fall, dass so etwas noch einmal passiert. Siebzehn Staaten verabschieden gerade Gesetze, die die ›genannten Unternehmen‹ ganz speziell durch wahnwitzige Strafen vor dieser Art von Angriffen schützen. Danach werden sie nur noch stärker sein.«

»Wie nennt man es, wenn man nichts machen kann, aber auch nicht nichts machen kann?«, fragte Martha.

»Verzweiflung hab ich schon ausprobiert«, antwortete Albert.

Badger und Albert, Martha und Selah kommunizierten erneut mehrere Wochen lang miteinander. Diesmal tauschten sie sich per Privatnachricht auf einem Forum aus, in dem über die Klamotten von Promis hergezogen wurde.

Wir dürfen das nicht noch mal machen, schrieb Badger. Die sich wellenförmig nach außen ausbreitenden Auswirkungen ihres Versuchs waren immer noch nicht vollständig absehbar. Es war ausgeschlossen, die Firmen einfach zu zerstören. Sie waren überall. Bereits ein einziger Tag ohne ihre Dienste glich einer Katastrophe.

Wir dürfen es nicht noch mal auf diese Weise machen, schrieb Martha zurück. Nie wieder. Was auch immer wir tun, wir müssen es so klein wie möglich halten. Unsichtbar.

Wir brauchen höherrangige Zugangsberechtigungen als die, die wir hatten, bemerkte Selah. Das Programm darf nicht so viele Serverkapazitäten absaugen. Es muss ein Teil des Systems sein.

Es war ohnehin nicht die Lösung, schrieb Martha zurück. Ich meine, vielleicht war es Teil der Lösung, aber die Bereitschaft, auf eine Online-Petition zu klicken, reicht nicht aus. Wir müssen schneller sein, effektiver. Das hier werden die Jahre gewesen sein, in denen wir das Problem hätten lösen können, es aber nicht getan haben. Und bald ist es zu spät. Jetzt können wir noch eine andere Lösung finden. Wir müssen etwas Neues ausprobieren.

7 richtige art von scheitern

zhen

In Chimopar am Stadtrand von Bukarest hatten drei von Marius' ehemaligen Studenten in einer verlassenen Chemiefabrik einen Hackspace eingerichtet. Den Strom bezogen sie von einem Generator in einem alten Schulbus, und dort stand auch eine Serverbank für das Hochgeschwindigkeits-WLAN. Drinnen war die Fabrik mit LED-Strängen erleuchtet, und die Wände waren über und über mit Graffiti bedeckt. Unter dem Dach breitete ein roter Engel mit Schwert die Flügel aus. Ein Drache mit Menschengesicht erbrach Wörter, die über die Steine zum Boden hinuntertropften. Aus einem Lautsprecher in der Ecke drang Death Metal. Marius kannte die Schar tätowierter, gepiercter, bärtiger Hacker mit rasierten Köpfen persönlich. Sicherer als hier ging es nicht.

Zhen hatte das Internet von allen echten Daten gereinigt, die sie über sich finden konnte. Keiner wusste, dass sie derzeit bei Marius wohnte. Sie hatte eine Story fabriziert, der zufolge sie nach Mexiko gezogen war. Dazu gehörten auch ein paar Fake-Fotos von ihr neben einem imaginären Pool in einer nicht existierenden Villa. Wenn sie Videos postete, ließ sie die Verbindung über mehrere Proxy-Server laufen. Sie wollte, dass alles wie immer wirkte, aber so aussah, als wäre sie an einem Ort, an dem sie sich in Wirklichkeit nicht befand. Das Internet nutzte sie nur mit Geräten, deren Verbindung nicht zurückverfolgt werden konnte. Sie postete kein Video über die Seasons Time Mall. Sie nahm langweilige Beratungsaufträge an, bei denen sie die Krisenpläne von Firmen begutachten musste. Sie las Bücher nur in Papierform und bezahlte ihre Einkäufe mit einer Prepaid-Karte, die Marius für sie auflud, als wäre sie ein Kind. Sie erwähnte die Enochiten niemals online und hatte im Netz nichts mit ihnen zu tun; sie reagierte weder auf deren wütende Posts unter ihren Videos, noch löschte sie sie. Sie ging nur von extrem stark verschlüsselten Servern aus auf die Websites von Anvil, Medlar oder Fantail. Dabei nutzte sie niemals ihre alten Accounts und verwendete nie ihren richtigen Namen. Niemand spürte sie in Bukarest auf.

Natürlich hatte sie bei ihren Besuchen im Hackspace die auf der Hand liegenden Suchbegriffe eingegeben:

- Seasons Time Mall Anschlag
- Seasons Time Mall Mord
- Seasons Time Mall gefrorene Leiche
- Seasons Time Mall tote Frau
- Seasons Time Mall Unfall

Sie fand einen kurzen Artikel in der *Straits Times*, der von einigen anderen Zeitungen der Region aufgegriffen worden war. Im Juni hatte es in der Seasons Time Mall einen Kurzschluss gegeben. Mehrere Menschen waren leicht verletzt worden, als ein Beleuchtungskörper explodierte. Der betreffende Flügel der Mall war sechs Tage lang wegen Reparaturarbeiten geschlossen gewesen.

Und? *Und?* Sie recherchierte auf anderen Nachrichtensites. Analysen, Diskussionen. Hielt denn niemand nach einer jungen Asiatin mit Rucksack Ausschau, die bei ihrer Flucht vom Ort des Geschehens beobachtet worden war?

Nein, keineswegs. Traurigerweise hatte man bei Wartungsarbeiten eine tote Obdachlose in einem Ventilationsschacht entdeckt. Nach dem Zustand der Leiche zu schließen, hatte sie bereits mehrere Monate dort gelegen. Vielleicht war sie während der außergewöhnlich kalten Frostperiode im vergangenen Dezember dort hineingekrochen, um sich aufzuwärmen, und dann gestorben. Einige der Kühlmittelschläuche waren nicht richtig angeschlossen gewesen, was ebenfalls zu ihrem Tod geführt haben mochte. Eine tragisches Schicksal, bedauerte die *Straits Times*. Ein Kolumnist schrieb einen bewegenden Artikel über die Not von drogensüchtigen Obdachlosen, bevor er noch drastischere Strafen für Drogendealer forderte.

Im Darknet hatte der Tod der Frau ein gewisses Interesse erregt. Einige Quellen berichteten, die Leiche habe sich in einem »fortgeschrittenen Zustand der Verwesung« befunden. In einem Post auf einer Site aus Singapur erzählte ein User, der Schwager seines Bruders arbeite bei der Polizei. Er habe die Leiche gesehen, und sie sei »im Grunde flüssig gewesen, Mann, suuuuuuuuuper-eklig«. Er behauptete, das an den Post angehängte Foto zeige die Leiche, doch als Zhen es voll schlimmer Vorahnungen anklickte, konnte sie nicht viel darauf erkennen. Ein Behälter mit matschigen Körperteilen, daneben ein Kleid, eine Jacke und ein Hut. Nichts davon ähnelte der Kleidung, die ihre Verfolgerin getragen hatte.

»Irgend so ein Scheißkerl wollte sich wichtig machen«, sagte sie.

»Todesschwadronen immer cool, bis sie an deine Tür klopfen«, meinte Marius.

Weitere Suchbegriffe. Wildes Ausprobieren.

- Kühlmittelmord
- Kühlmitteltod
- Kühlflüssigkeitsunfall
- Kunstschneepanne
- Seasons Time Kühlflüssigkeit

Eine kurze Erwähnung in einer Zeitschrift für Kältemaschinen. Eine Kühlmittelfirma in Taiwan war Ende Juni von Fantail aufgekauft worden. Die Firma hatte die Kühlflüssigkeiten für die

Seasons Time Mall hergestellt. Künftig würden ihre Produkte ausschließlich für die Chipfabrikation von Fantail verwendet werden.

»Schau mal, jemand räumt auf hinter dir«, sagte Marius. »Deine Liebste. Räumt auf nach Test von ihrer Software.«

»Nein«, widersprach Zhen, doch gleichzeitig wusste sie, dass die Antwort durchaus auch Ja lauten konnte.

Inzwischen gab es in ihrem Kopf zwei Versionen von Martha. Die eine war eine außergewöhnliche Frau, die sich im Verlauf eines Wochenendes entgegen aller Wahrscheinlichkeit so heftig in Zhen verliebt hatte, dass sie ihr ein Geschenk gemacht hatte: eine Software in der Testphase, die Zhen das Leben gerettet hatte. Die andere war eine manipulative Bitch, die Zhen verführt hatte – die Schlüsselkarte! Der Champagner! –, um eine Software im Entwicklungsstadium zu testen, möglicherweise aus dem minimal schmeichelhaften Grund, dass sie Zhen größere Überlebenschancen einräumte als anderen potenziellen Versuchskaninchen. Möglicherweise aber auch aus dem etwas beunruhigenden Grund, dass Martha einen Anschlag der Enochiten vorhergesehen und das für eine großartige Möglichkeit gehalten hatte, AUGR zu testen.

Zhen hatte Martha geglaubt, als diese sagte, sie habe ein Projekt – ein Projekt! – und es trete gerade in eine entscheidende Phase ein. Sie werde keinen Kontakt halten können. Aber sie möge Zhen mehr als irgendjemanden seit sehr langer Zeit. Zhen hatte all das geglaubt, weil es dem Bedürfnis eines normalen Menschen entspricht, anderen zu glauben und eine Verbindung einzugehen. Sich ihnen zuzuwenden und ihnen zu vertrauen. Und natürlich auch, weil der Sex fantastisch gewesen war.

Doch das Vertrauen, das man einem anderen entgegenbringen kann, hat Grenzen. Um sich ein genaueres Bild von Martha zu machen, würde Zhen verstehen müssen, was diese Frau ihr da eigentlich aufs Handy geladen hatte.

Marius und sie fanden ein wenig mehr über AUGR heraus. Es hatte einmal eine Firma namens AUGR gegeben. Ihre Beschreibung klang »stinklangweilig«, sagte Marius, »Markt- und Wettbewerbsanalysen für Firmen.« Nach einer Reihe »enttäuschender Ergebnisse« war sie abgewickelt worden. Ihr CEO Si Packship hatte eine wenig aussagekräftige Erklärung abgegeben, in der er von »technischen Schwierigkeiten« sprach. Auf *TechCrunch* gab es ein paar zusammenfassende Zeilen: »AUGR, eine prädiktive Analyse-Software-Suite, die auf den Hedgefonds-Markt abzielte, konnte nach einer Reihe technischer Fehler keine Investoren mehr finden.«

»Das ist richtige Art von Scheitern«, sagte Marius. »Wenn Anvil, Medlar und Fantail Firma aufgekauft, aber nicht wollten, dass irgendwer erfährt, das hier genau richtig.«

Es war weder dramatisch noch aufregend, die Software hatte einfach nur nicht funktioniert. Niemand würde versuchen, den Algorithmus zu kaufen oder das kleine Team einzustellen, das ihn programmiert hatte. Hätte jemand in einem Internetforum das Gerücht verbreitet, AUGR sei von einem Konsortium aufgekauft worden, hinter dem Lenk Sketlish, Ellen Bywater und Zimri Nommik standen, diese Person hätte vollkommen durchgeknallt gewirkt.

»Das ist Unsinn«, sagte Zhen. »Was ich hatte, war eine supereffiziente KI. Unglaubliche Zugangsberechtigungen und Datenbankzugriffe. Es sagte, es sei …« Die Worte standen ihr kristallklar vor Augen, so klar, wie ihr seit einer Ewigkeit nichts mehr gewesen war. »… eine prädiktive Software, die mich beschützt.«

»Und genau deswegen sie räumen auf«, entgegnete Marius. »Die Firma aufkaufen, die Mall auszahlen. Niemand soll wissen, was sie haben.«

So vergingen Wochen, mit Recherchieren und Rätselraten. Unterdessen prüfte Marius' Wiederherstellungsprogramm Zhens Handy auf Herz und Nieren. Sie verbanden es mit dem Mainframe im Chimopar-Hackspace, der aus achtundzwanzig zusammengeschalteten und in einem Metallgestell angeordneten AnvilTabs bestand. Dort ließen sie die Tests jede Nacht weiterlaufen, dicht unter dem Wellblechdach, um die Hardware zu kühlen, und durch einen Schirm vor Regen geschützt. Wochen und Monate vergingen, während das Gerät mit dem Waschmaschinen-Display nachforschte, welche Software in winzige Stückchen geschreddert worden war, als das Programm sich selbst gelöscht hatte. Die Teile wieder zusammensetzte. Wiederholte und wiederholte. Ohne Eile. Ohne Zögern.

In diesem Jahr war der Herbst ungewöhnlich kalt. Schnee fiel und blieb liegen, schmolz und fiel erneut. Im Oktober ließen sie vom Hackspace aus eine Verbindung über zweiundzwanzig Proxy-Server laufen, und Zhen rief ihren Dad in Sunderland an, um ihm zum Geburtstag zu gratulieren. Sie entschuldigte sich dafür, dass sie sich so lange nicht gemeldet hatte. Ihr Dad erwiderte auf eine Weise, die Zhen sofort klarmachte, dass er schwindelte, er sei davon überzeugt, wenn seiner einzigen Tochter etwas wirklich Schlimmes zugestoßen wäre, hätte er es erfahren.

Zhen sagte: »Mir geht's prima, Dad. Ich liebe dich. Ich hab einfach nur viel zu tun, okay? Und … mit meinem Handy stimmt was nicht. Ich bin viel unterwegs. Falls du mich kontaktieren musst, per E-Mail, okay?«

Nach dem Gespräch war Zhen deprimiert. Es fühlte sich nicht so an, als hätte sie die Welt verlassen, sondern als hätte die Welt sie verlassen. Als die Dämmerung sich über die von Schneematsch bedeckten Straßen Bukarests senkte, machten Marius und Zhen einen Spaziergang, um sich etwas Bewegung zu verschaffen. Leichter Schneefall setzte ein, ein stetes Rieseln kalter, nasser Flocken, die sich auf dem Asphalt sofort in schmutzigen Matsch verwandelten. An einem schmuddeligen, verrosteten Imbisswagen am Straßenrand kauften sie Burger, die überraschend gut waren.

Zurück im Hackspace setzten sie sich unter die Augen des Engels und des Drachen, aßen ihre Burger und verfolgten durch die Fensterscheiben, wie der graue Schnee draußen tanzte und taumelte.

Einer der Programmierer fragte: »Ist das euer Gerät, dort auf dem obersten Regalfach? Unter dem Regenschirm?«

Marius nickte düster. Zhen fragte sich, ob er sich immer so fühlte wie sie selbst gerade, und falls ja, wie er dabei so zufrieden sein konnte.

»Das Ding hat gepiept. Während ihr weg wart. Ich hab nachgeschaut. Ich weiß nicht, was passiert ist.«

Zhen hätte niemals geglaubt, dass Marius die Metalltreppe so schnell hinaufsteigen könnte. Als er nach ihr rief, klang seine Stimme triumphierend.

»Dornröschen jetzt bereit, im Schlaf zu reden«, sagte er.

Auf Zhens Handy war eine Malware gewesen. Sie hatte die Kontrolle über alle Systeme übernommen, als von einem bestimmten Programm, das nur mit einer langen alphanumerischen Kennung bezeichnet war, eine Befehlsfolge aktiviert worden war. Außerdem hatte die Malware Zhen ausspioniert und Informationen von ihr abgeschöpft: über ihren Gesundheitszustand, ihren Aufenthaltsort und ihre Handykommunikation.

»Eine böse Infektion.« Marius schüttelte nachdenklich den Kopf. »Gefährlich.«

Was sie nicht klären konnten, war die Frage, was das Programm mit all diesen Informationen und all diesen Overrides angefangen hatte.

Marius lächelte schief. Ihm war unwohl bei der Sache. »Zugriffsrechte wurden entzogen. Wenn du willst, du lässt das jetzt einfach ruhen. Wurm in Apfel. Wurm rettet Leben. Märchen, Ende.«

Aber wenn sie die Sache auf sich beruhen ließ, würde sie niemals erfahren, welche der beiden Marthas die echte war.

»Wir graben morgen tiefer. Finden mehr heraus, okay?«

Sie nahmen das Handy samt der selbst gebastelten Hardware aus dem Chimopar-Hackspace mit und trugen es in einer Plastiktüte des Kaufhauses Unirea zu Marius' Wohnung zurück. Sarit hatte Gulasch gekocht, das nach Tomaten und Gewürzen duftete. Marius war sehr zufrieden mit sich.

»Außer mir hätte das keiner geschafft«, sagte er. »Ich bin natürlich heimlicher Held, aber trotzdem … Held.«

Sarit zerzauste ihm das Haar und füllte das dampfende Gulasch in die angeschlagenen Schalen. Marius verspeiste es genauso begeistert wie sonst seinen Dosenmais und schnaufte vor Wohlbehagen. Nun vibrierte es zwischen ihnen dreien – Sarit war normalerweise so kurz angebunden, dass es fast schon unhöflich war, doch Marius' Euphorie über seinen Erfolg hatte sie gerührt.

Nach dem Essen zog sie MDMA-Tabletten mit einem Pelikan darauf aus der Hosentasche.

»Der Nationalvogel Rumäniens«, sagte sie. »Alles legal. Die Regierung verkauft sie, um Staatsschulden bezahlen.«

»Stimmt das?«, fragte Zhen.

Sarit zuckte mit den Schultern. »Wahrscheinlich.«

Zhen fragte sich, ob sie high sein wollte, während die beiden vögelten, und überlegte es sich anders.

»Nein danke«, antwortete sie. »Viel Spaß, ihr zwei.«

Sie ging ins Bett, und über einen selbst gebauten Internet-Browser, den Marius über das Display einer fünfzehn Jahre alten Gegensprechanlage betrieb, sah sie sich Videos von Lenk Sketlish an. Martha stand manchmal im Hintergrund. Sie lächelte selten und sagte so gut wie nie etwas, so rätselhaft wie ein archäologisches Artefakt.

In dieser Nacht brannte der Hackspace nieder.

Marius erhielt um fünf Uhr früh einen Anruf. Selbst aus ihrem mit Bücherregalen und Aktenschränken vollgestellten Zimmer am anderen Ende der Wohnung hörte Zhen seine Stimme am Handy. Sein Tonfall verriet ihr, dass irgendetwas komplett schiefgelaufen war. Erst Verwirrung und Empörung, so früh geweckt worden zu sein. Dann Zorn. Schließlich Angst. Wie die klang, hatte sie schon in einem Dutzend verschiedener Sprachen gehört. Sie schlüpfte in Unterhose und Jeans, Shirt und Pulli, bevor sie auch nur mit Sicherheit sagen konnte, dass es Zeit zu Gehen war.

Marius rief ihr zu: »Zhen! Chimopar Chemiefabrik Hackspace durch Idioten zerstört.«

Einen Moment lang glaubte Zhen, jemand habe eine Kerze brennen lassen – es gab dort praktizierende Satanisten, und vielleicht hatten sie ein riskantes Ritual durchgeführt. Doch es war viel schlimmer.

»Verdammte Bogdan! Dieser verkackte, dumme Anarchosyndikalist.«

In Marius' Bart hing tabakbrauner Speichel. Er gestikulierte mit dem ersten Gegenstand, der ihm in die Hände geraten war, einem Umschnall-Dildo, wie Zhen nach einem Moment der Verwirrung begriff. Er war leuchtend blau und zeigte ihr mehr, als sie jemals über Marius hatte erfahren wollen, aber okay.

»Was ist passiert, Marius? Zeig nicht ständig mit diesem … Ding auf mich.«

Marius legte den leuchtend blauen Penis beiseite. Sarit sah es, begegnete gleichmütig Zhens Blick und schaute nicht weg. Na gut.

»Der verdammte Bogdan«, sagte Marius. »Gestern Abend. Als Programm Spülvorgang beendet. Macht leises Piepen. Ganz, ganz leises Piepen. Nicht lauter Alarm. Er hätte auf uns warten können. Aber nein! Verdammte Bogdan geht hoch! Schaltet Handy ein!«

»Oh«, sagte Zhen. »Oh, Scheiße.«

Zhen glaubte, die Kälte ihres eigenen Grabes zu spüren. Das war offensichtlich kein verdammter Zufall. Jemand hatte versucht, ihr Handy zu zerstören. Und wer immer das gewesen war, wusste jetzt, dass sie sich in Bukarest aufhielt. Wahrscheinlich konnte derjenige auch herausfinden, dass sie bei Marius war. Sie spürte, wie sie innerlich zersplitterte, wie sie in voneinander getrennte Einzelteile zerfiel, die diese Nachricht ertragen und tun konnten, was zum Weitermachen nötig war.

In Marius' zerbeultem karamellfarbenem Dacia fuhren sie nach Chimopar. Aus dem Hackspace schneite es von unten in die kalte Luft hinauf. Das Dach war weggeschmolzen, Papierfetzen, Aschewolken und Staub wurden von der Thermik nach oben über die Dächer der alten Fabrik hinweggetragen und schwebten weit entfernt von dem verkohlten Trümmerhaufen wieder zu Boden. Zhen blieb im Auto sitzen, während Marius und drei weitere Personen sich über die Trümmer hinweg anbrüllten. In Gedanken kehrte sie immer wieder nach Hongkong zurück.

Papier weht senkrecht in die Luft, halb verkohlt, keine Sirenen und keine Schreie, ein Stück entfernt schluchzt jemand, man hört drei laute Explosionen …

Zhen wandte ihre Atemtechnik an. Sie nannte Objekte, die sie real vor sich sah, beim Namen. Sie sagte sich: Du bist hier und nicht dort. Im Augenblick passiert überhaupt nichts Schlimmes. Bleib im Hier und Jetzt. Innen war die Karosserie hellblau überstrichen worden. Als sie mit dem Fingernagel am Rahmen des Seitenfensters kratzte, kam der alte Lack unter der neuen Farbe hervor. Karamellbraun und Blau wie ein gruseliger Sonnenaufgang.

Marius stapfte zum Wagen zurück.

»Na gut«, sagte er. »Geräte kaputt, keiner war hier.« Er zuckte mit den Schultern. »Kommt vor. Brandstiftung oder Diebstahl. Manchmal Hackspaces müssen umziehen.«

Es hatte eine Welle von Brandstiftungen gegeben – nicht nur in Rumänien, sondern weltweit. Die Menschen nahmen den Gedanken, dass der Planet in Flammen stand, wörtlich. Sie wollten die Ungewissheit nicht länger ertragen. Lieber das verdammte Pflaster von der Wunde reißen.

»Bogdan denkt, vielleicht es waren Gangs«, sagte Marius. »Er hört sich um.«

»Aber er weiß, dass es keine Gangs waren, nicht wahr?«, erwiderte Zhen.

Es war jemand, der hinter ihr her war.

Bevor sie wieder auf Zhens Handy schauten, verließen sie die Stadt. Sie parkten am Ufer eines Sees, auf dem fünf wilde Schwäne nach Wasserpflanzen gründelten. Zhen zog die Unirea-Plastiktüte unter ihrem Sitz hervor. Beide starrten das Handy an, das anscheinend Feuer vom Himmel herabrief.

»Wir könnten es in See werfen«, sagte Marius.

»Wer immer das getan hat, weiß trotzdem, dass ich hier bin.«

»Ich kann Versteck für dich finden.«

»Du weißt, dass ich mich nicht einfach nur verstecken kann. Ich muss wissen, was da los ist. Kannst du mich wieder ins AUGR-Programm einloggen?«

»Raffinierte Verschlüsselung. Du wurdest von User-Liste gestrichen. Aus Ferne. Für neue Autorisierung brauchst du physische Verbindung zu Server.«

Es gab eine Liste von physischen Verbindungspunkten. Lenk Sketlishs Haus. Zimri Nommiks Firmensitz. Die uneinnehmbare Festung des Bywater-Bunkers in Neuseeland.

»Ich kann nicht hierbleiben«, sagte Zhen. »Du musst mir zeigen, wie man AUGR erneut autorisiert. Ich kann an einen dieser Punkte herankommen.«

»Wo reisen wir also hin?«

Zhen sah Marius an. Unendlich gerührt wollte sie nicht von diesem Moment zum nächsten gelangen, in dem er ihre Dankbarkeit beiseitewischen würde.

»Du musst nicht mitkommen«, sagte sie. »Hinter dir sind sie ja nicht her.«

»Ohne mich, du vermasselst es«, entgegnete er. Dann hielt er inne. »Und ich will wissen, was die Scheißkerle machen, okay?«

Zhen atmete tief ein. Hielt die Luft an. Atmete aus. »Wir fliegen nach Kanada. Wir brechen in Zimri Nommiks geheimen Bunker ein.«

8 knochen und plastikmüll

martha

Martha und Selah, Albert und Badger überlegten, was sie als Nächstes unternehmen könnten, doch dazu brauchten sie Zeit. Die Firmen wuchsen weiter. Langsam, aber unaufhaltsam wurde alles immer schlimmer.

In Palo Alto schnappte sich Fantail einen kleinen, aber schnell wachsenden Rivalen – ein soziales Netzwerk, das sowohl die Stimme des Users als auch seine Sprechweise präzise in die Stimme und die Sprechweise von mehr als achthundert Prominenten umwandelte, und zwar in dreihundert Sprachen. Fantail kaufte die Dissertationen – und die Mitarbeit – von acht Experten für algorithmische Prognosen ein, um herauszufinden, welche Dienste die User sich vermutlich kurz- und mittelfristig wünschen würden. Gewisse Daten wurden verkauft, andere gespeichert, und aus gewissen Werbeanzeigen erlöste man gewisse Profite. Den meisten von Fantails vielen Kunden ging es am Arsch vorbei, was da eigentlich passierte, wenn sie dafür einen FantailChat starten konnten, in dem sie wie Silberfuchs Ryan Reynolds aussahen und fließend Xhosa sprachen.

Würdest du die Stadt für fünfzig verschonen?

Im neuen Mega-Headquarter in Columbus, Ohio, brachte Anvil eine Anstecknadel heraus, die Tag für Tag alle Gespräche einer Person aufzeichnete und daraus durchsuchbare Textdateien anfertigte. Das Marketing für DaySave war ursprünglich auf Schüler, Studenten und gestresste Wissensarbeiter zugeschnitten, doch es erfreute sich auch bald außerhalb dieser Zielgruppen großer Beliebtheit. Berühmte Künstler entwarfen DaySave-Anstecker in limitierter Auflage. Wenn man sie versehentlich mit in die Waschmaschine steckte, lieferte Anvil innerhalb einer Stunde Ersatz. Gleichzeitig wurde Lagerarbeitern der Lohn gekürzt, wenn sie mehr als siebenundvierzig Sekunden auf der Toilette verbrachten; gewisse Gerichtsurteile erlaubten, Anvil zu subventionieren, damit es in der Region ein Warenlager aufbaute; und gewisse Mengen Kohlendioxid wurden freigesetzt. Die Reichen wurden immer reicher und die Armen immer ärmer, obgleich die Menschheitsgeschichte unzählige Beispiele dafür kannte, dass diese Situation unweigerlich zu einer Revolution führen würde. Und auch wenn viele Menschen kurz ein schlechtes Gewissen hatten, weil sie noch mehr Plastikmüll wegwarfen, kümmerte es die meisten von Anvils hundert Millionen Kunden und DaySave-Abonnenten nicht sonderlich. Die Bedenken waren nicht einmal groß genug, um den Profit der Firma auch nur um ein hundertstel Prozent zu schmälern.

Würdest du die Stadt für fünfundvierzig verschonen?

Im kühlen Centralia im Bundesstaat Washington setzte Ellen Bywater die stetige Gewinnmaximierung von Medlar fort. Die Markteinführung einer neuen Reihe ultradünner Screens und ultraleichter Laptops brachte den erwarteten Erfolg. Das Design war angenehm, das Klicken beruhigend satt und das neue Personality Paradigma der integrierten Suchfunktion geradezu vornehm. Doch im Kongo bauten gewisse Sklaven Kobalt ab. Gewisse elegante und schöne Objekte aus Glas und Metall waren weit einfacher und preisgünstiger zu entsorgen, als zu reparieren. Und gewisse Chemikalien sickerten an gewissen Orten ins Grundwasser. Zwar unterschrieben viele Menschen Online-Petitionen auf Fantail, doch nur den wenigsten Medlar-Kunden ging das so nahe, dass der Aktienkurs auch nur um einen Zehntel Cent gefallen wäre.

Nehmen wir einmal an, es gäbe nur vierzig. Würdest du die Stadt für vierzig verschonen?

Studien hatten gezeigt, dass sich das Selbstmordrisiko halbwüchsiger Mädchen erhöhte, wenn sie Fantail-Produkte länger als acht Minuten am Tag nutzten. Dasselbe galt für das Risiko, an einer Essstörung zu erkranken, und für die Wahrscheinlichkeit, jemanden zu mobben oder von jemandem gemobbt zu werden. Weltweit verschlechterte sich die psychische Gesundheit der User stetig – und die deprimierten und beunruhigten Menschen waren immer weniger bereit, sich den realen Problemen zu stellen. Sie wurden schneller zum Opfer von Fakes und neigten eher dazu, sich in Fantasiewelten zu flüchten, Verschwörungstheorien zu glauben. Im Gegenzug veröffentlichte Fantail eigene Studien, die zeigten, dass dreißig Minuten Interaktion mit FantailPal sich positiv auf die Produktivität der User auswirkten. Mehrere Bundesstaaten setzen sich – gegen Bezahlung – dafür ein, dass FantailPal bevorzugt als Interface auf den Thinscreens an Schulen genutzt wurde. Dem Raubbau an der psychischen Gesundheit der Menschen wurde nicht Einhalt geboten. Werbegelder wurden nicht abgezogen. Der Vorstand unternahm nichts.

Bitte werd nicht wütend. Ich weiß, jetzt wird es lächerlich. Was, wenn es am Ende nur dreißig gute Menschen gibt? Würdest du die Stadt für dreißig verschonen?

Um das neue Personality Paradigma einzuführen, machte Medlar einige ungewöhnliche Zugeständnisse. Weil sie glaubte, es würde der Welt eine neue, bessere Perspektive eröffnen, hatte

Ellen Bywater den Regierungen von Russland, Saudi Arabien, China, Afghanistan, Belarus, Nordkorea, Iran, Syrien und Usbekistan grünes Licht für die Überwachung der Bürger durch gewisse MedlarPhone-Apps gegeben. Kein staatlicher Geheimdienst wollte sich diese Chance, potenzielle Terroristen zu überwachen, entgehen lassen. Es kam zu Protesten. Auf der ganzen Welt zeigten sich die ersten Anzeichen gesellschaftlicher Instabilität. Badger sagte sierer Mutter, sier sei von ihr angewidert. Doch nichts besserte sich.

Vielleicht gibt es nur zwanzig. Würdest du die Welt für zwanzig verschonen?

Tatsache war, dass Anvil nicht so schlimm war wie manch andere Firma. Man konnte die Übel dieser Welt nicht allein Zimri Nommik und seinen erfolgreichen Unternehmensstrategien anlasten. Doch die neue Anvil-Fabrik in Myanmar leitete nun einmal Abwässer in den Fluss Irrawaddy ein. Woraufhin dort keine Delfine mehr gesichtet wurden. Selah Nommik schaute sich ein zwanzig Jahre altes Video an, in dem die grau glänzenden Säugetiere in fröhlichen Bögen aus dem Wasser sprangen. Das also war Anvils Erbe: Videos, Knochen und Plastikmüll. »Nicht er wird sterben«, dachte sie. »Sondern die Welt wird untergehen.«

Zimri Nommik kaufte fünf große Landgebiete von afrikanischen und asiatischen Regierungen, um sie in FutureSafe-Zonen umzuwandeln – Orte, an denen Menschen der Zutritt unter allen Umständen verwehrt war. Diese Zonen sollten Wildtieren als Zufluchtsstätte dienen und es der Flora und Fauna ermöglichen, zu wachsen und zu gedeihen, bis erneut eine unberührte Landschaft entstand. Diese Projekte, an und für sich bewundernswert, gaben der Öffentlichkeit das beruhigende Gefühl, dass etwas unternommen wurde. Selah Nommik wusste genau, dass Zimri vorhatte, sich im Fall einer globalen Umweltkatastrophe in einer dieser Zonen in Sicherheit zu bringen. Und sie wusste, dass die geheimen Klauseln in den Verträgen mit den regionalen und nationalen Regierungen ihm das auch gestatteten. Wenn es jemanden gab, dessen Zukunft gesichert war, dann war es Zimri.

Vielleicht stellt sich heraus, dass wir nur zehn gute Menschen finden. Würdest du die Stadt für zehn verschonen?

Zu dieser Zeit bekam Badger Bywater von sierer Mutter den digitalen Schlüssel für den Bunker im neuseeländischen Berg. Eine goldene, elliptische Scheibe, in die Badgers Name zusammen mit sierem Fingerabdruck eingeprägt war. Badger ließ sich durch das hohe Gewölbe mit dem filigranen, wie geklöppelt wirkenden Saum aus Metall und Holz führen, der die Wände des zentralen Lichthofes verkleidete. Sier hörte zu, wie siere Eltern Ellen und Will sich lebhaft über das wunderbare Bauwerk unterhielten, das unter ihrer Regie am einsamsten aller Orte entstanden war. Die beiden freuten sich, wie viel man doch vor der bevorstehenden Katastrophe würde retten können. Und das sei doch gut, oder? Ob Badger etwa nicht überleben wolle?

Albert Dabrowski wusste, dass er es an Ellens Stelle nicht anders gemacht hätte. Gleichzeitig wusste er aber auch, dass es viel gab, das man tun könnte. Sie war sein böser Zwilling: die Person, die so war wie er, obwohl er nicht so sein wollte wie sie. Wie schon so oft dachte er, dass alles besser wäre, wenn er einfach sterben und seine Aktien Greenpeace vermachen würde, oder einer anderen Stiftung, die sich für die Wale, Vögel und Menschenaffen dieser Welt einsetzte. Die einzige Person, der er diese Gedanken anvertraute, war Martha Einkorn. Sie forderte ihn auf durchzuhalten. Halte durch.

Martha Einkorn wurde von Lenk Sketlish auf verschiedene Prepper- und Survival-Messen geschickt, um das neueste technische Zubehör für seinen Bunker zu besorgen. Sie hörte den Experten zu, die schätzten, wie lange es noch dauern würde, bis der Bunker gebraucht wurde. Zwanzig Jahre. Zehn. Fünf. Zwei.

Oder ist es – und das ist immer eine Option – an der Zeit, aufzugeben?

Es war einmal vor langer Zeit, da hatte Martha Einkorn einen Bären getötet. Dazu war sie fähig gewesen, weil sie gesehen hatte, dass der Bär sonst sie töten, aber gar nicht davon profitieren würde. Manche Lebewesen haben den Drang zu töten, selbst wenn sie ihre Beute nicht verzehren können. So machen es kranke Tiere. Und Menschen. Wir drücken immer weiter auf denselben Knopf, auch wenn die Freude und die Befriedigung, die wir anfangs dabei empfunden haben, längst verschwunden sind. Mehr Geld, mehr Einfluss, mehr Ruhm, mehr Macht. Der entzündete Kiefer des Bären war ein genauso finsteres Bruchstück der Welt wie die, die ihr Vater immer gegeißelt hatte, und Enochs Tiraden gegen die »Bruchstücke« waren ähnlich obsessiv wie der enorme Aufwand, den Lenk betrieb, um sich scheinbare Sicherheit zu erkaufen. Wie ein Computer konnten auch Menschen den Drang haben, bis zum Erbrechen immer wieder dasselbe zu tun. Wieder und wieder und wieder. Ohne Eile. Ohne Zögern. Bei einem Menschen war dieser Drang ein Anzeichen von Krankheit.

Es war einmal vor langer Zeit, da war Martha Einkorn vor Tagesanbruch aufgewacht. Sie hatte ihrem Vater Geld und eine Pistole gestohlen. Das hatte sie getan, weil sie frei sein wollte und nicht bereit war, in einer Höhle sitzen zu bleiben und so zu tun, als existierte der Rest der Welt nicht. Sie war aus der Dunkelheit in den Morgen hinausgegangen. Sie war getrampt, hatte sich ein Busticket gekauft und war in die Welt eingetreten. Zu wissen, wann man gehen muss, ist eine Fähigkeit, die man erlernen kann. Und genau diese Fähigkeit hatte Lenk in ihr erkannt, das war ihr klar. Er hatte erkannt, dass sie wusste, wann man gehen musste, und

Lenk Sketlish glaubte, dass er die Welt noch zu Lebzeiten würde verlassen müssen. Er hatte die Zukunft kommen sehen und erkannt, dass sie nicht gut war. Dass man radikale Opfer würde bringen müssen, dass nur die Starken überleben und die Schwachen zugrunde gehen würden. Und vielleicht würde er am Ende recht behalten.

9   der krieg aller gegen alle

zhen

»Du weißt, jemand könnte Scherz mit dir machen.«

»Keiner erlaubt sich einen Scherz mit mir, Marius. Ich bin für meine Humorlosigkeit bekannt.«

»Im Herz von Menschen ist Grausamkeit. Diesmal machen sie Scherz mit dir und mir.«

Sie hatten über einen Monat gebraucht, um die Reise nach Westkanada vorzubereiten. Zuerst besorgten sie einen neuen Pass für Zhen. Dann verbrachte sie einen Monat im Kellerraum eines aufgegebenen Jugendstilkasinos in Constanța, wo sie dem Rauschen des Meeres lauschte, als wäre es das Scharren des Nichtwissens in ihrem Kopf. Sie las die *Tristia*, Ovids Klagelieder, die er hier im Nirgendwo verfasst hatte. Dann las sie sie erneut. Ein rachsüchtiger Kaiser hatte den Dichter hierher ins Exil verbannt, wo er so weit vom Geschehen entfernt wie möglich dahinvegetieren sollte. Zhen wusste, wie er sich gefühlt hatte. Außerhalb ihres Sichtfelds passierte gerade etwas möglicherweise Bedeutendes, sie könnte es mit Bewaffneten zu tun bekommen, die auf sie schossen – und vielleicht ereignete sich sogar mehr als nur eine einzige Sache. Von Constanța nahm Zhen den Zug nach Krakau und einen weiteren nach Wien. Von dort flog sie nach Mexiko und von Mexiko nach Kanada. Die Reise war schwieriger als noch vor drei Monaten – nach dem Rücktritt der Regierung hatten in Serbien Separatisten die Macht übernommen, und gemeinsam mit Ungarn waren sie zeitweilig aus dem Schengen-Raum ausgetreten und hatten Grenzkontrollen eingeführt. Die Nahrungsmittel- und Migrationskrise in der Türkei setzte Bulgarien unter Druck, es genauso zu halten. Immer häufiger kam man bei Reisen durch Europa nur mit bestimmten Pässen weiter, und selbst dann musste man genau darauf achten, welche Grenzen offen waren und welche geschlossen. Andererseits bedeutete das, dass es viel leichter war, sich gefälschte Dokumente zu besorgen, als noch ein Jahr zuvor. Je mehr Dinge illegal sind, desto mehr Profit kann daraus geschlagen werden.

Zhen und Marius waren getrennt gereist – Marius schwebte nicht in unmittelbarer Gefahr, und es wäre unsinnig gewesen, sie gemeinsam einer potenziellen Verfolgung auszusetzen. Und nun kniete Lai Zhen nach sechs Stunden Mountainbikefahrt in einem von Regen tropfenden Wald am Fuß eines Baums. Marius, der sich seit anderthalb Tagen unausgesetzt beschwerte, beobachtete sie finster.

»Da gibt's nix.«

»Hier muss etwas sein.«

»Das bringt alles nix.«

»Ich konnte doch nicht einfach in Rumänien hocken bleiben und darauf warten, dass man mich findet, oder?«

Zhen, die auf die feuchte Erde klopfte, ließ einen Moment lang den Gedanken zu, dass hier vielleicht wirklich nichts zu finden war. Vielleicht war sie von Anfang an in die Irre geführt worden. Sie war so weit wie irgend möglich gegangen.

In Brasilien war die Währung zusammengebrochen, ohne dass man den Grund dafür kannte. Anscheinend hatte die Weltwirtschaft, die so lange auf der Basis von Hoffnungen und Erwartungen funktioniert hatte, einfach damit aufgehört. In Belarus besaßen bewaffnete Straßenbanden inzwischen mehr Macht als das Militär. Niemand regte sich mehr darüber auf. In China waren erneut Wolken von Blauem Reisschimmel von für die Jahreszeit untypischen Stürmen verbreitet worden, sodass die Saat nicht gereift war. Die Welt war wie ein Boxer, der nur noch schwankend auf den Beinen stand und wusste, dass ihn der nächste Schlag jederzeit ausknocken konnte.

Und Lai Zhen würde nicht nur ihr goldenes Ticket nicht bekommen, sondern auch niemals erfahren, was zum Teufel mit ihrem Leben passiert und wer da eigentlich hinter ihr her war. Sie konnte akzeptieren, dass sie sterben musste, dachte sie, aber sie fände es unerträglich, niemals zu erfahren, warum. Sie grub die vor Kälte steifen Finger tiefer in die Erde.

Da! Unter einer bestimmten, mit Moos und Gestrüpp bewachsenen Stelle wies ein Kreis von etwa einem Meter Durchmesser keinen natürlichen Boden auf. Unter der feuchten Erde ertastete sie Metall. Und im Metall war ein Loch. Sie steckte die Finger hinein und zog daran. Lautlos löste sich eine kreisrunde Metallklappe, deren Kolben in zwei Hebelarmen steckten. Unter dem runden Loch brannte Licht.

»Leck mich am Arsch«, sagte Marius zu niemand Bestimmtem. Eine Treppe führte in einen weißen, sechseckigen Raum, der wie die Zelle einer Bienenwabe wirkte.

»Komm«, sagte sie. »Allein schaffe ich es nicht.«

Zimri Nommik besaß eine riesige Fläche Land in British Columbia, darunter auch zwei Inseln am Rande der Inselgruppe Haida Gwaii. Er hatte keinen Frieden mit den Ältesten der First Nations geschlossen; er hatte das Gebiet zu einem sehr anständigen Preis gekauft und mehrere starke Zäune und weitere, weniger offensichtliche Hindernisse errichtet, um es zu schützen. Hier hatte er seinen unterirdischen Bunker angelegt, in dem er die bevorstehende Apokalypse aussitzen konnte. Zimri Nommik hatte ausführliche Berichte über mittel- bis langfristige seismische Aktivitäten gelesen und mit seinen Architekten eine bienenwabenähnliche Struktur unter der Erde geschaffen. Sie ging nirgends tiefer als zwei Stockwerke, war jedoch sehr weitläufig. In regelmäßigen Abständen befanden sich Panzertüren, die das Gebäude als Ganzes schützen würden, sollte ein Teil des Bunkers einstürzen.

Es war Zimri Nommik gleichgültig, dass die Architekten wussten, wo sein Bunker lag und wie das Bauwerk im Inneren aussah. Denn er hatte ein System entwickelt, in dem Vertrauen überflüssig war. Zwar hatten die Architekten den Bunker gebaut, doch das Sicherheitssystem war erst hinterher installiert worden, von Menschen, die keine Ahnung hatten, was da eigentlich beschützt wurde. Wer die äußeren Türen sah, konnte keinen Blick ins Innere werfen. Die Arbeiter, die die Überwachungskameras anbrachten, waren niemals den Arbeitern begegnet, die die Hochspannungszäune gezogen hatten, diese wiederum hatten niemals das Team gesehen, das die Turmgeschütze aufgebaut hatte, und keiner von ihnen hatte auch nur die geringste Ahnung, wer das Material der Überwachungskameras sichtete. Ein einzelner Mensch konnte unmöglich genug herausfinden, um sich Zutritt zu verschaffen. Das war der Vorteil des Kapitalismus. Der Krieg aller gegen alle bedeutete Sicherheit für einen selbst – solange die anderen sich gegenseitig bekämpften und einen in Ruhe ließen. Zimri Nommik hatte nicht vorhergesehen, dass vier der Ingenieure, die an dem Projekt arbeiteten, Fans von Lai Zhen waren. Im Verlauf mehrerer Jahre hatten sie sie – ohne voneinander zu wissen – über die GPS-Daten und die Zugangscodes des Bunkers in Kenntnis gesetzt. Außerdem hatten sie ihr so viele Informationen über die Abwehrmechanismen im Inneren zukommen lassen, dass Zhen sich ziemlich sicher war, sie umgehen zu können. Also hatte sie beschlossen, mit Marius hierherzukommen, um AUGR auf ihrem Handy zu reaktivieren.

Die weiß beleuchtete Wabe, in die Zhen und Marius hinunterstiegen, war von einer gewissen Schönheit, wenn man so etwas mochte. Sie war mit Holz ausgekleidet und gestrichen, hatte einen Durchmesser von etwa sieben Metern und war, abgesehen von ein paar Anschlüssen im Boden, leer. War es wirklich so leicht? Marius kniete sich hin und untersuchte sie.

»Nein«, sagte er.

»Nein? Einfach nein?«

»Nein. Das ist Strom. Schnittstelle für Anvil-Daten. Aber nur für Wassermanagement. Wir brauchen umfassenden Zugang, Zugang zu Internet von hier aus. Dann weiß AUGR, dass wir wirklich da sind, und wir kriegen, was wir wollen.«

»Ach so. Okay. Also, das ist kein Problem.« Zhen projizierte den Grundriss des Bunkers von ihrem Thinscreen auf die weiße Wand. »Schau, wir sind hier, im Westen der Anlage. Alle zehn Zellen oder so sollte es einen Anschlussknoten mit Internetzugang geben. Wir gehen also einfach durch die Zellen nach Norden, bis wir einen finden.«

»Und du bist sicher, dass hier niemand ist?«

»Warum sollte jemand hier sein? Noch ist die Apokalypse nicht eingetreten. Schau, ich kann die Wände öffnen. In einer Viertelstunde sollten wir da sein. Dann verbinden wir uns mit dem Anschluss. Laden runter, was wir brauchen. Und verschwinden.«

Marius blickte zweifelnd drein.

»Wir sind schon so weit gekommen.«

»Das sie haben im Kommunismus auch immer gesagt. Nur noch letzte Anstrengung für vollständigen Erfolg. Man muss wissen, wann Zeit zum Aufgeben.«

»Okay, aber in der nächsten *Viertelstunde* geben wir nicht auf.«

Zhen tippte den Zugangscode in die Tastatur an der Nordwand ein. Sie glitt nach unten und gab die Sicht auf einen langen Flur frei.

»Sieh mal, einige der Zellen sind bereits offen.«

»Was sind das für Zellen, zum Teufel?«

»Das erkläre ich unterwegs. Komm.«

Zimri Nommiks Bunker hatte zwei Ebenen: Oben lagen mit Holz ausgekleidete, sechseckige Stahlbetonzellen, und unter jeder

Zelle war ein Raum für die Generatoren, die Nahrungsmittelvorräte und ein Treibstofflager. Jede Wand war gleichzeitig eine Panzertür. Sie konnte nach unten in den Stahlrahmen gleiten, was endlose Gestaltungsmöglichkeiten für die Anlage zuließ. Besaß man zwei benachbarte Zellen, hatte man die Kontrolle über die Wand dazwischen. Andernfalls mussten beide Seiten sich einigen, damit die Wand hintergefahren werden konnte.

»Aber noch lebt hier niemand«, sagte Zhen, »und deswegen kann ich das während der Bauarbeiten genutzte Generalpasswort verwenden.«

»Merkwürdige Zukunft hat dieser Mann sich vorgestellt«, sagte Marius. »Ich sicher in meinem Gefängnis, du sicher in deinem Gefängnis. Alle sicher, und keiner redet, keiner lacht, keiner hat Sex. Individualismus.«

»Ich meine, es entbehrt nicht einer gewissen Logik«, entgegnete Zhen. »Menschen, die sich intensiv mit dem Thema Survival beschäftigen, wollen ... überleben. Ich schätze, Nommik wollte seine Top-Leute mit hierhernehmen. Die kennen sich wahrscheinlich längst gegenseitig. Aber im Fall einer unerwarteten Bedrohung wollen sie sich voneinander isolieren können.«

»Das hier ist Grab«, sagte Marius. »Trauere hier um dich selbst, du bist schon tot.«

An diesen Worten war etwas dran. Es war kühl im Bunker, in der Luft lag eine gewisse Feuchtigkeit, und ihre Schritte hallten auf dem Betonboden. Sie kamen durch eine leere Schlafeinheit: Stockbetten, Schrankkästen, Duschkabine. Alles in der Mitte des Raumes, damit die Wände frei blieben, und dadurch wirkten die eigentlich alltäglichen Gegenstände eigenartig bedrohlich – als würden das Sofa, der Tisch und die leeren Bücherregale in dem Moment, in dem Marius und Zhen vorbeigingen, langsam, Zentimeter um Zentimeter, vorwärtskriechen. Eine einsame Fliege summte an Zhens Ellenbogen vorbei, flog aus dem Nirgendwo ins Nichts.

»Sie sich vorbereiten«, sagte Marius. »Neue Matratzen, neue Bettwäsche, Kartons.«

Überall standen mit Vorräten gefüllte Kisten – Konserven, Werkzeug, Treibstoff, Waffen. Der Raum sah aus wie ein Filmset einen Tag vor Drehbeginn.

»Irgendwas steht bevor«, sagte Zhen.

Die zweite Zelle in der Reihe war eine mit Stein gefliesste Küche mit einem kleinen Oberlicht, auf das der dunkle Regen sanft niedertrommelte. Daneben befand sich ein Aufenthaltsraum mit einem riesigen Thinscreen, einer Reihe von Spielkonsolen und einer Tischtennisplatte.

»Es soll hier sogar einen Pool geben«, sagte Zhen.

»Scheiß auf Pool. Ich sehe Anschlussknoten. Wo ist mein Kondom?«

Marius' »Kondom« war ein kleines, vollständig von Aluminium ummanteltes Gerät – sie hatten es immer wieder getestet. Es würde nur so viele Datenpakete übertragen, wie nötig waren, um AUGR erneut auf Zhens Handy zu autorisieren, mehr nicht. Dann würde es sich automatisch abschalten, und das Ganze würde nicht länger als 0,03 Sekunden dauern. Zhen hielt es in der Hand und spürte das rasche Pendeln zwischen den beiden Zuständen, ein Ticken wie der Herzschlag eines lebendigen Wesens. Sie konnten nicht verhindern, dass der AUGR-Mainframe erfuhr, wo sie sich aufhielten – dafür war das System ja da –, doch sie konnten Fersengeld geben, sobald das Handy ausgeschaltet war. Außerdem konnten sie verhindern, dass das Handy überflüssige Daten mit dem System austauschte und der Mainframe erkannte, wer sie waren.

Marius schloss das »Kondom« an. Machte sich bereit, den Stecker ins Handy zu schieben. Es würde vorbei sein, bevor es begonnen hatte, und dann hieß es nichts wie weg.

»Bereit?«, fragte Marius.

»Bereit«, sagte Zhen und stellte sich das übermenschlich schnelle Ticken in dem Aluminiumkästchen vor.

Marius verband das Handy mit dem »Kondom«. Sofort ging etwas schief.

»Scheiße«, sagte er und fummelte am Stecker herum. Er war so außer sich, dass ihm das Handy aus der Hand glitt. Es fiel zu Boden, Marius fluchte erneut, riss den Stecker aus dem Kästchen und gab Zhen das Handy. Das alles hatte weniger als zehn Sekunden gedauert.

»Was ist passiert?«

»Scheiß Gift-Haus. Mainframe im Bunker hat Verbindung erzwungen.«

»Dann hat es also was über mein Handy rausgekriegt?«

»In zehn Sekunden? Ja. Was genau, weiß ich nicht.«

»Sind wir noch sicher?«

»Wir müssen hier raus.«

Mit einem lauten Klacken ging das Licht im Bunker aus.

Auf dem Boden verliefen fluoreszierende Lichtstreifen, die blass leuchteten. Etwas streifte Zhens Ellenbogen. Alles geschah furchtbar schnell. In Wiederholungsschleifen. Mit Millionen von Wiederholungen pro Sekunde.

»Scheiße«, sagte Zhen. »Okay, okay, ich kenne den Weg nach draußen: Wir gehen den Weg zurück, den wir gekommen sind. Es sind nur drei Zellen.«

Erneut hatte Zhen das Gefühl, dass sie etwas an den Armen, am Gesicht und am Hals streifte. Im Licht des Handydisplays sah sie etwas Winziges, etwas wie ein Insekt oder eine Stechmücke, durch die Luft schwirren. Auf dem Display öffnete sich ein Textfeld.

»Lai Zhen«, stand dort, **»hier ist AUGR. Deine Abwehrgrenze wurde aktiviert. Du bist in Gefahr.«**

Auf dem Display leuchtete der Lageplan des Bunkers auf. Hunderte von wabenartigen Zellen. Ein roter Punkt zeigte, wo Zhen und Marius sich befanden: in einer Wabe am Rand des Bunkers. Weiter innen leuchtete eine zwölf Zellen große, blaue Fläche. Der Pool.

Lai Zhen drehte das Display so, dass Marius es sehen konnte, doch bevor er etwas sagen konnte, spürte sie einen Stich in der rechten Hand, einen anschwellenden, heißen, feuchten, brodelnden Schmerz. Hunderte winzige, brennende Verletzungen. AUGR hatte recht. Sie waren in Gefahr. Wenn sie diese stechenden, beißenden Dinger nicht loswurden, würden sie ihnen nach draußen folgen.

Ein Prozess war in einer Wiederholungsschleife gelaufen und hatte eine Million Ideen pro Sekunde getestet. Die summenden Dinger umschwirrten ihre Hand, die das Handy hielt, und sie blutete. Beinahe hätte sie das Telefon fallen lassen. Sie packte es fester.

»Sie versuchen, es mir wegzuschnappen«, sagte sie. »Nimm du es, halt es fest.«

Im schwachen Licht ergriff Marius das Handy. Er umwickelte das Gerät und seine Hände mit seiner Jacke. Zhen zog eine Notfall-Signalfackel auf Gelbasis aus ihrer Hosentasche – sie war eine Halbkugel in der Größe eines halben Golfballs. Wenn diese Biester im Dunkeln fliegen konnten, nutzten sie Infrarotlicht, und das konnte Zhen zumindest einen Moment lang ausschalten.

Marius heulte vor Schmerz auf. »Sie zerfressen meine Jacke, schneiden mich.«

Zhen aktivierte die Fackel, indem sie ihre Daumen in der Mitte des Gelkissens kräftig zusammenpresste. Sofort leuchtete es grell auf. Im verstörend weißen Licht sah sie die aufgerissene, blutende Haut ihrer rechten Hand. Marius' Jacke hin in Fetzen herab. Auf seiner Haut wimmelten winzige, kupferfarbene, perlenartige Objekte herum, deren schwirrende Flügel summten. Für den Moment waren sie desorientiert; das grelle Licht hatte ihnen die Sicht geraubt.

»Ich weiß, was wir tun müssen«, sagte Zhen. »Sie werden weiter versuchen, sich mein Handy zu schnappen, aber glaub mir, jede Zelle ist isoliert.«

Sie zerrte Marius zu einer Wand, die tiefer in das Wabensystem führte. Tippte hastig das Passwort ein. Die Wand glitt nach unten. Der nächste Raum war voller Pflanzen, die in hydroponischen Kästen bei minimaler Beleuchtung wuchsen – schwarze Tomaten und marinegrüner Salat. Die »Messinginsekten« aus der Nachbarzelle folgten ihnen nicht, aber aus den Wänden und der Decke und durch ein Gitter im Boden drangen bereits neue hervor.

»Absolute Autonomie«, sagte Zhen und gab den Code für die nächste Wand ein. »Der Gebäudezugang von außen wird automatisch kontrolliert, dort hat Nommik die Verantwortung. Hier drinnen ist jede Zelle unabhängig, jede muss bereit sein, ihre eigenen Verteidigungsmaßnahmen zu ergreifen. Und das wird sie nur dann tun, wenn wir tatsächlich in sie eindringen. Okay? Wenn wir immer in Bewegung bleiben, behalten wir einen Vorsprung.«

»Aber wir dringen tiefer ins Labyrinth vor. Statt rauszugehen.«

»Es gibt einen Weg nach draußen. Vertrau mir.«

Und er vertraute ihr.

Zwischen ihnen und dem Pool lagen noch fünf weitere Zellen. Vier weitere Gitteröffnungen im Beton, aus denen bei ihrem Eindringen sofort fliegende, beißende, summende Objekte strömten. Der Schwarm war mit Micro-Lanzetten, scharfen Nadeln und atomdünnen Klingen bewaffnet. Sie kämpften sich durch einen weiteren Schlafraum, einen Musik- und Aufenthaltsraum, einen Raum mit Liegen und Fesseln, der, wie Zhen im Hinterkopf registrierte, eindeutig ein Verhörraum war, und einen Raum zur medizinischen Versorgung. Bei jedem neuen Eindringen hatten sie eine kurze Verschnaufpause. Lange genug, damit sie ihre frischen Wunden zur Kenntnis nehmen und sich überlegen konnten, welche Körperteile sie schützen mussten. Lange genug, damit Zhen das Handy in eine widerstandsfähige StowtBag stecken konnte, bevor der Angriff des nächsten summenden Schwarms begann. Im letzten Raum lagerte medizinisches Gerät. Medikamente, chirurgisches Besteck, steriles Verbandszeug. Butangas-flaschen. Und vierzig große Sauerstofftanks.

»Mach so viele davon auf, wie du kannst«, sagte Zhen, während sie die »Insekten« abwehrte, die sie in die Armbeuge stachen, wo sie das Handy eingeklemmt hatte. Gleichzeitig gab sie den Generalcode in den nächsten Ziffernblock ein. »Sauerstoff und Butangas. Mach sie auf.«

Als die letzte Wand nach unten glitt, standen sie plötzlich in einer großen, von Echos erfüllten Schwimmhalle. Aus riesigen Trögen wuchsen Pflanzen die Wände hinauf und krochen auf das Licht zu, das durch dicke, weit zurückgesetzte gläserne Bullaugen in der Decke eindrang. Es waren Efeugewächse mit großen grünen Blättern. Aus den Lautsprechern in der Decke ertönte leise Arvo Pärt. Das Wasser war klar und roch nach Salz.

Vor dem Gitter über dem Schwimmbecken sammelten sich weitere summende Mini-Drohnen. Sie bildeten einen Schwarm, der aus dem Verteidigungsarsenal von zwölf Zellen bestand. Jetzt ging es ums Ganze, dachte Zhen. Wenn ihr Plan nicht funktionierte, würden die Drohnen ihnen genau das abnehmen, weswegen sie überhaupt hergekommen waren. Sie würden sie nicht töten – wenn sie das gewollt hätten, hätte eine einzige, mit dem richtigen Gift getränkte Lanzette genügt. Wozu jemanden ermorden, wenn man ohnehin die Weltherrschaft besitzt? Mord ist etwas für Menschen, die nichts mehr zu verlieren haben. Man würde sie einfach hier zurücklassen, nachdem man ihr einen Winkel einer verborgenen Welt gezeigt und dann den Vorhang wieder zugezogen hatte. Aber das würde Zhen verhindern. Sie half Marius, öffnete Sauerstofftanks und Butangasflaschen. So viele und so schnell, wie sie nur konnte. Das Zischen des entweichenden Gases vermischte sich mit dem Summen der Drohnen. Zhen wurde schwindelig.

»Jetzt«, sagte sie zu Marius. Er verstand, ohne dass sie es ihm erklären musste.

»Okay«, sagte er, »aber wenn ich sterbe, musst du es verdammt noch mal Sarit beibringen, okay?«

»Klar«, antwortete sie, und sie rannten los. Zhen warf ihren automatischen Feueranzünder mit einem Funken hinter sich, und im selben Moment, in dem sie ins Wasser sprangen, ging die Luft über ihnen in Flammen auf.

Das Wasser war tief, leicht grünlich und sehr klar. Es schmeckte schwach nach Chlorophyll und Phytonährstoffen wie etwa Pflanzensaft. Eine Feuerwalze schoss über ihre Köpfe hinweg. Es krachte wie von lautem Donner, und Beton- und Steinbrocken fielen ins Becken. Sie blieben beide unter Wasser. Kurz darauf war es wieder still. Sie tauchten auf.

»Scheiße noch mal«, sagte Marius.

In der Decke klaffte ein Loch; sie würden über die Trümmer hinausklettern können. Die schimmernden »Insekten« trieben auf der Wasseroberfläche. Verschiedene Teile der Halle, ihrer Nachbarzelle und der daran angrenzenden Zelle standen in Flammen.

»Das ist Survival«, sagte Zhen und half Marius aus dem Pool.

»Warum ist Survival eigentlich so verdammt gefährlich?«

10 ein unsichtbarer kipppunkt

zhen

In einem Hotelzimmer in Prince Rupert, British Columbia, das auf ein Tim-Hortons-Donut-Café hinausging, richtete Marius eine »Welt im Sandkasten« ein, in der Zhens Handy keinen Kontakt nach außen hatte, während sie untersuchten, wie AUGR funktionierte, und sich überlegten, was sie als Nächstes tun sollten. AUGR hatte nun eine abgeschottete Netzwerkumgebung, mit der es sich verbinden und in der es nach Informationen über Feinde und Katastrophen suchen konnte. Auf einem von Marius' selbst gebastelten »Geräten« aus Chips und Displays beobachteten sie AUGR, das glaubte, auf der Suche nach Bedrohungen, vor denen es Zhen beschützen musste, durchs Internet zu crawlen. In dem getürkten mobilen Netzwerk fand die Software nichts Interessantes. Sie arbeitete unermüdlich in ihrer kleinen Sandbox, überzeugt, mit der Welt in Kontakt zu stehen. Wie ein Insekt in einem winzigen Biotop im Terrarium.

Marius und Zhen durchforsteten AUGRs Dateien.

Es gab ein Video, das den Namen »watchme.mp4« trug.

»Sieh dir das an«, sagte Marius. »Vielleicht sie machen Film von sich, wie Böses tun.«

Als sich herausstellte, dass genau das der Fall war, war Marius dennoch überrascht. Ein Mann namens Si Packship pries ein Produkt namens AUGR an. Zhen erkannte das Innere des Bergs auf Anhieb, und natürlich ebenso die Kleidung der Anwesenden.

Marius verabscheute alles, was Packship sagte, und knurrte mehrmals: »Die sind krank, die Scheißkerle.«

Am Ende fing das Mikrofon ein kurzes Gespräch zwischen Lenk Sketlish und Martha auf.

»Wenn es funktioniert, bin ich dabei«, sagte Lenk.

»Ich glaube, er hat es geschafft«, erwiderte Martha. »Er hat etwas sehr Beeindruckendes entwickelt.«

Zwischen den beiden bestand eine Kameradschaft und Vertrautheit, die Zhen rasend eifersüchtig machte.

»Du hast das Programm getestet?«

»Einige Leute haben es seit ein paar Monaten auf dem Handy, aber das bekommen sie gar nicht mit. Ich überwache die Daten aus der Ferne. Das Ganze läuft gut. Nicht ganz so gut, wie Packship sagt. Vierzehn Tage schafft er nicht. Aber vierundzwanzig bis achtundvierzig Stunden sehr wohl.«

»Okay, das reicht. Aber wenn wir das Programm nehmen, müssen alle Testversionen unbedingt gelöscht werden, klar? Bei jedem Einzelnen, der es jemals hatte. Setz jemanden darauf an. Ich will kein Risiko eingehen. Das Zeug muss verschwinden.«

Marius sah Zhen an. »Verdammter Bogdan«, sagte er schließlich. »Wenn du dich mit richtigem Internet verbindest, wissen sie, wo du bist. Sie löschen zweites Mal.«

»Oder sie kommen und brennen das Gebäude nieder.«

Marius schüttelte den Kopf. »Feuer ist letzte Maßnahme. Bogdan ist Idiot, aber er hat Handy nur kurz an- und ausgeschaltet. Lass es fünf Minuten laufen, und sie löschen aus der Ferne. Schnell und sauber.«

»War ich einfach nur eine *Testperson*?«, fragte Zhen. »Glaubst du, es funktioniert? Ich meine, funktioniert es tatsächlich?«

Marius dachte darüber nach.

»Es kann schnell Überlebensplan erzeugen. Wir wissen, dass es das kann.«

»Das ist keine Antwort. Das ist nur das, worüber du gern redest. Wiederholung. Wir sagen ihm die Parameter, es wiederholt eine Million Mal pro Sekunde; wir sagen ihm, wann es Erfolg hatte und wann es gescheitert ist. Ich könnte mir vorstellen, dass es über viele Simulationen hinweg darin gut werden könnte. Aber was ist mit der Zukunftsvorhersage?«

»Wenn es funktioniert, wissen wir etwas Neues über die Welt. Über das Bewusstsein. Und die Zeit.«

»Das ist alles?«

»Ich weiß nicht, ob AUGR Zukunft kennen kann. Ich weiß, dass ich sie nicht kenne. Ich weiß nicht alles. Ich würde es nicht schaffen. Aber vielleicht sie haben Antwort gefunden. Vielleicht funktioniert es.«

In seiner Sandbox versuchte das eifrige kleine Insekt immer wieder aufs Neue, Zhen das Leben zu retten.

Inzwischen waren sie seit vier Tagen in Prince Rupert. Marius' Schultern hatten bei der Explosion aus dem Wasser geragt, dort hatte er Verbrennungen. Zhen versorgte sie mit frischen Binden von Safeway. Er lehnte Schmerzmittel ab und trank jeden Tag eine halbe Flasche Scotch.

Sie hatten mehrmals versucht, das Video auf Zhens Handy abzufilmen und auf diese Weise Bild- und Tonmaterial neu zu speichern. Doch selbst der mit allen Wassern gewaschene Marius scheiterte daran. Die Datei war digital präpariert worden, und in den Aufnahmen hörten sie nur Rauschen und sahen einen schwarzen Bildschirm. Wenn sie einen alten Kassettenrekorder oder eine Videokamera aus den 1980er-Jahren hätten, würden sie es vielleicht schaffen. Andererseits waren solche Aufnahmen leicht zu fälschen.

Sie hatten versucht herauszufinden, was sie jetzt tun und zu wem sie mit ihren Erkenntnissen gehen sollten. Sollten sie sich an die Presse wenden? Nach New York reisen, um das Material persönlich jemandem zu zeigen? Man würde sie für verrückt halten. Und wenn die Pläne schon so weit fortgeschritten waren, wenn die Apokalypse so kurz bevorstand – Zhen dachte an die Kartons, die sie in Zimri Nommiks Bunker gesehen hatten –, würden sie dann mit ihrer Enthüllung nicht einen unsichtbaren Kipppunkt überschreiten?

Marius reckte sich, und seine Verbände knisterten.

»Scheiße«, sagte er. »Scheiße, Scheiße. Ich brauche Zucker. Zucker, Kaffee, Donuts. Tim Hortons.« Er deutete mit seinem dicken Zeigefinger aufs Fenster.

In der warmen, nach Vanille duftenden Luft eines Tim Hortons am Golf von Alaska rührte Marius mit einem Einweg-Plastikstäbchen in seinem Kaffee. Zhen entschied sich für ein Donut-Hole, das mit Zucker-Einhörnern in Regenbogenfarben bestreut war. Sie versuchte, Appetit zu entwickeln, sah aber nur die Abfolge der technischen Verarbeitungsprozesse vor sich, die erforderlich gewesen waren, um das Gebäck herzustellen. Die in großen Fässern gerührten Farben, die Streusel-Extrusionsmaschinen, die Metallplättchen mit den Einhorn-Umrissen, durch die der gefärbte Zucker gepresst wurde. Alles nur, damit sie sich vorstellen konnte – was denn? –, sich eine optische Lichterscheinung in den Mund zu schieben? Eins mit der Realität fantastischer Tiere zu werden? Klappe halten, Zhen, Gehirn ausschalten und das verdammte Donut-Hole essen.

Die Bedienung, auf deren Namenschildchen »Hi, ich heiße Marie« stand, stieß hinter der Theke einen unterdrückten Laut zwischen einem freudigen Quietschen und einem erstickten Luftschnappen aus. Sie starrte auf den an der Wand hängenden Fernseher. Auf dem Bildschirm erschien das Foto eines lächelnden Zimri Nommik.

Eine Schrecksekunde lang glaubte Zhen, er habe sie gefunden und das Foto werde sich in seine reale Gestalt verwandeln. Dann wurde es jedoch von dem Foto Ellen Bywaters und Lenk Sketlishs abgelöst, die zusammen auf einer Sommer-Party feierten.

Während Marie nach der Fernbedienung grapschte, sie in der Hast auf den Boden fallen ließ, sie aufhob und die Lautstärke aufdrehte, lief die Schrift unten über den Bildschirm: **Lenk Sketlish, Ellen Bywater und Zimri Nommik vermisst. Flugzeugabsturz? CEOs von Fantail, Medlar und Anvil verschwunden.**

Der Ton ging an, doch Zhen hatte weiter ein Knistern und Hallen in den Ohren.

Zunächst hatte sich nur schwer feststellen lassen, ob das Flugzeug tatsächlich vermisst wurde, sagte der Nachrichtensprecher, weil die drei Milliardäre heimlich aufgebrochen waren. Sie hatten gemeinsam die *Action-Now!*-Umweltschutzkonferenz besucht und an einer Podiumsdiskussion über Firmenverantwortung teilgenommen. Es gab Hinweise, dass sie am späten Freitagabend gemeinsam aufgebrochen waren, um unter sechs Augen zu verhandeln, vielleicht, um an einem Kompensationssystem für den Umweltschutz zu arbeiten.

Zhen glaubte fast, aus dem Augenwinkel Si Packship zu sehen, der sich vorbeugte und sagte: »AUGR hilft Ihnen dann, eine plausible Story zu erfinden.«

Die drei waren mit einem Privatjet von einem Flugfeld in Nordkalifornien gestartet. Sie hatten einen Flugplan eingereicht, der zunächst nach Westen und dann nach Norden führte. Das Flugzeug war auf den Nordpazifischen Ozean hinausgeflogen und hatte den Bereich verlassen, in dem es von Land aus mit Radar überwacht werden konnte. Danach hatte der Pilot seine Position per Funk durchgegeben, und zwar bis sieben Uhr früh. Kurz bevor der Tower in Alaska das Flugzeug hätte erfassen sollen, war es verstummt. In Alaska tauchte es nicht auf. Es tauchte überhaupt nicht mehr auf.

Einen Moment lang herrschte vollständige Stille.

Der imaginäre Si Packship flüsterte Zhen ins Ohr: »Sie haben immer noch genug Zeit für ein schönes Abendessen in Ihrem Lieblingsrestaurant, bevor Sie zum Flughafen fahren.«

Zhen hatte einmal in einer Fernsehdoku ein Interview mit Ayn Rand gesehen. Ihr berühmtestes Buch war ein Gedankenexperiment darüber, dass die Welt unterging, wenn ein paar mächtige Menschen verschwanden. Im Interview hatte Rand über den Tod gesprochen und was das Sterben für sie bedeutete. Sie sagte: »Ich werde nicht sterben. Vielmehr wird die Welt enden.«

Ayn Rands Werke waren im Silicon Valley extrem angesagt. Genau wie diese Autorin dachten auch Lenk Sketlish, Ellen Bywater und Zimri Nommik. Sie hatten dafür bezahlt. Sie würden nicht sterben. Vielmehr würde die Welt untergehen. Nicht Sketlish, Bywater und Nommik waren verschwunden, sondern die Zukunft.

Marius sagte: »Diese kranken Arschlöcher. Sie haben es gemacht.«

»Etwas bricht entzwei. Was immer es ist, es kommt schnell«, erwiderte Zhen.

»Okay, gehen wir«, sagte Marius. »Los! Wir müssen es einschalten.«

Im Hotelzimmer liefen die Nachrichten weiter. Im Fernsehen und im Netz wurden Bestürzung und Trauer geäußert. Es herrschte das Gefühl, dass das hier nicht wahr sein konnte. Man sprach über die Einzelheiten, über die Suche nach Flugzeugteilen und die Möglichkeit, dass immer noch ein Rettungsboot oder Rettungswesten mit den bedeutendsten Tech-CEOs der Welt gefunden werden könnten. Ein Experte für die Geschichte von Luftfahrtkatastrophen wurde hinzugezogen, um den Zuschauern eine Liste der verschollenen Flugzeuge und den Ausgang jedes dieser Rätsel vor Augen zu führen. Jemand sagte: »Die Hoffnung schwindet.« Auf einem anderen Sender sagte jemand: »Wann sollten wir die Hoffnung aufgeben?« In Zhens Ohren rauschte es.

Sie schaltete das Handy ein. Entsperrte den Bildschirm. Verband sich mit dem Internet.

Da waren ihre alten Apps. Wie eine Erinnerung an die Person, die sie einmal gewesen war, und die Dinge, die sie sich täglich angeschaut hatte. Das Display erfüllte sie mit einer Art von Trauer. Sie wollte hindurchgehen und in die Welt, wie sie einmal gewesen war, zurückkehren.

Dutzende von Nachrichten ploppten auf. Freunde und Familie, Sonderangebote, Spam und Phishing.

Nichts.

Und dann alles.

Der Bildschirm wurde schwarz. In grünen Buchstaben leuchtete eine Nachricht auf.

Dort stand: »Lai Zhen, hier ist AUGR. Deine Evakuierung wird veranlasst. Bleib, wo du bist.«

Mit ihrem alten Handy schickte Zhen Martha eine Nachricht.

Ist das echt? Bei mir wurde AUGR aktiviert.

Die Nachricht wurde nicht übermittelt. Was auch immer geschehen war, Martha war ebenfalls weg.

In ihrer Verzweiflung ging Zhen auf Marthas Fantail-Profil. Sie hatten schon früher auf diesem Weg miteinander kommuniziert, doch Martha war immer zurückhaltend gewesen, wenn es darum ging, ihre eigene Plattform zu nutzen. Vielleicht fürchtete sie, Lenk Sketlish könnte ihre Nachrichten lesen. Egal. Es war den Versuch wert. Zhen schickte dieselbe Nachricht.

Fünf Minuten vergingen. Sechs Minuten. Dann zeigten drei Pünktchen an, dass getippt wurde. Die Pünktchen erloschen jedoch wieder. Sieben Minuten. Acht Minuten. Zehn Minuten. Drei Pünktchen.

Es ist echt, antwortete Martha. Ich wusste nicht, dass es dich alarmieren würde.

Was meinst du damit, es ist echt?

Wir müssen hier raus, sagte Martha. **Meine Freunde und ich dachten, wir könnten etwas unternehmen, bevor das hier geschehen würde. Es in Ordnung bringen. Aber wir sind zu spät gekommen. Jetzt ist es nicht mehr aufzuhalten.**

Ein Strang kalter Furcht in Zhens Kehle.

Was kommt?

Tu einfach, was AUGR dir sagt, okay? Ich erkläre es dir, wenn ich dich sehe. Ich lösche das hier jetzt.

Unter Zhens Augen verschwanden die Nachrichten, die Martha und sie einander geschrieben hatten, löschten sich immer weiter nach oben, bis auf dem Display nur noch der hoffnungsvolle Smiley übrig war, den Martha ihr vor über sechs Monaten geschickt hatte.

Fünf Stunden lang liefen die Nachrichten weiter, auf CNN und BBC, Fox News und FantailNet, und alle sprachen von Hoffen und Beten, von Erwartungen und Vermutungen. Die Streitkräfte dreier Staaten suchten das Meer ab. Gewiss würde eine Black Box ihr hoffnungsvolles Piepen aussenden.

Vielleicht hatte es ja noch keine Tragödie gegeben. Allerdings, so hörte man in den Nachrichten, war die Beringsee nun einmal kalt. Ohne die richtige Ausrüstung konnte ein menschlicher Körper bei diesen Temperaturen die lebenswichtigen Funktionen nur zwei Stunden aufrechterhalten. Nein, nur eine Stunde. Nein, nur sechsunddreißig Minuten. Das Wissen verbreitete sich in der Welt, und manche waren wütend, manche traurig und manche überglücklich: »Diese kranken Arschlöcher. Die Welt braucht keine Milliardäre, die penisförmige Raketen in den Weltraum schießen.« Darauf gab es wiederum viele wütende Entgegnungen, und Menschen erzählten, sie hätten ihre Army-Kameraden oder ihre alte Jugendliebe ohne Fantail niemals wiedergefunden. Sie hätten nie besser gearbeitet als auf einem Medlar-Thinscreen und sich während der Corona-Krise von 2020 ganz auf die Lieferungen von Anvil verlassen. Eine Million langweiliger Meinungen schrillten aufgeregt und wütend durcheinander. Die Aktien aller drei Firmen rauschten in den Keller. Dann rauschten weltweit die Aktienmärkte in den Keller. Zehn Prozent, zwanzig, dreißig, vierzig Prozent. »Ein großartiger Tag, um günstig einzukaufen«, meinte ein Kommentator. Zwei Stunden später wurde er gefeuert. Und keiner wusste, was das wirklich bedeutete. Sie glaubten, man könne sich immer noch eine Zukunft vorstellen.

»Was machen wir, wenn mein ›Transportmittel‹ kommt?«, fragte Zhen.

Marius sah sie an.

»Du möchtest Ende der Welt überleben?«

»Ich möchte dich nicht in einem Hotel in Prince Rupert zurücklassen, während ich mit meinem goldenen Ticket abschwirre.«

»Wird es besser für mich, wenn ich weiß, dass du auch leidest?«

»Was auch immer mich abholen kommt, ich finde eine Möglichkeit, dich mitzunehmen.«

Marius schüttelte den Kopf.

»Ich kehre nach Bukarest zurück. Zu Sarit. Zum verdammten Bogdan und meinen strohdummen Studenten.«

Um vier Uhr früh wurde Zhen vom leisen, aber eindringlichen Piepen ihres Handys aus dem Schlaf gerissen. Sie rüttelte den schnarchenden Marius wach und gemeinsam sahen sie auf das Display.

AUGR sagte: »**Dein Transportmittel wartet unten, Lai Zhen.**« Draußen auf der Straße parkte ein langer schwarzer Wagen und sah friedlich dem Weltuntergang entgegen. Die Evakuierung, die Abwehrgrenze. Was auch immer geschehen würde, es hatte eine supereffiziente Abwicklung noch nicht unmöglich gemacht.

Welchen Sinn hätte irgendetwas überhaupt, wenn man nicht überlebte? Wenn man am Leben blieb, konnte man vielleicht noch etwas bewirken. Wenn man starb, bewirkte man garantiert gar nichts mehr. Die Geschichte von Lot und seinen Töchtern erzählt uns nicht von einer glücklichen Zukunft, aber sie ist immer noch besser als das, was den Einwohnern Sodoms widerfuhr.

Der Wagen war ein BMW, die Sitze aus Leder und beheizt.

Die Tür stand offen, und ein untersetzter Mann mit amerikanischem Akzent saß hinter einer Trennscheibe aus Rauchglas. Zur Abwehr von Keimen steckten Mund und Nase unter einer FFP3-Atemschutzmaske.

»Lai Zhen?«, fragte er.

»Ja«, antwortete sie. »Wo fahren wir hin?«

»Ich folge den Anweisungen des Navis.« Er deutete auf das Display.

Es war noch dunkel, und es hatte geregnet. Die stillen Straßen glänzten nass. Sie fuhren rasch in nordöstliche Richtung, ließen Prince Rupert hinter sich zurück und rasten dann über Land. Eine Stunde später hielt der Wagen an einer schmalen Straße. Die Trennscheibe glitt nach unten.

»Das Protokoll sieht vor, dass wir hier warten«, sagte der Fahrer.

Sie saßen etwa fünfundvierzig Minuten im Wagen und plauderten ein wenig. Dann schwiegen sie. Zhen überlegte, was sie sich von ihrem Leben erhofft hatte und was sie, wenn alles aus und vorbei war, überhaupt noch Sinnvolles anfangen könnte.

Schließlich hörte sie in der Ferne einen Hubschrauber, und im selben Moment packte der Fahrer ihr Handgelenk, und sie spürte, dass sie am Handrücken gekratzt wurde.

»Keine Sorge«, sagte er. »Dort, wo du hinkommst, gibt es tausend wunderschöne Dinge.«

FÜNFTER TEIL

nichts ist jemals
wirklich vorbei

Auszug aus dem *Name-The-Day-* Prepper-und-Survival-Forum

Unterforum: ntd/enoch

Hallo zusammen. Dieser Post richtet sich speziell an die Menschen, für die Enochs Lehre neu ist. Es gibt sicher detailliertere Analysen und tiefgreifendere Diskussionen, doch wenn ihr hier seid, weil ihr ein Video gesehen habt und euch einen Überblick über Enochs Lehre verschaffen oder wissen wollt, warum wir ihn immer noch für so eine wichtige Stimme halten, seid ihr hier richtig.

Heute wollen wir die Predigt über Fuchs und Kaninchen betrachten, die auch als »die Predigt über das grundlegende Problem« bekannt ist.

Sie ist wahrscheinlich die berühmteste der Fünf Predigten Enochs. Er hat sie mehrmals gehalten, und am Ende dieser Seite könnt ihr euch die MP3-Dateien der verschiedenen Versionen herunterladen. Die Version hier ist aus drei der längsten MP3-Dateien zusammengesetzt. Alles, was nach diesem

Absatz folgt, sind die Worte Enochs
selbst. Und für alle, die sich auf
Name the Day nicht auskennen:
Wenn ich Anmerkungen zum Text
habe, verwende ich die Kommentar-
funktion. Die Kommentare
erscheinen in der Seitenleiste.

>> *FoxInTheHenHouse*
So wie hier!

Es waren einmal zwei Brüder.
Sie hießen Fuchs und Kaninchen.

Fuchs liebte es zu jagen. Er
kannte den Duft des Waldes im
Morgengrauen, und selbst wenn er
sich die Hand vor die Augen hielt,
konnte er riechen, wann die Sonne
aufging. Er kannte den Ruf jedes
einzelnen Vogels im Wald und das
Plätschern der Fische im Fluss, er
kannte alle Beeren und Sträucher,
die Früchte an den Bäumen und die
Wurzeln unter der Erde. Er verstand
sich darauf, aus einem Schössling
eine Angelrute zu fertigen, sie
mit einer aus Darm gedrehten
Schnur und einem Knochenhaken zu
versehen und Würmer aus dem
Flussufer zu graben, um die fetten
Fische anzulocken. Er wusste, wie
man eine wilde Antilope oder ein
Wildschwein verfolgte, wie man das
schwächste Tier von der Herde
absonderte und es mit einem
gezielten Bogenschuss erlegte. Fuchs
arbeitete dabei gerne mit anderen
zusammen, und sein größtes
Vergnügen war eine gemeinsame
Jagd, nach der sie mit einer

>> *FoxInTheHenHouse*
Obwohl Enoch Fuchs
und Kaninchen mit
»er« bezeichnet,
glaube ich, dass sich
seine Predigt gleicher-
maßen auf Frauen
wie auf Männer
bezieht. Was denkt
ihr darüber? Sagt mir
eure Meinung.

Hirschkuh über den Schultern zu ihrer Gruppe zurückkehrten.

Fuchs wusste, dass es bei der Jagd keine Erfolgsgarantie gab, und in diesem Wissen lebte er. In Gedanken verweilte er beim Geheimnis des Waldes, des Flusses und der Höhlen, und er stellte sich jedes Mal die Frage, was sie ihm diesmal schenken würden. Er wünschte sich zwar eine sichere Zukunft, verspürte aber nicht den Drang, dafür zu sorgen. Stattdessen schuf er kleine Figuren – ein Figürchen, halb Mann, halb Hirsch aus Holz, und ein anderes Figürchen, halb Frau, halb Fisch, aus einem Flusskiesel. Er bat die Figuren, seine Jagd zu segnen und ihm eine gute Antilope zu senden. Im Einklang mit den Jahreszeiten zog Fuchs von einem Ort zum anderen und besuchte die heiligen Höhlen mit den Gemälden, die seine Vorfahren geschaffen hatten. Er folgte dem Elch oder dem Bison, den Vögeln im Wald oder suchte, wenn die Zeit reif war, Muscheln am Strand. An manchen Orten verweilte er zwei Monde oder länger, an anderen nur einen Tag und eine Nacht. Überall betete er und verhandelte mit den Geistern jeden Ortes und jeden Tieres.

Fuchs hatte von Kaninchen von der Idee des »Eigentums« gehört,

>> *FoxInTheHenHouse*
Was bedeutet das für euch? Erzählt es uns! Wir haben stets ein offenes Ohr für euch.

339

aber er fand die Vorstellung, Land zu besitzen, genauso absurd wie den Gedanken, die Luft zum Atmen zu besitzen. Das Land gehörte einem nur so lange, wie man sich darauf befand, genauso wie die Luft einem nur so lange gehörte, wie man sie in der Lunge hatte. Fuchs kannte sich mit dem Land aus, weil er es durchstreifte, und das genügte ihm.

Sein Bruder Kaninchen war ganz anders. Kaninchens größter Antrieb war die Angst. Er fürchtete die Ungewissheit, die mit der Zukunft verbunden war, die Dunkelheit, die den Ausgang einer jeden Jagd verhüllte. Um seine Angst zu lindern, hatte Kaninchen die Dinge gern dort, wo er sie sehen konnte. Also baute er Getreide an, hielt eine Herde Schafe und teilte den Tieren ihr Futter zu. Kaninchen störte die viele Arbeit nicht. Das Unkraut zu jäten und den Wolf von den Schafen fernzuhalten, machte viel mehr Mühe, als Fuchs jemals aufwenden musste, aber Kaninchen mochte das Gefühl, dass eines zum anderen führte, dass kein Glück dabei im Spiel war. Kaninchen wollte immer wissen, was als Nächstes kam.

Im Gegensatz zu seinem Bruder Fuchs hielt Kaninchen seine Gedanken über die Vergangenheit und die Zukunft ordentlich in einem Buch fest. Manchmal betete er zu

>> *FoxInTheHenHouse*
Wovon spricht Enoch hier? Was meint ihr?

den alten Göttern, die Adler-,
Elefanten- oder Schakalköpfe hatten.
Es ist schwer, die alten Götter loszu-
lassen. Doch als Kaninchen neue
Gottheiten erfand, verkörperten sie
Prinzipien und Charakterzüge, nicht
Orte oder Geschöpfe. Das empfand
er gegenüber Fuchsens ziemlich
wörtlich aufgefassten Gottheiten als
einen zivilisatorischen Fortschritt.
Während Kaninchen Unkraut jätete
und sich um seine Herde kümmerte,
fragte er sich manchmal, ob es vielleicht einen einzigen mächtigen Gott
gab, der so war wie er selbst – ein
Hirte für verirrte Schafe oder vielleicht ein Ackerbauer der Seelen.
Vielleicht besaß dieser Gott die
Welt und hatte sie ihm geschenkt.
Kaninchen glaubte an das Eigentum
als ein heiliges Recht: Er besaß
sein Land, indem er es mit einem
Zaun einfasste und indem er es
bestellte.

Kaninchen und Fuchs hassten
einander.

Obgleich sie Brüder waren,
bekämpften sie einander ihr ganzes
Leben lang. In den alten Schriften
wiederholt sich dieser Krieg stets
aufs Neue. Fuchs und Kaninchen
erscheinen in dem Kampf des weit-
gereisten Odysseus gegen Hektor,
den Helden der ummauerten Stadt
Troja. Wir sehen sie in Gilgamesch,
dem Herrscher der ummauerten

Stadt Uruk, und dem wilden Mann Enkidu, der ihn bekämpft, bevor sie Freunde werden. Und in der Genesis nehmen Fuchs und Kaninchen – wie mir jemand kürzlich erläuterte – viele Namen an: Ismael und Isaak oder Kain und Abel. Noch mehr Fuchs als alle anderen ist Abraham, der Umherziehende, und Kaninchen ist in diesem Fall sein verdorbener Neffe, der Stadtbewohner Lot.

Okay, ich sehe eure Gesichter. Ihr denkt euch: »Dafür habe ich mein warmes Bett und mein behagliches Leben in der Stadt aufgegeben? Um einem Verrückten zuzuhören, der mir von Kaninchen und Füchsen und der Frühgeschichte der Menschheit erzählt?«

Aber hört her! Diese Geschichte ist wahr. Nicht nur die alten Texte, auch die Wissenschaft, die Archäologie und alles, was wir über die Vergangenheit wissen, sagt es uns.

Es gab eine Zeit, da durchstreiften die Menschen als Jäger und Sammler das Land. Sie habe ich Fuchs genannt. Vergebt mir, wenn ich hier etwas zu poetisch bin. Inzwischen leben wir fast alle von der Landwirtschaft und sind zu dem geworden, was ich Kaninchen getauft habe.

Warum zum Teufel haben wir das getan? Tja, das ist die Frage.

Das ist noch gar nicht so lange her, wisst ihr? Unsere Art existiert seit dreihundertfünfzigtausend Jahren. Bis vor zwölftausend Jahren waren alle Homo sapiens Füchse. Zu fünfundneunzig Prozent ihrer Zeit war die Menschheit also Fuchs. Kaninchen gab es nicht.

Erst am Ende der letzten Eiszeit, als das Wasser viel Land freigab, trat Kaninchen in Erscheinung. Die Geschichte wird in den Schriften vieler Kulturen erzählt. Die Erde erwärmte sich, das Eis schmolz, und überall war Wasser, eine große Flut. Fuchs war schlau – Fuchs hatte immer jede sich bietende Gelegenheit genutzt. In dieser neuen, warmen, feuchten Welt begannen viele Menschen auf eine bestimmte Weise zu denken: »Wenn ich jedes Tier nehme, das ich haben will, immer zwei von einer Art, ein Männchen und ein Weibchen, werden sie sich vermehren. Wenn ich dieses Samenkorn hier in den feuchten und fruchtbaren Boden lege, was dann?«

Wir wissen natürlich alle, wie es endete. Mit Feldern und Obstgärten, Herden und Ernten. Mit Stickstoffdünger für einen höheren Ertrag und Kühen, die mit Hormonen vollgepumpt sind, auf dass sie schneller wachsen, und Hühnern in Legebatterien, die nicht einmal genug Platz haben, um sich in ihren Käfigen umzudrehen.

>> *OneCorn*
@FoxInTheHenHouse: Wovon Enoch unserer Meinung nach spricht? Nun, wir glauben, Enoch behandelt hier Spekulationen so, als seien sie Tatsachen. Er vermischt vernünftige Überlegungen und wissenschaftliche Tatsachen mit einigen Dingen, die er sich ausgedacht hat. Das finden wir in Ordnung, aber er hätte darauf hinweisen sollen.

>> *FoxInTheHenHouse* Du bist hier nicht willkommen.

>> *OneCorn* Du hast ein Forum geschaffen, das buchstäblich »alle willkommen« heißt. Enoch hat sich nie vor einer Debatte gefürchtet.

>> *OneCorn* Mann, er konnte wirklich mit Worten umgehen.

Nun gut. Warum also haben wir das getan? Möchte jemand einen Tipp abgeben?

< unverständlich >

Sicher, das ist die naheliegende Antwort. Das meine ich übrigens nicht abwertend. Man sollte die offensichtlichen Dinge immer aussprechen, weil sie manchmal richtig sind! Also okay, für alle, die es nicht gehört haben, die Antwort war: Weil sie besser essen wollten. Keine dumme Idee.

Nur will ich euch jetzt etwas sagen. *Jahrhundertelang* hungerte Kaninchen, und Fuchs gedieh. Wer jagte und sammelte, wie er es von seinen Eltern gelernt hatte, war gut genährt und stark. Er aß Elchfleisch zur richtigen Jahreszeit und Wildäpfel, wenn sie reif waren. Wer es dagegen mit Ackerbau und Viehzucht versuchte, war unterernährt, seine Knochen waren brüchig und das Skelett verwachsen. Kleine Kinder starben. Die Menschen lebten auf engem Raum und mit ihren Tieren zusammen. Von ihren Herden fingen sie sich eine Krankheit nach der anderen ein. Wenn der Regen ausblieb, Unwetter wüteten oder Heuschreckenschwärme kamen, verdarb die Ernte, und die Menschen verhungerten. In jenen Tagen lernte Kaninchen verheerende Seuchen und

>> *FoxInTheHenHouse*
Du stehst auf der automatischen Abschussliste. Ich kann dich mit einem einzigen Klick rausschmeißen.

>> *OneCorn*
Ja, aber das hätte Enoch nicht gewollt.

>> *OneCorn*
Enoch glaubte, dass man für viele Wahrheiten offen sein sollte. Verstehst du?

Hungersnöte kennen. Dennoch versuchte er es immer wieder. Ein Männchen und ein Weibchen von jeder Art. Das Samenkorn in die feuchte Erde.

Es handelt sich hier nicht um eine kurze Phase. Sie dauerte Hunderte von gequälten Generationen an. Fuchs gedieh, und Kaninchen hungerte und starb.

Warum zum Teufel machte Kaninchen also weiter?

Die erste Antwort lautet: Wir wissen es nicht. Während der ersten siebentausend Jahre dieses brutalen Experiments war die Schrift noch nicht erfunden. Wir wissen es nicht, und eure Vermutungen sind ebenso gut wie alle anderen.

Es gibt einige Theorien. Sie schließen sich gegenseitig nicht aus und könnten alle zutreffen.

Da ist zunächst einmal das, was Archäologen symbolisches Verhalten nennen.

Fuchs schnitzte gern heilige Symbole oder fertigte Höhlenmalereien an, um die Gottheit eines bestimmten Hains oder einer bestimmten Quelle anzubeten und jedes Jahr dorthin zurückzukehren. Die Theorie lautet nun: Einige Füchse liebten ihre Symbole so sehr, dass sie beschlossen, an der heiligen Biegung des Flusses zu bleiben, wenn der Stamm weiterzog. Sie errichteten Schutzdächer oder sogar kleine Dörfer und warteten dort den jährlichen Besuch ihres Volkes ab. Aber nachdem sie sich zum Bleiben entschlossen hatten, mussten sie Nahrung finden. Wilde Ziegen fangen und dafür sorgen, dass sie sich vermehrten. Apfelkerne und Getreide säen. Hoffen. Beten. Wenn die Babys starben, konnte man sie dem Gott der Stätte weihen und weitermachen.

Zweitens gab es etwas, das man spezielle landwirtschaftliche Produkte nennen könnte. Möchte jemand raten, was damit gemeint ist?

< unverständlich >

Ja, du bist auf der richtigen Spur! Es gibt ein bestimmtes Produkt, von dem Fuchs nicht viel abbekam. Es muss sorgfältig an ein- und derselben Stelle gelagert werden, auf Wanderschaft kann man es nicht mitnehmen. Es muss wochenlang in einem verschlossenen Behälter vor sich hin blubbern, sonst wird es nicht gut. Dieses Produkt ist Alkohol. Ein großer Teil der frühen Landwirtschaft konzentrierte sich auf gärungsfähiges Getreide: Gerste, Roggen und Mais. Selbst Tabak muss getrocknet werden. Vielleicht wollten sich einige Fuchs-Leute nicht mit ein paar Bissen vergorenem Obst hin und wieder zufriedengeben. Das frühe Kaninchen wollte sich regelmäßig betrinken, und für jemanden, der ständig besoffen ist, spielt es keine Rolle mehr, ob er krank ist, Hunger hat oder seine Kinder an Unterernährung sterben.

Okay, hier kommt der dritte Punkt. Er ist sehr wichtig.

Sex.

Fuchs streifte in kleinen Gruppen von, so glaubt man, ein paar Dutzend bis zu ein paar Hundert Personen umher. Genug, um einen oder zwei Sexualpartner zu finden und Kinder großzuziehen. Aber vielleicht nicht genug, um den sexuellen Appetit zu stillen. Vielleicht beschloss Kaninchen, mit dem Alkohol an der heiligen Quelle zu bleiben, weil eine größere Gemeinschaft, selbst wenn alle Hunger hatten, mehr Gelegenheit zum Seitensprung bot.

Trommelwirbel, bitte. Jetzt kommt der große Auftritt.

Die Zukunft.

Es gibt ein grundlegendes Problem. Wir Menschen können uns die Zukunft vorstellen. Und wenn wir erst einmal damit angefangen haben, können wir nicht mehr damit aufhören. Unser Instinkt wollte, dass wir jagen und sammeln, doch unser großes Gehirn sagte uns, dass die Antilope möglicherweise entkommen könnte und wir an diesem Tag vielleicht keine Früchte finden würden. Darauf kauten wir in Gedanken herum: Ein ewiges »Was wäre,

>> *OneCorn*
Dieser Teil macht mich immer fertig. Selbst Enoch ist dieser Art, zu denken, nicht ganz entkommen.

>> *FoxInTheHenHouse*
@OneCorn: Wieso bist du überhaupt hier?

wenn ...« Für manche Fuchs-Leute war diese ständige Sorge unerträglich.

Wenn man nicht weiß, was geschehen wird, ist es oft einfacher, dafür zu sorgen, dass man es weiß, selbst wenn der Ausgang schlecht ist. Manche Menschen blickten gern auf einen Sumpf mit Getreide und sechs magere Ziegen und sagten sich: »Das ist das, was ich essen werde, das ist mir sicher.« Das war ihnen lieber, als sich mit der täglichen Ungewissheit der Jagd abzufinden. Doch es war eine Illusion. Ein Schwarm Heuschrecken und ein Ausbruch der Maul- und Klauenseuche vernichteten Ernte und Herde. Aber Kaninchen – berauscht von Symbolen, Sex und vergorenem Getreide – zog die Illusion der Wirklichkeit vor.

Wie schon gesagt, jede dieser Theorien könnte stimmen. Ja, wahrscheinlich stimmen sie sogar alle. So ist es vermutlich dazu gekommen, dass manche Füchse zu Kaninchen wurden. Sie liebten Kunst, religiöse Ekstase, Geschichten über Götter und Helden, Romane, Filme und Videospiele – oder das damals verfügbare jeweilige Äquivalent dazu –, sie liebten Sex mit Fremden, Alkohol, Drogen und einen gehorteten Goldschatz, auf dem sie sitzen konnten.

>> *OneCorn*
@FoxInTheHenHouse:
Ich bin wegen der Wahrheit hier, verdammt noch mal.

>> *OneCorn*
Du weißt ja, dass Enoch oft über Lot und Sodom gepredigt hat. Aber er hat die Geschichte immer an der schlimmsten Stelle abgebrochen. Inzest in der Höhle, und raus mit dir. Kein weiteres Wort mehr. Die Menschheit ist angeblich wegen der Einführung der Landwirtschaft und des Stadtlebens dem Untergang geweiht. Aber das ist nicht das Ende. Als ich vierzehn war, habe ich es in der Bibliothek nachgelesen. Nichts ist jemals wirklich vorbei.

Moa hatte einen Sohn, Moab. Amma hatte ebenfalls einen Sohn. Ben-Ammi. Ihre Nachfahren bevölkerten den Norden und Süden des heutigen Jordanien. Es gibt archäologische

Kommt euch das bekannt vor? Natürlich. Heutzutage sind wir fast alle so. Wir stammen von Kaninchen ab. Vom gerissenen Jakob und dem Mörder Kain, vom übertrieben kultivierten Joseph und vom komplizierten Lot.

Wir hassen Fuchs, wie schon unsere Ahnen ihn hassten, und darum verfolgen und ermorden wir, die Kaninchen-Menschen, Ureinwohner und Urvölker, Nomaden, Obdachlose und jeden, der kein Haus und keine Nationalität besitzt, oder das, was wir darunter verstehen. Als wir uns als Nation über Hunderte von Jahren ins Zeug legten, um die Ureinwohner auszurotten, war das der Hass Kaninchens auf Fuchs, es war die Gewalttätigkeit der Symbole gegenüber der Wirklichkeit.

Wir hassen die Fuchs-Menschen, weil wir uns so vergewissern können, dass mit uns selbst alles in Ordnung ist, dass nichts uns bedroht. Die Geschichte von Sodom handelt von Städtern, die sich einbildeten, die Zukunft im Griff zu haben, und schließlich herausfanden, dass dem nicht so war.

Ich will damit nicht sagen, dass Landwirtschaft und Sesshaftigkeit heutzutage keine Vorteile haben.

Ich will vielmehr darauf hinaus, dass wir uns die Gründe, aus denen wir in diese ganze »Zivilisations«-

Funde, die ihre Existenz belegen – und Enoch muss einiges darüber gelesen haben.

Weißt du, ich habe sehr viel über all das nachgedacht. In jeder Familie gibt es, wenn man nur weit genug zurückgeht, einen Höhlen-Inzest. Oder etwas anderes, unerträglich Schreckliches. Unterdrückung. Gewalt. Eine Frau, die glaubte, ihr Leben sei vorbei.

Doch diese Geschichte lehrt uns, dass das Leben weitergeht.

Die beiden kleinen Jungen haben bestimmt gelacht, wenn sie ein schimmerndes Fischchen sahen, dass aus dem glitzernden Wasser sprang, oder wenn eine Schnecke von einem herabhängenden Blatt auf ihre kleinen Finger kroch. Wir beginnen immer wieder von vorn, immer wieder aufs

Situation geraten sind, bewusst machen sollten.

An dieser Stelle hält Enoch inne. Wenn man genau hinhört, merkt man, dass er so leise spricht, dass nur das Mikrofon an seinem Hemd-kragen darauf reagiert. Er redet mit uns. Vielleicht möchtet ihr darüber nachdenken, was diese Worte für euch bedeuten.

- Wir können nicht zurück.
- Vielleicht können wir ein kleines Stück zurück.
- Ich bin nicht hier, um euch von irgendetwas zu überzeugen. Ich weiß nicht, warum ihr mir folgt. Ich habe nichts anderes getan, als mich an etwas zu erinnern, das wir eigentlich alle wissen.
- Ich bin kein Abraham. Wenn ihr mich dafür haltet, dann nur, weil wir in unserer Dunkelheit so wenig Licht sehen, dass ein winziges Glimmen für uns so hell wie die Sonne leuchtet. Ich werde nicht der sein können, den ihr euch wünscht.
- Wir müssen es versuchen. Wir müssen unsere Kinder so großziehen, dass sie weniger Kaninchen sein werden als wir.

Neue. Der Anfang sagt das Ende nicht voraus. Es gibt kein Ende.

>> FoxInTheHenHouse
Wer bist du?

>> OneCorn
Spielt das eine Rolle, wenn jemand dir die Wahrheit aufzeigt?

>> OneCorn
Oh Enoch. Hör doch zu! Hör zu, was aus der kaputten Welt wurde, nachdem Lots Söhne, die gleichzeitig seine Enkelsöhne waren, geboren wurden, heranwuchsen und Völker gründeten. Diese beiden Völker, Moab und Ben Ammi, kämpften und liebten, sie schlossen Bündnisse miteinander und brachen sie. Sie erbauten große Städte, sie domestizierten Schafe und Ziegen, sie machten Kunst und Musik und hinterließen

Töpferware. Sie schufen einige der allerersten Statuen von Menschen – viele von ihnen zeigen zwei Frauen, die zusammengefügt sind, als wären sie eine Einheit, zwei Köpfe auf einem einzigen Körper, einander näher, als selbst Schwestern es sind.

Enoch, eine einzige schreckliche Sache, der Verrat einer Tochter, ist nicht das Ende der Welt. Was auch immer wir sagen, die Zukunft macht immer weiter. Wir können uns so sehr anstrengen, wie wir wollen, am Ende sind wir es, die sterben, und nicht die Welt.

>> *FoxInTheHenHouse*
Hast du das irgendwo aufgeschrieben?

>> *OneCorn*
Also, wenn du mehr von mir hören möchtest, kannst du mir jederzeit … folgen.

1 als erstes kommt das verlangen nach freiheit

Als Zhen erwachte, befand sie sich im freien Fall. Sie stürzte in einer endlosen Gegenwart aus dem Nirgendwo ins Nichts.

In willkürlicher Reihenfolge kehrten die ersten Empfindungen zurück. Ihr war kalt, sie zitterte, sie hatte Durst, sie wusste nicht, wo oben und wo unten war. War sie gefesselt? Unter ihren Füßen sah sie Dunkelheit, in der Lichtschimmer zuckten, und für einen Moment fragte sie sich, ob sie in den Himmel fiel.

Papier weht senkrecht in die Luft, halb verkohlt, keine Sirenen und keine Schreie, ein Stück entfernt schluchzt jemand, man hört drei laute Explosionen, die letzte sehr nah, der Boden erbebt, und sie schaut zum Himmel, während das Dachgeschoss ihres Gebäudes von oben auf sie zugleitet

Nein. Nicht dorthin. Zurückkommen. Es rauschte, und dann wurde sie richtig herumgedreht. Die Füße in Fallrichtung, der Kopf zu den Sternen.

Etwas zog an ihren Schultern und packte sie um die Taille.

Zhen schlug um sich, versuchte es, was immer es auch sein mochte, von sich wegzuschleudern, als eine Stimme in ihrem Ohr sagte: »Achtung. Achtung. Instabilität Mini-Fallschirm. Fallschirm auf keinen Fall ablegen.«

Scheiße, ich träume, dachte sie.

Was für ein Traum, dachte sie.

Und: Fuck, ich falle.

Instinktiv fanden die Finger ihrer rechten Hand den Gurt, tasteten nach den zwölf Punkten, die gesichert sein mussten, und befühlten das Logo in der Mitte. Ihre Hände waren eiskalt – wann war das passiert? Aus welcher Vergangenheit kam sie? Sie dachte angestrengt nach und erinnerte sich – erst einmal – an nichts. Doch ihr großes Menschengehirn fügte die Welt, die sie wahrnahm, bereits zu einer sinnvollen Ordnung zusammen. Die Form des Logos war vertraut: das Blatt, die geöffnete Frucht. Sie trug ein MedlarSafeCrashJacket. Auf dem freien Markt nicht erhältlich. Es war imstande, seinen Passagier mittels aufgefangener Funkwellen in die Zivilisation zu geleiten.

Was gerade geschah, war ihr nicht fremd. Training. Kurse. Vorführungen. Es gab irgendetwas Wichtiges, was man beim MedlarSafeCrashJacket nicht vergessen durfte, etwas, wovon sie gehört hatte, etwas Gefährliches.

Der Mond kam hinter einer Wolke hervor, und sie erblickte unter sich eine von dichtem Dschungel bedeckte Insel. Die Lichter, die sie gesehen hatte, waren das Mondlicht, das sich auf den Wellen spiegelte. Sie erkannte Sandstrände, Buchten und Schluchten. Im Nordosten brannte ein Feuer. Im Mondlicht erfasste sie unglaublich hohe Bäume mit breiten Kronen, aber auch einige waldfreie, von Gestrüpp bewachsene Flächen. Vor ihren Augen flackerten Punkte und dunkle Flecken.

Wieder zog etwas an ihren Schultern, als stünde ein Mann hinter ihr und navigierte sie durch eine Menschenmenge. Instinktiv schaute Zhen hinter sich. Da waren Servomotoren, die den Mini-Fallschirm nach Süden und abwärts lenkten, hin zum Blätterdach der Bäume. Ein paar Sekunden lang erhielt sie einen Eindruck von der Größe der Insel. Sie war weitläufig, vielleicht so groß wie Teneriffa, wo sie einmal Urlaub gemacht hatte. Aber das hier war nicht Teneriffa. Die Insel war dicht bewaldet, und die Kronen der großen Bäume hatten einen Durchmesser von einem Dutzend Metern oder mehr. Jetzt entdeckte sie unten und ein Stück weiter vorn ein hohes, blau blitzendes Licht. Eine Signalleuchte? Ein Funkmast? Ein Alarmlicht? Die Zeit-Raum-Maschine von Doctor Who?

Sie versuchte, sich zu erinnern, woher sie gekommen war. Ihr Gesicht fühlte sich taub an, kribbelte aber gleichzeitig, und ihre Lippen waren wund, als hätte sie sie sich aufgebissen.

Sie schwebte nun tiefer; fast berührten ihre Füße die Baumkronen. Ihr Fallschirm würde sich im Blätterdach verfangen. Sie versuchte sich an die Präsentation des MedlarSafeCrashJackets zu erinnern, die sie gesehen hatte. An die ganz bestimmte Gefahr. Musste sie etwas machen? Das Geschirr ablegen? Den Fallschirm einholen? Sie empfand ein merkwürdiges Gefühl der Distanziertheit, als geschähe das alles einer anderen Person an einem anderen Ort.

Hinter ihr ertönte ein leises, aber schrilles Sirren. Sie verdrehte sich in dem Versuch, zwischen ihre eigenen Schulterblätter zu schauen. Sie erkannte gerade genug, um zu erschrecken, als sie eine winzige, schwirrende Klinge entdeckte, die den Gurt über ihrer rechten Schulter durchtrennte. Dann stürzte sie taumelnd in die Dunkelheit.

Wieder war sie im freien Fall. In einem Teil ihres Gehirns dachte sie: Okay, super, gleich wache ich auf. In einem anderen Teil jedoch: Nein, du verdammte Idiotin, das hier ist real, und du bist zu spät dran. Sie würde sich bei dem Sturz die Knochen brechen. Sie fiel zu schnell, sie würde von einem Baumwipfel oder einem Ast aufgespießt werden. Es gab keine Rettung mehr.

Es klickte, und plötzlich war sie rundum dick und weich verpackt. Ihre Gliedmaßen waren wie aufgeblasen und biegsam. Sie kreiselte auf der Stelle. Ihr Hals steckte in einem Polster aus einem weichen, angenehmen Material. Sie war zu ihrem eigenen Schutz eingepackt.

Jetzt fiel ihr auch wieder ein, was auf der Infoveranstaltung gesagt worden war.

- CrashJackets blasen sich erst zehn Meter über dem Boden auf, damit der Passagier sich nicht in größerer Höhe in Hindernissen verfängt.

- CrashJackets blasen sich in einer Hunderttausendstel-sekunde auf.
- Für den Passagier besteht keine Gefahr eines tödlichen Aufpralls.

Ja, genau.

Irgendwo weit außerhalb ihres Körpers nahm sie wahr, wie sie auf dem Boden aufkam. Er fühlte sich an, als hätte sie jemand mit strenger Hand durch fünfzig Daunenjacken hindurch geschlagen. In ihrem Rückgrat ruckte es ein paarmal. Es war gar nicht mal unangenehm. Sie roch feuchte Erde.

Sie dachte: Okay, das hier ist kein Traum. Ich trage einen Ausrüstungsgegenstand der Spitzenklasse, der derzeit nur Soldaten bei bestimmten militärischen Einsätzen und, wie man gerüchteweise hört, gewissen Milliardären zur Verfügung steht. Ich bin wach und habe keine Ahnung, wie ich hierhergekommen bin.

Die Materialschicht, die sie umhüllte, entließ langsam die Luft. Mit einem mechanischen Klicken löste sich das CrashJacket um ihren Hals von dem aufgeblasenen Material, sodass sie sich aufsetzen und umsehen konnte. Sie befand sich auf einer Lichtung. Der Boden unter ihr war weich und die Blätter feucht. Ein schwarz schimmernder Tausendfüßler krabbelte über den Rand des CrashJackets und prüfte den orangeroten Stoff mit seinen Mundwerkzeugen. Einen Moment lang beobachtete Zhen ihn. Er versuchte, das Material des CrashJackets zu zerkauen. Dabei schob er den Kopf vor und zurück. Seine Mundwerkzeuge zuckten auf der Suche nach Halt. Sie fanden eine Ecke, die spitz nach oben abstand. Die Kiefer verbissen sich in die Spitze, und ein einzelner Faden franste aus.

Im herabhängenden Teil des CrashJackets leuchtete ein Display mit einer rätselhaften Botschaft auf: »**Survival-Prototyp 871 befindet sich achtzehn Meter östlich.**« Das war neu. Auf dem Display blinkte ein grüner Punkt. Zhen drückte darauf, aber nichts geschah. Survival-Prototyp 871?

Links und rechts von ihr geriet der Dschungel in Bewegung. Weitere Tausendfüßler, manche doppelt oder dreimal so groß wie das erste Tier, krabbelten zielstrebig mit ihren dunklen, feuchten Chitinpanzern über das ausgebreitete Laken ihres Mini-Fallschirms. Nein, nein. Das kam nicht infrage. Scheiße, auf keinen Fall. Sie würde nicht einem Schwarm von Riesentausendfüßlern zum Opfer fallen, aufgefressen oder vergiftet oder was zum Teufel auch immer diese Biester mit einem anstellten. Sie ignorierte die Schmerzen in ihren durchgerüttelten Muskeln, riss sich zusammen, kauerte sich hin und sagte die Worte, die ihre Mutter vor langer Zeit in Hongkong zu ihr gesagt hatte, bevor alles, was das Leben lebenswert machte, zu Ende gegangen war. *Lai ba baobei.* Los, komm schon, meine Kleine. Komm schon, du schaffst das. Steh auf, Liebling. Steh auf. *Lai ba.*

Mit Fußsohlen, Schienbeinen, Hüfte und Becken drückte Zhen sich hoch. Sie fühlte sich, als sprudelte ihr das Blut aus dem Körper und versickerte in der Erde. Jetzt stand sie. Halb vorgebeugt, aber sie stand. Noch immer in der Jeans und den Strümpfen, die sie getragen hatte, als sie Marius zurückgelassen hatte und in die Limousine eingestiegen war. Aber wie lange war das her? Eine Stunde? Einen Tag, ein Jahr? Es kam ihr vor, als wären seitdem endlos viel Zeit und Wissen an ihr vorübergeflossen. Sie setzte sich in Bewegung, los, komm schon, langsam, ganz langsam – egal wie, Hauptsache, du bleibst nicht stehen.

Zhen wusste nicht, wie lange sie gebraucht hatte, um dem grünen Punkt auf dem Display bis zum Ziel zu folgen. Fünfzehn Minuten? Eine Stunde? Die Zeit bewegte sich nicht im normalen Tempo. Ihre Füße wateten durch Schlamm, stolperten über Wurzeln und rutschten auf feuchter Erde aus. Sie schaute auf den grünen Punkt, der sich vorwärtsbewegte, immer vorwärts, da entlang. Irgendwann schlitterte ihr linker Fuß vor, und plötzlich durchdrang ein stechender Schmerz ihre Sohle. Sie fiel auf die Knie. Der Fuß blutete – sie hatte sich an etwas Scharfkantigem, das sich in der Erde verbarg, geschnitten. Sie tastete mit den Fingern danach und fand ein langes Bruchstück aus Metall. Es war auf der einen Seite weiß lackiert, und auf der anderen war blanker Stahl. Das Ding wirkte hier genauso fremdartig wie sie selbst.

Plötzlich wurde ihr bewusst, dass sie ihren blutdurchtränkten Strumpf nur deshalb sehen konnte, weil sie keine Schuhe trug, aber sie hatte keine Ahnung, wann sie sie ausgezogen hatte. Ein Wissensbruchstück, das aus ferner Vergangenheit zu ihr aufstieg, sagte: Man verliert seine Schuhe, wenn man sich im freien Fall befindet. Doch Zhens Sturz nach unten schien schon so lange zurückzuliegen, dass er wohl kaum noch eine Rolle spielen konnte, oder etwa doch?

Egal. Sie ging weiter. Auf allen vieren, immer vorwärts, verbissen. Als der grüne Punkt sich nicht mehr bewegte, blickte sie auf. Sie entdeckte ein zwei Meter hohes, eiförmiges Objekt aus grauweißem Kunststoff, an dessen Spitze sich eine Stange befand, auf der ein blaues Licht blitzte. Das Ei war geöffnet. Wie ein mittelalterlicher Monarch auf seinem Thron saß darin ein riesiger Anzug aus Kunststoff und Metall. Das Visier war hochgeklappt, der Oberkörper offen. Die Schutzplatten von Schienbeinen und Oberschenkeln klappten nun ebenfalls auf. Sie erkannte, dass sie einfach einsteigen konnte. Das Ding sah aus, als wäre es für einen Zwei-Meter-fünfzig-Mann bestimmt, der mindestens fünf Zentner wog. Für einen Riesen.

»Survival-Prototyp 871, nehme ich an?«

Sie sprach laut und musste lachen, weil ihre Stimme so vertraut klang, und als sie ihr Lachen hörte, musste sie weinen.

»Das ist ein Trip. Man hat dich unter Drogen gesetzt, *baobei*«, sagte Zhen. Ihre Stimme klang wie die ihrer Mutter, wenn sie Chinesisch sprach, und einen Moment lang kam es ihr so vor, als stünde ihre Mutter neben ihr, striche ihr das Haar aus der Stirn und wischte ihr den Schweiß aus den Augen. Ihre eigene Hand erschien ihr wie die Hand ihrer Mutter, und sie hatte das Gefühl, dass jetzt, wo jemand bei ihr war, alles gut werden würde.

Sie zitterte. Das Wort »Prototyp« klang nicht gerade beruhigend, doch andererseits sah der Anzug vertrauenerweckend aus. Und ohne Hilfe würde sie wahrscheinlich nicht lange überleben.

»Was meinst du, Mama?«, fragte sie im Geist.

»*Baobei*, die richtige Entscheidung ist immer die, bei der du am Ende überlebst.«

Das ist das Gesetz des Dschungels, dachte Zhen. Und dann musste sie lachen, weil sie tatsächlich verdammt noch mal im Dschungel war.

Sie hatte nie dazu geneigt, der Technologie anderer Leute zu vertrauen, und schon gar nicht etwas, das so aussah, als wäre es von Marvels *Iron Man* abgekupfert. Etwas daran wirkte seltsam vertraut und stieß sie ein wenig ab, aber sie konnte nicht genau bestimmen, was es war. Wie kam das Ding hierher? Sie sah sich um und stellte überrascht fest, dass sie die Überreste des aufgeblasenen CrashJackets noch sehen konnte – dieser endlose Weg war nur ein paar Meter lang gewesen. Die orangerote Stoffbahn war bereits dunkel von Gliederfüßern. Sie blickte auf; der Himmel wimmelte ebenso von Sternen wie die Erde von Leben.

Sie hatte nichts dabei. Keinen Rucksack, kein Messer im Beinhalfter, kein Handy. Ihre Schuhe hatte sie verloren. Wenn sie in dieser riesigen Gestalt bis zum Tagesanbruch Schutz suchte, würde sie die Nacht eher überleben, als wenn sie auf der feuchten Erde schlief. Die Zukunft verlangt von uns immer nur einen einzigen schmerzhaften Schritt auf einmal, und die erste Regel des Lebens ist der Instinkt zu *über*leben.

Sie kletterte rückwärts in den Anzug. Sie zog ihre durchnässten Strümpfe aus, stellte den Fuß in den Stiefel und zuckte zusammen, als das weiche Material der Innenverkleidung mit ihrer Wunde in Berührung kam. Die Unterschenkel in den Schienbeinschutz und die Oberschenkel in den oberen Teil der Beine.

Sie platzierte ihren Hintern so gut wie möglich dort, wo der Zweimetermann sitzen würde.

»Willkommen im Survival-Anzug«, sagte eine samtige Stimme. »Ich wurde für mehr als dreitausend vollständig erforschte Katastrophenszenarien entworfen. Ich werde dich am Leben erhalten.«

Unter den gegebenen Umständen war das ein gewagtes Versprechen.

»Okay«, sagte Zhen.

Langsam schrumpfte das Innere des Anzugs zusammen.

»Die inneren Dimensionen werden für den bestmöglichen Komfort angepasst«, sagte der Anzug.

Die Kniegelenke wurden auf ihre Knie ausgerichtet. Der Rumpf fand ihre Taille. Plötzlich fühlte sich der Anzug wie maßgeschneidert an. Als die Öffnung des Brustkorbs sich um sie schloss, machte Zhen sich auf ein schweres Gewicht gefasst, doch tatsächlich spürte sie einen leichten Auftrieb, als stünde sie in einem Becken mit Wasser. Jetzt konnte sie sich müheloser bewegen. Eine sanfte Blase warmer Luft schmiegte sich um ihren Körper. Das Zittern hörte auf, und sie stieß unwillkürlich einen Seufzer aus.

Das Visier passte sich ihrer realen Gesichtsform an. Ein Sternschnuppenlogo – sie erkannte es nicht – schoss über ihr Gesichtsfeld.

Der Anzug sagte: »Du bist Passagier dieses Survival-Anzugs, einer vollständig optimierten Technologie, die für dein größtmögliches Wohlbefinden in dieser Umgebung sorgt« – kurze Pause – »einer mit tropischem Regenwald bewachsenen Insel.«

Wieder eine Pause, diesmal länger.

»Den Kommunikationssystemen ist es nicht gelungen, Satelliten oder Hubs zu kontaktieren. Ich werde den Versuch in regelmäßigen Abständen wiederholen. Alle Informationen, die notwendig sind, um dich im dichten tropischen Regenwald am Leben zu erhalten, sind auf meinem System vorinstalliert. Ich beginne mit einem vorbereitenden Scan deiner Umgebung.«

Auf dem Visierdisplay vor ihren Augen umrissen feine, grün schimmernde Linien verschiedene Objekte: die Bäume, die Überreste des CrashJackets, die Tausendfüßler, Insekten und Pflanzen. Neben diesen Objekten leuchteten Beschriftungen auf. Baumgigant: Kapokbaum. Würgefeige. *Acanthiulus blainvillei.* Die letzte Beschriftung bewegte sich zusammen mit dem umrissenen Tausendfüßler.

Ihr schoss kurz der Gedanke durch den Kopf, dass der Anzug wie AUGR klang, dass er Teil des Protokolls sein musste, doch im Moment war es sogar zu viel, nur darüber nachzudenken. Wieder hatte sie die Stimme ihrer Mutter im Kopf, die sagte: *Baba,* nicht jetzt. Das Kind hat viel durchgemacht. Sie muss sich ausruhen. Die Welt kann warten.

»Möchtest du mir deinen Namen nennen?«, fragte der Anzug. Zhen zögerte. Es war seit jeher ihr Prinzip, digitalen Helfern nie mehr von sich zu verraten, als sie musste.

Der Anzug sagte: »Wenn du mir deinen Namen nicht nennen möchtest, kann ich dich einfach mit ›du‹ ansprechen. Ziehst du das vor?«

»Ja«, antwortete sie.

»Fantastisch! Schön, dich kennenzulernen. Deine Blutwerte und Vitalzeichen zeigen, dass du dehydriert und erschöpft bist. Du weist mehrere Schnitt- und Schürfwunden auf, und du stehst möglicherweise unter Schock. Ich schlage vor, dass wir einen sicheren Ort suchen, wo du etwas Wasser trinken kannst, und dann machst du ein schönes langes Nickerchen. Einverstanden?«

»Ja«, antwortete sie.

»Fantastisch!«, sagte der Anzug, und es klang so aufgeräumt und überzeugend, als spräche ein gut ausgebildeter, gerissener Verkäufer mit ihr. »Gemeinsam schaffen wir das.«

2 inselzeit

Es war eine gewisse Zeit vergangen. So viel war klar. Es war Zeit vergangen, und am Himmel flogen keine Flugzeuge.

Der Dschungel um sie herum war von einem satten Grün, im Inneren des Survival-Anzugs war es angenehm warm, und ihr Zustand war stabil. Sie atmete ruhig und gleichmäßig. Jeder Atemzug tat weh, doch nicht so sehr wie zuvor. Sie erinnerte sich an Verletzungen. Jemand hatte über einem Dschungel an einem Mini-Fallschirm gehangen. Jemand hatte einen tiefen Schnitt am Fuß. Jemand war ausgerutscht und hingefallen.

Doch seitdem war Zeit vergangen. Der Körper war eine Weile in Sicherheit gewesen. Die Person schlief wieder ein und erwachte erneut.

Schließlich kehrte die normale Zeit zurück.

Zhen wachte mit einem Ruck auf, versuchte, sich in Embryohaltung zusammenzurollen, und stellte fest, dass das nicht ging. Sie befand sich in einem Sarg, in einer Falle. »Hilfe! Hilfe!«, schrie sie.

Der Anzug sagte: »Du bist in Sicherheit.«

»Einen Scheißdreck bin ich«, erwiderte Zhen. »Was ist passiert? Wo bin ich?«

»Das ist eine komplizierte Frage«, antwortete der Anzug.

Sie versuchte, ihre Atemtechnik anzuwenden, konnte sich aber nicht an die Zählzeiten erinnern. Sechs, sieben, acht? Vier, zwei, zwei? Nein, das galt beim Football. Fang mit dem Grundlegenden an. Wo bist du? Schau dich um. Sie spähte durch das Visier des Anzugs. Kein Sarg, ein Anzug, wie sie sich jetzt erinnerte. Sie lag mit dem Gesicht nach unten auf einem Felsvorsprung über einem tiefen Graben aus dichtem grünem Laubwerk. Wie tief, konnte sie nicht beurteilen – vielleicht handelte es sich nur um einen mit Flechten bewachsenen Riss im Fels? Sie stemmte sich hoch. Die Servomotoren des Anzugs stabilisierten sie sanft.

Sie stand am Rande eines steilen Abhangs, von dem aus man auf ein bewaldetes Tal hinuntersah. Es musste ungefähr acht Kilometer breit sein.

»Möchtest du etwas essen?«, fragte die übertrieben hilfsbereite Stimme in ihrem Ohr.

»Ich möchte hier raus«, sagte Zhen.

Der Anzug klappte seinen Brustpanzer und die Beinschienen auf, und Zhen tappte im Dschungel herum, während sich der Anzug hinter ihr setzte, ein stählerner Gigant. Sie wackelte mit den Zehen. Im Dschungel wimmelte es von brummendem, überquellendem Leben – Insekten summten an ihrem Gesicht vorbei, Vögel schwirrten von den Baumwipfeln herab, grüne Schösslinge wucherten um riesige umgefallene Baumstämme herum aus dem Boden.

»Fuck«, sagte Zhen.

Überall auf der Lichtung lagen StowtBoxen verstreut. Eine von ihnen enthielt selbsterhitzende Mahlzeiten, und sie aß eine Portion Kürbis-Risotto. Es schmeckte wie das bernsteinbraune Tageslicht, das durchs Blätterdach herabsickerte. Die Wunde an ihrem Fuß tat noch weh, doch als sie sie untersuchte, war sie sauber und weniger tief, als sie sie in Erinnerung hatte. Beim Essen entdeckte sie eine Reihe blauer Flecken an der Innenseite ihres linken Arms.

Der Anzug saß in derselben Haltung da, in der sie ihn zurückgelassen hatte. Wie ein Freund, ein Gefährte.

»Was ist das?«, fragte Zhen. »Es sieht so aus, als hättest du mir da Injektionen verpasst.«

»Das habe ich«, antwortete der Anzug. »Du standest kurz davor zu hyperventilieren. Ich habe dir über eine transdermale Infusion ein leichtes Beruhigungsmittel verabreicht. Wir waren uns doch einig, dass dir ein schönes langes Nickerchen guttun würde.«

»Das ist eine ungewöhnliche Interpretation des Wortes ›Nickerchen‹. Wie lange war ich bewusstlos?«, fragte Zhen.

»Fünf Tage«, antwortete der Anzug. »Du bist aber gelegentlich aufgewacht, um etwas Nahrung zu dir zu nehmen.«

Zhen erinnerte sich nicht daran. Es fühlte sich nicht an, als wären fünf Tage vergangen.

»Ich möchte nicht, dass du mir noch einmal ein Beruhigungsmittel verabreichst, okay?«

»In Ordnung«, sagte der Anzug. »Das überlasse ich künftig deiner freien Entscheidung.«

Wie immer beim Umgang mit Algorithmen hörten sich die Antworten beleidigend an. Ihnen fehlte die Empathie, die Situation so zu erleben, wie ein Mensch es tat. Die damit einhergehenden Gefühle zu ertragen. Die Verwirrung zu spüren: Wie konnte dieser Zustand fünf Tage gedauert haben? Was zum Teufel war mit ihr passiert? Und drittens, aber nicht weniger wichtig: Was war mit der Welt passiert?

Unfähig, zwischen diesen Fragen zu entscheiden, konzentrierte Zhen sich auf das, was direkt auf der Hand lag und vielleicht am dringlichsten war.

»Anzug«, sagte sie, »wo bin ich?«

»Du befindest dich auf der Admiral-Huntsy-Insel nordöstlich von Papua-Neuguinea«, antwortete er. »Sie gehört zum FutureSafe-Naturschutzgebiet.«

»Scheiße noch mal.«

»Ja«, antwortete der Anzug. »Das stimmt. Scheiße noch mal.«

Die Admiral-Huntsy-Insel. Sie war nach einem britischen Kolonialherren benannt, der, nach dem Wertesystem der damaligen Zeit, auf genau die richtige Art und Weise mit den Ureinwohnern umgegangen war. Außerdem hatte er eine Schlacht gegen eine der Achsenmächte gewonnen. In der Gesamtbewertung hatte man aus heutiger Sicht beschlossen, dass die Insel ihren Namen wohl behalten könne. Der Admiral war außerdem so erfolgreich mit den Ureinwohnern fertiggeworden, dass keine mehr übrig waren, und so konnte man die Insel kurzerhand zum Naturschutzgebiet erklären. Lai hatte nur davon gehört, weil man ein paar Jahre zuvor ein Riesentheater darum gemacht hatte, dass Fantail, Anvil und Medlar mehrere große Flächen von Staaten aufgekauft hatten, die nach der Pandemie finanziell am Ende waren, und sie zu Naturschutzgebieten erklärt hatten. Sie hatten sich verpflichtet, in diesen Reservaten mindestens hundert Jahre lang keine Besucher zuzulassen, und zum Ausgleich das Recht erworben, die Gebiete mit ameisenkleinen Flugdrohnen zu überwachen und die Aufnahmen von Wildtieren in ihrem natürlichen Lebensraum finanziell zu verwerten. So konnten sie VR-Rekonstruktionen der FutureSafe-Naturschutzgebiete schaffen, die ausschließlich über ihre eigenen Plattformen zugänglich waren. Selbst der Luftraum dort war geschlossen. Das erklärte wahrscheinlich, wieso man keine Flugzeuge am Himmel sah. Es war absolut illegal, sich hier aufzuhalten. Eigentlich wurden Menschen, die verbotenerweise hierherkamen, von Drohnen gejagt und dann aufgefordert, die Insel zu verlassen. Falls sie dem nicht Folge leisteten, wurden sie in aufsteigender Reihenfolge: betäubt, weggeschleppt und im Extremfall getötet.

Diese strengen Maßnahmen – auf begrenztem Raum und weit genug entfernt – gaben allen das gute Gefühl, dass wirklich etwas unternommen wurde, um der Zerstörung der Lebensräume entgegenzuwirken. Zhen erinnerte sich vage daran, auf der Pressekonferenz einen vor Stolz beinahe platzenden Lenk Sketlish gesehen zu haben. Fantail hatte Pressematerial veröffentlicht, in dem sehr geschickt darüber hinweggegangen wurde, was Admiral Huntsy mit den Ureinwohnern eigentlich genau angestellt hatte, und in dem man sich stattdessen auf die ungefährdete und von Menschen befreite Schönheit der Insel konzentrierte.

Zhen saß in dem halb geöffneten Anzug und studierte die Karte durch ihr Visier. Die Insel war etwa achtundsechzig Kilometer lang und maß an ihrer breitesten Stelle fünfundvierzig Kilometer. Im Südwesten verlief eine tiefe Schlucht, an deren nackten Klippen auf der Ostseite die geologischen Schichten deutlich zu erkennen waren, und in der Mitte zog sich eine Reihe kleiner Berge über die Insel, als wären sie die Wirbel eines Rückgrats. »Admiral Huntsy ist die größte Insel im Archipel nordöstlich von Papua-Neuguinea«, lautete der grüne Infotext. »Sie gehört zu dem in der Bismarcksee ausgewiesenen FutureSafe-Naturschutzgebiet von besonderer Schönheit und Artenvielfalt.«

»Ausgeschlossen«, sagte Zhen. »Wäre ich wirklich auf der Admiral-Huntsy-Insel, wäre ich bereits tot. Oder die Drohnen würden mich gerade mit Stromschlägen hinrichten.«

»Diese Maßnahmen können von autorisierten Personen für bestimmte Zwecke unterbunden werden«, sagte der Anzug.

»Für welche Zwecke?«, fragte Zhen.

»Gewisse Notfallsituationen«, antwortete der Anzug.

»Von welchen Personen?«, fragte Zhen.

»Hör mal«, sagte der Anzug. »Was hältst du von einem Spaziergang?«

Zhen bewegte sich den größten Teil des Tages im Anzug über die Insel. Interessiert betrachtete sie die Landschaft, die vom Visier mit Erläuterungen versehen wurde. Jedes Objekt um sie herum erhielt einen Namen in grüner Schrift, der um zusätzliche Informationen ergänzt war. Wer immer diesen Anzug konstruiert hatte, hatte sich irgendwie Zugriff auf die Kenntnisse der Ureinwohner über die Fauna und Flora dieser Breitengrade verschafft und in einer Software gespeichert. Ein paarmal machten sie halt, und Zhen verließ den Anzug, um sich die Beine zu vertreten oder etwas Interessantes zu betrachten, doch im Großen und Ganzen war es angenehmer, sich im Anzug fortzubewegen – die Servomotoren stabilisierten sie in dem unwegsamen Gelände und ermöglichten es ihr, schnell voranzukommen. Kurz vor Sonnenuntergang brachte der Anzug sie zu einer Lichtung mit einem wohlgeordneten Lagerplatz. Schlafplattformen aus Ästen, die mit Kunststoffschnur zusammengebunden waren. Frisches Wasser in StowtBoxen mit Zapfhähnen. Wände aus mit Vorräten gefüllten StowtBoxen schirmten einen Duschbereich ab.

Drei Personen saßen um ein munter flackerndes Lagerfeuer, jede in einem geöffneten Survival-Anzug, der dem von Zhen ähnelte. Eine Frau in den Sechzigern mit stahlgrauem Kurzhaarschnitt. Ein Mann Ende fünfzig, gebräunt, klein und untersetzt, mit kräftigen Armen und einer dicken Brille. Und ein schlanker Mann Anfang vierzig mit zerzaustem blonden Haar, der die langen Beine vor sich ausgestreckt hatte.

Zhen klappte ihr Visier hoch.

»Wer zum Teufel ist das?«, fragte Zimri Nommik. »Wie zum Teufel kommt sie hierher?«

»Vor ein paar Nächten habe ich etwas am Himmel gesehen«, bemerkte Ellen Bywater.

Der hochgewachsene, schlanke Mann schaute den über den Himmel ziehenden Wolken nach.

»Ich glaube, Martha hat mit ihr geschlafen«, sagte er. »Ich schätze, jeder darf eine Freikarte verschenken.«

3 die letzte nachricht,
die es jemals geben wird

»Sie sind gerade erst angekommen?«, fragte Ellen Bywater. »Sie wurden absichtlich hergebracht? Aus der Welt?«

Zhen schüttelte den Kopf. »Der Anzug sagt, dass ich seit fünf Tagen hier bin.«

»Aber wie denn? Mit welchem Transportmittel denn? Gibt es denn keinen ungeheuren Ansturm auf die Flughäfen?«

»Ich wurde von einem Taxi abgeholt, und dann … keine Ahnung.«

»Wie kann es sein, dass Sie keine Ahnung haben?« Ellen war angespannt; beim Sprechen rupfte sie Moos und kleine Pflänzchen aus dem Boden, grub die Finger mit den schartigen Nägeln in die Erde und pulte an den Matschresten um ihre Nagelbetten herum.

»Ich glaube, der Taxifahrer hat mich betäubt.«

Sofort fragte Zimri Nommik: »Anzug, wurde diese Frau betäubt?«

Der Anzug flüsterte Zhen ins Ohr: »Möchtest du diese persönlichen medizinischen Daten mit anderen teilen?«

»Klar, ich habe nichts zu verbergen«, antwortete sie.

Nun sprach der Anzug über den Lautsprecher in seinem Hals: »Meine Aufzeichnungen über die Substanzen im Blut lassen vermuten, dass etwa ein Dutzend Tage vor Eintreffen auf der Insel Benzodiazepine verabreicht wurden.«

»AUGR hat mich mit K.-o.-Tropfen außer Gefecht gesetzt?«, fragte Zhen.

Zimri betrachtete sie mit zusammengezogenen Augenbrauen.

»Sie haben AUGR?« Mit seinem unerbittlichen Gehirn rechnete er bereits alles durch. Zhen würde seine Gedanken in eine andere Richtung lenken müssen.

»Ja, äh, Martha hat mir die Software geschenkt. Martha Einkorn. Was Sie sagen, stimmt«, wandte sie sich an Lenk. »Wir hatten Sex, und sie hat mir das Programm geschenkt. Ich weiß, das hätte sie nicht machen dürfen, und ich habe keine Ahnung, warum sie es getan hat. Sie hat kein Wort dazu gesagt.«

Doch nichts konnte Zimris Gedanken aufhalten.

»Fuck«, sagte er. »Verdammte Scheiße!« Er betrachtete die anderen mit triumphierender Miene. »Das ist sie! Das ist diese Tussi von *Name The Day*, die in meinen Bunker eingebrochen ist. Genau. Ich habe drei Teilaufnahmen gesehen, Standfotos. Sie und ein großer Kerl.«

Mist. Natürlich. Natürlich hatte es Aufnahmen gegeben. Und natürlich hatte Zimri Nommik sie gesehen.

»Ja«, sagte Zhen. Sie überlegte, wie viel sie preisgeben konnte und was sie auf keinen Fall preisgeben durfte. »Ich ... Mein AUGR hat nicht funktioniert. Also sind wir in Ihren Bunker, um es manuell zu aktivieren und ... wurden angegriffen.«

»Sie haben meinen Bunker zerstört«, rief Zimri. »Sie haben ihn plattgemacht!«

»Na ja, wegen deinem Bunker brauchst du dir jetzt keine Sorgen mehr zu machen«, bemerkte Ellen mit verächtlicher Miene. Zhen fragte sich, ob sie betrunken war. »Du hast ja noch andere. Falls es dir gelingt, zu einem von ihnen zu gelangen.«

»Sie hat AUGR. Und sie hat meinen Bunker ruiniert«, sagte Zimri Nommik. »AUGR hat sie betäubt? Ganze zwölf Tage lang? Das steht nicht im Protokoll. Unter Drogen gesetzt zu werden, gehört nicht zum Protokoll.«

»Sie können uns nicht an der Nase herumführen, junge Dame«, sagte Ellen. »Wir haben das Protokoll erstellt, klar? Wir wissen genau, was vorgesehen ist. Hier ist irgendwas faul. Wie haben Sie dafür gesorgt, dass AUGR Sie herbringt?«

»Wir wurden auch betäubt«, sagte Lenk. »Als wir auf die Insel kamen.«

»Das war etwas ganz anderes«, fauchte Zimri. »Wir sind mit dem Flugzeug abgestürzt.« Er bewegte sich unbeholfen. Irgendetwas stimmte nicht mit seinem linken Bein; der Anzugstiefel war immer noch darum geschlossen, obgleich er den Rest des Anzugs geöffnet hatte.

Lenk ergriff das Wort, und er wirkte so, als bemühte er sich bewusst um einen freundlichen Tonfall. Zhen beschlich das Gefühl, dass er schon eine Weile mit den anderen beiden zusammen war und kurz davorstand, die Fassung zu verlieren. Wenn sie einen Flugzeugabsturz überlebt hatten, erklärte das einiges – danach wäre wohl so ziemlich jeder mit den Nerven am Ende, und diese Leute waren einen ganz anderen Lebensstil gewohnt.

»AUGRs Protokoll soll für unsere Sicherheit sorgen. Deshalb sind wir hier, okay? Wir sind also in Sicherheit. Sie dagegen« – er deutete mit dem Daumen auf Zhen – »ist ein bisschen später rausgekommen, weil sie AUGR erst von Hand installieren musste. Sie hätte also in Kontakt mit der Seuche kommen können. Daher hat AUGR sie betäubt und für eine Weile an einen sicheren Ort gebracht und sie wahrscheinlich intravenös ernährt oder so. Na ja, bis die Quarantäne vorbei war eben. Wie lange war noch gleich die Inkubationszeit?«

»Siebzehn Tage«, antwortete Ellen düster. »Ich begreife nur nicht, wieso AUGR *sie* hergebracht hat, aber nicht meine Kinder oder Bonda oder Arthur aus dem Management-Team. Ich meine, wir sollten das doch *gemeinsam* durchstehen. Inzwischen sind sie wahrscheinlich alle in Neuseeland.«

»Siebzehn Tage«, sagte Lenk. »Das kommt hin, oder?« Er wandte sich an Zhen. »Du bist seit fünf Tagen hier. Zwölf Tage vor deiner Ankunft wurdest du betäubt. Ergibt siebzehn. Du sagst, du hast das System manuell gestartet?«

»Ja, was meinten Sie damit, dass …«

»Du bist in Zimris Bunker eingebrochen … sorry, Zimri, aber das ist wirklich der Brüller. Dieses Mädchen bricht in deinen

Bunker ein, startet AUGR manuell – gut gemacht, dass nenne ich mal Überlebensinstinkt –, und AUGR weiß, dass wir drei hier gesund und wohlauf sind. Man kann an diesem Ort also überleben, bis die Gefahr vorüber ist. Sie hat keinen Bunker, in den sie sich zurückziehen kann, sie hat keinerlei Zugangsberechtigungen, oder?«

»Stimmt, nein, ich habe keinen Bunker. Was …«

»Also hält AUGR sie während der Inkubationszeit von uns fern und setzt sie dann hier ab. Es ist unglaublich.«

»Entschuldigung«, sagte Zhen. »Ich will einfach … Was soll das Gerede von einer Seuche? Welche Gefahr überlebt man hier? Wovon sprechen Sie eigentlich?«

Schweigen am Lagerfeuer. Zimri zog die Nase kraus und starrte in den Himmel.

»Verdammt, hat AUGR Ihnen die Dokumente nicht gezeigt?«, fragte Ellen.

»Sie hat keine Zugangsberechtigungen«, mischte Lenk sich ein. »Das sagte ich doch gerade. Sie ist unberechtigterweise hier, und ich wäre stinksauer, wenn das nicht bedeuten würde, dass das System verdammt noch mal hervorragend funktioniert.«

Zimri sagte: »Wird einer von euch sie …«

»Das soll der Anzug tun«, warf Lenk ein. »Das ist besser. Dann hat sie Zeit, alles zu verarbeiten.«

»Nein, der Anzug kann es nicht tun«, widersprach Ellen. »Verdammt noch mal, Lenk, das ist wieder typisch für dich! Hier geht es um einen Menschen. Sie hat keine Ahnung … Sie muss es von uns erfahren. Von anderen Menschen.« Ellen rutschte neben Zhen. Sie ergriff Zhens Hand, und ihre Augäpfel schimmerten wie rohes Eiweiß.

»Hören Sie mir zu, Kleines«, sagte sie. »Es tut mir furchtbar leid, aber … die Welt ist untergegangen.«

4   ich sehe dich kommen, einsamkeit

Eine Weile versuchten sie, es ihr zu erklären. Weil Zhen das, was sie ihr mitteilten, tatsächlich nicht verarbeiten konnte, überließen sie es schließlich doch den Anzügen, ihr die Aufnahmen zu zeigen, über die sie verfügten. Eine Dokumentation der letzten Tage der Menschheit.

Auf der ganzen Welt war eine schreckliche Seuche ausgebrochen. In den Nachrichten wurde sie »Die Taubengrippe« genannt, weil man eine Zeit lang geglaubt hatte, die Krankheit würde von Tauben übertragen und verbreite sich deshalb so rasch. Es gab eine Reihe von Bildern aus Paris, auf denen zu sehen war, wie die Miliz mit Flammenwerfern auf die Vögel losging. Die Tauben versuchten, mit brennenden Flügeln zu fliegen. Sie sahen aus wie ein schreiendes Flammenmeer.

Keine der Maßnahmen hatte gegriffen. Es hatte keine Vorwarnung gegeben. Nach einer symptomlosen Inkubationszeit von siebzehn Tagen war die Krankheit beinahe sofort tödlich. Die Infizierten husteten Blut, dann starben sie an Herzversagen. Wenige Tage nach Ausbruch der Seuche, erinnerte man sich an Corona als eine sanfte Pandemie. Corona hatte die Kinder verschont. Die Mortalitätsrate hatte weniger als ein Prozent betragen. Corona hatte sich nicht über winzige Virusmengen auf Briefumschlägen oder Paketen verbreitet.

Die Taubengrippe war nicht so gnädig.

Nach Corona hatte man Maßnahmen entwickelt, um auf eine mögliche neue Pandemie vorbereitet zu sein. Man verhängte rascher Quarantänen, testete großflächiger und schloss die Schulen früher. Doch Corona hatte die Gesellschaft auf eine andere

Weise verletzlich gemacht: Alle dachten, sie wüssten, wie sie zu reagieren hatten, um die Bedrohung einzugrenzen und abzuwehren. Ohne zu murren begaben sich die Menschen in den Lockdown, doch der Logistikapparat lief weiter. Zu lange. Man dachte, diesmal würde man es richtig machen. Doch es kam alles anders, so wie es bei Katastrophen stets der Fall ist. Die Seuche war zu tödlich und breitete sich zu rasch aus. Sie tötete die Jungen, die mit ihren Fahrrädern von Haus zu Haus fuhren, und nicht die Alten, die sich in ihren Wohnungen eingeigelt hatten. Das Virus wurde durch die Luft übertragen, aber was noch schlimmer war, es überlebte länger als achtundneunzig Stunden auf Papierverpackungen. Die Paketboten brachten es mit. Panik machte sich breit. Misstrauen. Es kam zu Aufständen, und man griff zu den Waffen. Und dann.

Die Seuche war beinahe gleichzeitig in mehr als siebzig Metropolen auf allen Kontinenten ausgebrochen. Lagos in Nigeria – eine Megacity mit einer sehr jungen Bevölkerung – war die erste Stadt, die sich zur No-go-Zone erklärte. Die verbliebenen Einwohner wurden evakuiert, und die Straßen wurden mit Betonblöcken abgesperrt. Doch das hatte nicht gereicht. Es gab nicht genug Lebende, um die Toten zu begraben.

Die Anzüge hatten es geschafft, Fantail und Medlar nach frühen Hinweisen zu durchsuchen, bevor das Militär die Satellitenkommunikation für Zivilisten sperrte. Zhen sah ein von Hand gedrehtes Video aus Venezuela, in dem zwei Jugendliche in einem Zimmer zusammen Gitarre spielten. Ein Junge und ein Mädchen. Sie schauten einander lächelnd an, während sie eine Version von »Te veo venir soledad« zupften. Mitten im zweiten Refrain begann das Mädchen zu husten. Ein Blutschwall spritzte in grässlichem Rot an die Wand. Ihr Freund hörte auf zu spielen. Wer auch immer das Handy hielt, legte es beiseite, und die Kamera zeigte den rissigen Verputz der Decke. Zwei Jungenstimmen riefen den Namen des Mädchens. Das Husten ging weiter – feucht und rasselnd –, und die Teenager riefen um Hilfe. Es dauerte über acht Minuten, bis einer von ihnen nach dem Handy griff; drei Sekunden lang sah Zhen in das entsetzte, verwirrte Gesicht eines Jungen. Dann brach das Video ab.

In Auckland machten zwei ältere Damen ein Selfie vor graublauen Bergen, deren Gipfel in der Ferne von Wolken verhüllt waren, während in einer schmalen Gasse ein Mann Blut gegen eine weiße Wand hustete. Noch mehr Fotos und Videos. Eine Frau tanzt in London in der U-Bahn; links von ihr und halb abgeschnitten hustet ein Mädchen, das eine Schuluniform trägt, in ein blutdurchtränktes Papiertaschentuch. Ein Mann im Senegal filmt bei einem Fußballspiel die Reaktion seines Freundes auf einen Hattrick in der neunundachtzigsten Minute. Der Freund ist so aufgeregt, dass er kaum Luft bekommt, dann hustet er Blut.

Zweiundsiebzig Stunden später erzählten die Fotos und Videos – wie verschwommen sie auch sein mochten – die Geschichte besser als jeder Nachrichtenbericht. Den Anzügen war es gelungen, immer wieder Daten aus den zusammengebrochenen kommerziellen Satellitennetzen zu ziehen.

»Wir haben überlegt, unsere GPS-Daten zu teilen«, sagte Ellen, als spräche sie zu einer Aktionärsversammlung. »Aber unter diesen Umständen kann man kaum kontrollieren, wer die Information erhält. Und wir wollten keine Besucher.«

Die Bilder waren pixelig, die Wörter kurz und manchmal falsch geschrieben; das Display häufig vernebelt. Gelegentlich verschmolz die Landschaft mit den Gesichtern von Menschen, oder Schatten verwandelten sich in Tiere, während die KI versuchte, Einzelheiten zu rekonstruieren.

In New York City lagen vier mit Tüchern bedeckte Leichen auf einem Krankenhausflur. Eine Krankenschwester hatte eine Pistole auf eine Tür gerichtet – das Foto zeigte nicht, wer oder was hindurchkam. Ihre Augen waren geschlossen, ihr Gesichtsausdruck beinahe heiter, abgesehen von dem zusammengepressten

Kiefer. Diese Fotos waren die letzten Momente eines bisherigen Lebens; was immer danach geschah, würde nicht mehr denselben Menschen zustoßen, die sie in den Tagen, Wochen und Jahren zuvor gewesen waren.

Ein Zug nach Paris verließ den Hauptbahnhof von Bologna. Die Menschen hielten sich einer am Rücken des anderen fest, um beim Aufspringen auf den langsam rollenden Zug Halt zu finden. Einige waren auf die dekorative Uhr geklettert, um von dort aus auf den Zug zu springen. Zufällig gab es zwei Fotos von diesem Ereignis – oder vielleicht waren mehrere Züge von Bologna nach Paris gefahren, und stets hatte es dasselbe Chaos gegeben. Das zweite Foto, das die Anzüge gefunden hatten, war aus dem Zug heraus geschossen worden. Zwei Kinder hatten die Hände gegen die Fensterscheibe gepresst, während die Menschen auf dem Bahnsteig versuchten, die Fenster des vorbeifahrenden Zuges einzuschlagen. Auf dem Foto blickte eines der Kinder, ein kleiner Junge, sich nach seinem Vater um, und in seinem Gesicht stand eine Angst, die schlimmer war als Tränen. Es war ein Ausdruck der Verzweiflung und des Entsetzens, der durch nichts gemildert wurde.

In Smolensk war ein Reaktor mit einem Betonmantel umhüllt worden, aber – so erläuterte Zhens Anzug das Bildmaterial nüchtern – es konnte trotzdem radioaktives Material in die Atmosphäre gelangen. Es wäre ratsam, den Anzug wann immer möglich zu tragen. Eine verstrahlte Wolke konnte jederzeit Gift auf den dunklen Boden herabregnen lassen.

Je neuer die Nachrichten, desto düsterer wurden sie. Die Berichte darüber, dass die CEOs der drei bedeutendsten Tech-Giganten weiterhin verschwunden blieben, waren rasch von den Ereignissen verdrängt worden. Eine Wirtschaftszeitung aus Tokio meldete, dass Lenk Sketlish eine Aktionärsversammlung versäumt hatte. Nachdem man erkannt hatte, dass die Boten der Lieferdienste das Virus tatsächlich von Haus zu Haus schleppten, forderten viele Posts in den sozialen Medien Zimri Nommik auf, sich zum Teufel zu scheren. Ein Nachrichtenartikel erwähnte nebenbei, das Militär habe in mehreren leer stehenden Bunkern auf Neuseeland Razzien durchgeführt und Vorräte beschlagnahmt, die es an die Bürger verteilte.

»Wir haben auf dem Flug unsere eigene Software programmiert, damit sie uns AUGRs Informationen bestätigt«, berichtete Zimri mit einem gewissen Stolz.

Anvil hatte Zugang zu einer Menge Informationen, von denen Regierungen und Journalisten nur träumen konnten. Logistikdaten. Kaufentscheidungen. Notwendige Datenzugriffsberechtigungen. Und ja, auch Spionagesoftware in den Hubs von Anvil-Home und verschiedenen Internet-Serviceprodukten. Während des Flugs mit dem Privatjet hatte Zimri die Daten von Anvils Logistikfirmen mit nicht hochgeladenen Videos von Fantail- und Medlar-Handys korreliert. Auf die hatten Fantail und Medlar für gewisse Notfallsituationen Zugriff.

»Die Infektionskette zurückzuverfolgen war nicht möglich«, sagte Zimri. »Das Virus ist zu ansteckend. Der Ursprung liegt in Südamerika, vermutlich Chile, wo die ersten Fälle entdeckt wurden, es hat sich so schnell verbreitet, dass keine Gegenmaßnahmen ergriffen werden konnten. Als AUGR uns alarmiert hat, zeigten die Daten von Anvil bereits in Australien, Brasilien, Japan und Indonesien dieselben Symptomcluster.«

»Wir hätten selbstverständlich die WHO alarmiert«, warf Ellen ein, »wenn wir unser eigentliches Ziel erreicht hätten.«

Lenk Sketlish schwieg. Er sah zum schützenden Blätterdach hinauf und bestätigte weder, was die anderen sagten, noch widersprach er.

»Ich sage, wir *hätten* es getan«, bemerkte Ellen, aber die anderen erwiderten nichts.

»Die Patienten haben eine fünfzigprozentige Überlebenschance«, erläuterte Zimri mit ausdrucksloser Stimme, »und auch nur dann, wenn sie entzündungshemmende Medikamente bekommen, wenn sie es warm und trocken und Zugang zu sauberem Wasser haben. Die Zeit reichte nicht, um vor dem weltweiten Zusammenbruch der Infrastruktur einen Impfstoff zu entwickeln. Und jetzt werden sie es gar nicht mehr schaffen. Die Seuche wird weiterwüten, bis über die Hälfte der Menschheit tot ist.«

»Es wäre großartig gewesen, wenn AUGR uns früher informiert hätte«, sagte Ellen.

»Wir wussten früher Bescheid als der Rest der Welt«, entgegnete Zimri.

Es musste noch andere Überlebende geben – Menschen, die von Natur aus immun oder die genesen waren und nun als Einzelkämpfer verzweifelt nach sauberem Wasser und Nahrung suchten. Doch soweit die drei es beurteilen konnten, hatten keine großen Enklaven der Zerstörung standgehalten. Es war ein Schwarzer Schwan. Ein vorher harmloses Virus wurde in einem einzigen Mutationssprung gleichzeitig ansteckender und tödlicher. So etwas kam nie vor. Außer, wenn es dann doch vorkam.

Die Weichen waren schon gestellt, als Zhen in Prince Rupert das Taxi genommen hatte, erklärten sie. Die Katastrophe war schon im Gang, als Zimri Nommik, Lenk Sketlish, Ellen Bywater und ihre Kinder und engen Freunde und Kollegen die Privatjets zu ihren Geheimbunkern bestiegen. Die Lage eskalierte schnell und gnadenlos. Die Welt, die sie kannten, war verschwunden, so plötzlich, vollständig und unumkehrbar, als wäre sie im glasklaren Ozean versunken.

»Okay«, sagte Zhen und war sich ihres Atems sehr bewusst. Sie spürte genau, wie das Blut mit jedem Pulsschlag dick durch ihre Adern strömte, und sie empfand ein Gefühl von Schwere. »Heißt das, wir müssen für immer hierbleiben?«

Ellen und Zimri wechselten einen Blick.

»Irgendwann brechen wir auf«, antwortete Ellen. »Ich meine, wir sollten eigentlich gar nicht hier sein; ich habe einen Bunker in Neuseeland. Er ist wunderschön. Meine Kinder sind dort, und Bonda und Arthur und ihre Familien. Und noch einige andere. Wir finden bestimmt noch Platz für dich, wenn wir erst einmal ein Transportmittel organisiert haben. Natürlich ist das nicht die perfekte Lösung, aber ich glaube ganz ehrlich, dass es uns dort gut gehen wird.«

»Wir hatten ein Problem mit dem Flugzeug«, sagte Zimri. »Es ist abgestürzt. Wir waren eigentlich auf dem Weg zu einem Zwischenstopp. Zum Glück sind wir hier abgestürzt. Ich meine, wären wir in den Ozean gefallen, wären wir jetzt tot.«

Lenk Sketlish stieß einen tiefen Seufzer aus, der zu einem blaffenden Laut anschwoll. »Sagt ihr verdammt noch mal die Wahrheit«, bellte er. »Die *Wahrheit*. Zumindest das sind wir ihr schuldig. Wir kommen hier nicht weg. Wir sitzen auf einer Insel fest. Wir haben kein Boot. Die Kommunikationssysteme sind im Arsch. Niemand weiß, dass wir hier sind. Und da draußen ist sowieso niemand mehr in der Lage, uns zu suchen. Die Welt ist untergegangen, und wenn kein Wunder geschieht, sitzen wir hier fest. Für immer.«

»Du wirst ein wenig Zeit brauchen, um dich mit der Situation zu arrangieren«, sagte Zhens Anzug. »Alle deine Gefühle sind okay. Eine gewisse Trauerphase ist zu erwarten. Ich verfüge über eine Auswahl leichter Lektüre und anspruchsvoller Klassiker. Folgendes könntest du zum Beispiel lesen: *Fifty Shades of Grey*; *Right Ho, Jeeves*; *The Poisonwood Bible*; *Das Urteil*; *Station Eleven*; *Herr der Fliegen*; *Altägyptische Gedichte*; *Und dann gab's keines mehr*; *Sehr blaue Augen*; *Oryx und Crake*; *Die Straße*; *Was vom Tage übrig blieb*.«

Das kann nicht sein, dachte Zhen. Sie versuchte zu glauben, was sie gerade erfahren hatte. Sich in den Verlust hineinzudenken, bis etwas in ihrem Inneren einrastete, etwas, das sich real anfühlte. Wenn ich mich nicht bemühe, wirklich zu begreifen, was sie mir sagen, habe ich ein Problem. Denk an Hongkong, sagte sie sich, erinnere dich daran, wie du dir selbst klarmachen musstest, dass dein Wohnblock wirklich weg war. Obwohl du es mit eigenen Augen gesehen hast, hat ein Teil von dir geglaubt, dass du dich geirrt hast.

Irgendwo auf der Welt schneit es jetzt, dachte sie. Dicke Flocken fallen weich und dicht, so nass, dass sie kurz vor dem Schmelzen sind, aber eben doch nicht ganz. Sie gefrieren erneut zu Schnee, der unter den Füßen knirscht, und die Schuhe brechen durch die dünnen Schichten ein wie in Blätterteiggebäck. Kinder müssen bei jedem Schritt die Füße heben.

Das, sagte sie zu sich selbst, werde ich nie wiedersehen.

5 ein regen von unglück und glück

Es hatte eine Zeit gegeben, da waren Zhen und ihre Familie glücklich gewesen. Nicht atemberaubend glücklich, nicht so außergewöhnlich glücklich, dass alle vor lauter Begeisterung erschöpft
gewesen wären. Aber so glücklich, dass sie zufrieden waren. Ihr
Vater hatte in einer Kanzlei gearbeitet – er leitete die Abteilung
für die einschlägigen Bibliotheks- und Informationsdienstleis-
tungen. Zhens Mutter hatte an der Universität Geschichte gelehrt, bevor sie krank geworden war. Sie lebten im sechsten Stock
eines Hochhauses, in der Nähe des Wong Nai Chung Sports Centre,
in einer kleinen Wohnung, von der aus man auf einen von Unkraut
überwucherten Parkplatz hinunterschaute, auf dem ein Investor
einmal einen Wohnblock hatte errichten wollen, doch nie die
notwendigen Genehmigungen erhalten hatte. Lai Zhens Mutter
hatte auf dem Balkon Tomaten aus Samen gezogen, dazu Blumen
und Kräuter für Tee. Die kleinen Beinchen durch das Balkon-
gitter geschoben, hatte Lai Zhen dort auf dem Boden gesessen
und auf den halb verfallenen Parkplatz und das dort wuchernde
Leben hinuntergeschaut, auf die Pflanzen, die den Asphalt durch-
brachen, und die kleinen Bäumchen, die sich der Sonne entgegen-
reckten.

Ihre Mutter wurde krank, als Lai Zhen zehn war. Anfangs hatte
es so ausgesehen, als würde sie es gut überstehen. Die Ärzte sagten, der Krebs sei operabel, vielleicht würde es ein Jahr dauern,
bis sie sich von der Chemotherapie erholt hätte, aber danach …
Sie sei jung, sie sei stark, sie hätte beste Aussichten. Wie groß ihre
Überlebenschance sei? Oh, fünfundneunzig, wenn nicht gar neun-
undneunzig Prozent.

Lai Zhen stellte sich hundert Mädchen vor, Mädchen wie sie, die im Wong Nai Chung Centre auf dem Holzboden der Sporthalle standen. Hundert Mädchen, deren Mütter eine neunundneunzigprozentige Überlebenschance hatten. Die Mädchen wurden eines nach dem anderen aus der Halle gerufen, um die gute Nachricht zu erhalten. Bis nur noch zehn dort standen. Nur noch fünf. Nur noch zwei. Zhen und das andere Mädchen konnten einander nicht ansehen. Schließlich wurde der letzte Name aufgerufen, und es war nicht ihrer. Und dann stand sie alleine in der Sporthalle. Das nämlich bedeutete eine neunundneunzigprozentige Chance. Es bedeutete, dass ein Mädchen während seines elften, seines zwölften und seines dreizehnten Geburtstages alleine dort steht, während es darauf wartet, dass seine Mutter gesund wird. Bis es schließlich begreift, dass sie niemals gesund werden wird.

Jedes Mal, wenn der Krebs an einer Stelle besiegt war, kehrte er an einer anderen noch aggressiver zurück. Wie eine feindliche Armee, die sich versteckt, neu aufstellt und aus einer neuen Richtung angreift. Wann hatte ihre Mutter beschlossen, in den Krieg zu ziehen? Was hatte sie getan, um diesen Angriff zu provozieren? Die Krankheit fraß Zhens Kindheit auf und sorgte dafür, dass die Familie sich zurückzog und sich der erschöpfenden Langeweile von Tabletten und Erbrechen überließ. Da waren die Versuche, ihrer Mutter ein paar Löffel Suppe einzuflößen, die papierdünne Haut, ein Sturz im Bad und das Lauschen darauf, wie ihre Mutter nachts im Nebenzimmer vor Schmerzen stöhnte.

Kein Wunder, dass Lai Zhens Vater die Frist für den Antrag auf den British National (Overseas) Passport versäumte. In der Zeit, in der sie sich hätten bewerben müssen, lag ihre Mutter im Sterben. Als die Beerdigung vorbei war, hatte sich der Bewerbungsprozess geändert. Er war komplizierter geworden, und man musste länger warten. Die politischen Gegebenheiten waren inzwischen andere. Als Zhen und ihr Vater aus der langen Krebsphase auftauchten, hatten die Dissidenten seit achtzehn Monaten gegen die chinesische Regierung gearbeitet, Untergrund-Zeitungen veröffentlicht, Regierungswebsites gehackt, Demonstrationen organisiert und – dreimal – früh am Morgen kleine Bomben auf der Straße gezündet, die Ladenfenster zerstörten, jedoch keine Gebäude. Mit alldem hatten sie die versprochene Demokratie eingefordert. Versprechen halten niemals ewig, und das gilt ganz besonders für Versprechen, die Regierungen abgeben.

Während ihr Vater mit dem neuen und schwierigeren Antragsprozedere für den Reisepass kämpfte, flüchtete Lai Zhen sich ins Lernen. In der vom Krebs beherrschten Zeit war ihr Notendurchschnitt gesunken, und das ärgerte sie. Sie war eine erstklassige Schülerin und hatte die Fähigkeit ihrer Eltern geerbt, große Mengen Text zu lesen und das Gelesene zu behalten. Sie schrieb sich in die freiwilligen Zusatzkurse für Latein und Altgriechisch ein. Sie genoss es, sich ihren Weg durch die komplizierten Satzlabyrinthe zu bahnen. Auch wenn ihr damals nicht klar war, wieso, empfand sie es als enorm befriedigend zu wissen, dass diese Kulturen tot und verschwunden waren, man mit sorgfältiger und geduldiger Arbeit jedoch ihre Schätze aus den Trümmern bergen konnte. Dass man diese Kulturen in gewisser Weise wieder zum Leben erwecken konnte.

Ihr Vater holte sie beinahe jeden Tag von der Schule ab und begleitete sie nach Hause. Gemeinsam versuchten sie, die Leere zu füllen, die Zhens Mutter hinterlassen hatte. Er war ein sanfter, einfühlsamer Mensch, und sie tat so, als interessierte sie sich für seine Geschichten aus dem Büro und die Berichte über seine präzisen Archivierungssysteme.

An einem schwülheißen Tag Mitte August machten sie halt, damit Zhen bei einem Straßenhändler mit einer Goldkrone auf dem Schneidezahn Grüntee-Eierwaffeln kaufen konnte. Am Wochenende hatte es Unruhen gegeben, doch die waren inzwischen wieder vorbei; das Einzige, was noch daran erinnerte, waren die

Papierfetzen auf den Straßen und die offenkundige Nervosität der Passanten. Später fand Zhen heraus, was an diesen Unruhen so besonders gewesen war und wieso ein Ereignis, das kaum mehr zu sein schien als die Explosion eines Böllers, vom chinesischen Staat als das Überschreiten einer – unsichtbaren – roten Linie wahrgenommen worden war.

Sie bot ihrem Vater eine Eierwaffel an. Er rümpfte die Nase. Sie bogen auf die Sing Woo Road ein. Und plötzlich hörten sie einen ohrenbetäubenden Knall. Lai Zhen wurde zu Boden geschleudert. Sie konnte nicht atmen. Die Luft brannte. Ihre Schläfe wurde auf den Asphalt gedrückt, und alles stand kopf.

Sie versuchte, zur Seite wegzurobben. Sie konnte nichts hören. Als sie zum Himmel hinaufschaute, sah sie halb verkohlte weiße Papierfetzen in die Luft hinaufschweben. Die Sirenen und die Schreie hörte sie nicht. In einiger Entfernung weinte jemand. Dann folgten drei laute Explosionen.

Zhen stemmte sich hoch. Sie konnte immer noch nicht richtig hören. Ihr Vater saß hustend neben ihr, eine lange Schramme am Kopf, aber ansonsten unverletzt. Sie schaute sich um. Entlang der Straße lagen hustende Menschen, die mit einem schweren weißen Staub bedeckt waren. Um sie herum regnete es Papierfetzen.

Später sagten ihr Vater und sie zueinander, siehst du, letztlich haben wir Glück gehabt. Gott sei Dank hatten sie haltgemacht, um die Eierwaffeln zu kaufen, und waren nicht zehn Minuten früher zurückgekehrt. Sonst wären sie zu Hause gewesen, als ihr Wohnblock explodierte.

Die offizielle Untersuchung ergab, dass die Explosion von einer defekten Gasleitung verursacht worden war. Die Gasfirma wurde zu einer Geldstrafe verurteilt, einige Leute wurden gefeuert. Inoffiziell hieß es im Internet und den internationalen Medien, dass eine der Wohnungen seit zwei Jahren von Dissidenten als Zentrale genutzt worden war. Die Gasleitung mithilfe von Drohnen zu zerstören und es wie einen Unfall aussehen zu lassen, war ein Kinderspiel gewesen. Offiziell hatte die Regierung der Volksrepublik China erst Truppen nach Hongkong geschickt, als die Stadt darum gebeten hatte, weil sie die eskalierende Gewalt alleine nicht mehr in den Griff bekam. Doch jeder wusste, dass die Volksrepublik China schlicht die Geduld verloren hatte. Wenn Recht und Ordnung zusammenbrechen mussten, damit man den Einsatz des Militärs rechtfertigen konnte – nun, so ein Zusammenbruch war schnell organisiert.

Und so wurden Lai Zhen und ihr Vater Zeugen historischer Ereignisse, die sie weder begreifen noch kontrollieren konnten.

Alles, was sie besessen hatten, war weg. Alle Papiere, ihre Reisepässe, ihre Dokumente. Sie hatten zweifellos ein Anrecht auf den British National (Overseas) Passport, doch es dauerte über drei Jahre, um das Chaos zu ordnen. Drei Jahre, die sie erst in einer Obdachlosenunterkunft in Hongkong und dann in einem der Küste vorgelagerten britischen Flüchtlingslager verbrachten, wo sie auf Termine und Informationen warteten.

Im Flüchtlingslager lernte Zhen weiter. Eine Wohltätigkeitsorganisation – und zwei Lehrer aus ihrer englischen Schule in Hongkong, die ihre außergewöhnliche Begabung erkannt hatten – schickten ihr Bücher und USB-Sticks mit Videolektionen. Das Lernen beanspruchte so viel Energie, dass sie fast alles andere ausblenden konnte, und sie wusste, sollte sie ihre Studien abbrechen, würde ihr Vater sterben. Und zwar nicht im übertragenen Sinn. Inzwischen hielt ihn nur noch der Glaube an seine Tochter aufrecht. Sie brauchten einander, und darum hielten sie zusammen.

Sie las Homers *Ilias* – über einen Krieg, den niemand gewollt hatte. Und die *Odyssee* über die längste Heimreise, die es jemals gegeben hatte, und die große Bürde, die es bedeutete, trotz des Elends weiterzumachen. In der *Ilias* fand sie in einem Abschnitt, der auf die Beschreibung all der Schlachten, die so viele Opfer

gefordert hatten, folgte, endlich Worte des Trostes. Hektor, der
große Held von Troja, hatte den Griechen Patroklos bereits erschlagen. Achill, Patroklos' Geliebter, hatte Hektor bereits im Zwei-
kampf niedergestreckt. Außerdem hatte er Hektors Leiche bereits
an seinen Streitwagen gebunden und sie um die Mauern Trojas
geschleift.

Nachdem all dies geschehen war, kam Hektors Vater Priamos
eines Nachts ins Lager der Griechen, ging auf der Suche nach
Achill zwischen den Zelten seiner Feinde hindurch. Er kniete vor
dem Mann nieder, der seinen Sohn erschlagen hatte, küsste die
Hand, die seinen Sohn getötet hatte, und flehte Achill an, Hektors Leiche herauszugeben. Worauf hoffte Priamos an dieser Stelle?
Auf Achills Großmut? Mörderischer Zorn wäre eher zu erwarten gewesen. Doch Achill forderte Priamos auf, sich zu erheben
und sich neben ihn zu setzen. Er bewirtete ihn mit Wein und
Speisen.

Achill sagte: »An den Pforten der Götter stehen zwei Urnen.
Eine ist mit Unglück gefüllt, die andere mit Glück. Zeus fasst mit
den Händen in beide Urnen und verstreut das Schicksal über uns.
Auf manche Menschen fallen Glück und Unglück. Und auf manche fällt nur Unglück.«

Diese Worte waren das Einzige, was Zhen Trost spendete. Sie
dachte oft daran, bis sie geradezu vor sich sehen konnte, wie die
Gaben des Schicksals auf sie niederregneten. Es hatte nicht nur
Unglück für sie gegeben. Achtunddreißig Menschen waren in ihrem
Wohnblock gestorben, sie und ihr Vater hatten dagegen überlebt.
Der Wind würde drehen – denn der Wind drehte immer – und
ihr ein neues Geschick zuwehen.

Viel später in ihrem Leben produzierte Lai Zhen einen Beitrag
mit dem Titel: »Wie man die psychischen Folgen eines apokalyptischen Ereignisses übersteht«. 1,6 Millionen Menschen hatten
es angeklickt. Es war eines ihrer erfolgreichsten Videos.

Sie sagte:

- Beschäftige dich.
- Konzentriere dich auf dein eigenes Überleben. Schau nach vorn, nicht zurück.
- Selbst wenn es dir im Augenblick nicht gut geht, eines Tages wird es dir wieder gut gehen.
- Lange Zeit wird dir alles unwirklich erscheinen; du wirst unfähig sein, die Situation zu akzeptieren.
- Mach dir keine Vorwürfe. Das Schicksal regnet auf uns nieder wie Papierfetzen im Wind. Glück und Unglück. Du kannst dein eigenes Schicksal so wenig bestimmen, wie du bestimmen kannst, welche Regentropfen dir auf den Kopf fallen.

All das war richtig, doch es genügte nicht. Man konnte nämlich noch etwas tun: herausfinden, warum genau das Gebäude, in dem man gewohnt hatte, ins Visier der chinesischen Regierung geraten war. Man konnte vorsichtig Beweise dafür sammeln, dass die Kommunikation der Dissidenten nicht so wasserdicht gewesen war, wie sie geglaubt hatten.

- Als Gegenleistung für den Zugang zum lukrativen chinesischen Markt hatte Medlar der Volksrepublik China gestattet, gewisse Ortungsdaten auf Medlar-Geräten einzusehen.
- Im Zuge seiner Mission, »Menschen zusammenzubringen«, hatte Fantail es manchen Staaten, darunter auch China, gestattet, Nachrichten zu lesen, die vermutlich von terroristischen Vereinigungen stammten.
- Zimri Nommik musste man nicht einmal fragen – Anvil wollte Stabilität und Wohlstand, und Splittergruppen, deren Bomben Schaufensterscheiben zersprengten, waren weder dem einen noch dem anderen zuträglich. Selbstverständlich würde AnvilChat die vor Ort geltenden Gesetze befolgen.

Und nun war sie hier. Mit diesen Leuten auf einer einsamen Insel. Im Nirgendwo. Lai Zhen hob das Gesicht zum Himmel und fragte sich, welche bescheuerte Mischung aus Glück und Unglück da auf sie herabgefallen war.

6 separate verhandlungen

Östlich des Lagers schwamm Lenk Sketlish nackt im Wasser eines kalten, klaren Flusses. Zhen setzte sich auf die Felsen am Ufer und sah ihm dabei zu, wie er gegen die sanfte Strömung anarbeitete. Ihr Anzug lehnte sich neben ihr auf den Armen zurück. Auf dem Wasser blitzte das Sonnenlicht wie Nadelspitzen, und Lenks Körper war geschmeidig und stark. Er hatte sie aufgefordert, mit ihm zu schwimmen, doch als er sich komplett auszog, überkam Zhen das starke Gefühl, dass Nacktbaden mit dem Gründer und CEO von Fantail nicht dazu beitragen würde, diese Situation *weniger* surreal wirken zu lassen.

»Anzug«, sagte sie. »Weißt du, wie man ein Floß baut? Oder vielleicht sogar ein Boot?«

Der Anzug hatte ihr bereits die beiden in seine Handschuhe eingebauten Mini-Kreissägen präsentiert. Die Mikro-Schneiden zum Heißkleben. Das Lasermessgerät für größtmögliche Genauigkeit bei handwerklichen Tätigkeiten. Sie war inzwischen seit beinahe fünf Wochen auf der Insel. Der Anzug hatte ihr gezeigt, was zu tun war, um auf der Insel zu überleben, und sie hatte auch ein paar eigene Tricks auf Lager gehabt. Sie schnitten Schlingpflanzen ab und legten sie zum Trocknen auf einer Holzplattform aus, um ein brauchbares, stabiles Seil daraus zu drehen. Zhen zeigte Lenk, wie er Draht behutsam zu Angelhaken biegen und an einer ruhigen Stelle des Flusses, wo Karpfen mit ihren drei Reihen Schlundzähnen aufstiegen, seine Ruten aufstellen konnte. Sie pflückten die Früchte, die laut ihren Anzügen essbar und ungiftig waren und Tausende von Samen in sich trugen, buken sie in der Glut ihres Feuers und aßen das rosafarbene Fruchtfleisch heiß aus der Asche. Zhen hatte Ellen und Zimri bei einigen Handwerksarbeiten im Lager geholfen – die Schlafplattformen stabiler gemacht und den Palisadenzaun, der wilde Tiere abhalten sollte, verstärkt.

»Ja«, antwortete der Anzug. »Ich weiß, wie man so etwas baut.«

»Okay, und was würdest du für das Meer hier empfehlen?«

»Die hiesige See ist rau. Seit der Erwärmung der Ozeane sind Ebbe und Flut unberechenbar. Auf dem offenen Meer ist die Überlebenschance mit einem selbst gebauten Floß minimal.«

Er warf ihr Knüppel zwischen die Beine.

»Okay, aber wir könnten es versuchen, oder? Wir könnten doch Teile des zerborstenen Flugzeugrumpfs dafür verwenden?«

»Wie man so eine Art von Floß baut, weiß ich nicht.«

Zhen dachte, dass sie das schon herausfinden könnte, wenn sie müsste, auch wenn es dafür noch zu früh war. Sie erinnerte sich daran, wie Marius seinen Studenten erklärt hatte, eine Perle, die in einer Streichholzschachtel herumkullere, könne niemals auf etwas Neues stoßen, sondern nur auf eine neue Kombination bereits bekannter Möglichkeiten. Sie vermisste ihn plötzlich mit schneidender Schärfe und sagte sich streng: Denk dran, du wirst ihn nie wiedersehen.

Lenk stützte die Hände auf die Felsen am Ufer und stemmte sich aus dem Wasser. Er war hochgewachsen, schlank und muskulös. Nicht unattraktiv. Okay, er war wirklich attraktiv. Sie hatte Männer schon öfter ganz abstrakt bewundert, und gelegentlich auch konkret, aber sie hatte nie mit einem ausgehen wollen. Außerdem war Lenk als flatterhafter Charmeur bekannt, als Mann, der sich durch eine Mischung aus Intelligenz, Aggressivität und Charisma das verschaffte, was er wollte. Sie dachte daran, dass Martha sich jahrelang mit diesem Mann herumgeschlagen hatte. Kein Wunder, dass sie so verdammt misstrauisch und vorsichtig war. Er saß neben ihr auf dem Felsen, und dass er nackt war, machte ihn kein bisschen verlegen.

»Du hast also mit Martha geschlafen. Wie war es?«

»Was ist das denn für eine Frage?«

»Eine, die man stellt, wenn man zusammen am Ende der Welt gelandet ist. Martha befindet sich in irgendeinem Bunker. Wir sind hier. Wahrscheinlich wird keiner von uns beiden sie je wiedersehen. Warum solltest du mir also nicht davon erzählen?«

»Vielleicht weil ich keinen Bock drauf habe, dass dir mein Liebesleben als Wichsvorlage dient?«

»Na schön, wie du meinst. Ich will nur sagen, dass wir noch sehr lange hier sein werden. Und die meiste Zeit davon werden wir beide wahrscheinlich alleine sein. Zimri ist krank, sein verletztes Bein macht ihm zu schaffen. Wir haben ihm bereits Unmengen Antibiotika verabreicht. Und selbst wenn er sich erholt, wird eine so schwere Krankheit ihn Jahre seines Lebens kosten. Ellen ist siebenundsechzig. Es wird Jahre geben, vielleicht sogar Jahrzehnte, in denen nur noch du und ich übrig sind. Am Ende werden wir uns alles erzählen.«

»Du glaubst wohl, dass du immer weißt, was die Zukunft bringt?«

»Bisher war es so.« Er schenkte ihr ein Lächeln, charmant und gefährlich. »Möchtest du ein Geheimnis erfahren?«, fragte er.

»Klar.«

»Am Ende wird man mich abholen.«

»Weil du immer weißt, was die Zukunft bringt?«

»Weil ich verändere, was die Zukunft bringt. Ich habe hier einen Tracker.« Lenk deutete auf eine Stelle direkt hinter seinem rechten Ohr. »Einen Totmannschalter. Ich muss dem System jeden Morgen mitteilen, dass alles in Ordnung ist, andernfalls wird ein Alarm ausgelöst. Und dann wird man sich auf die Suche nach mir machen.«

»Ach ja? Und warum hat man dich bis jetzt noch nicht gefunden?«

»Deshalb weiß ich ja, dass wir diese Insel noch nicht verlassen sollten«, antwortete Lenk. »Ich vermute, dass der Alarm zwar aktiviert wurde, meine Leute im Moment aber andere Probleme zu lösen haben, als loszuziehen und meine Leiche zu bergen, denn sie müssen davon ausgehen, dass ich tot bin. Außerdem suchen sie am falschen Ort. Wir haben falsche Koordinaten angegeben, das dürfte die Aktion vorläufig behindern. Ganz zu schweigen davon, dass viele von ihnen entweder tot sind oder sich in einen Bunker zurückgezogen haben, in dem sie warten, bis die Pandemie zu Ende ist.«

»Und warum sollte man dich dann hier finden?«

»Sie müssen mit Sicherheit wissen, dass ich tot bin, bevor das System ihnen Zugang zu … einigen sensiblen Daten gewährt. Ich schätze, es wird ein paar Monate dauern, bis Drohnen hier auftauchen. Schlimmstenfalls ein paar Jahre, je nachdem, wie krass es da draußen wird. Aber früher oder später werden sie kommen.«

»Glauben die anderen beiden das auch?«

»Wahrscheinlich. Die werden auch ihre Systeme haben. Irgendwas. Sie haben uns bestimmt nicht alles erzählt. Ich jedenfalls habe ihnen garantiert nicht alles erzählt.«

Der Fluss plätscherte vor sich hin, und über ihm schwirrten und summten Insekten. Unter Zhens Augen wölbte sich die schimmernde Oberfläche des Wassers um das mit Zähnen bestückte Maul eines Fisches, der nach den zarten, schwarz-violetten Flügeln einer Libelle schnappte. Nichts war wirklich jemals vorbei.

»Du redest mit mir darüber, weil ich kein vollwertiger Player in diesem Spiel bin.«

Lenk lächelte träge.

»Was immer du glaubst, was danach kommt, ich werde kein Teil davon sein. Nicht so wie ihr drei.«

»Martha hat sich noch nie mit Idioten abgegeben«, sagte Lenk.

»Und?«

»Und was?«, fragte Lenk.

»Was glaubst du, was danach kommt?«

Lenk hatte noch immer die Augen gegen die Sonne geschlossen.

»Na ja«, sagte er. »Ich vermute, dass jeder der beiden irgend-wo da draußen eine Armee hat. Dass sie eine haben, vermute ich, weil ich selbst eine habe. Wir haben Dreck am Stecken, weißt du? Du hast von uns allen hier die weißeste Weste. Hast du dir schon mal überlegt, warum wir auf dieser Insel gestrandet sind?«

»Wie meinst du das?«, fragte Zhen. »Eine Armee?«

»Schau mal«, sagte Lenk. »Ursprünglich sollten wir gar nicht hier landen. Die Survival-Anzüge sind natürlich toll, aber diesen Teil der Katastrophe, diesen ersten Teil, während die Seuche auf der Welt wütet und es massenhaft Tote gibt, die Zeit, bevor die Pandemie zu Ende ist, die wollte ich im Luxus verbringen, okay? Ich habe einen Bunker auf einer schottischen Insel, einen Bun-ker in Grönland, einen Bunker in einem Berg in Wyoming ... und sie alle sind gut ausgestattet. Das hier – Äste zu provisorischen Betten zusammenbinden – hatte ich nicht vor.«

»Und die beiden anderen auch nicht«, erwiderte Zhen. »Zimri und Ellen.«

»Stimmt«, sagte Lenk. »Genau das meine ich, wenn ich von einer Armee spreche. Ich rede nicht von Menschen, verstehst du? Kei-ner der beiden hat dir erzählt, *wie* das Flugzeug abgestürzt ist, oder?«

Zhen schüttelte den Kopf.

»Na, also dann.«

7 acht stunden und viertausend meilen von der *action-now!*-umweltschutzkonferenz entfernt

Das cremefarbene Lederpolster des Sitzes schmiegte sich weich an Lenks Fingerspitzen, und der Glaskühlschrank war mit schimmernden Flaschen bestückt. Lenk spürte, dass er bereit war. Alles lief nach Plan. Wie im Evakuierungsprotokoll vorgesehen, hatte der Pilot dem Tower falsche Koordinaten durchgegeben, sobald sie nicht mehr vom Radar erfasst werden konnten. Was auch immer auf Lenk zukommen mochte, er war bereit dafür. Ein kurzer Flug mit diesen beiden in Panik geratenen Idioten, dann sein eigener Privatjet, Martha, die Insel und der Beginn der künftigen Welt.

In der Luft loggten sie sich ins bordeigene WLAN ein und versuchten herauszufinden, was der Welt nun eigentlich genau bevorstand. AUGR informierte sie, dass auf der Reise folgende Hotspots zu vermeiden waren: Argentinien, Chile, Brasilien, Mexiko, Texas und Frankreich. Zimri verband sich mit den zahlreichen Informationsfangarmen von Anvil; Ellen durchsuchte die Daten der MedlarTorques. Lenk betrachtete die detaillierten Analysen der Posts auf Fantail. Argentinien, Chile, Brasilien, Mexiko, Texas und Frankreich. Online-Bestellungen. Internetrecherchen. Anfragen an FantailPal Talkbots. Wörter, die in Reviews, in Mails an Händler und in Posts in den sozialen Medien verwendet wurden. Puls. Blutwerte. Körperliche Aktivität. Smileys. Wutgesichter. All das stand stellvertretend für die Gedanken und Gefühle der ganzen Menschheit. Allmählich zeichneten sich erste Muster ab.

»Scheiße«, sagte Ellen Bywater und deutete auf ein bestimmtes Muster von MedlarTorque-Gesundheitsdaten. »Scheiße, Scheiße, Scheiße.«

Sobald man wusste, worauf man achten musste, war es nicht mehr besonders schwierig. Eine Folge von Suchbegriffen auf FantailLive, und ja, dort, im Hintergrund mancher Videos konnte man bereits sehen, was der Welt bevorstand.

Lenk Sketlish vermittelten die eintreffenden Nachrichten das Gefühl, er stiege in ein kühles Bad. Er war außerordentlich ruhig, sogar friedlich. Wenn die Geschichte so lief, hätten sie ohnehin nichts dagegen unternehmen können.

Der Knall war so laut und so plötzlich, dass es den Anschein hatte, er käme nicht von außen, sondern aus ihrem Inneren, als wären ihre eigenen Herzen zerborsten und hätten ihren Brustkorb zertrümmert. Es war ein allumfassendes, entsetzliches Krachen. Es klang wie das Ende aller Tage, wie die Rache des Herrn.

Sie rutschten auf ihren Sitzen nach vorn, als sich die Nase des Flugzeugs senkte. Die Sitzgurte schnitten ihnen Bauch und Schultern ein, sodass ihnen die Magensäure rückwärts die Kehle hinaufgedrückt wurde und sie würgen mussten. Erneut ertönte ein grässlicher Laut. Ein knirschendes Reißen, ein Krachen, und dann das heulende Stöhnen von Schrauben und Bolzen.

Eine Computerstimme sagte: »Holen Sie bitte Ihr CrashJacket unter dem Sitz hervor. Entrollen Sie es, und ziehen Sie es über den Kopf. Es wird Ihre Taille automatisch sicher umschließen. Bleiben Sie ruhig.«

Lenk drückte den Intercomschalter an seinem Sitz. »Scheiße noch mal, was ist los? War das eine Explosion? Was ist passiert?«

»Ich weiß es nicht«, antwortete der Pilot. »Systemausfall. Vielleicht wurden wir abgeschossen. Ich habe nichts gesehen. Jedenfalls müssen wir hier weg.«

Er klang ängstlich.

Lenk Sketlish, Ellen Bywater und Zimri Nommik zogen an ihren Sicherheitsgurten, versuchten, sie zu lockern, mühten sich hektisch ab, die CrashJackets unter ihren Sitzen hervorzuholen, und suchten die verdammte Öffnung für den Kopf.

Der Pilot sagte: »Ich glaube, wir werden angegriffen. Ich bin mir nicht sicher. Ich leite Gegenmaßnahmen ein. Ich tue, was ich kann, aber ... Sie müssen sich bereit machen zu springen.«

Das Flugzeug war ein Privatjet. Es verfügte nicht über Waffen. Die Zahl der Gegenmaßnahmen, die der Pilot ergreifen konnte, war also begrenzt.

Draußen war es Nacht. Zwei Uhr früh Ortszeit, Dunkelheit und ein großer, runder Vollmond. Im Mondschein sah Lenk durchs Fenster, wie eine Wolke Radar reflektierender, silbrig glänzender Streifen in die Luft entlassen wurde, so wie ein Kalmar Tinte verspritzt, um Raubfische zu verwirren. Die dunkel glitzernden Fasern spiegelten das Licht des Mondes und des Flugzeugs. Die Maschine befand sich im Sinkflug. Alarmsirenen ertönten keine; das Geräusch in Lenks Ohren kam von seinem eigenen Herzschlag. Mit kalten, zitternden Fingern fand er endlich die Öffnung in der Mitte des CrashJackets und zog es sich über den Kopf. Er setzte die Notfall-Sauerstoffmaske auf und versuchte, normal zu atmen. Als stiege ein Bild aus einer weit entfernten Welt auf, erinnerte er sich an eine Frau mit pfeifender Nase, die ihm sagte, er solle durch den Bauchnabel einatmen. Tatsächlich war das erst heute Früh gewesen, kurz nachdem er aufgewacht war. Normal zu atmen, erschien ihm im Moment ebenso unmöglich wie das Einatmen durch den Bauchnabel an diesem Morgen.

Das Flugzeug schwenkte erst scharf nach links, dann nach rechts. Im hinteren Teil des Rumpfs erklang ein Geräusch. Die Türen der Notausgänge sprangen auf. Die Zeit verlief sehr schnell und gleichzeitig sehr langsam.

Lenk dachte an inerte Streubomben. Ein sehr neutraler Name für eine ganz bestimmte Art von Geschoss, das als ethisch eher vertretbar galt, weil es Zivilisten vor Blindgängern schützte. Jedes Geschoss enthielt einen kleinen Behälter »inerten«, also nicht explosiven Materials, das unter hohem Druck stand. Wenn es explodierte, wurden Hunderte rasiermesserscharfe Metallringe losgeschleudert und verteilten sich im weiten Umkreis um die leere Mitte, in der nichts als der Knall zurückblieb. Die Metallringe waren ausschließlich wegen des hohen Drucks und ihrer Geschwindigkeit gefährlich – weniger als eine Sekunde nach der Freisetzung waren sie nur noch Schrott. Es blieb kein explosives Material zurück, das Kinder verletzen konnte, wie es bei gewöhnlichen Streubomben der Fall war. Die Waffe hinterließ auch keine atomare Wüste. Wenn das Geschoss in der Luft explodierte, beschrieb die Munition einfach eine Parabel und fiel dann harmlos auf die Erde, winzige Stückchen ungefährlichen Drahts.

Medlar hatte die Chips für diese Bombe gefertigt. Anvil hatte sie ausgeliefert. Fantail hatte eingewilligt, Berichte darüber für bestimmte politische Regimes zu zensieren. In einem gewissen Licht betrachtet, waren inerte Streubomben beinahe eine gute Nachricht. Es war denkbar, dass manche Regierungen, die zu Paranoia neigten und sahen, dass sich eine weltweite apokalyptische Katastrophe anbahnte, so eine Waffe einsetzen würden, wenn sich ein Flugzeug unautorisiert ihrem Luftraum näherte. Würde man im Dunkeln mit inerten Streubomben beschossen, würde es sich haargenau so anfühlen. Nichts war zu sehen. Da waren nur der Knall und ein Flugzeug, das in Stücke zerbarst.

Eine zweite Explosion. Wo vorher eine feste Metallverkleidung gewesen war, gab es nun nur noch eine Art feinmaschiges Drahtnetz rund um die Sitze. Im Rumpf klaffte ein Loch. Es riss weiter auf.

Das Kreischen, mit dem Metall über Metall schrammte. Das Flugzeug kreiselte mal in die eine, dann wieder in die andere Richtung. Die Welt stand plötzlich kopf, kam mit der rechten Seite wieder hoch, stand wieder kopf und kam wieder hoch. Dann brach das Flugzeug mit einem grässlichen Geräusch auseinander. Es verwandelte sich aus einem Luftfahrzeug in zwei miteinander verbundene Metallröhren, die jede fast zweihundertfünfzig Tonnen wogen und in zehntausend Meter Höhe durch die Luft trudelten. Wie eine auseinandergebrochene Biskuitrolle, die in der Luft schwebte.

»Bitte«, sagten die CrashJackets jetzt, »löse deinen Sicherheitsgurt und renne zum Notausgang. Spring mit aller Kraft aus dem Flugzeug. Der Fallschirm öffnet sich automatisch, wenn du dich in einem sicheren Abstand zum Flugzeug befindest.«

Ellen krabbelte bereits auf den Notausgang zu und hielt sich dabei mit den kontrollierten Bewegungen einer Frau, die jeden Sommer im Yosemite-Nationalpark klettern ging, an Sitzen und Gepäckfächern fest. Als sie ihre Sachen zusammengepackt hatte, hatte sie noch Angst gehabt, doch am Ende zögerte sie nie, wenn es darum ging, entschieden zu handeln. Sie sprang als Erste aus dem Flugzeug.

Zimri war langsamer, schob sich seitlich wie ein Krebs vorwärts und klammerte sich an jedem Halt fest, der sich ihm bot. Er entdeckte rasch eine neue Fortbewegungsmethode – mit zusammengebissenen Zähnen krallte er sich an einem Sicherheitsgurt fest, um einen zusätzlichen Kontaktpunkt zu schaffen. Er fischte ein zweites CrashJacket unter einem Sitz hervor, nur um ganz auf Nummer sicher zu gehen.

Lenk gelangte als Letzter nach draußen, und er schaute sich immer noch um, als könnte er so herausfinden, was hier gerade passiert war. Als er sich an den Sitzen entlang zum Notausgang hangelte, dachte er: Wir haben dem Tower falsche Koordinaten gegeben. Falls noch jemand am Leben ist, der nach uns suchen könnte, wird er es am falschen Ort tun.

»Das heißt, irgendein Staat hat eine Hightech-Waffe auf euch abgefeuert, und ihr seid hier gelandet. Was sagtest du gleich noch über eine Armee?«

»Kommt dir das nicht auch verdächtig vor?«, fragte Lenk. »Ist es nicht merkwürdig, dass wir genau hier abgeschossen wurden? Über einer unbewohnten Insel, die uns für unbegrenzte Zeit Nahrung bietet?«

»Ja«, antwortete Zhen. »Das ist eigenartig. Aber vielleicht hattet ihr auch einfach nur … Glück?«

»Ich denke seit drei Wochen darüber nach. Wenn es sich um eine inerte Streubombe gehandelt hat, dann hat nur eine begrenzte Anzahl von Leuten Zugang zu dieser Waffe. Die Regierung von Papua-Neuguinea, das der Admiral-Huntsy-Insel am nächsten liegt, gehört definitiv nicht dazu.«

»Und das heißt?«

»Es war noch zu früh, als dass die Menschheit schon hätte in Panik geraten können, verstehst du? Außer uns wusste noch niemand von der Seuche – das ist ja der Sinn und Zweck von AUGR. Nur wir wussten, dass uns eine ernsthafte Bedrohung bevorstand. Unser Flugzeug wurde nicht von staatlichen Militärs abgeschossen. Das war eine Hightech-Waffe. Die Sorte selbstlenkender Waffe, die jemand einsetzen würde, wenn er nicht über menschliche Soldaten verfügt.«

Lenk stand auf und zog seine Shorts an.

»Hör zu«, fuhr er fort. »Du hast mit Martha geschlafen, und dadurch gehörst du gewissermaßen zur Familie. Wir sind engere Verbündete als die anderen beiden auf dieser Insel. Wenn Martha dir vertraut hat, wenn sie dir AUGR auch nur für ein paar Tage geschenkt hat, bist du für mich vermutlich die vertrauenswürdigste Person hier. Was nicht viel heißt. Also, Medlar besitzt inerte Streubomben, die auf Drohnen montiert sind, um sie im Fall eines Zusammenbruchs der Zivilgesellschaft einzusetzen. Dasselbe gilt für Anvil. Und auch für Fantail. Das hatten wir nach der letzten Pandemie mit … verschiedensten Regierungen abgesprochen. Damit wir helfen können, falls es zu Unruhen kommen sollte.«

Er trat rückwärts in seinen Anzug, und Schienbeine und Oberkörper schlossen sich fein säuberlich um ihn.

Zhen verstand, was Lenk damit bezweckte. Er holte sie in seinen inneren Zirkel und teilte gewisse Informationen mit ihr, aber er machte ihr gleichzeitig klar, was für eine Stellung sie innehatte. Sie befand sich mit drei Menschen auf dieser Insel, die Zugang zu Waffen und Hilfsmitteln hatten, von denen sie noch nicht einmal gehört hatte. Welches Interesse könnte einer von ihnen daran haben, dass sie nach dem Weltuntergang am Leben blieb?

»Ich weiß, dass Fantail das Flugzeug nicht abgeschossen hat. Also muss es einer der beiden anderen gewesen sein. Der- oder diejenige wusste, dass wir die CrashJackets und die Anzüge hatten und dass wir überleben würden. Er oder sie wusste, dass wir letztlich hier landen würden. Und dass eine Seuche wie die Taubengrippe – so schrecklich sie auch sein mag – für jeden, der es lebend in die Zukunft schafft, nie da gewesene Chancen bietet. Ich glaube, dass einer der beiden der König oder die Königin der ganzen verdammten Welt werden möchte, und das ist einfacher, wenn ich tot bin. Also traue ich ihnen nicht über den Weg, okay?«

Das Visier glitt vor Lenks Gesicht, und Zhen schaute nur noch ihrem eigenen Spiegelbild in die Augen.

8 an diesem abend gingen sie ganz normal schlafen

Lai Zhen erwachte im flachen Licht der Stunden vor dem Sonnenaufgang, als die Welt noch in blaue, dunkelblaue und graue Schatten getaucht war. Das matte Head-up-Display ihres Visiers zeigte gerade einmal vier Uhr früh an. Am Rand des Lagers bewegte sich etwas. Ein Anzug ging behutsam von Kiste zu Kiste. Er zog einen improvisierten Schlitten hinter sich her, auf den eine StowtBox geschnallt war, und er lud Gegenstände aus dem gemeinsamen Vorratslager auf den Schlitten.

»Wer ist da?«, drang Ellen Bywaters Stimme durch das Intercom des Anzugs ganz dicht an ihr Ohr.

Die Gestalt bei den Kisten hielt kurz inne. Dann schloss sie eilig den Deckel der StowtBox und humpelte aus dem Lager. Zimri.

»Anzug, schalt verdammt noch mal das Licht ein«, sagte Ellen.

In einem Baum, wo Ellens Anzug sich unter einem Ast fixiert hatte, leuchteten mehrere Strahler auf und tauchten das Lager in einen unheimlichen, goldrosafarbenen Schein.

»Ich bleibe nicht hier«, sagte Zimri. »Ich habe nicht mehr als meinen Anteil mitgenommen.«

Das, dachte Zhen, konnte man von Zimri Nommik allerdings nur selten behaupten, falls überhaupt.

Lenk ließ sich von einem Baum auf den Boden fallen. Er landete mühelos, da der Anzug den Aufprall mit gebeugten Knien abfing.

»Ich habe gesehen, wie du mit ihr geredet hast, Lenk. Mit der Neuen. Wir wissen alle, was wir denken. Wenn hier jetzt Bündnisse geschlossen werden, muss ich gehen.«

»Ich bin gerade erst angekommen«, entgegnete Zhen. »Ich verbünde mich mit niemandem.«

»Das musst du natürlich sagen. Ich mache dir auch keinen Vorwurf. Wenn du dich mit Lenk verbündest, seid ihr gemeinsam stärker. Vorläufig. Daher verschwinde ich.«

»Und wo willst du hin?«, fragte Lenk.

Zimri war stur. Er war der Mann im Rollkragenpullover, der seinen Konkurrenten auf dem Markt sagte, sie sollten sich ins Knie ficken, denn tatsächlich besaß er genug Geld, um ihre beschissene Firma aufzukaufen, auf ihr herumzukauen und sie dann wieder auszuspucken. Und die Aktionäre der Firma würden auch noch Danke sagen.

»Das geht euch nichts an.«

Ellens Lachen klang wie ein Bellen.

»Oh doch, Zimri, das geht uns sehr wohl etwas an. Du zeigst uns, was du mitgenommen hast, und sagst uns, wohin du willst. Dein Bein ist nämlich im Arsch, und das heißt, dass du nur dann ohne uns sicherer bist, wenn du etwas weißt, was wir nicht wissen.«

Zimri schaute trotzig zwischen Ellen und Lenk hin und her.

»Ich gehe zum Strand. Baue ein Floß. Versuche, ostwärts zu segeln. Ich kann nicht mit euch hierbleiben.« Er wich langsam zurück.

Seine Augen waren glasig und sein Gesicht gerötet. Es ging ihm nicht gut, das war klar. Selbst im Anzug schonte er sein verletztes Bein.

»Er möchte hier weg, weil er krank ist«, sagte Zhen. »Er braucht einen Arzt. Der Anzug schafft das nicht.« Wie schon einmal hatte sie das Gefühl, dass irgendeine Erinnerung zu den Anzügen aus ihrem Hinterkopf aufsteigen wollte. Etwas, was sie einmal gewusst, inzwischen aber vergessen hatte.

»Das stimmt«, sagte Zimri mit offensichtlicher Erleichterung. »Sie versteht es.«

»Und warum schleichst du dich dann nachts davon?«, fragte Ellen. »Wenn du wegwillst, warum verheimlichst du es dann vor uns? Wir könnten schließlich auch zusammen überlegen, wie wir von der Insel runterkommen.«

Weil er das Gleiche fürchtet wie du, dachte Zhen. Zimri würde lieber alleine mit einem Floß auf dem offenen Meer dahintreiben, als sich von Ellen Bywater oder Lenk Sketlish begleiten zu lassen.

»Ich wusste, dass ihr versuchen würdet, mich aufzuhalten«, sagte Zimri.

»Nur weil ich glaube, dass du uns hier im Stich lassen willst.«

»Und ihr lasst mich verdammt noch mal sterben, wenn ich nicht von euch wegkomme.«

Zimri Nommik machte sich bereit, das spürte Zhen. Sie hatte all das bereits in Gefängniszellen und Visa-Schlangen erlebt. Und wenn es zu einem Gewaltausbruch kam, ging es mit ihnen allen den Bach runter. »Wir sollten uns alle erst mal beruhigen«, sagte sie. »Wir brauchen einander, um zu überleben, okay?«

Das lernte man in jedem Survival-Anfängerkurs. Kein Streit im Lager. Vermitteln und notfalls eine angemessene Bestrafung finden. Auf keinen Fall zulassen, dass die Gruppe auseinanderbricht. »Und Ellen … Zimri *tut nicht nur so*, als wäre er krank.«

Ellen sah sie an und verdrehte die Augen.

»Epsilon Industrial 2023. LandBridge 2031. AnvilLux 2036. Die verdammten China-Gerichtsverfahren im letzten Jahr? *Genau dieses Verhalten* ist typisch für ihn. Er kauft eine komplette Firma auf, nur damit wir nicht erfahren, dass er sich für einen einzigen Angestellten interessiert. Er steckt ein auffälliges Abhörgerät ins SmartJacket, damit keiner nach dem geheimen sucht. Genau *so* tickt er nämlich.«

»Ach, leck mich am Arsch«, sagte Zimri. »Ich gehe jetzt. Versucht bloß nicht, mich aufzuhalten.«

Damit wandte er sich ab und zog seinen Schlitten durch den Dschungel hinter sich her. Der Tag brach an, der Himmel verfärbte sich violett, das Leben begrüßte den Morgen mit perlendem Vogelgezwitscher. Zhens Visier stellte Zimris zurückweichende Gestalt scharf, und später konnte sie nicht mehr sagen, ob sie zuerst die Dunkelheit wahrgenommen oder zunächst das Summen gehört hatte oder ob ihr als Erstes aufgefallen war, dass der Gesang der Vögel verstummte. Um Zimri herum vertiefte sich die Dunkelheit – vielleicht waren es die dichten Bäume. Das dumpfe Summen klang wie das Brummen von Maschinen.

Zimri wandte sich nach rechts und links. Er hörte etwas im Dunkeln. Das Schwirren und Surren beißender Insekten. Er schaute zum Blätterdach hinauf und stieß einen erstickten Schrei aus. Die Linse von Zhens Visier hatte Mühe mit dem Scharfstellen. Man sah einen Schatten, der sich bewegte, oder handelte es sich um ein vom Visier erzeugtes Artefakt? Jedenfalls war es verpixelt und merkwürdig.

»Nein, Scheiße, nein!«, schrie Zimri. »Stopp, aufhören! Stopp! Nicht mich!«

Humpelnd rannte er los. Das Summen und Brummen wurde immer lauter, ein Schwarm von Punkten bewegte sich wie ein einziges Wesen. Es waren die gleichen Dinger, die hinter Marius und Zhen her gewesen waren. Die glänzenden Insekten. Zhen erinnerte sich an die grauenvollen Schmerzen. Jetzt verbanden die Punkte sich zu einer Art Kette, einem Netz, das zunehmend aussah wie ein lebendiges Geschöpf.

Lenk öffnete eine StowtBox, in der Pistolen lagen. Wieso waren da Pistolen? Wieso hatte keiner von ihnen sie Zhen gegenüber erwähnt? Er zielte auf die Baumwipfel. Das Geschoss setzte die Blätter in Brand, schaffte es aber nicht, das dunkle, summende Geschöpf aufzuhalten, das Jagd auf Zimri machte. Es griff bereits nach ihm. Feuer war zwar ideal, um die Dinger abzuwehren, doch der Brand war zu klein.

»Oh nein«, sagte Ellen leise. Dann brüllte sie durch die Lautsprecher des Anzugs: »Stopp! Sofort aufhören!«

Als ob sie hier irgendetwas ausrichten könnte, dachte Zhen.

Bis zu diesem Moment hatte sie nicht gewusst, dass sie instinktiv einem Mann zu Hilfe eilen würde, der mit einem unbekannten Feind um sein Leben kämpfte. Sie hatte gehofft, dass sie es tun würde – an jenem Tag in Hongkong hatte es Menschen gegeben, die anderen geholfen hatten –, doch ihr war klar gewesen, dass sie sich dessen letztlich nicht sicher sein konnte. Insbesondere nicht, wenn es dabei um einen Mann ging, der in diesem Moment auf der gegnerischen Seite stand.

Doch sie war bereit. Zimri wedelte mit den Armen, die Kreissägen seines Anzugs ausgefahren, um die Drohnen nach Kräften abzuwehren. Zhen rannte auf ihn zu.

»Hey!«, schrie sie. »Hey, hierher! Komm her! Zimri, hier entlang!«

Ellen packte Zhens Arm, als diese an ihr vorbeirannte.

»Nein! Das schaffst du nicht«, sagte sie.

»Weißt du, wie diese Dinger funktionieren?«, fragte Zhen.

Ellen schüttelte den Kopf, und Zhen fand, dass sie die schlechteste Lügnerin war, die sie je gesehen hatte.

»Sag es mir«, rief sie. »Wenn du weißt, wie wir ihn retten können, dann sag es mir.«

»Wenn sie seinetwegen geschickt wurden, werden sie sich nicht für uns interessieren. Es sei denn, du machst sie auf dich aufmerksam.«

Der Schwarm hatte Zimri eingeholt, und obgleich Zhen ihm inzwischen näher war und ihn deutlicher hätte sehen sollen, erkannte sie seinen sich windenden Körper nur verschwommen. Er stolperte auf der Suche nach Schutz vorwärts; dann umklammerte er einen Baum, den Bauch fest gegen den Stamm gepresst.

»Zhen, schau hoch!«, schrie Lenk.

Er feuerte erneut, verschoss kleine Kapseln, die brennend zerbarsten, sobald sie gegen die Baumstämme krachten. Dann erkannte sie es. Die glänzenden Insekten hatten direkt über Zimri so etwas wie ein Maul geformt, ein sehr großes, weit geöffnetes, alles verschlingendes Maul. Zhen war noch immer zu weit von ihm entfernt. Der Schwarm war ein *Jäger*. Das wusste sie so genau, als würde ihr ganzer Körper nur darauf warten, den Unterschied zwischen Jäger und Beute zu erlernen.

Zimri schrie und versuchte zu entkommen. Der Schwarm umschwirrte ihn, biss ihn und verwirrte ihn mit seinem Summen. Er taumelte weiter, doch seine Schritte wurden immer langsamer. Es war wie der Albtraum, der einen so oft heimsucht: Man will vor einem Verfolger fliehen, doch die Füße sind wie festgeklebt, der Boden unter den Sohlen zähflüssig.

Die Vögel schwiegen. Die einzigen Geräusche kamen von Zimri, der heulte, schrie und flehte. In seinen Schreien lag Entsetzen. Immer mehr dunkle Punkte saugten sich an seinen Händen fest, an seinen Ellbogen, seinen Schultern und seinem Visier. Zimri war außer sich, brüllte und zuckte. Er schaffte es, einen Arm aus dem Anzug zu ziehen. Der Arm winkte triumphierend über der dunklen Wolke aus schwirrenden Insekten. Zimri hielt sich am Ast eines Baumes fest, um sich aus dem Anzug herauszuwinden. Einen Moment lang hatte es den Anschein, als hätte er damit Erfolg, als würde er den Anzug hinter sich zurücklassen und entkommen. Doch die unsichtbaren Beißwerkzeuge des sirrenden Schwarms waren gnadenlos. Jetzt waren die Insekten in den Anzug eingedrungen. Um die Fremdkörper herauszukatapultieren, blähte sich der Anzug immer wieder auf und schrumpfte erneut zusammen. In dem metallenen Exoskelett war Zimris Körper im Krieg mit sich selbst. Die Gliedmaßen des Anzugs schienen sich nach hinten zu verbiegen und dann wieder gerade auszurichten, der Oberkörper dehnte sich aus. Das Gebilde setzte sich aufrecht hin und erstarrte –

das absurde Zerrbild eines Menschen –, bevor es nach hinten kippte.

Zhen hörte ein leises Wimmern und dachte im ersten Moment, es käme von ihm, doch es war nur ihr eigenes verzweifeltes Schnaufen. Der Anzug lag auf dem Boden wie eine zerbrochene Gliederpuppe. Zimri gab keinen Laut mehr von sich. Dann schwebte er, vom Schwarm getragen, zum Blätterdach hinauf, verlor sich zwischen den Zweigen in immer weiterer Ferne und entschwand schließlich ihren Blicken.

9 die dinge haben die tendenz, sich hochzuschaukeln

An dem Morgen, an dem der Jäger Zimri Nommik entführte, ging die Sonne auf wie ein Skalpell, das in die Netzhaut schneidet.

Sie waren zu viert gewesen. Jetzt waren sie nur noch zu dritt, so viel war gewiss. Sie kauerten am Lagerfeuer, nicht willens, seine Wärme und Geborgenheit auch nur für einen Augenblick zu verlassen. Sie alle steckten in ihren Anzügen.

»Verflucht noch mal, Ellen«, sagte Lenk. »Ihr habt das Ding hergestellt? Ihr habt das tatsächlich getan?«

»Nein«, antwortete sie. »Es ist niemand da, mach einen Termin mit meiner Sekretärin aus.«

»Scheiße noch mal, Ellen, du hast nicht das Recht, jetzt überzuschnappen«, entgegnete Lenk.

»Ich weiß, was das war«, sagte Zhen. »Und ich glaube, ihr wisst es auch. Gestern Nacht wusstet ihr es jedenfalls. Ich habe es in Zimris Bunker gesehen. Das ist eine Waffe.«

»Nein«, widersprach Ellen. »Nein, es wurde niemals entwickelt, die Produktion wurde eingestellt, wir haben nie davon gehört, ich war es nicht.«

»Gottverdammte Scheiße noch mal«, fluchte Lenk.

Langsam und einschmeichelnd sagte Ellen: »Wir alle waren es, das weißt du, Lenk. Sag es ihr. Wir alle haben die Entwürfe der verschiedenen Szenarien gesehen. Wir alle haben diese Dinger gebaut. Du kannst deiner neuen besten Freundin nicht vorgaukeln, du hättest nichts damit zu tun gehabt. Diese Dinger heute Nacht könnten genauso gut deine gewesen sein.«

Das konnte gefährlich werden. Wenn Ellen glaubte, dass Zhen mit Lenk verbündet war, wäre das für sie Grund genug, Zhen zu töten. Das lag auf der Hand.

»Hör mal«, sagte Zhen. »Ich bin hier niemandes beste Freundin, okay? Wir sind zu dritt. Das sind nicht genug Leute für einen Krieg. Wir müssen zusammenhalten. Lenk hat mir bereits gesagt, dass ihr alle Waffen produziert habt. Das stimmt doch, oder?«

Zhen bemerkte, dass Lenk Sketlish kurz vor einem Wutanfall stand. Einen Moment lang zuckte der Jähzorn über sein Gesicht. Sie behielt die Nerven und entschuldigte sich nicht.

»Die Sache war die«, sagte Sketlish. »Jeder von uns wusste, dass die anderen es tun würden, wenn wir es nicht selbst taten. Es wäre also sinnlos gewesen, es nicht zu versuchen. Ellen, es gibt keinen Grund, das vor ihr geheim zu halten. Das Ganze hatte damals eine Logik.«

»Ich breche keine internationalen Verträge und Abkommen«, erklärte Ellen. »Nein, Sir, damit habe ich nichts zu tun, oder?«

Sie schien mit jemand anderem zu reden.

»Okay«, sagte Lenk. »Ellen spielt nicht mehr mit. Ich verrate dir jetzt das größte Geheimnis, das du je gehört hast.«

Zhen musste lächeln. »Ich habe schon eine ganze Menge gehört.«

»Aber das nicht.«

Menschliches Verhalten nimmt, so hatte Martha Lenk oft erläutert, letztlich immer den gleichen Verlauf. Es scheint einer gewissen Logik zu folgen, doch eigentlich ist der Rhythmus des Ganzen der Rhythmus der Angst. Wenn du mir etwas antun könntest, ist es nur gerecht, dass ich meinerseits in der Lage bin, dir dasselbe anzutun. Dies ist die Gesetzmäßigkeit der Salzregel. Wer sich eine düstere Zukunft vorstellt, bekommt Angst, und Angst erzeugt eine düstere Zukunft. Der Rhythmus wird schneller, der Druck steigt, die Stimme des Instinkts übertönt die der Vernunft und der guten Erziehung. Was dann folgt, ist ab einem gewissen Punkt unvermeidlich.

Es begann damit, dass die großen Tech-Firmen, und zwar alle, ganze Staffeln von Flugdrohnen besaßen. Sie waren die natürliche Erweiterung eines jeden Logistiksystems. Drohnen mussten sich nicht die Hände waschen, Drohnen wurden nicht krank und Drohnen ließen sich zu Hunderten einlagern, bis sie gebraucht wurden. Diese Staffeln wurden meist bei der Regierung des jeweiligen Landes angemeldet, damit diese in Notfällen auf sie zurückgreifen konnte.

Doch man konnte so einem großen fliegenden Schwarm auch die Fähigkeit verleihen, Lasten zu heben, mit Schall anzugreifen oder die einzelnen Drohnen mit winzigen Multifunktionswerkzeugen ausrüsten, wie beispielsweise einem Mini-Schraubenzieher, dessen Klinge extrem scharf war.

»Das klingt, als wäre es ein Versehen gewesen«, sagte Zhen.

»Es war kein Versehen«, gab Lenk zurück. »Sondern eine Geschäftsmöglichkeit.«

Man hatte geglaubt, dass bei einer künftigen Pandemie oder einer anderen Katastrophe Regierungen dafür bezahlen würden, wenn eine Drohnen-Armee die Straßen überwachte und Randalierer und Plünderer in Schach hielt. Vielleicht würden auch private Krankenhäuser Schutz brauchen. Man hatte gewisse Unterausschüsse des Senats davon überzeugt, Schlupflöcher offen zu halten. *Natürlich* durfte keine Privatfirma der Welt fünfzigtausend für die Menschenjagd geeignete Killerdrohnen besitzen. Aber Schalltechnologie, die die Leute nur dazu brachte, wieder in ihre Häuser zu gehen? Das hatte etwas für sich.

Das, was Menschen erschaffen, nimmt letztlich ebenfalls immer den gleichen Verlauf. Waffen, die existieren, wollen auch genutzt werden. Sie tuscheln und wispern, schüren neue Ängste und beschwören neue Bedrohungen herauf. *Wenn wir dieses Gerät haben, dann haben sie es auch.* Es entsteht eine neue Logik.

Die Daten wurden elektronisch verschickt, aber so, dass sie sich später von selbst löschten. Die Geräte, auf denen sie gespeichert waren, wurden mit polarisierenden Filtern ausgestattet, damit niemand das Display abfotografieren konnte, und es war unmöglich, sie auszudrucken. Die Entwürfe der verschiedenen Szenarien waren dazu da, gelesen und durchdacht zu werden – und dann für immer zu verschwinden.

»Verschwinden?«, fragte Zhen.

»Außer in der Erinnerung«, antwortete Lenk. »Weißt du, möglicherweise existieren diese Entwürfe nirgends mehr auf der ganzen Welt. Außer in meinem Gedächtnis. Und in dem von Ellen.«

Die Entwürfe hatten extreme Möglichkeiten durchgespielt. Kriege. Revolutionen. Die Entwicklung einer feindlich gesinnten künstlichen Intelligenz. Sie enthielten für jeden dieser Fälle Strategien, mithilfe derer Medlar, Anvil und Fantail in der neuen sozio-ökonomischen Realität attraktive und lebendige Kräfte mit beträchtlichem Nutzer-Engagement bleiben konnten.

»Es wird möglicherweise nötig sein«, hatte ein Entwurf in nüchtern-wissenschaftlichem Duktus erläutert, »zeitweilig einige Regierungsaufgaben zu übernehmen. Ressourcen mit Gewalt zu beschlagnahmen. Verwaltungsapparate und Infrastrukturen zu schützen.«

Vielleicht wurden diese Pläne an manchen Orten der Welt bereits umgesetzt.

»Wenn du es so sagst, klingt es so finster«, warf Ellen ein. »Das macht Lenk immer. Weißt du, so eine Strategie hätte beim Untergang Hongkongs wirklich von Nutzen sein können«, sagte Ellen.

Zhen versuchte, sich »so eine Strategie« beim Untergang Hongkongs vorzustellen. Der Einsatz bewaffneter Drohnen mitten im Durcheinander von schluchzenden Menschen, Militärpolizei und den überlasteten Krankenhäusern. Das hätte vielleicht der Regierung oder Anvil genutzt, ihr selbst jedoch sicher nicht.

»Der Plan ist, dass wir als stabilisierender Faktor fungieren, bis es wieder eine Regierung gibt«, fuhr Ellen fort.

»Der Plan ist, die Macht zu übernehmen, und das weißt du ganz genau«, warf Lenk ein.

»Darum geht es also«, sagte Zhen. »Deshalb habt ihr solche Angst. Dort draußen geht die Welt unter. Und ihr seid in der Lage, das *Ruder zu übernehmen*. Am Ende wird einer von euch ganz oben stehen. Und ihr seid bereit, so lange zu kämpfen, bis nur noch einer von euch übrig ist.«

10 eine plastikbox voller winziger grüner teile

»Weißt du«, sagte Ellen Bywater, »es gibt keinen Beweis dafür, dass Zimri wirklich tot ist. Hast du darüber schon einmal nachgedacht?«

Sie durchwühlte hastig eine StowtBox nach der anderen, sie suchte irgendetwas. Lenk war losgezogen, um die Fallen zu kontrollieren. Weder Lenk noch Ellen waren bereit, mit dem jeweils anderen allein zu bleiben.

»Was wir gesehen haben, wirkte ziemlich eindeutig«, sagte Zhen. »Wonach suchst du eigentlich?«

»Ich möchte wissen, was Zimri mitgenommen hat. Er hat in den Kisten rumgekramt, erinnerst du dich? Hat Dinge herausgenommen. Wo ist dieser Schlitten, den er hinter sich hergezogen hat?«

Das war eine berechtigte Frage. Zhen blickte sich um.

»Vielleicht haben die Drohnen ihn mitgenommen?«

»Aha!«, sagte Ellen mit leicht irrem Blick. Sollte es Lenk und Ellen gelingen, Zhen dazu zu drängen, Partei zu ergreifen, sollten sie es schaffen, sie trotz allem, was sie gesehen und gehört hatte, davon zu überzeugen, sich für eine Seite zu entscheiden, würde sie dann Ellen wählen? Die Alternative wäre Lenk Sketlish, was Zhen noch bis vor einer Woche für die schlimmstmögliche Option gehalten hätte.

»Wenn die Drohnen den Schlitten mitgenommen haben, wohin haben sie ihn gebracht, und warum?«, fragte Ellen. »Okay, ich weiß, dass ich Zimri den Schwarm nicht auf den Hals gehetzt habe. Du hast keinen Grund, mir zu glauben, aber *ich* weiß es. Doch nehmen wir einmal an, ich *hätte* es getan, warum hätte ich dann auch die Kiste und den Schlitten mitnehmen sollen? Dann wäre es doch schlauer gewesen, die Ausrüstung hierzulassen. Denk mal darüber nach. Du hast uns erzählt, dass du genau diese Drohnen in Zimris Bunker gesehen hast. Wir konnten uns nicht vergewissern, dass Zimri wirklich tot ist. Wenn es seine Drohnen waren, könnten sie einfach eine gute Show abgezogen, ihn hochgehoben und an einen anderen Ort gebracht haben. Dann wäre er immer noch auf dieser Insel *und* hätte seine ganze Ausrüstung. Verstehst du?«

»Du meinst, er hat seinen eigenen Tod vorgetäuscht?«

»Ein Klassiker«, erwiderte Ellen. »Es ist sogar *der* Klassiker. Vorhin sagte ich gerade zu Will …« Sie brach ab.

»Ich rede auch noch mit meiner Mom«, bemerkte Zhen. »Sie ist gestorben, als ich vierzehn war, und ich spreche immer noch mit ihr. Manchmal habe ich sogar das Gefühl, dass sie mir antwortet.«

»Danke«, erwiderte Ellen. »Das bedeutet mir viel. Ja. Seit wir hier sind, glaube ich manchmal, ihn zu sehen. Dann sitzt er plötzlich neben mir im Gras. Vielleicht werde ich verrückt. Vielleicht bin ich es auch schon eine ganze Weile.«

»Du vermisst ihn einfach nur«, sagte Zhen. »Und wir werden alle verrückt. Das ist wohl zu erwarten, wenn Menschen um die Welt als Ganzes trauern.«

»Sieh mal«, fuhr sie dann fort, »das ganze Theater um die Frage, wer ›die Führung übernehmen‹ wird, ich meine, vermutlich ist das ebenfalls normal? Wenn die Vergangenheit im Arsch ist … Feuer und Schwefel … kann man sich nur noch an die Zukunft klammern. Und hoffen, dass es irgendwann besser wird, als es jetzt ist. Deshalb macht ihr euch damit verrückt. Damit … du weißt schon … dass jeder der Herrscher der Welt sein will. Das wiederum führt zu Rivalitäten und der Vorstellung, die anderen heckten insgeheim schreckliche Dinge aus. Und manchmal ist das auch einfacher, als sich die rauchenden Trümmer ansehen zu müssen.«

»Ja«, sagte Ellen. »Ja, das verstehe ich. Ich verstehe.«

Und einen Moment lang dachte Zhen: Hurra, ich bin zu ihr durchgedrungen. Jetzt setzt sie sich hin und trauert um die ganze Welt. Danach werden wir besser miteinander zurechtkommen.

Zhen spürte, wie die Anspannung in ihr etwas nachließ, als wäre sie innerlich aus dehnbarem Stahl, und der gäbe ein wenig nach. Sie hatte das Gefühl, gleich auf dem Boden zusammenzusacken, denn jetzt erst begriff sie, wie viel Angst sie vor dem gehabt hatte, was hier geschehen könnte.

»Oh mein Gott«, sagte Ellen, und Zhen dachte: Ja, so fängt es an. So merkt man, dass man trauert. Wenn dich der Gedanke überkommt, wie absolut empörend das alles ist – wenn du auf die eigene Mutter wütend bist, weil sie zugelassen hat, dass der Krebs sie besiegt –, dann weißt du, dass die Trauer da ist.

»Sieh dir das an«, sagte Ellen. »Hier liegen sechs AP28 Boards. Und alle sind zerbrochen. Gottverdammte Scheiße.«

»Was sind AP28 Boards?«

»Sie ermöglichen die Kommunikation mit den Satelliten. Und hier, das ist ebenfalls kaputt. Dieser verfluchte Scheißkerl.«

Ellen leerte die StowtBox aus, und Zhen sah die empfindlichen Einzelteile und die grünen Boards, die allesamt nur noch Bruchstücke waren.

»Na ja, sie könnten auch beim Absturz zerstört worden sein.«

»Nein. Ich habe alles am ersten Tag hier kontrolliert – wir alle wussten, dass wir die Kommunikationsgeräte irgendwann zusammensetzen und versuchen wollten, Kontakt mit anderen aufzunehmen. Sieh dir das an! Wenn du dich auf einer anderen Insel niederlassen wolltest, oder auf einem weit entfernten Teil dieser Insel, wenn du dort ganz gemütlich sitzen wolltest, während wir dich für tot halten, und wenn du dann von dort aus dein Imperium führen wolltest, dann würdest du ein Board mitnehmen und den Rest in Stücke hauen.«

Ellens Stimme überschlug sich, und sie hatte rote Flecken auf den Wangen. Direkt vor Zhens Augen ergriff diese fixe Idee zunehmend Besitz von ihr: Zimri hatte seinen Tod nur vorgetäuscht, er hatte sich von seinen eigenen Drohnen entführen lassen – zugegeben, Zhen *hatte* genau diese Drohnen in Zimris Bunker gesehen, sie wusste, wovon Ellen sprach –, er hatte alles mitgenommen, was er brauchte, und lauerte nun irgendwo da draußen, er würde sie nachts bestehlen und ermorden. Ellen zuzuhören war, als schaute man einem Verstand beim Ertrinken zu.

»Moment mal«, sagte Ellen jetzt. »Einen Moment, ich habe die Sache noch nicht zu Ende gedacht. Das hier ist nicht die einzige Möglichkeit.«

»Nein«, stimmte Zhen zu, »und es ist tatsächlich eine ziemlich extreme Möglichkeit. Du glaubst, Zimri will all das so sehr, dass er seinen eigenen Tod vortäuscht?«

»Mit Sicherheit. Aber« – ein verschlagener Ausdruck trat auf Ellens Gesicht – »es könnte auch Lenk gewesen sein. Daran habe ich noch gar nicht gedacht. Einfach nicht daran gedacht. Lenk könnte Zimri ermordet haben. Er könnte uns bestohlen und den Schlitten weggebracht haben, damit ich glaube, Zimri sei es selbst gewesen. Ist dir schon mal aufgefallen, wie viel Zeit Lenk damit verbringt, *umherzustreifen*? Wohin geht er da?«

Ellen erinnerte Zhen an die Schwester ihres Vaters in Liverpool, die zu der Überzeugung gelangt war, Impfungen seien einem geheimen Plan von Bill Gates entsprungen, der damit die Gedanken der Menschen kontrollieren wollte. Dad und sie hatten über Tante Lusi gelacht und sich einander nahe gefühlt. Als ihre Mutter starb und die Welt kopfstand, waren Tante Lusis E-Mails wie ein sicherer Hafen gewesen. »Impfung gegen Spike-Protein vergiftet das Gehirn«, hatte die Betreffzeile gelautet, und Zhen und ihr Dad konnten sich in das Wissen um ihre eigene Vernunft flüchten. Wir sind nicht so verrückt. Das haben wir gemeinsam. Es geht uns zwar nicht gut, aber wenigstens sind wir noch normal.

Also, dachte Zhen, werde ich mich wohl oder übel mit Lenk Sketlish verbünden müssen.

11   es ist nicht zu glauben

Ellen hatte recht. Lenk Sketlish streifte wirklich viel umher. Oft machte er sich auf den Weg, sobald er seine morgendlichen Pflichten erledigt hatte – er sagte dann, er müsse »einen klaren Kopf bekommen« oder die »Fallen kontrollieren« oder geeignete Plätze finden, an denen er neue Fallen aufstellen konnte. Auf Nachfragen antwortete er stets ausweichend und schlug jedes Angebot, ihn zu begleiten, aus. Vielleicht lag es an Ellens Paranoia. Vielleicht hatte Ellen Zhen bereits damit angesteckt. Denn jedes Mal, wenn sie sah, dass Lenk aufbrach, fragte sie sich, wohin er wohl ging, und diese Frage ließ ihr keine Ruhe.

»Anzug«, sagte Zhen. »Wie lautlos kannst du dich bewegen?«

»Ich habe einen Anschleichmodus, der dafür gedacht ist, Tieren nachzuspüren. Soll ich ihn aktivieren?«

»Ja, mach das. Wir folgen Lenk.«

Zhen stieß ein leises »Oh« aus, als der Anzug seine Arme ausfuhr und sie sanft auf alle viere kippte. Mit den längeren, verstärkten Armen war es überraschend bequem. Das Gewicht war gleichmäßiger verteilt, und es war leichter, dicht am Boden zu bleiben.

»Soll ich Lenk Sketlish informieren, dass du mit ihm sprechen möchtest?«

»Nein«, antwortete Zhen. »Nein, das möchte ich nicht.«

»Verstanden.«

Der Anzug glitt wie geölt dahin, langsam und stetig, ohne ruckhafte Bewegungen, als folgte er dem Rhythmus des leichten Lüftchens, das die kleinen Blätter an ihren Zweigen zum Schaukeln brachte. Er beeilte sich nie, zögerte nie und verlor Lenk nie aus dem Blick, holte ihn aber auch nicht ein. Die Wanderung war voller Umwege, und manchmal schien es auf demselben Weg zurückzugehen, den sie gekommen waren. Doch Lenk wusste, wo er hinwollte.

Am Fuß einer steilen, mit Ranken bewachsenen Felswand, wo der dunkle Matsch ständig von rieselndem Wasser getränkt wurde, stand Lenk vor einem schwarzen Schlund: ein Spalt im Gestein. Eine Höhle, lang und schmal, der Eingang gerade so breit, dass der Anzug hindurchpasste, und das Innere so dunkel wie die Erinnerung. Lenk stützte sich mit den Händen an den Wänden ab und schob sich hinein.

Zhen empfand spontan den Wunsch, draußen zu warten. Die Dinge auf sich zukommen zu lassen, statt einem Mann, der für seine Wutanfälle bekannt war, in eine schmale, dunkle Höhle in einem Berg zu folgen. Andererseits war sie schon einmal vor einem Berg stehen geblieben und dennoch am Ende in eine Situation geraten, die sie weder verstand noch kontrollieren konnte. Sie folgte Lenk so leise, wie sie konnte. Hinein in die Eingeweide der Welt.

Schon nach wenigen Schritten war es absolut finster. Rundum war Fels, und Zhen spürte das Gewicht des Berges, als lastete es direkt auf ihrem Kopf. Ein verstörendes und gleichzeitig tröstliches Gefühl, etwas, woran sie sich aus fernen Urzeiten erinnerte: die Angst vor dem, was sich mit ihr zusammen in dieser engen Dunkelheit befinden könnte. Deshalb bauen wir Häuser mit Fenstern. Deshalb haben wir Glas erfunden. Deshalb haben wir die Elektrizität entdeckt. Deshalb spalten wir das Atom. Weil dieses Gefühl unerträglich ist.

Der Anzug kalibrierte seine Sensoren neu, und Zhen konnte ihre Umgebung durch das Visier nun besser erkennen. Der Boden war mit Steinen und dem Kot kleiner Tiere übersät. Mehrere Gänge führten tiefer ins Innere, aber Lenk war nirgends zu sehen. Auf der Wand vor sich entdeckte sie Kratzer. War ein Bär hier gewesen und hatte mit Klauen, die so lang waren wie eine Männerhand, die Wand zerkratzt? Doch bei näherer Betrachtung wirkten die Spuren so, als wären sie absichtlich hinterlassen worden. Ein kleiner Kreis innerhalb eines größeren. Zickzacklinien dicht übereinander.

»Anzug«, sagte Zhen. »Woraus bestehen diese Markierungen?«

»Aus paramagnetischen Salzen«, antwortete der Anzug.

»Hm. Vielseitig. Was bedeuten die Symbole?«

»Sie sind eine leitfähige Kommunikationsvorrichtung. Eine auf den Fels gezeichnete Antenne.«

»Hallo«, sagte Lenk. »Ich weiß, dass du da bist.«

Zhen fuhr zusammen. Sie drehte sich um, konnte ihn jedoch nicht entdecken. Er sprach durch das Kommunikationsgerät des Anzugs mit ihr. Er konnte überall sein.

»Ich, äh«, sagte sie. »Ich habe dich zufällig gesehen …«

»Du bist mir gefolgt«, entgegnete er.

»Nein«, widersprach sie, verbesserte sich aber gleich darauf. »Ja.«

»Was erwartest du, was ich deswegen unternehme?«

Er klang so gefährlich wie ein Tiger. Sie drehte sich langsam und misstrauisch einmal um sich selbst. Er musste ganz in der Nähe sein; andernfalls würde der Fels die Übertragung blockieren. Sie wartete darauf, den matten Glanz seines Anzugs zu sehen, eine plötzliche Bewegung zu erkennen, die ihn preisgab. Sie beide berechneten die Zukunft, und beide erwarteten sie das Schlimmste.

»Ich war neugierig und bin dir gefolgt. Vielleicht sagst du mir, was du hier machst.«

»Nimm mal an, dass ich dir das nicht sagen möchte.«

Es gab einen Weg durch dieses Labyrinth, eine Möglichkeit, selbst zu Lenk Sketlishs verbarrikadiertem Kopf einen Zugang zu finden.

»Dann musst du es bis in alle Ewigkeit für dich behalten, denn Ellen wirst du mit Sicherheit nicht davon erzählen, oder?«

Lenk Sketlish lachte. Lachen ist der kürzeste Verbindungsweg zwischen zwei Menschen.

Aus einem Gang zur Rechten schlich sein Anzug hervor. Auch er bewegte sich verstohlen auf allen vieren. Er war weit hinten im Gang gewesen, tief drinnen im Berg, und Zhen konnte nicht leugnen, dass ihre Neugier größer war als ihre Furcht. Auch das zieht uns zur Zukunft hin, das Vergnügen, etwas wissen zu wollen.

»Möchtest du etwas Cooles sehen?«, fragte er.

»Unbedingt«, antwortete sie. Und das stimmte. Das haben die Menschen den Streichholzschachteln und Perlen voraus. Wenn wir gesund und munter sind, wollen wir uns anderen zuwenden und ihnen vertrauen.

»Schau«, sagte Lenk, und schob eine Schicht von Schutt, vertrockneten Pflanzen und weichem Sand am Fuß der Felswand weg. Zhen entdeckte einen weiß leuchtenden, in den Stein eingelassenen LED-Ring, in dessen Mitte sich eine einzelne firmeneigene Fantail-Hardware-Schnittstelle befand. Sie runzelte die Stirn.

»Was zum Teufel …«, fragte sie.

»Wie sich herausgestellt hat«, sagte Lenk, »ist das hier meine Insel.«

12 im schutz einer höhle

Martha Einkorn, die wusste, wofür sich Lenk Sketlish interessierte und wie sein Verstand funktionierte, hatte – über die Fantail-Future-Safe-Stiftung – die Admiral-Huntsy-Insel vor der Küste Papua-Neuguineas gekauft. Innerhalb des Bunkers, den die Insel an sich schon darstellte, hatte sie unter Einbeziehung ihrer natürlichen Höhlen einen zusätzlichen Bunker errichtet. Nur für alle Fälle.

Dabei hatte sie sich an Lenks Leitsatz gehalten, dass er mehreren Hundert Menschen mindestens dreihundert Jahre lang sowohl das Überleben als auch ein gutes Leben ermöglichen musste. Weder Zimri noch Ellen hatten die Sache zu Ende gedacht, erklärte Lenk Zhen jetzt, denn er liebte es, Vorträge zu halten. Wenn Zhen ihn nicht in die Luft gesprengt hätte, wäre Zimris Bunker in Haida Gwaii mit dem Ansteigen des Meeresspiegels untergegangen. Ellens Berg lag in einem Erdbebengebiet. Beide glaubten, sie würden sich höchstens fünf oder zehn Jahre dort aufhalten. Lenk Sketlish dachte langfristiger.

Die Erkenntnis, dass die FutureSafe-Zonen ihren Besitzern ebenso zum Vorteil gereichten, wie sie dem Schutz der Umwelt dienten, war keine große Überraschung. Zhen – und die Hälfte der unter Vierzigjährigen im Netz – waren bereits davon ausgegangen. Allerdings hatten sie geglaubt, dieser Vorteil bestünde lediglich darin, das Bildmaterial dieser kostbaren Naturschätze exklusiv auswerten zu dürfen.

Das Ausmaß des Ganzen war sehr wohl eine Überraschung. Zhen streifte mit Lenk durch die in den Fels gebohrten Gänge. Es waren viele Meilen. Der Berg war so durchhöhlt wie ein Ameisenhaufen. Stabil und dunkel, Schlafplätze, Latrinenlöcher in einer

Höhe, in der sie jeden Tag mit dem Höchststand der Flut ausgespült wurden, und Feuerstellen mit Kaminen, die den Rauch durch Öffnungen hoch oben in der Felswand entließen. Musste man die menschliche Zivilisation neu errichten, war damit der Anfang gemacht.

Im Inneren des Berges lagerten keine großen Vorräte an Konserven, und es gab auch keine Gewehre oder Bagger. Von den Osthängen des Berges, die zum Meer hinunterreichten, bis zum Westrand, der an einem bewaldeten Becken endete, hatte Martha hier vielmehr alles angesammelt, was man, realistisch betrachtet, als kleine, gut organisierte Gemeinschaft im Verlauf von mehreren Hundert Jahren bewahren konnte. Die Enochiten, dachte Zhen, und ihre Art zu leben. Deshalb hatte Lenk Martha eingestellt.

Hier lagerten Tausende von Pfeilspitzen, zusammen mit der Anleitung, wie man sie herstellte. Dasselbe galt für Pfeilschäfte und Bögen. Es gab mit Pflanzenfasern gefüllte Bettdecken und Diagramme, die zeigten, welche Pflanzen man trocknen, aufbauschen und verspinnen musste, um für Nachschub zu sorgen. Tongefäße samt Anweisungen, welchen Lehm man verwenden musste, und welches Holz geeignet war, um ihn zu brennen. In der Höhle lagerten die ersten zweihundertsiebzigtausend Jahre der technischen Entwicklung des *Homo sapiens*. Gerettet vor dem Weltuntergang.

Natürlich gab es noch mehr. Man konnte immer auf mehr hoffen. Grundlegende Erklärungen zu Hygiene waren mit Worten und Piktogrammen in die Wände geritzt.

»Wenn wir nur eine einzige Information weitergeben könnten, wäre das hier die wichtigste, findest du nicht?«, fragte Lenk. »Es gibt kleine Wesen, so winzig, dass man sie nicht sieht, die dich krank machen. Man muss sich waschen, um sie von sich fernzuhalten. Das verhindert eine Menge Leid.«

Zhen sah, dass das hier für Lenk real war, realer als die Taubengrippe, die über die Welt hinwegfegte. Die Zukunft war für ihn gegenwärtiger als die Gegenwart.

Es gab lange Reihen von Büchern aus Kunststoffpapier, in denen höheres Wissen bewahrt wurde: die Quantentheorie, die Allgemeine Relativitätstheorie, das menschliche Genom, die Herstellung eines Elektronenmikroskops.

»Keine Belletristik?«, fragte Zhen.

»Oh doch, sicher, die befindet sich dort drin. Martha ist eine begeisterte Leserin. Sie sagt, Romane ermöglichen den Übergang von einer Welt in eine andere.«

Es gab rote Kunststoffbücher, in denen stand, welche Dinge man draußen sammeln konnte, wonach man suchen musste, was man schützen sollte. Eine Reihe recht primitiver Laptops, deren einzelne Komponenten zum Schutz vor Feuchtigkeit und Rost mit Sprühfolie überzogen waren. Im schlechtesten Fall würden diese Geräte siebzig Jahre halten, erklärte Lenk stolz. Und im besten könnten einige von ihnen sogar dreihundert Jahre überdauern. Sie enthielten riesige Datenbanken und elektronisch gespeicherte Enzyklopädien. In zwölf verschiedenen kunststoffummantelten Zellen innerhalb der Anlage lagerten riesige Samenbanken, deren Bestand für ein wärmeres Klima geeignet war. Genug, um eine neue Zivilisation zu begründen.

»Wenn hier über dreihundert Jahre lang eine Gruppe von hundert Menschen lebte, könnten sie es schaffen«, sagte Lenk. »Und die meisten müssten noch nicht einmal außergewöhnlich intelligent sein. Verstehst du? Das Ende der Welt wäre nicht das *Ende*.«

Lenk stellte sich eine neue Art von Kloster vor, eine sich selbst erhaltende Organisation, die das Wissen der Menschheit durch eine Engstelle der Geschichte transportierte, damit es wieder frei fließen konnte, wenn die Zeiten günstiger wurden. Martha hatte seine Vision besser verstanden als jeder andere Mensch, und sie hatte sie wahr werden lassen.

Was die Nahrung betraf, würden die Inselleute verschiedene Optionen haben. Am einfachsten wären Jagd, Fischfang und Getreideanbau im kleinen Maßstab – es gab genug Land, und in den Gewässern wimmelte es von Fischen. Es gab sogar einen Bereich der Insel, auf dem Schafe weiden könnten – wenn man sie herbrächte und ihren Bestand nicht zu groß werden ließ. Als er zum nächsten Punkt kam, sprudelte Lenk vor jungenhafter Begeisterung geradezu über. Der wirklich geniale Teil waren die Algen, die in speziell gebohrten Löchern und Spalten auf der ganzen Insel wuchsen.

»Ich habe es gleich am Tag unserer Ankunft gesehen, aber ich musste sichergehen, dass es sich um dieselbe Art handelt. Jetzt weiß ich, dass dem so ist. Wir haben diese Algen entdeckt und kultiviert. Sie sind die Antwort auf eine Vielzahl von Problemen. Sie bauen Strahlenbelastung ab, ebenso die Gifte chemischer Waffen. Alles, was derzeit hergestellt wird, und einiges, das es noch gar nicht gibt. Die Algen brechen Nährstoffe bis zur Atomgröße auf und bauen dann daraus eine wunderbare, proteinreiche, vollwertige Nahrungsquelle zusammen, die zudem noch reich an Omega-3-Fettsäuren ist.«

Die Algen waren der Dreh- und Angelpunkt seines Plans. Sollte es im Extremfall zu einer Kombination mehrerer Katastrophen kommen, könnten die grünbraunen Algen auf der Insel die Bewohner auf unbegrenzte Zeit ernähren. Sollten Schafe überleben, würden auch sie die Algen als Grundnahrungsmittel gut vertragen. Sie enthielten alle notwendigen Proteine und Fette sowie alle erforderlichen Spurenelemente. Man konnte sie ernten, trocknen und lagern. Wenn die Inselbewohner schließlich das Festland besiedelten, konnten sie dort weitere Becken mit Algen anlegen. Lenk hatte sie selbst probiert und einen ganzen Monat lang keine andere Nahrung zu sich genommen, um zu testen, wie sie ihm bekamen.

»Ich habe mich nie besser gefühlt«, sagte er. »War nie klarer im Kopf. Selbst wenn alles andere schiefgeht, die Algen werden funktionieren.«

Zhen merkte, dass ein eigenartiges, beeindrucktes Lächeln über ihr Gesicht huschte. Das hier war Lenks wahre Leidenschaft, und er war entschieden besser darin als jeder, mit dem sie bisher gesprochen hatte. Dabei kannte sie genug Menschen, die sich voll Inbrunst mit der Frage beschäftigten, wie man eine Apokalypse überlebte.

Im Nordosten gab es Flächen, auf denen Schilf wachsen konnte, das man zur Stoff- und Papierherstellung brauchen würde. Ebenso für Körbe und Boote. Im Süden standen Metallpressen und -sägen bereit, um den Schrott zu zerschneiden, der an Land gespült wurde, und daraus neues Werkzeug herzustellen. Im Norden war die Felswand durchbrochen wie ein Spitzensaum, und die Löcher waren mit dünnen, durchscheinenden Kieselsteinen vom Strand gefüllt. Vorausgesetzt, es gab keinen nuklearen Winter und keine Vergiftung durch Chemiewaffen, könnten die Menschen eher hier leben als tief unter der Erde. Es gab Schlafsäle, eine große Gemeinschaftsküche und einen Speisesaal mit Holzmöbeln, der an das Refektorium eines Klosters erinnerte. Dort war das Licht milchig und hell wie an einem kalten Wintermorgen.

»Es werden dann andere Dinge wichtig sein als früher«, erklärte Lenk. »Sieh doch nur, wie schnell alles gegangen ist. An unserer eigenen Vergangenheit können wir uns nicht mehr orientieren. Wir müssen das Leben von Menschen betrachten, die tatsächlich dreihundert Jahre Finsternis durchgestanden haben – Mönche in ihren Klöstern, die Gelehrtengemeinschaften alter Universitäten oder Könige mit ihrem Haushalt. Was haben sie für das beste und angenehmste Leben gehalten? Privatsphäre ist eine moderne Erfindung. Jetzt werden wir uns die gar nicht mehr so sehr wünschen.«

Er war überzeugend, obwohl er offensichtlich gar nicht versuchte, sie von irgendetwas zu überzeugen. Es war so, als zeigte er ihr seinen Schwanz, aber viel intensiver. Als gäbe es ein Organ, von dessen Existenz Zhen noch nicht einmal wusste, und als hätte Lenk seine Kleidung ausgezogen und sie hätte es plötzlich gesehen. Oh, dachte Zhen, als ihr in diesem Moment einfiel, was sie über die Anzüge wusste. Sie wollte Lenk schon davon erzählen, doch dann begriff sie, dass dies nicht der richtige Zeitpunkt war. Er zeigte ihr gerade seine Träume. Und er hatte genug Geld, um sie wahr werden zu lassen.

Zu Zhens Überraschung gab es sogar eine Kapelle. Ein ökumenisches Steingebäude mit einem Rippengewölbe im Osten der Anlage, zur aufgehenden Sonne hin ausgerichtet. Sichtbare religiöse Symbole wies sie nicht auf. Lenk nannte sie den »stillen Steinort«.

»Was zum Teufel?«, fragte Zhen.

Lenk zuckte mit den Schultern.

»Wenn die Welt untergeht, brauchen die Leute so was.« Er hielt inne und dachte über seine Worte nach. »Aber wenn sie sie niederreißen und etwas Neues daraus erschaffen, ist es vielleicht sogar noch besser.«

Da begriff Zhen, dass Lenk instinktiv wusste, was die Menschen glücklich machte. Alle Visionäre, die neue Technologien entwickelten, besaßen diese Gabe. Sie konnten von den Menschen abstrahieren, die sie tatsächlich vor sich hatten, und sich eine Art Durchschnittsmenschen vorstellen. Sie wussten, wie man diesen Durchschnittsmenschen glücklich machte, und darum waren sie so gut darin, ihm dieses Glück vorzuenthalten oder es ihm nur in winzigen, perfekten Dosen zuzugestehen. Wenn man weiß, wie man Menschen glücklich macht, weiß man auch, wie man sie unglücklich macht. Was auch immer diese Inselwelt für die Menschen bedeuten könnte, nimm sie ihnen weg. Wenn die Menschen Natur wollen, zeig sie ihnen auf Bildschirmen. Wenn sie es still mögen, sorg dafür, dass die Welt laut ist. Wenn sie Harmonie lieben, schüre Uneinigkeit. Wenn sie sich Zeit zum Nachdenken wünschen, unterbrich sie ständig. Wenn sie sich menschliche Gesellschaft wünschen, locke sie mit Streichholzschachteln und Perlen und FantailPals.

Diese Insel, dachte Zhen, ist Lenks Versuch, es wiedergutzumachen.

Er war der Meinung, ein paar Menschen aus dem Schlamassel retten zu können, das er selbst mit angerichtet hatte.

»Also«, sagte Zhen, als sie gemeinsam zum Eingang der Höhle zurückkehrten, »das ist ein Geständnis, oder? Du steckst selbst dahinter. Du hast das Flugzeug abschießen lassen. Du bist absichtlich hier.«

Lenks Anzug schüttelte den Kopf.

»Es ist reiner Zufall«, antwortete Lenk. »Es ist ein verdammter Zufall, oder …« Er wackelte mit dem Kopf, als wollte er einen Gedanken freirütteln. »Hör mal«, sagte er dann, »als ich zum letzten Mal mit Martha gesprochen habe, sagte sie: ›Danke, dass du mich ins Team aufgenommen hast.‹«

»Ich glaube nicht, dass das etwas zu bedeuten hat.«

»Vielleicht doch. Vielleicht wollte sie mir damit sagen: ›Wir sind gemeinsam in einem Team, vertrau mir.‹«

»Da interpretierst du aber viel hinein.«

»Martha ist gut in so etwas. Sie sagt das zu mir, und dann landen wir hier. Und dann stößt du zu uns. Ich denke immer … ich denke immer, vielleicht steckt sie dahinter. Weißt du? Es wird niemals Datenspuren geben; der Vorgang ist nicht aufzudecken, und zwar für alle Ewigkeit, egal, wie genau man auch hinsieht. Martha wusste von der Insel, sie wusste, dass wir sie vorbereitet hatten.«

»Du glaubst, *Martha* hat euer Flugzeug abgeschossen?«

»Na ja … wir hatten genug Zeit, uns in Sicherheit zu bringen, fast so, als hätte man gewollt, dass wir den Absturz überleben. Wir sind mit CrashJackets und StowtBoxen voll mit Vorräten und Survival-Anzügen gelandet. Als gehörte das zu Marthas geheimem Plan für den Fall, dass die Welt untergeht. Und wenn ich recht habe, bedeutet das, dass weitere Menschen hierherkommen werden, sobald die Pandemie auf dem Festland abflaut. Und ich bin der Erste hier.«

»Glaubst du, die anderen beiden wissen Bescheid?«, fragte Zhen. »Dass die Insel dir gehört? Denn mir scheint, das könnte … Probleme verursachen.«

»Einer von ihnen weiß es«, antwortete Lenk. »Ich zeige es dir.«

In einem Raum im Osten des Höhlenkomplexes waren die Wände von Regalen gesäumt, und dort standen zwanzig zertrümmerte Langstrecken-Funkgeräte. Jedes einzelne war fein säuberlich mit einem präzisen Hammerschlag zerschmettert worden. In drei Tonnen lagerten Ersatz-Boards und -Chips, die ebenfalls vollständig zerstört worden waren. Der komplette Satz Funkantennen war zerbrochen worden.

»Das ist alles?«, fragte Zhen. »Wer auch immer das getan hat – er hat nur das hier zerstört?«

»Nur das hier«, bestätigte Lenk. »Es war also entweder Zimri oder Ellen. Einer von beiden hat es herausgefunden.«

»Könnte das nicht passiert sein, bevor du hergekommen bist? Ich meine, wer weiß, wie lange das alles schon hier rumliegt.«

»Sei nicht naiv«, sagte Lenk.

»Hör mal«, erwiderte Zhen. Sie hatten den Vorhang aus Schlingpflanzen erreicht, der den Eingang zur Höhle fast verhüllte. Es war die Stelle, wo ein stetes Wasserrinnsal vom Fels herabtröpfelte. »Draußen muss ich dir eine Besonderheit dieser Anzüge zeigen.«

Sie trat ins Sonnenlicht hinaus, und einen Augenblick lang war ihr Visier vom grellen Schein verdunkelt. Sie hörte einen dumpfen Schlag und spürte, wie er ihren Schädel zum Vibrieren brachte. Gleichzeitig schoss der Schmerz ihren Nacken hinunter. Taumelnd fuhr sie herum. Vor ihr stand Ellen Bywater und hob ihre Metallfaust zu einem zweiten Hieb.

13 folgenabschätzung

Dass Ellen Bywater den Geist ihres verstorbenen Mannes immer noch sah, entsprach nicht ganz der Wahrheit. Aber es war auch nicht vollkommen falsch. Die Gespenster einer verlorenen Zukunft verfolgen uns am hartnäckigsten. Will war stark und gesund gewesen; sein Vater war zweiundneunzig geworden. Ellen und Will Bywater hatten eine glückliche Ehe geführt, aber mit vierundsechzig war er plötzlich gestorben. Nichts ist sicher, sagt man. Nichts ist so leer wie ein Versprechen. Aber Ellen Bywaters Lebenserfahrung sagte etwas anderes. In den letzten fünfzig Jahren hatte es für sie keine leeren Versprechen gegeben, sondern nur warme Vollbäder und eisgekühlte Säfte. Unsichtbare Hände buken ihr zum Frühstück Pfannkuchen und reinigten den Herd, wenn sie einmal selbst Lust zu kochen verspürte. Sie führte eine glückliche Ehe; sie hatte wohlgeratene Kinder großgezogen, die ihren Platz als Treuhänder in der Bywater-Stiftung einnahmen und beträchtliche Summen für gemeinnützige Zwecke ausgaben, bevor sie auf der Terrasse einen einfachen Lunch aus pochiertem Lachs und Brunnenkresse zu sich nahmen. Die Kinder würden weiteren wohlgeratenen, gesunden Nachwuchs bekommen, und die Linie der Bywaters würde fortbestehen. Selbst Badger würde schließlich sieren Weg finden. Dies waren die Versprechen, die sie sich durch ihre harte Arbeit verdient hatte, durch ihre langen Jahre bei Medlar, durch ihr Streben nach einer guten Firmenkultur und durch die Sorgfalt, mit der sie Albert Dabrowski von seinem Posten entfernt hatte.

Sie dachte an Albert. An seinen Gesichtsausdruck, als er begriff, dass der Vorstand vorschlug, sie an seiner Stelle als CEO einzusetzen. Er hatte geschrien und getobt. Es war würdelos gewesen. Sicher, es war ein Schock für ihn, aber hätte er sich nicht zusammenreißen können? Schließlich war er in so vieler Hinsicht einer der Väter der modernen Welt; das konnte und würde ihm keiner nehmen. An jenem Abend war sie in die Arme ihres Mannes gesunken und hatte um Alberts willen geweint. Wann immer sie nach Albert Dabrowski gefragt wurde, sprach sie voll Wärme über ihn. Sie könne nur hoffen, den Prinzipien, nach denen er seine Designs entworfen hatte, gerecht zu werden; er sei ein Visionär, und wie die ganze Welt könne auch sie es kaum erwarten zu sehen, was er als Nächstes erfinden werde.

Doch sie wusste, dass das nicht die ganze Wahrheit war. Sie hatte sich nur halbherzig dagegen gewehrt, ihn zu ersetzen, hatte sich nicht anmerken lassen wollen, wie sehr sie sich genau das gewünscht hatte. So ein Wunsch war bei einer Frau in ihrer Position das Letzte, was man wahrnehmen sollte.

»Sie kennen dich nicht so wie ich«, sagte Will und vergrub das Gesicht in ihrem Schoß. Sie hatten eine glückliche Ehe geführt, und das bedeutete: Auch mit sechzig vögelten sie noch.

Doch sie war auch ein wenig darüber erschrocken, wie leicht – und sogar angenehm – es gewesen war, Albert vom Thron zu stoßen. Sie hatte Albert Dabrowski viel reicher gemacht, als er es aus eigener Kraft je hätte werden können. Aber er hatte keine Ahnung gehabt. Es war eine Zukunft, die er nicht vorhergesehen hatte. Als er zu jener letzten Konferenz kam, hatte er nach den alten Vorgaben gehandelt, als wäre die verworfene Zukunft noch immer aktuell, als wäre sie nicht ohne sein Wissen oder seine Zustimmung über Nacht aufs Abstellgleis geschoben worden.

Sie wusste, wie es sich anfühlte, wenn man das einem anderen antat, und deshalb erkannte sie auch, wie es sich anfühlen musste, wenn es einem selbst widerfuhr.

Als die anderen am Vorabend geschlafen hatten, hatte sie leise zu Will gesagt: »Wie es sich anfühlt? So, als wäre alles ein bisschen einfacher als sonst. So, als käme man prima zurecht.«

Will fläzte sich am Feuer, der lange Oberkörper ausgestreckt, das graue Haar voll und dicht. Bei dieser Logik gibt es ein Problem, Nelly, sagte er.

»Fühlt es sich für dich nicht einfach an?«, fragte Ellen.

Für mich fühlt es sich überhaupt nicht an, antwortete Will. Ich bin tot.

»Wie ist es, tot zu sein?«, fragte sie.

Es ist gar nicht so spannend, antwortete Will. Deine Steuervorauszahlungen werden gecancelt, dein Testament wird vollstreckt und niemand interessiert sich mehr für das, was du zu sagen hast.

»Ich schon«, wandte sie ein, und sie war dankbar und auch ein bisschen selbstzufrieden, weil der Mensch, den sie auf der Welt am liebsten mochte, bereits eindeutig tot war, statt nur wahrscheinlich tot wie die Liebsten aller anderen.

»Du kennst mein Geheimnis«, sagte Ellen dann.

Jetzt schon, antwortete Will.

»Aber du kannst es niemandem erzählen«, fuhr sie fort.

Ihr Geheimnis war das Geheimnis der Witwe. Nämlich, dass sie sich tatsächlich ein bisschen gefreut hatte, als sie nach der *Action-Now!*-Konferenz ins Flugzeug gestiegen war. Wenn Will nicht mehr auf der Welt war, gab es keinen Grund, mit dem Projekt Menschheit fortzufahren. Sie hatte das befriedigende Gefühl verspürt, dass ihre Meinung ernst genommen worden war. Nämlich, dass man jetzt am besten alles auf den Müll schmiss.

Ellen war Zhen aus dem Lager gefolgt. Das war nicht schwierig gewesen. Zhen hatte sich keine große Mühe gegeben, ihre Spuren zu verwischen; die Erde war feucht und weich, die Abdrücke des Anzugs deutlich zu erkennen.

Was erwartest du zu finden?, fragte Will.

»Ich erkenne eine Fangfrage, wenn ich sie höre«, entgegnete Ellen.

Wir neigen nämlich dazu, zu finden, wonach wir suchen, was immer es auch sein mag, erläuterte Will.

»Ich erwarte gar nichts.«

Jetzt, wo ich tot bin, kannst du mich nicht mehr belügen. Das ist einer der Vorteile.

Als sie den Pfad hinaufstieg, geriet Ellen trotz der Servomotoren des Anzugs ins Schwitzen. Sie keuchte. Vielleicht wurde sie krank. Vielleicht war es das jetzt mit ihr. Vielleicht hatte sie sich bereits mit der Taubengrippe infiziert, die die Menschen tötete, nachdem sie sie zuvor hatte verrückt werden lassen.

»Im Geschäftsleben«, sagte sie zu Will, »muss man manchmal seinem Instinkt vertrauen.«

Okay, entgegnete Will. Aber was ist, wenn dein Instinkt falsch ist? Denk an die Vorlesungen an der INSEAD: Kognitive Verzerrung, systemimmanente Vorurteile, dein Fehlerdetektor kann dir nicht helfen, wenn er selbst defekt ist. Wenn du beim Gehen ständig die Risse im Asphalt betrachtest, fällst du hin.

»Okay«, sagte sie. Will stand neben ihr auf dem Pfad, ganz unpassend in eine bequeme Hose und den gemütlichen Pullover gekleidet, den er oft im Ferienhaus auf Cape Cod getragen hatte. Dies hier war der vernünftige Will, der Mann, der ihre Fehler ausmerzte. Sie hatten eine glückliche Ehe geführt, und das bedeutete: Sie hatten es geschafft, den anderen um seine Schlaglöcher herumzumanövrieren. »Hast du eine alternative Geschichte für mich? Ich bin da. Ich höre dir zu.«

Wir können nichts wissen, was wir nicht wissen, antwortete Will, und das hatte er schon zu Lebzeiten oft gesagt.

»Dann finde ich es eben heraus«, erklärte sie und setzte ihren Weg den steilen Pfad hinauf fort.

Das Werk des Menschen nimmt letztlich immer einen bestimmten Verlauf. Ab einem gewissen Punkt ist die weitere Entwicklung unvermeidlich. Die Spuren im Matsch führten zu einem Spalt im Fels. In der Höhle fand sie eine firmeneigene Fantail-Hardwareschnittstelle, die weiß und leuchtend in den Stein eingelassen war. Ellen betrachtete sie lange.

»Siehst du? Siehst du?«, fragte sie.

Ich muss zugeben, dass das nicht gut für Lenk Sketlish aussieht, meinte Will.

»Hast du nun eine Hypothese für mich, die *nicht* darauf hinausläuft, dass er uns absichtlich auf dieser Insel in die Falle gelockt hat? Wahrscheinlich hat er auch Zimri ermordet.«

Es gibt immer noch eine Menge Dinge, die wir nicht wissen, entgegnete Will.

»Oh ja«, gab sie zurück. »Nenne mir zehn. Liefere mir eine andere Erklärung für das hier.«

Doch weil Will nicht wirklich da war, weil er außerhalb ihrer eigenen Vorstellung nicht existierte, konnte er das nicht tun.

Manchmal wird das, was man am meisten fürchtet, wahr. Manchmal ist man wirklich alleine in einer Höhle, die Welt ist verschwunden, und man begreift: Um zu bekommen, was man will, muss man es sich nehmen. Manchmal gibt es keinen anderen Ausweg als das Unaussprechliche.

Ellen kauerte sich am Eingang zur Höhle nieder. Sie schmeckte Stein und Feuer. Sie hatte das Vertrauen in die Welt verloren, sich nicht auf den Kopf zu stellen; sogar die Luft war zu ihrer Feindin geworden, die Welt nur noch ein einziger Ascheregen.

Aus dem Augenwinkel sah sie Will, der jetzt nackt war – so mager wie ein Fuchs und so hungrig wie der Teufel. So war er manchmal auch zu Hause gewesen. Nächte, die mit wildem Sex endeten, und mit Vergebung und Versprechungen. Sie erinnerte sich genau daran, wie sie schon bei ihrer ersten Begegnung gewusst hatte, dass er ihr großartige Kinder schenken würde. Sie niemals aufhalten würde, wenn sie etwas wirklich wollte. Ihre Ehe war glücklich gewesen, und das bedeutete, dass sie gelernt hatten, mit dem zu arbeiten, was sie hatten.

14 was schaust du an

Ellen zertrümmerte Zhens Visier mit einem einzigen Hieb. Zhen taumelte rückwärts. Ihr Helm schlug gegen die Felswand, die Servomotoren hatten Mühe, sie aufrecht zu halten, und Ellen schlug immer wieder zu. Zhens Blickfeld war von einem Riss durchzogen – eine Regenbogenlinie quer über den Sichtschirm, deren Farben zwischen Rot, Blau, Grün und Silber changierten.

»Stopp«, rief Zhen immer wieder. »Hör auf! Was auch immer du glaubst, das hier los ist, es stimmt nicht. Schau! SCHAU DOCH!« Sie lüftete den Sichtschirm ihres Anzugs. Das beschädigte Visier schob sich quietschend zurück. Als Ellen Zhens Gesicht sah, hielt sie inne. In dem Panzer befand sich ein Mensch, eine Frau aus Fleisch und Blut.

»Hier geht etwas wirklich total Merkwürdiges vor sich«, sagte Zhen. »Ich verstehe es nicht, aber sieh nur – diese Anzüge. Lenk glaubt, Fantail habe sie hergestellt, und du glaubst ebenfalls, dass Fantail sie hergestellt hat, und vielleicht stimmt das auch, aber SCHAU DOCH MAL.«

Sie stieg aus dem Anzug. Nun war sie einfach nur eine Person in einer fleckigen Jogginghose und einem alten Ringer-T-Shirt. Sie fasste ins Innere des Anzugs und zupfte an dem weichen Innenfutter.

»Wenn da eine Waffe drin ist, bring ich dich um«, sagte Ellen.

»Nein«, gab Zhen zurück, sie lachte beinahe und war gleichzeitig den Tränen nahe. »Da ist keine Waffe drin. Ich weiß, das sind Hightech-Anzüge, mit den Polstern, die sich ausbeulen oder zusammenziehen oder was auch immer, und ich glaube … ich habe so was schon mal gesehen. Ich *weiß*, dass ich es schon mal gesehen habe. Ich konnte mich nur nicht daran erinnern, wo.«

Sie pellte das weiche Futter im Schritt auseinander. Darunter zeichneten sich konzentrische Kreise im Kunststoff ab.

»Das sind keine Spezialanfertigungen«, sagte Zhen. »Sie wurden vielmehr für unsere Zwecke angepasst. Sehr geschickt angepasst sogar. Aber ich habe solche Dinger schon einmal gesehen. Das hier waren ursprünglich Sex-Anzüge. Für virtuellen Sex, falls dein Avatar im Metaversum vögeln will oder so.«

Jetzt sahen sie es alle drei. Die sich ausbeulenden Verkleidungen und die weichen, nachgiebigen Teile. Die Stellen, an denen man ein »Gerät« einrasten lassen konnte. Die konzentrischen Kreise, mit denen man den … Umfang wählen konnte.

»Was zum Teufel …«, sagte Lenk.

Ellen schaute nach rechts, als stünde dort jemand.

Ich weiß nicht, ob ich das Richtige tue, dachte Zhen, ich weiß nur, dass ich gar nichts mehr tun werde, wenn Ellen Bywater mich umbringt. Dann sagte sie: »Irgendjemand hat diese Anzüge umgebaut. Das ist mein voller Ernst. Ihr habt doch *Rivalen*, oder etwa nicht? Ihr drei seid schließlich nicht die Einzigen auf der Welt. Vielleicht steckt ein vierter Player dahinter. Ich weiß nicht, wer, aber ursprünglich waren das keine Survival-Anzüge. Man kann dieses Equipment aus der Ferne kontrollieren, versteht ihr? Vielleicht ist da draußen jemand, der die Anzüge instruiert, was sie sagen sollen.«

Solche Fälle hatte es zuhauf gegeben. Angebliche automatische Gesichtserkennung, bei der sich dann herausstellte, dass in Wahrheit Zehntausende Menschen in Indien, Venezuela oder Ghana Fotos durcharbeiteten. Oder sie übersetzten Dokumente, verschriftlichten Sprachmitteilungen oder kontrollierten automatisch generierte Texte. Weil nämlich Zehntausende Menschen vieles immer noch besser – und vor allem billiger – erledigten als Maschinen. Und weil die Kunden sich besser fühlten, wenn sie glaubten, ihre Sprachnachrichten würden von einem Computer verschriftlicht statt von einem Menschen. Marius hätte gesagt: Wir haben uns mechanischen Gott geschaffen, damit wir ihn anbeten können.

»Wer?«, fragte Ellen. »Ist es Nommik?«

»Ich finde, wir sollten uns alle erst einmal setzen und uns entspannen«, sagte Zhen. »Und überlegen, was wir eigentlich genau wissen. Unsere Informationen zusammenwerfen.«

Gegenseitiges Misstrauen war okay; das war zu erwarten. Aber wenn Misstrauen in Gewalt umschlug, würde es wahrscheinlich wieder mit Hieben auf Zhens eigenen Kopf enden.

»Ich will nur Bescheid wissen«, sagte Ellen. Ihre Stimme war ruhig, auch wenn sie selbst es nicht war. »Ich will einfach nur wissen, wer dahintersteckt, okay? Ich möchte, dass ihr mir sagt, wer zum Teufel es ist. Ihr beide.«

Lenk holte tief Luft, und Zhen begriff, dass man manchmal die Zukunft voraussehen kann. Man erkennt sie in der Unfähigkeit mancher Menschen, sich zu verändern. An ihrem verzweifelten Wunsch, die Sache möge endlich vorbei sein. Wenn man die Ungewissheit nicht erträgt, versucht man, sich Gewissheit zu verschaffen. Und manchmal besteht die einzige Möglichkeit, sich Gewissheit zu verschaffen, darin, für einen schlechten Ausgang zu sorgen. Lenk und Ellen hatten nicht lange gebraucht, um zu diesem Punkt zu gelangen.

»Das ist meine Insel«, sagte Lenk. »Das gebe ich zu, und dafür übernehme ich die Verantwortung.«

Und wie es manchmal so ist, überstürzten sich von da an die Ereignisse.

Warum das so ist? Die Hypothalamus-Hypophysen-Nebennierenrinden-Achse entlässt einen Schwall von Adrenalin und Kortisol, das Herz pumpt Blut in die Muskeln, und vor Schreck und aus Angst vor einem neuen Kampf dreht sich einem der Kopf. Man müsste ein Leben lang trainieren, um ruhig und gelassen auf Gewalt zu reagieren. Einmal zwischen Mammutbäumen tief in den Bauchnabel zu atmen, reicht da nicht aus.

Ellens Angriff erfolgte krachend und unmittelbar. Lenk war darauf vorbereitet. Sie kämpften, Metall gegen Metall, und traten mit ihren mechanisch verstärkten Beinen nach einander. Ein Schlag traf Lenks Gesicht, krachte in sein Visier und ließ bunte Regenbogenfarben aufleuchten. Er hielt einen Lötkolben in der Hand, den er aus der Höhle mitgebracht hatte – ein kleines, aber intensive Hitze verströmendes Gerät, das er direkt an den Schnappverschluss unten an Ellens Helm presste, und schon verzog sich dort das Metall. Er richtete die Flamme auf eine vertrocknete Schlingpflanze. Um Ellen herum loderte Feuer auf, und in ihrer Panik ließ sie ihn einen Moment lang los. Er zog sich zurück und griff erneut an, diesmal härter. Mit dem Handballen drosch er immer wieder auf ihr Visier ein.

Sie wehrte sich und trat nach ihm. Mit einem Glückstreffer rammte sie sein Knie zur Seite. Er fiel hin.

Ellen nutzte die Gelegenheit zur Flucht.

Mühsam rappelte Lenk sich auf.

»Warte«, sagte Zhen. »Bitte hör auf. Lass sie laufen. Gib ihr Zeit zum Nachdenken.«

Ellen rannte durch den Dschungel und dachte dabei an Albert Dabrowskis Gesicht, als sie ihm seine Firma weggenommen hatte. Sie wusste, wenn sie ihr eigenes Gesicht jetzt sehen könnte, würde sie genauso dreinschauen wie er damals.

15 gerechtigkeit! ja!

Im Dschungel lebt jede Handvoll Erde. Die raue Borke der Bäume wimmelt von Insekten. In der Luft schwirren Tausende mikroskopisch kleiner Geschöpfe. Und der Boden, oh, der Boden ist mit Leben trächtig wie ein Mutterleib; er brodelt vor Gier.

Mitten im Dschungel kauerte Ellen Bywater im Schatten einer hohen Felswand. Sie klebte so fest am Fels wie eine Entenmuschel und hatte sich an seine Kuhlen und Höcker angeschmiegt. Sie versteckte sich wie ein Tier.

»Ich möchte nicht sterben«, sagte Ellen.

Das möchte keiner, Liebling, antwortete Will.

Oben auf dem Felsen suchte Lenk Sketlish nach ihr.

»Wozu brauchst du sie, Lenk?«, fragte sein Anzug.

»Das kann dir egal sein«, antwortete Lenk.

»Ich kann dir hier nicht länger helfen«, erwiderte der Anzug.

»Du hast mich weit genug gebracht«, gab Lenk zurück.

Er fragte sich, ob der Anzug ihn an Ort und Stelle fixieren, einen Hilferuf aussenden, Zhen alarmieren oder Ellen Bywater warnen würde. Doch dann dachte er: Kein FantailPhone der Welt hat sich je geweigert, einen Anruf zu tätigen, durch den jemand in den Tod gelockt wurde. Kein FantailTablet hat jemals die Auskunft über die Adresse eines Waffenladens zurückgehalten. Kein FantailSearch hat jemals Informationen darüber zensiert, wie man einen Menschen auf siebzig verschiedene Weisen töten kann. Wir hätten solche technischen Systeme herstellen können, doch wir haben es vorgezogen, uns nicht einzumischen. Lieber den Marktanteil vergrößern. Und es der unsichtbaren Hand von Angebot und Nachfrage überlassen, die Dinge langfristig zu regeln. Martha hatte garantiert keinen Anzug hergestellt, der ihn daran hinderte, legitime Schritte zur Selbstverteidigung zu unternehmen.

»Ich kann dein Vorhaben nicht gutheißen«, sagte der Anzug.

Dennoch zeigten seine Sensoren Lenk, wo Ellen war. Sie saß gemütlich unten an der Felswand wie die Made im Speck.

Dennoch halfen ihm die Servomotoren des Anzugs, sich ein genaues Bild von der Felsformation zu machen.

Gott segne Amerika und die Freiheit, eigene Entscheidungen zu treffen.

Im Dschungel lebt jede Handvoll Erde. Und jeder Tod ist der Beginn neuen Lebens. Bär oder Insekt – nichts ist zu groß oder zu klein, um anderen Lebewesen als Nahrung zu dienen. Lenk blickte auf Ellen hinab, wie der Herr auf die Stadt Sodom geschaut hatte. Er steckte die Sprengladungen, die auch für seine unterirdischen Stollen verwendet worden waren, in eine ganz bestimmte Felsspalte. Dann entzündete er seinen Lötkolben und warf ihn hinterher.

Der Lärm war ohrenbetäubend. An der lotrechten Wand brachen Felsbrocken ab, scharfkantig und spitz. Einer nach dem anderen stürzten sie auf exakt dieselbe Stelle nieder. Vier Felsschichten, fünf, sechs, sieben. Nach jeder Explosion donnerte die nächste mit einem so lauten Krachen nach unten, dass einem die Zähne vibrierten und die Erde erbebte. Selbst nachdem die letzte Schicht nach unten gestürzt war, hallte der Dschungel von Lärm wider, ertönte das Kreischen der Affen und das Schwirren von Flügeln wie ein Echo.

»Kann ich runterklettern?«, fragte Lenk den Anzug.

Der Anzug antwortete: »Die Felswand ist nicht stabil genug, und dasselbe gilt für die Trümmer unten.«

»Dann nehme ich einen anderen Weg«, sagte Lenk.

»Das ist ebenfalls zu gefährlich«, entgegnete der Anzug.

Lenk hockte sich an die Felskante. Er nahm den Helm ab, zog die Arme aus Handschuhen und Ärmeln und streifte die Schalen ab, die seinen Oberkörper schützten. Nun lag der Anzug unter ihm, als hätte man eine Metallleiche gehäutet. Lenk berührte das Gestein, das sich unwiderlegbar an seine Fingerspitzen schmiegte.

»Und wenn ich dich zwinge, mich runterzubringen?«, fragte er.

»Zu manchen Dingen kannst du mich nicht zwingen, Lenk.«

Lenk dachte an Martha. Daran, was sie billigte und was sie missbilligte.

Das Adrenalin strömte noch durch seinen Körper, doch sein Stoffwechsel baute es allmählich zu inaktiven und wirkungslosen Substanzen im Blut ab. Er begann zu zittern.

»Zhen«, sagte er. »Anzug, kann ich mit Zhen sprechen?«

»Tut mir leid«, antwortete der Anzug. »Aber Zhen ist nicht mehr da.«

16 du kannst sie nicht finden, das kann niemand

Zhen hatte ihre Hausaufgaben schon vor langer Zeit gemacht. Sie hatte alles über den menschlichen Stoffwechsel nach einem Adrenalinschub gelesen. Sie wusste, wie sich Menschen in Gruppen verhielten, und sie wusste, wie sich Menschen verhielten, wenn sie unter Druck gerieten.

Ya-Ling, ihre Ex-Freundin – die eine Menge von ihrem Scheiß hatte ertragen müssen, wenn Zhen jetzt so richtig darüber nachdachte –, hatte gesagt, sie sauge all dieses Wissen nur deshalb auf, weil sie versuchte, etwas intellektuell zu verstehen, das eigentlich nur emotional zu verarbeiten war.

Ya-Ling hatte gesagt: »Als Teenager hast du innerlich zugemacht, und du bist nie wieder wirklich hervorgekommen. Das verstehe ich, aber du brauchst eine Therapie.«

Ya-Ling hatte gesagt: »Du warst nie wirklich anwesend, weißt du? Das mit der anderen Frau *bedeutet* mir nichts, aber sie sagt mir wenigstens, was sie fühlt.«

Ya-Ling hatte gesagt: »Du musst aufhören, ständig davonzulaufen.«

Aber wer zum Teufel wusste schon, wo Ya-Ling sich jetzt befand, und wie sich herausgestellt hatte, war es richtig gewesen, *nicht* mit dem Weglaufen aufzuhören.

Nach dem Fall Hongkongs – nach den zivilen Unruhen, der Obdachlosigkeit und einem Leben unter Kriegsrecht – hatte Zhen in einem der Küste vorgelagerten Flüchtlingslager darauf gewartet, dass ihre Einwanderung nach Großbritannien genehmigt wurde. Es waren achtzehn lange Monate mit ihrem trauernden, gebrochenen Vater gewesen, und als Teenager hatte sie begriffen, dass nur die Zukunft noch etwas für sie bereithielt. Sie fühlte sich, als könnte sie ihren ganzen Körper, ihre Entschlossenheit und ihre Angst gegen die Gegenwart pressen, bis das Glas zerbrach und sie Zutritt zum neuen Jetzt erhielt. Dann konnte sie all das vergessen und ein anderer Mensch werden; dann käme endlich alles in Ordnung. Sie hatte im Lager für zwölf Prüfungen gelernt und zwölf Mal die Bestnote erhalten. Das alles hatte sie mit purer Willenskraft erreicht. Sie hatte sich aus Streitereien und Kämpfen herausgehalten, sich nicht mit den Gangs eingelassen, und sie hatte gelernt, nachts zu schlafen, egal, wie viel Geschrei die Dunkelheit zerriss.

Sie hatte im Lager Dinge gesehen, die sie nie hatte sehen wollen – wie Menschen zunächst nur ein kleines bisschen zusammenbrachen, dann ein kleines bisschen mehr und dann vollständig. Da war zum Beispiel diese nette chinesische Dame gewesen, deren Haar und Kleidung immer tadellos waren, bis sie eines Tages eine Made in ihrer Gesichtscreme entdeckt hatte. Daraufhin hatte die Welle des Selbstekels ihre ganze Persönlichkeit weggeschwemmt. Später hatte Zhen sie manchmal am Rande des Lagers gesehen – einmal hatte sie zusammen mit anderen einen streunenden Hund gejagt und ihn anschließend über einem beißenden Feuer aus Plastik und Gummi gegrillt. Zhen war dem Blick dieser Frau einen Moment lang begegnet und hatte festgestellt, dass dort nichts mehr war, dass keine Menschlichkeit zurückgeblieben war.

Ya-Ling hatte gesagt: »Du musst mit einem Therapeuten darüber sprechen. Das könnte dir wirklich helfen.«

Und so hatte Zhen ihr nicht vom Schlamm erzählt. Nicht von dem Freund ihres Vaters, einem hochgebildeten Mann, der fünf Sprachen beherrschte. Eines Tages hatte er in einem Wutanfall seinen Unterschlupf zerstört und dann still unter den Trümmern gelegen. Sein Gesicht hatte die Farbe von Schlamm gehabt, und er war nicht bereit gewesen aufzustehen. Er wartete auf den Tod, und auch wenn es sechs Wochen gedauert hatte, forderte der Schlamm ihn schließlich ein.

Zhen war zu jung gewesen, um zu begreifen, was sie im Lager über die menschliche Natur gelernt hatte. Aber da sie auch die Prüfungen bestanden hatte, für die sie sich niemals angemeldet hatte, war sie nun vorbereitet.

Von einem fernen Felsvorsprung aus beobachtete sie, wie Lenk Sketlish einen Berg in die Luft sprengte, und wusste Bescheid.

»Kannst du mir helfen, mich vor ihm zu verstecken?«, fragte sie ihren Anzug.

Und der Anzug antwortete: »Natürlich, Zhen.«

Sie erinnerte sich an die langen Nächte im Flüchtlingslager, an den modrigen Geruch von morschem Holz, der in ihrer Kehle brannte. Da war die Erinnerung an den Freund ihres Vaters, der im Schlamm auf den Tod gewartet hatte. Das Gefühl von damals, dass die Erde ein feindseliger Ort war und dass der Schlamm sie früher oder später verschlucken würde, wenn sie es zuließ. Da waren die Träume, in denen sie spürte, wie er in ihren Mund, ihre Nase und ihre Kehle quoll. Und da war die Gewissheit gewesen, dass sie sich nicht erlauben durfte, auch nur für eine einzige Stunde schwach zu werden. Wenn sie auch nur einen einzigen Job von einer der Gangs annahm, die Drogen und Handys im Lager vertickten, wenn sie sich auch nur einen einzigen Nachmittag mit den anderen ans Feuer setzte, würde es vorbei sein. Wenn sie zuließ, dass sie auch nur ein einziges Mal die Zhen vergaß, die sie golden und strahlend in der Zukunft erwartete, würde sie niemals den Weg zurückfinden.

Am Ringfinger ihrer rechten Hand entdeckte Zhen einen kleinen Streifen Silber am Rand des Nagels. Ein kleiner Rest Nagellack, der noch von der albernen Nacht stammte – sie lag viele Wochen zurück –, in der sie in einem Lagerhaus in Bukarest eine Science-Fiction-Party gefeiert hatten. Eine Party voller Zukünfte, wie man sie sich in der Vergangenheit vorgestellt hatte. Sarit hatte mehr schlecht als recht den Roboter-Tanz aufgeführt. Marius hatte betrunken David-Bowie-Songs gesungen. Dieser Farbsplitter war die Party; sie hatte ihn mit hierhergenommen, er war in der Mitte von allem, und sie würde überleben.

Auf dem Felsvorsprung sagte sie zum Schlamm: Du bekommst mich nicht. Du bist nur eine Vorstellung in meinem Kopf. Es gibt nichts, das im Dunkeln auf der Treppe lauert. Nichts im Dschungel lockt unsere Grausamkeit hervor oder beschleunigt unseren Verfall. Die einzige Finsternis im Herzen ist die, die wir selbst mitgebracht haben.

Zum Anzug sagte sie: »Ich kann all das kaum fassen. Es hätte hier fantastisch sein können, selbst ohne Kommunikationsgeräte.«

»Okay«, meinte der Anzug.

»Ich denke, dass Lenk Sketlish sich nicht mehr unter Kontrolle hat, falls das überhaupt jemals der Fall war«, fuhr Zhen fort. »Ich denke, dass er erst aufhören wird, mich zu suchen, wenn er glaubt, dass ich tot bin.«

»Stimmt«, sagte der Anzug.

17 noch so ein schlappes event

Die Anzüge besaßen nur wenige Informationen darüber, wie die Welt seit dem Ausbruch der Taubengrippe aussah, wussten aber eine Menge über die Welt davor: Bücher, Fernsehen, Filme, Musik, gebündelte Websites, nützliche und nutzlose, deren Links jetzt nirgends mehr hinführten, enorme Mengen an Information und dazu eine ziemlich gute Suchfunktion. Zhen hatte natürlich überprüft, ob sie selbst vorkam – es waren etwa vierzig ihrer erfolgreichsten Videos vorhanden, außerdem ihr Wikipedia-Eintrag und die meisten ihrer Posts auf *Name the Day*. Über Marius war rein gar nichts zu finden, und das hätte ihm gefallen. Sein großes Ziel war es, von der Geschichte vergessen zu werden.

Man sollte nie im Internet nach einer Frau suchen, die einen geghostet hat. So lauteten die Regeln. Dennoch. In Zeiten wie diesen war es ja wohl gestattet, sie ein wenig großzügiger auszulegen.

Zhen zögerte. Sie sagte sich, dass es nicht der richtige Zeitpunkt war. Dann rief sie sich in Erinnerung, dass sie vielleicht wirklich auf dieser Insel sterben würde, und so gesehen konnte sie auch ihrem Impuls folgen. Wenn sie erst einmal tot war, würde es sowieso keine Rolle mehr spielen.

»Anzug«, sagte sie. »Zeig mir alles, was du über Martha Einkorn hast.«

Der Anzug rief die Ergebnisse auf und projizierte sie auf ihr Visierdisplay.

Viel war es nicht.

Ein paar Berichte über Beteiligungsgesellschaften. Einige Fotos, auf denen Martha mit einer Mappe in der Hand hinter Lenk Sketlish stand. Und ein Video.

»Öffne das Video«, sagte Zhen.

Martha befand sich vor einem leisen, respektvollen Publikum in Tokio auf einem Podium. Die Hotellobby, in der das Event stattfand, sah aus, als entstammte sie direkt dem Set von *Gattaca* – nackte Wände, heller Backstein und zehn Meter hohe Decken. Martha gab ein Interview über »Fantail als Survival-Tool«. Dasselbe Produkt, das sie angepriesen hatte, als Zhen sie kennengelernt hatte, aber dieser Vortrag hatte – dem Zeitstempel nach zu schließen – ein paar Monate später im Oktober stattgefunden. Wenige Wochen vor Ausbruch der Taubengrippe. Also in der Zeit, als Martha Zhen schon längst geghostet hatte. Es waren dieselben Themenschwerpunkte in derselben Reihenfolge, diesmal mit einer japanischen Moderatorin, die eine Bekannte von Martha zu sein schien. Martha sagte ein paar Sätze in ziemlich ordentlichem Japanisch, bei dem sie die richtigen Partikel verwendete und das Verb ans Ende des Satzes stellte. Wahrscheinlich hatten die Reichen besonderen Sprachunterricht. Scheiße, dachte Zhen. Siehst du, sie hätte ein bisschen Chinesisch lernen können, und dann hättest du sie deinem Dad vorgestellt.

Das Interview war zu Ende, und das Publikum zog davon. Das Bild wurde schwarz, doch die Mikrofone der beiden Frauen waren noch eingeschaltet. Sie unterhielten sich weiter, überwiegend auf Englisch mit gelegentlich eingestreuten japanischen Wendungen. Offensichtlich kannten sie einander recht gut und waren sogar miteinander befreundet. Das Gespräch wurde schnell sehr persönlich.

»Hansuke möchte, dass wir noch ein Kind bekommen«, erzählte die Moderatorin. »Aber ich weiß nicht, ob wir das im Augenblick stemmen können.«

»Möchtest du denn noch eines?«, fragte Martha.

»Ja, klar«, antwortete die Moderatorin.

»Warum dann warten?«

»Das sagst ausgerechnet *du*? Die Königin des Abwartens? Die Frau, die immer vernünftig ist?«

Es entstand eine Pause.

»Ich habe jemanden kennengelernt«, erzählte Martha dann. »Eine Frau. Sie produziert Survival-Videos.«

Einen Moment lang glaubte Zhen, Martha hätte eine *andere* Frau kennengelernt, die Survival-Videos drehte, und das wäre ein echter Schlag in die Magengrube gewesen.

»Ach was!« Die Moderatorin wirkte ehrlich begeistert. »Das ist ja toll! Wie heißt sie? Wann stellst du sie mir vor?«

»Vielleicht dauert es noch eine Weile«, antwortete Martha. »Es ist kompliziert. Wegen meiner Arbeit. Aber ich glaube, sie ist die Richtige.«

Dann brach die Aufnahme ab. Zhen saß allein auf ihrem Felsen und schaute zu der Stelle, wo Lenk gerade riesige Gesteinsplatten von der Felswand abgesprengt hatte.

Wenn er recht hatte, war nichts auf dieser Insel zufällig da. Vielleicht hatte Martha dieses Video gespeichert, damit Zhen es fand.

Wo sie wohl gerade sein mochte? Die Survival-Pläne, die sie mit Lenk Sketlish erarbeitet hatte, sahen vor, dass sie in einem Bunker auf Grönland ausharrte und auf bessere Zeiten wartete. Doch wer konnte schon wissen, was wirklich passiert war? Alles, was in der Welt geschah, war selbst im besten Falle unvorhersehbar. Das hatte Zhen immer wieder erlebt.

Die einzige Möglichkeit, die Zukunft zu kennen, bestand darin, sie zu kontrollieren.

18 manches kann man fälschen, aber einiges muss echt sein

Sie saßen einander an einem kleinen Lagerfeuer gegenüber: die Frau und ihr Survival-Anzug.

Der Anzug spiegelte Zhens Haltung wider – die Beine eng an den Körper gezogen und mit den Handballen auf der Erde abgestützt. Er war inzwischen nicht mehr so viel größer als Zhen. Er hatte sich ihrer Gestalt vollständig angepasst, genauso, wie er es vor langer Zeit getan hätte, als er noch ein Sex-Spielzeug gewesen war. Er war ihr Doppelgänger; er hatte gelernt, wie sie ging, wie sie saß und stand und wie sie den Kopf hielt. Nach dieser langen Zeit konnte niemand mehr sagen, ob sie in ihm steckte oder nicht.

»Wie viel von dir funktioniert ohne bestimmte Teile?«, fragte Zhen. »Ich meine, wo sitzt dein Gehirn?«

»Mein Gedächtnis und meine Intelligenz stecken in einem dezentralen Netzwerk, das sich in einem Substrat zwischen meiner Außenhülle und der inneren Membran befindet«, antwortete der Anzug.

»Okay«, gab Zhen zurück. »Und wie viel von dir kannst du verlieren, ohne einen zu hohen Funktionsverlust zu erleiden?«

Der Anzug rechnete einige Optionen durch. Abgesehen von der Fortbewegung, spielten die Beine keine große Rolle.

»Also ein Bein?«

»Könntest du ein Bein verlieren?«, fragte der Anzug.

Zhen dachte darüber nach.

»Ich bin bereit, Schmerzen zu ertragen«, sagte sie. »Mit Narben kann ich leben.«

Auch hier gab es mehrere Optionen. Arme, Beine, gewisse Stellen am Oberkörper.

»Ich könnte falsche Daten über deine Herzfrequenz und andere Vitalzeichen übermitteln«, erklärte der Anzug. »Lenks Anzug wird meine Angaben akzeptieren, solange es keinen Grund gibt, ihnen zu misstrauen.«

»Aber er könnte sich in dein System einklinken und die Daten überprüfen, wie bei den Blutwerten und den K.-o.-Tropfen, oder? Es muss also echt sein.«

Arme, Beine, bestimmte Stellen am Oberkörper. Sterben, ohne zu sterben. Wenn sie Glück hatte.

»Okay«, sagte Zhen endlich. »Ich glaube, damit kann ich leben.«

19 menschen benutzen die vergangenheit, um die zukunft vorherzusagen; anders gesagt, wir stellen uns dinge vor, die nicht da sind

Zum Schlafen hatte sich Lenk in seinem Anzug unter einem Ast fixiert.

Am nächsten Morgen würde es schon alles anders aussehen; er würde Zhen suchen und ihr berichten, was er wusste oder zu wissen glaubte. Sie würde verstehen, warum er Ellen getötet hatte. Sie würde begreifen, dass er nichts mit Zimris Entführung zu tun gehabt hatte. Sie konnten die Probleme gemeinsam lösen. Er schlief in dem Wissen ein, dass am nächsten Morgen alles leichter sein würde.

Als er mitten in der Nacht aufwachte, stand sein Baum in Flammen.

Der Anzug beförderte ihn mit einem durchdringenden Schrillen in den Wachzustand. Erschrocken fuhr Lenk hoch und stieß sich den Kopf am Inneren des Helms. Der Anzug krabbelte bereits am Ast entlang und nutzte dabei seine zusätzlichen Greifarme wie eine riesige Spinne.

»Jemand hat den Baum angezündet«, sagte der Anzug. »Ich bringe uns in Sicherheit.«

Wie ein verängstigtes Tier kletterte der Anzug den Ast entlang, als eine Flammenzunge aus dem Blattwerk hervorbrach. Der Boden lag zwanzig Meter unter ihnen. Der Anzug klammerte sich am Ast fest, doch einige Zweige waren bereits verbrannt, und unter ihnen loderte das Feuer.

»Lass dich fallen«, sagte Lenk.

»Es ist zu tief«, antwortete der Anzug. »Du würdest Schaden nehmen.«

»Ich *werde* Schaden nehmen, wenn wir in Flammen stehen, du Idiot.«

Wenn Lenk einen Fuß oder einen Arm bewegte, schwankte der Ast hin und her, als säße man in einer grauenhaften Achterbahn auf dem Rummel. Er rutschte an der glatten Rinde ab. Bestimmt wurde ihm gleich schlecht. Etwas krachte in den Rücken des Anzugs, und er erkannte sofort, dass es ein Ast des Nachbarbaumes war.

»Wir müssen den Ast noch stärker zum Schwanken bringen, um uns dort hinüberzuschwingen.«

Wie ein Pendel wiegte er zusammen mit dem Anzug seinen Körper hin und her, was den Ast immer stärker in Bewegung brachte. Er reckte sich und streckte den Arm weit aus, griff aber ins Leere. Noch einmal, noch einmal, stärker schaukeln, weiter. Und ja! Mit dem linken Schutzhandschuh umklammerte er einen rutschigen Ast des Nachbarbaums. Ja! Der hielt stand. Ja! Er ließ das Vergangene los und brachte sich in Sicherheit.

Der Ast, an dem er sich festgehalten hatte, schnellte zurück. Der ganze Baum schwankte lodernd und leuchtend vor Lenks Augen und neigte sich auf ihn zu, als versuchte er, ihn in Brand zu setzen. Gerade eben hatte er ihm noch Schutz geboten, und nun stand er ihm wie ein unversöhnlicher Gegner gegenüber. Der Anzug machte sich an den Abstieg, kletterte Handgriff für Handgriff und Fußtritt für Fußtritt nach unten.

»Wo ist sie?«, fragte Lenk.

»Ich kann sie nicht finden«, antwortete der Anzug.

»Ich bringe sie um«, sagte Lenk.

20 wir denken uns in die motive anderer ein und machen uns ein bild von ihrem charakter; das ist unser evolutionärer vorteil

Nördlich des Berges rannte Lai Zhen auf allen vieren durch den Dschungel.

»Sie beschreibt große Achten in einem sich wiederholenden Muster«, sagte Lenks Anzug.

»Warum?«, fragte Lenk.

»Das weiß ich nicht«, antwortete der Anzug.

»Kannst du versuchen, es zu erraten?«

»Dafür bin ich nicht gemacht. Ich weiß über Pflanzen Bescheid, über Säugetiere, Vögel, Fische, Insekten, Krankheiten, Nahrungs-konservierung, den Bau von ...«

»Aufhören«, befahl Lenk.

»Selbst bei einem Gerät, das zu diesem Zweck entworfen wurde, lastet der Versuch, menschliches Verhalten zu verstehen, die CPU vollständig aus. Und wie schon gesagt, ich bin nicht für diesen Zweck gemacht.«

»Verstanden«, antwortete Lenk. »Verdammt, kannst du auch mal still sein?«

»Meine Aufgabe besteht darin, dich am Leben zu erhalten, und wenn du ...«

»Halt's Maul, verdammt noch mal!«

Zhen verfolgte einen Plan. Lenk kannte ihn nicht, und das machte ihn nervös. Doch jedes Muster ist durchschaubar. Und durchschaubar zu sein, macht einen verletzlich. Jeder möchte die

Zukunft gern vorhersehen, keiner kann dem widerstehen, und Zhen hatte ihm dieses Geschenk gemacht.

Im Dunkel des regennassen Dschungels kauerte Lenk sich an einer Biegung der Acht nieder und wartete darauf, dass Zhen vorbeitrabte. Genau wie ihr fiel es ihm wesentlich leichter, auf allen vieren zu laufen – der Anzug verlängerte seine Arme und unterstützte seinen Rücken, sodass es angenehm war, sich auf diese Weise fortzubewegen.

Zhen kam näher. Ihre Füße und Hände stampften über die Erde, als wäre sie ein Hund, der einem Feuerwehrwagen nachjagt. Kurz vor der Biegung wurde sie langsamer, genau wie der Anzug es prophezeit hatte.

»Sagst du mir, wann?«, fragte Lenk.

»Du bist zu nah dran, um nicht selbst in Gefahr zu geraten«, erwiderte der Anzug.

»Wenn ich zu weit weg bin, verfehle ich sie.«

»Gut möglich, dass ihr am Ende beide eure Kniescheiben verletzt«, sagte der Anzug.

»Danke, ich bin mir des Risikos bewusst«, entgegnete Lenk.

Es musste beim ersten Mal klappen, eine zweite Chance würde er nicht bekommen. Sie lauschten darauf, wie Zhens Gliedmaßen auf den feuchten Boden trommelten, langsamer und immer langsamer. Lenk schob seinen Ellenbogen vor. Dann war Zhens Anzug plötzlich da.

»Jetzt«, sagte der Anzug.

Lenk brach das Siegel der Sprengladung und schleuderte sie Zhen direkt in den Weg.

Ein schreckliches Krachen.

Dann nichts.

Dann ein heftiger Schauer.

Harte Erdklumpen regneten nieder. Rauch und Trümmer. Die Wucht der Explosion hatte Lenk auf den Rücken geworfen, und trotz des Anzugs war ihm die Luft weggeblieben. Im Geist ging er die letzten Sekunden noch einmal durch. Er wusste, wenn er selbst so heftig durch die Luft geschleudert worden war, musste die Sprengkraft Zhen vernichtet haben.

»Wo ist die Leiche?«, fragte er. »Ich will die Leiche sehen.«

21 wir haben zwar weder scharfe klauen
noch ein warmes fell
noch beeindruckende reißzähne
noch rennen wir besonders schnell,
doch wir haben immer noch unser gehirn

Arme, Beine, gewisse Stellen am Oberkörper.

Auf anderthalb Beinen krabbelte Zhens Anzug durch den Lärm und den Rauch in den Dschungel, wo Zhen ihn erwartete.

Von Anfang an war klar gewesen, dass sie ihren Plan schnell und präzise in die Tat umsetzen musste. Dabei ließen sich nur wenige Dinge kontrollieren. Der Anzug musste intakt sein, wenn Lenk ihn beschädigte, und hinterher nicht mehr. Das ließ sich nicht vortäuschen. Die Wunden mussten frisch sein. Der zerbeulte Anzug öffnete seine Klappen mit quietschenden, halb zerstörten Angeln. Zhen stieg ein. Das Visier war halb abgerissen worden, und ihr Gesicht lag frei. Dort, wo ein Unterschenkel des Anzugs abgetrennt war, war ihr linkes Bein kalt.

»Das Bein also?«, fragte Zhen.

»Möchtest du eine Narkose?«, fragte der Anzug.

»Scheiße, nein«, antwortete Zhen. »Darüber haben wir doch gesprochen. Schmerzmittel ja, aber keine Narkose. Ich brauche einen wachen Verstand.«

»Innerhalb der nächsten drei Minuten wird Lenk wieder zu Bewusstsein kommen«, sagte der Anzug. »Es wäre auch logisch, dass mein Panzer den größten Teil der Explosion abbekommen hat.«

»Ja«, sagte Zhen, »aber das Bein wird es nicht heil überstehen, oder?«

In der rechten Hand hielt der Anzug ein scharfkantiges Stück Metall. Hätte AUGR mich in der Mall nicht gerettet, hätte ich mehr verloren als das, dachte Zhen, also reiß dich zusammen.

»Die Schneide ist sauber«, sagte der Anzug. »Wenn das hier vorbei ist … ich habe dir eine Betäubung gegeben … ich kann es nähen …«

»Tu es einfach«, sagte Zhen. »Und sorg dafür, dass es echt aussieht.«

Der Anzug hob das schimmernde Metallteil hoch und stieß es Zhen so tief in den Oberschenkel, dass es am Knochen entlangschrammte.

Trotz der Betäubung war der Schmerz für kurze Zeit blendend grell. Ihr wurde schwarz vor Augen, dann sah sie Sternchen, und ihr Magen zog sich zusammen. Die Wunde saugte sich am Metall fest und versuchte, die Schneide zu umschließen, doch der Anzug riss sie wieder heraus. Nicht nachdenken, sagte sich Zhen. Sei einfach gar nicht da, denk an irgendwas anderes, denk an den silbernen Lacksplitter auf deinem Fingernagel und an die Party, daran, wie sich die Leute durch den Raum bewegt haben, langsam oder schnell, wie sie nach Schweiß und Leben gerochen haben. Doch der Schmerz brachte alle Gedanken zum Schweigen. Die Betäubung hatte nicht genug Zeit gehabt, ihre volle Wirkung zu entfalten. Es war, als schabten gezackte Linien durch ihren Körper wie die Zinken einer Gabel. Sie wurde ausgekratzt. Sie keuchte und erbrach ein wenig Galle, dann wurde es um sie herum schwarz.

Es war ein außergewöhnlich schöner Tag.

Zhens Anzug vibrierte. Die Überreste ihres Visiers waren heruntergeklappt und ihre Earbuds saßen im Ohr, doch im Augenblick kommunizierte der Anzug mit ihr, indem er den Schall auf ihre Schädelknochen übertrug. Außer Zhen konnte ihn niemand hören.

Wie aus weiter Ferne sagte der Anzug: »Stell dich tot.«

Der Anzug war nicht mehr so unschuldig, wie er es einmal gewesen war.

Der Anzug sagte: »Beweg dich nicht. Scheiße noch mal, du darfst dich auf keinen Fall bewegen.«

Zhen konzentrierte sich auf ihre flachen Atemzüge. Ein winziges bisschen Luft. Ein Atmen, das kaum der Rede wert war.

Der Anzug sagte: »Beweg dich noch weniger.«

Die Sonne zog gnadenlos ihre Bahn. Ein heißes Maul voller Stacheln. Lenk Sketlish starrte sie an.

Aus einer der Gefrier-StowtBoxen hatte der Anzug eine Blutkonserve mitgenommen. Sie war eigentlich für Notfälle gedacht, aber wenn das hier kein Notfall war, was dann? Er ließ das dickflüssige Blut über Zhens Oberschenkel laufen. So, als wäre ihre Arteria femoralis verletzt. Bestimmt hatte er ihr auch ein Beruhigungsmittel verabreicht. Sonst hätte sie doch wohl vor Schmerzen und Angst gezittert, oder?

Ihr Blick war und blieb glasig. Sie richtete ihn nicht auf Lenk. Flache Atemzüge, die kaum der Rede wert waren. In ihrem Kopf hämmerte es.

»Scheiße«, sagte Lenk. »Sie ist tot, scheiße noch mal.«

Zhens Anzug teilte Lenks Anzug fortlaufend ihre Überlebenschancen mit. Siebzehn Prozent. Fünfzehn Prozent. Zwölf Prozent. Zhens Anzug tat so, als versuchte er, ihr Leben zu retten. Als injizierte er ihr ein Gel in die Wunde, um sie zu kauterisieren und die Blutung zu stoppen. Zhen bewegte sich ganz leicht, und der Anzug sorgte dafür, dass mehr Blut aus ihrem Oberschenkel quoll. Das Plätschern wurde zu einem kurzen, heftigen Schwall wie eine Ejakulation. Neun Prozent. Vier Prozent. Zwei Prozent. Null Prozent. Null Prozent.

Lenk sah Zhen an. Zwar war sein Gesicht durch das Visier seines Anzugs verdeckt, doch sie spürte, dass sein Blick sich in sie bohrte.

»Du dämliche Kuh«, sagte er. »Wir hätten gemeinsam eine Lösung finden können.«

Er tippte mit der Fußspitze gegen ihren Körper und drehte ihren Anzug um. Sie verharrte vollkommen reglos.

Endlich wandte Lenk Sketlish sich ab, kehrte zu seinem Berg zurück und ließ Zhen liegen.

Zhen und ihr Anzug warteten ab, bis sich die Nacht über den Dschungel herabgesenkt hatte. Die dunkle Nacht mit all ihrem Wispern, Rascheln und Kreischen; die Nacht, die genauso voller Leben war wie der Tag. Im Dunkeln kauterisierte der Anzug ihre Wunde und versiegelte sie mit MembraSkin. Sie würde für immer eine Narbe zurückbehalten. Ihr linkes Bein würde nie mehr so stark sein wie das rechte. Der Anzug führte sie zum Lager zurück und nahm sie dabei an der Hand wie eine Schwester.

In einer der StowtBoxen fand der Anzug Ersatzteile für sich selbst und setzte sie ein. Nun konnte man schon eher erkennen, dass er einmal als Sex-Spielzeug genutzt worden war – das Ersatzbein hatte olivbraune Haut und sah sehr menschlich aus. Das Innere des Anzugs war nun zum Teil mit einem zarten, weichen Stoff gefüttert, dessen schimmerndes Leopardenmuster nicht so aussah, als wäre es zum Überleben in der Wildnis entworfen worden. Ein paar Teile fehlten – die linke Hand wurde durch einen Kletterhandschuh ersetzt. Der Anzug setzte sich instand und klappte sich dann auf, um Zhen wieder hereinzulassen. Dort war es warm, und ihre Wunde schmerzte etwas weniger. Sie hatte das Gefühl, dass sie und der Anzug nun Freunde waren.

»Was geschieht als Nächstes?«, fragte sie.

»Lenk wird wahrscheinlich erst in ein paar Tagen hierher zurückkehren«, antwortete der Anzug. »Wir nehmen uns heute Abend alles, was wir brauchen, und schlagen im Süden ein neues Lager auf. Weit weg von seinem Berg.«

Sie arbeiteten die ganze Nacht, luden Vorräte auf einen Schlitten und marschierten nach Süden. Sie wanderten, bis Zhen mitten in der Bewegung einschlief. Als sie wieder aufwachte, waren sie immer noch unterwegs. Am späten Nachmittag erreichten sie einen Fluss. Der Anzug erklärte ihr, sie seien mehr als vierzig Kilometer gelaufen und hätten ein Gebiet erreicht, das etwa zweihundertfünfzig Quadratkilometer umfasste und vom Berg oder aus dessen näherer Umgebung nicht gesehen worden konnte. Zhen bat den Anzug um alte Folgen der Comedyserie *Parks and Recreation*, um Sudoku-Rätsel und Animal-Crossing-Spiele. Sie verkroch sich in einem verstärkten Kuppelzelt und stellte sich vor, sie sei ganz weit weg. Sie aß Reispudding.

Nachts träumte sie von früher und von ihrer Mutter. Ihre Mutter glitt auf einer goldenen Wolke durch den Dschungel, betrachtete alles, was hier vorgefallen war, und lachte so laut, wie Kinder es tun, wenn Erwachsene sich zum Idioten machen. Natürlich, dachte Zhen, als sie aufwachte, natürlich.

»Habt ihr das auch den anderen angeboten?«, fragte Zhen den Anzug. »Das zu tun, was wir gemacht haben? Den eigenen Tod vorzutäuschen?«

Schweigen.

»Antworte mir, verdammt noch mal! Habt ihr den anderen angeboten, ihren Tod vorzutäuschen?«

»Ja«, antwortete der Anzug.

»Und haben sie es getan?«

»Das kann ich dir nicht sagen.«

Da lachte Zhen. Sie lachte bei dem Gedanken, dass das, was sie gerade mit Lenk gemacht hatte, vielleicht bereits mehrfach geschehen war. Sie stellte sich vor, wie Ellens Anzug so tat, als wäre er in tausend Teile zerschmettert worden, bevor Ellen anschließend im Dunkeln aus den Felstrümmern hervorkrabbelte und in den Norden oder Osten oder Westen der Insel marschierte. Und Zimri hatte sich vielleicht, wie Ellen vermutet hatte, eines Nanobot-Schwarms bedient, um seine Entführung vorzutäuschen. Und so lebten sie vier jetzt in ihrer vollständigen, wundervollen Isolation auf dieser fruchtbaren, mit Vorräten ausgestatteten und fast schon luxuriösen Insel, unfähig, einander auch nur so weit über den Weg zu trauen, dass sie zugeben konnten, noch am Leben zu sein.

Zhen erinnerte sich an einen Post, auf den sie vor Jahren beim Stöbern auf *Name the Day* gestoßen war. Darin war von Menschen die Rede gewesen, die nach der Zerstörung der Zivilisation Zuflucht in einer Höhle gesucht hatten. Die sich eingeredet hatten, dass in der Stadt niemand mehr am Leben war. So unfähig zu vertrauen, dass ihnen die Einsamkeit als die sicherste Option erschien.

»Möglicherweise musst du für eine sehr lange Zeit hierbleiben«, sagte der Anzug.

»Ganz allein?«

»Wie man es nimmt. Ich bin da.«

»Eigentlich hätte ich gar nicht hierherkommen sollen«, sagte Zhen.

»Aber nachdem du Bescheid wusstest, hättest du es niemals fertiggebracht, dich von hier fernzuhalten.«

22 nichts ist jemals wirklich vorbei

Im obersten Stockwerk eines Wolkenkratzers, in dessen Panoramafenster Fantails stilisiertes Vogelsymbol so eingraviert war,
dass es bei Sonnenaufgang das Licht einfing, lag ein vor Sauber-
keit blitzendes Büro aus Stahl und Silizium. Der große Schreibtisch bestand aus blau gebändertem Kristallglas, das kunstvoll
zerbrochen und durch eine dünne Kunststoffschicht fixiert war.
Man hatte Aussicht nach drei Seiten, da der ganze Raum als vor-
kragender Quader aus dem Fantail-Gebäude hinausragte, hoch
über San Francisco, als schwebe er in der Luft. Er sollte einen
aus dem Gebäude ragenden Mammutbaumast evozieren, ein
Symbol, das für die Firma und ihren Gründer von ganz besonderer Bedeutung war. Das Büro war mit einem dicken, weichen
weißen Teppich ausgelegt, sodass Martha Einkorn glaubte, fe-
dernden Waldboden unter den Sohlen zu spüren, wenn sie bar-
fuß darüber ging.

Sie traf jeden Morgen bei Sonnenaufgang oder kurz danach
in diesem Büro ein, und zwar immer zwischen fünf Uhr und
fünf Uhr dreißig. Es war ihre Zeit. Die Zeit, in der sie in Ruhe
nachdenken konnte, bevor der tägliche Trubel losging. In jener
außergewöhnlich schwierigen und turbulenten Phase, in der
Martha Einkorn sich entgegen aller Erwartungen als Retterin
der Firma erwiesen hatte, waren diese ruhigen Minuten am
Morgen unerlässlich gewesen. Sie arbeitete unermüdlich, nicht
nur um sich auf diesem herausfordernden Markt zu behaupten
und die Aktionäre bei Laune zu halten, sondern auch, um einen
wertegeleiteten Wandel im Unternehmen voranzutreiben. Das
tat sie, wie sie in zahlreichen Interviews erläuterte, um Lenk

Sketlishs Erbe zu bewahren. Um die Ideale und Visionen eines Mannes lebendig zu erhalten, den sie besser kannte als jeder andere. Um aus dem Samen, den er gepflanzt hatte, einen noch mächtigeren Baum erwachsen zu lassen. Lenk Sketlish, der Gründer und CEO von Fantail, war bei einem Flugzeugabsturz vor über drei Jahren verschwunden. Ebenso wie die CEOs zweier weiterer Tech-Giganten.

Die Zeit zwischen fünf Uhr und fünf Uhr dreißig morgens war ihr heilig, sagte Martha Einkorn in zahlreichen Interviews. Dann nämlich fühle sie sich Lenks Geist so nahe, dass sie beinahe seine Stimme hören könne. Um diese Zeit dürfe sie niemand stören. Sie verbringe sie schweigend und meditierend in nahezu körperlicher Vereinigung mit den Lehren Lenks. Es sei die Zeit, in der sie begreife, was er sich von ihr gewünscht hätte. Wie sie in seinem Sinne mit dem Unternehmen verfahren sollte.

An diesem Tag saß sie wie jeden Morgen um fünf Uhr dreißig an ihrem Schreibtisch in dem vorkragenden Quader, der über der Stadt schwebte. Sie dachte über den Tag nach, der vor ihr lag. Gleich würde sie einen von Lenks alten Laptops hervorholen. Eine beständige Erinnerung an seine Gegenwart, sagte sie. Als wäre Lenk immer bei ihr.

Wie jeden Morgen ertönte auch an diesem Tag um Punkt fünf Uhr dreißig ein leiser Alarm auf Lenks Laptop. Er wäre auch auf jedem anderen Computer ertönt, den er je besessen hatte, hätte Martha Einkorn diese spezielle Software nicht fein säuberlich von all seinen elektronischen Geräten entfernt. Auch von denen, die für das Lenk-Sketlish-Museum für Kreativität bereitgestellt worden waren, mit dessen Bau man auf einer Insel in der Bucht von San Francisco begonnen hatte.

Hätte Martha Einkorn nicht Lenks Passwörter benutzt, zu denen nur sie Zugang hatte, um die Software zu entfernen, wäre der Alarm auf jedem Laptop, jedem FantailTab, jedem Smartphone und jeder FantailWatch, die er besessen hatte, losgegangen. Nur auf diesem einen Laptop war die Software noch installiert, denn sonst hätte sie nicht auf den Alarm reagieren können. Wenn sie ihn nicht innerhalb von fünfzehn Minuten verwarf, würde das eine Kettenreaktion weiterer Warnungen zur Folge haben, und dann kämen weitere Personen ins Spiel. Falls diese auch keine Entwarnung gaben, würden automatisch Such- und Bergungs- trupps benachrichtigt und Drohnen entsandt werden.

Es war eine ernst zu nehmende Angelegenheit, den Einsatz eines in den Körper eines Menschen eingepflanzten Tracking-Chips zu autorisieren, und Lenk Sketlish hatte dieses ausgeklügelte System sehr sorgfältig entworfen. Er wollte schließlich nicht, dass ihn *irgendjemand* einfach so orten konnte. Deshalb hatte er einen »Tot- mannschalter« eingerichtet. Wenn er sich vierundzwanzig Stun- den lang nicht in eines seiner Geräte eingeloggt hatte, ertönte ein Alarm. Wenn er den Alarm nicht selbst ausschaltete, wurden die Daten seines Tracking-Chips an die einschlägigen Behörden weitergeleitet.

In dem vorkragenden Büro, das auf San Francisco hinunter- schaute, gab Martha Einkorn eine ganz bestimmte Ziffernfolge in den Safe ein, der in den Stahlboden des Raums eingelassen war. Sie holte den Laptop hervor, der ein leises, metallisches Läu- ten von sich gab. Sie klappte ihn auf und steckte das Kabel in die Steckdose. Schaute auf den Bildschirm.

»Lenk Sketlishs persönlicher Alarm wurde aktiviert«, stand dort. »Bitte bestätige, dass mit dir alles in Ordnung ist, Lenk.«

Sie lauschte auf das leise Läuten, als wäre es Lenks eigene nör- gelnde Stimme.

Dann gab sie sein Passwort ein.

Wie jeden Morgen schaltete Martha Einkorn auch an diesem Tag den Alarm aus.

SECHSTER TEIL

wie man
gewissheit
bekommt

Auszug aus dem *Name-The-Day-*Prepper-und-Survival-Forum

Unterforum: ntd/fuchsundkaninchen

>> *OneCorn*, **Status:**
   Perfekt vorbereitet

Die Geschichte von Lot und Sodom
hat ein Vorspiel.

Bevor Lot sich in der Stadt
niederließ, zog er mit seinem Onkel
Abraham umher, und sie waren gute
Freunde, die einander sehr zugetan
waren. Auf ihren Wanderungen
fanden Abraham und Lot üppiges
Weideland für ihre Herden, Wälder
voll mächtiger Bäume und Orte, an
denen sie in der Schönheit der Landschaft die heilige Gegenwart Gottes
spürten. Im Laufe der Jahre wurden
Abraham und Lot wohlhabend – ihre
Schafe warfen Lämmer, wie Schafe
es nun einmal tun. Abraham und
Lot kümmerten sich gut um sie. Die
Wolle tauschten sie ein. Am Ende
erhielten sie Silber und Gold.

Aber sie gerieten in Streit.
Worüber, berichtet uns die Genesis
nicht. Sagen wir also einfach, dieser
Teil ist unwichtig – wenn Menschen
zusammen leben und arbeiten,
streiten sie sich früher oder später
wegen irgendeinem Mist. So war
es immer, und so wird es immer
bleiben.

Nehmen wir also an, Abraham sagte zu Lot: »Ehrlich gesagt, kann ich dich kaum mehr ertragen, und auch ich gehe dir furchtbar auf die Nerven. So wollen wir das Land zwischen uns aufteilen. Vor uns liegt auf der einen Seite die Ebene von Zoar und auf der anderen die Ebene von Kanaan. Wenn du nach links gehst, gehe ich nach rechts. Und wenn du nach rechts gehst, gehe ich nach links. Ich will nur nicht, dass du hinterher behauptest, das hier wäre nicht gerecht gewesen.«

Die Ebene von Zoar war fruchtbar und die Ebene von Kanaan trocken. Daher fiel Lot die Entscheidung nicht schwer.

Sie hätten auch sagen können: Wir wollen das Land gemeinsam nutzen. Sollte es zu einer Dürre kommen oder ein riesiger Flammen-ball vom Himmel fallen, verliert wenigstens keiner von uns alles. Doch Lot war ein ängstlicher Mensch, und er brauchte etwas, woran er sich festhalten konnte. Etwas, dessen er sich sicher sein konnte.

Hört: Nichts auf der Welt ist wirklich jemandes Eigentum. Es gibt keinen Baum, kein Stück Land, kein Tier und keinen Berg, die den Namen des Besitzers wie auf einem Etikett in der Rinde, im Fleisch oder in den Gesteinsschichten eingraviert tragen. Früher einmal, vor langer Zeit,

>> *HatOnBack*,
Status: Eine Dose Bohnen
Was zum Kuckuck ist das? Ich dachte, es geht hier um Survival?

bedeutete »Eigentum« nichts anderes, als die »besondere Verpflichtung, sich um etwas zu kümmern«. Es bedeutete keineswegs, dass man es ganz alleine nutzen konnte. Das Konzept des »Eigentums« ist eine Erfindung, ein symbolisches Verhalten. Und so kam Kaninchen in die Welt. Durch die Erfindung des Eigentums haben wir Kaninchen erfunden. Kaninchen ist da, wenn wir zueinander sagen: Halt dich von mir fern, nimm dein Stück Land und bleib dort, damit ich dein scheißdämliches Gesicht nie wieder sehen muss.

Lot lebte also in der Ebene nahe Sodom, und Abraham zog zu den hohen Bäumen von Mamre. Lot war sehr zufrieden mit seiner Wahl, weil er fruchtbares Land besaß. Die Welt war immer noch so groß, dass man sich in ihr verlieren konnte. Und tatsächlich gediehen Lots Herden prächtig, und sein Wohlstand mehrte sich.

Doch wer viel besitzt, der weckt bei anderen Begehrlichkeiten.

Der König von Elam zettelte einen Krieg gegen Sodom an – nun ja, wir sagen Krieg, doch damals wohnten nur wenige Tausend Menschen in den Städten, zutreffender wäre also wohl das Wort Überfall. Mit seiner Bande von Räubern überrannte dieser Kriegskönig die Stadt,

>> *FoxInTheHenHouse*, **Status: Fluchttasche gepackt**
Genau darum geht es hier ja auch. Nämlich darum, sich wie ein Mensch zu verhalten, der eine Katastrophe überleben wird. Falls du ein Mensch sein möchtest, der überlebt.

>> *HatOnBack*
Ist das eine Drohung?

>> *FoxInTheHenHouse*
Nein. Bleib hier, vielleicht lernst du ja was.

467

entführte Lot und seine Familie. Er stahl Lots Schafe sowie das Gold und Silber und all die schönen Dinge, die dieser gehortet hatte. Das kommt heute ja immer noch vor.

Bald erfuhr Abraham, was seinem Neffen zugestoßen war. Zwar konnte er Lot nicht ausstehen, aber der Mann war schließlich sein *Neffe*. Daher nahm Abraham dreihundert der hageren Nomaden, die ihm folgten, und sie jagten den Elamiten nach. Er teilte seine Gefolgsleute in sechs Gruppen auf: Sie sollten das Lager der Feinde aus dem Osten und Süden, dem Norden und Westen, dem Nordwesten und dem Südwesten angreifen. Ohne Licht schlichen sie darauf zu, denn sie waren es gewohnt, nachts die Herden gegen die grauen Wölfe zu verteidigen. Sie umzingelten die Elamiten und warteten auf das Signal. Abraham blies in sein Widderhorn, und die Männer stürzten sich auf das Lager und nahmen es ein.

Dort fand Abraham den gefesselten Lot und durchtrennte seine Stricke. Und was empfand Lot in diesem Augenblick? Ich würde einmal sagen: Er hatte *gemischte* Gefühle. Geläutert, demütig, verängstigt, dankbar – und vielleicht auch verbittert und wütend. Möglicherweise erfüllte es ihn mit Neid, dass Abraham, der das weniger

>> *DanSatDan*,
   Status: Speisekammer gefüllt
Oder geh wieder. Keiner zwingt dich zu irgendwas.

468

fruchtbare Land bekommen hatte, derjenige war, der Lot rettete, und nicht umgekehrt. Lot war ein habgieriger Mann, und er betrachtete die Welt durch die Augen der Habgier.

Der König von Sodom ehrte Abraham und seine Gefolgsleute. Sie hatten die Frauen, Kinder und jungen Männer befreit, die von den Elamiten versklavt worden waren. Daher richtete der König ein Fest zu Ehren Abrahams aus, bei dem man süßen Ziegenkäse und leckeres Brot verspeiste und gemeinsam sang.

Schließlich kniete der König vor Abraham nieder und sagte: »Du hast uns gerettet, und nach unseren Gesetzen gehört dir nun mein gesamtes Vermögen – mein Hab und Gut, meine Frauen und Kinder. Ich flehe dich an, gib mir die Menschen zurück und behalte das Vermögen für dich.«

Abraham hatte seine Zweifel an dieser neuen Idee von Eigentum. Er trank seine Ziegenmilch und dachte gründlich nach. Was hatte es Lot genutzt, das fruchtbare Land westlich des Flusses gewählt zu haben? Abraham hatte das Gefühl, dass es etwas Besseres gab als die Anhäufung von Besitz. Er spürte, dass seine Macht und seine Sicherheit nicht von Objekten herrührten, die in einer Festung lagerten oder in einem Bunker vergraben waren.

Abraham begriff, dass er Lot nur hatte retten können, weil dreihundert Männer ihm vertrauten und ihn respektierten. Eine starke Gemeinschaft und ein guter Ruf boten mehr Sicherheit als Goldbarren und Krüge voll Getreide, Wein und Öl. Die einzige Zukunft, die wir haben, liegt in unserem Vertrauen in andere und deren Vertrauen in uns.

Daher sagte Abraham: »Ich will keinen einzigen Faden Stoff und nicht einmal einen Sandalenriemen.«

Es war nicht Tugend, die Abraham zu diesen Worten bewog, sondern Weisheit. Er erfreute sich an seinem Reichtum – dank seiner Schafherden galt er in der damaligen Zeit als wohlhabender Mann, der selbst feine Stoffe, Edelsteine und große Nahrungsmittelvorräte besaß.

Er wusste, dass Habgier zwar zu Reichtum führte, doch Reichtum erst recht Habgier auslöste.

Je reicher man ist, desto mehr muss man sich vorsehen.

Lot hatte Ohren, doch er hörte nicht. Er dachte daran, wie er und Abraham einander beschimpft und wie sich ihre Wege getrennt hatten. Damals hatten sie ungefähr gleich viel besessen. Wieso war also ausgerechnet ihm etwas so Schreckliches widerfahren?

Zu jener Zeit, als der Pöbel sich vor seiner Tür versammelte, war Lot

>> *RiasMom*, Status: Apfelbäumchen pflanzen
Oder du kommst und gehst eine Weile, bis du dich entschieden hast, so wie DanSatDan es macht.

also bereits ein gebrochener Mann.
Er kannte nur noch die Sprache
des Handels. Schnapp dir, was du
kriegen kannst, besitze es und
benutze es. Geben und Nehmen,
Handeln und Feilschen.

Er sagte: »Lasst meine Gäste
in Ruhe und nehmt stattdessen
meine Töchter.«

Und von da an gab es kein
Zurück mehr.

Die Geschichte von Abraham
und Lot warnt uns vor dem, was
wir bereits getan haben. Sie ermahnt
uns, damit aufzuhören. Sie sagt
uns, dass wir selbst entscheiden
können, ob wir mehr Gold und
Schätze anhäufen oder mehr
Vertrauen schaffen wollen. Wählt
das Vertrauen.

Die Straße ins Verderben ist
mit Gewissheiten gepflastert. Wer
glaubt, er könne das Seine vor dem
bevorstehenden Orkan beschützen,
beschleunigt den Weltuntergang nur.

>> *FoxInTheHenHouse*
Genau. Schau, wie
dir die Worte gefallen.
Wir haben Zeit.

1 die am wenigsten aufwendige lösung

Es hätten nicht drei Tech-Milliardäre sein müssen. Auf der Welt gab es genügend andere Personen und Institutionen, die ihre Macht und ihren Reichtum gnadenlos ausnutzten. Doch zufällig waren es eben diese drei Tech-Chefs, zu denen Martha Einkorn Zugang hatte. Diese Leute waren so auf die Zukunft fixiert, dass man sie mit einer Vision blenden konnte, vor deren Eintreten sie sich fürchteten. Diesen Leuten konnte man einreden, sie müssten AUGR kaufen. Diese Leute glaubten, dass etwas, das im Prinzip nichts anderes war als ein System aus Streichholzschachteln und Perlen, der Zeit vorauseilen konnte. Sie glaubten so fest an die Verheißungen der künstlichen Intelligenz, dass sie deren Worten mehr Bedeutung beimaßen als ihrem eigenen Verstand. Damit der Plan aufging, hatte es genügt, dass diese Leute davon überzeugt waren, Computer wüssten mehr als sie selbst. Das und ihr im tiefsten Herzen gehegter Wunsch, die Welt möge untergehen. Im Leben hing das eine stets vom anderen ab, und wäre Martha in eine andere Art von Revolution geraten, wäre sie trotzdem gegen den Strom geschwommen.

Es war nicht leicht gewesen. Der Entschluss alleine, etwas zu unternehmen, reicht nicht aus. Eine Idee zu haben, reicht ebenfalls nicht aus. Wer die Welt verändern will, muss Abertausende winziger Teilchen neu ordnen.

Am einfachsten wäre es natürlich gewesen, die drei zu töten. Sie ins Flugzeug zu locken. Die Black Box zu deaktivieren, eine Sprengladung an Bord zu schmuggeln und sie über dem Meer zu zünden. Die Trümmer wären in den Ozean gefallen, niemand hätte sie je gefunden, denn niemand hätte gewusst, wohin das Flugzeug unterwegs war. Die Welt hätte eine furchtbare Tragödie beklagt und sich dann weitergedreht.

An einem turbulenten Nachmittag hatten die vier in einer ihrer anonymen Hotelsuiten darüber diskutiert, ob Mord infrage käme. Ob sie überhaupt dazu imstande wären.

Selbst Badger hatte ernsthaft darüber nachgedacht, ob es nicht die einfachste und am wenigsten aufwendige Lösung wäre, siere Mutter zu töten.

»Ich glaube, dass ich Zimri umbringen könnte«, sagte Selah.

»Nach zehn Jahren Ehe empfinden viele Menschen so«, erwiderte Albert.

»Ich glaube, ich kann das nicht«, sagte Badger schließlich. »Nicht einmal, weil ich es für falsch halte. Ich glaube, ich kann es einfach nicht.«

»Die Sache ist doch die«, warf Martha ein. »Selbst wenn wir beschließen, sie umzubringen, wird einer von uns im letzten Moment kalte Füße bekommen und zum FBI gehen. Wir erreichen unser Ziel wahrscheinlich eher, wenn wir sie nicht töten.«

»Stimmt«, sagte Albert.

»Klingt realistisch«, sagte Selah.

Badger betrachtete siere Hände und hatte plötzlich das Gefühl, dass es gar nicht siere eigenen waren, sondern dass sie zu jemand ganz anderem gehörten und einen eigenen Willen besaßen, der dafür sorgte, dass sie so merkwürdig und hässlich zuckten und zitterten. Der Gedanke an einen Mord und die darauffolgende Anklage samt Prozess – Badger wusste, dass das nicht sier Leben sein konnte.

»Wenn wir sie einfach nur an einem sicheren Ort festhalten, werden wir uns niemals des Mordes schuldig machen«, sagte Badger.

Und so kamen sie auf die Idee: ein schrecklicher, unvorhersehbarer Unfall. Ausgelöst durch die eigene Technologie der Passagiere. Sie könnten theoretisch immer noch gefunden werden.

»Das ist zu riskant«, sagte Selah. »Wenn sie am Leben bleiben, tun sie sich zusammen und hecken irgendwas aus. Sie marschieren zurück in die Zivilisation, sie bauen einen Funkmasten aus leeren Konservendosen und funktionieren ihre eigenen Zahnplomben zu einem Sender um. Wir können nicht ausschließen, dass sie irgend so einen Iron-Man-Scheiß abziehen und drei Monate später wieder da sind. Und dann wandern *wir* in den Knast.«

»Also müssen wir dafür sorgen, dass sie es so angenehm wie möglich haben«, warf Badger ein. »So angenehm, dass sie gar nicht auf die Idee kommen, verzweifelte Maßnahmen zu ergreifen. Meine Mom glaubt jetzt schon, dass ihr Sicherheitsbunker ein Luxushotel ist.«

Das ist nämlich das große Geheimnis; so werden die Milliarden in der Tech-Branche angehäuft: Sorge dafür, dass alles so angenehm, erfreulich und reibungslos ist, dass keiner auf die Idee kommt, Fragen zu stellen. Keiner soll je darüber nachgrübeln, wie er sein Leben wirklich verbringen will.

Je mehr Leute eingeweiht waren, desto höher die Wahrscheinlichkeit einer undichten Stelle. Selah schlug daher die Zimri-Methode vor: Teile und herrsche. Und man musste Leute finden, die einen guten Grund hatten, die Klappe zu halten.

Der korrupte Fabrikaufseher in Shenzhen brauchte nicht zu wissen, was er herstellte. Wenn er tat, was Martha ihm auftrug, würde sie Mr. Sketlish nicht über den »Irrtum« informieren müssen, durch den etwas weniger als ein Zehntel der Fabrikproduktion an Dritte verkauft worden war, woraufhin das Geld in der Tasche des Aufsehers landete. Das hatte ihn wirklich ins Schwitzen gebracht, und so stand ihr nun eine geheime Fertigungslinie zur Verfügung.

Sie stellten kleine, unauffällige Sender her, ließen sie in genau dieselben Kisten packen wie die anderen, vollkommen legalen

Ersatzteile für einen Privatjet und transportierten sie unter der Verwendung von Barcodes, die nur Martha identifizieren konnte, zu den Ersatzteillagern mehrerer Notfall-Landeplätze an malerisch schönen Orten der USA und Kanadas. Wenn es so weit war, würde eine Kiste mit den Sendern genau dort bereitstehen, wo sie gebraucht wurde. Wenn der Sender eingeschaltet wurde, würden sich Smartphones und andere Geräte vorzugsweise mit ihm verbinden. Wer mit einem dieser Sender verbunden war, glaubte im Internet zu surfen, während er in Wahrheit die Welt durch einen unsichtbaren Filter wahrnahm. Ellen Bywater, Zimri Nommik und Lenk Sketlish würden etwas zu sehen bekommen, das sie ermutigen würde, sich besser vom Rest der Welt fernzuhalten.

Selah programmierte die Filter größtenteils selbst. Hilfe bekam sie von fünf verschiedenen Teams, die keine Ahnung hatten, dass sie am selben Projekt mitwirkten, und die am Ende glauben würden, ihre Arbeit sei im Sande verlaufen. Ein Team, das Team der »Bösewichte«, hatte den Auftrag, »Fake News über eine bevorstehende Apokalypse« zu produzieren. Sie sollten so echt und überzeugend wie möglich wirken, damit man ein anderes Team, das angeblich ein Programm zur Aufdeckung von Deepfakes entwickelte, überprüfen konnte. Das Ergebnis dieser Überprüfung würden sie ebenso wenig erfahren, wie um wen es sich bei dem anderen Team handelte.

Die zwanzig Absolventen des MIT und der Stanford University glühten regelrecht vor Begeisterung, für eine gute und gerechte Sache arbeiten zu dürfen. An vielen langen Tagen erstellten sie innerhalb von zwei Jahren ein Programm, das jedes beliebige Video und jedes beliebige Foto jeder beliebigen Stadt der Welt als Ausgangsmaterial verwenden und so verändern konnte, dass der Eindruck entstand, eine grauenhafte Pandemie breite sich mit rasender Geschwindigkeit aus. Mithilfe künstlicher Intelligenz schrieben und veränderten sie Posts, fügten neue Elemente in Fotos ein und manipulierten die Realität im Kleinen wie im Großen.

»Fuck, wie geil!«, entfuhr es Selah, als sie vor einem Bildschirm stand, auf dem sich das harmlose Foto eines Pärchens vor dem Louvre in das grauenhafte Bild einer Miliz verwandelte, die mit einem Flammenwerfer Tauben in Brand setzte.

»Wir haben uns von *28 Days Later* inspirieren lassen«, sagte der Teamchef, ein ernsthafter junger Mann namens Bradley. »Wir dachten, wir können die besten Bilder generieren, wenn die nächste große Seuche von Tieren ausgelöst wird. Wie beim Schwarzen Tod!«

Er zeigte ihr seine Modellierung. Wie schnell sich so eine Seuche ausbreiten würde. Welche Faktoren zusammenspielen mussten, damit sie beinahe zeitgleich auf mehreren Kontinenten ausbrach. Die Corona-Pandemie von 2020 hatte ihnen viel Material geliefert, das sie verwenden konnten, und auf ein Dutzend verschiedene Weisen hatten sie alles noch viel schlimmer gemacht.

Selah merkte, wie sehr es Bradley gefiel, sich diese Seuche vorzustellen. Bei Zimri war es ähnlich. Sich den Untergang der Menschheit vorzustellen, das schreckliche Ende aller Dinge, Flammen, Blut, Schmerz und Tod … fand man darin wirklich Befriedigung? War es eine Form von Sadismus? Oder eher Masochismus? Ging das Gewissen mit dem Ich ins Gericht und sagte: »Das ist es, was du verdient hast, und das ist es, was du bekommen wirst?« Vielleicht. Aber ein Mann, der sich fest an eine Partnerin band, nur um sie wieder und wieder zu betrügen, war ein Mensch, der glaubte, nicht verdient zu haben, dass man ihn wirklich kannte.

»Hey, Kumpel«, sagte Selah. »Das ist perfekt. Sie werden den Unterschied niemals bemerken.«

Bradley runzelte die Stirn. »Ich hoffe schon. Sonst … weißt du … sind wir alle am Arsch.«

Mehr als du denkst, mein Freund. Und deine eigenen Filter verhindern, dass du siehst, wie sehr.

Albert hatte vor langer Zeit an einem inzwischen eingestellten Projekt eines virtuellen Gaming-Anzugs gearbeitet.

»Du meinst einen virtuellen Sex-Anzug«, bemerkte Selah, und Albert räumte ein, dass sowohl der Gaming- als auch der Erotikmarkt Teil des Businessplans gewesen waren. Der Anzug hatte Teile, die … anschwollen, und Teile, die … weich wurden, und wieder andere Teile, die abwechselnd größer und kleiner wurden und dabei vibrierten und …

»Schon gut«, unterbrach Selah ihn. »Ihr habt einen Anzug für erwachsene Männer gebaut, die buchstäblich in die Scheide ihrer Mutter zurückkriechen wollten. Also für alle Männer. Außer den schwulen, sorry.«

»Nehm ich nicht krumm«, erwiderte Albert.

Das Projekt war auf einige Hürden gestoßen. Die Herstellungskosten für den Anzug waren so hoch gewesen, dass man für das Geld auch eine unbegrenzte Zahl an echten Frauen hätte bezahlen können, die mit einem all das anstellten, wozu der Anzug in der Lage war.

»Und was war mit dem *Gaming*-Aspekt, Albert?«, fragte Selah.

»Wie sich herausstellte, wollen nur wenige Leute am eigenen Leib erfahren, wie es sich anfühlt, Soldat zu sein«, antwortete er.

Die Fähigkeit, eine »gemischte Realität« darzustellen, war bereits in den Prototypen des Anzugs angelegt. Wenn man durchs Visier schaute, hatte man den Eindruck, die reale Welt vor Augen zu haben, doch tatsächlich nahm man nur das wahr, was der Anzug einen sehen lassen wollte.

»Vielleicht sollten wir … ein Pflanzen- und Tierbestimmungsprogramm der Region hinzufügen? Wir kennen die Gegend, in die sie fliegen werden, bereits – das ist also nicht schwierig. Außerdem Informationen dazu, wie man in dieser Umgebung überlebt. Zusätzlich sollten wir ein umfassendes Unterhaltungsprogramm downloaden. Und den Standard-Anvil-Service-Bot mit

Stimmerkennung verwenden.« Selah nickte, während sie im Kopf eine mentale Liste abhakte.

»Ja.« Sie lächelte. »Ja, das ist machbar. Wir brauchen noch ein paar weitere Hilfsmittel, aber es ist machbar. Es ist doch so, die Idee könnte unter allen Umständen funktionieren, aber tatsächlich *muss* es nur dieses eine Mal klappen – und das in einer Situation, die wir wirklich engmaschig kontrollieren können. Also ist es möglich. Und falls wir eingreifen müssen, während sie im Game sind, können wir jederzeit nachts über Satellit ein Update einspielen. Oder wir interagieren in Echtzeit mit dem System. Das ist auch nicht schwieriger als Echtzeit-Drohnen-Updates, und das machen Zimris Leute jeden verdammten Tag.«

Einen geeigneten Ort zu finden, war ebenfalls nicht schwer. Die FutureSafe-Naturschutzgebiete waren Flugverbotszonen. Die drei CEOs würden dort keine Flugzeuge am Himmel entdecken, konnten also auch nicht versuchen, ihnen ein Signal zu geben. Die Admiral-Huntsy-Insel war das abgelegenste FutureSafe-Refugium im Portfolio.

»Wir müssen die Videodrohnen darauf programmieren, die Gebiete zu meiden, in denen die drei sich aufhalten, aber auch das ist ziemlich leicht«, sagte Selah. »Fuck, wir bereiten das Videomaterial der FutureSafe-Gebiete ohnehin ständig auf. Ich habe mit Zimri schon einige von ihnen besucht; er nutzt sie für verschiedene Unterhaltungsprogramme der Firma. Die User glauben immer, sie würden alles zu sehen bekommen – man bräuchte schon eine Top-Level-Zugangsberechtigung, um zu bemerken, dass die Drohnen manche Gebiete meiden.«

»Was die Admiral-Huntsy-Insel angeht, solltet ihr noch eines wissen«, sagte Martha. »Ich lasse sie bereits für einen … längeren Aufenthalt vorbereiten.«

Martha wartete, bis bei den anderen der Groschen fiel.

»Nein«, sagte Badger. »Du hast ein *komplettes* Naturschutzgebiet in einen Bunker verwandelt?«

»Es gibt einen Grund, warum wir das alles machen«, sagte Martha.

Badger zog eine Möhre aus einem Behälter in sierer Tasche und biss wütend davon ab.

»Diese Arschlöcher«, sagte sier kauend. »Wenn wir das jetzt nicht durchziehen, gibt es in zehn Jahren eine blutige Revolution und dann rollen ihre Köpfe.«

»Du hast recht. Eigentlich tun wir ihnen damit einen Gefallen«, meinte Selah.

Das Flugzeug verschwinden zu lassen, war hingegen etwas komplizierter. Albert hatte einen Pilotenschein – er würde den Jet fliegen und zum richtigen Zeitpunkt den Transponder deaktivieren. Nachdem er den Autopiloten programmiert hatte, würde er sich mit einem Fallschirmsprung in Sicherheit bringen. Nach ein paar Hundert Kilometern würde das Flugzeug abstürzen.

»Das würdest du wirklich tun?«, fragte Badger.

»Ich bin sowieso schon in der Nachspielzeit«, entgegnete Albert. »Da kann ich genauso gut meinen Spaß haben.«

Mithilfe inerter Streubomben konnten sie das Flugzeug zum Absturz bringen und es gleichzeitig so aussehen lassen, als wäre der Jet von außen angegriffen worden. Es war riskant. Die Passagiere hatten zwar genug Zeit, sich in Sicherheit zu bringen, konnten jedoch durch herumfliegende Munition getroffen oder sogar getötet werden. Aber es war immer noch sicher genug, sagten sie sich.

AUGR war das letzte Puzzleteil, das seinen Platz fand. Nach so etwas hatten sie schon eine ganze Weile gesucht – etwas, das die drei dazu bewegen würde, heimlich, still und leise ins Flugzeug zu steigen und ihre Spuren zu verwischen. In einem Technologie- und Gründerzentrum war Martha auf Si Packship aufmerksam geworden. Er arbeitete an einem Programm, das militärtaktische Manöver vorhersagen sollte – doch die Army entwickelte ihre eigene Software, und eigentlich wartete Packship nur darauf, aufgekauft zu werden. Martha eröffnete ihm eine neue Perspektive: Was, wenn die Software nicht versuchte, Feindbewegungen *vorherzusagen*, sondern die aktuelle taktische Situation detailliert analysierte und Kampfoptionen vorschlug, an die ein Mensch vielleicht gar nicht denken würde? Und was, wenn das prädiktive Element des Programms an den Konsumgütermarkt angepasst würde und so zivilen Nutzern zur Verfügung stünde, die wissen wollten, wenn ihnen Gefahr drohte?

»Ich glaube nicht, dass AUGR Ihre Erwartungen erfüllen kann«, hatte Si Packship eingewandt.

Doch Martha hatte erwidert: »Machen Sie sich deshalb keine Gedanken, das ist im Augenblick auch nicht nötig. Was machen Sie, wenn Sie potenziellen Investoren demonstrieren wollen, wozu Ihre Software einmal in der Lage sein *wird*, auch wenn sie es aktuell noch gar nicht ist? Sie geben eine kleine Animation in Auftrag, um zu zeigen, dass Ihr Programm funktioniert, oder? Und das genügt uns vollauf.«

»Sie wollen ... eine Animation von mir?«

»Lenk Sketlish persönlich hat großes Interesse an diesem Projekt, aber ich muss ihm etwas zeigen, damit er in Sie investiert. Anschließend können wir die Software weiterentwickeln, damit sie das tut, was wir von ihr wollen.«

»Aber hat nicht genau deshalb Elizabeth Holmes ... äh ... Probleme mit Theranos bekommen? Weil sie so getan hat, als könnte ihr Gerät etwas, das es gar nicht konnte?«

»Wirklich, es besteht kein Grund zur Sorge. Lenk kann sich Dinge besser vorstellen, wenn er etwas vor Augen hat, das er anfassen kann. Das macht das Projekt realer für ihn.«

Der arme reiche Si Packship hatte sich nach Kräften bemüht, AUGR zu dem zu machen, was Martha sich wünschte. Der taktische Analyseteil nutzte die altbekannte Regel der endlosen Wiederholung, eine Milliarde Perlen, die durch eine Milliarde Streichholzschachteln liefen. Wie rettet man sich aus einer gefährlichen Situation in einem verriegelten Auto? In einer Garage? In einem Supermarkt? Auf einem Kinderspielplatz? Wieder und wieder informierten die Testpersonen die Software, ob sie die richtige Lösung vorgeschlagen hatte, ob sie Dinge entdeckt hatte, mit deren Hilfe man einen Angreifer erfolgreich abwehren, sich verstecken oder schneller fliehen konnte. Und das würde am Ende das durchschlagendste Argument sein: Sie würden die Software einem der drei aufs Handy laden und warten, bis er in Gefahr geriet.

»Aber meine Mom ist *niemals* in Gefahr«, wandte Badger ein. »Ich meine, darum geht es ihr ja gerade.«

»Wir probieren es an Lenk aus«, sagte Martha. »Er hat sich einmal von einer achtköpfigen Motorradgang entführen lassen, nur weil er wissen wollte, wie er mit so einer Situation klarkommt. Er hat ihnen ein Zeitfenster von einem halben Jahr gegeben, in dem sie ihn sich jederzeit schnappen konnten, sobald er allein war.«

»Fuck. Und was ist passiert?«

Martha schüttelte den Kopf. »Nach zwei Stunden hat er das Safeword benutzt. Um rechtzeitig zu einer Konferenz zu kommen.«

Selah lachte ihr kehliges Lachen. »Was für ein Idiot.«

Das war also der Plan. Sie würden den dreien AUGR aufschwatzen, und wenn es Lenk dann gelang, damit einer gefakten Entführung zu entkommen, würden sie alle restlos überzeugt sein. Und wenn der erste Teil funktionierte, würden sie glauben, dass Teil zwei ebenfalls funktionieren würde.

Doch wie sich herausstellte, war es gar nicht notwendig gewesen, Lenks Entführung vorzutäuschen, denn eine echte Killerin war auf den Plan getreten.

Martha Einkorn hatte Lai Zhen AUGR geschenkt, und dann war eine von Internet-Verschwörungstheorien verblendete Frau Lai Zhen in die überfüllte Mall in Singapur gefolgt und hatte das

Feuer auf sie eröffnet. AUGR hatte Lai Zhen das Leben gerettet. Und als Lenk Sketlish, Ellen Bywater und Zimri Nommik die Fotos und Videodateien betrachtet und gesehen hatten, wozu das Programm imstande war, glaubten sie daran. Und sie waren bereit in AUGR zu investieren – nicht nur ihr Geld, sondern auch ihr Vertrauen.

Denn ums Geld war es nie gegangen. Si Packship zu finden, seine Präsentation auf Vordermann zu bringen, das nötige Kapital zur Verfügung zu stellen – all das hatte Martha, Selah, Albert und Badger keine Probleme bereitet. All das waren nur kosmetische Maßnahmen um die Sache überzeugender wirken zu lassen. Der Knackpunkt war, Ellen, Lenk und Zimri davon zu überzeugen, auch wirklich ins Flugzeug zu steigen, sobald AUGR Alarm schlug. Und als die drei sahen, wie AUGR Lai Zhen in der Seasons Time Mall das Leben rettete, begriffen sie, dass es dasselbe für sie tun konnte. Und so vertrauten sie AUGR. Mehr als sie einem echten Menschen vertrauen würden. Alles war vorbereitet.

Das Einzige, was noch fehlte, war das Future. So nannten sie es untereinander – The Future –, obwohl es eigentlich kein echtes »Future« war und aus mehr als siebzehnhundert einzelnen Wetten und Leerverkaufspositionen bestand. Es war eine Wette auf die Zukunft, die darauf beruhte, dass sie das zukünftige Geschehen genau kannten. Und sie musste so aussehen, als stammte sie nicht von ihnen.

Das Future zu platzieren, hatte Zeit und einen gewissen Aufwand erfordert. Selah und Albert hatten über ein Gewirr von hundertsiebenundzwanzig verschiedenen Holdinggesellschaften und Briefkastenfirmen investiert. Sie hatten ihr beträchtliches Vermögen in Hedgefonds und Wagniskapitalgesellschaften angelegt, gewisse Aktien aufgekauft und – viel wichtiger noch – für gewisse andere Aktien Leerverkäufe getätigt. Das Future, mit dem sie an der Börse spekulierten, würde riesige Gewinne abwerfen, wenn die Aktien von Fantail, Medlar und Anvil innerhalb eines bestimmten kurzen Zeitfensters ebenso unvermittelt wie dramatisch einbrachen.

Die einzige Möglichkeit, die Zukunft wirklich zu kontrollieren, besteht darin, den Ereignissen auf die Sprünge zu helfen. Als die schreckliche Nachricht, Zimri Nommik, Ellen Bywater und Lenk Sketlish seien samt ihres Flugzeugs verschollen, um die Welt ging, rollten an den internationalen Börsen gewisse Perlen durch gewisse Streichholzschachteln und gewisse Mengen an Aktien und Kapital wanderten von einer Tasche in die andere. Alles, was man hinterher wusste, war, dass an jenem Tag manche Leute sehr reich geworden waren, doch man fand nie heraus, um wen genau es sich dabei handelte.

2 wir werden niemals die ganze geschichte erfahren

»Die Welt hat sich in den letzten drei Jahren verändert«, sagte die Journalistin. »Wie viel davon halten Sie sich selbst zugute?«

In der Seasons Time Mall in Singapur war Martha als schillerndes Hologramm anwesend. Die Mall hatte ihr Stahlbetondach in einen grünen Dachgarten verwandelt, in dem Vögel und andere Tierarten lebten. Inzwischen hatten viele Großstädte solche Projekte in Angriff genommen, nicht zuletzt, weil Fantail sie förderte. Dabei zählte das nicht einmal zu den bedeutenden Infrastrukturprojekten – was die natürlichen Lebensräume der Welt im großen Maßstab erhielt und stetig ausweitete, war das ständig wachsende Netzwerk der FutureSafe-Naturschutzgebiete. Aber das Dach der Seasons Time Mall sandte eine Botschaft aus: Das größte Einkaufszentrum der Welt legte auf seiner Immobilie das größte Dachbiotop der Welt an. Diese Einzelmaßnahmen summierten sich, und jede von ihnen veränderte die Stimmung in der Öffentlichkeit ein wenig mehr. Brachte deutlicher zum Ausdruck, wie Städte eigentlich schon immer hätten aussehen sollen.

»Ich glaube nicht, dass etwas davon auf mein Konto geht«, antwortete Martha. »Fantail ist nur der öffentlichen Meinung gefolgt. Wenn etwas Schreckliches geschieht, haben wir Menschen manchmal den Drang, ihm nachträglich Bedeutung zu verleihen. Ich war stolz, Teil dieses Prozesses zu sein.«

Es war wirklich besser geworden. Nachdem das Flugzeug von der Bildfläche verschwunden war, hatten sich die Dinge zum Positiven entwickelt, erst langsam und bruchstückhaft, dann immer schneller und stetig. Bei Fantail, Medlar und Anvil hatte man die Prioritäten neu gesetzt. Und daraufhin hatte man die Prioritäten in der Welt neu gesetzt. Die Menschen waren stärker daran interessiert – ja, sie begeisterten sich sogar dafür –, schnell wirksame Maßnahmen gegen die globale Umweltkrise zu ergreifen, auch wenn diese Maßnahmen drastisch sein mochten. Man unterstützte die Ausweitung der FutureSafe-Zonen durch das Zusammenführen großer Landflächen und stellte Gelder bereit, damit die Menschen, die in diesen Gebieten lebten – falls dort überhaupt noch Menschen lebten –, die Tiere und das natürliche Gleichgewicht an die oberste Stelle setzen konnten. Man soll das Leben in der Großstadt ruhig genießen, sagten die Leute. Aber Großstädte sind keine unberührte Natur. Wir müssen Achtung vor der Wildnis zeigen. Zunehmend machte sich die Überzeugung breit, dass man Dinge nicht besaß, weil man Zugang zu ihnen hatte, sondern weil man Verantwortung für sie übernahm. Hitzige Polemik gehörte der Vergangenheit an, stattdessen respektierte man die Meinung des anderen. Diese Entwicklung war eigenartig schnell eingetreten. Als wäre mit dem Absturz des Flugzeugs auch eine gewisse Art zu denken verschwunden. Von einem Moment auf den anderen waren die Menschen vernünftig geworden.

Zimri Nommiks Witwe Selah hatte sofort die Leitung von Anvil übernommen – Zimri und sie hatten gemeinsam ohnehin achtzig Prozent der Anteile besessen. Nach dem Verschwinden der drei Milliardäre hatten sich die Anvil-Aktien im freien Fall befunden, und Selah hatte sich zunächst nur auf das Tagesgeschäft konzentriert. Sechs Monate später gab das FBI bekannt, die Ermittlungen hätten ergeben, dass das Flugzeug aller Wahrscheinlichkeit nach auf dem Grund des Meeres lag. Daraufhin hatte Selah Nommik ihren Mann amtlich für tot erklären lassen. Im Interesse des Unternehmens und der Weltwirtschaft war das Verfahren innerhalb eines einzigen Jahres abgeschlossen worden. Die drei Milliardäre waren in einem Privatflugzeug gestartet und hatten sich nicht an den von ihnen angegebenen Flugplan gehalten. Man hatte das Gebiet Hunderte von Kilometern im Umkreis um ihre zuletzt bekannte Position gründlich abgesucht und weder Flugzeugteile noch ein Lebenszeichen der Passagiere entdeckt. Wären die drei noch am Leben gewesen, hätte einer von ihnen eine Möglichkeit gefunden, sich zu melden. Nein, sie waren tot.

Selah Nommik war nicht Zimri. Im Gegensatz zu ihm hatte sie kein Interesse daran, einen Prozess nach dem anderen zu führen, um Wettbewerber aus dem Markt zu drängen und die Kartellämter daran zu hindern, ihre gesetzlich vorgesehenen Pflichten wahrzunehmen. Sie erklärte sich bereit, Anvil in achtzehn getrennte Einzelfirmen zu zerschlagen – von denen einige direkt miteinander konkurrierten und weiteren Mitbewerbern eine Chance ließen. Sie gab eine sehr schöne Erklärung ab, in der sie sagte, sie habe aus der Flugzeugtragödie vor allem gelernt, dass die Welt es sich nicht leisten konnte, alle Eier in einen Korb zu legen. Sie zerschlug den Konzern und verteilte viel Kapital. Sie spendete nicht nur riesige Summen für große und kleine gute Zwecke, sondern verschenkte auch ganze Sparten des Unternehmens. Der Zweig für Webservices wurde einer gemeinnützigen Organisation übertragen, deren Erträge für die Erhaltung natürlicher Lebensräume auf der ganzen Welt eingesetzt wurden. Der Lieferdienst für Supermarktwaren verzichtete auf seine Gewinne und investierte das Geld, das durch den Verkauf von Bio-Ware an gut situierte Kunden erwirtschaftet wurde, in die Produktion gesunder, rein veganer Mahlzeiten, die auf der ganzen Welt zum Selbstkostenpreis abgegeben wurden. Selah kaufte Land auf und wandelte es in Naturschutzgebiete um. Mit der Zustimmung Nepals, Bhutans, Thailands und Indonesiens setzte sie Anvil-Drohnen ein, um auf den riesigen Ländereien, die sie gekauft hatte, den Tiger zu schützen. Die Drohnen bekämpften die Wilderer gnadenlos mit Taser-Waffen und schleppten sie aus dem Naturschutzgebiet heraus. Die Tigerpopulation nahm wieder zu. Da die Menschen dank der neuen Technologien nun ungehindert virtuellen Zugang zu den FutureSafe-Zonen hatten, wurde das Bedürfnis, sie persönlich zu betreten, immer geringer. Überlasst die Tigergebiete den Tigern.

Fantail hatte rasch hintereinander drei CEOs ausgewechselt, denen Martha Einkorn, ehemals Lenk Sketlishs rechte Hand, jeweils kompetent zur Seite gestanden hatte. Nach Sketlishs Verschwinden war sie berühmt geworden, weil sie in dieser Krisensituation extrem umsichtig agiert hatte. Außerdem hatte Lenk ihr einen überraschend großen Anteil seiner Aktien vermacht – größer als der seiner Kinder – und ihr die Treuhänderschaft über deren Trustfonds übergeben, bis diese das Alter von fünfunddreißig Jahren erreichten. Seine Ex-Frauen bekamen nichts. Offensichtlich war Martha Einkorn die Einzige, der er wirklich vertraut hatte. Und nachdem man es zunächst mit Lenks Stellvertreter, dann mit dem Finanzdirektor des Unternehmens und schließlich mit dem ehemaligen Finanzdirektor von Anvil, der sich nicht einmal drei Monate auf seiner Position hielt, versucht hatte, beschloss der Vorstand, Martha ebenfalls zu vertrauen.

Sie war Selah Nommiks Beispiel gefolgt und hatte sich bemüht, Lenks Vermächtnis zum Wohl der Menschheit einzusetzen. Sie sprach über Badger Bywaters Idee der »Allmende«: Da die Gewinne Fantails aus dem gemeinsamen Eigentum der Gesellschaft stammten, sollten sie in das Wohl künftiger Generationen fließen.

Fantail wurde zwar nicht von einem einzigen Mehrheitsaktionär kontrolliert wie Anvil, doch inzwischen hatte Anvils Kehrtwende bereits das Spielfeld, auf dem die Tech-Riesen agierten, neu gesteckt. Die Wettbewerbsbehörden wurden mutiger, und die Regierungen hatten gesehen, welche steuerlichen und wirtschaftlichen Vorteile die Zerschlagung Anvils mit sich gebracht hatte. Die Stimmung in der Bevölkerung hatte sich gewandelt, sobald die Menschen begriffen hatten, dass die Aufteilung Anvils in achtzehn verschiedene Firmen nicht bedeutete, dass ihr Waschmittel nicht mehr geliefert wurde. Langsam, aber sicher entschieden sich die Wähler auf der ganzen Welt für eine radikalere Politik des Umweltschutzes. Eine Analyse der Kommentare in sozialen Medien zeigte, dass sich der Tonfall nach dem Verschwinden der Tech-Milliardäre – wenn auch subtil – beinahe sofort verändert hatte. Niemand konnte genau sagen, warum das so war, aber plötzlich wehte der Wind aus einer anderen Richtung.

Fantail vermied den Konkurs, indem es Tochterunternehmen abspaltete und mit den lokalen Behörden zusammenarbeitete. Es gab den LenkRacer – Lenk hatte immer ein Faible für Autos gehabt, und dieses schnelle, selbstfahrende Elektroauto war eine wunderbare Hommage an ihn. Gemeinsam mit Staats- und Regierungschefs auf der ganzen Welt etablierte Fantail den Racer-Month, während dem die Straßen der großen Städte gesperrt wurden, damit die Infrastruktur für die neuen Elektrofahrzeuge installiert werden konnte. Den Autofahrern wurde ein Tauschgeschäft vorgeschlagen: Geben Sie Ihren alten Benziner oder Diesel ab und erhalten Sie dafür lebenslangen Zugang zum LenkRacer-System über die App Ihrer Wahl.

Die Menschen blieben einen Monat lang zu Hause, und als sie wieder herauskamen, waren die Straßen ruhig, die Luft sauber, und die Kinder konnten ungefährdet spielen. Dank eines ausgeklügelten Car-Sharing-Systems wurde nur noch ein Viertel der Fahrzeuge benötigt. Die Straßen waren nicht mehr verstopft, und es gab genug Platz für Fahr- und Lastenräder. Fantail arbeitete sich Stadt für Stadt, Bezirk für Bezirk und Staat für Staat vor und veränderte die Welt innerhalb von neunzehn Monaten. 1,3 Millionen Verkehrstote weltweit gehörten der Vergangenheit an. Sieben Millionen Menschen, die sonst jährlich an Luftverschmutzung gestorben wären, blieben am Leben. Danach begriff keiner mehr, wieso man jemals bereit gewesen war, dem Verbrennungsmotor so viele Menschen zu opfern.

Medlar war langsamer gefolgt. Der Vorstand hatte einen CEO eingesetzt, der Ellen Bywater *sehr ähnlich* war. Der Mann hielt die von Anvil und Fantail gezeigte neue Empfindsamkeit zwar für Quatsch, wollte aber auch nicht anecken und spendete eine große Summe für die Bywater-Kunst-und-Kulturstiftung. Das Geld floss in Kunstprojekte der Ureinwohner und eine online abrufbare Konzertserie. Doch im Laufe der Jahre gewann Badger Bywaters Stimme mehr und mehr an Gewicht, und sier ermunterte die Aktionäre, Investoren und Kunden, mehr von Medlar zu fordern. Gemeinsam mit drei undurchsichtigen Investmentfonds, die inzwischen siebzehn Prozent des Unternehmens besaßen, nötigte man den Vorstand, mit gutem Beispiel voranzugehen und recyclingfähige und reparierbare Technologien ganz oben auf die Agenda zu setzen. Die Leitung des Projekts übernahm Albert Dabrowski, was allgemein als eine schöne Geste des Zusammenhalts angesehen wurde.

So hatten die großen Tech-Konzerne der Welt mit ihren vielen Milliarden Schritt für Schritt eine Zeitenwende eingeläutet – statt gedankenlos immer größere Gewinne anzustreben, hatten sie ihre Prioritäten neu gesetzt. Nun ging es vor allem um die Frage, welche Welt man den künftigen Generationen hinterlassen wollte. Andere folgten ihrem Beispiel. Mit dem Tod von Ellen Bywater, Lenk Sketlish und Zimri Nommik war das Verantwortungsbewusstsein in der Weltwirtschaft gewachsen. Das Breitmaulnashorn, der Elefant und der Schneeleopard wurden vor dem Aussterben bewahrt. Der Regenwald breitete sich nun mit einem Tempo von zwei Kilometern pro Jahr in alle Richtungen aus und eroberte verlorenes Terrain zurück. Er verwandelte den ausgedörrten Boden in fruchtbare, dunkle Erde und ließ künftige Baumriesen emporwachsen, die Kohlendioxid aus der Luft entnahmen und in ihrer Biomasse und im Boden banden. Eine Kieselalge, die Lenk Sketlish in einem Nebenprojekt entwickelt hatte, wuchs in Massen und baute Plastikmüll ab. Sie filterte die Giftstoffe aus dem Wasser, während sie die Nährstoffe zurück ins System führte. Korallenriffe erwachten zu neuem Leben: junge Korallen wuchsen auf den toten, ausgebleichten Kalkskeletten der alten. Noch war es nicht perfekt, aber die Verzweiflung war weniger und die Hoffnung größer geworden.

»Nein«, antwortete Martha Einkorn. »Ich rechne mir diese Veränderungen nicht selbst an. Wir alle haben das bewirkt, wir alle gemeinsam.«

Die junge Journalistin lächelte herzlich. »Wenn ich Sie das fragen darf, was halten Sie von den Verschwörungstheorien, die im Netz kursieren? Verfolgen Sie die?«

»Verschwörungstheorien?«, fragte Martha.

»Sie wissen schon. Es gibt eine UrbanDox-Theorie, der zufolge eine Gruppe mächtiger ›kultureller Marxisten‹ sich zusammengetan hat, um das Flugzeug … absichtlich verschwinden zu lassen.«

Martha schüttelte den Kopf. »Es wird immer Menschen geben, die die Wahrheit nicht akzeptieren können«, sagte sie. »Vor einem Unfall ist niemand gefeit. Wenn Menschen so viel bewirkt haben wie Zimri, Ellen und Lenk, mag der Eindruck entstehen, sie seien unsterblich. Aber niemand von uns ist das. Niemand hätte die drei gegen ihren Willen dazu zwingen können, in dieses Flugzeug zu steigen. Wir wissen nur, dass es einen Unfall gab, aber was wirklich passiert ist, werden wir wahrscheinlich nie erfahren. Ich glaube jedenfalls, Lenk wäre stolz auf das, was wir in seinem Namen erreicht haben.«

Martha hatte vor langer Zeit eine Sache gelernt: Wenn ein Mensch verschwand, konnte das eine katalytische Wirkung haben. Selbst das Verschwinden einer einzigen Person konnte ein ganzes Projekt infrage stellen. Es musste nur die richtige Person zur richtigen Zeit verschwinden. Und letzten Endes wurden die Folgen einer destruktiven Kraft daran gemessen, was genau sie zerstörte.

»Was würde er Ihrer Meinung nach sagen, wenn er heute hier wäre?«

»Wissen Sie«, sagte Martha. »Ich bin in einem religiösen Umfeld aufgewachsen. Früher habe ich nicht gern drüber gesprochen, aber es gehört zu meiner Geschichte, genau wie alles andere. Mein Vater war ein zutiefst gläubiger Mensch. Er sagte immer, keiner von uns ist je wirklich weg. Die Erde hat weiterhin Verwendung für unsere verwesenden Körper. Unsere Geschichten werden weitererzählt, und das, was an unserem Charakter gut war, wird von anderen weitergetragen. Daher glaube ich nicht, dass Lenk wirklich weg ist. Und was er sagen würde? Er würde das sagen, was er immer gesagt hat: ›Was steht als Nächstes an, Martha?‹«

Das wurde mit leisem Lachen quittiert. Martha nutzte die Gelegenheit, um zu verkünden, dass Fantail in Asien sieben neue FutureSafe-Gebiete von jeweils über achthundert Quadratkilometern Größe erworben hatte. Applaus brandete auf.

Als das Interview zu Ende war, nahm Martha ihr Headset ab und streckte sich. Im Licht des frühen Morgens flog ein Zug Kanadagänse in V-Formation um das Glashochhaus und begrüßte den Tag mit lauten Rufen. Dreimal umrundeten sie die Panoramafenster, und ihre Flügel deuteten wie Pfeile in die Zukunft. Am gegenüberliegenden Ufer des Sees verstreuten die Ahornbäume ihre roten Blätter, als wäre die Farbe darin ihr Leben, das so heftig aus ihnen hervorschoss, dass es in alle Richtungen davontrieb. Im See schwammen goldene und dunkle Fische, wagten sich ins Licht oder in den Schatten vor und schnappten nach Beute. Dort draußen war die Welt in Bewegung. Hier drinnen war die Luft so still wie der Sonnenaufgang und satt von Möglichkeiten.

Was würde Lenk wirklich denken? Er hatte sich für so wahnsinnig schlau gehalten, hatte geglaubt, er wüsste alles. Natürlich war sein Flugzeug von einer inerten Streubombe abgeschossen worden. Natürlich war das im Voraus geplant gewesen, und Martha selbst hatte diesen Plan entwickelt. Natürlich war es kein Zufall gewesen, dass Lenk, Ellen und Zimri auf Admiral-Huntsy gelandet waren, einer unbewohnten Insel, die mit genügend Vorräten ausgestattet war, dass Menschen dort für eine sehr lange Zeit überleben konnten. Nur hatte Lenk eben nie die einzig wirklich wichtige Frage gestellt: War die Apokalypse überhaupt eingetreten?

3   ein mechanischer zentaur

Martha hatte sehr viel von Enoch gelernt, und eine der wichtigsten Lektionen war: Schau niemals zurück, sondern stets nach vorn. Und dennoch. Bestimmt war es jetzt ungefährlich.

Die summenden Schwärme der mückengroßen Kameras kreisten Stunde um Stunde auf ihren programmierten Bahnen über die Admiral-Huntsy-Insel, filmten und nahmen Geräusche auf. Sie dokumentierten die Unterseite jedes einzelnen Blattes, das Krabbeln jeden Insekts auf der gesprenkelten Rinde und die Struktur der krümeligen Erde am Boden. Über die Fantail-Plattform und ein VR-Headset konnten die User diesen üppigen Dschungel stundenlang erforschen. Die ganze Insel stand ihnen offen, mit Ausnahme einiger weniger Gebiete, in denen seltene Vogelarten nisteten und wo das sensible Gleichgewicht von Pflanzen und Mikroorganismen durch die Drohnen gestört werden könnte.

Fantail stellte jede Woche eine neue Version der Insel zur Verfügung. Es gab mehr zu sehen, als ein einziger Mensch verfolgen konnte, selbst wenn er den ganzen Tag in dieser Welt verbrachte – was manche Leute auch taten. Viele Fans beobachteten das Verstreichen der Jahreszeiten in dieser wundervollen, von Leben strotzenden Umgebung. Sie hatten keinen Zugang zu den verborgenen Teilen der Landkarte und beschwerten sich nicht, dass das Videomaterial nur einmal wöchentlich upgedatet wurde.

Martha trat durch die Öffnungen in Raum und Zeit und begab sich in jenen Teil der Insel, den Selah Nommik vor Jahren sorgfältig abgetrennt und für die User gesperrt hatte. Für Martha war es das erste Mal. Sie hatte immer zu viel zu tun gehabt und zudem befürchtet, dass Lenks Anblick schmerzhafte Empfindungen in ihr auslösen würde – Mitleid oder Schuldgefühle –, mit denen sie nicht klarkam. In der Stille ihres Hauses gab sie nun, spätabends, die nötigen Codes ein, identifizierte sich mittels Retina- und Fingerabdruckscan und betrat einen Teil des Dschungels, den kein Fantail-Nutzer je zu Gesicht bekommen würde. Das Gebiet, in dem Lenk Sketlish lebte.

In der Welt der Illusionen wanderte Martha umher.

Vor langer Zeit war eine andere Martha ebenfalls durch die Wildnis marschiert. Ihr Vater hatte sie dort zurückgelassen, und sie hatte einen Bären getötet, um zu überleben. Damals hatte sie begriffen, dass die Natur manchmal eine ausschließlich zerstörerische Kraft hervorbringt: einen Bären, der töten möchte, obwohl er mit seiner Beute nichts anfangen kann. Genauso hatte sie verstanden, dass Lenk, Ellen und Zimri so lange an der Welt genagt hätten – bildlich gesprochen –, bis nur noch schwarze, zersplitterte Knochen übrig geblieben wären. Trotzdem wäre ihr Hunger niemals gestillt gewesen, hätten sie niemals Freude empfunden. Und sie hatte ebenfalls verstanden, dass sie den Bären mit einem einzigen Hieb erlegen und im Wald zurücklassen musste.

Mithilfe der Drohnen war es ein Kinderspiel, Lenk aufzuspüren und ihm in Echtzeit zu folgen. Vorsichtig tappte Martha im virtuellen Dschungel vorwärts. Sie merkte, wie sie den Atem anhielt, als wäre Lenk ein exotisches, gefährliches Tier, das leicht aufzuscheuchen war und dem man nur schwer entkommen konnte. Der Geruch des Dschungels fehlte, aber die Geräusche waren da – Vögel, die kreischend von Baum zu Baum flatterten, oder das Vibrieren des Lebens, das in jedem Baumstamm pochte. Eine Zeit lang war Martha so fasziniert, dass sie vergaß, wieso sie eigentlich hier war.

Und da stand er plötzlich. Lenk Sketlish, hochgewachsen wie immer, aber nicht mehr so schlank wie früher. Er hatte ein kleines Bäuchlein bekommen, das auf ein friedliches Leben schließen ließ und darauf, dass sein Körper sicherheitshalber ein bisschen Fett eingelagert hatte. Den oberen Teil seines Anzugs hatte er zurückgeklappt und die Arme hinten bis zum Boden ausgestreckt, wo sie ihn nun wie ein zweites Beinpaar stabilisierten. Er sah aus wie ein sonderbarer Gott, ein mechanischer Zentaur. Er pflückte eine braune Frucht von einem Baum, drehte sie in der Hand und kostete sie.

Martha lächelte. Hätte sie sich ein Ende für Enoch aussuchen können, das wäre es gewesen. Bei diesem Gedanken wurde ihr plötzlich klar, warum sie sich wirklich so lange ferngehalten hatte. Sie hatte Angst gehabt, Enochs Schicksal vor sich zu sehen – Rauch, Asche, Feuer, das vom Himmel fiel und zum Himmel aufstieg. Aber Lenk war glücklich. So frei und gesund, wie ein Geschöpf nur sein konnte, das nach langer Gefangenschaft in die Wildnis entlassen wurde.

Sie folgte ihm durch sein Paradies. Eine bestimmte Sorte Nüsse wurde zu dieser Zeit reif, und Lenk spannte große Tücher zwischen den Bäumen auf, um sie besser einsammeln zu können, nachdem sie heruntergefallen waren. Gleichzeitig verjagte er Hörnchen und andere Nagetiere, die hinter seiner Beute her waren. Er sah jünger aus, als sie ihn in Erinnerung hatte. Sogar jünger als zu der Zeit, in der sie ihn kennengelernt hatte. Unter uns sind Menschen, dachte sie, die immer Fuchs sein wollen und müssen. Es gab Menschen, die unablässig hinter Neuem her waren und die nur ein Leben in ständiger Bewegung zufriedenstellen konnte. Rasen wir unbarmherzig auf die Zukunft zu, weil wir nicht mehr in der realen Welt herumstreifen? Das wollte sie ihm sagen und ihn fragen: »Weißt du, wie glücklich du bist und wie gut dir das steht?« Daher erschrak sie, als er plötzlich sagte: »Ja.«

»Ja«, sagte Lenk. »Ja, das ist eine gute Ernte. Ganz und gar nicht schlecht. Was meinst du?«

Und der Anzug, dessen Kopf – der zweite Kopf – dicht über dem Boden baumelte, antwortete: »Ziemlich gut, Kumpel, lagere sie schön ein.«

»Wie viele Menschen könnten wir damit wohl ernähren?«, fragte Lenk.

Der Anzug antwortete: »Mit dem, was du eingesammelt hast? Problemlos dreißig oder vierzig.«

»Wenn sie diesen Winter kommen, haben wir also genug, um sie durchzufüttern?«

»Oh ja«, antwortete der Anzug. »Wenn sie diesen Winter kommen, werden sie genug zu essen haben.«

Lenk nickte, und Martha hätte am liebsten gefragt: »Wer soll denn deiner Meinung nach kommen?«

Doch sie wusste, an wen er dachte. Es hatte eine Apokalypse gegeben, und er wartete. Er war davon überzeugt, dass früher oder später jemand zu ihm stoßen würde. Menschen würden auf die Insel kommen, und er würde ihnen seine Vorräte zeigen. Sie würden ihm sagen, was für ein tapferer, genialer Mann er war. Darauf hatte er sein ganzes Leben lang gewartet.

Sie folgte ihm weiter. Nach Südosten, immer am Fluss entlang. Im flachen Wasser hatte er lange Lianen ausgelegt, und die dunklen, geriffelten Stränge waren mit einer weißen Muschelart übersät, deren orangerotes Fleisch durch den Spalt zwischen den beiden Schalen gerade eben zu erkennen war. Er zog einige Stränge aus dem Fluss und sammelte nur so viele Muscheln, wie er brauchte – fünfzehn, genug fürs Abendessen. Dann machte er kehrt und marschierte durch den dunklen Wald zu seinem Herbstlager zurück.

Martha lief neben ihm her, passte sich seinem leichtfüßigen Traben an.

»Du kannst das gut«, sagte sie laut. »Du hast immer gewusst, dass das dein Talent ist.«

Lenk schaute nach rechts, und einen Moment lang hatte sie das Gefühl, dass er sich abwandte, weil ihn ihr Kompliment in Verlegenheit brachte. Dann trat er einen Schritt nach rechts und war weg.

Martha verharrte reglos. Der Wind raschelte weiter in den grünen Blättern. Die Vögel flatterten von Baum zu Baum. Die Nüsse fielen herab wie bunte Regentropfen. Weit und breit kein Lenk.

»Neu laden«, sagte sie. »Fantail, die Simulation neu laden.«

Die Welt um sie her verschwamm flackernd und erwachte dann von Neuem. Weiterhin kein Lenk.

»Fantail«, sagte sie. »Wo ist Lenk Sketlish?«

»Lenk Sketlish befindet sich nicht auf der Landkarte«, antwortete der Sprachassistent mit herzlicher, warmer Stimme.

»Gerade eben war er aber noch da«, sagte Martha. »Wo ist er hin?«

»Tut mir leid, über diese Information verfüge ich nicht.«

Er war nach rechts gegangen. Ein einziger Schritt, und er war verschwunden gewesen. Martha wandte sich ebenfalls nach rechts. Sie machte einen Schritt. Ganz kurz gab es ein Kräuseln in der Welt. Dann schwankten die Bäume wieder über ihr im Wind. Eine Spinne krabbelte die zerklüftete Rinde eines Stamms hinauf.

»Fantail«, sagte Martha. »In welcher Version der Admiral-Huntsy-Insel befinde ich mich?«

»Du betrachtest das öffentliche Archiv der Admiral-Huntsy-Insel, das vor drei Tagen, sechs Stunden und zweiundzwanzig Minuten zuletzt upgedatet wurde.«

»Aber gerade eben war ich noch in der Version der Admiral-Huntsy-Insel, für die man eine Zugangsberechtigung braucht.«

Fantail verstand sie nicht. Sie musste das VR-Visier hochklappen und manuell einen Neustart erzwingen. Immer noch kein Lenk. Ein Schritt nach links, und sie war in der gesperrten Version der Insel. Ein Schritt nach rechts führte sie in die öffentlich einsehbare Version zurück.

Plötzlich tauchte Lenk ein Stück weiter vorn wieder auf dem Pfad auf. Er hatte einen kleinen Umweg in den Wald rechts von ihr eingeschlagen und war in einen Bereich der Insel verschwunden, der nicht einsehbar war. Jetzt war er zurück und trabte munter mit einem Sack reifer Nüsse auf den Schultern zu seinem Lager.

Nach einer halben Stunde sorgfältiger Arbeit konnte Martha genau rekonstruieren, welcher Teil der Insel aus den sichtbaren Bereichen herausgeschnitten worden war. Es wäre ihr gar nicht aufgefallen, wäre Lenk nicht plötzlich verschwunden – alles passte praktisch übergangslos aneinander. Wenn sie einfach nur herumgeschlendert wäre oder wenn Lenk einen anderen Weg eingeschlagen hätte, wäre sie zwischen der öffentlichen und der gesicherten Version der Insel hin- und hergewechselt, ohne die Nahtstellen zu bemerken. Doch als sie nun nach einem nicht einsehbaren Bereich suchte, fand sie ihn auch. Im Süden lag eine Fläche von ungefähr zweihundertfünfzig Quadratkilometern – zehn Kilometer lang und fünfundzwanzig Kilometer breit –, von der es keine Echtzeit-Updates wie vom Rest der Insel gab. Natürlich gab es den sorgfältig bearbeiteten Drohnen-Feed, der jeden Hinweis auf die Anwesenheit von Menschen ausradieren sollte. Die Drohnen summten also noch durch diesen Bereich und zeichneten alles Sichtbare auf.

Martha nutzte die Fantail-Systeme auf jede ihr bekannte Weise. Sie gab ihre Sicherheitsschlüssel und Codes ein – die Passwörter, die ihr den geheimen Teil der Insel erschlossen und ihr gestatteten, Lenk Sketlish zu folgen. Fantail akzeptierte die Passwörter, entsperrte das besondere Gebiet aber trotzdem nicht. Sie war keine IT-Expertin, doch sie ließ alle Diagnosesysteme laufen, die ihr bekannt waren. Nichts. Sie kaute auf ihrer Unterlippe herum.

Eine Stunde später beobachtete sie, wie die Waldsänger und die Rotflügelstärlinge sich um das Vogelhäuschen in ihrem Garten drängten, jede Art so deutlich zu erkennen, als hätte ein Marketingexperte ihr ein Logo verpasst. Martha beobachtete, wie die Vögel den Kopf aufmerksam von einer Seite zur anderen wandten. Wie sie nach der Nachbarskatze Ausschau hielten und die leuchtenden Beeren im Gebüsch betrachteten.

Ich bin auf die Welt der Symbole hereingefallen, dachte sie. Ich habe die Landkarte mit dem realen Gebiet verwechselt. Ausgerechnet ich.

Sie dachte eine Weile darüber nach, dann rief sie Badger an.

»Es gibt einen Teil der Insel, der nicht auf meine Passwörter reagiert«, sagte sie. »Hast du eine Ahnung, was da los ist?«

»Oh«, sagte Badger und schwieg dann. Badger konnte nicht gut lügen.

»Möchtest du mir etwas sagen?«, fragte Martha.

»Hör zu«, antwortete Badger. »Ich habe den anderen damals gesagt, dass ich dir die Wahrheit verraten würde, solltest du mich direkt danach fragen. Fragst du mich also jetzt direkt danach?«

»Ich denke schon«, antwortete Martha.

»Okay«, sagte Badger.

4 das hätte nicht passieren dürfen

Kurz nachdem das Flugzeug mit den Tech-Milliardären an Bord verschwunden war, hatte Albert Dabrowskis Handy um fünf Uhr morgens laut gepiept. Jemand hatte AUGR aktiviert.

Das hätte nicht passieren dürfen. Albert war noch schlaftrunken und musste die Träume aus sich herauswringen wie Feuchtigkeit aus einem Handtuch. Er wälzte sich in dem großen Bett auf die Seite, auf der Mike immer schlief ... oder geschlafen hatte. Er griff nach seinem Handy, schaute auf die Nachricht und sagte laut: »Shit.«

Sie befanden sich in einer schwierigen Phase. Albert hatte sich zunächst auf seiner Jacht und dann in seinem Ferienhaus auf Hawaii verkrochen, ohne Aufmerksamkeit auf sich zu ziehen – und das war selbst mit den neuesten technologischen Mitteln nicht einfach gewesen. Das Flugzeug war gut zweiundsiebzig Stunden zuvor abgestürzt, und die Nachricht hatte inzwischen zwangsläufig die Medien erreicht. Die Zeit, in der niemand etwas geahnt hatte, war vorbei; Zimris Assistent, Lenks Ex-Frauen und Ellens Managerteam hatten längst erwartet, von den dreien zu hören. Von Martha wurde erwartet, dass sie alles dafür tat, Fantail zusammenzuhalten, während sie gleichzeitig mit den Koordinatoren der Suchtrupps zusammenarbeitete. Selah spielte die geschockte, verzweifelte Ehefrau – und war gleichzeitig damit beschäftigt, über das verschachtelte System von Briefkastenfirmen die abstürzenden Aktien von Fantail, Anvil und Medlar aufzukaufen. Jemand musste ein Auge auf die Gruppe auf der Insel haben, sich vergewissern, dass keiner von ihnen in Lebensgefahr war, und dafür sorgen, dass die Technik funktionierte. Das war zu einem gewissen Teil Badgers Aufgabe, und mehr noch die von Albert, von dem derzeit niemand etwas erwartete.

Sie hatten sich bisher mehr oder weniger darauf beschränkt, den dreien mittels der Anzüge Schlafmittel zu verabreichen, dafür zu sorgen, dass die Anzüge die richtigen Worte fanden, um sie zu beruhigen und darauf zu achten, dass die Geschichte, die sie ihnen auftischten, überzeugend klang und keine Widersprüche aufwies. Im Großen und Ganzen war alles nach Plan verlaufen.

- Drei Milliardäre saßen auf einer abgelegenen Insel und waren davon überzeugt, dass die Apokalypse stattgefunden hatte.
- Drei Milliardäre befanden sich nicht in Lebensgefahr, akzeptierten die Medikamente, die ihnen verabreicht wurden, und verloren zunehmend den Überblick, wie viele Tage seit ihrem Absturz vergangen waren.
- Drei Milliardäre waren derzeit nicht besonders motiviert, Kontakt mit der Außenwelt aufzunehmen oder die Insel zu verlassen.
- Die ganze Welt suchte nach den drei Milliardären. Nur eben immer an den falschen Orten.

Ein Punkt nach dem anderen konnte abgehakt werden.

Und jetzt das. Der Alarm auf seinem Handy informierte Albert darüber, dass ein AUGR-Exemplar aktiviert worden war, und zwar in … er musste im Internet nachschauen, wo Prince Rupert lag. Praktisch am Ende der Welt, nämlich an der Westküste Kanadas. Es musste sich um einen Irrtum handeln oder um einen Fehlalarm. Wer zum Teufel verfügte denn an einem Ort mitten im Nirgendwo über die teuerste und geheimste Software, die derzeit existierte? Er klinkte sich in AUGR ein, befahl dem System, im Stand-by zu bleiben.

Dann überprüfte er die Zugangsberechtigungen. Die Namen und Kennnummern, die vom Handy an die Software übermittelt wurden und von der Software an ihn. Angeblich war dieses AUGR-Exemplar von einem externen Team in Bukarest zerstört worden. Und jetzt war es wieder online, war erneut aktiviert worden, von … Lai Zhen. Von der Frau, mit der Martha sich getroffen hatte.

»Oh, Scheiße«, sagte Albert. »Scheiße, Scheiße, Scheiße.«

Albert rief Badger an, und sier war der gleichen Meinung.

»Wir können damit nicht zu Martha gehen«, sagte sier.

»Martha hat Zhen AUGR gegeben«, entgegnete er.

»Das *wissen* wir, Albert. Lai Zhen ist die Frau, die wir in dem Video aus der Seasons Time Mall gesehen haben. Das wir als Beweis genommen haben, dass AUGR funktioniert. Ich habe sie persönlich kennengelernt, und sie ist cool. Nur sollte sie AUGR eben *nicht mehr haben.*«

»Vielleicht hat sie es sich zurückgeholt, ohne dass Martha davon wusste«, schlug Albert vor.

»Oder Martha hat zugelassen, dass sie es reaktiviert.«

»Verdammt.«

»Ganz meine Meinung«, erwiderte Badger.

»Glaubst du wirklich, Martha hat das absichtlich gemacht?«

»Nicht das, was *jetzt* passiert. Aber vielleicht wollte sie, dass Zhen in Sicherheit ist.«

»Scheiße.«

Albert und Badger riefen Selah an.

Selah sagte: »Scheiße, Pisse, Kacke, im Arsch. Martha hat sich in sie verliebt.«

»So sehr, dass sie ihr von unserem Plan erzählt hat?«, fragte Badger.

»Bestimmt nicht. Ausgeschlossen, dass sie eine Journalistin eingeweiht hat.«

»Liebe macht dumm«, meinte Albert. »Vor allem am Anfang. Ich habe Mike so einiges erzählt, von dem sonst niemand wusste.«

»Wie sieht AUGR denn die Sache?«, fragte Selah.

»AUGR weiß nur das, was wir ihm mitteilen«, antwortete Badger. »Es geht davon aus, dass die Welt untergeht und Zhen Teil des Programms ist. Es möchte sie evakuieren.«

»Dann soll es genau das tun«, sagte Selah. »Sie ist Teil des AUGR-Programms, so wie ich und so wie du, Badger. Also wird sie evakuiert, genauso wie wir evakuiert wurden, oder?«

»Aber … es gibt kein AUGR-Programm.«

Noch während sie diskutierten, piepte Alberts Handy. Martha hatte ihm das Passwort für ihren persönlichen Fantail-Account gegeben – er sollte ihr helfen, sich um die PR zu kümmern, und sich mit Dingen befassen, für die sie keine Zeit hatte. Und jetzt war auf Marthas Account eine Nachricht von Zhen eingegangen.

Ist das echt? Bei mir wurde AUGR aktiviert.

»Was zum Teufel soll ich damit anfangen?«, fragte Albert.

»Wir müssen es nutzen«, antwortete Selah. »Albert, du bist der Einzige, der nicht ständig unter Beobachtung steht. Du musst Zhen da rausschaffen. Notfalls redest du ihr ein, dass sie wirklich von dem Programm evakuiert wird. Sonst vermasselt sie uns noch alles.«

»Himmel, was soll ich denn machen? Sie auf die Insel schicken?«

»Eigentlich keine schlechte Idee«, meinte Badger. »Vielleicht wirkt dadurch alles, na ja, noch realer?«

Das habe ich mir selbst zuzuschreiben, dachte Albert. Und verdammt noch mal, Martha, du hast es dir ebenfalls selbst zuzuschreiben. So läuft es eben, wenn man ins Leben zurückgezerrt wird. Es ist ein einziges verdammtes Chaos.

Es ist echt, antwortete er über Marthas Account. **Ich wusste nicht, dass es dich alarmieren würde.**

Er sagte Badger und Selah, er habe die Sache im Griff. Er wüsste, was zu tun sei. Dann kontaktierte er das Team, das sich um den MedlarJet in Honolulu kümmerte. Er musste sofort aufbrechen.

5 eine längere auszeit

Bei solchen Gelegenheiten wurde Martha nach außen hin stets vollkommen ruhig. Schreien konnte sie später noch. Im Moment aber streifte ein Bär durch den Wald.

»Ihr habt Zhen also auf die Insel geschickt?«, fragte sie.

»Wir haben dafür gesorgt, dass sie in Sicherheit ist«, erwiderte Badger. »Wir haben uns um sie gekümmert. Als sie Medikamente brauchte, haben wir nachts Antibiotika abgeworfen und sie dann dorthin gelotst, als handelte es sich um einen geheimen, auf der Insel gelagerten Vorrat. Es war eine Harnwegsinfektion, okay? Wir haben sie kuriert.«

»Ihr habt sie auf die Insel geschickt und das *drei Jahre* lang vor mir geheim gehalten?«

Martha hatte Zhen gesucht, sobald der Rummel sich gelegt hatte – natürlich hatte sie das getan. Aber da war schon über ein Jahr vergangen, und Zhens Freund Marius hatte auf all ihren Sites verkündet, sie nehme eine »längere Auszeit«. Das hatte Martha auf eine harte, kalte Weise traurig gemacht, die sie bereits kannte. So war es doch immer. Menschen machten mit ihrem Leben weiter, wenn man sich lange genug nicht um sie kümmerte. Wahrscheinlich hatte Zhen längst eine neue Beziehung. Martha hatte ihr ein paar vorsichtige Nachrichten geschickt und es dann gut sein lassen. Eine gewisse Form von Glück würde ihr immer vorenthalten bleiben, und auch wenn sie sich damit nicht wirklich abgefunden hatte, war sie wenigstens daran gewöhnt. Als sie nun erfuhr, dass Zhen – tatsächlich – auf ihr Ghosting nicht ebenfalls mit Ghosting reagiert hatte, waren ihre Gefühle komplex. Ein vielschichtiger Kommentar.

Selah Nommik eröffnete derzeit ein Anvil-FutureSafe-Gebiet an der Grenze zwischen Frankreich, der Schweiz und Italien. Dazu hatte sie mehrere kleine Naturschutzgebiete zusammengelegt, um sie in den großen Wildwechselkorridor zu integrieren, den sie nach und nach quer durch Europa errichteten. Sie befand sich auf einer Hütte im Nationalpark Vanoise, und hinter ihr ragten Fichten wie scharfe Schwerter in den Himmel auf.

»Hör mal«, sagte Selah. »Sie war deine Achillesferse. Du hast dich in sie verliebt. Wenn du gewusst hättest, dass wir sie auf die Insel gebracht haben, hättest du die ganze Sache platzen lassen. Das Risiko konnten wir nicht eingehen.«

»Hattet ihr vor ... es mir zu sagen? Irgendwann?«

Selah lächelte breit und entwaffnend.

»Wir wollten eine plausible Exit-Strategie für Zhen entwickeln, weißt du? Noch ein paar Jahre ins Land ziehen und sie dann denken lassen, sie hätte selbst eine Möglichkeit gefunden, von der Insel runterzukommen.«

»Mit *der* Story im Gepäck? Das glaubst du doch selbst nicht.«

»Wir hatten noch keine Lösung gefunden, aber wir haben *aktiv* daran gearbeitet, Ehrenwort.«

Albert Dabrowski war zu Hause, als Martha Einkorn gegen seine Hintertür hämmerte und dann unaufgefordert eintrat, wie sie es auch vor all den Jahren getan hatte, als sie ihn ins Leben zurückgeholt hatte.

»Ich habe es schon gehört«, sagte er.

»Du wusstest Bescheid. Du hast verdammt noch mal Bescheid gewusst und mir nichts gesagt.«

»Diese ganze Situation ist beschissen«, gab Albert zu. »Und wir sind beschissen damit umgegangen. Das alles tut mir leid, aber sie war nur ein einziger Mensch.«

Das hatten sie sich zu Beginn immer gesagt. Wie groß war die kleinstmögliche Zahl von Personen, die man loswerden musste, wenn man einen bedeutenden Beitrag zur Rettung der Welt leisten wollte? Wie groß die kleinstmögliche Zahl von Lügen, die man erzählen musste? Konnte man einen Radiergummi nehmen, einfach drei oder vier Menschen entfernen, und alle Probleme waren damit gelöst? Damals, als sie darüber diskutiert hatten, war ihnen der Unterschied gar nicht so groß erschienen – drei Menschen oder vier, was machte das schon?

Sie hatten ein weiteres CrashJacket aufgetrieben und einen zusätzlichen Survival-Anzug zusammengesetzt. Er war nicht so perfekt wie die anderen drei – im Inneren war noch zu erkennen, wofür er ursprünglich gedacht gewesen war. Sie hatten Zhen betäubt, sie in die sicherste Schutzausrüstung gesteckt, über die sie verfügten, und sie über der Insel abgeworfen.

»Euch ist klar, dass das nicht in Ordnung war, oder?«, fragte Martha.

»Ja«, antwortete Albert. »Aber die Welt stand kurz vor dem Untergang, und wir wussten nicht, was wir sonst tun sollten.«

»Ich will sie sehen.«

6 ob es in sodom einen einzigen guten menschen gibt

Auf der virtuellen Insel beobachtete Martha Zhen. Die Welt hatte kurz vor dem Untergang gestanden, und sie hatten sie gerettet. Doch der Preis dafür war ... was? Dass einige Menschen in relativem Luxus in einem Inselparadies lebten? Hätte es eine Möglichkeit gegeben, das Ziel schneller zu erreichen, hätte sie gewiss jemand gefunden. Manchmal hängt wirklich alles von einem selbst ab. Manchmal taucht plötzlich eine Abzweigung auf, und man muss schnell reagieren.

Zhen sah, soweit Martha das beurteilen konnte, relativ zufrieden aus. So zufrieden, wie ein Mensch eben sein kann, wenn er glaubt, die Welt sei untergegangen – womit sie anscheinend längst nicht so gut zurechtkam wie Lenk. Wenn Zhen durch den Dschungel wanderte, murmelte sie vor sich hin. Sie sprach dann mit dem Anzug, und manchmal antworteten Selah, Badger oder Albert über diesen Kanal. Also beinahe ein Mensch. Zhen wirkte einsam – und das war sie wohl auch.

Auf der Insel entzündete sie ein Feuer und grillte Fisch über der rot flackernden Glut. Offensichtlich fand sie eine bestimmte Maden-Art, die in der Rinde eines gelbblättrigen Baums lebte, besonders lecker. Martha beobachtete fasziniert, wie Zhen mehrere Maden aus ihrer zu einem fleckigen Pink gerösteten Haut schälte und verspeiste. Dann kam sie sich wie eine Spannerin vor und schaltete den Stream aus. Das, was sie wirklich wissen wollte, würde sie so ohnehin nicht erfahren.

Martha hörte sich die DaySave-Aufzeichnung ihrer ersten Begegnung mit Zhen an. Sie gelangte zu dem Moment, als Zhen gesagt hatte: »Es tut mir schrecklich leid, dass ich zu spät komme, es war einfach … unvermeidlich.« Und sie darauf geantwortet hatte: »Hmm, dann müssen Sie wohl eine Möglichkeit finden, mich dafür zu entschädigen.« Sie hatte sich tatsächlich getraut, so etwas zu sagen. Dabei war sie nie der Typ dafür gewesen, weder vorher noch danach. Sie überlegte, ob Zhen sich die Aufzeichnungen auch noch einmal angehört hatte.

Die Frage ist, wie viel hinzunehmen man bereit ist. Die Frage ist, wie viele Kollateralschäden zu viele sind. Die Frage ist, ob es in Sodom einen einzigen guten Menschen gibt.

7   vergiss nicht, dass du es kannst

Eines Tages wachte Zhen noch vor Sonnenaufgang auf. Als der Anzug die Veränderung ihrer Atemzüge und Bewegungen bemerkte, schaltete er beleuchtete Anzeigen im Visier ein, die die Temperatur, die Windgeschwindigkeit, die Wettervorhersage und die am Vortag marschierten Kilometer anzeigten. Zhen gab die Befehle, die all das vom Visier entfernten. Durch ihr eigenes Spiegelbild hindurch schaute sie in den dunklen Dschungel.

Der Mond war so hell, dass er die scharf umrissenen Schatten des Blätterdachs auf die Erde warf. Würde sie ihre Helmleuchten einschalten, würde sie die glitzernden Panzer Tausender Insekten sehen. Aber sie schaltete sie nicht ein. In der Ferne hörte sie das Kreischen der Affen und das Rascheln der Zweige, wenn sie sich von einem Ast zum anderen schwangen. Manchmal, wenn sie auf einem Baum schlief, rannten die Affen einfach über sie hinweg – sie hielten ihre ausgestreckte Gestalt für ein Gewächs des Dschungels.

Und in gewisser Weise war sie das auch. Sie war nach einem langen Umweg zum Ursprung zurückgekehrt. Anfangs hatte sie geglaubt, dass sie sich hier niemals sicher fühlen würde. Aber man konnte lernen, mit dem Dschungel umzugehen. Er war auf eine Weise vertrauenswürdig, wie Lenk, Ellen und Zimri es niemals gewesen waren. Es hatte ein furchtbares Unwetter gegeben, doch es war vorübergezogen.

In den drei Jahren, seit Lenk davongegangen war und sie blutend auf dem Boden zurückgelassen hatte, hatte sie gelernt, was ihr Reich ihr zu bieten hatte. Inzwischen erkannte sie die Vögel, die je nach Jahreszeit ankamen oder davonzogen, und die Fische, die zu bestimmten Zeiten am Strand auftauchten. Ihr war aufgefallen, dass es von Jahr zu Jahr mehr Vögel und Fische gab. Der Anzug bestätigte ihre Beobachtung. Die Luft war sauberer. Am Strand wurde weniger Plastikmüll und Metallschrott angeschwemmt.

Der Anzug hatte ihr geraten, im Südosten der Insel zu bleiben.

»Um den anderen aus dem Weg zu gehen?«, hatte Zhen gefragt.

»Dieses Gebiet ist das beste«, antwortete der Anzug. »Hier fängt man die meisten Fische. Es ist ideal, um zu jagen und es gibt gute Schlafplätze.«

Manchmal entdeckte sie am Horizont ein schnell verwehendes Wölkchen, bei dem es sich vielleicht um den Rauch eines Feuers handelte, bevor der Rauchumwandler des StowtBox-Herdes ansprang. Einmal hatte sie an einem besonders ruhigen Tag das Gefühl, von einer fernen Küste Musik zu hören – wie von Saiten, die gezupft wurden. Aber das wären mindestens vierzig Kilometer Entfernung. Es kam ihr unwahrscheinlich vor.

Dennoch ließ sie sich davon inspirieren und bat den Anzug, ihr beim Bau einer Gitarre zu helfen. Sie sägte Holz und glättete es sorgfältig. Die Saiten fertigte sie aus dem Darm eines der größten Tiere der Insel, einer Art Antilope, an. Vom Erlegen der Antilope über den Bau einer Vorrichtung, mit deren Hilfe sie das Holz trocknen konnte, bis zum Lackieren des Instruments nahm das Projekt den größten Teil eines Jahres in Anspruch.

Inzwischen kannte sie die zweihundertfünfzig Quadratkilometer, auf denen sie lebte, gut, doch es gab immer noch enorm viel zu lernen. Sie besaß ein Heim für die Trockenzeit und eines für die Regenzeit, nutzte je nach Saison verschiedene Stellen für die Jagd und kannte viele Bäume und Pflanzen, die ihr eine reiche Ernte bescherten. Von einem Aussichtspunkt konnte sie die Wälder und Flüsse überblicken, die rötlichen Klippen und den gefleckten Strand. Sie hatte diesen Ort zu dem ihren gemacht, indem sie ihn erkundete und sich um ihn kümmerte. Es gab genug Zeit für alles, doch sie hätte auch immer noch mehr tun können.

Ihr kam der Gedanke, dass sie hier notfalls bis zu ihrem Tod zurechtkommen würde. Sie würde Wurzeln und Knollen essen und Kleintiere grillen. Sie könnte sich neue körperliche Fähigkeiten antrainieren, zum Beispiel das Klettern oder das Fischen mit einem Speer. Sie könnte Sprachen und Handwerkskünste erlernen – der Anzug verfügte über Kurse zu jedem erdenklichen Weiterbildungsprojekt. Sie könnte sich mit Astronomie, Zoologie, Botanik oder Geologie beschäftigen. Vielleicht würde sie in der Vielfalt dieser Wildnis sogar einige neue Arten entdecken. Auf dem Anzug war alles an Musik, Kunst, Literatur und Schauspiel gespeichert, was sie sich nur wünschen konnte. Er hatte zig Millionen Daten von beliebten Websites heruntergeladen. Wikipedia. Anleitungen für alle nur denkbaren Projekte. Geschichts- und Diskussionsforen. Sogar Klatsch und Tratsch. Den ganzen Unsinn ihres früheren Lebens.

Inzwischen hatte Zhen alle Beiträge von *Name The Day* gelesen. Sie war auf OneCorns Posts gestoßen. Dahinterzukommen, wer OneCorn wirklich war, war nicht schwer gewesen, und sie begriff, warum ihr diese Einträge zur Verfügung standen. Sie hatte sich schon mehrmals mit dem Anzug über das Konzept von Fuchs und Kaninchen ausgetauscht – sie hatte ihn sogar angewiesen, einen Bereich seiner Gesprächs-KI abzutrennen, um diese Ideen mit ihr zu diskutieren.

An diesem Morgen dachte sie noch einmal über all das nach. Über den Sinn der Zivilisation, das Konzept von Städten und den Grund für die Entstehung der Landwirtschaft. Brachte die Erkenntnis, dass wir einmal Fuchs gewesen waren, überhaupt etwas, wenn man bedachte, dass wir inzwischen alle – von einigen isolierten Gruppen wie manchen Bewohnern der Taiga, den Sentinelesen oder bestimmten Menschen in Nunatsiavut einmal abgesehen – Kaninchen waren? War der Blick zurück immer so kontraproduktiv wie bei Edo und Orpheus? Sollten wir es uns tatsächlich selbst verübeln, dass wir keine Jäger und Sammler mehr waren? Und dass wir symbolisches Verhalten wie Musik, Malerei, Filme, Spiele und Sport liebten?

In der Stille der anbrechenden Dämmerung klappte Zhen das Visier hoch. Nun gab es keine grünen Namen mehr, die sich an die Raupen, die Ameisen, die knospenden Blüten und die Schleimpilze hefteten. Die Welt war da. So wie sie war.

Und in diesem Moment wurden Worte überflüssig. Es gab keine Namen mehr für die Dinge. Sie war so im Hier und Jetzt, wie du im Hier und Jetzt bist.

Wo immer du dich befindest, das üppige, komplexe, unerschöpfliche und unergründliche Vorhandensein des Ganzen strömt durch deine Augen, deine Ohren, deine Nase und deine Haut in dich hinein. Jedes einzelne Ding um dich herum ist da, wo es ist, und dasselbe gilt für dich. Die Welt, gierig und voller Leben, ist genau da, wo du bist, und das ist weder gut noch schlecht, es ist einfach.

Das mit Symbolen auszudrücken, ist unmöglich. Symbole können nie mehr sein als ein Fähnchen im Sand, das dir zeigt, wo du graben sollst. Du hast den Schatz gefunden: die Welt, wie sie ist.

Ihre Umgebung stürmte auf Zhen ein, so gegenwärtig und so gewiss, wie die Zukunft ihr einmal erschienen war. Der Anblick der kriechenden oder fliegenden Tiere, die süßen und die säuerlichen Düfte, der schwache Nachgeschmack von Früchten auf ihrer Zunge, die atonalen Harmonien des Kreischens und Heulens der Dschungelbewohner, die intensive und wunderbare Empfindung des weichen Anzugfutters auf ihrer Haut, all das war zu viel, zu real und zu gegenwärtig, um es in Worte zu fassen.

Also verließen die Worte sie.

Doch das Gefühl, mit dem die ganze Welt um sie herum Zhen in diesem Augenblick erfüllte, ließ sich ohne Namen nicht benennen. Wenn sie versuchte, ein Wort dafür zu finden, wenn sie »Flagge« und »Sand« dachte, stürzte sie aus der realen Welt zurück in die Welt der Symbole. So ist es eben. Der große evolutionäre Vorteil des Menschen ist sein Gehirn, das die Welt zergliedert, sortiert und benennt. Du solltest nicht erwarten, ihm allzu oft zu entkommen. Doch vergiss niemals, dass du es kannst.

Lai Zhen hatte einmal ein Video gepostet, in dem es darum ging, wie man jahrelang mitten in der Wildnis überlebte, und 8,2 Millionen Menschen hatten es gesehen. Sie hatte gesagt:

- Macht euch auf ein hartes Leben gefasst.
- Ihr braucht ein gutes Zelt.
- Stellt Fallen und jagt mit einer Armbrust.
- Viele werden verzweifeln.
- Versucht, die Natur um euch herum anzunehmen.

Doch die Lai Zhen, die solche Videos gedreht hatte, gab es nicht mehr.

Sie schaltete die verschiedenen Einstellungen des Visiers eine nach der anderen aus. Sie brauchte die Namen der Tiere und Pflanzen nicht mehr zu sehen. Sie wusste, welche Teile einer Pflanze schmackhaft und welche bitter waren, welche Blattbüschel auf eine Knolle unter der Erde verwiesen und welche Maden man über dem Feuer knusprig braten konnte. Sie kannte die Vögel und Insekten, weiches Gestein und hartes, die Bäume, deren Holz gut brannte, und die Bäume, deren Stämme und Äste sie als Baumaterial verwenden konnte. Sie hatte gelernt zu jagen und Fallen auszulegen. Sie verstand es, nur langsame und alte Tiere auszuwählen, so wie der Fuchs nur die langsamen Tiere erwischt und so dafür sorgt, dass die Kaninchen schnell und schlau bleiben. Sie hatte aus Bienenwachs duftende Kerzen gezogen und Tongefäße hergestellt. Sie wusste, welche Erde nach dem Brennen hart, aber brüchig wurde und welche dick und robust. Das Mädchen, das gefürchtet hatte, vollständig vom Schlamm verschlungen zu werden, war nur noch eine ferne Erinnerung.

Wie ein Vater hatte der Anzug sie gelehrt, ihren Aufenthalt auf der Insel nicht mehr als Notlösung im Angesicht der Katastrophe zu betrachten. Dies hier war kein Rückzugsort mehr, an den sie aus Angst geflohen war, sondern ihr Zuhause. Die Welt war nun auf dieselbe Weise ihr Zuhause, wie sie es vor langer Zeit für unsere Vorfahren gewesen war. Dafür waren nur die Apokalypse, ein paar technische Hilfsmittel und drei Jahre ihres Lebens erforderlich gewesen.

An diesem Abend stand sie auf dem höchsten Felsvorsprung und betrachtete den Sonnenuntergang über dem Dschungel. Rotgoldene Wolken glitten wie Fische über das Blätterdach, dann glühte der Himmel nur noch schwach, und dann war es vollkommen dunkel. Die wortlose Welt war jetzt immer da. Sie musste nur darin eintauchen, um ihren Durst zu löschen.

Die Zukunft gab es nicht mehr; die Zeit hatte nicht mehr die Form eines Pfeils, sondern die einer Spirale, die wieder und wieder um die Jahreszeiten kreiste, bis Zhens Gebeine eines Tages in der Erde versinken und ihr Fleisch neues Leben nähren würde. Und so war es gut.

8   noch ein letztes mal das richtige tun

Im schummerigen Licht der frühen Morgenstunden raste ein Einmann-Fiberglasboot mit Solarsegel auf die Admiral-Huntsy-Insel zu.

Natürlich war es verboten, in die Gewässer um die Insel herum einzudringen, und der Luftraum war ebenfalls gesperrt, doch gewisse Perlen waren in gewisse Streichholzschachteln gelegt worden, und so gab es ein kurzes Zeitfenster, in dem die Person an Bord die Grenze zum Naturschutzgebiet ungesehen überqueren konnte. Das Wasser war so klar wie der Himmel, ein von Innen her leuchtendes Blau, hell und lebendig. Die großen Unterwasserpflanzen wuchsen dem Licht entgegen, und zwischen ihren Blättern flitzten winzige silbrige Fische hin und her, suchten Nahrung und wurden als Nahrung gesucht. Weder im Gleichgewicht noch im Ungleichgewicht, sondern in ständiger Bewegung hin zu Wachstum oder dem Vergessenwerden.

Das Fiberglasboot näherte sich dem goldenen Strand, und die Bootsführerin versenkte den Faltanker im Sand. Er pflügte durch den Schlick und klappte tief unter ihr mit einem befriedigenden leisen Rumsen seine Flunken auf.

Sollte man sie hier aufspüren, würde der Alarm ausgelöst werden. Innerhalb von acht Minuten wäre sie von einem bewaffneten Drohnenschwarm umringt, der das Recht hatte, sie mit Elektroschocks zu betäuben und von der Insel wegzuschaffen. Das wäre aber nichts im Vergleich zu dem desaströsen Schlamassel, in dem sie stecken würde, sollte Lenk Sketlish sie hier entdecken. Wie dem auch sei. Für kurze Zeit waren die Drohnen abgezogen worden, damit sie versuchen konnte, ein letztes Mal das Richtige zu tun.

Martha saß am Strand, die Fersen in den weichen Sand gegraben, und betrachtete den Sonnenaufgang. All die Risiken, die sie in Kauf genommen hatte, waren umsonst, wenn sie am Ende nicht auch noch das hier riskierte.

9 es fühlte sich gefährlich an, doch sie wusste, es würde sie nicht umbringen

»Am Strand wartet jemand auf dich«, sagte der Anzug.

»Ist es Lenk?«, fragte Zhen. »Hat er mich gefunden?«

»Nein«, antwortete der Anzug. »Hör zu, ich kann dir nicht vorschreiben, was du tun sollst. Aber meiner Meinung nach solltest du zum Strand hinuntergehen und nachsehen, wer da ist.«

Zhen erinnerte sich an das Gefühl, das sie früher ständig gehabt hatte. Das Gefühl, von so vielen Gefahren umgeben zu sein, dass sie niemals allen entkommen konnte. Als sie damals in der Seasons Time Mall vor der Enochitin geflohen war, war ihr die Flucht als etwas Vertrautes erschienen, und sie war beinahe erleichtert gewesen, dass die Welt sich nun so gezeigt hatte, wie sie es von ihr erwartete.

Der Gedanke wegzulaufen, schoss ihr durch den Sinn; da war der Impuls, sich zu verstecken, abzuwarten, zu spionieren oder anzugreifen. Doch dann dachte sie: Nein, diese Welt ist jetzt mein Zuhause. Also ging sie zum Strand hinunter.

Auf dem Sand saß eine Frau und blickte aufs Meer hinaus, das jetzt, beim Höchststand der Flut, in einem dunkel- und hellblauen Muster schimmerte, tintenblaue Schatten und lichtdurchfluteter Glanz. Die Frau war ein wenig korpulent, und das Haar fiel ihr bis auf die Schultern. Zhens letzte Begegnung mit Martha lag so lange zurück, dass sie dieses ganz besondere Gefühl vergessen hatte, eine anscheinend unerschöpfliche Quelle der Erregung, selbst jetzt noch, nach allem, was geschehen war.

Trotz allem pochte Zhens verdammtes Herz bei Marthas Anblick heftig.

Zhen sah Martha an und Martha Zhen. Sie waren beide älter geworden, und jede von ihnen hatte in den vergangenen drei Jahren mehr gelernt, als sie es sich je hätte träumen lassen. Beim Gedanken, von einem anderen Menschen berührt zu werden, glühte Zhens Haut, und doch kam es ihr vor, als wäre der Abgrund zwischen ihr und der Berührung durch eine andere Person zu groß, um je überwunden zu werden.

Es gibt eine Kluft zwischen den Menschen und gleichzeitig die ständige Sehnsucht, sie zu überbrücken. Aus diesem Grund unterscheiden sich unsere Entscheidungen von denen der Perlen in den Streichholzschachteln. Wir wollen uns miteinander verbinden; wir können nicht anders. Wir schaffen es nicht, alle Tage unseres Lebens durchzustehen, ohne einem anderen Menschen zu vertrauen. Wir müssen von der Erde in den Himmel springen, selbst wenn wir wieder hinunterfallen. Wir müssen.

»Es ist schön, dich zu sehen«, sagte Martha.

»Ja«, erwiderte Zhen.

»Es gibt einiges, das ich dir erzählen muss«, meinte Martha.

»Was du nicht sagst«, gab Zhen zurück.

Trotzdem hörte sie zu.

An diesem unwahrscheinlichsten Ort der Erde zeigte Martha Zhen die Beweise. Sie zeigte ihr, wie es mit der Welt weitergegangen war und was sie selbst getan hatte. Sie besaß ein geheimes Dossier – sowohl auf Papier in einer wasserdichten Mappe als auch elektronisch –, das das ganze Unterfangen von Anfang bis Ende dokumentierte. Sie ergriff Zhens Hand, und die Berührung war so, als würde Zhen wieder ans Stromnetz der Menschheit angeschlossen. Es war so überwältigend, dass es wehtat.

Martha zeigte Zhen das Satellitentelefon, über das ihr Boot mit dem Internet verbunden war. Sie öffnete eine Klappe an Zhens Survival-Anzug und schloss ihn an die große weite Welt der menschlichen Kommunikation an. Endlose Stränge von Bildern überfluteten Zhens Visier, schneller als sie einen klaren Gedanken fassen konnte. Die Welt dort draußen war immer noch intakt, sie war noch da, aber sie war anders.

Zhen schaute und lauschte, bis die Sonne hoch am Himmel stand. Dann fragte sie: »Ihr habt es also geschafft?«

»Ja, wir haben etwas erreicht«, antwortete Martha.

»Wusstest du, dass ich hier war?«

Martha schüttelte den Kopf.

»Komisch«, sagte Zhen. »Ich wusste nämlich, dass die Welt nicht untergegangen ist.«

Dann schubste sie Martha ins Meer.

Das Wasser war so kalt wie ein Schatten. Martha ging unter und kam keuchend wieder hoch. Das Salz brannte ihr in den Augen und in einer kleinen Schnittwunde zwischen Zeigefinger und Daumen. Ihr Haar klebte vom Salz, ihr Körper wurde vom Wasser getragen, und als sie versuchte aufzustehen, riss eine Welle sie um, so eiskalt wie der erste Moment, als sie untergegangen war, oder sogar noch kälter. Sie dachte plötzlich an Fruchtwasser, an den salzig-süßen Geschmack einer Frau, daran, dass ein Frito-Lay-Lieferwagen ihre Mutter überfahren hatte, und daran, was es bedeutete, sich in eine Salzsäule zu verwandeln. Sie versuchte erneut aufzustehen, und erneut warf sie das Wasser um; sie versuchte es noch einmal und ging wieder unter. Dann lachte sie, weil es sich gefährlich anfühlte, sie aber wusste, dass es sie nicht umbringen würde, und das erschien ihr wie die komischste Sache der Welt. Genauso urkomisch war es, dass sie wie ein Baby aus dem Salzwasser an den Strand krabbeln musste, um den Wellen zu entkommen. Und vielleicht war ihr Lachen auch ein Weinen, denn der Geschmack von salzig-süßem Wasser ist das Erste, was unseren Mund durchströmt.

»Was zum Teufel meinst du damit?«, fragte sie. »Dass du es wusstest?«

10 alles muss unglaublich realistisch wirken

Die nass glänzenden Straßen hatten ruhig dagelegen, als Zhen vor dem Hotel in die schwarze Limousine gestiegen war. Sie fuhren rasch in nordöstlicher Richtung durch die Stadt und dann in die offene Landschaft hinaus. Eine Stunde nachdem sie die letzten Häuser hinter sich gelassen hatten, hielt der Wagen an. Die Trennscheibe glitt nach unten.

»Das Protokoll sieht vor, dass wir hier warten«, erklärte der Fahrer. Er streifte seine Atemschutzmaske ab. »Und wir haben etwas zu besprechen.«

Der Fahrer war Albert Dabrowski.

»Hör zu«, sagte er. »Ich will ehrlich mit dir sein. Du bist mitten in ein Riesending geraten. Es geht um ein Verbrechen, um sehr viel Geld, um eine Art Betrug. Du hättest eigentlich niemals hier sein dürfen. Aber ich habe darüber nachgedacht, und wir könnten dich gut gebrauchen. Wenn du willst.«

Er erzählte ihr, wie sie den Plan ausgeheckt hatten. Wie sie den KI-Propheten AUGR dazu genutzt hatten, die drei Milliardäre ins Flugzeug zu locken. Und sie nun an einem Ort waren, wo man niemals nach ihnen suchen würde. Er berichtete, dass sie von nun an alles dafür taten, damit die drei Konzerne anständig mit der Welt umgingen.

»Aber jetzt haben wir ein Problem«, sagte Albert. »Wir glauben, dass sie dort auf der Insel genügend Möglichkeiten haben, um mit der Außenwelt in Kontakt zu treten. Selah hat es durchgerechnet. Es klappt, wenn sie die Anzüge als Energiequelle verwenden. Sie würden zwar eine Weile dazu brauchen, aber am Ende würden sie es schaffen.«

»Ihr wollt also, dass ich auf der Insel lande und ihre Kommunikationsausrüstung zerstöre«

»Das trifft es ganz gut.«

»Und dann?«

Albert verzog das Gesicht und atmete scharf ein.

»Und dann wirst du wohl eine Weile dort warten müssen.«

»Wie lang ist eine Weile?«

»Ich weiß leider nicht, wann wir dich von der Insel holen können. Ich kann dir nicht sagen, was passieren wird und wie lange es dauern wird, bis sich die Unternehmen wieder stabilisiert haben. Wie lange es dauern wird, bis sich die Welt wieder stabilisiert hat.«

»Drei Monate?«

Albert drehte die Handflächen nach oben und bewegte sie ein paarmal hintereinander rasch aufwärts – die Geste für »mehr«.

»Ein halbes Jahr?«

Wieder verzog er das Gesicht. Erneut die Geste.

Dann sprachen sie darüber, wo und wie Zhen die technische Ausrüstung auf der Insel finden würde, die die Milliardäre eventuell zur Kontaktaufnahme mit der Zivilisation nutzen könnten.

Außerdem besprachen sie, wie Zhen – falls nötig – dafür sorgen könnte, dass die drei sich trennten. Wie sie Zwietracht unter ihnen säen könnte. Schlussendlich war das jedoch nicht einmal nötig gewesen. Zimri Nommik trat keine Reise ohne eine mit seinem eigenen Drohnenschwarm befüllte Pringles-Dose an, und als er ihn brauchte, brachte dieser Schwarm ihn von den anderen weg. Ellen Bywater kam von selbst auf die Idee, Lenk glauben zu lassen, er hätte sie in ihrem Anzug zerschmettert. Nach der Explosion rückte der Anzug seine Gliedmaßen zurecht, stand auf und spazierte davon.

Als sie all das im Taxi besprachen, lagen diese Ereignisse noch in der Zukunft. Damals hatten Albert und Zhen gedacht, die Milliardäre bräuchten ein wenig Nachhilfe, um sich selbst zu sabotieren.

»Habt ihr keine Angst, dass ich mit dem, was ich gerade erfahren habe, zur Polizei gehe?«, fragte Zhen.

»Soll das ein Scherz sein? Du hast keine Beweise außer einem Handy, das du genauso gut selbst manipuliert haben könntest. Und nebenbei bemerkt hast du einen Sachschaden von fünfzehn Millionen Dollar verursacht, als du in Zimris Bunker eingebrochen bist. Solltest du zur Polizei gehen, klingst du wie eine Verrückte. Abgesehen davon, werden wir dich natürlich verklagen. Du kannst nicht zur Polizei gehen. Du kannst überhaupt nirgendwo hingehen. Du sitzt hier am Arsch der Welt in meinem Auto, und du hast nur zwei Möglichkeiten: Entweder du fliegst auf die Insel, oder wir sperren dich ein Jahr lang irgendwo in einem Safehouse ein, bis wir es für sicher genug halten, dich gehen zu lassen.«

»Klingt beides nicht gerade verlockend.«

»Meinst du? Du bist doch die Survival-Expertin. Du könntest helfen, die Welt zu retten. Und auf dieser Insel ist das Wetter wirklich toll.«

Zhen überlegte, was sie sich von ihrem Leben erhofft hatte, und was sie, wenn alles aus und vorbei war, überhaupt noch Sinnvolles anfangen könnte.

»Oh«, sagte Albert. »Ich habe vergessen zu erwähnen, dass wir dich betäuben müssen. Das ist ja offensichtlich. Die drei verfügen über Ausrüstung, mit der sie deine Blutwerte überprüfen können, darum muss alles so realistisch wie möglich wirken. Wenn ich mich über den Anzug mit dir unterhalte, muss es so sein, als redete der Anzug selbst mit dir, okay?«

»Hm.«

»Also, die Entscheidung liegt bei dir. Wir können dich im Moment nicht gehen lassen, aber wir sorgen dafür, dass dir nichts zustößt. Und ich glaube, es wird die Mühe definitiv wert sein. Und zwar im Interesse der gesamten Welt.«

»Darf ich Marius anrufen? Sonst wird er nämlich nach mir suchen. Und das ist dann auch für euch ein Problem.«

»Okay«, antwortete Albert. »Sag ihm aber nicht mehr, als du musst.«

»Also gut«, stimmte Zhen schließlich zu. »Einverstanden. Ich übernehme die Rolle der Agente provocateuse auf der tropischen Insel der Milliardäre.«

»Kluge Entscheidung. Ich denke, du wirst deinen Spaß daran haben.«

Schließlich hörte Zhen in der Ferne einen Hubschrauber, und im selben Moment packte der Fahrer ihr Handgelenk, und sie spürte, dass sie am Handrücken gekratzt wurde.

»Keine Sorge«, sagte er. »Dort, wo du hinkommst, gibt es tausend wunderschöne Dinge.«

11 wir müssen so schnell wie möglich dorthin

Martha saß erschöpft zu Zhens Füßen im Sand, die Beine geöffnet. Sie versuchte nicht aufzustehen.

»Albert ist ein Arschloch«, keuchte sie. »Du kannst die ganzen Beweise, die ich dir gegeben habe, nehmen und damit zur Polizei gehen. Deshalb bin ich gekommen. Um mich bei dir zu entschuldigen und um dir das zu geben.«

»Willst du mich nicht überreden, es nicht zu tun?«, fragte Zhen.

»Ich werde es versuchen«, antwortete Martha. »Aber wenn ich es nicht schaffe, ist es wohl okay.«

»Du hast verdammt noch mal … Deine Scheiß-Freunde haben mich verdammt noch mal entführt, auf diese Insel gebracht und gegen meinen Willen hier festgehalten.« Zhen war aus dem Anzug geklettert, der neben ihr stand wie ein sonderbar zusammengeflickter Freund und Beschützer. »Sieh dir mein Bein an.« Sie zeigte Martha die lange, geschwungene Narbe. »Das hast du mir angetan.«

»Es tut mir leid«, antwortete Martha. »Ich wusste nichts davon, aber ich hätte es wissen müssen, und es tut mir leid.«

Zhen setzte sich plötzlich neben sie in den Sand.

»Also«, sagte sie. »Raus mit der Sprache. Ich musste eine Frau in eine Salzsäule verwandeln. Hast du mich wegen irgendeinem religiösen Scheiß in diese Situation gebracht?«

»Oh«, sagte Martha.

»Ich habe deine Posts über die Salzsäule und das Überleben gelesen. Ich kannte nicht alle Puzzleteile, aber ich *wusste* einfach, dass etwas nicht mit rechten Dingen zuging.«

»Es war keine Absicht«, erklärte Martha. »Ich habe dir die Eno-chiten nicht auf den Hals gehetzt, aber natürlich fühlte ich mich ihretwegen verantwortlich, und so habe ich AUGR auf deinem Handy installiert. Es zeichnet … nun ja, den Blutdruck auf, die Herzfrequenz und solche Sachen. Ich wollte Bescheid wissen, falls du in Schwierigkeiten gerätst, und außerdem konnte AUGR dir helfen. Ich wollte dich beschützen, falls du in Gefahr gerietest.«

»Dann war das mit der Salzsäule also … Zufall?«

Martha dachte an den Moment zurück, als Zhens Handy bei ihr einen Alarm ausgelöst hatte. Als AUGR ihr geschildert hatte, welche taktischen Möglichkeiten Zhen in ihrer Situation zur Ver-fügung standen. Martha erinnerte sich an die überwältigenden Schuldgefühle, die sie ergriffen hatten, als ihr klar wurde, dass sie mit ihrer Offenherzigkeit eine gestörte Person dazu veranlasst hatte, Zhen durch den Klimaanlagentunnel einer Mall in Singa-pur zu jagen. Bei dem Interview in London hätte Martha niemals auch nur andeuten dürfen, aus welchen Gründen sie ihren Vater verlassen hatte.

»AUGR hat mir unterschiedliche Alternativen aufgezeigt, um dich aus dieser Situation rauszuholen. Das Salz war wohl … ich habe erst hinterher darüber nachgedacht. Es fühlte sich einfach richtig an. Weißt du, meine Kindheit war sehr eigenartig, und einige dieser Geschichten lassen mich wohl nicht mehr los. Ich weiß nicht, vermutlich kam mir diese Möglichkeit … vertraut vor.«

»AUGR hat dir Optionen vorgeschlagen? Es hat mich nicht selbstständig angeleitet?«

Martha hatte vergessen, dass Zhen über diesen Teil nicht infor-miert war.

»Oh nein«, sagte sie. »AUGR hat nie funktioniert. Es kann die Zukunft nicht vorhersehen. Es ist nur ein Tool, so wie ein Navi oder ein Übersetzungsprogramm, verstehst du? Es analy-siert die Umgebung, um sich ein Bild der Lage zu machen. Es zeigt einem, wozu man bestimmte Gegenstände verwenden oder was man als Waffe einsetzen könnte. Es zeigt einem Möglichkeiten auf.«

»Es hat nie funktioniert?«

»Nein. Weißt du, man kann so gut vorbereitet sein, wie man will, aber in Wahrheit weiß niemand, was als Nächstes passieren wird. Dafür ist die Welt zu komplex. Wir haben so viel Hochachtung vor den KIs, als wären sie Götter, aber wir überschätzen sie. Man kann unmöglich vorhersehen, was in der Zukunft geschehen wird.«

»Es hat nie … funktioniert?« Zhen wurde von einem so heftigen Lachanfall geschüttelt, dass sie nach Luft schnappen musste. Einem echten Lachen, das uns nur überkommt, wenn wir mit einem Menschen zusammen sind, dem wir wirklich vertrauen. »Es hat verdammt noch mal nie *funktioniert*? Du hast mich auf diese Insel gebracht, du hast die CEOs der drei größten Tech-Konzerne der Welt hierhergeschafft, du hast drei der reichsten Menschen der Welt überzeugt, in dieses Flugzeug zu steigen – und das alles mit einer Software, die nie funktioniert hat?«

Zhen lachte, und nun lachte auch Martha, doch so, dass man nicht wusste, ob es nicht vielleicht ein Weinen war.

Später sagte Martha: »Wir mussten es schnell durchziehen. So wie man ein Pflaster mit einem einzigen Ruck abreißt. Sicher, irgendwann hätten sich all unsere Probleme von selbst gelöst: die Weltbevölkerung wäre geschrumpft, und der Planet hätte auf die eine oder andere Weise wieder ins Lot gefunden. Aber das hätte Hunderte von Jahren des Elends zur Folge gehabt, steigende Meeresspiegel, Hunger und Dürre, Flüchtlinge, Krieg. Eine Zivilisation, die nur noch in wenigen Nischen überlebt. Neue Krankheiten, die von Fledermäusen und Insekten übertragen werden, weil wir die Wälder roden und sie aus ihren angestammten Lebensräumen vertreiben. Vor uns hätten Hunderte von Jahren des Schreckens gelegen, bevor wir neu hätten anfangen können.«

»Sagtest du nicht, man kann die Zukunft nicht vorhersehen?«, warf Zhen ein.

»Na ja, natürlich kann man unmöglich wissen, in welcher Reihenfolge die Dinge geschehen. Aber einiges davon wäre mit Sicherheit eingetreten. Lenk, Ellen und Zimri hätten dafür gesorgt, dass ihnen selbst nichts zustößt, aber der Rest der Menschheit hätte gelitten. Das hier war einfach eine Abkürzung. Ich kann nicht immer alles kontrollieren …«

»Ach wirklich? Wer hätte das geglaubt? Gut zu wissen.«

»Ich dachte, wenn wir es so schnell wie möglich hinter uns bringen, können wir den nächsten Schritt gehen. Dann fährt man mit elektrischen Bussen und Bahnen, es gibt günstige Nahrungsmittel und die Vögel kommen zurück. Wir können unsere elektronischen Geräte reparieren lassen, statt sie wegzuwerfen, die Städte sind lebenswerter, die Flüsse sauberer und die Luft lässt sich wieder besser atmen. Ich wollte, dass wir so schnell wie möglich in einer Welt leben, die besser ist. Die Zukunft kommt. Wir werden ihr entgegengetrieben. Wenn wir es richtig anstellen, finden wir auf der anderen Seite des Ufers eine wunderschöne Welt. Davon bin ich überzeugt. Aber wir müssen so schnell wie möglich dorthin gelangen.«

»Und jetzt?«

Martha kaute auf ihrer Unterlippe.

»Vielleicht genügt das, was ich erreicht habe«, sagte sie. »Man kann nicht alles für immer in Ordnung bringen, aber man kann versuchen, den Dingen einen Schubs in die richtige Richtung zu geben. Wie auch immer du dich entscheidest, vielleicht ist es in jedem Fall okay.«

Zhen wog die Unterlagen, die Martha ihr gegeben hatte, in der Hand.

»Ich könnte damit zum FBI gehen«, sagte sie. »Zum FBI und zur BBC, zur CIA, zum australischen, französischen und deutschen Geheimdienst und allen anderen. Ich könnte damit überall hingehen, und dann würdest du verhaftet und für den Rest deines Lebens hinter Gitter wandern.«

»Vermutlich«, erwiderte Martha. »Ich denke ... ich denke, wenn du das machst, besteht die Möglichkeit, dass einiges von dem, was ich bewirkt habe, wieder rückgängig gemacht wird. Aus Wut. Weil die Menschen sich manipuliert fühlen. Aber das ist in Ordnung. Als ich beschlossen habe, dich zu holen, war mir klar, dass du die Wahrheit früher oder später sowieso herausfinden würdest, egal, welche Lügen ich dir auftische. Also habe ich beschlossen, ehrlich zu dir zu sein.«

»Und ich kann damit machen, was ich will? Es den Medien und den Behörden zukommen lassen? Ich kann dir übler mitspielen, als je jemandem mitgespielt worden ist?«

»Ich bitte dich um nichts«, erwiderte Martha. »Es ist deine Entscheidung.«

Sie hob die Hände und ergab sich.

Sehr viel später sagte Martha: »Du hast wirklich die ganze Zeit hier gewartet, weil du darauf vertraut hast, dass ich kommen würde?«

»Ich habe darauf vertraut, dass jemand kommen würde. Aber ich habe gehofft, dass du es sein würdest.«

Martha lächelte. »Und hast du inzwischen jemand anderen kennengelernt?«

»Oh ja,«, antwortete Zhen. »Ich hatte auf dieser einsamen Insel richtig was am Laufen, nämlich mit ... Ellen Bywater. Hat man dir nicht davon erzählt?«

»Es hieß, es sei Zimri.«

»Oh, der ist auch voll mein Typ.«

Ihre Finger näherten sich einander und berührten sich. Manchmal spürt man, wenn etwas richtig ist. Es kann schwierig sein, die Dinge in den Griff zu bekommen. Aber manchmal funktioniert es einfach.

»Drei verdammte Jahre meines Lebens«, sagte Zhen. »Dazu noch mein Bein. Drei Jahre und ein Bein. Na ja. Nicht das ganze Bein. Aber trotzdem.«

Martha sagte: »Das tut mir schrecklich leid. Es war einfach … unvermeidlich.«

»Hm«, erwiderte Zhen. »Dann musst du wohl eine Möglichkeit finden, mich dafür zu entschädigen.«

Sie lachten, wie Kinder es tun, wenn man sie in die Luft wirft. Wir alle fallen ständig von der halb verstandenen Vergangenheit in die unvorhersehbare Zukunft.

Ein anderes Wort für Fallen ohne Angst ist Fliegen.

dank

»Komm mit in die Arktis«, sagte Margaret Atwood zu mir. »Sie wird dich verändern.«

»Aber vielleicht will ich nicht verändert werden, Margaret«, antwortete ich.

Und doch fuhr ich hin, und sie hat mich verändert. Danke, Margaret. Du hattest recht. Mal wieder.

Der Reise in die Arktis mit dem außergewöhnlichen Adventure Canada Team hat dieses Buch viel zu verdanken. Mein Dank geht an Rolex, das mir diese Exkursion ermöglicht hat.

Ich bin dankbar für die Gespräche, die ich in einem Schulflur in Rigolet geführt habe, einer Stadt am Ufer eines zugefrorenen Sees, die auch den Namen Tikigâksuagusik, Nunatsiavut, trägt. Mein Dank gilt den Menschen in Rigolet, die mir geduldig erklärt haben, was es bedeutet, »vom Land zu leben«, während mir langsam dämmerte, dass selbst ich, in der Großstadt geboren und aufgewachsen, das als zutiefst befriedigend empfinden würde. Und ich danke Lena Onalik und Derrick Pottle für die Gespräche über das Wissen und Denken von Ureinwohnern, Eingeborenen und Angehörigen der First Nations. Dasselbe gilt auch für spätere Gespräche mit Ishmael Hope, meinem Mitarbeiter beim Verfassen von *Zombies, Run!* Alle etwaigen Missverständnisse in diesem Buch gehen natürlich auf meine Kappe.

Falls Sie sich als Leserin oder Leser gefragt haben, wieso wir sesshaften Kaninchen einen so mörderischen Hass auf all jene Menschen entwickelt haben, die auch nur einen kleinen Teil des Jäger-und-Sammler-Lebens verwirklichen, das wir schließlich alle bis vor ein paar Tausend Jahren geführt haben, rate ich Ihnen, die

Werke obiger und weiterer Lehrer und Autoren aus den Reihen der Ureinwohner, Eingeborenen und Angehörigen der First Nations zu lesen. Inzwischen habe ich das Gefühl, dass sich selbst der Hass auf uns Juden – die man zu »Wanderern« stilisiert hat – zum Teil aus eben diesem Selbstekel speist, mit dem wir unseren Ursprung als Menschheit betrachten, weil wir nicht sehen wollen, wer wir in Wahrheit immer noch sind. Wenn man weiß, wonach man schauen muss, findet man es überall.

Viele der Gedanken in diesem Buch und ganz besonders die Vorstellung, wie lächerlich es ist, im Weltraum und in Computeralgorithmen nach intelligentem Leben zu suchen, während wir hier auf Erden so viele intelligente Tierarten übersehen, quälen, verachten oder vernichten, stammen aus Gesprächen mit dem verstorbenen, sehr geliebten und sehr vermissten Graeme Gibson.

Danke, Adam Curtis, für all die Gespräche und insbesondere für den Gedanken, dass wir keineswegs die Maschinen dazu bringen, so klug zu sein wie wir, sondern vielmehr uns selbst darauf trainieren, uns auf ihr Denkniveau hinab zu begeben.

Mein Dank gilt meinen Kollegen und Freunden in der Tech- und Computerspielbranche, die wie ich Technik *lieben* und gleichzeitig danach streben, den Sektor zu verändern, damit er weniger so ist … wie er ist. Für ihre Gedanken und/oder ihren brodelnden Zorn danke ich ganz besonders Adrian Hon, Holly Gramazio, Meghna Jayanth, Alex Macmillan, Rachel Coldicutt und Anna Pickard. Allen, die sich für die in diesem Buch ausgebreiteten Überlegungen zu technischen Entwicklungen interessieren, empfehle ich die Werke von Jaron Lanier, Timnit Gebru, Douglas Rushkoff und Paris Marx. Und außerdem die geniale Fernsehserie *Halt and Catch Fire*.

Ich danke Adam Tandy, der dieses Buch in einem langwierigen Prozess mit mir in Form gebracht hat und ohne den es mich wahrscheinlich überwältigt hätte. Ich danke Annette Mees, die das Ende mit mir ausgetüftelt hat. Und die Mitte. Ich danke Francesca Segal, die mich dazu gebracht hat, das Projekt zu Ende zu führen. Gillian Crawford danke ich für ihr Cottage, das perfekt zum Schreiben geeignet ist. Und Tom Sutcliffe danke ich, weil er lange Danksagungen nicht ausstehen kann.

Mein Dank gilt meinem wunderbaren Lektor Tim O'Connell, meiner Agentin Veronique Baxter und meinem Agenten Simon Lipskar, sowie Helen Garnons-Williams und meiner nie nachlassenden Unterstützerin und Freundin Di Speirs. Er gilt auch allen anderen bei Simon and Schuster, darunter Jon Karp, Irene Kheradi, Maria Mendez, Danielle Prielipp, Maggie Southard, Shannon Hennessey, Amanda Mulholland, Yvette Grant, Lewelin Planco und Jackie Seow. Ihr alle habt geholfen, dieses Buch zur Welt zu bringen, und ich bin dankbar für eure Arbeit und Unterstützung. Ein Dank geht an Victoria Chaiben und Niamh Cumming. Für die sorgfältige Lektüre und die Anmerkungen danke ich Maz Hamilton, Metis Hon, Dr. Benjamin Ellis und Helena Lee. Außerdem danke ich meinen Eltern Marion und Geoffrey sowie Rebecca Levene, Esther, Russell, Daniella, Benjy und Zara Donoff, David und den Excellent Women.

Und vielen Dank euch Leserinnen und Lesern, die ihr bis hierhergekommen seid und eine kleine Schelmerei verzeihen könnt. Wer weiß, dass nichts jemals wirklich vorüber ist, wird die Belohnung auf der nächsten Seite erhalten.

viele, viele jahre später

Alles ist ständig in Bewegung. Nichts bleibt, wie es ist. Wer etwas anderes behauptet, liegt falsch: Tatsächlich endet Geschichte niemals.

Kaum etwas lässt sich hundert Jahre lang geheim halten. Die Ursprünge der Enklave auf der Huntsy-Insel – schon vor Jahrzehnten wurde das »Admiral« zu Ehren der Ureinwohner, die hier lebten und starben, gestrichen – sind inzwischen wohlbekannt. Es hatte einen lächerlichen Unfall gegeben, wie es damals, in jenen frühen Tagen, geschehen konnte, als die Menschen mit religiöser Inbrunst an die schützende Kraft ihrer scheinbar allmächtigen Technik glaubten. Ein Frühwarnsystem hatte einen Fehlalarm ausgelöst, und drei sehr mächtige Personen gerieten auf diese wunderschöne Insel, wo sie vollkommen vom Rest der Welt abgeschnitten waren. Sie hatten keine Möglichkeit gehabt, andere Menschen auf sich aufmerksam zu machen, und keiner hatte gewusst, wo man sie suchen sollte. Man hatte lange um sie getrauert, doch dann hatte die Welt das Ganze achselzuckend hinter sich gelassen.

Manche Historiker waren der Meinung, dass die neuen gesellschaftlichen Bewegungen, der allgemeine Gesinnungswandel und sogar die wachsende quasi-staatliche Macht der FutureSafe-Gebiete ihren Ursprung in dieser Tragödie hatten. Tatsächlich ist es so, dass das Rätsel für die meisten Menschen bereits ferne Vergangenheit war und sie nicht mehr interessierte, als man die Wahrheit entdeckte.

Einundvierzig Jahre nach dem Unfall schickte FutureSafe einige Ranger auf die Insel, die sich dort dauerhaft niederlassen sollten.

Zu diesem Zeitpunkt lebte nur noch einer der drei Milliardäre. Lenk Sketlish war alt und verwirrt. Er fragte die Neuankömmlinge, ob die Welt eine große Umwälzung durchgemacht habe. Sie antworteten mit Ja, und da hieß er sie auf seiner Insel willkommen. Es dauerte einige Monate, bis sie begriffen, wer er war. Keine drei Jahre später starb er, und mit ihm die lebende Erinnerung an alles, was auf der Insel passiert war. Lenk Sketlish wurde an einem Ehrenplatz unter einem Steinhügel bestattet, den man bei Tagesanbruch von der Ostseite seines Berges aus sehen konnte. Weitere achtunddreißig Jahre vergingen, bis die nächste Generation von Rangern halb verfallene Überreste technischer Geräte entdeckte und herausfand, was hier vorgefallen war.

Ellen Bywater war zwei Jahre nach dem Flugzeugabsturz gestorben. In ihrem Survival-Anzug fand man Aufzeichnungen von Selbstgesprächen, bei denen sie sich auch manchmal an ihren verstorbenen Ehemann Will gewandt hatte. Sie war zunächst sehr verwirrt und dann depressiv gewesen. Der Anzug flehte sie an, die anderen Bewohner der Insel zu kontaktieren, um diesem Zustand zu entkommen. Daraufhin hatte Ellen seine Sprachfunktion ausgeschaltet, und der Anzug wurde zum stummen Zeugen ihres Endes. Sie war zum nördlichsten Strand der Insel gegangen. Dort hatte sie den Anzug sitzen lassen, die Beine an die Brust gezogen und den Blick aufs Meer gerichtet. Er hatte zugesehen, wie sie die vielen Taschen ihres leichten Fluganzugs mit Steinen vollpackte und ins Meer hinausging. Später hatte er aufgezeichnet, wie ihre Leiche an den Strand geschwemmt wurde – allerdings nur mit achtundvierzigprozentiger Sicherheit der Gesichtserkennung. Einige Tage hatte sie dort gelegen, und Krabben, Insekten, Seevögel und glänzend grüne Tausendfüßler mit eifrigen Mundwerkzeugen hatten geholfen, ihren Körper zu zerkleinern und ihn der Welt des Lebendigen, aus der er stammte, zurückzugeben.

Als die Ranger eine abgelegene Bucht erkundeten, die nur zugänglich war, wenn man über eine Felswand nach unten kletterte, entdeckten sie den Anzug. Er saß dort mit an den Körper gezogenen Beinen, die Arme um die Knie geschlungen und das Visier heruntergeklappt. So zeichnete er auf, wie zahllose Vertreter des Tierreichs vor ihm vorbeizogen. Kleine Vögel pickten an seinen Füßen und an den winzigen Krebstieren, die sich im Sand an seinen Absätzen festgesetzt hatten. Ein Eichhörnchen ähnliches Nagetier hatte sich angewöhnt, einen Vorrat weicher Samen unter seinem Hintern zu verstecken. So wartete der Anzug ab, seine Solarzellen gingen nach und nach kaputt, und die verbliebene Energie reichte gerade noch, um eine rudimentäre Aufnahmefunktion zu speisen.

Zimri Nommik war sogar noch früher gestorben, wurde aber erst sehr viel später gefunden. Er war in drei Tagesmärschen bis zum äußersten Zipfel der Insel gewandert, von dem er glaubte, er sei dem Festland am nächsten. Er war krank, lehnte aber den Vorschlag des Anzugs ab, sich wieder der Hauptgruppe anzuschließen, damit die anderen ihm helfen könnten und er Zugang zu Medikamenten bekäme. Der Anzug sagte Zimri, er könne zusätzliche Medikamentenverstecke finden, doch der glaubte ihm nicht. Stattdessen suchte er eine Höhle und mauerte sich dort zum Schutz vor Raubtieren mit Steinbrocken wie in der Zelle einer Bienenwabe ein. Der Anzug war sehr loyal und unternahm alles, was in seiner Macht stand. Er verabreichte ihm Medikamente, die zu seiner Genesung beitragen konnten, und überwachte die ansteigende Fieberkurve. Als Zimris Herz versagte, gelang es dem Anzug, ihn mit Stromstößen zu reanimieren. Sobald es wirklich auf das Ende zuging, verabreichte er dem Kranken Morphium, und so starb Zimri Nommik fast ohne Schmerzen.

Als er tot war, wusste der Anzug nicht, was er weiter tun sollte. Er hatte seine Funktion verloren. Und so hielt er Zimris Leiche weiter wie mit einem Kokon umschlossen. In der dunklen, zugemauerten Höhle war es warm und trocken, und die Wände bestanden überwiegend aus Salz. Auf der Insel schien monatelang die Sonne. Spalten zwischen den Steinen ließen warme, trockene Luft herein, die in der Höhle zirkulierte. Als die Bakterien von Zimris Darm- und Hautmikrobiom die Leiche anaerob zersetzten, entschied der Anzug, die entstehenden Gase in die Höhle zu ventilieren. Er ließ die warme, salzige Luft über die Leiche streichen, und so trocknete der Körper schneller aus, als er verwesen konnte. Zimris saugstarke Funktionskleidung leitete die Feuchtigkeit nach außen ab. Nach acht bis zehn Jahren stank die Leiche nicht mehr; das Fleisch war auf den Knochen zu einem drahtigen Gewirr von Sehnen und Bändern getrocknet, die sich über das Skelett spannten. Als die Ranger den Stein vor dem Höhleneingang vorsichtig wegwälzten, starrte ihnen Zimri Nommiks verschrumpeltes Gesicht gelassen und bedürfnislos vom Boden aus entgegen.

Die Historiker streiten noch darüber, was das für ein Unfall war, der dazu geführt hatte, dass die drei auf der Insel endeten. Kurz vor Ellen Bywaters Tod zeichnete der Anzug mehrere direkte Kommunikationsversuche von Ellens Kind Badger auf, das seine Mutter anflehte, sich nichts anzutun. Als diese Aufnahmen gefunden wurden, lösten sie eine hitzige Debatte aus. Konnten sie tatsächlich echt sein, oder waren sie ein raffinierter Deepfake, den Ellen selbst geschaffen hatte, um am Ende ihres Lebens ihr inneres Ringen zu externalisieren? Falls sie echt waren, wie sollte man dann die Tragödie, die sich auf der Insel abgespielt hatte, beurteilen? Hatte Badger gewusst, wo siere Mutter sich aufhielt? Falls ja, warum hatte sier dann niemals darüber gesprochen?

Als die Aufzeichnungen entdeckt wurden, war Badger selbst schon Mitte neunzig. Mit sierer langjährigen Partnerin, der Künstlerin Gracie McCall, hatte sier drei Kinder und inzwischen auch zahlreiche Enkel und Urenkel. Von den ursprünglichen Future-Safe-Gründern und Vorstandsmitgliedern – Badger Bywater, Martha Einkorn, Selah Nommik, Albert Dabrowski und Lai Zhen – war nur noch Badger am Leben. Die fünf hatten die Übertragung enormer Kapitalbeträge von den ehemaligen Unternehmen Medlar, Anvil und Fantail auf achtundfünfzig unabhängige FutureSafe-Territorien veranlasst. Diese Territorien befanden sich inzwischen in einem weit fortgeschrittenen Prozess der Vereinigung als UAR – der Union der Autonomen Regionen. Die UAR war ein auf viele Gebiete der ganzen Welt verteilter Quasi-Staat, ermöglicht durch den technischen Fortschritt und das Kapital, das durch diesen generiert worden war. Es handelte sich um eine Vereinigung von Gebieten, die dazu bestimmt worden waren – oder sich selbst dazu bestimmt hatten –, die Umwelt zum Vorteil der ganzen Menschheit zu bewahren. Dazu nutzten sie oft die von den ehemaligen Unternehmen der FutureSafe-Gründer entwickelten Technologien und schafften es so, etwaige menschliche Besucher auf Abstand zu halten.

Alles, was Badger Bywater zu den Aufnahmen sagte, war, dass sier die letzten Tage sierer Mutter nicht sehen wolle. Es sei ja klar, dass sier siere Mutter gerettet hätte, wenn sier dazu imstande gewesen wäre.

»Es war damals eine eigenartige und verstörende Zeit«, sagte sier. »Wir alle wissen, wie dicht die Welt vor einer globalen Katastrophe stand und dass die Menschheit kurz davor war, ausgelöscht zu werden. Ich habe die Theorien gelesen, dass meine Mutter diese Bilder selbst geschaffen hat, und sie erscheinen mir vollkommen einleuchtend. Sie hat eine schreckliche Tortur durchlitten. Ich wünschte, es wäre anders gewesen. Ich wünschte, sie hätte nach Hause kommen können. Ich wünschte, sie hätte meine Kinder kennengelernt. Ich sehe keinen Nutzen darin, alte Geschichten wieder auszugraben. Was zählt, ist die Zukunft.«

Nichts lässt sich für alle Zeiten klären oder regeln. Kein Zustand ist perfekt; es gibt kein Utopia, das nicht jemanden ausschließt. Wie Fuchs können wir nichts anderes tun, als die großen und die subtilen Veränderungen wachsam im Blick zu behalten. Wir können uns nur immer wieder in jeder neuen Situation fragen: Was wollen wir auf keinen Fall, das man uns tut? Und: Wen haben wir vergessen? Unsere Existenz ist Bewegung, jeder Schritt vorwärts ein Sturz in die Zukunft. Dabei orientieren wir uns an Werten, damit die Entwicklung fair, gut und vernünftig verläuft. Wir werden immer wieder versagen, aber um Erfolg ging es letztlich nie.

Nördlich von Seattle rennt eine Frau viele Meilen durch den Wald. In der Brusttasche ihres Shirts steckt ein Zettel mit einer per Tightbeam-Laserstrahl empfangenen Nachricht. Hasen und Schwarzwedelhirsche springen mit der Anmut von wilden Tieren über den Weg. Ihr Geländemotorrad hat ein Stück weiter hinten den Geist aufgegeben. Wenn ihre Gegner jetzt nicht schon hinter ihr her sind, werden sie es bald sein. Die Vereinigten Staaten von Amerika verbitten sich eine Einmischung der Union der Autonomen Regionen in ihre Angelegenheiten, und falls man die Frau schnappt, wird man ihr wegen Spionage und Hochverrat den Prozess machen.

Die frisch gewählte Präsidentin der Vereinigten Staaten ist Enochitin – sie tut zwar so, als wäre sie eine moderate Anhängerin der Fuchs-und-Kaninchen-Bewegung, doch in Wirklichkeit gehört sie zum radikalen Flügel der Glaubensgemeinschaft. Ihr Lager ist überzeugt, der Kampf gegen »Bruchstücke« sei die moralische Pflicht aller Geschöpfe Gottes und in ihrer neuen Position habe die Präsidentin die Aufgabe, die Welt unter einer einzigen Weltordnung zu vereinigen. Angefangen bei den sogenannten Autonomen Regionen, deren militaristischer Schutz der FutureSafe-Zonen mit seinem Absolutheitsanspruch reiner Umwelt-Extremismus und damit eine Gefahr für die globale Ordnung sei. Lieber solle jeder einzelne der eins Komma zwei Milliarden Bewohner der Gottlosen Regionen sterben, so hat sie per Tightbeam-Nachricht verlauten lassen. Man dürfe auf keinen Fall zulassen, dass die Abgespaltenen Regionen die Menschheit weiter mit ihren selbstständig agierenden mechanischen Anzügen und ihrem Schwarm von Mückendrohnen zur Geisel nähmen. Sie müssten wieder mit ihren Mutterländern vereinigt werden. Das baskische Naturreservat müsse wieder an Spanien zurückfallen. Die Cornwall-Zone an England. Und Kootenai und Flathead müssten verdammt noch mal wieder Teil der Größeren Vereinigten Staaten werden.

Fünfundzwanzig Kilometer weiter hat sich ein gepanzerter Survival-Anzug mit dem Gesicht nach unten bei einem hohlen Baum in die Erde eingegraben. Wenn sie vor Tagesanbruch zu ihm gelangt, schafft sie es, die Information in ihrer Tasche bis heute Abend über die Grenze von Haida Gwaii zu bringen. Eine andere Möglichkeit, die Leute dort zu warnen, hat sie nicht. Schickt sie die Nachricht durch die Luft, wird man sie abfangen. Sie rennt durch die Nacht und fühlt sich dabei im Wald mehr zu Hause als in all diesen Jahren in der Großstadt. Sie glaubt so sehr an ihre Sache, dass sie daraus ihre Kraftreserven schöpft. Das Werk ist nie getan, es gibt keine letzte Schlacht. Der Kampf ist das Ziel, das ständige angespannte Gleichgewicht zwischen der Gegenwart und der Zukunft.

»Zhen, ich habe herausgefunden. Ich weiß, du super Liebesnest in geheimer Fick-Höhle oder so. Liebe ist toll. Wenn du Wahrheit wissen willst, schick mir E-Mail. mariuszugravescu@gmail.com«